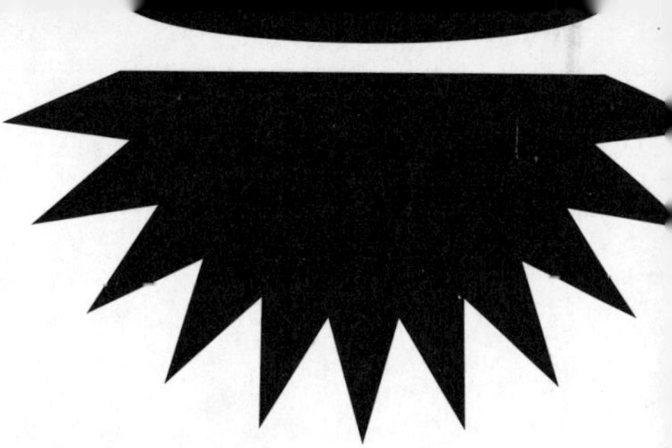

HALF OF A YELLOW SUN

奇瑪曼達・恩格茲・阿迪契
葉佳怡——譯

半輪黃日

Chimamanda Ngozi Adichie

我從未認識的祖父們，
努瓦伊．大衛．阿迪契和亞羅—努伊克．菲立克斯．歐迪圭，
他們沒能在戰爭中活下來。

我了不起的祖母們，
努瓦柏都．雷吉娜．奧迪圭和努瓦姆巴佛．艾格妮絲．阿迪契，
則是兩人都活了下來。

這本書是向他們的回憶致敬：
ka fa nodu na ndokwa*

另外也向馬利特斯致敬，無論他身在何處。

* 伊博語：希望我們能永遠記得。
阿迪契的英文作品中並沒有針對這些奈及利亞當地的各部族語言進行解釋，根據各方評論表示，這樣做一方面可反映這些語言在奈及利亞與英文一起交雜使用的狀況，另外也讓讀者能在閱讀過程中受到不熟悉的語言中斷、打擾，進而體驗奈及利亞人可能擁有的感受。因此，這種手法可以是一種去殖民的做法。此外考量各國譯本大多採取保留原文的作法，所以這次也選擇保留原文，另外再參考各方評論加上註釋。

今日我仍能看見它——
在陽光中那乾燥、如同電線般細瘦的模樣及乾季的沙塵——
那激情勇氣僅剩的小小殘骸上的墓碑

——摘自奇努阿・阿切貝（Chinua Achebe）*，
《比亞法拉的聖誕節及其他詩作》（*Christmas in Biafra and Other Poems*），
〈芒果樹苗〉（Mango Seedling）

* 奇努阿・阿切貝（Chinua Achebe，一九三〇—二〇一三）是奈及利亞著名的作家與評論家，出生於伊博村落，雖後來信仰新教，但仍受到伊博傳統文化的影響。一九五〇年代發表的成名作《分崩離析》（*Things Fall Apart*）為非洲文學中的重要作品之一。

目次

譯者序

阿迪契的書寫開端：《紫色木槿花》和《半輪黃日》

葉佳怡

二〇一五年，出生奈及利亞的奇瑪曼達·恩格茲·阿迪契被美國《時代雜誌》（*Time*）評為全球百大影響力人物。

此時的她已出版了備受歡迎的長篇小說《紫色木槿花》（*Purple Hibiscus*，二〇〇三）、長篇小說《半輪黃日》（*Half of a Yellow Sun*，二〇〇六）、短篇小說集《繞頸之物》（*The Thing Around Your Neck*，二〇〇九），以及長篇小說《美國佬》（*Americanah*）（二〇一三）。除此之外，她於二〇〇九年的首場ＴＥＤ演說〈故事單一化的危險〉（The Danger of A Single Story）也在美國造成轟動，其中陳述了白人將非洲世界刻板化的問題；二〇一二年為ＴＥＤ進行的〈人人都該成為女性主義者〉（We Should All Be Feminists）演說同樣獲得廣大回響，相關內容在二〇一四年以同名隨筆集出版。奈及利亞與英國共同製作的《半輪黃日》翻拍電影也在二〇一三年上映。至於她拿的文學獎項更是多到難以在此列舉。

不過在二〇一五年之後，除了一些單篇發表文章、兩部隨筆集，以及一本童書之外，阿迪契的創作似乎進入了沉潛期。她以名人之姿做了很多演講、在上ＢＢＣ受訪時被迫與川普支持者辯論、為奈及利亞的ＬＧＢＴＱ群體發聲，但也因為支持Ｊ·Ｋ·羅琳的發言捲入恐跨爭議。她曾提到，

「我不認為所有作家都必須是政治角色，可是作為一位書寫背景設定在非洲的寫實小說家，幾乎是自動就有了一種政治角色。」直到最近，我們才終於得知她的新小說《夢想清單》（*Dream Count*，暫譯）計畫在二〇二五年出版，根據書介，那是四個奈及利亞女人在疫情期間經歷的跌宕人生。

於是從此刻回望二十多年前，阿迪契的出道小說《紫色木槿花》可說記錄了她作為作家最純真的起點。

阿迪契於一九七七年出生在奈及利亞的埃努古，兒童時期就在此地名為恩蘇卡的大學城長大，她的爸爸是數學教授，媽媽是行政人員，而她高中畢業後也同樣在奈及利亞大學讀醫學。可是為了追尋作家夢，她終究放棄醫學，在十九歲時去了美國修讀傳播與政治學。在康乃狄克州讀書的她在鄉愁催化下寫出《紫色木槿花》。她在多年後表示，因為太想家了，事後回想，那是一部「將家鄉浪漫化的小說。」「但現在的我已經完全不是當時寫小說的那個人了。」

於是讀者在閱讀《紫色木槿花》時，勢必會發現其中的許多細節都反映了阿迪契的成長背景。這部小說紀錄了十五歲女主角凱姆比利成長過程中的重要轉折事件，其中融合了天主教與傳統伊博文化的衝突、家庭及社會中的性別暴力問題，以及奈及利亞這個國家在建國後遭遇的後殖民處境。雖然這些都是非常犀利的主題，但在此同時，阿迪契採取的切入角度並不尖銳。因為女主角凱姆比利在一個天主教家庭長大，這種殖民造就的處境讓她跟美國讀者一樣對伊博文化感受到一種迷人的陌生感，因此即便許多出版社聲稱「大家不會對奈及利亞的故事有興趣」，《紫色木槿花》仍獲得很好的評論及銷售成績。

若真要說這部小說中最「激進」的部分，應該是阿迪契始終堅持在小說中使用她的母語之一：

伊博語。本來她的編輯認為這不是個好策略，覺得伊博語會讓讀者分心，但阿迪契反駁表示，「如果索爾．貝婁可以因為角色設定在小說中使用大量法語，沒道理我不能用伊博語。」而且唯有這樣做，才能傳遞「我的故事的情感真實性（emotional integrity of my story）」。若是從評論者的角度看，由於奈及利亞曾被英國殖民，這種書寫也反映出作者受到後殖民文化的影響，於是在阿迪契的小說中，我們總能讀到標準英文、奈及利亞英文、混雜著當地語言的破碎英文（pidgin）、伊博語，以及為了小說書寫不得不翻譯成英文給讀者看的伊博語。

為了忠實呈現阿迪契的態度，我在翻譯時也留下了伊博語原文。原文故事中的伊博語有些有再用英文重複一次，有些沒有。雖然為了給讀者多一些輔助，我替所有伊博語做了中文註釋，不過原文小說中的伊博語都沒有另外解釋，而根據阿迪契的說法，「讀者似乎也沒遇到什麼問題嘛。」這就是阿迪契在進行批判時的一貫風格：務實、溫和、堅定，並帶有一絲幽默感。

*

若說《紫色木槿花》是以一個青少女的成長蛻變為主軸，並將各種奈及利亞的現實議題穿插其中，因此可說是以小歷史為前景，大歷史為背景，《半輪黃日》可說完全相反。與其說《半輪黃日》的主角是人，倒不如說是奈及利亞在一九六七—一九七〇年間發生的「比亞法拉戰爭」。事實上，世界上的大部分人，甚至是許多奈及利亞人，可能都是因為這部小說才真正知道、或開始談論這場戰爭。

這是一場發生在奈及利亞內部的種族及信仰之戰，以穆斯林豪薩人為主的群體跟以天主教伊博人為主的群體之間長久以來的矛盾一次爆發出來，而阿迪契父母及祖父母所在的東部地區在當時成立了「比亞法拉共和國」。這個共和國的國旗中央圖案就是正在升起的「半輪黃日」。阿迪契的兩位祖父都在這場戰爭中死於難民營，因此即便她在戰爭結束的七年後才出生，卻始終在戰爭的陰影下成長。她從父親口中聽到了許多戰爭的故事，因此以父親的故事為核心，加上閱讀所有可找到的戰爭資料，最終寫出了《半輪黃日》。

這是一個龐大的寫作計畫，必須面對的挑戰也更為多樣。之前《紫色木槿花》的主角是十五歲的奈及利亞女孩，其他大部分重要角色也是奈及利亞人，但在《半輪黃日》中，為了呈現出殖民者或所謂西方白人世界可能將非洲故事單一化的視角，阿迪契將其中一個主角設定為英國白人男子，導致她遇到很大的寫作困難，「我一開始把他寫得很像亨利・詹姆斯筆下的角色，講話很浮誇」，可是後來她轉念一想，理查是一個試圖追尋某種夢想的人，而她自己也是這樣的人。於是轉換心態後，這個角色也不再是她的阻礙。

事實上，如果我們去細看阿迪契筆下的主要角色，他們幾乎都有著很強的生命驅動力。有讀者問阿迪契在《半輪黃日》中最有共鳴的角色是誰，她說雖然可能有點奇怪，但她最有共鳴的是出生奈及利亞貧窮村莊的男僕厄格烏。「我知道我跟他很不一樣，我是女性、出生中產階級，而且受過完整教育。可是厄格烏很好學、有夢想，就跟我一樣。」

因此，如果要我從阿迪契的小說中挑選出一些關鍵詞，我想第一個或許就是「夢想」，畢竟就連她二〇二五年即將出版的新書都在談此一主題。《紫色木槿花》的凱姆比利夢想著擺脫現實生活中的各種壓迫、夢想著能真正說出自己想說的話；《半輪黃日》則有著夢想建立自己國家的人們、夢想靠學習脫離貧窮的人、夢想靠著美好異國文化擺脫失敗過往的人……這些夢想的核心都跟人的尊嚴有關，而這些尊嚴往往受制於各種權力結構，而且可能在不同座標下遭遇各種翻轉。

在此同時，阿迪契本身的處境也可以反映這種複雜狀況，比如她身為女性，當然有在面對男性時的劣勢，但作為知識中產階級，她又擁有物質及文化資本上的優勢，而在阿迪契之後的《美國佬》當中，她更是經歷了「我是來到美國才發現自己是黑人」。奈及利亞無法成就她的作家夢，但美國又為她的寫作設下了許多侷限。於是她的角色總在追尋什麼、在突破什麼，又或是反映出那些阻礙自己及他人追尋目標的人性限制。

此外若是要另外挑選一個關鍵詞，我想應該是「創傷」無誤。《紫色木槿花》裡的女主角面對的是父親的家暴及殖民文化壓迫，《半輪黃日》更是書寫了戰爭帶來的各種創傷。阿迪契說自己在讀跟難民營有關的資料時常感到痛苦，書寫過程中也備感壓力，彷彿是祖先希望她把這部小說寫完。而等她終於寫完後，本以為能放鬆下來，卻反而陷入前所未有的憂鬱。畢竟實在有太多人在那場戰爭中死去了，而作為一種溫和的控訴，《半輪黃日》中有一本由厄格烏創作的戰爭故事，其書名也反映了這種憂鬱：世界在我們死去時保持沉默。

在《紫色木槿花》及《半輪黃日》之後，阿迪契延續這些書寫核心，寫了將美國設定為重要故事背景的《美國佬》。關於成長、追夢、後殖民處境、創傷、女性困境、身分認同的複雜性，我們一次次在她的作品裡看見不同的演繹方式。不過除此之外，阿迪契的作品之所以吸引人，還在於她深入探討「愛」的複雜性。在《紫色木槿花》中，女主角想獲得自主性，但對於總是用殘忍暴力傷害她的父親、那位勇於贊助民主運動的父親，她卻仍懷抱著複雜的孺慕之情。《半輪黃日》中的歐拉娜確實愛著歐登尼伯，凱妮內也確實愛著理查，但她們選擇愛人的方式，也各自反映出她們想要追求的自由或務實價值觀，而這些對價值觀的追求跟奈及利亞的歷史交纏，在故事中呈現出相當立體的層次。當然，在《美國佬》中，來自奈及利亞的女主角又愛上了美國男孩，其中又牽扯到新的向度，但同樣的核心卻早在《紫色木槿花》及《半輪黃日》就已打好地基。

因此，《紫色木槿花》和《半輪黃日》是認識阿迪契的原點，閱讀這兩本書，我們可以看見阿迪契從二十多年前如何一路走來，她首先把奈及利亞帶到美國及世界讀者面前、把比亞法拉戰爭帶到讀者面前，然後再從奈及利亞作為起點，展開她對於一個人如何在美國以及世界中安身立命的探索。由於她畫出了各種複雜的座標，因此除了提供具有普遍性的人性情感，同時也在邀請讀者思考：我的位置在哪裡？我的文化跟其他文化之間的關係？我的語言如何能表達我的「情感完整性」？我對他人付出的「愛」如何能讓我照見自己、理解自己的尊嚴所在？

推薦序

一場內戰的創傷裂痕，用世代生命去撫平與和解

陳之華（作家）

奈及利亞的傳奇作家奇瑪曼達・恩格茲・阿迪契在年僅二十六歲就以新銳之姿，出版了首部小說《紫色木槿花》（*Purple Hibiscus*），讓她聲名大噪，不僅獲得大不列顛國協作家獎、入圍柑橘女性文學獎等眾多國際大獎外，《紫色木槿花》更成為許多英語系國家高中研選的書目之一。我的大女兒在澳洲首都坎培拉就讀高中 IB 國際文憑時，阿迪契這本初試啼聲、以奈及利亞獨立後不穩定的政治和困難經濟為背景，描繪後殖民時期的社會家庭、宗教文化等認同與衝突的創作，就是女兒高中課程的必修與必考作品。

一九七七年阿迪契出生於奈及利亞東南部埃努古市（Enugu），在《紫色木槿花》出版後四年約三十歲時，她在英國出版了第二本小說《半輪黃日》（*Half of a Yellow Sun*）。相較於《紫色木槿花》，阿迪契這部作品所涵蓋的層面更廣，是一本大部頭書。當時年紀輕輕的她野心勃勃，以獨特的非洲女性視角，再次創作出受世人矚目的非洲文學巨作，或可稱為另一部經典之作。

在這本書裡，阿迪契同樣聚焦後殖民時期的奈及利亞社會，但以陷入血腥內戰為主軸背景，講述非洲所歷經的苦難和顛沛流離；這回整個布局場景的幅員拉得更廣，也喚醒了許多奈及利亞人更深層的記憶。她的家族來自東南部伊博族裔（Igbo），是這場極不人道的慘烈血腥內戰中受創最嚴

重的主要族群，她的祖父不幸喪生，戰爭的創傷因此成為她和親友族裔以及眾多奈及利亞人共同擁有的強烈歷史記憶。

複雜的族裔與政經紛擾，成為內戰的導火線

奈及利亞位於撒哈拉沙漠以南、非洲大陸中西部幾內亞灣區域，是非洲人口最多的國家，也是全世界以黑人為主體人口最多的國家，更在二〇一四年成為非洲最大的經濟體。

她擁有超過三百七十個不同的種族和文化群體，其中最具影響力的三大族群分別是來自北部穆斯林族裔豪薩族（Hausa），但另含混血的豪薩—富拉尼（Hausa-Fulani）族裔，以及西南部的約魯巴族（Yoruba）、東南部的伊博族，他們各自擁有截然不同的文明、性格、宗教、傳統、文化、教育、治理與部落制度、天然資源與藝術特質，在五官長相上也各有差異。

十九世紀起，英國在奈及利亞最大城市拉各斯（Lagos）設立據點後，就不斷向內陸擴張，尼日河（Niger River）周遭兩大南、北區域逐漸成為英國「保護地」（Protectorate）。一九一四年，英國政府為了集中管理及考量北部的收支問題，決定將南北殖民與保護區域合併為一，取名為奈及利亞。

一九四〇至五〇年代，東南與西南方兩大族裔伊博和約魯巴的主要政黨聯手推動脫離英國統治的獨立運動，北方領導族裔豪薩—富拉尼則擔心一旦獨立後，南方區域較為西化的菁英族群將在政治和經濟上位居主導地位，因而傾向由英國繼續統治。

種族和地區的分歧，早在奈及利亞的殖民時期就已存在。一九四六年，英國再次將南方分為

東、西兩區，使其成為北、東、西三大區域，但卻加劇了不同民族間原已十分明顯的政經和社會差異。這項劃分導致北部人口略高於東南、西南等兩區域的人口總和，而南部兩大族裔政黨也因長久以來的顯著文化特性和意識形態差異，加深了彼此之間的不和。

分離，導致了比亞法拉戰爭

一九六〇年十月，奈及利亞正式脫離英國宣布獨立。在此之前，英國已允許奈及利亞設立聯邦政府，並讓其擁有自治權。然而，南北三大種族間的差距與敏感性，卻在逐步進入後殖民時期而再度加深；北部族裔和東南部伊博族裔之間的傳統及宗教差異，更因教育程度和經濟階層差距而拉大距離。獨立之後，也因東南部和西南部的男性普遍比北部男性擁有更高的教育程度，而更有機會在新成立的聯邦軍隊中晉升為軍官，這也導致激化北部族裔的不滿。於此同時，奈國政府決定在擁有石油資源的東南地區，進一步建立新的中西部地區，加劇了西部區域族群的分裂不和。

在此一連串加深各族群爭端不靖的連鎖反應下，一九六七年五月東南部的伊博族領袖奧朱古（Chukwuemeka Odumegwu-Ojukwu，一九三三—二〇一一）宣布退出奈及利亞聯邦，並成立了比亞法拉共和國（Republic of Biafra）；同年七月，聯邦政府決定出兵鎮壓，爆發了奈及利亞內戰；此場戰事被稱為「比亞法拉戰爭」（Biafra War）。經過近三年的血腥慘烈戰爭，一九七〇年一月，比亞法拉軍隊戰敗。

比亞法拉衝突動盪的戰事主要發生區域為東南部的伊博族裔範疇內，是一九六〇年奈及利亞脫離英國殖民獨立後，所發生一連串的政治、經濟、種族、文化、宗教等等綜合而成的緊張對立升高所產生的，其中包括了兩次的殺戮血腥軍事政變，以及北部族裔反抗制衡伊博族裔的屠殺慘劇。

人道主義悲劇

比亞法拉共和國的國旗和軍服徽章，就是「半輪黃日」；它是伊博族裔的最明顯標誌，而比亞法拉代表著伊博族裔的群體民族主義。伊博族裔雖成立了比亞法拉共和國以脫離奈國聯邦，但戰爭結果未能取勝。尤其一九六八年在雙方戰爭陷入僵局，聯邦軍隊無法在比亞法拉控管區域取得進展，最後採取了包圍封鎖政策，聯邦軍隊攻佔了東南沿海的石油設施和最大城市哈科特港（Port Harcourt），控制了尼日河三角洲的石油資源，達成最重要的軍事目標，同時切斷了外界對比亞法拉區域的人道援助。這也重創東南部的經濟，更造成大規模的傷亡飢饉。

比亞法拉戰爭和同時期發生的越戰，都是人類歷史上第一次向全球觀眾電視轉播的戰亂。一九六八年中期，比亞法拉區域無數營養不良的兒童和飢荒遍地慘狀，獲得西方國家媒體與社會的大幅關注，也讓人道危機躍升為政治與宗教爭議，進而使得人類社會優先思考如何救助無辜受害者，國際非政府組織（NGO）紛紛伸出援手，並獲得募款捐助數額的增加。比亞法拉遭受封鎖飢荒期間，國際各方紛紛空投補給，戰爭結束後即促成「無國界醫生」組織（Doctors Without Borders）與人道救援團體的興起成立。

這場人道主義悲劇的兩年半多戰事，導致數百萬人流離失所、百萬人死亡，其中五十多萬人死於封鎖所造成的飢荒和缺藥。幾乎每天都有成千上萬的人因飢餓或戰火死亡，軍方蓄意轟炸平民、使用機槍大規模殺戮、強暴婦女等殘暴惡行，都讓伊博族為爭取獨立付出了巨大的生命、資源和基礎設施淪喪的慘痛代價，同時也對奈及利亞三大部族的政經社會結構產生極為深遠的影響。

充滿雄心壯志的精彩史詩巨作

阿迪契的《半輪黃日》是一部精彩絕倫、充滿雄心、如史詩般的巨作，也是一部典型的傷痕文學。她成功展現了戰爭前後的奈及利亞動亂背景、戰爭衝擊的殘酷無情、後殖民時代的非洲政治與身分認同、西方人在非洲後殖民時期的角色定位，並深刻描繪了不同社經成長背景的女性對待與處理愛情、婚姻的價值觀，以及不同社經婦女對於子女婚姻的看法與干預程度。

阿迪契嚴厲批判當時西方媒體對於比亞法拉戰爭的報導，強調軍事行動支援與黑白人種的現實性；她也剖析人性在面對衝突對立、生存壓力、背叛失望、沮喪無助與生理誘惑的巨大挑戰。

傷痕文學，在世界各地普遍可見。成長於比亞法拉戰後陰影下的阿迪契，選擇以族群屠戮與慘痛飢荒的戰亂為背景，以家庭親情的交雜故事來面對這道無法抹滅與言語形容的傷痕。她為過往歷史帶來更多的各式紛雜情感，其中交織的伊博族傳統諺語，呈現出奈及利亞種族的多元文化。

在阿迪契的創作裡，一向有著她獨特生動的敘事手法，極其善於說故事的她，擁有相當敏銳的觀察力與透析力，總能在小說對話中將一個社會的歷史文化、社經階級、族裔宗教、生活情感等豐富多樣的層次與面向依序顯露出來。《半輪黃日》這部創痛沉重的作品當然也不例外，它透過不同人物、家庭、男女關係，結合奈國部落生活、政治經濟，乃至石油利益等各現實樣貌的龐大背景，交雜揉合了愛情親情、政治到戰亂的各種衝突，阿迪契無疑希望綜合呈現出這場慘痛內戰的起因、期間與重大社會衝擊。

儘管小說中看似未出現傳統女性主義小說裡典型的女性與父權制度的衝突，但阿迪契卻成功刻畫出主人翁歐拉娜與凱妮內兩位雙胞胎姊妹的性格，凸顯了她們的平權角色及其獨立性，更展現該時代受高等教育女性的自主力和行動力。阿迪契再度將眾多她總是關注的議題融於創作中，訴說這段慘烈戰事裡的動盪人物的生活與愛情、工作與夢想時，同時也拋出了關於道德責任、殖民主義、民族情感、族裔忠誠、階級體制、種族親情、愛情家庭等豐沛卻錯綜複雜的議題。

《半輪黃日》出色地喚起了比亞法拉時代的希望和毀滅性的失望，阿迪契也再次為全球讀者帶來現代非洲社會中強而有力、高度戲劇張力、充滿強烈情感、內涵深邃，但卻是最悲痛凝重的故事。

血腥已過，創痕難平

奈及利亞內戰起於英國殖民政府因經濟整合考量，在二十世紀初期將北方保護領域、西南部拉各斯殖民區域和東南部保護領域進行合併，使得奈及利亞和其他非洲許多被殖民國家的創建初期一樣，是一個種族與文化極度不和諧的實體，擁有著潛在分裂國家的各種因子。這也是奈國一九六〇年獲得獨立後，不到十年內就產生了分裂與慘烈戰爭的肇因。

比亞法拉戰爭凸顯了非洲在擺脫殖民統治後，對於泛非洲主義的重大挑戰，既顯示了非洲民族的多樣性，與強加整合了不同族裔所須面對的政經層面阻礙，更揭示了非洲在殖民時期被殖民母國所劃分後再合併的結構性缺陷。

戰爭失敗導致了伊博族裔在奈及利亞的政治上被邊緣化，戰事結束迄今超過半世紀，奈國未能出現另一位伊博族裔的總統，這讓部分伊博族人覺得受到不公平的懲罰。因為歷史糾葛所產生的不公允和被忽視的感受，也產生根深柢固的不滿情緒。因此，戰爭結束迄今，一再出現伊博民族主義以及比亞法拉分離主義團體組織。

內戰對於奈及利亞整體社會影響巨大，北方豪薩族的穆斯林群體與西南部的約魯巴基督教信仰群體，雖然整合戰勝了同樣身為基督教群體的伊博族裔，但政經情勢演變至今，歷史動亂因素交雜而生的族裔對峙情緒，依然明顯存在，不同種族和宗教團體間的緊張衝突，也仍然此起彼落地發生。

雖然奈國聯邦憲政體制運用了各種條款、措施，盡力把多種群體族裔間的對立，透過「分區」輪替（Zoning）方式拔擢不同族裔出任各類職務，甚至曾出任政黨的總統候選人，以彌補或消除過往的紛爭陰霾。但族裔之間依舊存在著難以消弭的創傷，導致半世紀前發生的血腥戰爭所遺留的問題，至今仍無法全面平息。

一九九九年，奈及利亞擺脫了長期的軍人干政，成立「第四共和」（Fourth Nigerian Republic）的民主體制後，再度修正了憲法條款，設法避免種族對立而再次走向內戰，或再度發生種族、宗教等衝突。體制改變的正向動力，是社會群體期盼悲劇不再重演的沉痛昭示。

後殖民時期到獨立之後，不同種族群體被迫生活在同一個屋簷下所歷經的動盪，以及種族和宗教緊張對峙、衝突戰亂局勢，甚至基本族群的文化與宗教差異，依然是奈及利亞與非洲這片廣袤大地上仍需面對的議題。

持續的文學創作，是傷痕與創痛的出口

奈及利亞文壇巨擘、「非洲文學之父」奇努阿・阿切貝（Chinua Achebe，一九三〇—二〇一三）曾在二〇一二年出版關於比亞法拉戰爭的個人歷史記事《曾經的國度：個人敘事的比亞法拉歷史》（*There Was a Country: A Personal History of Biafra*）；這是同樣身為伊博族裔的阿切貝在過世前半年，也是他在世的最後一本著作，這部書籍重新引起世界對這場戰爭的熱議。

另一位早期移居英國、在海外享有盛名的資深奈及利亞女作家布琪・艾梅契塔（Buchi Emecheta，一九四四—二〇一七），也曾以伊博族裔身分寫過一本以比亞法拉為背景的小說《目的地：比亞法拉》（*Destination Biafra*，一九八二）。

不同世代的奈及利亞代表性作家，都在不同時代持續為這段悲情歷史付出心力，以文學筆觸記錄下了一個時代的記憶，讓更多世人了解、體認與記住這段慘痛傷痕。此外，《半輪黃日》在二〇一三年由好萊塢拍成電影，眾多一線的非裔明星參與演出。

奈及利亞此起彼落出現的文學、歷史研究或藝術創作，從不避諱談論比亞法拉戰爭；我和先生曾造訪位於奈國大城拉各斯郊區約一個多小時車程的私立大學，校園裡設有一座藝術博物館。參訪

時，我們佇足在一件現代抽象木雕創作前，館方導覽人員分享了作品所刻畫的，正是比亞法拉戰爭時期因飢餓導致惡性營養不良症的孩子；我即刻拿手機記下了他所說的「惡性營養不良症」（Kwashiorkor）。在那瞬間，我的心情沉重不堪。

惡性營養不良症疾病，是因飲食嚴重缺乏蛋白質而引起，小說中女主角歐拉娜一直為寶貝尋求更多蛋白質錠。聯邦軍隊封鎖比亞法拉期間的飢荒瘦弱兒童照片，引起全世界對比亞法拉處境的同情；西方媒體報導這是近百萬人的種族滅絕，其中一半是兒童。

傷痕與創痛需要多久才能平復？該如何弭平？這不是一般社會或任何族裔所能夠輕易回答與能輕易達成的目標。但是，傷痕文學本身就是一種歷經沉痛、希望弭平的展現。自比亞法拉悲劇後的一九七〇年代至今，這個非洲人口最多、最大經濟體的聯邦體制仍持續維持，並透過民主選舉從實務面，希望大家應當都向前看、往前走。

如同戰爭結束時聯邦政府領袖雅各布・高恩將軍（Yakubu Gowon，一九三四—）著名的療傷與和解講詞，這場戰役「沒有勝利方，更沒有失敗者」（no victor, no vanquished）。

第一部

六〇年代初期

一

主人的腦子有點不正常。他有太多年的時間在海外讀書、常在辦公室裡喃喃自語、不見得每次都回應別人的招呼，毛髮也太過旺盛。厄格烏的姑姑在他們一起走上小徑時低聲這麼說。「但他是個好人，」她補充。「只要好好工作，你就能吃得很好，甚至能每天吃肉。」她停下腳步吐口水，那抹唾液伴隨著一陣咂嘴聲飛離她口中，落到草地上。

厄格烏不相信有誰可以每天吃肉，就連他即將一起住的這位主人也不可能，不過他沒反駁姑姑的說法，因為他已滿懷期待地說不出話，腦中也忙著想像自己離開那座村莊後的全新人生。此刻的他們自從在轉運站步下卡車後已經走了一陣子路，午後陽光灼熱地燒著他的後頸。可是他不在意。他甚至已經準備好要在更炎熱的陽光中走上好幾小時。自從他們經過大學大門後，他看到以前從未見過的街道出現在眼前，這些街道如此光滑，還鋪著瀝青，他真的好想把臉頰貼上去。他永遠無法向他的妹妹雅努利卡描述這裡的獨棟平房是如何漆上了天空的顏色，而且還像衣著體面的禮貌男人站成一排，也無法描述分隔這些房子的樹籬頂端修剪得多平整，看起來就像包上葉片的桌面。

姑姑走得更快了，她的涼拖鞋在安靜街道上發出啪、啪的聲響。厄格烏心想，不知道她是不是也能透過薄薄的鞋底感覺到地面的煤焦油越來越熱。他們經過一個路標，路標上寫著歐丁街，厄格烏用嘴型安靜讀出街名，他每次只要看到不會太長的英文字都會這麼做。他們走進一座住宅區，他聞到某種香甜、猛烈的氣味，確定是入口處一叢白花散發出來的。這些花叢的形狀就像一座座細瘦的山丘、草坪閃閃發亮，許多蝴蝶正在上方盤旋。

「我告訴主人，你什麼事都學得很快，osiso-osiso[1]，」他的姑姑說。這件事姑姑已經跟他說過好幾次，但厄格烏聽了還是專注地點點頭，她也常說他能獲得這份工作有多幸運：她一週前在掃數學系走廊的地板時，聽見主人說需要一名家務男僕來幫忙處理清潔工作，於是立刻趕在他的打字員及辦公室收發員還來不及開口表示可以介紹人之前，就先說她可以幫忙。

「我會學得很快，姑姑，」厄格烏說。他盯著車庫裡的車子看，有條金屬鍊子如同項鍊一樣環繞著藍色車體。

「記得，只要他叫你，你就要說是的，先生啊[2]！」

「是的，先生啊！」厄格烏重複了一次。

他們站在玻璃門前。厄格烏努力克制自己不去伸手去摸水泥牆，但他好想知道摸起來跟母親小屋因為鋪泥時留下隱約手印的泥牆有什麼不同。有那麼一個短短的片刻，他希望自己回到那裡，就在他母親的小屋裡，頭頂上是光線微弱但陰涼的茅草屋頂；又或是身處在他姑姑的小屋裡，那是村裡唯一有波浪鐵皮屋頂的小屋。

他的姑姑輕敲玻璃。厄格烏可以看見門後的白布簾。有人說話，用的是英文，「嗯？進來吧。」

他們脫下拖鞋後走進去。厄格烏從沒見過如此寬敞的室內空間。儘管屋內有看起來幾乎圍成一整圈的棕色沙發、沙發間的幾張邊桌、塞滿書的書櫃，以及放著插有紅白塑膠花花瓶的中央桌子，這個空間也不顯得擁擠。主人坐在一張扶手椅上，身上穿著一件無袖汗衫和短褲。他沒有坐直的身體斜靠著，整張臉埋在書裡，就彷彿完全沒意識到自己剛剛有叫人進來。

「午安，先生啊！這就是那個孩子，」厄格烏的姑姑說。

主人抬眼望向他們。他的膚色很深，像老舊的樹皮，覆蓋在他胸口和腿上的毛髮是一種更為深邃且豐美的黑色。他拿下眼鏡。「那個孩子？」

「那個男僕，先生啊。」

「喔，對，妳已經把男僕帶來了。I kpotago ya[3]。」主人的伊博語在厄格烏聽來就像羽毛般輕盈。那是沾染上英文滑溜發音色彩的伊博語，也是常說英文的人說的伊博語。

「他會努力工作，」他的姑姑說。「他是個非常好的孩子。告訴他該做什麼就行。謝謝你，先生啊！」

主人咕噥著回應了，他望著厄格烏及他姑姑的表情有點分心，就彷彿他們的出現讓他想不起某件要緊事。厄格烏的姑姑拍拍他的肩膀，低聲表示他要把工作做好，然後轉向門口。在她離開後，主人重新戴上眼鏡，望向那本書，他放鬆的身體變得更斜了，雙腿也往前伸長，就連在翻頁時，緊盯書本的他也維持著同樣姿勢。

1 伊博語：快、快。
2 本來應該是英文的「是的，先生（Yes, sir）！」但厄格烏的發音沒有捲舌，是受到當地語言影響的英文發音（pidgin），但為了不造成讀者閱讀困難，所以在此把「Yes, sah」翻成「是的，先生啊！」
3 伊博語：妳帶他來了。

厄格烏站在門邊，他等著。陽光從窗戶流瀉進來，時不時會有輕柔的微風掀起門簾或窗簾。室內除了主人翻頁的紙張摩擦聲外一片安靜。厄格烏就這樣站了一陣子，然後開始慢慢朝書架靠近，就彷彿想要躲進去，接著，又過了一陣子後，他已經坐到地板上，把他那只用酒椰葉纖維做的袋子抱在膝頭之間。他抬頭望向天花板，多刺眼的白啊。他閉上雙眼，試圖用完全不同的家具重新想像這個寬敞的空間，但沒辦法。他打開雙眼，再次遭到全新的讚嘆情緒淹沒，然後為了確保這一切都是真的，他四下張望，同時想著自己之後有機會坐在這些沙發上、需要擦亮這些滑溜的地板，還要清洗那些薄紗似的簾子。

「Kedu afa gi？[4]你叫什麼名字？」主人開口問，他嚇了一跳。

厄格烏站起身。

「你叫什麼名字？」主人坐直身體又問了一次。他的身體充滿那張扶手椅，濃密的頭髮聳立在頭頂，他的手臂滿是肌肉，肩膀寬闊；厄格烏本來想像他是個更老的男人，是個病弱的男人，而現在他突然害怕自己或許無法取悅這個看起來很有能耐的年輕男子，他看起來什麼都不需要。

「厄格烏，先生啊。」

「厄格烏。你是從奧布帕[5]來的？」

「從奧皮[6]來的，先生啊。」

「你的年紀有可能是十二歲到三十歲之間。」主人瞇起眼。「大概十三？」他用英文說「十三」。

「是的，先生啊。」

主人繼續回頭讀書。厄格烏就站在那裡。主人翻了幾頁後又抬頭看他。「Ngwa[7]，去廚房，那邊的冰箱裡應該有你能吃的東西。」

「是的，先生啊。」

厄格烏小心翼翼走進廚房，每一步都踏得很慢。他一看到那個幾乎跟他一樣高的白色東西就知道是冰箱。他的姑姑跟他說過。根據她的描述，冰箱就是個冰冰的穀倉，作用是不讓食物腐壞。他打開冰箱，因為撲面而來的冰涼空氣倒抽了一口氣。橘子、麵包、啤酒、非酒精飲料，許多袋裝和罐裝的食品排列在不同層架上，最高那層上還有一隻閃閃發亮的烤雞，那是只缺了一條腿的完整烤雞。厄格烏伸出手碰了碰那隻雞。冰箱對他的耳朵吐出沉重氣息。他再次碰了那隻雞，舔了一下手指，然後把另一隻雞腿扯下來，一直吃到手上只剩被他吸乾淨的一片片碎骨。接著他撕下一塊麵包，如果有親戚來家裡拜訪並帶這樣一塊麵包當禮物，他一定會非常興奮地跟其他手足分享。他吃得很快，就怕主人進來看見後會改變心意不讓他吃。而當主人進來時，他已經吃完那些食物，站在水槽旁，嘗試回想姑姑曾跟他說過要如何打開這東西，才能讓水像泉水一樣噴出來。主人已經穿上印花襯衣和長褲。他那些從皮拖鞋冒出的腳趾看起來很女性化，說不定是因為實在太乾淨了，而這種腳趾應該屬於一雙總是穿著包鞋的腳。

4 伊博語：你叫什麼名字？

5 奧布帕（Obukpa）是奈及利亞埃努古州恩蘇卡地區的一座小鎮。

6 奧皮（Opi）位於恩蘇卡地區，此地有伊博族的考古遺址。

7 伊博語：動作快。

「怎麼了？」主人問。

「先生啊？」厄格烏用手指向水槽。

主人走過來轉開金屬水龍頭。「你該在屋內到處走走，然後把袋子放進走廊旁的第一個房間。我要去散步，讓腦子清醒一下，inugo？[8]」

「是的，先生啊。」厄格烏看著他從後門離開。他不高，走路的姿態俐落、活力充沛，模樣看起來就像埃斯古。埃斯古是在厄格烏村子裡蟬聯摔角第一名紀錄的男人。

厄格烏關上水龍頭，然後打開，又關上。他就這樣開了又關、開了又關，最後終於因為神奇的流動水及躺在肚子裡的芳香雞肉及麵包笑了出來。他走過客廳進入走廊。那裡有許多書堆放在三間臥房的書架上及桌上，廁所裡的洗手台和櫥櫃上也有，書房內的書更是從地板堆到天花板，至於儲藏室內，在一個個板條箱裝的可樂和紙箱裝的「首相牌」啤酒旁也堆著許多舊期刊。有些書被打開後內頁朝下放著，就彷彿主人還沒讀完卻又匆忙決定改讀別本書。厄格烏嘗試唸出書的標題，可是大部分都太長、太難了。《非參數化方法》、《一份非洲調查》、《存在鎖鏈》，還有《諾曼第人對英格蘭的衝擊》。他走過每一個房間時都踮著腳，因為覺得自己的腳很髒，而在他這麼做的同時，他逐漸下定決心要取悅主人，為的是能待在這個有肉以及涼爽地板的屋子內。他仔細看過廁所，用手撫摸過黑色的塑膠坐墊，然後聽見主人說話的聲音。

「你在哪？我的好傢伙？」他的「好傢伙」是用英文說的。

厄格烏衝進客廳。「是的，先生啊！」

「你剛剛說你叫什麼名字？」

「厄格烏，先生啊。」

「對，厄格烏。看這裡，nee anya[9]，你知道這是什麼嗎？」主人指向一個東西，厄格烏看著那個金屬箱，還有金屬箱上一顆顆看起來很危險的突出物。

「不知道，先生啊，」厄格烏說。

「這是收音電唱機。非常棒的新東西，跟那種必須轉個不停的老舊留聲機完全不同。你得非常小心對待這台機器，非常小心，絕不能碰到水。」

「是的，先生啊。」

「我現在要去打網球，然後會去教職員俱樂部。」主人從桌上拿起幾本書。「我可能很晚才會回來。你自己安頓一下，好好休息。」

「是的，先生啊。」

厄格烏看著主人開車離開住宅區，然後走到那台收音電唱機旁仔細觀察，但沒有伸手去碰。然後他在屋內遊走，來來回回地走，不停撫摸那些書、窗簾、家具和盤子。天色變暗後，他打開燈，對於垂吊在天花板下的燈泡能夠如此明亮感到讚嘆，而且不像他老家的棕櫚油燈會在牆上拉出長長的陰影。他的母親現在已經在準備晚餐了，她會用雙手緊抓住杵在缽裡敲打 akpu[10]。爸爸的小老婆

8 伊博語：聽見了嗎？
9 伊博語：小心。
10 是用新鮮或發酵木薯做成的一種西非美食。

奇歐克則是會顧著用三顆石頭架在火上的一鍋稀湯，而孩子們會從溪邊回來在麵包樹下玩鬧、追逐。或許雅努利卡會在旁邊看著他們。她現在是家裡最大的孩子了。之後大家圍在火邊吃飯時，她會在年紀較小的孩子爭搶湯裡的小片魚乾時，負責把打架的兩方分開。她會等所有 akpu 吃完後再把魚乾分給大家，好讓每個孩子都有一片，然後把最大片的留給自己，就跟他之前每次做的一樣。

厄格烏打開冰箱，吃了更多的麵包和雞肉，他快速把食物塞進嘴裡，心臟跳得好快，就彷彿他正在逃亡；然後他從雞骨架間挖出更多肉屑，還把雞翅拔出來。他把碎肉片塞進短褲口袋，回到臥房。他要在姑姑來訪前收著這些肉，再拜託她把肉帶給雅努利卡。說不定他會請她也帶一些給內內希納奇，這樣或許終於能讓內內希納奇注意到他。他從不是很確定他和內內希納奇之間的親戚關係，可是他知道他們來自同個烏木那[11]，因此永遠不可能結婚。但他希望母親可以不要再把內內希納奇稱為他的妹妹，她有時甚至會說「拜託把這些棕櫚油帶去給內內希納奇的媽媽，如果她不在，就交給你妹。」

內內希納奇跟他說話時的聲音總是朦朧不清，雙眼也無法聚焦，就彷彿他在不在現場對她來說都沒差。有時她會叫他奇吉那，但那是他表哥的名字，而且兩人長得一點也不像，之後當他說，「是我啊，」她會說，「原諒我吧，我的兄弟厄格烏，」而她那時的語氣總是帶著疏遠的正式感，代表她沒有想繼續對話。可是他還是喜歡去她家跑腿，因為常有機會看見她彎腰為爐柴煽火、或是為母親的湯鍋切烏古[12]的葉子，又或者有時她就是坐在屋外看著其他年紀更小的弟妹，身上的罩衫垂得很低，讓他可以看見她的胸脯上緣。自從那對尖挺的乳房開始往外突起，他就一直在想摸起來究竟會是軟綿綿的手感，還是像烏比[13]樹上的未熟果子一樣堅硬。他常希望雅努利卡的胸部不要那麼平——他也忍不住想到底為何她長得那麼慢，畢竟她跟內內希納奇差不多年紀——這樣他就可以摸摸看她的乳房了。當然啦，雅努利卡會把他的手打掉，說不定還會賞他巴掌，可是他的動作會很快——捏一下就跑——這樣他至少能大概知道是什麼感覺，若是終於有機會碰到內內希納奇的胸部，他也能知道自己將會面對什麼。

但他擔心自己永遠沒機會碰到她的胸部了，因為她的叔叔已經要求她到卡諾[14]學習做生意。等到了今年底，她幫母親帶的最後一個孩子可以走路之後，她就要離開村莊去北方。厄格烏想跟他的其他家人一樣感到開心與感恩，畢竟去了北方就有辦法賺大錢；他知道有人在去那裡做生意後就能回家拆掉茅草小屋，蓋起有波浪鐵皮屋頂的房子。不過他害怕那些北方的大肚子生意人會看上她，接著在他還沒能反應過來的時候，就已經有人帶棕櫚酒來給她的父親，而他將永遠不再有機會碰到那對乳房。許多夜晚他撫摸自己，一開始動作輕緩，然後越來越激烈，最後他的口中會發出朦朧的呻吟，而在這段過程中，她的乳房總是他珍藏到最後才會浮現的影像。一開始他想到是她的臉，那飽滿的臉頰啊、那象牙色的牙齒啊，然後他會想像她的手臂抱住他，身體緊貼著他。終於，他讓她的乳房在腦中成形；那對乳房有時摸起來很硬，引誘他去啃咬，但那對乳房有些時又如此柔軟，甚

11 伊博語：烏木那（umunna）通常是指父母那一代的遠親長輩。
12 伊博語：烏古（ugu）是一種長在西非會結瓜的藤本植物，葉子通常拿來煮湯。
13 伊博語：烏比（ube）是一種非洲梨。
14 卡諾（Kano）是奈及利亞北部的大城市之一，主要居民為豪薩族。

至讓他害怕自己會在想像中捏痛她。

有那麼一刻，他考慮要在今晚想她，但又決定不要。別在主人家的第一個晚上吧，別在這張手編拉菲亞樹纖維墊完全比不上的床上這麼做吧。他先是用手壓入柔軟又如同彈簧般回彈的床墊，然後檢視床墊上一層層的布料，不確定是要睡在上面還是要在睡覺之前把這些布料全部移開。最後，他爬上去躺在一層層布料上，把身體緊緊蜷曲起來。

他夢見主人在叫他——厄格烏，我的好傢伙！——等他醒來時，主人已經站在門邊看著他。說不定之前那並不是夢。他跌跌撞撞地爬下床，瞄了一眼窗簾拉開的窗外，腦中一片混亂。已經很晚了嗎？他被這張柔軟的床拐騙後睡過頭了嗎？他通常會在第一批公雞叫的時候醒來啊。

「早安，先生啊！」

「這裡有很濃的烤雞味。」

「抱歉，先生啊。」

「雞肉在哪裡？」

厄格烏在短褲口袋裡翻找，把那些碎雞肉片拿出來。

「你們那邊的人會在睡覺時吃東西嗎？」主人問。他身上有件像是女人穿的外套，有條繩子看似漫不經心地綁在他腰間。

「先生啊？」

「你想在床上吃雞肉？」

「不是，先生啊。」

「食物就留在餐廳和廚房。」

「是的，先生啊。」

「廚房和廁所今天必須打掃乾淨。」

「是的，先生啊。」

主人轉身離開。厄格烏站在房間中央顫抖，伸出的手上還握著那些碎雞肉片。他真希望自己不需要穿過餐廳走到廚房。終於，他把雞肉放回口袋，深吸一口氣，離開房間。主人坐在餐桌旁，他面前的一堆書上放著一個茶杯。

「你知道真正殺掉盧蒙巴[15]的是誰嗎？」本來在讀雜誌的主人抬頭說。「是美國人和比利時人。跟加丹加[16]沒有關係。」

「是的，先生啊，」厄格烏說。他想要主人繼續說話，這樣他就能一直聽到他的宏亮說話聲，以及混雜在那些伊博語句間如同樂音般的英文。

「你是我的男僕，」主人說。「如果我命令你去外面拿根棍子毆打走在街上的一名女性，還讓她的腿流血受傷，那誰要為她的傷負責？你還是我？」

厄格烏盯著主人，搖搖頭，他不知道主人是不是在拐著彎罵他往褲子口袋裡藏雞肉的事。

15 帕特里斯·盧蒙巴（Patrice Lumumba）為剛果共和國獨立運動的主導人之一，曾在一九六〇年擔任第一任總理。

16 加丹加（Katanga）現在為剛果的一省，曾在一九六〇年到一九六一年時獨立，盧蒙巴後來在內戰中遭到俘虜，最後在一九六一年於此地遭到處決。

「盧蒙巴是剛果總理。你知道剛果在哪裡嗎？」主人問。

「不知道，主人啊。」

主人快速起身走向書房。厄格烏因為參雜著困惑的恐懼而眼皮顫抖。主人會因為他英文講不好、把雞肉放在口袋裡過夜，而且又不知道主人口中的那些陌生地名而把他送回家嗎？主人拿著一張很大的紙回來，推開桌上的書本和雜誌，把紙攤開放在餐桌上。他拿筆去指。「這是我們的世界。雖然畫這張地圖的人決定把他們的世界放在我們的世界上頭就是了，但其實沒有所謂的上下之分，你看。」主人拿起那張紙，對折，將兩邊的紙緣對在一起，讓紙的中間圍成一個中空的洞。「我們的世界是圓的，從未終結。Nee anya，這些都是水，是內陸海或遠洋，這裡是歐洲，這裡是我們的大陸，非洲，而剛果就在中間。北邊這裡是奈及利亞，最東南方這裡是恩蘇卡[17]，也就是我們所在的地方。」他用筆輕點那個地方。

「是的，先生啊。」

「你有上學嗎？」

「小學二年級的課，先生啊。但是我學什麼都很快。」

「二年級？多久前？」

「很多年前，先生啊。可是我學什麼都很快！」

「為什麼沒再去上學？」

「我父親的收穫不好，先生啊。」

主人緩慢地點點頭。「你父親為什麼沒找人借你的學費？」

「先生啊？」

「你父親該去借錢的！」主人突然發起脾氣，然後又用英文說，「教育是最重要的！如果我們沒有工具去理解剝削，那要怎麼抵抗剝削？」

「是的，先生啊！」厄格烏猛力點頭。因為主人眼中出現的狂野光芒，他已經決心盡可能表現機靈。

「我會幫你註冊教職員小學，」主人說，他還在用筆輕輕敲打那張紙。

厄格烏的姑姑有跟他說過，如果他表現得好，主人幾年後就會把他送到商業學校，他可以在那裡學習打字和速記。她有提過教職員小學，但只是為了說明那是講師孩子讀書的地方，那裡的學生會穿藍色制服和有著精緻蕾絲邊的白襪子，而且那精緻的程度會讓人不禁懷疑：怎麼會有人願意為了僅僅一雙襪子浪費這麼多時間？

「是的，先生啊，」他說。「謝謝你，先生啊。」

「我想你會是課堂上年紀最大的孩子，畢竟是這個年齡才去上三年級的課程，」主人說。「你唯一能獲得其他同學敬重的方法，就是要成為最出色的學生。明白嗎？」

「是的，先生啊！」

「坐下，我的好傢伙。」

厄格烏選了距離主人最遠的椅子坐下，還不自在地把兩隻腳緊貼在一起。他寧可站著。

17 恩蘇卡（Nsukka）是奈及利亞南部的一個地區，居民以伊博族為主，奈及利亞的第一所大學就建立於此。

「關於這片土地，他們教給你的知識其實都有兩種答案：一種是真正的答案，另一種是為了在課堂上拿分數而必須給出的答案。你必須在讀書後學會兩種答案。我會給你書，很好的書。」主人停止講話，啜了一口茶。「他們會跟你說有個叫蒙戈．帕克[18]的白人發現了尼日河。那都是鬼話。我們的民族早在蒙戈．帕克的祖父出生前就在尼日河捕魚了。可是在考試時，這題的答案還是要寫蒙戈．帕克。」

「是的，先生啊。」厄格烏希望這個叫作蒙戈．帕克的人之前沒有太過冒犯主人。

「你沒辦法說些別的話嗎？」

「先生啊？」

「為我唱首歌吧。」

「先生啊？」

「為我唱首歌。你知道些什麼歌呢？唱吧！」主人摘下眼鏡。他的眉心凹陷，表情很嚴肅。厄格烏開始唱一首他在父親農場上學到的老歌。他的心臟把胸腔猛力敲打得好痛。「Nzogbo nzogbu enyimba, enyi…[19]」

他一開始低聲唱，但主人一邊用筆敲打桌面一邊說「大聲點！」所以他扯開嗓子唱，但主人還是一直說「大聲點！」直到最後他幾乎像是在吼叫。在反覆唱過幾次之後，主人要他停下來。「很好、很好，」他說。「你會泡茶嗎？」

「不會，先生啊。但我學很快，」厄格烏說。唱歌讓他的心裡有些什麼鬆開了，也讓他比較能自在呼吸、心臟也不再猛烈跳動。他深信主人確實是腦子有問題。

「我大部分時間都在教職員俱樂部吃飯。現在既然你在這裡，我想我需要多帶一點食物回家。」

「先生啊，我會煮飯。」

「你有在煮飯？」

厄格烏點點頭。他有許多晚上的時間都在看母親煮飯。他會為她生火，也會在火快滅掉時幫忙把餘燼重新煽起來。他會將地瓜和木薯削皮搗碎、把外皮掃入米飯、從豆子中挑出象鼻蟲、剝掉洋蔥的皮，也會把辣椒磨碎。當他母親因為生病咳嗽時，他常希望是由他而非雅努利卡來負責煮飯。他從沒跟別人講過這件事，就連雅努利卡也沒說；她已經說他花太多時間待在那些煮飯女人的身邊，如果他繼續這樣做可能連鬍子都長不出來。

「那麼，你可以煮自己的食物，」主人說。「寫出你需要的食材清單。」

「是的，先生啊。」

「你不知道要如何去超市，對吧？我會要喬莫帶你去。」

「喬莫？先生啊？」

「喬莫負責照料這個住宅區。他一週會來三次。有趣的傢伙，我見過他跟長在院子裡的巴豆說

18 蒙戈・帕克（Mungo Park）是十八世紀後期出生的蘇格蘭探險家，他在十八世紀末到尼日河探險，還寫了非常受歡迎的相關旅遊書。

19 伊博語，是一首跟戰爭有關的歌，大致可翻譯為：「狂奔向死亡，狂奔向死亡，即將遠征的大象，大象……」

話。」主人停頓了一下。「總之，他明天會來。」

後來，厄格烏寫了一張食物清單，交給主人。

主人盯著那張清單看了一陣子。「還真是很多黏在一起寫的字呢，」他用英文說。「我想他們會在學校教你使用更多母音。」

厄格烏不喜歡主人臉上興味盎然的表情。「我們需要木頭，先生啊，」他說。

「木頭？」

「為了你的書，先生啊。有木頭才能整理。」

「喔，對，書架。我想我們可以找個地方擺更多書架，或許就在走廊吧。我會跟工務處說。」

「是的，先生啊。」

「歐登尼伯。叫我歐登尼伯。」

厄格烏一臉懷疑地盯著他。「先生啊？」

「我的名字不是先生啊。叫我歐登尼伯。」

「是的，先生啊。」

「歐登尼伯永遠會是我的名字。誰是你的『先生』卻是說變就變。比如明天可以換你當『先生』。」

「是的，先生啊——歐登尼伯。」

厄格烏真的寧可叫他先生啊，這個詞帶著一種俐落的力道。幾天後有兩個工務處的男人來表示要在走廊裡裝設書架時，他也是跟他們說必須等「先生啊」回來，因為他不會用打字機般的字體在白紙上簽名。當時他就是驕傲地稱他先生啊。

「他就是從那種村莊來的男僕，」其中一個人不屑地說，厄格烏望著那個男人的臉，低聲詛咒他和他的所有子孫一輩子瘋狂拉肚子。他在整理主人的書時告訴自己，而且是突然大聲說出口：他要學會如何在表格上簽名。

接下來的幾星期，他仔細檢視這間獨棟平房的每個角落，發現有個蜂窩座落在腰果樹上，還有蝴蝶會在陽光最亮的時候聚集在前院，在此同時，他也同樣仔細觀察主人的生活節奏。每天早上，他都會撿起攤販丟在門口的《每日時報》和《文藝復興報》[20]，折好後放在主人的茶和麵包旁邊。他會在主人吃完早餐前把他的歐寶車洗好，而等主人結束工作回來睡午覺時，他會再次把車上的灰塵掃掉，主人之後又會開車去網球場。在主人躲進書房好幾小時的那些日子，他會安靜地到處走動，等到主人開始大聲說話並踱步到走廊上時，他會準備好可以泡茶的熱水。他每天刷洗地板，把百葉窗擦到在會在午後陽光中發亮；他就連浴缸裡最小的裂縫也不放過，還會把給主人朋友提供可樂果的淺碟子擦到閃亮無比。每天客廳裡至少會來兩名訪客，此時主人會打開收音電唱機，小聲播放出像是笛音的奇特樂曲，那樂曲的音量小到足以讓客廳的談話、笑聲，還有玻璃杯的敲擊音響清楚傳到正在走廊燙主人衣服的厄格烏耳裡。

他想要做的更多，他想讓主人有更多理由把他留下來，所以有天早上他燙了主人的襪子。那雙

20《每日時報》（*Daily Times*）和《文藝復興報》（*The Renaissance*）都是奈及利亞確實存在的報紙，可是《文藝復興報》只在一九七〇—一九七五年間發行，而這裡的故事背景應該是在戰爭爆發前，也就是在一九六七年之前。

黑色羅紋襪看起來不皺，但他覺得燙平後會更好，可是等到他抬起嘶嘶作響的熱熨斗時，卻看見有半隻襪子黏在熨斗上。他立刻僵住。坐在餐桌邊的主人就快吃完早餐，所以隨時都可能進來穿上鞋襪、取走架上的檔案夾後出門上班。厄格烏想把襪子藏進椅子底下，然後衝去抽屜那裡拿出一雙新襪子，但雙腿卻完全動不了。他拿著那隻燙壞的襪子站在那裡，同時很清楚主人會發現他呆站在這裡。

「你燙了我的襪子，是吧？」主人問。「你這愚笨的蠢貨。」愚笨的蠢貨這幾個字像音樂一樣從他口中流瀉出來。

「抱歉，先生啊！抱歉，先生啊！」

「我跟你說過別叫我先生。」主人拿起一個書架上的檔案夾。「我已經遲到了。」

「先生啊？我該拿另一雙來嗎？」厄格烏問。可是主人已經光腳套上鞋子，匆匆走出家門。厄格烏聽見他把車門用力甩上後駕車離開，覺得胸口好沉重。他真不知道自己為什麼要燙襪子？為什麼他不燙那件狩獵風外套就好？邪靈啊，一定是因為邪靈。是邪靈讓他這麼做的。畢竟這些邪靈到處遊蕩。每次他只要生病發燒，或像是他從樹上跌下來那次，他母親都會用okwuma[21]一邊按摩他的身體一邊喃喃自語，「我們會打敗邪靈，邪靈不會贏。」

他走到屋外的前院，前院的草坪修剪得很整齊，他走過草坪邊緣排列的一顆顆石頭。邪靈不會贏。他不會讓邪靈打敗他。草坪中央有片沒長草的圓形地面，像是綠海中的一座島，其中矗立著一棵棕櫚樹。厄格烏從沒見過這麼矮的棕櫚樹，但也沒見過有棕櫚樹的葉片向外展開得如此完美。這棵樹看起來不夠強壯，根本結不出果子，總之就像此處的大多數植物一樣毫無用處。他撿起一顆石頭丟向遠方。太多浪費掉的空間了。在他的村莊，人們可以在家門外任何一片小到不行的土地種上有用的蔬菜和香草。不過他母親沒有需要特地去種她最愛的香草 arigbe[22]，因為這種草到處都是。她以前會說 arigbe 能軟化一個男人的心。她是三個老婆中的第二個，沒有大老婆或小老婆身分的特殊地位，所以她告訴厄格烏，每當要向丈夫提出要求之前，她都會為他煮加入 arigbe 的辣地瓜粥。這麼做有用喔，每次都有用。說不定這樣做對主人也有用。

厄格烏到處尋找 arigbe。他在粉紅色的花朵間尋找、在有一顆像是海綿般的蜂窩座落其中的腰果樹底下尋找、在有黑色行軍蟻沿著樹幹上下爬的檸檬樹下尋找，也在成熟果實被鳥挖出許多肥大坑洞的泡泡樹底下尋找。但這些地面都非常乾淨，沒有任何香草。喬莫的除草工作總是做得徹底又仔細，不容許任何不需要的事物存在。

他們第一次見面時，厄格烏向喬莫打招呼，但喬莫只是點點頭就繼續工作，什麼都沒說。他是個矮小的男人，強悍的身體感覺皺縮得很嚴重，厄格烏覺得比起他用金屬澆水壺對準的那些植物，更需要灌溉的其實是他的身體。終於，喬莫抬起頭望向厄格烏。「Afa m bu Jomo[23]，」他如此宣布，就彷彿厄格烏不知道他的名字一樣。「有些人叫我肯亞塔[24]，就是那個肯亞偉人的名字。我是個獵

21 伊博語：乳油木油。
22 伊博語：丁香羅勒。
23 伊博語：我的名字是喬莫。
24 喬莫．肯亞塔（Jomo Kenyatta）是肯亞第一位總統。

人。」

厄格烏不知道該回什麼，因為喬莫直直盯著他的雙眼，好像期待可以聽見厄格烏做過什麼了不起的事。

「你都殺哪種動物？」厄格烏問。喬莫的臉綻放出光芒，彷彿這正他期待的提問，然後開始聊起他的打獵生活。厄格烏坐在通往後院的階梯上聽他說。他打從第一天起就不相信喬莫的那些故事——徒手擊退一隻豹啊、一槍殺死兩隻狒狒啊——但他喜歡聽那些故事。他還特地把洗主人衣服的日子挪到喬莫會來的時候，這樣才能在喬莫工作時坐在屋外。喬莫緩慢移動的姿態總是帶著一絲刻意。他耙草、澆水和種植的動作不知為何散發著莊嚴又睿智的光芒。他可以在修剪樹籬時抬頭說，「那可真是塊好肉，」然後走到綁在他腳踏車後方的羊皮袋旁，從裡面翻出彈弓。有一次，他用小石頭從腰果樹上打下一隻野鴿，再用葉子包起來放進他的袋子。

「如果我不在的話，別靠近那個袋子，」他告訴厄格烏。「你可能會在裡面找到一顆人頭。」厄格烏笑了出來，但並不是完全不相信喬莫的話。他好希望喬莫今天有來工作。喬莫會是可以讓他詢問 arigbe 在哪裡的人選——他也能針對如何安撫主人給出意見。

他走出住宅區，抵達街上，仔細在路邊的植物間翻找，最後終於在木麻黃根部附近看見那堆凌亂的葉子。他從未在主人從教職員俱樂部帶回來的清淡食物中聞到任何像是 arigbe 的刺鼻辣味，所以他打算用 arigbe 來煮燉菜，然後搭配米飯給主人吃，之後再向他求情。請不要把我送回家，先生啊。我會為了燙壞的襪子加倍努力工作，還會賺錢買新的襪子。他不知道到底要做什麼才能賺到買襪子的錢，但反正他計畫要這樣跟主人說。

如果 arigbe 軟化了主人的心，說不定他可以在後院種一些其他香草。他會跟主人說自己打算在開始上學前整頓一座菜園，畢竟教職員學校的女校長已跟主人說他無法從學期中插班就讀。但他的期望或許太高了，畢竟如果主人要他離開，想著要開拓一座香草菜園又有什麼意義？萬一主人不願意原諒他燙壞襪子的舉動呢？他快步走進廚房，把 arigbe 放在流理台上，開始量米。

幾小時後，他在聽見主人的車聲，然後感覺肚子一陣緊繃：首先傳來的是車道上的碎石攪動聲和引擎的嗡鳴，然後所有聲音在車庫內停止。他站著攪動那鍋燉菜，手握住勺子的力道就跟他的肚子一樣緊繃。主人會在他有機會為他送上食物前就叫他離開嗎？他要怎麼跟他的家人說？

「午安，先生啊——歐登尼伯，」他甚至在主人還沒走進廚房前就已經開口。

「好、好，」主人說。他用一隻手在胸口夾住幾本書，另一隻手拎著公事包。厄格烏衝過去幫他拿書。「先生啊？要吃飯嗎？」他用英文問。

「吃什麼？」

厄格烏感覺肚子繃得更緊了。他害怕自己彎腰把書放到桌上時肚子會緊繃到裂開。「燉菜，先生啊。」

「燉菜？」

「是的，先生啊。非常好的燉菜，先生啊。」

「那我吃一些吧。」

「是的，先生啊！」

「叫我歐登尼伯！」主人厲聲說，然後在下午時分沖了個澡。

厄格烏把食物放到桌上，站到廚房的門邊。他看著主人用叉子吃進第一口米飯和燉菜，然後又是一口，接著他開口，「幹得好，我的好傢伙。」

厄格烏從門後走出來。「先生啊？我可以在小菜園裡種一些香草，這樣就能煮更多類似的燉菜。」

「菜園？」主人停下來啜飲了一口水，然後將一本期刊翻了一頁。「不、不、不，外面是喬莫的領土，裡面是你的。這是勞務分工，我的好傢伙。如果我們需要香草，我們會要求喬莫去處理。」厄格烏喜歡主人用英文說勞務分工和我的好傢伙的聲音。

「是的，先生啊，」他說，不過他其實已經想好最適合用來開墾香草菜園的地點：就靠近主人從未去過的男僕宿舍附近。他不能把香草菜園交給喬莫，他不信任他，他會在主人不在時親自照顧那座菜園，這樣的話，他的「原諒草藥」arigbe 就永遠不會有用完的一天。一直到那天晚上，他才意識到，主人一定早在回家前就已經忘記有隻襪子被燙壞了。

厄格烏後來還意識到其他事：他不是一般的家務男僕。比如隔壁歐奇克醫生的男僕就沒有睡在臥房的床上，而是睡在廚房地板上，至於街尾那個會跟厄格烏一起上市場的男僕從不能決定要煮什麼，而是主人命令他煮什麼就煮什麼。他們的主人或女主人也不會給他們書，並說，「這本書很棒，實在很棒。」

厄格烏無法理解書裡的大部分句子，可是會表現出有在讀的樣子。他也無法完全明白主人和朋友之間的對話，但總之還是會聽，然後得知世界應該要為那些在沙佩維爾[25]遭到殺害的黑人做出更多行動、美國的間諜飛機在俄國遭擊落是美國人活該、戴高樂在阿爾及利亞的表現很笨拙，以及聯合國永遠無法趕走加丹加的沖伯[26]。每隔一陣子，主人就會站起來舉杯高聲說話——「敬那位帶頭進入密西西比大學就讀的勇敢黑人！」「敬英屬錫蘭和全世界第一位女性總理！」「敬古巴在美國最擅長的比賽中打敗美國！」——然後厄格烏會享受地聆聽啤酒瓶跟玻璃杯彼此敲擊、玻璃杯跟玻璃杯彼此敲擊，以及瓶子跟瓶子彼此敲擊的聲音。

有更多朋友會在週末來訪，當厄格烏出來為大家送上飲料時，主人有時會介紹他——用的當然是英文。「厄格烏幫我處理家務事。非常機靈的男孩。」此時厄格烏會繼續沉默地拔掉啤酒和可樂的瓶塞，同時感到一股發光的暖流從他的腳尖開始往上擴散。他特別喜歡主人把他介紹給外國人，像是那個來自加勒比海而且講話時有點結巴的強森先生，又或是李曼教授——那個講話鼻音很重的美國白人有雙像是新生葉片般扎人的綠色眼睛。厄格烏第一次看見他時有一點嚇到，因為在他的想像中，只有邪靈才會有綠色眼睛。

他很快就熟悉了那些常來的客人，所以不需要主人吩咐就能拿出他們要的飲料。這些人當中包括了佩特爾醫生，這個印度男人喝的是金色幾內亞啤酒混可樂。主人都稱呼他醫生。每次只要厄格烏拿出可樂果，主人都會說，「醫生，你知道可樂果不懂英文吧，」然後開始用伊博語為可樂果說

25 沙佩維爾（Sharpeville）是南非的一座小鎮。一九六〇年三月二十一日，這個黑人小鎮中發生了針對歧視性法律的和平抗議，卻遭到警方掃射，最後總共有六十九人死亡。

26 莫伊茲．沖伯（Moise Tshombe）是剛果共和國的政治家，曾鼓吹加丹加省的獨立運動，在比利時的支持下與聯合國的維和部隊對抗。

一些祈福的話。佩特爾醫生每次聽了都會笑，而且笑得很開心，他會笑到往後靠向椅背，兩隻短腿還抬到半空中，一副從沒聽過這笑話的模樣。等到主人把可樂果剝開，把放著可樂果的淺盤傳遞給大家時，佩特爾醫生會拿起其中一瓣放進襯衣口袋。厄格烏一次都沒見過他吃下去。

另外還有個高高瘦瘦的艾茲卡教授，他的聲音極為低啞，聽起來就像在說悄悄話。他總會拿起玻璃杯對著光看，為的是確定厄格烏有洗乾淨。有時他會帶自己的琴酒來，如果沒帶琴酒就會要求喝茶，然後同樣會仔細檢查糖罐和裝牛奶的錫杯，一邊喃喃自語，「細菌的能耐可驚人啦。」

還有一個人名叫奧奇歐瑪，他最常來訪，待的時間也最長。他看起來比其他客人都年輕，身上總是穿著一條短褲，像是灌木叢的偏分髮型聳立得比主人的頭髮還高。那些髮絲既粗糙又糾結，跟主人的不同，就彷彿奧奇歐瑪從來不梳頭髮。奧奇歐瑪喝芬達汽水。他有時會在晚上前來造訪時大聲朗讀他的詩作，朗讀時手上還會抓著一綑紙，厄格烏可以透過廚房的門看見所有其他客人望著他，他們的表情凍結，就好像不敢呼吸。朗讀結束後，主人會拍手，然後用他的大嗓門說，「這是一整個時代的心聲！」之後掌聲會一直持續到奧奇歐瑪突兀地開口，「可以停了！」

另外還有阿德芭尤小姐，她跟主人一樣喝白蘭地，而她的樣子跟厄格烏以為的大學女人一點也不像。他的姑姑跟他稍微聊過大學裡的這些女人，而她之所以知道這種事，是因為她白天在學校的科學院擔任清潔工，到了晚上還會去教職員俱樂部當服務生；有些時候，這些老師還會付錢請她到家裡打掃。她說這些大學裡的女人會把她們在伊巴丹[27]、英國或美國讀書時的照片裱框放在書架上。她們早餐吃的雞蛋煎得不太好，所以蛋黃流得到處都是，另外她們會戴很有彈性的直假髮，身上穿長及腳踝的連身裙。她說過一個發生在教職員俱樂部雞尾酒派對上的一個故事，當時有對男女從一台很不錯的寶獅４０４轎車中爬出來，其中的男人穿著優雅的奶油色西裝，女人穿著綠色連身裙。就在所有人轉頭去看手牽手走過來的兩人時，有陣風吹走了那女人的假髮。她是光頭。都是因為她們會用熱燙的梳子去把頭髮梳直啦，他的姑姑曾這麼說，因為她們想看起來像白人，可是最後頭髮都會因為燙壞而脫落。

厄格烏想像過那個光頭女人的樣子：她長相美麗，鼻子堅挺，總之不是他習慣看到的那種扁塌鼻子。他想像她是如此沉靜、優雅，就連打噴嚏、笑或說話都像貼近雞隻皮膚的那層底毛一樣柔軟。可是那些來拜訪主人的女人不一樣，那些他在超市和街上看到的女人也不一樣。他們當中的大多數人確實都戴假髮（有少數幾個人把頭髮綁成辮子或把繩子編進辮子），但總之並不像纖細柔弱的草莖。她們很囂張，而其中最囂張的就是阿德芭尤小姐。她不是伊博族的女性；就算他沒在市場遇見她和她家女僕並聽見她們講著速度很快又很難懂的約魯巴語[28]，厄格烏仍可以從她的名字確認她不是伊博族的人。她曾要他等一下，她等等可以開車載他回校園，而儘管他明明已經完成購物，卻還是道謝後表示他還有很多東西要買，還說之後會自己搭計程車回家。他不想搭她的車，也不喜歡她常常在客廳時用大嗓門蓋過主人的說話聲，更何況她還會挑戰他、與他爭論。他常要克制自己

27 伊巴丹（Ibadan）是奈及利亞面積最大的城市，一九六〇年時是這個國家最大且人口最密集的城市，主事者為約魯巴族。

28 約魯巴人（Yoruba）是西非主要民族之一，也和奈及利亞北部的豪薩族、東南部的伊博族並列為此國人數最多的三大民族。

提高音量從廚房門後大吼著要她閉嘴的衝動，尤其是她說主人是個詭辯家的時候。他不知道詭辯家是什麼意思，可是他不喜歡她那樣稱呼主人，也不喜歡她看主人的方式。有時就連其他人在說話，她應該要把注意力放在說話者身上時，她卻還是盯著主人看。有個週六晚上，奧奇歐瑪把玻璃杯掉在地上，厄格烏進來清理地上的玻璃碎片，然後花了點時間打掃。他在這裡可以把對話聽得比較清楚，也才能聽出艾茲卡教授在說什麼。之前在廚房幾乎不可能聽見他在說什麼。

「關於在美國南方發生的事，我們真應該做出一個規模更大的泛非洲回應——」艾茲卡教授說。

主人打斷他。「你知道，泛非洲主義根本上就是一個歐洲的概念。」

「你這是在岔題，」艾茲卡教授說，然後用他一貫的高高在上姿態搖頭。

「或許那確實是個歐洲的概念，」阿德芭尤小姐說，「可是如果廣義來看，我們都屬於同一個種族。」

「什麼樣的廣義？」主人問。「這是屬於白人的廣義吧！難道妳看不出來，我們只有在白人眼裡才看起來都一樣？」厄格烏注意到主人的聲音開始變得大聲，而到了第三小杯白蘭地之後，他開始拿著玻璃杯做手勢，身體也往前傾，而且幾乎是坐到扶手椅的最邊緣。等主人深夜上床睡覺之後，厄格烏會坐在同一張椅子上想像自己飛快說著英文，眼前則是沉醉於他發言的賓客，他會使用像是「去殖民」或「泛非洲」這類字詞，並把自己的聲音打造成主人的聲音；他同樣也會不停改變坐姿，直到自己坐到椅子的邊緣。

「當然我們都是一樣的，我們都受到白人壓迫，」阿德芭尤小姐語氣乾巴巴地說。「泛非洲主義就是最合理的回應。」

「當然、當然，但我的重點是，非洲唯一正統的身分認同是每個人所屬的部落，」主人說。「我之所以是奈及利亞人，是因為白人創造了奈及利亞這個國家，然後給了我這個身分。我之所以是黑人，也是因為白人建構出黑人這個盡其所能與白人區別的概念。可是在白人來之前，我是個伊博人。」

艾茲卡教授輕蔑地用鼻子哼了一聲，搖搖頭，他把一條瘦腿翹在另一條瘦腿上。「可是你之所以能意識到你是伊博人，也是因為白人。泛伊博概念本身就是面對白人宰制而來的結果。就算是你今日看待部落的方式，也勢必要跟國家及種族一樣被當成是殖民的產物。」艾茲卡教授把翹著的二郎腿放下，重新翹起另一條腿。

「泛伊博概念早在白人出現前就存在了！」主人大吼。「關於你們的歷史，去問問你們村莊的長者吧。」

「問題在於歐登尼伯就是個無可救藥的部落主義者，我們得讓他安靜下來，」阿德芭尤小姐說。

然後她做了一件嚇壞厄格烏的事：她笑著站起身，走到主人面前，用手指壓住主人的嘴唇。她站在那裡的時間感覺好長，而她的手指就這樣壓在他的嘴巴上。厄格烏想像主人被白蘭地稀釋的唾液碰觸到她的手指，一邊全身僵硬地撿起地上的玻璃碎片。他真希望主人不是只有坐在那裡，一副整件事有夠好笑的那樣搖搖頭而已。

自從那件事之後，阿德芭尤小姐就成了威脅。她開始看起來越來越像一隻果蝠，因為她有張皺縮的臉，膚色灰黑，就連印花連身裙飄逸的樣子也像是從她身體長出的翅膀。厄格烏總是最後才送上她的飲料，而且會在替她開門前故意浪費很多時間在抹布上擦手。他擔心她會跟主人結婚，也擔心她會把那個說約魯巴語的女僕帶進這個家，摧毀他的香草菜園，還指揮他可以或不可以煮些什麼。直到他聽見主人和奧奇歐瑪在交談。

「她看起來今天沒想要回家，」奧奇歐瑪說。「Nwoke m[29]，你確定你沒打算跟她搞些什麼嗎？」

「別胡說八道了。」

「就算你做了什麼，倫敦那邊也不會有人知道。」

「聽著、聽著——」

「我知道你對她沒那個意思，但我還是不懂，那些女人到底是看上你什麼。」

奧奇歐瑪笑了，厄格烏鬆了一口氣。他不想要阿德芭尤小姐——或任何女人——入侵或破壞他們的生活。有些晚上，當訪客早早離開，他會坐在客廳的地板上聽主人說話。主人說的大多是厄格烏不理解的話，就彷彿白蘭地讓他忘記厄格烏並不是他的訪客。可是那也無妨。厄格烏需要的就是那低沉的嗓音、那受到英文影響而改變音調的伊博語，以及那副厚重眼鏡鏡片上閃爍的光芒。

他跟主人相處四個月後，主人告訴他，「有個特別的女人週末會來這裡住。非常特別的女人。你一定要確定把房子打掃乾淨。我會從教職員俱樂部叫食物回來。」

「可是先生啊，我可以煮，」厄格烏說，他有一種悲傷的預感。

「她才剛從倫敦回來，我的好傢伙，她喜歡用特定的方式煮米飯，應該是『炸飯』[30]吧，我想。我不確定你能煮出適合的餐點。」主人轉身走開。

「我可以煮那個，先生啊，」厄格烏快速接話，但他其實完全不知道「炸飯」是什麼。「讓我來準備米飯吧，你可以從教職員俱樂部帶雞肉回來。」

「很漂亮的協商技巧，」主人用英文說。「好吧，那就讓你準備米飯。」

「好的，先生啊，」厄格烏說。之後他一如往常地打掃房間，仔細刷洗廁所，可是主人看了卻說還不夠乾淨，他出門買了另一罐「潔而亮」牌清潔粉，然後語氣嚴厲地問厄格烏為什麼不清理磁磚之間的縫隙。厄格烏再打掃了一次。他刷洗到汗水都從臉龐兩側流下來，還刷洗到兩隻手臂痠疼。到了週六，他一邊煮飯一邊發怒。主人以前可從不會抱怨他工作做得不好。都是這女人的錯。這個在主人心中特別到連他都沒資格為她煮飯的女人嘛。剛從倫敦回來嘛，好嘛。

門鈴響起時，他低聲詛咒她的肚子會因為吃到糞便而腫脹起來。他聽見主人提高音量，聲音顯得既興奮又孩子氣，之後是一陣漫長的沉默，他想像兩人彼此擁抱，而她醜陋的身體就緊貼在主人身上。然後他聽見她說話，整個人因此呆站住不動。他一直以為主人的英文無人能及，比如艾茲卡教授就當然比不上，他的英文根本難以入耳，奧奇歐瑪也不行，他說英文就像在說伊博語，包括所有的抑揚頓挫都跟伊博語一樣，另外佩特爾也不行，他的英文只不過是過時的輕快旋律。就連那位身為白人的李曼教授也因為總是用鼻子擠出每個英文字，所以聽起來沒有主人的英文那樣莊重。主人說出的英文就像樂音，可是厄格烏現在從這女人口中聽見的卻是魔法。那是一種高等的口音、一種透亮的語言，而且就是他透過主人收音機聽廣播節目時出現的那種英文，其中每個字感覺都能清

29 伊博語：我的老兄。

30 炒飯的英文 fried rice 在此被厄格烏誤會為「油炸米飯」。

脆精準地滾動出來。這讓他聯想到用剛磨好的刀去切一顆地瓜，期間每切一片的刀法都隨性而精準。

「厄格烏！」主人大喊。「拿可樂來！」

厄格烏走到客廳。她聞起來有椰子的香氣。他跟她打招呼，但他的「午安」只是含在口中的喃喃自語，雙眼也盯著地板。

「Kedu[31]？」她問。

「我很好，女士啊。」他還是沒看她。他拔起瓶塞，她因為主人說的一些話笑了。厄格烏正要把冰可樂倒進她的玻璃杯時，她碰了一下他的手，說，「Rapuba[32]，我自己來。」

她的手有一點潮濕。「好的，女士啊。」

「你的主人跟我說你把他照顧得很好，厄格烏，」她說。她的伊博語比英文還柔軟，而他對她能如此輕鬆地說出伊博語感到失望。他多希望她的伊博語講得結結巴巴。他沒料到一個英文說得那麼完美的人也能說出完美的伊博語。

「好的，女士啊，」他喃喃地說，但雙眼還是盯著地板。

「你為我們煮了什麼？我的好傢伙？」主人一副什麼都不知道地問他。他的快活口氣聽起來很惱人。

「我現在送，先生啊，」厄格烏用英文說，然後好希望他剛剛說的是我現在送上來，因為這樣聽起來比較好，也可以讓她留下更好的印象。他在布置餐桌時一直阻止自己瞄向客廳，但其實還是能一直聽見她的笑聲和主人的說話聲——主人那音色完全不同的說話聲極為惱人。

他終於在她和主人一起在餐桌邊坐下時望向她。她那張橢圓形的臉就像一顆蛋，皮膚是雨水浸濕土地後的豐美顏色，她的雙眼又大又往上斜，看起來根本不是會在世間走路或與他人說話的存在。她應該要像是主人書房裡的那個人偶一樣收藏在玻璃盒子裡，好讓人們讚嘆地欣賞她充滿曲線的肉感身體，而她也才能不受汙染的被人永久保存在玻璃盒子裡。她留著長髮，每根垂到脖子的辮子尾巴都柔軟蓬鬆。她常輕易露出微笑，牙齒也跟她的眼白一樣白亮。他不知道他站在那裡盯著她看了多久，直到主人終於說，「厄格烏通常煮得比今天好。他可以煮出很棒的燉菜。」

「這實在沒什麼味道，但當然也不難吃，」她說。她先對著主人微笑後才轉頭面向厄格烏。「我會教你如何正確處理米飯，厄格烏，可以不需要用這麼多油。」

「是的，女士啊，」厄格烏說。這是他藉由自己想像中的「炸飯」發明出的作法：他用花生油去「油炸」米飯，而且有點希望他們會因此立刻開始拉肚子。不過現在他好想要煮一頓完美的餐點，包括美味的加羅夫飯[33]或是加入 arigbe 的特製燉菜，好讓她知道他多會煮飯。他延後洗碗的時間，這樣流水聲才不會淹沒她的說話聲。他為他們送茶時，他還特地待在桌邊花時間排列淺碟上的餅乾，好讓自己可以多一點時間聽她說話，直到主人說，「這樣已經很不錯了，我的好傢伙。」她

31 伊博語：你好嗎？
32 伊博語：不用了。
33 加羅夫飯（jollof rice）是一種西非的家常燉飯，主要材料通常有米、番茄、洋蔥、辣椒、香料，有時還有雞肉和其他蔬菜。

的名字是歐拉娜，可是主人只叫過這個名字一次，大部分時候都叫她 nkem[34]，意思是「屬於我的」。他們聊起薩多納[35]和西部首相之間的爭執，然後主人說了一些要等她搬到恩蘇卡的話，而且希望幾週內就搬。厄格烏屏住呼吸，確保自己有聽清楚他們的話。主人在笑，他說，「但我們會住在一起，nkem，不過妳還是可以留著伊里亞斯大道的那間公寓。」

她會搬到恩蘇卡。她會住在這間房子裡。厄格烏離開門邊盯著爐上的鍋子看。他的人生將出現改變。他必須開始學會煮「炸飯」，而且必須學會少用一點的油，還得接受她的指令。他覺得悲傷，但又不是徹底感到悲傷，另外還有點期待。那是一種他無法完全理解的興奮情緒。

那天晚上，他正在後院靠近檸檬樹的地方清洗主人的床組，當他的眼神從充滿肥皂水的水槽中抬起時，看見她站在後門邊望著他。一開始，他確定一切都是他想像出來的，因為他常常想起的那些人通常會以幻象的形態出現在他眼前。他以前常常會跟雅努利卡進行想像中的對話，而就在他於夜裡撫摸完自己之後，內內希納奇也會帶著神秘的微笑現身。可是歐拉娜是真的站在門邊。她越過後院走向他。鬆鬆的罩衫綁在胸口，而就在她走動時，他想像她是一顆黃色的腰果果實，而且是顆豐滿又熟透的果實。

「女士啊？妳需要什麼嗎？」他問。他知道如果他伸手碰觸她的臉，那觸感一定會像奶油，就是主人打開紙包裝後挖出來抹在麵包上的那種奶油。

「讓我幫你。」她指著他正在沖洗的床單。他緩緩把正在滴水的床單拉出來，於是她抓住床單的另一邊、往後退。「把你那邊往那個方向轉，」她說。

他把手上的床單往右扭轉，而她也往她的右側扭轉，然後他們一起望著水被一滴滴擠壓出來。

床單摸起來滑溜溜的。

「謝謝妳，女士啊，」他說。

她微笑。她的微笑讓他覺得自己長得更高。「喔，聽著，那些泡泡果幾乎要熟了。Lotekwa[36]，別忘記把這些果子摘下來。」

她說話的聲音有種打磨過的質地，她的人也是；她就像那種在猛烈衝擊的泉水下方的石頭，經年累月被充滿泡沫的泉水揉搓地極為平滑，而看著她就像是發現那顆石頭，同時知道很少有同樣的石頭存在。他望著她走進屋內。

他不想跟任何人一起共享照顧主人的工作，不想破壞他和主人一起生活的平衡，但突然之間，光是想到有可能無法再看到她就讓他難以忍受。之後在晚餐結束後，他踮起腳走去主人的臥房，把耳朵貼在門板上。她正在大聲呻吟，聲音聽起來並不像她，那種呻吟非常失控、撩人，而且嘶啞。他在那裡站了好久，直到呻吟終於停止，他才回到自己的房間。

34 伊博語：直譯為「屬於我的」，意思大概等同於「我親愛的」。

35 艾哈邁度·貝洛（Ahmadu Bello）又名薩多納（Sardauna），是奈及利亞北部的保守派政治家，他是北部人民國會黨（Northern People's Congress）的領導人，此黨由豪薩—富拉尼族的菁英所組成。

36 伊博語：大致可翻譯為「記得」、「別忘記」。

二

歐拉娜隨著汽車音響傳出的「快活音樂」[1]不停點頭。她把手放在歐登尼伯的大腿上，每次他要換檔時才把手拿起來，等他換完又放回去，然後在他打趣著說她是害人分心的愛芙羅黛蒂女神時笑出來。坐在他身邊令她興奮又愉快，而且此時車窗開著，車外的空氣充滿狂野沙塵，車內還搭配著雷克斯．勞森[2]的夢幻節奏。他兩小時後有課，但還是堅持載她去埃努古機場[3]，而她雖然表面上反對這個決定，但內心其實希望他這麼做。他們的車子行駛在穿越米利肯山的狹窄道路上，其中一邊是深深的溪谷，另一邊是陡峭的山壁。她沒說他其實開得有點快，也沒去看路邊那塊上面有著粗糙手寫字的牌子：寧可遲到也好過永遠到不了。

接近機場時，她看見一個個光滑的白色機體往天空滑行，內心失落起來。他把車子停在帶有許多廊柱的入口之下。大量行李員開始圍住他們的車子大喊，「先生啊？女士？有行李嗎？」但歐拉娜幾乎沒聽見他們說什麼，因為他已經把她拉進懷裡。

「我真是等不及再見到妳，nkem，」他說。他把嘴唇貼上她的嘴唇。他嘗起來是橘子果醬的味道。她想跟他說她也迫不及待想搬到恩蘇卡，但反正他已經知道了，而且他的舌頭正在她的口中。她感覺雙腿之間湧出一股新的暖流。

有台車按響喇叭。另外有個行李員大喊，「欸，這地方是用來下行李的，唷！只能用來下行李！」

終於，歐登尼伯放開她，然後跳下車從後車廂拿出她的行李。他把行李一直拿到機票櫃台。

「旅途平安，ije oma[4]，」他說。

「小心開車，」她說。

她望著他離去，這個身形健壯的男人穿著卡其長褲和短袖襯衫，襯衫因為燙過顯得清爽。他邁開腳步的姿態散發著極度自信：那步態顯示他是個不問路的人，因為總是確信自己無論如何都能抵達目的地。等他開車離開後，她低頭嗅聞自己。她今天早上抹了點他的歐仕派香水，就是一時衝動這麼做了，但沒告訴他，因為他聽了一定會笑她。他不會明白那種想把一抹他的氣味帶在自己身上的迷信。至少有那麼一段時間，那抹氣味彷彿可以暫時不讓她去質疑，而且可以讓她變得更像他一點、內心更篤定一點，也更不會對什麼都存疑。

她轉身面向售票員，把自己的名字寫在一張紙上。「午安，一張前往拉各斯[5]的機票，麻煩了。」

1 快活音樂（High Life music）起源於西非的沿海城市，受到英國殖民文化影響，是非洲音樂與英國爵士樂融合後的產物。
2 雷克斯·勞森（Rex Lawson）是奈及利亞於一九六〇年代最受歡迎的快活音樂歌手。
3 埃努古（Enugu）位於奈及利亞東南部埃努古州。
4 伊博語：道別語，也有旅途平安之意。
5 拉各斯（Lagos）為奈及利亞西南部的海港及大城之一，一九一四到一九九一年之間為奈及利亞首都。

「歐佐比亞？」售票員那張布滿痘疤的臉瞬間拉開一個大大的燦亮微笑。「歐佐比亞酋長的女兒？」

「是的。」

「喔！太好了，女士。我會請行李員把妳帶到貴賓室。」售票員轉過身去。「伊奇納！那傻小子呢？伊奇納！」

歐拉娜搖搖頭，臉上露出微笑。「不，不需要這樣。」她再次露出安撫售票員的微笑，明確表示她不需要去貴賓室並不是他的錯。

一般休息室擠滿了人。歐拉娜坐在三個穿著破爛衣服及涼拖鞋的小孩對面，他們時不時咯咯笑出聲，他們的父親則會因此嚴厲瞪視他們。有個老女人愁苦的臉上滿是皺紋，看起來是他們的祖母，她坐得離歐拉娜很近，手上緊抓著一只手提袋，而且不停喃喃自語。歐拉娜可以聞到她罩衫上的霉味，這件罩衫一定是為了這個特別場合從老箱子裡翻出來的。當有個清晰的人聲宣布某台奈及利亞航空的班機抵達時，那位父親先是整個人彈起來，然後又再次坐下。

「你一定是在等人吧，」歐拉娜用伊博語對他說。

「是的，**nwanne m**[6]，我的兄弟在海外讀了四年書，現在要回來。」他的奧韋里[7]方言帶有濃烈的鄉村口音。

「啊！」歐拉娜說。她想問他的弟弟到底是從什麼地方回來，也想問他讀的是什麼學科，但沒開口。他可能也不清楚。

那位祖母轉向歐拉娜。「他是我們村裡第一個去海外的，我們有準備要跳舞歡迎他。舞團的人會在伊卡德魯[8]跟我們會合。」她驕傲地微笑，同時露出棕色的牙齒。她的口音更重，要完全聽懂她說的話並不容易。「我們那邊的其他女人都很忌妒，但誰叫她們的兒子腦袋空空，而我的兒子卻能拿到白人的獎學金呢？這難道是我的錯？」

廣播又宣布有架班機抵達，剛剛那位父親開口，「Chere[9]！那是他的班機嗎？沒錯！」孩子們都站起來，那位父親要他們坐下，只有他自己站起身。那位祖母把手提袋緊握在肚子上方。歐拉娜看著飛機下降。飛機落地。而當飛機在瀝青跑道上滑行時，那位祖母大聲尖叫，手提袋也掉到地上。

歐拉娜嚇了一跳。「怎麼了？怎麼了？」

「媽媽！」那位父親說。

「為什麼沒停下來？」那位祖母問，她用兩隻手絕望地抱住頭。「Chi m[10]！我的天！有麻煩了！飛機要把我兒子帶去哪裡？你們這些人都在騙我嗎？」

「媽媽，飛機會停下來的，」歐拉娜說。「飛機降落後都會這樣。」她撿起她的手提袋，把那隻年紀比較大又長滿繭的手握在自己手裡。「會停下來的，」她又說了一次。

6 伊博語：我的手足。
7 奧韋里（Owerri）是位於東南部伊莫州的大城，主要居民為伊博族。
8 伊卡德魯（Ikeduru）也位於伊莫州。
9 伊博語：等等。
10 伊博語：我的天！

她一直沒放手，那位祖母直到飛機停下才把手抽開，喃喃表示這些蠢貨沒把飛機建造好。歐拉娜望著那家人趕去乘客下機的入口。幾分鐘後，她走向自己的登機門，途中一直回頭看，希望能看到那個從海外回來的兄弟一眼。但沒看見。

她的航程非常顛簸。坐在她旁邊的男人在吃苦可樂果，喀啦喀啦的聲音很響，當他轉頭跟她說話時，她緩慢移開身體，最後整個人都已經貼在機艙壁上。

「我只是要告訴妳，妳真的好美，」他說。

她微笑道謝，但雙眼還是盯著報紙。之後她把這個男人的事告訴歐登尼伯時，他一臉興味盎然的樣子。每次他聽到這些愛慕者的故事時都會這樣笑出來，其中還帶著一種毋庸置疑的自信。就是這項特質讓她兩年前在伊巴丹碰到他時第一次受到吸引。那是一個明明才中午但帶著靛藍暮色的雨日，她剛好從英格蘭返家度假，當時正和穆罕默德認真交往。她一開始在大學劇院外買票時並沒有注意到排在她前面的歐登尼伯，要不是有個滿頭銀髮的白人男性排到她身後，售票員還揮手要那個白人上前的話，或許她永遠不會注意到歐登尼伯。「讓我來為你服務，」售票員用一種搞笑又做作的「白人」語調說，那是沒受過教育的人喜歡裝出的一種腔調。

歐拉娜覺得有點生氣，但情緒不是很強烈，反正她知道隊伍前進得很快，所以她對有人激烈表達不滿感到驚訝。那是個穿著棕色狩獵風套裝的男人，他的手上還抓著一本書——這個人就是歐登尼伯。他走上前把那個白人男性護送回隊伍中，然後對著售票員大吼。「你這可悲的蠢貨！一看到白人就覺得對方比你的同種人高級嗎？你得跟這裡排隊的所有人道歉！立刻道歉！」

歐拉娜直直盯著他，她盯著他在眼鏡後方的那兩彎眉毛、他厚實的身體，同時已經在思考如何能以傷害程度最小的方式擺脫穆罕默德。就算他沒有因為這件事出聲，或許她也能知道歐登尼伯與眾不同，畢竟光是他的髮型就足以說明一切：那些髮絲全豎立成一圈光環。不過他無疑也把自己打扮得光鮮亮麗；他不是利用不整潔外表來體現自身激進主義立場的那種人。她在他經過自己身邊時微笑著說「幹得好」，這可是她做過最大膽的事，也是她第一次試圖爭取男人的注意。他停下腳步，自我介紹，「我的名字是歐登尼伯。」

「我是歐拉娜，」她說，後來她告訴他，她當時感覺空氣中充斥一種劈啪作響的魔力，而他後來也告訴她，他當下的慾望強烈得讓下體疼痛。

等她終於親身感受到他的那份慾望時，她感到前所未有的驚訝。她不知道一個男人的衝刺足以懸置她的所有回憶，而且可能讓她處於一個無法思考、無法回想，只能純然感受的境地。這種強烈的感受即便在兩年後仍沒有絲毫消退，而她對他極為自信的各種怪癖及強烈道德感也仍抱持同等敬畏。可是她害怕那是因為他們的相處總像是淺嚐則止：她只有在回家渡假時與他見面，平常則是通信來往，另外也會講電話。而現在她要回到奈及利亞，兩人即將同居，她不明白他怎麼能毫無疑慮。他感覺太篤定了。

她望向窗外的雲朵，那些雲朵一坨坨如同冒煙的灌木叢般飄過窗外。她想著這些雲朵是多麼脆弱。

歐拉娜原本不想跟她的父母一起吃晚餐，特別是他們還邀請了歐孔吉酋長。可是母親走進她的房間拜託她參加。畢竟他們可不是每天都有機會宴請財政部長，而這場晚宴之所以特別重要，也是因為他父親有想要談成的建設合約。「Biko[11]，穿好看一點。凱妮內也會盛裝打扮，」她母親又說，就彷彿提起她的雙胞胎姊妹就能將一切合理化。

於是此刻的歐拉娜撫平大腿上的餐巾，對著將一盤剖半酪梨放在她身旁的服務生露出微笑。他的白色制服漿燙得極為硬挺，長褲甚至因此看起來像是紙板做的。

「謝謝你，麥克斯威爾，」她說。

「好的，阿姨，」麥克斯威爾喃喃地說，然後拿著托盤離開。

歐拉娜環顧餐桌。她父母的注意力都放在歐孔吉酋長身上，他正在說最近和總理巴勒瓦[12]見面的故事，而他們則是不停專注點頭。凱妮內正一臉調皮地盯著那盤食物，就彷彿她正在嘲笑那顆酪梨。他們沒有人感謝麥克斯威爾，但歐拉娜真希望他們這麼做。這明明是件很簡單的事，就只是把服務他們的對象當成人看而已。她曾經建議過一次，但父親說他付他們很好的薪水，而母親則說感謝他們只可能讓他們變得不講道理，至於凱妮內則一如往常地什麼都沒說，臉上只掛著無聊的表情。

「我已經好久沒吃到這麼棒的酪梨了，」歐孔吉酋長說。

「這是我們其中一座農場種的，」她母親說。「靠近阿薩巴[13]那裡。」

「我會叫管家為你裝一些帶走，」她父親說。

「太棒了，」歐孔吉酋長說。「歐拉娜，我希望妳也很享受妳的酪梨，嗯？妳已經盯著酪梨好一陣子了，難道酪梨會咬人嗎？」他笑了，那是一種過度用力的粗聲大笑，而她父母立刻跟著笑起來。

「很好吃，」歐拉娜抬頭望向他們。歐孔吉酋長的微笑看起來溼答答的。上星期他在伊寇義俱樂部[14]把明信片塞進她手裡時，那抹微笑就已經讓她憂心，因為他的嘴唇蠕動似乎導致嘴裡滿是口水，而且隨時可能流到下巴。

「我希望妳有考慮到財政部來工作，歐拉娜。我們需要像妳這樣第一流的聰明人才，」歐孔吉酋長說。

「有多少人能親自被財政部長邀請去工作呢？」她母親說，但沒有明確的說話對象，而在她黑色橢圓臉龐上亮起的微笑幾近完美，左右如此均衡。朋友都說那是一種藝術。

歐拉娜把她的湯匙放下。「我已經決定去恩蘇卡了。兩週內會離開。」

她看見父親抿緊嘴唇，母親則有一隻手半空中頓住一陣子，就彷彿這個悲劇性的消息讓她無法繼續灑鹽。「我以為妳還沒決定，」她母親說。

「要是我浪費太多時間，他們會把工作給別人，」歐拉娜說。

11 伊博語：拜託。

12 阿布巴卡爾．塔法瓦．巴勒瓦（Abubakar Tafawa Balewa）是奈及利亞北部的政治人物，也是奈及利亞獨立後的第一位總理，主張與英國保持親近關係。他曾為了推廣豪薩族文學寫過一篇中篇小說，主題是一位虔誠穆斯林的故事。

13 阿薩巴（Asaba）是奈及利亞南部的城市。

14 奈及利亞的伊寇義俱樂部（Ikoyi Club）成立於一九三八年，是由歐洲俱樂部和哈各斯高爾夫球俱樂部合併而來，曾有很長一段時間以移居奈及利亞的外國人為主要會員。此俱樂部目前仍在運作。

「恩蘇卡？是這樣嗎？妳已經決定要搬到恩蘇卡？」歐孔吉酋長問。

「是的，我去應徵社會系的講師工作，被錄取了，」歐拉娜說。她通常吃酪梨時不愛加鹽，可是此刻的酪梨實在淡而無味，幾乎令人作嘔。

「喔。所以妳要丟下在拉各斯的我們了，」歐孔吉酋長說。他的臉似乎正在融化、向內塌陷。然後他轉頭用過度活潑的口氣問，「那妳呢？凱妮內？」

凱妮內直直看進歐孔吉酋長的雙眼，那眼神如此缺乏表情、一片空白，幾乎可說帶有敵意。「對啊那我呢？」她抬起眉毛。「我也會好好運用我剛拿到的學歷。我會搬去哈科特港[15]處理爹地在那裡的生意。」

歐拉娜好希望她還能擁有那些靈光乍現的片刻，以前她能透過這些片刻得知凱妮內的心思。她們還是小學生時，有時光是看著彼此就能心有靈犀地笑出來，因為兩人腦中正想著同一個笑話。她好想知道凱妮內是否還有那些靈光乍現的片刻。她們現在都不聊這些事了。她們現在什麼都不聊。

「所以凱妮內會負責管理水泥工廠？」歐孔吉酋長轉向她父親問。

「她會負責管理東部的所有事情，包括我們的工廠和新的石油事業。她對生意向來很有一套。」

「如果有誰說你們生了雙胞胎女兒是賠錢貨，那都是胡說八道，」歐孔吉酋長說。

「凱妮內不只像個兒子，她根本像是兩個兒子，」她父親說。他瞄了凱妮內一眼，凱妮內卻別開眼睛，就彷彿他臉上的驕傲神色毫無意義。歐拉娜很快把注意力放回自己的盤子上，這樣他們才不會知道她在觀察他們。這個盤子的淺綠色很優雅，是跟酪梨一樣的顏色。

「你們週末何不一起來我家呢？嗯？」歐孔吉酋長問。「真希望你們可以來試試看我們家廚師的辣椒魚湯。那傢伙來自尼貝[16]。他很知道該如何處理新鮮的魚。」

她父母大聲地咯咯笑。歐拉娜不確定這有什麼好笑，但畢竟那是部長說的笑話。

「聽起來很棒，」歐拉娜的父親說。

「這樣很好，我們所有人都該在歐拉娜去恩蘇卡之前去拜訪，」她母親說。

歐拉娜有點生氣，她感覺皮膚上出現一種輕微的刺痛感。「我很樂意，但我這個週末就不在了。」

「妳不在嗎？」她父親問。她不知道父親的眼神是否散發出絕望的哀求氣息。她也懷疑她的父母是否有為了換取合約，承諾讓歐孔吉酋長跟她來一段風流韻事。他們是直白地說出口呢？還是透過話語間的暗示？

「我已經計畫要去卡諾探望姆貝希舅舅和他的家人，另外還要去拜訪穆罕默德，」她說。

她父親用刀子猛戳盤子上的酪梨。「我明白了。」

歐拉娜小口啜飲著水，什麼都沒再說。

晚餐之後，他們移到陽台喝酒。歐拉娜喜歡這個餐後儀式，她通常會遠離父母和賓客後站到陽台欄杆邊，望著點亮底下一條條小徑的高聳街燈，那燈光亮到讓游泳池變成一片銀光，木槿花和九

15 哈科特港（Port Harcourt）是奈及利亞南部河流州的港口城市，位於尼日河三角洲東南部。
16 尼貝（Nembe）這個城鎮位於哈科特港西南方不遠處。

重葛的紅色與粉色也因此蒙上一層熾亮白膜。歐登尼伯第一次也是唯一一次來拉各斯拜訪她時，他們就是站在這裡望向游泳池，然後歐登尼伯把一個軟木瓶塞往下丟，望著瓶塞栽進水裡。他那天喝了很多白蘭地，而當她父親說希望建立一所恩蘇卡大學是個愚蠢的想法，並表示奈及利亞還沒準備好擁有一間本地大學，更何況接受美國大學的援助——而非英國的像樣大學——純粹是蠢笨作為時，他立刻提高音量反駁。歐拉娜本來以為他會意識到她父親只是想激怒他，並藉此顯示他完全不覺得一個來自恩蘇卡的資深講師有什麼了不起。她以為他會把她父親的話當作耳邊風。可是他的音量越來越大，不停強調恩蘇卡已經擺脫殖民勢力的影響，她只能不停眨眼要他別說了，不過因為露臺很暗，他可能始終沒注意到。終於電話響了，這段對話只得結束。她父母眼中散發著心存怨懟的尊敬神情，歐拉娜看得出來，但還是不停跟她說歐登尼伯瘋了，而且不適合她。他就是那種在大學工作的魯莽傢伙嘛，一天到晚講啊講個不停搞到所有人都頭痛，而且根本沒人懂他在說什麼。

「真是個涼爽的夜晚，」歐孔吉酋長在她身後說。歐拉娜轉身。她不知道她的父母和凱妮內何時進屋去了。

「是的，」她說。

歐孔吉酋長站在她面前。他的阿巴達長袍[17]在領子處刺繡了金線。她望向他的脖子，眼神停在一圈圈肥肉之間，一邊想像他在洗澡時把皺褶掀開的樣子。

「明天如何？明天有一場辦在伊寇義旅館的雞尾酒派對，」他說。「我希望妳去見一些移居本地的外國人。他們正在尋找土地，我可以安排他們用五、六倍的價錢從妳父親手中買到土地。」

「我明天要參加聖文森．特德保羅慈善活動。」

歐孔吉酋長靠近她。「我沒辦法不想妳，」他說，有酒精的霧氣噴到她臉上。

「我沒有興趣，酋長。」

「我沒辦法不想妳，」歐孔吉酋長又說了一次。「聽著，妳不需要到部裡工作。我可以指派妳當董事，妳想當什麼董事都可以，不管妳想住哪裡，我都可以幫妳安排一間公寓。」他把她拉進懷中，歐拉娜一時間什麼都沒做，只是任由身體癱軟在他身上。她已經很習慣這種事，這些男人身上散發著被古龍水浸透的香濃霧氣，而且總會一副理所當然地抓住她，他們深信自己有權力又覺得她漂亮，所以兩人就會是天造地設的一對。終於她把他推開，對於自己的雙手陷入他的胸口而有點噁心。「別這樣，酋長。」

他的眼睛閉著。「我愛妳，相信我。我真的愛妳。」

她溜出他的懷抱，走進屋內。她父母交談的聲音從客廳隱約傳來。上樓之前，她停下腳步嗅聞樓梯旁插在桌上花瓶內的凋萎花朵氣味，但其實她很清楚那些氣味早就沒了。她的房間感覺很陌生，無論是其中暖色的木調、棕褐色的家具、腳下鋪滿地面的酒紅色地毯，總之這棟屋內的每個空間都大到讓凱妮內把她們的房間稱為公寓。那本《拉各斯生活》還在她的床上，她拿起那本雜誌，看著她和母親在第五頁上的照片。當時是在一位英國高級專員舉辦的雞尾酒派對上，她們的表情看起來既滿足又溫順。她母親在攝影師接近時把她拉近身邊，之後等閃光燈泡暗去後，歐拉娜把攝影師拉到一旁，請他不要發表那張照片，但他只是一臉古怪地看著她。現在她知道自己的要求有多傻

17 阿巴達長袍（agbada）是一種西非男性會穿的傳統服飾。

了，他當然永遠不會理解，成為替父母生活增添光彩的角色能有多不自在。

她在床上讀書，母親敲門後走進來。

「喔，妳在讀書啊，」她母親說。她手上拿著一捲捲布料。「酋長剛離開。他說我該來看看妳。」

歐拉娜想問他們是否有承諾讓他跟她來段風流韻事，但她知道自己永遠不會開口。「那些布料是什麼？」

「酋長在離開前派他的司機去車上拿了這些來。這是來自歐洲的最新蕾絲布料。瞧？很棒吧。i fukwa[18]？」

歐拉娜用手指摸了摸那塊布料。「是的，很棒。」

「妳有看見他今天穿的那件嗎？是量身訂做的！Ezigbo[19]！」她母親在她身邊坐下。「妳知道嗎，他們說他的衣服從不會穿第二次？只要是穿過的衣服，他都會送給男僕。」

歐拉娜想像那些可憐男僕的木頭衣箱內莫名其妙塞滿一堆蕾絲，她很確定那些男僕不會拿到太高的月薪，但卻擁有一堆別人丟給他們而他們也永遠不可能穿的卡夫坦長袍[20]和阿巴達長袍。她累了。跟她母親說話讓她疲倦。

「妳想要哪一條？nne[21]？我會幫妳和凱妮內各做一條長裙和上衣。」

「不用，別麻煩了，媽。給妳自己做點衣服吧。我在恩蘇卡不會太常穿這種貴重的蕾絲衣物。」

她母親用一根手指劃過旁邊的櫥櫃。「這個蠢女僕都沒有好好打掃家具。她難道以為我是付錢給她到處玩耍的嗎？」

歐拉娜把書放下。她母親想說些什麼，她看得出來，畢竟她特地拉出一抹微笑、還擺出一絲不苟的手勢，這一切都代表她要開始跟她談些什麼。

「所以歐登尼伯最近如何？」她終於開口問了。

「他很好。」

她母親嘆了口氣，姿態誇張，這代表她希望歐拉娜能明白她嘆氣的原因。「搬去恩蘇卡的事，妳有想清楚嗎？真的有想清楚？」

「從沒如此確信過。」

「但妳在那裡會過得舒服嗎？」她母親在說舒服兩字時的口氣輕微顫抖著，歐拉娜幾乎因此微笑起來，因為她知道母親正在想歐登尼伯那間非常簡樸的大學宿舍房，她正在想那些只強調牢固功能的房間、樸素的家具，以及沒鋪地毯的地板。

「我會沒事的，」她說。

「妳可以在拉各斯這裡找工作，然後週末去看他。」

18 伊博語：妳有看見嗎？

19 伊博語：這個詞基本上指「美」、「好」、「漂亮」或「恰當」的意思。

20 卡夫坦長袍（caftan）在歷史上的許多文化都有，一開始主要是一種外套，但西非的卡夫坦長袍通常為連身衣的形式。

21 伊博語：有「母親」的意思，但也可翻成「親愛的」或「寶貝」。

「我不想在拉各斯工作。我想在大學裡工作，而且我想和他住在一起。」

她母親盯著她看了一陣子，然後起身說，「晚安，我的女兒，」她的口氣聽起來有氣無力又受傷。

歐拉娜盯著門看。她已經習慣母親不同意自己的選擇；畢竟幾乎她做的所有決定都會引發她的非難，比如之前她在西斯格羅夫中學堅持有關不列顛治世[22]的課程內容充滿矛盾，並拒絕向學校女老師道歉而選擇停學兩週；又比如她加入伊巴丹的追求獨立學生運動；又比如她拒絕跟伊格威・歐卡格布的兒子結婚，之後又拒絕跟歐卡羅酋長的兒子結婚。不過每次她母親的非難都還是讓她想要道歉，並想以某種形式來彌補。

凱妮內敲門時，她已經快睡著了。「所以妳要為了爹地的合約向那頭大象張開妳的大腿嗎？」凱妮內問。

歐拉娜坐直身體，心裡很驚訝。她已經不記得上次凱妮內進她房間是什麼時候了。

「爹地基本上就是直接把我從露臺上拉走，這樣我們才能讓妳跟那位善良的內閣部長獨處，」凱妮內說。「所以他會讓爹地拿到那份合約嗎？」

「他沒有說。可是他也不至於什麼好處都拿不到。爹地畢竟還是會給他百分之十。」

「百分之十是標準行情，如果能有其他好處總是有幫助。其他競標者大概沒有漂亮的女兒。」凱妮內慢吞吞地吐出那個詞，把漂亮兩個字講得既甜膩又黏糊。她正在翻那本《拉各斯生活》，身上的絲質睡袍在瘦巴巴的腰際用帶子綁緊。「身為醜女兒的好處就是不會有人把妳當成性誘餌。」

「他們沒把我當成性誘餌。」

凱妮內有一陣子沒回話。她似乎正在專心讀雜誌裡的文章。然後她抬頭。「理查也要去恩蘇卡。他拿到補助金，要去那裡寫書。」

「喔，很好。所以妳之後也會常去恩蘇卡？」

凱妮內忽略這個提問。「理查在恩蘇卡沒有認識任何人，所以或許妳可以把他介紹給妳那位革命情人。」

歐拉娜微笑。革命情人。凱妮內還真能一臉正經地說出這種話！「我會介紹他們認識，」她說。她從沒喜歡過凱妮內的男友，也一直不喜歡凱妮內一天到晚跟英格蘭的白人交往。那些人幾乎毫不掩飾自己高高在上的姿態，那種假裝認可他人的矯情模樣總會惹惱她。可是當凱妮內把理查．邱吉爾帶回家吃晚餐時，她的反應卻跟之前不同。或許是因為他沒有英格蘭人常見的那種優越感，甚至表現出一種令人感到親近的手足無措——幾乎算是害羞。當然也有可能因為她父母完全不把他當一回事，畢竟他不認識他們心中的大人物，所以他的父母完全看不起他。

「我想理查會喜歡歐登尼伯的家，」歐拉娜說。「那裡就像夜間營業的政治俱樂部。他本來只邀非洲人，因為大學裡已經都是外國人，而他想要非洲人有彼此交流的機會。剛開始大家都自帶酒水，可是現在他要每個人都拿一點錢出來，讓他每週買好飲料酒水，大家再來他家聚會——」歐拉娜沒講下去，因為凱妮內木然地望著她，就彷彿她試圖開始毫無目的地閒聊是打破了兩人之間默認

22 不列顛治世（Pax Britannica）指的是在一八一五到一九一四年之間，大英帝國在全球進行霸權統治而導致的一段相對和平的時期。

的規矩。

凱妮內轉向臥房門口。「妳什麼時候要去卡諾？」

「明天。」歐拉娜想要凱妮內留下來，她想要她在大腿上抱著一顆枕頭坐在她的床上，然後跟她一起閒聊八卦、一起笑鬧到深夜。

「那就去吧，jee ofuma[23]。替我向舅媽、舅舅還有亞萊茲問好。」

「我會的，」歐拉娜說，不過凱妮內已經離開並把門關上。她聽著凱妮內的腳步聲踩在鋪了地毯的走廊上。真的是現在她們兩人都從英格蘭回來，也再次住在同一棟屋內，歐拉娜才意識到她們之間的距離有多遙遠。凱妮內一直是個內向的孩子，青少女時期也很陰沉，常表現得尖酸刻薄，而且因為從來不取悅她們的父母，導致取悅父母的責任全落在歐拉娜身上。儘管如此，她們之前的關係仍然很緊密。她們以前是朋友。她真不知道一切是在何時改變的。可以確定的是早在她們去英格蘭之前就是這樣了，因為她們就連在倫敦的朋友圈也完全不同。或許是在她們讀西斯格羅夫中學二年級時就是如此了，又或許比那更早。她們之間沒發生過什麼事——沒有重大的爭吵，也沒有過什麼關鍵性的事件——她們只是像兩艘船一般慢慢漂離彼此，不過現在是凱妮內堅持在遠處下錨，她們才無法慢慢漂回彼此身邊。

歐拉娜沒有選擇搭機前往卡諾。她喜歡坐在火車的窗邊望著茂密的樹林不停往後飛馳。豐美的草原在她眼前展開，光裸上身的遊牧民趕著一頭頭甩著尾巴的牛。抵達卡諾時，她再次震驚於此地與拉各斯、恩蘇卡以及她的家鄉烏姆納奇[24]的不同，整體而言，北部真的跟南部非常不同。此地的沙子是灰色，質地細緻，而且被太陽曬得滾燙，跟她家鄉結塊的紅土沒有任何相似之處；這裡的樹看起來很溫馴，不像烏姆納奇的樹木總是狂放伸展，還會在路面投下一片片樹影。此地有好幾英里的平地無限蔓延，讓人不禁想再看遠一些，直到似乎真能望見地表與銀白天空的交界。

她在火車站搭上計程車，要求司機在市場停一下，這樣她才能先跟姆貝希舅舅打招呼。

在市場狹窄的小路上，她想辦法在頭上頂著大包貨物的小男孩、討價還價的婦女，還有大聲吼叫的商販老闆之間往前擠。有間唱片店正在大聲播放快活音樂，她稍微慢下腳步跟著哼起巴比・班森的〈計程車司機〉[25]，然後才急匆匆地趕到舅舅攤位前。他的貨架上排列著許多提桶和其他家用品。

「Omalicha[26]！」他一看到她就這麼說。他也是這樣稱呼她母親的——美女。「我一直掛念著妳。我就知道妳很快會來看我們。」

「舅舅，午安。」

他們彼此擁抱。歐拉娜把頭靠在他的肩膀上。他聞起來有汗水、露天市場，還有放置在蒙塵木架上的貨品味道。

23 伊博語：祝福旅途順利的一種說法。
24 烏姆納奇（Umunnachi）是奈及利亞東南部的一個小鎮。
25 巴比・班森（Bobby Benson）是奈及利亞的音樂人，對快活音樂的發展影響很大，〈計程車司機〉（Taxi Driver）是他一首受歡迎的作品。
26 伊博語：美女！

她實在很難想像姆貝希舅舅和她的母親一起長大，也很難想像他們竟然是親手足。這不只是因為她舅舅臉上的膚色較淺，完全看不出母親的美貌，也因為他有一種腳踏實地的樸實感。有時歐拉娜忍不住想，如果他不是和她母親如此不同，她還會不會如此敬愛他。

每次只要她前去拜訪，姆貝希舅舅就會在晚餐後和她一起坐在庭院裡，然後跟她報告家族的最新消息——有個表哥沒結婚的女兒懷孕了，他要她來跟他們一起住，以免必須面對村裡的指指點點；有個姪子在卡諾這裡過世了，他正在尋找把屍體運回家的最便宜方式。又或者他會跟她聊起政治，比如伊博聯合會又在組織、抗議或討論些什麼。他們會在他的院子裡聚會，她旁聽過幾次，而且到現在都還記得那些惱怒的男人和女人談起北部學校不讓伊博孩童入學的事。姆貝希舅舅當時站起身，用力跺腳。「Ndi be anyi！[27]我的族人們！我們會建立我們自己的學校！我們會籌錢建立自己的學校！」在他發言後，歐拉娜跟大家一起贊同地拍起手來，而且還大喊，「說得好！就是該這樣！」可是她擔心建立學校太困難。或許去說服北部人讓伊博孩子入學會比較實際。

不過現在才沒過幾年，她搭的計程車就在機場路上開過一間伊博聯合會文法學校[28]。當時是下課時間，操場上滿是學生。男孩們分成好幾隊後在同一個場地上踢足球，所以同時有好幾顆球飛在空中，歐拉娜真不知道他們怎麼分得出哪顆球是哪顆球。好幾群女生聚集在比較靠近道路的地方，她們在玩拍手遊戲 oga 和 swell[29]，她們一邊遵循某種節奏拍手一邊輪流用左右腳跳。計程車在薩班加里[30]的一個集合住宅區外停下之前，歐拉娜看見艾菲卡舅媽坐在她位於路邊的雜貨鋪旁。艾菲卡舅媽在褪色的罩衫上擦擦手，擁抱歐拉娜，然後退開仔細看著她，之後又抱住她。「我們的歐拉娜啊！」

「我的舅媽啊！Kedu ？」
「我現在看到妳就更好啦。」
「亞萊茲還沒從裁縫課回來？」
「快回來了。」
「她都還好嗎？O na-agakwa ？[31]她的裁縫課上得順利嗎？」
「屋子裡都是她剪的紙樣呢。」
「歐丁切佐和埃克涅呢？」
「他們還在那裡。他們上週有來拜訪，還問起妳呢。」
「梅篤古利對他們怎麼樣？他們有開始知道怎麼做生意了嗎？」
「沒說快餓死就是囉，」艾菲卡舅媽輕輕地聳聳肩。歐拉娜仔細檢視了這張樸實的臉，然後有那麼令她感到愧疚的一刻，她好希望舅媽是她的媽媽。反正艾菲卡舅媽幾乎算是她的母親了，因為當她母親在她們出生沒多久就沒有奶水之後，她和凱妮內吸的就是她的奶。凱妮內曾說她們的母親

27 伊博語：我的族人們！
28 伊博聯合會文法學校（Igbo Union Grammar School），是一所高中。
29 這裡指的都是奈及利亞的一種拍手遊戲。
30 薩班加里（Sabon Gari）是豪薩語中「新小鎮」的意思，是北部一部分以豪薩人為主的地區中聚集許多外地人居住的住宅區。
31 伊博語：一切順利嗎？

根本沒有停止泌乳，她說母親把她們丟給奶媽只是怕自己的乳房會下垂。

「來吧，ada anyi[32]，」艾菲卡舅媽說。「我們進去吧。」她拉下雜貨舖的木百葉門，把整齊排好的一盒盒火柴、口香糖、甜點、香菸和洗潔劑用布蓋上，然後拿起歐拉娜的提包帶頭走進院子。這間狹窄的獨棟小屋沒有粉刷，正在晾乾的衣物靜定、僵挺，就像是被午後烈陽脫乾所有水分。小孩子玩的舊輪胎堆在猴麵包樹[33]底下。歐拉娜知道等孩子們從學校回來，這個院子靜定安穩的狀態很快就會改變。每個家庭會把門都打開，露臺和廚房會有很多人不停在說話。姆貝希的家人住在其中兩個房間內。第一個房間內的破舊沙發到了晚上會推到一邊讓人在地上擺睡墊。歐拉娜把她帶來的東西拿出來——麵包、鞋子、一瓶瓶奶油——而艾菲卡舅媽就站在一邊看，雙手交握在背後。「好心有好報。好心有好報，」艾菲卡舅媽說。

亞萊茲沒過多久就回家了，歐拉娜讓自己站得很穩，以免亞萊茲興奮的擁抱讓她跌倒。

「姊姊！妳該先跟我們說妳要來啊！這樣至少我們能先把院子打掃乾淨一點！啊！姊姊！Aru amaka gi！[34]妳看起來真有精神！有好多故事可以說啊！」

亞萊茲笑個不停。她豐潤的身體和手臂都在她笑的時候抖動著。歐拉娜抱緊她。她感覺心裡的一切塵埃落定，什麼都回到了應有位置，就算之後再次崩壞散亂，最後都還是能再次歸位。這就是為什麼她來到卡諾，這是個能讓她煥然一新的地方。艾菲卡舅媽的眼神開始飛快地在院子裡竄動，她知道她是在找一隻合適的雞。艾菲卡舅媽每次都會在她來的時候殺一隻雞，就算那是她當時擁有的最後一隻雞也不例外。那些雞總是在院子裡遊蕩，羽毛上用一到兩點紅漆跟鄰居的雞作區別，至於鄰居則是會在雞翅膀綁上碎布或點上不同顏色的油漆。歐拉娜已經不會再堅持阻止他們殺雞，就算姆貝希舅舅和艾菲卡舅媽一起睡在地上的床墊，身旁躺著其他應該一直跟他們住在一起的親戚，並藉此把床讓給她睡時，她也不再推拒。

艾菲卡舅媽狀似漫不經心地走向一隻棕色的雞，快速抓住，然後交給亞萊茲去後院殺掉。她們坐在廚房外面，亞萊茲拔雞毛，舅媽艾菲卡則在吹掉米粒上的粗糠。有個鄰居正在煮玉米，沸騰的浮沫時不時從鍋邊溢出，爐火嘶嘶作響。孩子們現在已經在院子裡玩，他們奔跑持揚起白色沙塵，每個人都在大吼大叫。猴麵包樹下爆發了一陣爭吵，歐拉娜聽見有個孩子用伊博語對另一個孩子說，「去你媽的屄！」

太陽將天色變紅，然後開始下沉，姆貝希舅舅回家了。他大喊歐拉娜，要她來跟他的朋友阿布杜馬利克打招呼。歐拉娜之前見過這個豪薩人[35]一次；他在姆貝希舅舅的市場攤位附近賣皮製涼拖鞋，她還買過幾雙帶回英格蘭，但從未穿過，因為當時正是冬天。

「我們家歐拉娜剛拿到碩士學位。倫敦大學的碩士學位啊！這可不容易！」姆貝希舅舅驕傲地說。

「幹得好，」阿布杜馬利克說。他打開手上的袋子，拿出一雙涼拖鞋給她，他那張窄窄的臉因

32 伊博語：我們的女兒。
33 猴麵包樹（kuka tree）又名猢猻木。
34 伊博語：妳看起來身體真好！
35 豪薩人（Hausa）是西非的一個民族，在奈及利亞中主要居住在北部，其中人民大多是穆斯林。

為微笑擠滿皺紋，牙齒沾著可樂果、菸草以及其他歐拉娜不知是什麼東西的顏色，總之就是各種黃色及棕色的污漬。他的表情就像他才是接受禮物的人。他擺出的是人們面對教育體系時大表讚嘆的那種表情，同時內心平靜無波地認定教育永遠與自己無關。

她用雙手接下那雙涼拖鞋。「謝謝你，阿布杜馬利克。謝謝你。」

阿布杜馬利克指著猴麵包樹上像是葫蘆瓜的成熟豆莢說，「妳來我家。我老婆能煮非常甜美的猴麵包果湯。」

「啊，我會去的，下次吧，」歐拉娜說。

他又喃喃說了好幾次恭喜，然後才和姆貝希舅舅一起坐在露臺上，在兩人前方放了一桶甘蔗。他們把甘蔗硬硬的綠皮啃掉，嚼食裡頭多汁的白色果肉，一邊用豪薩語聊天一邊大笑，時不時把嚼過的甘蔗吐在沙地上。歐拉娜跟他們一起坐了一陣子，但他們的豪薩語講得太快，她跟不上。她多希望自己也能講流利的豪薩語和約魯巴語，就跟她的舅舅、舅媽，還有表妹一樣。她很樂意用自己的法文及拉丁文能力來交換。

廚房裡的亞萊茲正在把雞切開，艾菲卡舅媽在洗米。她把阿布杜馬利克送的涼拖鞋給她們看，然後穿上。打摺的紅色皮帶讓她的腳看起來更為修長、柔美。

「真不錯，」艾菲卡舅媽說。「我該謝謝他。」

歐拉娜坐在凳子上，小心不去看座落在餐桌每個角落的蟑螂蛋，那些蛋長得就像光滑的黑色膠囊。有個鄰居正在角落用木柴生火，雖然屋頂上有一些斜斜的開口，但煙霧還是讓整間廚房變得很嗆。

「I makwa[36]，她家的人每天吃魚乾，」亞萊茲指向那位緊抿嘴唇的鄰居。「我不知道她可憐的孩子知不知道肉的味道。」亞萊茲仰頭大笑。

歐拉娜瞄了那個女人一眼。她是伊爵人[37]，所以聽不懂亞萊茲說的伊博語。「說不定他們喜歡魚乾，」她說。

「O di egwu！[38]還說什麼喜歡呢！妳知道那東西多便宜嗎？」亞萊茲轉向那女人時還在笑。「伊比芭，我正在跟我的大姊說妳的湯聞起來有多美味。」

那個女人停止吹火的動作，露出微笑，那是個心知肚明的微笑，歐拉娜懷疑那女人其實懂伊博語，只是選擇配合亞萊茲的嘲弄。亞萊茲的調皮作為中有種興高采烈的特質會讓人們想要原諒她。

「所以妳要搬去恩蘇卡和歐登尼伯結婚嗎？姊姊？」亞萊茲問。

「還沒想結婚的事。我只是想離他近一點，而且我想教書。」

亞萊茲的圓眼睛散發著崇拜以及迷惘的神色。「只有像妳這種讀太多書的女人可以說這種話，姊姊。像我這種不讀書的人要是等太久就要過期了。」亞萊茲暫時停止說話，從雞肚子裡取出一顆蒼白到近乎透明的蛋。「我希望今天或明天就能有丈夫，喔！我的伙伴都丟下我去跟丈夫住了。」

「妳還年輕，」歐拉娜說。「妳現在該把重心放在妳的裁縫課上。」

36 伊博語：妳知道嗎？
37 伊爵人（Ijaw）主要居住在尼日河三角洲的一個民族，其中許多人是不停移居的漁民。
38 伊博語：這個詞彙可以用來描述神秘、可怕或危險的事物。可大致翻為「太驚人了！」

「裁縫課可以給我一個孩子嗎？就算我想辦法讓自己有機會上學，我現在還是想要一個孩子。」

「不用急，小亞。」歐拉娜希望能把凳子往門口拉一點，她需要一點新鮮空氣。可是她不想要讓艾菲卡舅媽、亞萊茲或甚至那位鄰居知道這些煙讓她的眼睛和喉嚨都不舒服，又或者是那些蟑螂蛋其實讓她想吐。她希望看起來像是習慣一切的樣子，她想表現出自己對這種生活感到自在。

「我知道妳會跟歐登尼伯結婚，姊姊，不過老實說，我不確定我希望妳跟來自阿巴[39]的男人結婚。來自阿巴的男人都很醜，kai！[40]如果穆罕默德是伊博人就好了，如果是那樣，我會因為妳沒跟他結婚而吃掉我所有頭髮。我從沒見過那麼英俊的男人。」

「歐登尼伯不醜。好看的樣子有很多種，」歐拉娜說。

「明明就是隻醜猴子啊，enwe[41]，只有醜猴子的親戚會為了讓他感覺好一點說出這種話，什麼好看的樣子有很多種。」

「來自阿巴的男人才不醜，」艾菲卡舅媽說。「畢竟我的家人也是來自那裡。」

「那難道妳家人不像猴子嗎？」亞萊茲說。

「妳的全名是亞萊茲恩迪克烏聶姆，不是嗎？妳也是妳媽媽家人的後代。所以說不定妳也長得像猴子，」艾菲卡舅媽喃喃地說。

歐拉娜笑了。「所以妳為什麼要一直『結婚、結婚』講個不停？小亞？妳有看到任何喜歡的人嗎？還是我該從穆罕默德的兄弟裡替妳找一個來？」

「不、不！」亞萊茲假裝驚恐地舉高雙手揮動。「要是我對豪薩人有任何想法，爸爸第一個就會殺掉我。」

「那也得要妳父親敢殺屍體，因為我會先對妳動手，」艾菲卡舅媽說，她手上拿著一碗乾淨的米飯起身。

「其實是有那麼一個人，姊姊。」亞萊茲靠近歐拉娜。「可是我不確定他有沒有注意到我，唉唷。」

「妳為什麼要說悄悄話？」艾菲卡舅媽問。

「我有跟妳說話嗎？我難道不是在跟我的大姊說話嗎？」亞萊茲問她母親。可是她繼續說話時仍提高了音量。「他的名字是納匡薩，他出生的地方離我們很近，就在奧迪吉[42]，現在在鐵路局工作。可是他沒跟我說過什麼話。我不知道他有沒有認真注意到我。」

「如果他沒有認真注意到妳，那代表他的眼睛有毛病，」艾菲卡舅媽說。

「你們有看見這邊有個女人嗎？為什麼我不能跟我的大姊好好聊天呢？」亞萊茲翻了個白眼，可是顯然她很開心，或許也是在利用這個機會把納匡薩的事告訴母親。

那天晚上，歐拉娜躺在舅舅和舅媽的床上，她透過盯在牆面之間掛繩上的薄簾子望向亞萊茲。

39 阿巴（Abba）是位於奈及利亞南部伊莫州的一個小鎮。
40 伊博語：感嘆詞，類似「該死！」的意思。
41 伊博語：猴子。
42 奧迪吉（Ogidi）是奈及利亞南部一個主要講伊博語的小鎮。

那條繩子沒有拉得很緊，簾子的中段往下凹陷。她觀察著亞萊茲的身體因為呼吸而上下起伏，想像亞萊茲跟她的兄弟歐丁切佐和埃克涅的成長過程會是什麼模樣。她也透過簾子望向她的父母，然後聽見對一個小孩來說毛骨悚然又痛苦的聲音——每當那種聲音出現時，孩子的父親總是在上下移動臀部，母親則會用雙臂緊抱住孩子的父親。她從沒聽過自己的父母做愛，甚至沒見過他們可能這麼做過的任何跡象，畢竟在他們不停搬家的過程中，她跟父母的房間中間總是隔著鋪滿厚地毯的長走廊，甚至在他們搬到現在這個有十個房間的家時，她的父母還第一次選擇了不同臥房。「我需要一整個房間的衣櫃，而且有時讓妳父親來拜訪很不錯啊！」她母親這麼說。可是在歐拉娜看來，她母親臉上如同小女孩的微笑一點也不真實，而每次她來卡諾時，她父母關係中的虛假成分總是顯得更確實，也更令人感到羞恥。

她頭上的窗戶開著，靜夜的空氣中滿是屋子後方的水溝氣味，那是人們用來倒空廁所桶子的水溝。沒過多久，她就聽見挑糞水的男人壓低音量交談。然後她一邊聽著他們在夜色掩護下工作時發出的鏟子刮擦聲，一邊陷入睡眠。

那些聚在穆罕默德家族大宅門外的乞丐看到歐拉娜時沒有移動，還是背靠著泥牆坐在地上。許多蒼蠅一群群密集地停在他們身上，所以有那麼一瞬間，他們破爛的白色卡夫坦長袍上似乎潑灑著深色油墨。歐拉娜本來想放一些錢到他們乞討的碗裡，但最後還是決定算了。如果她是男人，他們就會對她大喊，然後伸手遞出他們的乞討碗，隨之飛起的蒼蠅也會聚集成一朵朵嗡嗡作響的雲。

守門的其中一個人認出她，於是打開大門。「歡迎，女士。」

「謝謝你，蘇爾。你好嗎？」

「你還記得我的名字，女士！」他的整張臉都明亮起來。「謝謝妳，女士。我很好，女士。」

「你的家人呢？」

「啊，女士，一切遵循阿拉的意志。」

「你主人從美國回來了嗎？」

「是的，女士，請進。我派人去叫主人。」

穆罕默德的紅色跑車停在一大片不規則的沙地庭院前，可是讓歐拉娜注意到的卻是這棟房子，尤其平坦的屋頂看起來優雅又簡約。她在露臺上坐下。

「真是最棒的驚喜！」

她抬頭看見穆罕默德出現在眼前，身穿白色卡夫坦長袍的他低頭對她微笑。他的嘴唇彎成性感的弧線。之前她有段時期的週末幾乎都在卡諾度過，而那些時候的她常親吻那對嘴唇，還會在他家用手指吃米飯、看他在飛行俱樂部打馬球，並朗讀他為她寫的糟糕詩作。

「你看起來真不錯，」她在兩人擁抱時對他說。「我本來不確定你從美國回來了沒有。」

「我本來計畫去拉各斯找妳。」穆罕默德退開後看著她。他稍微歪頭，瞇起雙眼，那動作代表他還心懷盼望。

「我要搬去恩蘇卡了，」她說。

「所以妳終於決定要成為一個知識分子，然後跟妳的那位講師結婚啦。」

「可沒人提到結婚的事。珍奈特呢？還是珍？我老是搞不清楚你那些美國的女人。」

穆罕默德抬起一邊的眉毛。她實在無法不去讚嘆他那焦糖色的皮膚。她以前常會開玩笑地說他比她還漂亮。

「妳把頭髮怎麼了？」他問。「這樣完全不適合妳。是那位講師希望妳變成這樣嗎？活像個住在叢林裡的女人？」

歐拉娜摸摸她的頭髮，那是綁入黑線的編髮髮型。「是我舅媽編的。我很喜歡。」

「我不喜歡。我寧願妳戴假髮。」穆罕默德又靠近擁抱了她。她感覺他抱著自己的雙臂開始收緊，所以把他推開。

「妳不會讓我吻妳。」

「不會，」她說，不過他其實不是在提問。「你還沒跟我說那個珍奈特還是珍的事情。」

「珍。所以這代表妳去恩蘇卡之後，我就見不到妳囉。」

「我當然還是會跟你見面。」

「妳那位講師是個瘋子，我很清楚，我才不會去恩蘇卡。」穆罕默德笑著說。他高瘦的身體和纖細的手指都散發出脆弱、嬌柔的氣息。「要喝點什麼嗎？還是來點紅酒？」

「你家有酒？該有人去跟你叔叔報告才對，」歐拉娜用捉弄的語氣說。

穆罕默德搖鈴請管家去拿一些喝的來，之後一臉沉思地用大拇指搓揉著食指。「有時候，我覺得我的生命只是困在原地。我到處旅行、開進口車，女人也都追著我跑。可是就是感覺少了些什麼、就是有什麼不對勁。妳懂嗎？」她望著他。她知道他接下來要講什麼。不過當他終於說「真希望我們都沒有變」時，她還是有備受觸動及奉承的感覺。

「你會找到一個好女人的，」她軟弱無力地說。

「胡說，」他說，而就在他們併排坐著喝可樂時，她回想起她說必須立刻結束這段關係，因為不希望對他不忠的那時候，他臉上那只能不停加深的不可置信的痛苦表情。她以為他會拒絕，她很清楚他有多愛她，可是當他說她儘管可以去跟歐登尼伯上床，只要不離開他就好時，她還是非常震驚：那可是穆罕默德啊，那位常半開玩笑地說自己是聖戰士後代、是百分之百男子氣概精神化身的穆罕默德啊。或許這正是為什麼她對他的情感總是參雜著一絲感激，那是一種自私的感激之情。畢竟他大可讓她在兩人分手時更不好過，也大可讓她在離開時背負著更多愧疚感。

她放下玻璃杯。「我們開車去兜風吧。我真討厭來卡諾只能看到這些在薩班加里的醜陋水泥及錫料建築。我想再去看看那些古代的泥雕像，還有去繞繞那些美麗的城牆。」

「有時妳就跟白人一樣，老是對日常的事物大驚小怪。」

「我有嗎？」

「開玩笑而已。如果妳打算跟那個瘋子講師住在一起，怎麼還可能學會不過度認真看待一切？」穆罕默德站起身。「來吧，我們該順道進去一下，讓妳跟我媽打個招呼。」

他們經過後方的一扇小門走進庭院，從那個庭院可以通往他母親的房間。歐拉娜記得自己以前總會在來到這裡時驚懼不安。接待廳跟之前長得一樣，牆面染成金色、地上鋪著厚波斯地墊，裸露的天花板上有著凹陷的圖案紋路。穆罕默德的母親看起來也沒變，她的鼻子有穿環，頭上包著絲質頭巾。由於她的狀態總是太過精緻，以前歐拉娜總忍不住想，她這樣每天盛裝打扮卻又只待在家裡難道不會不自在嗎？可是這個有點年紀的女人並沒有那種老朽又淡漠的神情，也不會一邊把眼神聚焦在歐拉娜的臉和手離牆板之間的某處，一邊還用僵硬的口氣說話。她站起來擁抱歐拉娜。

「妳看起來真棒，親愛的。別讓太陽搞壞了妳的肌膚。」

「Na gode[43]。謝謝妳，哈吉雅，」歐拉娜說，內心一邊思考人們怎麼可能有辦法這般情感收放自如，就連情緒也能說放下就放下。

「我不再是那個你想要娶進家門、但又會透過不潔血液汙染你家血脈的那個女人了，」歐拉娜在兩人爬上穆罕默德的紅色保時捷時這麼說。「所以我現在可以是你們家的朋友。」

「就算是那樣，我也願意跟妳結婚，她很清楚。她的喜好對我來說並不重要。」

「或許一開始是不重要，但之後呢？結婚十年後呢？」

「妳的父母也跟她一樣啊。」穆罕默德轉頭望向她。「為什麼我們現在要談這個？」他的眼神中有一種難以表達的悲傷，但又或許這純粹是她的想像。或許她是希望他能在想到他們永遠不會結婚時表現出傷心的模樣。她不想跟他結婚，但很享受一直去思考他們沒做且永遠不可能做的那些事。

「抱歉，」她說。

「沒什麼好抱歉的。」穆罕默德伸手握住她的手。車子在他們開出大門時發出刺耳音響。「排氣管裡有太多沙塵。這些車子不是為我們住的地方設計的。」

「你該買台吃苦耐勞的寶獅車。」

「是的，確實應該。」

歐拉娜盯著一群群乞丐聚集在那棟如同豪華宮殿的屋子牆外，他們的身體和乞討碗上滿是蒼蠅。空氣中滿是印度苦楝樹葉子散發的酸嗆氣味。

「我不像白人，」她沉靜地說。

穆罕默德瞄了她一眼。「妳當然不像。妳是個民族主義者，還是個愛國者，而且很快就會跟妳那位身為自由鬥士的講師結婚。」

歐拉娜懷疑穆罕默德的輕快語氣中隱藏著嚴肅的嘲弄意圖。她的手還被他握著，但她懷疑他光用一隻手很難操控這台車。

歐拉娜在一個多風的週六搬到恩蘇卡，而隔天歐登尼伯就離家去參加伊巴丹大學的數學研討會。這場研討會的主題是他導師的研究，也就是美國黑人統計學家大衛．布萊克威爾[44]的研究，如果不是因為這個原因，他其實不會去。

「他是現在活著最偉大的數學家，最偉大的，」他說。「妳為什麼不跟我一起去呢？nkem？只有一週的時間。」

歐拉娜拒絕了；她想趁他不在的時候安頓下來，也要在這段期間學習跟自己的恐懼相處。在他離開後，她做的第一件事就是丟掉客廳中央桌子上的紅色與白色塑膠花。

厄格烏看起來很驚恐。「可是，女士啊，那些花都還很好啊。」

43 伊博語：謝謝妳。

44 大衛．布萊克威爾（David Blackwell）出生於一九一九年，美國統計學家，他是美國國家科學院第一位非裔美籍院士。

她帶著他走向屋外喬莫剛剛才澆過水的百子蓮和粉紅玫瑰，要求厄格烏剪一些進來，並向他示範要在花瓶裡裝多少水。厄格烏看著那些花搖頭，就彷彿不敢相信她有多蠢。「可是這種花會死，女士啊。另一種不會死。」

「對，可是這些比較好，fa makali[45]，」歐拉娜說。

「怎麼比較好？女士啊？」他總是用英語回覆她的伊博語，就彷彿把她跟他說伊博語的舉動視為一種羞辱，而他必須藉由堅持說英文來捍衛自己。

「這些花就是比較好，」她說，然後意識到她不知如何解釋為何鮮花比塑膠花好。之後她又看到塑膠花出現在廚房的櫥櫃裡，但也不驚訝。厄格烏把那些塑膠花留了下來，就像他也會留下舊的砂糖紙盒、瓶塞，甚至是地瓜皮，這就是一直活得很匱乏的人會做的事，她知道，這種人什麼都無法放棄，就算是沒用的東西也得留著。所以當她跟他一起待在廚房時，她會跟他說我們只需要留下有用的東西，並希望他別去問那為何鮮花有用這種問題。她要求他把儲藏室清空，在層架上鋪滿舊報紙，然後在他工作時站在一旁問起他的家人。但由於他的詞彙有限，她很難想像他家人的模樣，畢竟他不管描述誰都只會說「非常好」。她跟他一起去市場，並在買完家裡的必需品後又為他買了梳子和襯衣。她教他如何用綠辣椒和切丁的紅蘿蔔做「炒飯」、煮豆子一定要煮到像是布丁的質地，另外也別把食材都浸到油裡，也不要省著不敢用鹽。她打從初次見到他時就注意到他的體味，卻還是等到好幾天後才給他一些抹在腋下的香粉，並要他在洗澡水裡加兩瓶蓋的滴露牌消毒水。他在聞到香粉的味道時很開心，她不知道他能否分辨那其實是一種女性化的氣味。她很想知道他到底對她有什麼想法。他有明確表達出喜愛她的情感，但眼中也潛藏著一絲疑慮，就彷彿他還在觀察她，而她擔心自己終究無法符合他的期待。

在她重新布置牆上相片那天，他終於開始跟她講伊博語。當時有隻壁虎從歐登尼伯身穿畢業袍的木框照片後驚慌爬出，厄格烏立刻大吼，「Egbukwala！[46]別殺牠！」

「什麼？」站在椅子上的她轉身往下看他。

「如果殺掉牠，妳會肚子痛，」他說。她覺得他的奧皮方言聽起來很好玩，每個字就像是吐口水一樣被吐出來。

「我們當然不會殺壁虎。去把這張照片掛在那邊的牆上。」

「好的，女士啊，」他說，然後開始用伊博語告訴她，他妹妹雅努利卡之前就因為殺掉一隻壁虎而肚子劇痛。

等歐登尼伯回來時，歐拉娜感覺像是家裡來了個客人；他用力把她抱進懷裡，親吻她，再把她緊貼在自己身上。

「你該先吃點東西，」她說。

「我知道我想吃的是什麼。」

她笑了。她感覺不可思議地幸福。

45 伊博語：這些比較好。
46 伊博語：別殺！

「這裡發生了什麼事？」歐登尼伯一邊四下張望一邊問。「所有書都在架子上了？」

「你的舊書都在二樓的臥房。我需要一些空間擺我的書。」

「Ezi okwu？[47]妳真的搬進來了，是吧？」歐登尼伯在笑。

「去洗澡吧，」她說。

「我的好傢伙身上有花香味又是怎麼回事？」

「我給了他有香味的滑石粉。你難道沒注意到他的體味嗎？」

「那就是鄉下的味道。我在離開阿巴去上中學前也是這個味道。可是妳不會知道這種事。」他的語氣既輕柔又挑逗，但雙手可一點也不輕柔地在解開她的上衣扣子，把她的乳房從胸罩裡解放出來。她不確定時間過去了多久，可是當厄格烏敲門表示有訪客時，她還和歐登尼伯四肢交纏地躺在床上，赤裸的他們溫暖地抱在一起。

「不能要他們離開嗎？」她喃喃地說。

「來吧，nkem，」歐登尼伯說。「我迫不及待要讓他們見見妳了。」

「我們在這裡再待一下吧。」她用手撫過他長滿捲曲毛髮的胸口，可是他吻了她一下，起身去找內褲。

歐拉娜只好不情願地穿好衣服走到客廳。

「朋友們啊、朋友們啊，」歐登尼伯用誇張的揮舞動作大聲宣布，「終於出場了，就是這位，我們的歐拉娜。」

那位正在調整收音電唱機的女子轉身握住歐拉娜的手。「妳好嗎？」她問。她的頭上包著一條亮橘色頭巾。

「我很好，」歐拉娜說。「妳一定就是勞拉・阿德芭尤吧。」

「沒錯，」阿德芭尤小姐說。「他沒說妳美得毫無邏輯可言。」

歐拉娜往後退開一步，有點不知所措。「我就當成是稱讚了。」

「而且這英文口音多得體啊，」阿德芭尤小姐喃喃地說，臉上帶著一抹憐憫的微笑，然後轉身繼續調整收音電唱機。她的身體很結實，挺拔的背部比她的橘色印花連身裙還平整。那是一個不容許他人反問的提問者身體。

「我是奧奇歐瑪，」那個頭髮沒梳所以糾結得像拖把的男人說。「我以為歐登尼伯的女朋友是個人類。他沒說妳是隻美人魚。」

歐拉娜笑了，對於奧奇歐瑪表現出的溫暖心存感激，但他跟她握手的時間有點太久了。佩特爾醫生開口時顯得有點害羞，「很高興終於見到妳了，」艾茲卡教授也跟她握手，但在她表示自己拿的是社會學而非其他科學相關的像樣學位時，他只有不屑地點點頭。

厄格烏上完飲料後，歐拉娜看著歐登尼伯舉杯到唇邊，但滿腦子只能想著那兩片嘴唇幾分鐘前還包裹著她的乳頭。她偷偷移動身體，好用自己的手臂內側掃過自己的乳房，並在感受到那美好的疼痛時閉上眼。歐登尼伯有時咬得太用力了呢。她好想要這些客人離開。

「偉大的思想家黑格爾不是曾把非洲稱為孩童的土地嗎？」艾茲卡教授用充滿感情的語調說。

47 伊博語：妳說真的？

「那麼，說不定在蒙巴薩擺出禁止孩童跟非洲人進入標語的電影院，就是因為老闆讀過黑格爾呢，」佩特爾醫生咯咯笑著說。

「沒人有辦法認真看待黑格爾。你們難道沒仔細讀過他的作品嗎？他很搞笑，非常搞笑。不過休謨、伏爾泰和洛克對非洲的看法也差不多，」歐登尼伯說。「你的出身會決定何謂偉大。就像前些日子，在那些被問起對艾希曼的審判有什麼想法的以色列人當中，有個人說，他不了解怎麼可能在任何時代有任何人會覺得納粹是偉大的。可是事情當時就是這樣，對吧？直到現在都是！」歐登尼伯一邊說一邊擺出掌心朝上的手勢，歐拉娜記得那隻手剛剛抓著她的腰。

「大家沒看出來的是：如果歐洲之前有更關心非洲，猶太大屠殺就不會發生了，」歐登尼伯說。

「簡單來說，世界大戰本來根本不用發生！」

「這是什麼意思？」阿德芭尤小姐問。她把酒杯舉向唇邊。

「妳怎麼能問我是什麼意思？這實在是再明顯不過了，一切都是從赫雷羅人[48]開始的。」歐登尼伯改變坐姿，音量也開始變大，歐拉娜真想知道他記不記得他們剛剛叫得有多大聲，還有他在結束後是如何笑著說，「如果我們繼續整晚這樣，大概會把厄格烏吵醒，那個可憐的小子。」

「又來了，歐登尼伯，」阿德芭尤小姐說。「你要說如果白人沒有殺害那些赫雷羅人，猶太大屠殺就不會發生了嗎？我完全看不出其中的關聯！」

「看不出來嗎？」歐登尼伯問。「他們是在用赫雷羅人進行他們的種族研究，並在猶太人身上得到結論。兩者當然有關！」

「你的論點破綻百出，你這個詭辯家，」阿德芭尤小姐說，然後一臉輕蔑地喝空手上的杯子。

「可是正如我們這邊所說，世界大戰這件壞事其實也是好事，」奧奇歐瑪說。「我父親的哥哥之前在緬甸打仗，回來時滿腦子都是個他非得好好問一下的問題：怎麼之前都沒人跟他說，白人不是不死之身？」

他們都笑了，笑聲中帶有一種習以為常的氣息，就好像他們早已好幾次進行過這個對話的不同版本，大家都知道何時該笑出來。歐拉娜也笑了，但有那麼一瞬間覺得自己不太一樣，她的笑聲似乎比他們的更尖銳刺耳。

接下來幾週，在她開始教授社會學入門的課堂、加入教職員俱樂部、和其他講師一起打網球、開車帶厄格烏去市場、和歐登尼伯一起散步，並加入聖彼得教堂的聖文森・特德保羅協會的過程中，她開始慢慢習慣了歐登尼伯的這些朋友。歐登尼伯常會逗她，說現在有更多人會因為她住在這裡跑來拜訪，還說奧奇歐瑪和佩特爾都已經愛上她，因為奧奇歐瑪無比急切地想讀一首描述女神的詩，而那個女神聽起來實在跟她相似到可疑，佩特爾醫生則說了太多他在馬凱雷雷大學[49]時代的故事，還在這些故事中把自己描述成一個如同騎士般完美的知識分子。

歐拉娜喜歡佩特爾醫生，可是她最期待來訪的還是奧奇歐瑪。他那亂糟糟的頭髮、皺巴巴的衣服，還有戲劇化的詩歌朗誦讓她感到自在。而且她很早就注意到，歐登尼伯最敬重的是奧奇歐瑪的

48 赫雷羅人（Herero）是南非的一個民族，曾在一九〇四到一九〇八年間遭到德國殖民帝國的屠殺。
49 馬凱雷雷大學（Makerere University）是烏干達規模最大的大學，位於坎培拉。

意見，他常說他說出了「一整個時代的心聲！」而且是非常真心地說。她還是不太確定要如何去理解艾茲卡教授那嗓音低啞的傲慢姿態，以及他自認比大家懂得更多卻不太發言的樣子。她也不太確定要怎麼面對阿德芭尤小姐。如果阿德芭尤小姐表現出忌妒也就罷了，可是阿德芭尤小姐似乎沒把她當成對手——她似乎覺得歐拉娜不夠像知識分子、臉太漂亮，而且又說著一口模仿壓迫者的英文。她發現自己在阿德芭尤小姐在場時話特別多，總是為了拿出好表現而著急地想發表各種意見——恩克魯瑪[50]真正想要的是統治整個非洲、美國不動自己在土耳其的飛彈卻堅持要蘇聯撤掉古巴的飛彈根本是傲慢、沙佩維爾村的事情只不過是南非國家每天都有數百名黑人遭到殺害的一個戲劇化例子之一——可是她隱約意識到這些想法都不算她的原創想法，並隱約意識到阿德芭尤小姐很清楚這件事。每次只要她開口，阿德芭尤小姐就會拿起一本期刊、再倒一杯飲料，或直接跑去上廁所。終於她放棄了。她永遠不可能喜歡阿德芭尤小姐，而阿德芭尤小姐也永遠不可能考慮喜歡她。或許阿德芭尤小姐可以從她的臉看出來，她總是心懷驚懼，常對自己沒把握，而且不是那種不會花時間耐心進行自我質疑的人。歐登尼伯才是那種人。阿德芭尤也是那種人。她可以一邊看著一個人的眼睛，一邊冷靜地說她看起來美得毫無邏輯可言。她甚至是可以說出這種話的人啊，美得毫無邏輯可言。

儘管如此，當歐拉娜跟歐登尼伯一起躺在床上，四條腿交纏在一起時，她還是驚異地感受到自己在恩蘇卡的生活就像陷在一堆柔軟的羽毛裡，就連歐登尼伯把自己鎖在書房裡好幾小時的那些日子也不例外。每次他提議兩人結婚，她都拒絕。他們太快樂了，快樂得令人害怕，她想守護這樣的情感連結；她擔心婚姻會把一切壓扁成乏味的伴侶關係。

50 克瓦米・恩克魯瑪（Kwame Nkrumah）是泛非洲主義運動的領導人之一，迦納的政治人物，也是首任的迦納總理及總統。

三

理查在蘇珊帶他去的派對上沒說什麼話。她跟大家介紹他時總會多說一句「他是作家」，而他希望其他客人假定他就跟所有作家一樣喜歡與世隔絕，不過他害怕他們早已看穿他，知道他只是格格不入而已。可是他們對他很親切。只要蘇珊願意透過紅酒杯後方那雙閃亮的綠眼睛、她的慧黠，以及笑聲繼續與他們交流，他們對蘇珊帶來的人總是很親切。

理查不介意站在一旁等她準備好離開，也不介意她的朋友完全沒有試圖把他帶進話題，他甚至不在意一個臉色慘白的喝醉女人說他是蘇珊的漂亮小白臉。可是他介意在這個全是移居外國人的派對上，蘇珊暗示他去「加入那些男人」聊天，而她自己則會去女人那邊跟大家交換在奈及利亞生活的心得。他覺得跟男人一起相處很尷尬。他們大多是英格蘭人、前殖民政府官員，還有來自約翰·霍特公司[1]、金斯威百貨公司[2]、ＧＢＯ連鎖超商[3]、殼牌英國石油公司[4]，以及聯合非洲公司的生意人。他們因為陽光及酒精而臉頰發紅，還一邊咯咯笑一邊討論奈及利亞的部落政治，甚至說唉呀到頭來，這些小夥子或許還沒怎麼準備好要統治他們自己。他們討論板球，也討論他們擁有或準備擁有的種植園、喬斯[5]的完美天氣，還有卡杜納[6]那一地做生意的機會。理查談起他對伊博烏庫文明[7]藝術的興趣時，他們表示這目前還沒什麼市場，所以他甚至也懶得解釋自己對錢完全沒興趣，因為真正吸引他的是那些藝術的美學。當他表示自己才剛抵達拉各斯，而且打算寫一本有關奈及利亞的書時，他們只是對他笑了一下，然後給他建議：這裡的人都是天殺的乞丐、你要為他們的體味做好心理準備而且他們會站在大馬路上瞪著你看、千萬別相信任何人說自己有多倒楣的故事，此外也絕不要在幫你打理家務的員工面前表現出脆弱的一面。非洲人的每個特質都會在席間出現一個相對應的笑話，而在理查腦中特別留下印象的是那個盛氣凌人的非洲人故事：有個非洲人在遛狗，英格蘭人問，「你帶著那隻猴子做什麼？」而非洲人回答，「那是狗，不是猴子」——他還以為英格蘭人是在跟他講話呢！

理查在聽到笑話時笑了。他努力不在這些對話之間恍神，也盡可能不表現出自己內心的不自在。他寧願跟女人講話，不過他也已經學到別花太多時間在特定一個女人身上，不然回家後蘇珊會往牆上摔杯子。他在她第一次摔杯子時很迷惘。那次他只是花了一點時間跟克勞維絲·班克羅夫特

1 約翰·霍特公司（John Holt）是一間原本成立於利物浦的公司，一九六一年在奈及利亞設立公司，其業務包括銷售發電機、消防設備、農業設備等。
2 金斯威百貨公司（Kingsway）是奈及利亞第一間現代店鋪，一九四八年在拉各斯開業。
3 GBO連鎖超商（GB Ollivant Ltd.）販賣陶器、啤酒、肥皂、布料的生活物品。
4 殼牌英國石油公司（Shell-BP）於一九三六年在奈及利亞成立（當時公司名稱不同），一九五六年改為現在的名字並首次成功在奈及利亞進行開採石油。
5 喬斯（Jos）是位於中央高園區的城鎮。
6 卡杜納（Kaduna）是位於奈及利亞中北部的城鎮。
7 伊博烏庫（Igbo-Ukwu）是位於奈及利亞中南部的城鎮，從西元九世紀開始就發展出興盛的文明。

聊起她哥哥多年前在埃努古擔任地方官員的生活，結果在司機送他們回家的車上，她一路都沒說話。他本來以為她大概是不小心睡著，畢竟她是要睡著了才不會談起某人難看到死的連身裙，或抱怨派對上的那些缺乏想像力的開胃小點。可是等他們回到她家之後，她從櫥櫃裡拿起一只玻璃杯摔向牆壁。「那個可怕的小女人，理查，就在我面前啊！太可惡了！」她坐在沙發上，臉埋進雙手，直到他說他非常抱歉才恢復，但他其實不太確定自己是為了什麼道歉。

幾個星期後又有一只玻璃杯被摔碎了。那次他是跟茱莉亞·馬爾奇聊天，內容大多是她有關迦納境內的阿散蒂赫內[8]研究。在蘇珊過來抓住他的手臂把他拖走之前，他可是站在那裡沉浸於這個話題，專心聆聽。之後玻璃杯的碎片散落一地時，蘇珊說她知道他沒想要調情，可是他一定能理解人們自以為是的程度有多可怕，而且這地方的流言蜚語特別惡毒，真的很惡毒。他再次道歉，同時想著必須打掃玻璃碎片的管家不知道會怎麼想。

然後是他在一場晚餐會上跟一位大學講師聊起了諾克文明[9]的藝術，對方是一位約魯巴族的羞怯女性，看起來跟他一樣格格不入。他有預感蘇珊又會發作，也準備好要在她走到客廳前道歉，這樣至少可以拯救一只杯子。可是蘇珊在他們回家的車程中不停聊天，還問他和那名女性的對話是否有趣，甚至希望他有從中得到一些對寫書有幫助的內容。他在車內陰暗的空間中盯著她瞧。如果他說話的對象是任何一個英國女性，她都不可能說出這種話，就算她們幫忙寫過奈及利亞的憲法也一樣。他意識到對她來說，黑人女性不具威脅性。她沒把她們當成平起平坐的敵手。

伊莉莎白阿姨曾說蘇珊是個活力充沛又迷人的女性，她完全不介意蘇珊比他大上幾歲，更何況蘇珊已經在奈及利亞待了幾年，可以帶他到處走走。理查並不需要有人帶他到處走走，他之前就能把自己在國外的旅程安排得很好，可是伊莉莎白阿姨堅持要這樣做。非洲跟阿根廷還有印度完全不同，她談起非洲時用的是必須努力不顫抖的語調，又或者只是因為她一點都不想要他離開，畢竟她希望他能留在倫敦繼續為《新聞紀事報》[10]寫稿。他還是不覺得有人在看他那小小的專欄，不過伊莉莎白阿姨說她的朋友都有讀。可是他知道她會讓他去非洲——專欄工作畢竟沒什麼保障，而且要不是那邊的編輯是伊莉莎白阿姨的老友，他根本不可能有這個機會。

理查沒有嘗試向伊莉莎白阿姨解釋自己想去親眼看看奈及利亞的渴望，可是他確實接受了讓蘇珊帶自己到處走走的提議。在他抵達拉各斯時，他注意到的第一件事就是蘇珊的閃耀氣質、細緻琢磨過的美麗、完全專注於他的模樣，而且還會在笑的時候撫摸他的手臂。她談到奈及利亞和奈及利亞人時總是帶著一種權威姿態。當他們開車經過店面大聲播放音樂的夜市、街邊小販雜亂擠在一起的攤位，還有流滿濃稠霉水的水溝時，她說，「他們實在活力驚人，真的，但不好意思，他們對衛生恐怕是毫無概念。」她跟他說北部的豪薩人比較高貴，伊博人則是脾氣壞又愛錢，而約魯巴人雖然是一流的馬屁精，但至少還算是一群快活的傢伙。到了週六晚上，她指著那些身穿鮮亮衣物在街上許多打燈篷架前跳舞的人群說，「就是這樣。約魯巴人就是因為舉辦這些派對而背上龐大債務。」

她幫他找到一間小公寓，買了一台小車，協助他拿到駕照，還帶他去拉各斯和伊巴丹的博物

8 阿散蒂赫內（Asantehene）是阿散蒂帝國（Ashanti Empire，一七〇一—一九〇一）的最高統治者稱號。
9 諾克文明（Nok）存在於西元前五百年到西元兩百年的奈及利亞喬斯高原，是鐵器時代的文化。
10 英國的《新聞紀事報》（*News Chronicle*）存在於一九三〇年到一九六〇年。

館。「你一定得見見我的朋友們，」她說。一開始她介紹他是一位作家，他想糾正她：其實是記者，不是作家。可是他確實也是作家，至少他很確定自己注定要當一個作家、一個藝術家，或說一個創作者。他的記者生涯只是一份暫時的工作，是他在寫出一本傑出小說前選擇要做的事。

所以他任由蘇珊介紹自己是作家，反正這個說法似乎能讓她的朋友容忍他的存在。尼可拉斯教授也建議他去申請恩蘇卡的外國研究獎學金，這樣他就能在大學環境裡寫作。理查照做了，但不只因為可以在大學寫作，也因為這樣他就能前往東南部，而那裡正是伊博烏庫文明之地，令人讚嘆的繩壺就在那裡。這些才是他來到奈及利亞的真正原因。

來到奈及利亞幾個月後，蘇珊問他是否想搬去一起住，畢竟她位於伊寇義的房子很大，花園又很美麗，而且她認為相對於那個水泥地不平整、房東還老抱怨他把燈開得太久的租賃公寓內，他在她那裡的工作效果會更好。理查不想答應。他不想繼續待在拉各斯。在恩蘇卡的獎學金結果出來之前，他想在這個國家到處旅行，可是蘇珊已經為他重新裝潢好一間通風的書房，所以他搬進去了。隨著一天天過去，他坐在她的皮椅上仔細閱讀書籍以及各種瑣碎的研究材料、看著窗外的園丁為草坪澆水，然後敲打打字機，不過他很清楚自己只是在打字，算不上寫作。蘇珊小心翼翼地給予他所需要的沉默，不過有時還是會探頭進來悄聲問，「要喝點茶嗎？」或者「來點水？」又或者「早點吃午餐？」而他也會悄聲回應，就彷彿寫作已成為某種神聖的事物，導致整個房間變得不可侵犯。他沒跟她說他截至目前為止都沒寫出什麼好內容，腦中的各種想法也還沒凝結成字母、場景和主題。他想像她聽了可能會受傷，畢竟他的寫作已成為她最熱愛的嗜好，甚至讓她每天回家時都帶著從英國文化協會圖書館[11]借回來的相關著作及期刊。她把他的著作視為已然存在的實體，因此是注定有辦法完成的，但他甚至還無法確定主題。可是他對她的這份信念心存感激，就彷彿她對他寫作的信念能讓這部作品變得真實，於是他透過參加那些他不喜歡的派對來表達自己的感激。幾場派對後，他認為光參加並不夠，還必須努力變風趣。如果他可以在被介紹給別人認識時說句機智的話，或許就能彌補他的其他沉默時刻，更重要的是，這樣做可以讓蘇珊開心。於是他練習了一句自我貶低的俏皮話，並在廁所的鏡子前練習如何一邊說一邊做出停頓效果。「這位是理查・邱吉爾，」蘇珊會這麼介紹他，而他會跟對方握手後俏皮地說，「跟邱吉爾首相沒有親戚關係，抱歉，不然我會比現在更聰明一點。」

蘇珊的朋友聽了都會笑，但他懷疑是出於同情他彆扭又努力地想表現出幽默的樣子，而不是因為真心覺得好笑。不過他在聯邦宮廷旅館的雞尾酒廳第一天見到凱妮內之前，從沒有人用嘲笑的語氣跟他說「多有意思啊」。她當時正在抽菸。她可以吹出完美煙圈。她和他及蘇珊站在同一小群人裡，他瞄向她時認定她是其中一個政客的情婦。他總會在遇到別人時猜測他們出現於此的原因，或判斷誰是被誰帶來的，或許是因為如果不是為了蘇珊，他根本不會主動參加這種派對。他不認為凱妮內是某個有錢奈及利亞人的女兒，因為她完全沒有那種文雅舉止，而且還抽菸。可是她也沒有像其他情婦一樣拉出那種虛假的微笑。他基本上相信奈及利亞政客都會交換情婦的謠言，但她也沒有那種情婦應有的典型美貌。事實上，她一點也不美，而且是一直到蘇珊的朋友介紹了她的身分，而

11 英國文化協會（British Council）成立於一九三四年，在全球各地都有據點，目的在於推廣英國文化，除了各種教育活動之外，也會跟外交機構進行合作計畫。

他再次看向她時才注意到這件事。「這位是凱妮內．歐佐比亞，她是歐佐比亞酋長的女兒。凱妮內剛在倫敦拿到碩士學位。凱妮內，這位是蘇珊．格林威爾—皮茲，她在英國文化協會工作，而這位是理查．邱吉爾。」

「妳好，」蘇珊對凱妮內說，然後轉身去跟另一位客人說話。

「哈囉，」理查說。凱妮內實在沉默了太久，她只是直直盯著他，唇間夾著香菸，所以他只好抓抓自己的頭髮，喃喃地說，「跟邱吉爾首相沒有親戚關係，抱歉，不然我會比現在更聰明一些。」

她吐出一口氣，然後說，「多有意思啊。」她真的又瘦又高，幾乎可說跟他一樣高，兩隻眼睛直盯著他時帶著嚴苛的空白表情，而皮膚則是比利時巧克力的顏色。他把雙腿稍微張開，兩隻腳堅定踩在地上，就怕要是沒站好有可能蹣跚搖晃、跌撞到她身上。

蘇珊回來輕扯他，可是他不想離開，但開口時又不確定自己想說什麼。「結果凱妮內和我在倫敦有一個共同朋友。我有跟你提過在《旁觀者》週刊[12]工作的威爾弗德嗎？」

「喔，」蘇珊微笑著說。「多棒啊。那我讓你們兩個聊聊。等等回來。」

她和一對年邁夫妻彼此親吻臉頰，然後向房間另一頭的人群移動。

「你剛剛跟你妻子說謊，」凱妮內說。

「她不是我妻子。」他很驚訝自己竟然因為可以留下來跟她站在一起而感到暈眩。她把酒杯舉到唇邊啜飲，從頭到尾不停吸菸、吐出煙霧。銀色的菸灰旋轉、飄落到地面。一切似乎都以慢動作進行：在這個一度似乎只有他和凱妮內存在的空間，空氣被他們吸入又吐出，旅館的舞廳也感覺一下放大，一下又洩氣般地扁平下來。

「你可以移開嗎？拜託？」她問。

他嚇了一跳。「什麼？」

「你身後有個攝影師很想拍我的照片，特別是我的項鍊。」

他往旁邊移動，看著她盯住那台相機。她沒有特別擺姿勢，可是看起來很自在。看來她很習慣在派對上被人拍照。

「這條項鍊明天會在《拉各斯生活》雜誌中登場。我想這是我能為這個剛獨立的國家做出的貢獻。我給了其他奈及利亞人一些足以垂涎的想像畫面，一種努力工作的誘因，」她走回來站到他身邊。

「這是條漂亮的項鍊，」他說。那條項鍊其實很俗氣，但他想伸手去摸、去把項鍊撩起來，再讓項鍊重新落回她的喉嚨凹陷處。她的鎖骨銳利突起。

「拜託啊當然不漂亮。我父親對珠寶的品味實在很噁心，」她說。「可是這是他的錢。對了，我看見我的姊妹跟父母在找我。我得走了。」

「妳的姊妹在這裡？」理查趕在她還沒來得及轉身離開前開口問。

「對，我們是雙胞胎，」她說，然後沉默了一下，就彷彿剛剛揭露了一項重大消息。「凱妮內和歐拉娜。她名字意思是『上帝的金子』，而且很優美，我的名字則比較務實，意思大概是：就瞧瞧上帝接下來給了我們什麼吧。」

12 《旁觀者》（*Spectator*）是英國於一八二八年首次發行的一本週刊，也是目前世界上發行時間最長的週刊。

理查看著她單邊嘴角上揚的微笑，那是在他想像中用來掩藏住其他想法的輕蔑微笑，或許是為了掩飾她的不滿吧。他不知道該說什麼。他覺得時間正在從他身邊快速溜走。

「誰年紀比較大？」他問。

「誰年紀比較大？真是個好問題。」她挑起眉毛。「他們跟我說是我先出來的。」

理查把酒杯握在掌心，同時想著如果再握緊一點會不會破掉。

「她就在那裡，我的姊妹，」凱妮內說。「要我替你介紹一下嗎？大家都想見她。」

理查沒有轉頭去看。「我寧願跟妳講話，」他說。「但也要妳不介意才行。」他抓抓自己的頭髮。

她正在觀察他，而他覺得自己在她的凝視下就像個青少年。

「你很害羞，」她說。

「我被罵過更難聽的。」

她微笑。那是她真心覺得有意思的微笑。這讓他很有成就感。

「你有去過巴洛根那邊的市集嗎？」她問。「他們會把一塊塊肉展示在桌上，你必須又捏又摸才能決定要買哪塊。我的姊妹和我就是肉塊。我們在這裡是為了讓合適的單身漢下手。」

「喔，」他說。她跟他聊的這個話題可說異常親密，雖然用的還是對她來說似乎很自然的冷淡、嘲諷語氣。他想告訴她一些有關自己的事，他想和她交換一些深藏心底的私密情報。

「你剛剛否認是妻子的人來了，」凱妮內喃喃地說。

蘇珊回來把一個玻璃杯塞入他手裡。「來，親愛的，」她說，然後轉向凱妮內。「見到妳實在是太開心了。」

「我見到妳才真是開心呢，」凱妮內說，然後對蘇珊稍微舉起手上的玻璃杯。

蘇珊把他帶開。「她是歐佐比亞酋長的女兒，是吧？她怎麼長這樣？太驚人了吧，畢竟她母親是如此美艷，真的很美艷啊。歐佐比亞酋長擁有拉各斯一半的資產，但就是個超級暴發戶，沒受過什麼正規教育，你懂吧，他妻子也一樣。我猜這就是為什麼他如此膚淺。」

理查通常覺得蘇珊這些極短的生平介紹很好玩，可是她這次的悄悄話卻讓他惱火起來。他不想要那杯香檳，她的指甲也在刺痛他的手臂。她把他帶去加入一群移居當地的外國人，然後停下腳步閒聊、笑得很大聲，感覺起來有一點醉。他用眼神到處尋找凱妮內。一開始他找不到她那件紅禮服，然後看見她站在她父親附近。歐佐比亞酋長看起來很貴氣，他說話時擺出弧度優美的手勢，那刺繡精美的阿巴達長袍以及披掛藍布的摺紋讓他顯得比實際體型更為寬大。歐佐比亞太太的體格只有他的一半，身上穿著罩衫以及藍色布料製作的頭飾。理查一度被她那對如此完美的杏眼嚇了一跳，那對眼睛距離很遠地座落在那張他不敢直視的深色臉龐上。如果沒人告訴他，他永遠不可能猜到那是凱妮內的母親，也不可能猜出凱妮內的雙胞胎姊妹是歐拉娜。歐拉娜看起來跟她們的母親很像，不過擁有比較容易親近的美貌，她的臉龐比較柔和、笑容親切，充滿曲線的肉感身體填滿了黑色禮服。那是蘇珊口中的非洲人體型。凱妮內在歐拉娜身邊顯得更瘦，也更有雌雄同體的感覺，她的緊身及踝連身裙更凸顯出她臀部如同男孩一般的曲線。理查盯著她看了好長一陣子，希望透過意志力讓她也轉頭搜尋他的身影。她態度漠然，用一種時而冷淡、時而嘲笑的表情看著身邊那群人。終於，她抬眼與他四目相交，歪頭挑眉，就彷彿很清楚他一直在看她。他把眼神移開，但又很快移回來，決心要在這次露出微笑，並做出一些有用的表示，可是她已經背對他了。在她終於跟著父母及歐拉娜一起離開前，他就這樣一直望著她。

理查讀了下一期的《拉各斯生活》雜誌，並在看見她的照片時努力解讀她的表情，希望找到之前沒注意到的線索。他感覺瘋狂勃發的創造力來襲，於是寫了幾頁，其中描述的是一名有著黑檀木膚色及胸部極度平坦的虛構女子。他跑去英國文化協會圖書館，在商業期刊中尋找有關她父親的資訊，然後抄下電話簿中列在歐佐比亞這個姓氏旁的四個電話號碼。他拿起電話好幾次，但又在聽見接線生的聲音後放回去。他在鏡子前練習自己打算說的話以及打算做出的手勢，但其實他很清楚兩人是透過電話溝通，所以她根本不會看見他的樣子。他還考慮要找人送一張卡片或一籃水果給她。終於，他打了電話。她聽到他的聲音時一點也不驚訝，但也有可能只是因為她的語氣太過平靜，而他的心臟又在胸口砰砰作響的緣故。

「要出來見面喝一杯嗎？」他問。

「好。我們中午在佐比斯旅館見好嗎？那是我父親的旅館，我可以為我們安排私人包廂。」

「好、好，這樣很好。」

他掛掉電話，全身顫抖。他不確定自己是否該感到興奮，也不確定這個私人包廂的安排是否暗示了什麼。他們在旅館大廳碰面時，她靠近讓他可以親吻她的臉頰，接著帶他去樓上的套房陽台，好讓兩人可以坐在那裡俯瞰著下方泳池邊的棕櫚樹。那是個陽光普照又明亮的一天，時不時有微風搖動著棕櫚樹。他希望風沒有把他的頭髮吹得太亂，也希望他們頭頂上的遮陽傘可以保護他，不讓他的臉頰出現每次曬太陽都會出現的熟透番茄顏色斑點。

「你可以從這裡看見希斯格羅夫中學，」她指著遠處說。「那是間學費昂貴又神祕兮兮的糟糕英國中學，我和我的姊妹就讀那裡。當時我父親認為我們年紀太小，還不能送到國外，可是已經決心要讓我們盡可能變得像歐洲人。」

「是那棟有塔樓的建物嗎？」

「對。整間學校其實只有兩棟建築。那裡學生很少，因為性質實在太過私密，很多奈及利亞人甚至不知道這間學校的存在。」她瞪著自己的酒杯看了一陣子。「你有兄弟姊妹嗎？」

「沒有。我是獨子。我的父母在我九歲時過世了。」

「九歲。你那時還很小。」

他很高興她沒有表現出太過同情的樣子，因為有些人會裝出那種表情，而且明明不認識他的父母卻還要假裝認識的樣子。

「他們很常不在家。真正把我養大的是我的奶奶，莫麗。他們過世後，大家決定讓我去倫敦跟阿姨一起住。」理查沒再說下去，他在談到自己時很開心地感受到一種剛萌芽的奇異親密感，那是他很少擁有的感受。「我的表弟和表妹馬丁和維吉尼亞跟我年紀差不多，可是相當世故。伊莉莎白阿姨的家世頗為顯赫，妳懂嗎，我則是那個來自什羅普郡[13]鄉下的表親。我一抵達阿姨家就在想著要逃跑。」

「你有嗎？」

13 什羅普郡（Shropshire）是英格蘭西部的一個地區。

「好幾次。但他們總能找到我。有時我也只是逃到街底而已。」

「你想逃去哪裡？」

「什麼？」

「你想逃去哪裡？」

理查想了一陣子。他知道他想要逃離一棟許多古老死人從牆上高高掛滿的畫像中對他吐出氣息的房子，可是並不知道自己要逃去哪裡。小孩子有可能思考這種事嗎？

「或許我是想逃去找莫麗。我也不知道。」

「我知道我想逃去哪裡。可是那個地方不存在，所以我沒離開，」凱妮內這麼說時往後靠向椅背。

「怎麼說？」

她點燃一根香菸，一副沒聽見他問了什麼的模樣。她的沉默讓他無助，他急著想贏回她的注意力。他想跟她聊繩壺。他不確定自己第一次是在哪裡讀到有關伊博烏庫文明的藝術，總之其中提到當地人在挖井時發現了很可能是非洲初次出現的青銅鑄造品，時間可以追溯至九世紀。不過若是照片，他是在《殖民地雜誌》[14]上看到的，而且那只繩壺立刻佔據了他的視線。他一看到就用手指輕撫照片，好想實際撫摸那細緻的表面。他想要努力解釋自己是如何受到那個繩壺所觸動，但最後決定不這麼做。他要再等一段時間。他因為這個想法而神奇地感到安慰，因為他意識到自己最想跟她一起擁有的，其實就是時間。

「你來奈及利亞是為了逃離什麼嗎？」她終於問了。

「不是，」他說。「我一直都獨來獨往，而且一直想來非洲看看，所以向我那份不怎麼樣的報社工作請假，跟阿姨借了一筆錢，就來這裡了。」

「要不是你說了，我不會覺得你是獨來獨往的人。」

「為什麼？」

「因為你很英俊。長得好看的人通常不會獨來獨往。」她語氣扁平地說，就彷彿沒有在稱讚人，他希望她沒注意到他的臉紅。

「嗯，但我就是這樣，」他說；他想不出其他話可說。「一直都這樣。」

「一個獨行俠、一個在這個時代來到黑暗大陸的探險家，」她毫無感情地說。

他笑了。那笑聲從體內溢出，他完全無法克制，然後低頭看著清澈湛藍的泳池水，快活地想，或許這也是象徵希望的藍色。

他們隔天見面一起吃午餐，再隔天也是。每次她都會帶他去包廂，然後他們坐在套房陽台吃米飯配冰涼的啤酒。她會在啜飲前先用舌尖輕觸杯緣，而瞥見那粉紅色舌尖的短短一刻讓他特別興奮，因為她似乎沒有意識到自己會這麼做。她的沉默總是充滿憂思，讓人難以接近，可是他還是感覺跟她產生了某種情感連結。或許正是因為她這個人疏離又退縮，他發現自己會用跟平常不同的方式說話，而當他們的相處時間結束——通常都是因為她要去跟父親開會——她站起身，他會感覺自

14《殖民地雜誌》（*Colonies Magazine*）是英國出版的雜誌。

己的雙腳因為血液凝結而動彈不得。他不想離開，而且光是想到要回去蘇珊準備的那間書房內打字，還得在那裡等待蘇珊的畏縮敲門聲傳來，就覺得完全無法忍受。他不明白為何蘇珊什麼都沒有懷疑？為何她不能看出他的不同？為何她甚至沒注意到他現在會在刮完鬍子後噴更多香水？他沒有對她不忠，這是當然，但是忠誠也不只跟性愛有關。他和凱妮內一起歡笑、跟凱妮內聊起他的伊莉莎白阿姨，還看著凱妮內抽菸，而這一切確實就是不忠，至少他們兩人的感覺是如此。他在凱妮內對著他的臉頰印下告別吻時的心跳加速就是不忠。他握住她放在桌面上的手就是不忠。更何況那天凱妮內也沒有一如往常地給他告別吻，而是直接吻上他張開的雙唇，他好驚訝。他並沒有容許自己擁有這麼高的期望，而或許也因為這樣他的陰莖沒有勃起：那是驚訝及欲望混合成的閹割效果。他們迅速脫去衣服，他用光裸的身體緊貼住她的身體，但自己卻還是軟的。他探索著她鎖骨和臀部的各種角度，同時希望靠意志力讓自己的身心更順利地運作起來，同時讓他的欲望繞過他的焦慮。不過他沒有硬起來。他可以感覺到自己雙腿間萎靡不振的重量。

她在床上坐起身，點起一根菸。

「我很抱歉，」他說，而當她聳聳肩沒說話時，他又希望自己沒道歉。在這個過度裝飾的豪奢套房內的氣氛沉重，他把那條還不如一開始就別脫的長褲穿上，而她則是勾好胸罩鉤子。他好希望她能說些什麼。

「明天還見面嗎？」他問。

她透過鼻孔噴出煙，望著煙消失在空氣中，然後問，「這裝潢實在很粗俗，是吧？」

「明天還見面嗎？」他又問了一次。

「我要跟父親去哈科特港見一些搞石油的人，」她說。「可是會在週四中午之後回來。我們可以吃頓晚一點的午餐。」

「好，就這麼做吧，」理查說，而在幾天後於旅館大廳見到她之前，他都還是擔心她不會出現。他們一起用過午餐，之後也一起望著下方游泳的人。

她變得比較有活力，不但菸抽得更多，話也說得更多。她跟他談起自從和父親一起工作後認識的一些人，還說他們每個人幾乎都是一個模子刻出來的。「這個新出現的奈及利亞上流階級就是一群什麼都讀不懂的文盲，他們在開價過高的黎巴嫩餐廳吃著他們根本不喜歡的食物，而且所有社交對話都圍繞著同一個主題：『新車的表現如何？』」有一次她在跟他相處時露出笑容；又有一次，她握住他的手，可是並沒有邀請他進入套房。他不知道她是想要再多等一陣子，又或者只是發現她終究不想要和他建立那種關係。

他就是無法督促自己採取行動。幾天過去了，她終於問他要不要一起進套房，而他感覺就像個一直盼望主演員不會出現的替補演員，但等到主演員真的來不了後，他卻又尷尬得不知如何是好，總之還沒有準備到自以為可以站到舞台燈光下的程度。她帶著他走進房內，而在他把她的裙子撩到大腿上方後，她卻冷靜地把他推開，就彷彿她很清楚他的狂亂只是為了遮掩恐懼的盔甲，然後自己把連身裙掛到椅子上。由於實在太害怕再次讓她失望，他在看見自己勃起時狂亂地感到慶幸。他好慶幸自己在感受到自己那無從阻止的非自願顫抖的前一刻有進入她。然後他們就這樣躺在床上，他在她身上又趴著一陣子後才翻身躺下。他想跟她說他之前從沒這樣過。他和蘇珊的性生活雖然沒什麼新意，但一直都很美滿。

「我很抱歉，」他說。

她點燃一根香菸，雙眼打量著他。「今天要來吃晚餐嗎？我父母邀請了幾個朋友。」

他有那麼一刻感到驚嚇。然後他說，「好，我很樂意。」他希望這個邀請帶有特殊意義，並足以反映出她對這段關係的看法改變。可是當他抵達她父母位於伊寇義的房子時，她介紹他的方式卻是，「這位是理查．邱吉爾，」然後她停頓了一下，感覺似乎在刻意挑釁她的父母和其他客人，就像是知道他們腦中一定會無法克制地出現某些想法。她父親看向他，問他是做什麼的。

「我是作家，」他說。

「作家？原來如此，」歐佐比亞酋長說。

理查真希望沒說自己是個作家，於是為了彌補剛剛的說詞，他又說，「我對伊博烏庫文明的各種發現感到讚嘆。那些青銅製品。」

「嗯，」歐佐比亞酋長喃喃地說。「你有任何家人在奈及利亞做生意嗎？」

「沒有，恐怕是沒有。」

歐佐比亞微笑著移開眼神，之後的整個晚上也都沒再跟理查說什麼話。歐佐比亞太太也差不多。她一直跟著丈夫到處走，姿態莊嚴，近看時那美貌更是懾人。歐拉娜則不同，她的微笑在凱妮內介紹他們認識時顯得防衛，在他們談話時露出的微笑帶著戒心，可是等聊過一陣子後，她的態度慢慢熱絡起來，而他則懷疑她眼中閃爍的是同情光芒，畢竟要是她能敏銳察覺出他多有努力想講出正確的話，同時又不知道到底哪些才算正確，那她確實可能會同情他。她的熱絡讓他受寵若驚。

可是歐拉娜在餐桌上坐得離他很遠，他因此倍感失落。沙拉才剛上桌，她就開始跟一個客人談起政治。理查知道他們主要是在聊奈及利亞需要成為一個共和國，而且要停止再把伊莉莎白女王視為領導人，可是他其實沒有仔細在聽，直到她轉頭問他，「你同意吧？理查？」那姿態彷彿他的意見至關重要。

他清清喉嚨。「喔，這是當然，」他說，但其實不確定自己是同意了什麼。他很感激她把自己拉入話題，想辦法讓他融入大家，而且也深受她那顯得世故又天真的特質所吸引。她有一種拒絕遭到嚴酷現實壓抑而喪志的理想主義氣息。她的皮膚在發光，顴骨在微笑時隆起，可是沒有凱妮內那種讓他又是狂喜又是迷惑的憂鬱神祕氣息。凱妮內坐在他身邊，晚餐期間幾乎沒說話，只有一次語氣尖銳地要求管家把一只看起來不乾淨的玻璃杯換掉，還有一次則是靠過來問，「醬料的味道讓人想吐，是吧？」她大多時候都一副莫測高深的模樣，只是不停在觀察、喝酒和抽菸。他真的好想知道她在想什麼。他在渴望她時可以感受到一種類似的生理性痛楚，然後會幻想自己進入她，而且盡可能地衝刺到最深處，就希望發現一些他知道自己永遠無法得知的事物。那感覺就像是喝下一杯杯的水，但卻還是覺得渴，並不安地恐懼著自己永遠無法緩解那種渴。

理查擔心蘇珊。他會觀察她線條堅毅的下巴和綠眼睛，然後告訴自己這樣欺騙她、在書房一直躲到她睡著，還騙她自己是去圖書館或博物館或馬球俱樂部都是不公平的。她值得更好的對待。可是跟她待在一起有種令人安心的穩定感，她壓低聲音說的那些話及牆上掛著莎士比亞素描畫像的書房也能帶來某種安全感。凱妮內則不同。每次離開凱妮內時，他的內心都充滿著雀躍的喜悅以及令人暈眩的不安全感。他想問她一些他們從未討論過的事——他們的關係、未來、蘇珊——可是那種不安全感每次都讓他選擇沉默。他害怕知道她的答案。

他一直拖延，無法下定決心，直到某天早上醒來想起了一件事。小時候在溫特諾[15]的某一天，莫麗對著在屋外玩的他大喊「理查！吃晚餐了！」而他沒有在回答「來了！」之後跑向她，而是躲進樹籬底下，還因此磨破膝蓋。「理查！理查！理查！」莫麗這次的口氣聽起來很慌亂，但他還是沒出聲，只是繼續蹲著。「理查！你在哪裡？小查？」有隻兔子停下腳步看著他，他死死地盯著那隻兔子的雙眼，而就在那短暫的片刻中，只有他和那隻兔子知道他在哪裡。然後那隻兔子跳出去，莫麗在灌木叢底下發現了他。她把他打了一頓，還處罰他那天之後只能待在房間裡。她說她很不高興，而且還要向邱吉爾先生和太太告狀。不過那個短暫的片刻讓一切的犧牲都很值得，在那個充分遺世獨立的片刻中，他感覺足以掌控自己的童年宇宙，而且只有他能做到。回想起那個片刻後，他決定要結束和蘇珊的關係。他和凱妮內的關係或許不會持久，可是在跟她相處的時光中，他很清楚自己不用背負任何沉重的謊言或做作姿態，而光是如此就已經值得了。

他的這份決心讓他有了力量，但他還是又拖了一週才告訴蘇珊。那天晚上他們從一個派對回家時，她已經喝了太多葡萄酒。

「睡前來杯酒嗎？親愛的？」她問。

「蘇珊，我非常關心妳，」他匆促地說。「可是我不太確定情況很順利——我是指，我們之間的事。」

「你這是什麼意思？」蘇珊問，不過她壓低的語調和刷白的臉龐都讓他明白，她其實很清楚他在說什麼。

他抓抓自己的頭髮。

「對方是誰？」蘇珊問。

「不是另一個女人的關係。我只是覺得我們的需求不同。」他希望自己的口氣聽起來沒有不誠懇，可是他說的是實話。他們想要的目標總是不同，重視的事物也不同。他一開始就不該搬來跟她一起住。

「不是克勞維絲．班克羅夫特，是吧？」她的雙耳發紅。她喝醉後總會耳朵發紅，可是他這次才注意到這個情況有多怪異。那兩片像是因為憤怒而發紅的耳朵從她蒼白的臉龐兩側顯眼地突出。

「不，當然不是。」

蘇珊為自己倒了一杯酒，然後坐在沙發扶手上。他們沉默了一陣子。「我一見到你就幻想能得到你，但說真的，我也不覺得自己會成功。我想著，他多麼英俊又溫柔啊。我當時一定就已經下定決心不讓你走。」她默默地笑了，他注意到她雙眼周遭的細小線條。

「蘇珊——」他說，然後沉默下來，因為他沒有其他話可說。他不知道她對他有過這些想法。他意識到他們實在太少談話。他們的關係只是隨波逐流，彼此都沒有認真投入，至少他沒有認真投入。他只是接受了這段關係的發生。

「這一切對你來說都太快了，是吧？」蘇珊說。她過來站在她身旁。她已經重新冷靜下來，下巴也不再顫抖。「你沒機會到處去探索，說真的，你沒有像你想要的那樣多去看看這個國家。你直

15 溫特諾（Wentnor）是什羅普郡的一個村莊。

接搬進這裡，然後我逼你去參加那些可怕的派對，而派對上的人根本不怎麼在乎寫作和非洲藝術那類的東西。這一切對你來說一定很糟糕。我真的很抱歉，理查，而且我能理解。當然，你一定要去看看這個國家。我能幫上忙嗎？我在埃努古和卡杜納都有朋友。」

理查從她手中接下酒杯，放下，然後擁她入懷。他在聞到她洗髮乳散發出的熟悉蘋果香氣時升起一絲懷舊的心情。「不用了，我沒問題的，」他說。

她顯然不認為他們真的結束了。她以為他還會回來，而他也沒有阻止她這麼想。當身穿白圍裙的管家打開大門讓他出去時，理查有種鬆一口氣的輕快感受。

「再見啦，先生啊，」管家說。

「再見了，歐康。」這個歐康總是表情高深莫測，理查不知道他是否有在他和蘇珊丟杯子爭吵時把耳朵貼在門上偷聽。有一次他請歐康教他說一些埃菲克話[16]中的簡單句子，而當理查努力要將那些句子的發音唸對時，歐康在一旁躁動不安，而房外的蘇珊一發現他們兩人一起待在書房就立刻阻止了這件事。歐康後來感激地看著蘇珊，就彷彿她把他從一個瘋狂的白人手裡救出來。之後蘇珊語氣溫和地表示她可以理解理查不懂這裡的規矩，但有些界線就是不能跨越。那種語氣讓他聯想起伊莉莎白阿姨，其中反映的是受到理直氣壯又自溺的英格蘭禮教背書的觀點。如果他跟蘇珊提起凱妮內的事，她或許也會用這種語調告訴他：她明白他有和黑人女性談個戀愛的需求。

理查在開車離開時望著不停招手的歐康，內心幾乎被想唱歌的渴望淹沒，但他平常並不是個會唱歌的男人。葛羅弗街上的其他房子都跟蘇珊的房子差不多，這些房子都無比貴氣，周遭環繞著棕櫚樹和一片片了無生氣的草皮。

隔天下午，理查光裸著身體從床上坐起身，往下看著凱妮內。他剛剛又辜負了她一次。「我很抱歉。我想我實在太興奮了，」他說。

「我可以抽根菸嗎？」她問。絲滑的床單凸顯出她赤裸身體充滿稜角的細瘦輪廓。

他為她點菸。她從薄被底下坐起身，黑棕色的乳頭在房內空調的冰涼空氣中收緊。她一邊吐煙一邊別開眼神。「我們就慢慢來，」她說。「而且還有其他方式可以做。」

理查內心快速湧現一陣惱怒的情緒，他一方面對沒用又軟趴趴的自己生氣，另一方面，她那半帶嘲弄的微笑以及表示能用其他方式做的發言也讓他生氣。那種說法就好像他一輩子都無法用傳統的方式做愛了。他知道自己有什麼能耐。他知道自己可以讓她滿足。他只是需要時間。不過他也已經開始考慮要用一些草藥，一些非洲男人會吃的草藥。

「恩蘇卡是在大片叢林中的沙土地，你沒辦法找到更廉價的土地來蓋大學了，」凱妮內說。這實在太驚人了，她竟能如此隨興地在這種時候談起這類日常話題。「但對你的寫作而言應該是個完美的地方。」

「對，」他說。

「你可能會喜歡那裡，還可能會想繼續待下去。」

「是有可能。」理查鑽進薄被底下。「可是我很高興你會在哈科特港，這樣我就不需要大老遠跑去拉各斯見你。」

16 埃菲克人（Efik）是位於奈及利亞南部和喀麥隆西部的一個民族。

凱妮內沒說話，她只是定定地抽著菸，然後有那麼令人感到恐怖的一刻，他懷疑她要說他們的關係在兩人離開拉各斯後就結束了，她會去哈科特港後再為自己找個真正能夠有所表現的男人。

「我的房子會是讓我們渡過週末時光的完美地點，」她終於說。「那裡大得嚇人。我父親去年是把那棟房子當成嫁妝給我，我想算是能夠引誘正確種類的男人來跟他這位不吸引人的女兒結婚。如果你仔細想的話，這真是歐洲的思維，畢竟我們這邊沒有嫁妝的概念，只有買賣新娘的價錢。」她把香菸熄掉，但其實還沒抽完。「歐拉娜說她不想要房子。她倒也不需要。反正還是把房子留給那個醜女兒吧。」

「別這樣說，凱妮內。」

「別這樣說，凱妮內，」凱妮內模仿他說話。她起身時，他想把她拉回來，但沒這麼做。他無法信任自己的身體，也無法忍受再讓她失望一次。有時他覺得自己對她一無所知，就好像永遠無法真正碰觸到她。然而又有些時候，他躺在她身邊時會覺得一切都很圓滿，而且確定自己能夠永遠別無所求。

「對了，我已經請歐拉娜介紹她那位革命講師情人給你認識，」凱妮內說。她扯下假髮，頭上剩下短髮綁成的玉米辮，臉龐因此顯得更年輕、更稚嫩。「她以前跟一個豪薩族的王子約會，就是一個親切又好相處的傢伙，不過沒有她常有的那種瘋狂妄想。這個歐登尼伯真的想像自己是個自由鬥士。他是名數學家，可是大多數時間都在寫報紙專欄，裡頭談的都是他那種大雜燴式的非洲社會主義。歐拉娜崇拜死了。他們似乎沒意識到社會主義實際上是個多誇張的笑話。」她把假髮戴回去，開始梳理假髮，那些捲曲的髮絲從中間往左右分開，垂落到她的下巴。理查喜歡她細瘦身體的俐落線條。她抬起手臂時的體態非常優美。

「如果執行正確，我想社會主義在奈及利亞可以運作，」他說。「這跟經濟正義有關，是吧？」

凱妮內用鼻子發出悶哼聲。「社會主義對伊博人來講可行不通。」她的梳子還舉在半空中。「奧本伊魯是常見的女孩名字，你知道那是什麼意思嗎？『不要跟窮男人結婚。』打從出生就把這個概念烙印在她身上，根本就是資本主義的極致表現。」

理查笑了，而且因為她沒笑而更覺得好玩，但她只是繼續剛剛停下來的梳頭動作。他想到下次他也會跟她一起歡笑，然後是再下次。他發現自己常在想未來的事，甚至是連當下還沒結束就開始想。

他起身，並在她瞄向自己赤裸的身體時感到害羞。說不定她的面無表情只是為了隱藏噁心的情緒。他穿上內褲，慌忙把襯衣鈕子扣上。

「我離開蘇珊了，」他突然脫口而出。「我現在住在伊凱賈[17]的普林斯威爾旅店。在去恩蘇卡之前，我會去她家把東西都拿走。」

凱妮內盯著他瞧，他在她臉上看到驚訝的情緒，然後是一種他不太確定為何的反應。她是感到困惑嗎？

「那其實一直都不算是段像樣的關係，」他說。他不希望她覺得他是為了她才這麼做，也不想問她有關兩人目前關係的問題。時機還不對。

17 伊凱賈（Ikeja）是奈及利亞西南部的大城，拉各斯州的首府。

「你會需要一個家務男僕，」她說。

「什麼？」

「你在恩蘇卡需要一個家務男僕，畢竟得要有人幫你洗衣服和打掃房子。」

他一時對這個毫無來由的推論感到困惑。「男僕？我自己就可以處理得很好。我真的一個人過日子很久了。」

「我會請歐拉娜幫忙找個人，」凱妮內說。她從盒子裡抽出一根香菸，但沒有點燃。她把香菸放在桌子旁，走過來抱住他，兩隻輕微顫抖的手臂緊緊抱住他。他驚訝到沒有抱回去。除了在床上之外，她從沒有這樣緊抱住他，而她似乎也不知該如何理解這個擁抱，因為她很快退開，點起香菸。他常想起那個擁抱，而且每次想起時都覺得像是有堵牆正轟隆倒下。

理查在一週後出發前往恩蘇卡。他以不快也不慢的車速前進，而且每隔一陣子就在路邊停下檢視凱妮內給他的手繪地圖。在跨越過尼日河之後，他決定去一趟伊博烏庫文明的所在地。既然終於來到伊博族的土地，那當然無論如何都想先看看繩壺的家鄉。村中零星座落著幾棟水泥屋，這些水泥屋玷汙了由擠在眾多泥土小徑兩旁的泥土小屋所組成的如畫景致。由於這些小徑都很窄，他把車停在距離小徑很遠的地方，然後跟著一個穿著卡其短褲的年輕人走，他似乎已經很習慣帶訪客參觀這座村莊。他的名字是艾米卡·亞諾奇，曾經是挖掘現場的工人之一。他帶理查去看挖掘現場的寬廣長方形土溝，還有那些鏟子跟曾用來把青銅器表面塵土刷掉的淘洗鍋。

「你想跟我們的大老爹說話嗎？我可以幫你翻譯，」艾米卡主動提議。

「謝謝你。」理查因為這樣的溫暖接待而不知所措，周邊的鄰居也都紛紛跟過來說，「午安，nno[18]，歡迎，」他們好像完全沒想過要對他這樣一個不速之客感到介意。

亞諾奇老爹身上纏著一條看起來很髒的布，那條布在他的脖子後方打了一個結。他帶路走進幽暗的obi[19]，裡頭聞起來有蕈菇的味道。雖然理查早在書上讀過這些青銅器被人發現的過程，但還是行禮如儀地問了。亞諾奇老爹捏了一點鼻菸草塞進鼻孔，然後說起那個故事。大概二十年前，他哥哥在挖一口井時挖到一些金屬物，後來發現是個水瓢。很快地，他又發現一些其他金屬物，於是在清洗後叫鄰居過來一起看。這些器物做工細緻，而且隱約有點眼熟，可是沒人知道有誰會做類似器物。很快地，消息就傳到在埃努古的地方官員耳裡，他派人來把這些器物帶去拉各斯的古物部。之後有段時間不再有人過問這些青銅器的事，他的哥哥也在建造完水井後繼續過日子。然後在幾年前，那個來自伊巴丹的白人前來展開挖掘工作。他在工作開始前進行了漫長溝通，因為必須先拆除一間山羊舍和一道住宅區的牆，不過後來工作進行得很順利。當時的天氣吹著充滿沙塵的乾燥熱風，但因為害怕會有雷陣雨，他們仍在土溝開口架上竹竿再鋪上防水布。終於他們找到這些優美的器物：舀水的器具、貝殼、許多女人用來打扮自己的飾品、蛇形狀的物件，另外還有鍋子。

「他們還發現一座墓穴，是吧？」理查問。

「沒錯。」

18 伊博語：歡迎。
19 伊博語：小屋中最重要的空間，通常也是一家之主的房間。

「你覺得那是國王的墓穴嗎？」

亞諾奇老爹一臉難受地看著他一陣子，口中喃喃說了些什麼，表情似乎很傷心。艾米卡先是笑了一下才開始翻譯。「老爹說他以為你是那些懂狀況的白人。他說伊博族的土地上沒有國王的概念。我們只有祭司和長者。那個墓穴裡埋的可能是祭司。可是祭司不會像國王一樣勞役人民。現在都是因為白人指定了那些『委任酋長』[20]，所以開始有一些愚蠢的男人自稱國王。」

理查道歉。他知道伊博族數千年來據說都是共和部落，不過仍有篇關於伊博烏庫文明各項發現的文章指出，說不定他們曾有國王這個職位，只是後來廢黜了他們。總之伊博族是個會將沒用的神祇廢黜掉的民族。理查在那裡坐了一陣子，想像這些在阿佛烈大帝時期就能創造出如此美麗、繁複器物的民族過著什麼樣的生活。他想寫這件事，他想藉此進行創作，可是又不知道自己想寫的到底是什麼。或許可以寫一部推想小說？比如主角是那種挖掘青銅器的考古學家，但後來穿越到充滿田園詩歌風情的古代？

他對亞諾奇老爹表示感謝後起身離開。亞諾奇老爹說了些話，艾米卡於是問，「老爹問你不幫他拍照嗎？之前來的所有白人都有拍照。」

理查搖搖頭。「不，抱歉。我沒帶相機來。」

艾米卡笑了。「老爹在問這到底算是哪種白人？為什麼他來這裡？他到底來這裡做什麼？」

在驅車前往恩蘇卡的路上，理查也在想自己到底來這裡做什麼？更令他擔心的是，他到底打算寫什麼？

伊莫克街上的大學房舍是保留給客座研究者和藝術家使用的，裡頭的空間簡樸到幾乎像是苦修的地方。理查看著客廳的那兩張扶手椅、臥室的單人床、空蕩蕩的廚房櫥櫃，立刻就有了這是家的感覺。整棟屋子充滿著一種恰到好處的靜默。不過在他前去拜訪歐拉娜和歐登尼伯時，她說，「我確定你一定會想把住處變得更宜居，」所以他說，「是的，」但其實他很喜歡那種毫無靈魂的擺設。他之所以表示同意只是因為歐拉娜的微笑就像一種獎勵，也因為她的關注讓他覺得飄飄然。她堅持要他雇用他們的園丁喬莫，好讓他一週兩次去為他的院子種點花。她把他介紹給他們的朋友、帶他上市場，還說她為他找到了一個完美的男僕。

理查想像中的男僕會跟他們家的厄格烏一樣年輕、機警，可是哈里森卻是個身形像根彎曲枴杖的矮小中年男子，身上過度寬鬆的白色襯衣直接垂到膝蓋下方。他在每次展開對話前都會浮誇地鞠躬。他說自己曾為一位愛爾蘭的伯納德神父及一位美國教授藍德工作，而且告訴理查時絲毫沒有隱藏自豪的情緒。「我會做非常棒的甜菜沙拉，」他在第一天就這麼說，之後理查意識到他不只是為他的沙拉感到自豪，還因為他會用甜菜來做料理，畢竟大部分的奈及利亞人都不吃甜菜，所以還得在「特色蔬菜」攤才能買到。哈里森煮的第一頓晚餐是鹹香的魚料理，另外搭配甜菜沙拉當作開胃菜，而到了隔天晚上，他的米飯旁又出現了暗紅色的燉甜菜。「這是我用美國燉馬鈴薯的食譜來做的，」哈里森看著理查吃的時候這麼說。然後再隔天又出現了甜菜沙拉，再隔天又是燉甜菜，只不過這次紅到駭人的甜菜搭配的是雞肉。

20 委任酋長（warrant chief）是英國為了殖民統治而創造出來的傀儡統治者，但完全不符合當地原本的統治系統。

「別再來了，哈里森，」理查舉起手說。「別煮甜菜了。」

哈里森看起來很失望，但之後表情又明亮起來。「可是，先生啊，我是在煮你們國家的食物。我可以煮所有你小時候吃的食物。事實上，我煮的都不是奈及利亞菜，我只用國外的食譜。」

「奈及利亞菜也沒問題，哈里森，」理查說。真希望哈里森知道他有多討厭小時候吃的食物，畢竟那些味道濃嗆的燻鮭魚充滿魚刺、粥的表面有像是防水層一樣的厚皮，而烹調過頭的烤牛肉周圍還有一圈油脂泡在肉汁裡。

「好的，先生啊。」哈里森看起來鬱鬱寡歡。

「對了，哈里森，你會不會剛好知道一些專門給男人吃的藥草？」理查問，他希望自己的語調聽起來夠隨興。

「啊？」

「藥草？」理查做出一些曖昧的手勢。

「菜嗎？先生啊？喔，我可以把你們國家的沙拉都做得很好，先生啊。我為藍德教授就做了很多不同、不同的沙拉。」

「好，但我指的是用來治病的菜。」

「病？那去看醫療中心的醫生。」

「我對非洲藥草有興趣，哈里森。」

「可是先生啊，那些不好，藥草都是巫醫給的。很邪惡。」

「也是。」理查放棄了。他早該知道哈里森是什麼樣的人，畢竟他對所有不是奈及利亞的事物充滿著過度熱情，因此不會是適合問這件事的人選。他決定之後再問喬莫。

理查等著喬莫出現，他站在窗邊望著喬莫為剛種下的百合花澆水。然後喬莫把澆水壺放到一邊，開始撿拾雨傘樹在前一晚落下的果子，那些卵形的淡黃色果實散落在草坪各處。理查常聞到這種果子腐爛時發出的誇張甜味，也知道他以後只要回想起恩蘇卡的生活就一定會想到這氣味。等喬莫把手上的酒椰葉纖維袋裝滿果子後，理查走向他。

「喔。早安，理查先生。我的先生啊，」他用莊嚴的姿態說。「我想把這些果子拿去給哈里森，以免你有需要，先生啊。不是我自己要的。」喬莫放下袋子，拿起澆水壺。

「沒關係的，喬莫。我沒有想要這些果子，」理查說。「對了，你知道那種給男人吃的藥草嗎？就是跟女人有……那種問題時用的藥草？」

「知道，先生啊。」喬莫繼續澆水，就彷彿這是個他每天都會聽到的問題。

「你知道那種給男人吃的藥草？」

「知道，先生啊。」

理查感覺肚子裡有種勝券在握的興奮感。「我想看看那些藥草，喬莫。」

「我哥哥之前有問題，因為第一任妻子沒懷孕，然後第二任妻子也沒懷孕。Dibia[21]有給他一種葉子，他開始嚼，現在已經有好幾個妻子懷孕。」

「喔，非常好。你能幫我找那種藥草來嗎？喬莫？」

21 伊博語：地方的醫生／草藥師。

喬莫停止手上的動作看向他，他那張散發智慧光芒的乾枯臉龐上充滿興味盎然的同情。「這對白人沒用，先生啊。」

「喔，不是。我是寫作要用的。」

喬莫搖搖頭。「你得去 dibia 那裡，然後在他面前嚼。沒辦法用來寫作，先生啊。」喬莫轉身繼續澆水，口中哼著不成調的歌曲。

「我懂了，」理查說，他在走回室內時盡力不讓自己露出沮喪的表情。他提醒自己要抬頭挺胸走著，畢竟他是這裡的主人。

哈里森站在前門外假裝擦玻璃。「喬莫有什麼事沒做好嗎？先生啊？」他滿懷希望地問。

「我只是在問喬莫一些問題而已。」

哈里森看起來很失望。他和喬莫顯然打從一開始就不可能合得來，因為這位廚師和那位園丁都覺得自己比對方優秀。有一次，理查聽到哈里森跟喬莫說不要在書房窗外澆水，因為「澆水的聲音會打擾主人寫作。」他知道哈里森希望理查聽見他這麼說，所以說得很大聲，而且就站在書房窗外說。哈里森的諂媚作為讓理查覺得很有趣，而哈里森對他寫作抱持的敬意也是。比如哈里森每天都堅持去打掃打字機上的灰塵，但打字機上從沒有灰塵，而且他也拒絕把在垃圾桶裡看見的手稿扔掉。「這些都不會用到了嗎？先生啊？你確定？」哈里森會拿著那些皺巴巴的紙這樣問，而理查總是回答：沒錯，確定。他曾寫過一位考古學家的大致背景，但捨棄掉了，還寫過自己在一個奈及利亞小鎮展開寫作的故事。有時他忍不住想，要是他把這一切告訴哈里森，並告訴他其實他根本不確定自己在寫什麼，不知道他會怎麼說。他最近一次努力嘗試寫的內容取材自他和歐登尼伯、歐拉娜，還有他們那些朋友一起相處的夜晚。他們若無其事地接受了他的加入，沒有特別關注他，而或許正因為如此，他坐在那個客廳的沙發上聽他們說話時很自在。

歐拉娜第一次把他介紹給歐登尼伯時說，「這位是凱妮內的朋友，我之前跟你提過的，就是理查．邱吉爾，」歐登尼伯態度溫暖地跟他握手，並說，「我成為國王的首相，並不是為了主持大英帝國的清算工作。」

理查花了一點時間才聽懂，然後因為這個拙劣的溫斯頓．邱吉爾模仿秀笑出來。之後他看著歐登尼伯一邊揮舞著一份《每日時報》一邊大吼，「我們現在就該開始將我們的教育去殖民化！不能再等！就是現在！要教育孩子認識我們的歷史！」他心裡想著，這是個相信怪癖足以當作自身個性的男人，而且這男人雖然不是特別有魅力，卻能在充滿迷人男子的空間內吸引到幾乎所有人的注意力。理查也觀察歐拉娜，而且每次瞄向她時都覺得對方變得更清新，就彷彿她隨著每分每秒的推進變得更美。不過看到歐登尼伯的手搭在她的肩膀上時，他感受到一種不愉快的情緒，還曾想像他們兩人一起躺在床上。除了一般性的對話之外，他和歐拉娜很少交談，但就在他出發前往哈科特港拜訪凱妮內的前一天，歐拉娜說，「理查，請替我向凱妮內打招呼。」

「我會的，」他說。這是她第一次提到凱妮內。

凱妮內開著她的寶獅404轎車來火車站接他，然後從哈科特港的市中心往大海開去，最後抵達一棟與世隔絕的三層樓建築，建築的露天陽台牆上爬滿的九重葛花是不能再淡的紫羅蘭色。凱妮內帶著他穿過許多寬敞的房間，其中的家具、木雕、低飽和色調風景畫及立體雕塑的品味並不搭配。拋光過的地板散發出木頭的味道。

「我本來確實希望可以離海近一點，這樣我們才能擁有更好的視野。可是我改變了爹地的裝潢，現在感覺沒那麼像暴發戶。希望是如此啦？」凱妮內問。

理查笑了。不只是因為她在嘲弄蘇珊——他曾跟她說過蘇珊評論歐佐比亞酋長的話——也因為她說了我們。我們代表的是我們兩人，她這樣說是有把他納入其中。她把他介紹給她的管家，那是三個穿著不合身卡其制服的男人。她用她那種帶點嘲弄風格的微笑對他們說，「你們會常見到理查先生。」

「歡迎，先生啊，」他們整齊一致地說，然後凱妮內指向每個人並說出名字，而他們也依序做出幾乎像是立正站好的動作：伊凱吉德、恩納納，還有賽巴斯徹。

「伊凱吉德算是唯一還有點腦子的人，」凱妮內說。

三個男人露出微笑，那模樣像是各有心思，但當然什麼都不會說出口。

「好了，理查，讓我來為您導覽吧。」凱妮內態度嘲弄地鞠了個躬，然後帶路從後門走到屋外的橘子果園。

「歐拉娜要我跟你打招呼，」理查握住她的手說。

「看來她的革命情人允許你進入他的地盤了。我們該心存感激。以前只有黑人講師才可以進他家呢。」

「對，他有跟我說。他說恩蘇卡充滿來自美國國際開發署、和平部隊，還有密西根州立大學的人，他想要的是一個給新進奈及利亞講師交流的園地。」

「還有交流他們國族熱情的園地。」

「我想是吧。他確實很不一樣，讓人耳目一新。」

「很不一樣，讓人耳目一新，」凱妮內重複他說的話。她停止用涼拖鞋的鞋跟像是把地上某個東西踩扁的動作。「你喜歡他們，是吧？你喜歡歐拉娜和歐登尼伯。」

他想直視她的雙眼，也想搞清楚她希望他說什麼，因為他想說出她想聽的話。「對，我喜歡他們，」他說。她握在他手中的手軟趴趴的，他好擔心她把手抽走。「他們讓我能更輕鬆地融入恩蘇卡，」他又說，好像想把自己喜歡他們的情緒合理化。「我很快就安頓好了。當然還有哈里森的幫忙。」

「對啦，哈里森。那個甜菜男如何？」

理查把她拉進懷裡，因為她沒生氣而放心下來。「他還行，是個好人。真的。他很有意思。」

他們到了果園，兩人走在枝葉交錯的橘子樹之間，理查卻覺得有種不可思議的感覺正在攻佔自己。凱妮內正在說話，內容跟她的一個員工有關，可是他感覺自己正在往後退，而他的心思也在往前展開後逕自向後捲動。那些橘子樹、那些在他身邊的樹、在頭頂上方嗡嗡作響的蒼蠅，還有大片茂盛的綠意，都讓他回想起父母位於溫特諾的房子。在這樣一個潮濕的熱帶所在，陽光把他的手臂肌膚曬成微微的緋紅色，就連這裡蜜蜂也在曬太陽，他卻竟然在此回想起一棟即便在夏天都有冷風吹過的破敗英格蘭老屋，真是邏輯不通。他看見屋後高聳的白楊樹和柳樹，周遭是他會在其中追蹤野獾的一片片田野，凌亂的山丘上覆滿綿延數英里的石南花和蕨菜，其中零星點綴著幾隻正在吃草的綿羊。記憶中藍色的山。他看見他的父母和他一起坐在樓上的臥房內，房內聞起來很潮濕，而父親正在為他們讀詩。

從遙遠的國度吹入我心裡
乘著足以致命的風：
那些記憶中藍色的山、尖塔和農場，
如今是什麼模樣？

那是一片失去光景的土地
我清楚看見它閃亮浮現
那些我去過的快樂公路
是無法再回去的所在[22]

他父親讀到記憶中藍色的山時，口氣總是會變得深邃，而等他們離開他的房間，以及之後他們離家的那幾週，他都會把眼光投向窗外，看著遠方的山丘染上一抹藍。

理查被凱妮內忙亂的生活搞得頭昏腦脹。在拉各斯時，兩人都是在旅館內短暫見面，所以他沒意識到她過著一種全力衝刺的人生，而且就連沒有他參與其中時也是如此。每當想到他不是她世界中的唯一居民時，他就有種異樣的煩躁感，可是更令他感到詭異的，是她明明才到哈科特港幾週就已建立起來的日常行程。她總是工作第一。她不只決心要發展父親擁有的眾多工廠，而且要比他之前經營得更好。每到晚上，許多訪客——想來談生意的公司代表、想來談賄款的政府官員、想來談工作的工廠人員——都會前來拜訪，並把車子停在靠近果園入口的地方。凱妮內絕不會讓他們待很久，也沒有要他跟他們見面，因為她說這些人只會讓他無聊，所以在他們離開之前，他大多只是待在樓上讀書或隨便寫些什麼。通常他會努力不讓自己去擔心那天晚上讓凱妮內失望的事。他的身體仍然不可靠，而他已經發現繼續想著那次的失敗只會讓成功變得更困難。

在他第三次造訪哈科特港時，管家來敲臥房的門並通報，「馬杜少校來了，女士，」而這次凱妮內問理查是否願意跟她一起下去見對方。

「馬杜是個老朋友，我希望你見見他。他剛從巴基斯坦結束一場軍事訓練課回來，」她說。

理查在走廊上就聞到這個人的古龍水香氣，那是一種甜膩又頑強的味道，而理查一見到古龍水的主人就覺得對方帶有一種原始的狂野氣息：他有著一張紅木色的寬闊大臉，嘴唇和鼻子都很肥厚。對方站起來跟他握手時，理查差點往後踉蹌一步，因為他的身形極為巨大。理查以前不管去哪幾乎都是現場最高的人，也是大家必須抬頭仰望的對象，但是現在這個男人至少比他高上八公分，而且肩膀很寬，強健的體態也讓他看起來更高、更壯。

「理查，這位是馬杜．馬杜少校，」凱妮內說。

「哈囉，」馬杜少校說。「凱妮內跟我提過你。」

22 此詩取自A．E．豪斯曼（A. E. Housman）的詩作〈什羅普郡少年〉（A Shropshire Lad）。

「哈囉，」理查說。這個體型高大的男人臉上帶著一抹高高在上的微笑，而且提起凱妮內的口氣實在有點太過親密，就好像他和凱妮內很熟，或者是知道一些理查不知道的事，又像是凱妮內跟他提起過理查，而且還是兩人在肢體交纏著傻氣笑鬧時，她在他的耳邊說的不知道什麼事。話說回來，馬杜．馬杜是什麼怪名字啊？理查在沙發坐下，拒絕凱妮內給他的酒。他感覺自己臉色蒼白。他好希望凱妮內剛剛說的是，這位是我的愛人理查。

「所以你跟凱妮內是在拉各斯認識的？」馬杜少校問。

「對，」理查說。

「大概一個月前，我從巴基斯坦打電話回來，她那時第一次跟我說了你的事。」

理查想不出自己可以回答什麼。他不知道她有跟在巴基斯坦的他講過電話，也不記得她有提過自己的軍官朋友，而且這名軍官的名字和姓氏還一模一樣。「所以你們認識彼此多久了？」理查問，然後立刻覺得自己的口氣像是在懷疑什麼一樣。

「我們位於烏姆納奇的老家就在歐佐比亞家隔壁。」馬杜少校轉向凱妮內說。「據說我們的祖先有親戚關係？是吧？只是你們那邊的人偷走我們的土地，我們又把你們驅逐出去？」

「是你們那邊的人把土地偷走的，」凱妮內笑著說。理查聽見她粗啞低沉的笑聲時很驚訝。更讓他驚訝的是，馬杜少校看起來對一切都很熟悉，他不但自在地坐在沙發上、起身翻看音響上的相簿，還對送上晚餐的管家開玩笑。理查覺得自己被排除在外。他好希望凱妮內有跟他說馬杜少校有要留下來吃晚餐。他好希望她跟他一樣喝琴酒搭配通寧水，而不是跟馬杜少校一樣喝威士忌兌水。他好希望這個男人不要像是在主導局面一樣地不停問他問題，就好像他是主人而理查是訪客。你在奈及利亞過得還好嗎？米飯不是很美味嗎？你的書寫得如何？你喜歡恩蘇卡嗎？

理查痛恨這些問題和這個男人完美的餐桌禮儀。

「我在桑赫斯特[23]受訓，」馬杜少校說，「最討厭的就是那邊很冷。特別是因為他們逼我們每天早上得在天殺的寒冷中跑步，身上還只能穿著薄薄的襯衣和短褲。」

「我可以明白你為什麼覺得那裡冷，」理查說。

「喔，沒錯。每個人喜好不同嘛。我很確定你在這裡很快就會開始想家，」他說。

「我完全不這麼想，」理查說。

「哎呀，英國剛決定要開始管制來自國協其他地方的移民，不是嗎？他們希望人們待在自己的國家嘛。當然，諷刺的是，我們這些國協居民卻不能管制從英國跑來的人。」

他緩慢嚼食口中的米飯，花了一陣子檢視眼前的水瓶，就彷彿那是一瓶葡萄酒，而他想搞清楚酒的年份。

「我一從英格蘭回來就加入前往剛果的第四營，那是聯合國底下的部隊。我們這營可說管理得極差，不過如果不管這個，我寧可去剛果也不要去相對安全的英格蘭，而原因就是天氣。」馬杜少校沉默了一下。「我們這營管理得極差，因為負責指揮的是一位英國上校。」他瞄了理查一眼，然後繼續咀嚼。

理查氣得頭髮都快豎起來。他感覺自己的手指僵硬，很怕手上的叉子會脫離掌控，好讓這個令

23 桑赫斯特（Sandhurst）是桑赫斯特皇家軍事學院（Royal Military Academy Sandhurst）所在地。

人難以忍受的傢伙知道他的感受。

門鈴在晚餐剛結束時響起來，當時他們正坐在月光灑落的露天陽台上一邊喝酒一邊聽著快活音樂。

「那一定是烏多迪，我要他來這裡找我，」馬杜少校說。

理查打死一隻飛在他耳朵附近的煩人蒼蠅。凱妮內的房子似乎成為這個男人和朋友見面的地方。

烏多迪是個模樣普通且個子很小的男人，完全沒有馬杜少校那種消息靈通的魅力或世故的傲慢姿態。他看起來醉到幾乎有點發狂，跟理查握手時幾乎是在猛力甩手。「你是凱妮內的生意夥伴嗎？搞石油的嗎？」他問。

「我還沒介紹你們認識，對吧？」凱妮內說。「理查，烏多迪．阿凱奇是馬杜的朋友。烏多迪，這位是理查．邱吉爾。」

「喔，」烏多迪少校把眼睛瞇了起來。他把一些威士忌倒進玻璃杯，一口飲盡，然後用伊博語說了一些話，凱妮內則用語氣冰冷但清晰的英語回答，「我怎麼選擇愛人跟你無關，烏多迪。」

理查真希望他可以不費吹灰之力地張口罵退這個男人，可是他什麼都沒說。他感覺自己無助又虛弱，而且是那種伴隨疾病及悲痛而來的虛弱。音樂已經停了，他可以聽見遠方海浪的唰唰聲。

「抱歉，唉唷！我沒說那跟我有關啦！」烏多迪少校笑了，然後再次伸手去拿威士忌。

「喝慢一點，」馬杜說。「你一定很早把自己搞成這樣了吧。」

「人生苦短啊，我的兄弟！」烏多迪少校一邊說一邊又倒了一杯酒。他轉向凱妮內。「I

magonu[24]，妳知道我的意思，我只是想說，那些跟在白男人屁股後面的女人有某種特定的類型，她們都來自貧窮家庭，而且有白男人喜歡的身材。」他停了一下，然後繼續用嘲弄的語氣模仿英文口音說，「無比吸引人的臀部。」他笑了。「那些白男人只會不停插啊插啊插這些黑皮膚的女人，但永遠不會跟她們結婚。怎麼可能！他們甚至不會把她們帶去像樣的公開場合。可是那些女人還是會繼續羞辱自己，為那些男人做牛做馬，只為了拿到一些微不足道的小錢以及裝在花俏錫罐裡的荒謬茶葉。這根本就是新型態的蓄奴，我跟妳說，新型態的蓄奴。但妳可是大人物的女兒，妳打算怎麼處理他？」

馬杜少校站起身。「真抱歉，凱妮內。這傢伙狀態不對。」他把烏多迪拉起身，用伊博語快速說了一些話。

烏多迪又笑了。「好啦、好啦，可是讓我把威士忌拿走。這瓶快空了。讓我把威士忌拿走。」

烏多迪少校把威士忌從桌上拿走時，凱妮內沒說話。等他們離開後，理查坐在他身邊緊握住她的手。他感覺自己剛剛像是消失了一樣，而那可能就是為什麼馬杜少校道歉時沒把他算在內。「他很糟糕。我很遺憾他這樣說。」

「他真是喝得爛醉。馬杜現在一定也感覺很糟，」凱妮內說。她指了一下桌面上那份文件，「我剛剛拿到為卡杜納軍營提供軍靴的合約。」

「那太好了。」理查把他杯子裡的最後一滴酒喝完，然後看著凱妮內翻閱那份文件。

24 伊博語：妳知道的。

「那裡的負責人是伊博人，馬杜說他很想把合約簽給伊博同鄉。所以我走運了。他要求要拿百分之五的回扣。」

「這是賄賂嗎？」

「哎呀，我們這裡有人很純潔呢。」

她的嘲弄語氣惹惱了他。馬杜少校剛剛的行徑明明很粗魯，她卻沒幾句話就幫他推卸責任的做法也惹惱了他。他起身開始在露天陽台上踱步。許多昆蟲正在螢光燈泡旁嗡嗡作響。

「所以妳已經認識馬杜少校很久了吧，」他終於開口。他痛恨自己必須稱呼那個男人的名字，這種叫法就好像他想表示親切，但他其實完全沒這個意思卻又別無選擇。他當然不會叫他少校。用職稱叫他實在太抬舉對方。

凱妮內抬頭。「一輩子了。他的家族和我們家族非常親近。我記得有一次，好多年前了，我們一起去烏姆納奇過聖誕節，他給了我一隻烏龜。那是我這輩子收過最怪也最棒的禮物。歐拉娜覺得馬杜把那個可憐的小東西從原本的自然棲地帶走之類的不好，可是她本來就跟馬杜合不來。我把烏龜放進一個碗裡，當然那隻烏龜很快就死了。」她繼續回頭翻閱那些文件。

「他結婚了，對吧？」

「對。愛道比在倫敦讀大學。」

「這就是妳為什麼這麼常跟他見面嗎？」他幾乎像是咳出這個問題，就彷彿他需要清清自己的喉嚨。

她沒有回答，又或許她只是沒聽見。顯然那份新的合約文件佔據了她的所有注意力。她起身。

「我要去書房做點筆記，然後再回來找你。」

他不知道自己為什麼可以不問她是否覺得馬杜有魅力，也沒問她是否曾跟他發生關係，又或者更糟的是，說不定現在兩人還在發生關係。他很害怕。他走向她，伸出雙臂把她抱緊，希望感受到她的心跳。這是他人生中第一次覺得自己可能找到歸屬感。

1. 那本書：世界在我們死去時保持沉默

在序章中，他重新描述了那個帶著大葫蘆桶的女人。她坐在火車的地板上，身邊擠滿正在哭泣、大吼及禱告的人。她沒說話，只是用輕柔的節奏撫摸大腿上那個有蓋子的大葫蘆桶，直到他們越過尼日河，她才掀開蓋子，要歐拉娜和其他人靠近往裡面看。

歐拉娜告訴他這個故事，而他記下所有細節。她跟他說那個婦女罩衫上的血跡是如何融入布料紋理，因而形成帶有鐵鏽色澤的淡紫色。她描述了那個婦女帶的大葫蘆桶上的雕刻圖樣，那些斜斜的線條彼此交錯，然後她描述了裡頭的孩子：許多髒亂的辮子垂落在深棕色臉龐兩側，雙眼全白且詭異地張著，一張嘴像是因為驚訝而張成一個小小的O。

寫完這段之後，他談起那些帶著塞有孩子焦黑屍體的手提箱逃到漢堡的德國女人，以及那些在口袋裡裝著自己受凌虐嬰兒身體部位的盧安達婦女，但小心翼翼地不進行類比。至於書的封面，他畫了尼日河的地圖，把尼日河和貝努埃河形成的Y字畫成亮紅色。至於東南部，在比亞法拉共和國[25]曾經存在三年的地方，他也用同樣的紅色圈出來。

25 比亞法拉共和國（Republic of Biafra）位於奈及利亞東南部，一九六七年五月三十日成立，一九七〇年一月十五日滅亡。

四

厄格烏緩慢地把餐桌清空。他先移走玻璃杯，然後是沾滿燉菜汁的碗和餐具，最後把所有盤子疊起來。就算沒在他們吃飯時透過廚房的門往內偷看，他還是能知道誰坐在哪個位置。主人的盤子總是剩下最多飯粒，就彷彿他吃飯時很不專心，導致所有米粒沒能碰上他的叉子。歐拉娜的杯子會留下新月形狀的唇印。奧奇歐瑪則是吃什麼都用湯匙，所以會把刀叉推到一邊。艾茲卡教授有自己帶啤酒來，那個像是國外進口的棕色啤酒瓶就放在他的盤子旁。阿德芭尤小姐則會在碗裡留下洋蔥切片。至於理查先生絕不啃雞骨。

廚房裡的厄格烏把歐拉娜的盤子獨自留在富美家塑膠檯面的流理台上，然後把其他盤子清空，同時望著米飯、燉菜、蔬菜和骨頭滑進垃圾桶。有些骨頭因為被咬得太碎而幾乎像木屑，不過歐拉娜倒是沒這麼做，她只是稍微嚼了嚼骨頭的尖端，所以剩下的骨頭幾乎都還保持完整形狀。厄格烏坐下選了一根骨頭，閉上眼睛開始吸，腦中想像歐拉娜的嘴也曾包覆住這根骨頭。

他慢吞吞地吸著一根根骨頭，甚至沒費力讓自己的口水聲小一點。家裡只有他。主人跟歐拉娜還有他們的朋友一起去了教職員俱樂部。整棟屋子總是在這種時候最為安靜，他可以花很長的時間做些微不足道的小事，並任由午餐的碗盤堆在水槽中。反正距離晚餐還有好長一段時間。廚房沐浴在閃閃發亮的陽光中。歐拉娜說這是「做功課時間」，如果這時候她在家，她會要他把作業帶進臥室寫。但她不知道的是，他從來不需要花很長的時間寫作業，她也不知道寫完後的他會坐在窗邊努力讀主人其中一本書裡的艱難句子，過程中還常抬頭望著蝴蝶在前院的白花叢中上下飛舞。

他在吸第二根骨頭時拿起他的練習本。冰冷的骨髓在他的舌頭上有種酸嗆的滋味。他讀了那首詩，那是他看著黑板抄寫下來的詩句，而且因為抄得太過認真，他的筆跡甚至就像是歐古凱太太的筆跡。他閉著雙眼唸出這首詩。

我忘不了：自己沒能看到
他們看到的一切歡樂景象，
明明吹笛人也答應過我啊。
他曾說要帶我們去快樂鄉，
快樂鄉與小鎮相連，就在近旁，
那裡泉水噴湧，果樹生長，
鮮花開得更美更芬芳，
一切都新鮮而異樣；[1]

他打開雙眼掃過這些詩句，確保自己沒有漏掉任何字詞。他希望主人不會記得要他背誦出這首詩，因為雖然他已經正確記住內容，但還是無法回答主人的問題：這首詩是什麼意思？又或者：你認為這首詩其實是在講什麼？在歐古凱太太發給他們的書中有一些圖片，其中有個長髮男人身後跟著一些快樂的老鼠，但他完全無法理解是什麼意思，而且厄格烏越是看著那些圖片，就越確定這只是個毫無道理的笑話。就連歐古凱太太似乎都不知道那是什麼意思。厄格烏已經開始喜歡她了——這位歐古凱太太——她沒有用特別關照的方式對待他，似乎也沒注意到他會在下課時間獨自坐在教室內。不過在他上課的第一天，主人還在不通風的教室外面等待時，她給他做了口說和寫作測驗，並注意到他的學習速度很快。「這男孩一定沒過多久就能跳級上課，他真的天生聰穎，」她在結束後告訴主人，那模樣就像是厄格烏沒有站在他們身旁，而天生聰穎也立刻成為厄格烏最喜歡的詞彙。

他蓋上練習本。他已經吸完所有骨頭。開始洗碗時，他想像歐拉娜嘴巴的味道已經留在他嘴裡。他第一次吸她剩下的骨頭是幾週前的事，那是一個週六早上，他看見她和主人在客廳接吻，兩人張開的嘴巴緊貼在一起後彼此吸吮。光是想像她的唾液留在主人的口中就讓他感到既厭惡又興奮，直到現在也還是如此。他在晚上聽到她的呻吟時也有同樣感受；他不喜歡聽見她的聲音，但又很常走到他們房門前把耳朵緊貼在冰涼的木板上偷聽。同樣地，他也會仔細觀察她掛在浴室裡的內衣褲——黑色襯裙、滑溜溜的胸罩，以及白色短內褲。

她非常輕易地融入這棟屋子。每當客人在晚上塞滿客廳時，她的聲音會清晰完美地凸顯出來，而他則會想像自己對著阿德芭尤小姐吐出舌頭說，「妳沒辦法說出像我們家女士一樣的英文，所以閉上妳的髒嘴。」她的衣服似乎本來就收在衣櫃裡、她的快活音樂似乎本來就會不停從收音電唱機

1 取自英國詩人羅伯特・白朗寧（Robert Browning）的詩作《漢姆林鎮的神奇吹笛手》（*The Pied Piper of Hamelin*）。

傳出、她身上的椰子香氣似乎本來就迴盪在每個房間，而她的雪佛蘭羚羊車似乎也本來就一直停在車道上。不過他還是懷念之前跟主人一起度過的舊時光。他想念自己以前晚上會坐在客廳地板上聽主人用低沉的聲音說話，然後到了早上為主人送去早餐，同時知道家裡能聽見的說話聲只會有他們倆。

主人變了。他太常盯著歐拉娜看、太常撫摸她，而當厄格烏為他打開前門時，他的眼神也會立刻滿懷期盼地越過他，只為了確認歐拉娜有沒有在客廳。才在昨天吧，主人跟厄格烏說，「我母親這週末要來，打掃一下客房。」而厄格烏都還來不及說「好的，先生啊」，歐拉娜就說了，「我認為厄格烏應該搬去男僕宿舍。這樣我們就能多一間客房，好能讓媽媽就住上一陣子。」

「是的，當然，」主人說，那回應的速度快到讓厄格烏惱怒，就彷彿只要歐拉娜開口要求，要他把頭伸進烈火中都沒問題，而且彷彿她才是主人。可是厄格烏並不介意搬進男僕宿舍的房間，那房間除了一些蜘蛛網和紙箱外都是空的，所以他可以把自己留下來的一些東西藏在那裡，並藉此讓那些東西變得完全屬於自己。他從沒聽過主人提起母親，而就在他之後打掃客房時，他想像著這個之前為還是嬰兒的主人洗澡、餵食和擦鼻水的女人可能是什麼模樣。厄格烏已經開始對她產生恭敬之情，畢竟是她創造出了主人。

他快速洗完午餐的碗盤。如果可以迅速準備好晚餐濃湯需要的蔬菜，他還可以在主人和歐拉娜回來之前去理查先生家找哈里森講一下話。這些日子以來，他都是用手撕蔬菜而不是用刀子切，因為歐拉娜喜歡他這樣做。她說這樣才能保留下更多維他命，而他也開始喜歡這樣處理蔬菜。他也喜歡她教他用一點牛奶來煎蛋、把炸大蕉切成小巧的圓形而非難看的橢圓形，以及用鋁杯而不是香蕉葉來蒸摩依摩依[2]。現在她把大部分的煮飯工作留給他。他喜歡偶爾透過廚房的門往外偷看，好知道誰最常對食物喃喃表示稱讚、誰喜歡什麼，以及誰又多拿了哪些食物。他發現佩特爾醫生喜歡用uziza[3]搭配煮雞肉。理查先生也是，不過他從來不吃雞皮。

或許顏色蒼白的雞皮讓理查先生聯想到自己的皮膚吧。不然厄格烏想不到其他不想吃的理由，畢竟雞皮是最美味的部分啊。每當厄格烏拿出更多水或把一些食物收走時，理查先生總是說，「雞肉煮得太好了，厄格烏，謝謝你。」有些時候，就算其他客人都已經退到客廳去，理查先生卻還會走進廚房問他一些問題，而且都是些好笑的問題，比如他的族人有在為神刻平面像或做立體雕像嗎？他有去過河邊那座聖地[4]嗎？看到他把答案寫在一本皮封面的小本子上時，他更是覺得太有趣了。大概幾天前，厄格烏隨興地提到ori-okpa[5]慶典，理查先生的雙眼立刻變成更明亮的藍色，並表示想親眼看看那場慶典。他說會去問主人可不可以開車和厄格烏一起回他的家鄉。

厄格烏在把蔬菜從冰箱裡拿出來時笑了。他無法想像理查先生在慶典時的樣子，在慶典期間，那些姆姆歐[6]（理查先生說那些人都是扮裝的，對吧，而厄格烏同意他的話，只要扮裝指的是成為

2 摩依摩依（moi-moi），豆子做成的蒸布丁，一種傳統的奈及利亞食物。

3 一種西非胡椒。

4 這裡指的是奧皮當地敬拜雅皮—奧皮女神（Api-Opi deity）的地方。

5 ori-okpa是一種有扮裝習俗的慶典，許多人會用酒椰葉纖維袋或其他白色衣物打扮成鬼魂，這些鬼魂會輕輕鞭打年輕男子，算是一種仰慕青春年華的美好行徑。鞭打對象通常不包括女性。

6 伊博語：姆姆歐（mmuo），鬼魂或幽靈。

鬼魂就沒錯）會在村莊中遊行，而且會沿路鞭打年輕男性、追逐年輕女性。厄格烏覺得那些姆姆歐看見一個膚色慘白的陌生人在筆記本上寫個不停時大概也會笑吧。但他很高興他跟理查先生提起這個慶典，因為這代表在內內希納奇出發前往北部之前，他還有機會見到她。想想她看見他搭著一個白人的車子出現會有多欽佩！而且開車的還是白人！她這次一定會注意到他，他確定，而他也等不及要用他的英文、新襯衣、對三明治及自來水的知識，還有他的體香粉來讓雅努利卡、那些表兄弟姊妹，以及所有親戚刮目相看了。

厄格烏剛把撕碎的蔬菜洗好後就聽見電鈴聲。主人的朋友現在來也太早了。他走到門口，在圍裙上擦擦手。有那麼一刻，他真不確定站在門外的是不是他姑姑，又或者只是因為太想家才看見了姑姑的幻像。

「姑姑？」

「厄格烏昂伊，」她說，「你得回家。Oga gi kwanu？[7]你的主人在哪？」

「回家？」

「你母親病得很重。」

厄格烏仔細檢視圍在姑姑頭上的包巾。他可以看出其中有個地方已經很破舊，那一塊因為被拉開來而顯得薄透。他記得他表姊的父親過世時，家人派人送消息去拉各斯給她，要她為了病重的父親趕回家。如果你離家打拚，就算家裡死了人，他們也只會跟你說對方病得很重。

「你母親病了，」他姑姑又說了一次。「她說想見你。我會跟主人說你明天回去，這樣他才不會覺得我們要求太多。很多男僕甚至好幾年都沒機會回家，你也很清楚。」

厄格烏沒有動作，只是用手指絞扭著圍裙邊緣。他想要姑姑跟他說實話，就是直接說他母親死了，可是嘴巴就是無法吐出那些字。他還記得她上一次生病時她咳個不停，最後父親在破曉前跑去找了dibia，而他的小老婆奇歐克則不停幫她揉背，那場景真是嚇壞了他。

「主人不在，」他終於開口。「可是很快就會回來。」

「我會在這裡等，等等求他讓你回家。」

他帶她走進廚房。姑姑坐下後望著他將地瓜切片後再切成丁。他工作的速度很快，態度狂熱。從窗戶透入的陽光以接近傍晚來說似乎有點太亮了，其中充滿著過度不祥的燦爛光芒。

「我父親還好嗎？」厄格烏問。

「他很好。」姑姑的表情晦澀難解，語調扁平：當情況比實際說出的消息更糟時，傳遞消息的人就會是這副模樣。她一定在隱藏些什麼。說不定他母親其實已經死了，又或許他的雙親都已在那天早上倒地死去。在一片枯槁的沉默中，厄格烏繼續將地瓜切片。終於主人回家了，他為了打網球穿的白衣因為汗水黏在背上。他獨自一人。厄格烏本來希望歐拉娜可以跟他一起回來，這樣他在說話時才可以看著她的臉。「歡迎回家，先生啊。」

「好的，我的好傢伙。」主人把球拍放在廚房的桌上。「麻煩拿點水來。我今天每場比賽都輸了。」

厄格烏已經把水準備好，那個裝著冰水的玻璃杯就放在一個淺碟上。

7 伊博語：你的主人在哪？

「您好，先生啊，」他的姑姑出聲招呼。

「您好，」主人說看起來有點迷惑，好像不認識她是誰。「喔，對了。妳好嗎？」

她還沒能再開口，厄格烏就說了，「我母親病了，先生啊。拜託，先生啊，如果能讓我回去，我明天就會回來。」

「什麼？」

厄格烏把剛剛的話重複了一次。主人盯著他，然後望向火爐上的鍋子。「飯煮完了嗎？」

「還沒，先生啊，我會很快煮完。離開之前煮完。我會把桌子擺好，所有其他事也都會處理好。」

主人轉向厄格烏的姑姑。「Gini me？[8]他母親怎麼了？」

「先生啊？」

「妳是聾了嗎？」主人戳戳自己的耳朵，就彷彿厄格烏的姑姑不知道耳聾是什麼意思。「他母親怎麼了？」

「先生啊，她的胸口著火。」

「胸口著火？」主人用鼻子發出一聲悶哼。他把杯子裡的水喝完，轉向厄格烏說起英文。「換上襯衣，上車。你的村莊其實不遠。我們應該不用花很多時間就能抵達。」

「先生啊？」

「換上襯衣後上車！」主人在一張傳單背面迅速留下一些訊息，然後把傳單留在桌上。「我們把你母親帶回來這裡，讓佩特爾醫生看看她。」

「是的，先生啊。」厄格烏跟著姑姑和主人一起走向車子，感覺自己隨時都會碎裂。他覺得他的骨頭就像掃把的桿子，而且是那種在哈馬丹風[9]吹拂期間可以輕易折斷的掃把桿。趕往他居住村莊的車程中幾乎沒人說話。在他們開車經過像是編髮髮型一樣種滿一排排玉米和木薯的農場時，主人說，「瞧？這才是我們政府該關注的事。如果我們學會灌溉技術，就能輕鬆餵飽這個國家的人民，也可以擺脫仰賴進口的殖民處境。」

「是的，先生啊。」

「可是相反的，所有政府裡的蠢貨卻只是在說謊、貪汙。我有好幾個學生今早就去了拉各斯參加示威活動，哎呀。」

「是的，先生啊，」厄格烏說。「他們為什麼要示威，先生啊。」

「人口普查，」主人說。「人口普查做得一團亂。每個人都在捏造數據。我們倒不是指望巴勒瓦會真的因此做些什麼，畢竟他就跟其他那些傢伙一樣是共犯。可是我們總得發聲啊！」

「是的，先生啊，」厄格烏回覆，而即便是在擔憂母親的情緒中，他仍感到一絲驕傲，因為他知道他的姑姑現在已經瞪大雙眼，對他和主人有點深入的對話感到讚嘆無比。而且他們還是用英文交談。他們在跟家族小屋有點距離的地方停下來。

「去收拾你母親的東西，動作快，」主人說。「我今晚有朋友要從伊巴丹前來拜訪。」

8 伊博語：怎麼了？

9 哈馬丹風（harmattan）是西非從十一月底到三月中旬乾季時吹的風，從撒哈拉沙漠經過西非吹到幾內亞灣。

「是的，先生啊！」厄格烏和姑姑同時開口。

厄格烏爬出車子後站著沒動。他的姑姑衝進小屋，之後他紅著雙眼的父親很快就走出來，他的背比厄格烏記憶中還要更駝。他跪在沙地上抱住主人的雙腿。「謝謝，先生啊。謝謝，先生啊。祝福你善有善報。」

主人往後退開，厄格烏看見他的父親搖搖晃晃，幾乎要往後翻倒。「起來，kunie[10]，」主人說。

奇歐克從小屋走出來。「這是我的另一位妻子，先生啊，」他的父親一邊說一邊站起身。

奇歐克用她的雙手跟主人握手。「謝謝你，主人。Deje！[11]」她跑回屋內拿了一顆小小的鳳梨跑出來，然後把那顆鳳梨緊貼在主人的手上。

「不、不，」主人一邊說一邊把鳳梨推回去。「這些當地的鳳梨太酸，吃了會咬嘴巴。」

村裡的孩童都圍在車子旁往裡面看，他們崇拜地用手指劃過藍色的車體。厄格烏發出噓聲把他們趕開。他多希望雅努利卡在家，這樣她就能跟他一起走進母親的小屋。他也希望內內希納奇前來拜訪，握住他的手，然後用安撫的語氣告訴他，他母親的病其實一點也不嚴重，之後再把他帶到溪邊的樹叢，解開她的罩衫，將乳房奉獻給他——而且是直接抬起兩隻乳房推向他。那些孩子正在喋喋不休地大聲交談。有些把雙臂抱在胸前的女人站在一旁說話，但聲調沒那麼高。他父親不停請主人享用一些可樂果、棕櫚酒，還給他一張凳子讓他坐下，之後又要給他一些水，但主人只是不停說不、不、不。厄格烏希望他父親閉嘴。他往小屋移動後往裡看，終於在昏暗的光線中對上母親的眼神。她看起來乾巴巴的。

「厄格烏，」她說。「Nno，歡迎。」

「Deje，」他向她打招呼，然後沒說話，只是看著她，此時他姑姑走來幫她在腰間綁好罩衫，扶她走出去。

厄格烏正要扶母親坐進車內的時候，主人說，「讓開，我的好傢伙。」於是主人幫忙把她扶進車裡，要她平躺在後座，還要她盡可能伸展身體。

厄格烏突然好希望主人沒碰他的母親，因為她的衣服聞起來都是老舊的霉味，另外也因為主人不清楚她的背痛、她的芋頭田總是收穫不好，以及她咳嗽時胸口真的會著火。說到底主人到底懂什麼？他除了晚上和朋友一起大吼大叫和喝白蘭地之外，感覺也沒在做什麼事。

「保重，我們會在醫生看過她後派人送消息給你，」主人對厄格烏的父親和姑姑說，然後驅車離開。

厄格烏一直阻止自己回頭望向母親。他把車窗搖下來，好讓氣流從他的耳邊呼嘯而過並藉此分心。等他終於轉頭看她時，他們已經快抵達校園，而在看到她緊閉的雙眼和微張的嘴唇時，他感覺心臟幾乎要停止，但她還有在呼吸。他緩慢地吐氣，想到之前那些她咳啊咳不停的夜晚，當時的他會站著緊貼住她小屋那如同燧石材質的牆面，聽著父親和奇歐克要求她喝下混好的藥液。

歐拉娜打開門，身上穿著前頭沾上一塊油汙的圍裙。那是他的圍裙。她親吻主人。「我已經叫佩特爾過來了，」她說，然後轉向厄格烏的母親。「媽媽啊，Kedu？」

10 伊博語：起來。

11 「謝謝你」，恩蘇卡一地常見的說法。

「我很好，」他母親的聲音很細小。她在室內到處看了看，整個人似乎因為看見沙發、收音電唱機，還有那些窗簾而萎縮得更小。

「我把她帶進去，」歐拉娜說。「厄格烏，請把廚房裡的晚餐煮完，然後擺好桌子。」

「是的，女士啊。」

厄格烏走進廚房攪拌著鍋裡的辣椒湯。那油油的肉湯在鍋裡旋轉，熱辣的香料氣息往上飄起、搔刮他的鼻孔，一塊塊的牛肉及牛肚在其中來回飄動。可是他沒有真的注意到這些。他極度專注地想聽到些什麼。歐拉娜把母親帶進裡面的房間已經好久了，佩特爾也已經進去，但真的太久了。辣椒讓他的眼睛流眼淚。他記得上次她犯咳嗽病時，她是如何哭叫著說感覺不到自己的雙腳，而 dibia 又是如何要她叫邪靈走開。「跟他們說妳的時候還沒到！Gwa ha kita！[12]現在就告訴他們！」dibia 如此催促她。

「厄格烏！」主人大喊。其他客人已經到了。厄格烏走進客廳，雙手機械式地動作著，他送上可樂果和鱷魚胡椒，拔掉酒瓶的瓶塞，用小鏟子分送冰塊，然後送上熱氣蒸騰的辣椒湯。之後他在廚房坐下，撕扯著自己腳趾甲，一邊想像臥房裡到底發生了什麼事。他可以聽見主人在客廳大聲說。「沒有人說縱火燒政府機關是好事，可是以維護秩序為名派軍隊出來殺人？有蒂夫人[13]枉死在現場啊。枉死啊！巴勒瓦根本瘋了！」

厄格烏不知道蒂夫人是誰，可是死這個字讓他全身顫抖。「你的時候還沒到，」他悄聲說。「時候還沒到。」

「厄格烏？」歐拉娜站在廚房門邊。

他立刻從凳子上起身衝過去。「女士啊？女士啊？」

「你不必擔心她。佩特爾醫生說只是感染，她會沒事的。」

「喔！」厄格烏大大鬆了一口氣。他現在大概只要抬起一條腿就可以飄走了。「謝謝，女士啊！」

「把剩下的濃湯放進冰箱。」

「是的，女士啊。」厄格烏看著她走回客廳。她那細密織就的連身裙上的刺繡圖案閃爍著微光，而有那麼一刻，她看起來就像一個身形凹凸有致的精靈從海中現身。

客人們都在笑。厄格烏偷偷往客廳瞧。他們當中的許多人已經不再坐直身體，而是歪歪地癱坐在椅子上。他們因為喝酒而微醺，並因為已經討論過各種想法而顯得懶洋洋。這個夜晚要結束了。對話的主題開始轉向比較軟性的網球和音樂。接下來他們會開始因為一些毫不有趣的事情咯咯發笑，例如前門很難打開或是夜裡的蝙蝠飛得太低之類的事。他等歐拉娜走進浴室，主人也回到書房後，才走去房裡看他的母親。她正睡著，蜷曲的睡姿像個孩子。

到了隔天早上，她的眼神變得很明亮。「我很好，」她說。「那個醫生給我的藥效果很強。可是真正會殺死我是那個味道。」

「什麼味道？」

12 伊博語：現在就告訴他們！

13 蒂夫人（Tiv）佔奈及利亞總人口不到百分之五，主要住在東南地區，信仰以基督教及傳統宗教為主。

「他們的嘴巴裡的味道。你服務的女士和先生今早進來看我時，還有我去解放自己時，我都有聞到。」

「喔，那是牙膏。我們是用這個來清潔牙齒。」厄格烏對於能講我們感到驕傲，因為母親會知道他也是這麼做。

可是他母親並沒有覺得有什麼了不起。她彈了一下手指，撿起她的咀嚼棒。「用一根很棒的atu[14]不好嗎？那個味道讓我想吐。如果在這裡繼續待下去，我的胃會因為那個氣味裝不進任何食物。」

不過後來厄格烏跟她說他之後會住進男僕宿舍時，她似乎覺得這是了不起的成就，因為這就像是獲得一間屬於自己的房子，而且是一個完全與別人分開、純粹屬於他自己的地方。她要他帶她去看男僕宿舍，對那裡比自己的小屋還大而讚嘆不已，之後她堅持自己已經復原到可以進廚房幫忙。他看著她彎腰掃地，想起她以前會因為雅努利卡沒有好好彎腰掃地而打她的屁股。「妳是吃了毒蘑菇嗎？像個女人一樣好好掃地！」她會這樣說，而雅努利卡會發著牢騷說掃把太短，有人因為太小氣不買長一點的掃把可不是她的錯。厄格烏突然好希望雅努利卡也在這裡，還有整個烏木那裡的小孩子跟愛說人閒話的妻子們。他真希望整個村莊的人都在這裡，這樣他就能參加他們在月光下的對話和爭吵，但同時還能住在主人這個有自來水、冰箱跟爐台的房子裡。

「我明天回家，」他母親說。

「妳應該多待幾天，好好休息。」

「我明天離開。我會在你的主人和女主人回家時感謝他們，然後跟他們說我身體已經康復，可以回了。祝福他們善有善報。」

隔天早上，厄格烏跟她一起走到歐丁街的街尾。他從未看過她走得那麼快，她的頭上甚至還頂著麻線綁起來的包袱。他也從未見過她臉上如此徹底擺脫了憂煩的紋路。

「保持健康，我的兒子，」她說，然後把一根咀嚼棒塞進他手裡。

主人的母親從鄉下的村莊來到這裡時，厄格烏煮了辣味加羅夫飯。他在白米內混入番茄醬，品嚐，然後蓋上蓋子，關小火，重新走到屋外。喬莫已經把他的耙子靠在牆上，他正坐在階梯上吃一顆芒果。

「你在煮的東西聞起來很香，」喬莫說。

「這是為主人母親煮的，加羅夫飯搭配炸雞。」

「我該把我這邊的一些肉給你才對，會比雞肉好吃。」喬莫指向綁在他腳踏車上的一個袋子。他之前給厄格烏看過那個包在新鮮葉片中毛毛的小動物。

「我不能在這裡煮叢林打來的肉！」厄格烏用英文笑著說。

喬莫轉身看著他。「Dianyi[15]，你現在說的英文就像那些講師的孩子一樣。」

厄格烏因為這個稱讚而開心地點點頭，特別是因為喬莫永遠不可能猜到，每次歐古凱太太問他

14 伊博語：用植物的根或枝條做成的棒子，咀嚼後可清潔牙齒。

15 伊博語：可大致翻譯為「我們的大老爺啊」。

問題時，因為他擁有濃重的叢林口音，那些奶油白皮膚的孩子總會因為他的發音竊笑。

「哈里森應該來聽聽這種真正的好英文，而且這人還不拿這事自誇呢，」喬莫說。「只因為跟白人住在一起，他就自以為什麼都懂。Onye nzuzu！[16]笨蛋！」

「真是個笨蛋！」厄格烏說。他上週在哈里森說喬莫很蠢的時候也是這樣熱烈地表示同意。

「昨天那隻臭山羊把水箱鎖起來，不給我鑰匙，」喬莫說。「他說我只是在浪費水。那水難道是他的嗎？要是植物死了，我要怎麼跟理查先生交代？」

「那可真糟。」為了表現出他覺得到底有多糟，他還用力彈了手指。這兩個男人上一次吵架是因為哈里森把除草機藏起來，拒絕告訴喬莫在哪裡，直到喬莫把理查先生沾滿鳥屎的襯衣重新洗好後才告訴他，因為哈里森堅稱是喬莫那些沒用的花把鳥給引來。厄格烏兩邊都支持。他跟喬莫說哈里森把他的除草機藏起來是不對的，之後又告訴哈里森，他覺得一開始在這裡種花就是喬莫的不對，畢竟他明明知道花會把鳥引來。厄格烏比較喜歡喬莫的嚴肅作風及漏洞百出的小故事，可是堅持講糟糕英語的哈里森也很奇妙，他對異國及許多不同事物都所知甚多。厄格烏想從他身上多學一點，所以決定跟兩人都努力維持友誼。他成為他們身邊的海綿：總是不停吸收卻很少釋放出些什麼。

「總有一天我會給哈里森好看，maka Chukwu[17]，」喬莫說。他把芒果芯丟掉，那根芒果芯因為橘色果肉被吸光而成為一片扁平的白子。「有人在敲你們家前門。」

「喔！她來了！一定是我主人的母親。」厄格烏衝進去。他幾乎沒聽見喬莫說再見的聲音。主人的母親跟她兒子一樣身形健壯、擁有深色皮膚，而且精力過人；她的模樣就像是每次頂水壺或把爐柴從頭頂卸下時都不需要幫忙。厄格烏很驚訝地看見她身邊站著一個眼神低垂的年輕女子，那女子的手上提著一些行李袋。他本來以為她是一個人來，也希望她可以稍微晚點來，因為他飯還沒煮好。

「歡迎，媽媽，nno，」他說。他從年輕女子手中接過那些行李袋。「歡迎，阿姨，nno。」

「你就是厄格烏吧？你好嗎？」主人的母親拍拍他的肩膀說。

「很好，媽媽，旅程還順利嗎？」

「順利。Chukwu du anyi[18]。神指引著我們。」她說話時看著收音電唱機。她身上穿著綠色喬治布料製成的罩衫，那件罩衫在腰間垂落的部分極為硬挺，因此讓她的臀部看起來是正方形。她穿罩衫時展現出的氛圍和校園裡的女性不同，因為校園裡的女性通常還會驕傲地搭配上珊瑚珠串和金耳環。在厄格烏的想像中，母親如果有這樣一件罩衫也穿起來也是如此：感覺對自己沒什麼把握，就彷彿無法相信自己真的不窮了。

「你好嗎？厄格烏？」她又問了一次。

「我很好，媽媽。」

「我兒子有跟我說你把一切都處理得很好。」她伸手調整綠色頭飾，那頭飾因為戴得很低，幾

16 伊博語：笨蛋！
17 伊博語：老天啊。
18 伊博語：神指引著我們。

乎遮住了她的眉毛。

「原來如此，媽媽。」厄格烏謙虛地望向地面。

「上帝保佑你，你的chi[19]會摧毀擋在你人生道路上的岩石。聽懂了嗎？」她聽起來就跟主人一樣，聲音洪亮，語氣也威嚴。

「是的，媽媽。」

「我兒子何時回來？」

「晚上會回來。他們說妳來之後該休息一下，媽媽。我正在煮米飯和雞肉。」

「休息？」她微笑走進廚房。厄格烏看著她從袋子裡拿出許多食材：魚乾、芋頭、香料和苦膽葉。「我可不是從農場來的嗎？」她問。「這是剩下的。我帶了些材料來給我兒子煮像樣的湯。我知道你努力了，但你只是個男孩。男孩怎麼會懂真正的廚藝呢？」她冷笑了一下，轉向那名站在門邊的年輕女性，那名女性雙手抱胸，眼神仍然盯著地面，就彷彿在等待指示。「可不是嗎？亞瑪拉？男孩屬於廚房嗎？」

「Kpa[20]，媽媽，不，」亞瑪拉說。她的聲音很高。

「是吧？厄格烏？男孩不屬於廚房。」主人的母親聽起來洋洋得意。她已經站在流理檯旁開始剁碎魚乾，並抽出一根根如同細針的魚骨。

「是的，媽媽。」厄格烏很驚訝，她竟然沒有先要求喝水或進去換衣服。他坐在凳子上等她交代自己工作，他可以感覺到她希望他這樣做。她環視整間廚房，一臉猜疑地盯著爐台，然後敲敲壓力鍋，還用手指輕點那些鍋子。

「唉呀！我兒子竟然把錢浪費在這些昂貴的東西上，」她說。「妳可是瞧見了吧？亞瑪拉？」

「是的，媽媽，」亞瑪拉說。

「那些鍋子屬於我服務的女主人，媽媽。她從拉各斯帶了很多東西來，」厄格烏說。這一切都讓他不高興：她假定所有東西都屬於主人、打算接手他的廚房，還無視自己烹調完美的加羅夫飯和雞肉。

主人的母親沒有回應。「亞瑪拉，來準備芋頭，」她說。

「是的，媽媽。」亞瑪拉把芋頭放進鍋子，然後一臉無助地望著爐台。

「厄格烏，幫她點火。我們是鄉下人，我們只懂用柴生火！」主人的母親稍微笑了一下後說。

厄格烏和亞瑪拉都沒笑。厄格烏把爐火轉開。主人的母親把一片魚乾丟進自己嘴裡。「替我燒一些水，厄格烏，然後來為湯切這些烏古葉。」

「是的，媽媽。」

「這棟屋子裡有銳利的刀嗎？」

「有的，媽媽。」

「用那把刀來好好切烏古葉。」

19 Chi在伊博文化中指的是一種個人守護靈，可理解為全能之神楚庫烏（Chukwu）的分靈，也可理解為一種「神賦光輝」。

20 伊博語：不。

「是的，媽媽。」

厄格烏在砧板前就定位。他知道她在看他。當他開始切充滿纖維的南瓜葉時，她大吼，「喔！喔！這就是你切烏古葉的方式嗎？Alu melu！[21]切小一點！照你這種切法，我們還不如把整片葉子丟下去煮。」

「是的，媽媽。」厄格烏開始把葉片切得很細，好讓這些葉子可以在湯中碎裂開來。

「這樣好多了，」主人的母親說。「你看，這就是為什麼男孩子沒辦法幹廚房的事，對吧？你連烏古葉都切不好。」

厄格烏想說，我當然能把烏古葉切好。我在廚房裡可以把很多事做得比妳好，可是他最後只是說，「我的女主人和我並不切蔬菜，我們用雙手把蔬菜撕開，這樣營養更能釋放出來。」

「你的女主人？」主人的母親停頓了一下，就好像想說些什麼但還是決定先不說。湯鍋沸騰的蒸氣瀰漫在空氣中。「帶亞瑪拉去用研缽，這樣她才可以磨芋頭，」她終於說。

「是的，媽媽。」厄格烏把木頭研缽從桌子底下拿出來沖洗，此時剛回家的歐拉娜出現在廚房門口。她的洋裝剪裁細緻，帶著微笑的臉散發出亮麗光芒。

「媽媽！」她說。「歡迎，mmo。我是歐拉娜。一切順利嗎？」她伸手去抱主人的母親。她用兩隻手臂環抱住這位年邁的婦女，但主人的母親卻將雙臂垂在兩側，沒有回應歐拉娜的擁抱。

「是的，我們的旅途很順利，」她說。

「午安，」亞瑪拉說。

「歡迎。」歐拉娜很快抱了亞瑪拉一下，然後轉向主人的母親。「這位是歐登尼伯老家的親戚嗎？媽媽？」

「亞瑪拉在我家幫忙，」主人的母親說。她已經背對歐拉娜開始攪拌鍋裡的湯。「媽媽，來，我們坐下。Bia nodu ana[22]。妳不該在廚房裡辛苦。妳該休息。讓厄格烏來就好。」

「我想為兒子煮點像樣的湯。」

兩人之間出現一個輕巧的停頓，然後歐拉娜說，「這是當然，媽媽。」她的伊博語中隱然出現主人在表親來訪時也會出現的一種方言口音。她在廚房裡到處走，彷彿著急地想找出可以取悅主人母親的事來做，卻又不太確定能做什麼。她打開那鍋飯，蓋上。「至少讓我幫忙吧，媽媽。我先去換衣服。」

「我聽說妳沒吸母親的奶，」主人的母親說。

歐拉娜停止動作。「什麼？」

「他們說妳沒吸母親的奶。」主人的母親轉頭望向歐拉娜。「請回去告訴那些派妳來的人說，妳沒找到我兒子。去告訴妳那些巫婆夥伴，妳沒看到他。」

歐拉娜瞪著她。主人的母親提高音量，就彷彿歐拉娜持續的沉默逼得她必須咆哮。「聽見我說的話了嗎？跟他們說沒人的藥能影響我兒子。他不會跟不正常的女人結婚，不然就得先把我殺掉。只要我還活著就都別想！」主人的母親用雙手圈住嘴巴，發出轟趕動物的噓聲，同時還不停用兩隻

21 伊博語：真是太可怕了！

22 伊博語：妳不該辛苦。

手掌在嘴巴前方互拍，好讓她的叫聲發出回音。

「媽媽——」歐拉娜說。

「少在那邊叫媽媽，」主人的母親說。「我說了，少在那邊叫媽媽。就放過我兒子吧。去告訴你們那些其他女巫，說妳沒找到他！」她打開後門走出去大吼。「鄰居們！我兒子的房子裡有個女巫！鄰居們！」她尖聲大叫。厄格烏好想摀住她的嘴，他想把那些切過的蔬菜塞進她嘴裡。爐上的湯要燒焦了。

「女士啊？妳會待在房間嗎？」他往歐拉娜的方向走過去。

歐拉娜似乎已經鎮定下來。她把一根辮子塞到耳後，拿起自己放在桌上的袋子走向前門。「跟你主人說我回自己的公寓了，」她說。

厄格烏跟在她身後，看著她上車後駕車離開。她沒有揮手。院子一片凝滯，沒有任何蝴蝶輕快地在白花叢間飛舞。回到廚房後，厄格烏驚訝地聽見主人的母親正在哼唱一首旋律輕柔的教會歌曲：Nya nya oya mu ga-ana。Na m metu onu uwe ya aka……[23]

她停止唱歌後清清喉嚨。「那女人去哪了？」

「我不知道，媽媽，」厄格烏說。他走向水槽，開始把乾淨的盤子收進櫥櫃。他好痛恨她的湯散發出瀰漫整間廚房的濃重氣味，等她離開之後，他要做的第一件事就是清洗所有窗簾，因為這個味道一定會滲進去。

「這就是我來的原因。他們說她在控制我的兒子，」主人的母親一邊攪拌湯一邊說。「難怪我兒子到現在都還沒結婚，明明他的同伴都在數自己有多少個孩子了啊。就是因為她用巫術掌控了他。

我聽說她父親來自烏姆納奇一個懶散的乞丐家族，獲得收稅員工作後就開始從努力工作的人身上偷錢。現在他有很多事業，在拉各斯呼風喚雨，一副大人物的樣子。她母親也沒比較好。怎麼會有女人明明活得很好，卻讓其他人來幫自己的小孩餵奶啊？這樣正常嗎？gbo？[24]亞瑪拉？」

「不正常，媽媽。」亞瑪拉的雙眼盯著地板，就好像正在觀察上面的圖樣。

「我聽說她在成長的過程中，會有僕人在她大便完之後幫忙擦ike[25]。最誇張的是，她父母把她送去讀大學。為什麼？受太多教育會毀掉一個女人，這件事大家都知道。這樣會讓女人變得自以為是啊，她會開始汙辱她的丈夫。那算是什麼樣的妻子啊？」主人的母親把罩衫的一角掀起來擦額頭上的汗水。「這些去上大學的女人到處追著男人跑，到最後身體都變得沒有用。沒人知道她們還能不能生孩子。妳知道嗎？有人能知道嗎？」

「沒有人，媽媽，」亞瑪拉說。

「有人能知道嗎？厄格烏？」

厄格烏把一個盤子大聲地放下，假裝沒聽見她說話。她走過來拍拍她的肩膀。

「別擔心，我兒子會找到一個好女人，他結婚後不會把妳送走。」

23 這首歌唱的內容跟一個聖經故事有關：一名女性有血液方面的問題，花錢看了很多醫生都沒有好，但卻在摸到耶穌的衣服下襬後治癒了。
24 伊博語：有聽見嗎？應該是跟約魯巴語的「ngbo」同樣意思。
25 伊博語：屁股。

或許贊同這個女人可以讓她更快放棄這個話題並閉上嘴巴。「好的，媽媽。」

「我知道我兒子有多努力才獲得現在的地位。這一切可不能因為一個放蕩的女人而白費。」

「不能，媽媽。」

「我不在意我兒子娶的女人來自哪裡。我可不是那種只希望兒子跟同村女人結婚的那種母親。但我可不要一個瓦瓦族的女人，當然也不要那些伊莫族和亞羅族[26]的女人，那些人的方言好怪，真不曉得誰說我們都是同一種伊博人。」

「是的，媽媽。」

「我不會讓這個女巫控制他。她不會成功的。我回家之後會去問努瓦佛爾・阿格巴達 dibia 的意見。那個男人的藥在我們那邊很有名。」

厄格烏停止手上的動作。他聽過許多人找 dibia 拿藥的故事：沒有孩子的第一任妻子下藥讓第二任妻子懷不上孩子、某個女人讓鄰居家有錢的兒子發瘋，還有一個男人因為土地爭議殺掉自己的兄弟。說不定主人的母親也會讓歐拉娜生不出孩子，或讓她跛腳，最極端的狀況還可能殺掉她。

「我馬上回來，媽媽。主人之前吩咐我去雜貨店一趟，」厄格烏說，然後趕在她還來不及說什麼前匆忙走出後門。他得把情況告訴主人。他只去過主人的辦公室一次，當時坐的是歐拉娜的車，而她也只是剛好順道去他的辦公室拿東西，所以他不確定自己能不能找到。不過那裡靠近動物園，而他上課的班級最近才去過動物園。那天歐古凱太太帶領排成一列的他們徒步前往，而他因為身高最高站在隊伍的最後。

在恩姆班佛街的轉角，他看見主人的車子朝他開來，然後車子停下。

「這不是往市場的方向吧？我的好傢伙？」主人問。
「不是，先生啊。我是要去你的辦公室。」
「我母親到了嗎？」
「是的，先生啊。先生啊，發生了一點事。」
「什麼事？」
厄格烏把下午發生的事告訴主人，他快速重述了兩個女人交談的內容，並以最可怕的事情作結：「媽媽說她要去找dibia，先生啊。」
「真是胡鬧，」主人說。「Ngwa，上車吧。你就搭我的車回去。」
厄格烏對於主人毫不震驚的態度感到震驚，他根本不瞭解事情的嚴重性，於是厄格烏又說，「真的很糟糕，先生啊。非常糟。媽媽幾乎要動手打女主人巴掌了。」
「什麼？她打了歐拉娜巴掌？」主人問。
「不是，先生啊。」厄格烏想了一下，或許這個曖昧的說法有點太過頭。「可是她看起來想打女主人巴掌。」
主人的表情放鬆下來。「反正那女人向來都不太講道理，」他用英文說，然後搖搖頭。「上車，我們走。」
可是厄格烏不想上車。他想要主人立刻掉轉車頭前往歐拉娜的公寓。他的生活井然有序、安

26 瓦瓦族（Wawa）、伊莫族（Imo）和亞羅族（Aro）都屬於伊博族，但各自有不太一樣的方言體系。

穩，而主人母親試圖打亂一切的做法應該受到制止，而第一步就是主人得去安撫歐拉娜。

「上車，」主人又說了一次，他伸出手越過副駕駛座，確保車門鎖已經打開。

「可是，先生啊。我以為我們要去找女主人。」

「上車，你這蠢貨！」

厄格烏打開車門、爬進車內，主人開車回到歐丁街。

五

歐拉娜透過玻璃看著歐登尼伯一陣子，然後才打開門。她在他走進門時閉上眼睛，彷彿這麼做可以假裝那抹歐仕派香水味總能為她帶來的愉悅感受不存在。他已經為了打網球換上白色短褲。她之前總是笑這件褲子把他的屁股包太緊。

「剛剛在跟我母親說話，不然我會早點過來，」他說。他把嘴唇貼上她的嘴唇，然後指向她身上那件老舊又寬鬆的布布長袍。「妳不來俱樂部嗎？」

「我在煮飯。」

「厄格烏跟我說了事情的經過。我很抱歉我母親表現出那副模樣。」

「我只是必須離開……你的房子。」歐拉娜的語氣有點猶豫。她本來想說我們的房子。

「妳不需要這樣做，nkem。妳其實就該無視她。」他把一份《鼓》雜誌[1]放在桌上，開始在室內來回踱步。「我決定要跟歐克羅醫生討論罷工的事。巴勒瓦和他的那些『密友』拒絕他們的所有要求實在是無法接受的事。真是無法接受。我們得表現出我們的支持。我們不能任由我們自己人分

1 《鼓》（*Drum*）是一九五〇年代創辦的雜誌，當時南非因為國民黨執政而於一九四八年執行種族隔離政策不久。雜誌一開始的名稱是《非洲鼓》（*The African Drum*），試圖反映南非都會黑人的活力。

裂。」

「你母親剛剛整個大吵大鬧。」

「妳在生氣。」歐登尼伯看起來很迷惑。他在扶手椅上坐下，而她第一次注意到家具之間的空間有多寬敞、整間公寓看起來多寂寥，而且多缺乏人的氣息。她的東西都在他的房子裡，她最喜歡的書也都收在他的書房書架上。「Nkem，我不知道妳把這件事看得那麼嚴重。妳可以看出我母親根本不知道自己在做什麼。她就是個鄉下女人，只是用比較適合舊世界的技能想辦法在新世界裡生存而已。」歐登尼伯起身靠近她，把她擁入懷裡，可是歐拉娜轉身走進廚房。

「你從沒談起你的母親，」她說。「你從沒邀請我和你一起去阿巴拜訪你母親。」

「喔，別這樣，Nkem。我又不是多常回去看她，而且我上次確實有問妳，但妳說要去拉各斯。」

她走到爐台邊，一次又一次用海綿擦過溫暖的檯面，過程中始終背對著歐登尼伯。不知怎地，就因為他母親讓她難受，她覺得對不起他也對不起自己。她應該要超越這種難受的情緒才對，她應該把剛剛那一切當成一個鄉下女人的胡鬧大吼而不予理睬才對。她不該一直想著剛剛可以怎麼回應，而不只是不發一語地站在廚房裡才對。可是她就是難受，而且因為歐登尼伯的表情更加難受，他的模樣就像是不敢相信她竟然不如他原本想的高尚。他讓她覺得自己很渺小、荒謬的孩子氣，而且更糟的是，她懷疑他是對的。她總是懷疑他是對的。有那麼不理性的一瞬間，她好希望她可以直接離開他，然後她又理性地希望自己可以只是愛他但不需要他，因為正是她對他的需要讓他有權不去努力。她對他的需要讓她常在他的身邊感到別無選擇。

「妳煮了什麼？」歐登尼伯問。

「米飯。」她把海綿沖洗過後收到一邊。「你不是要去打網球嗎？」

「我以為妳要一起來。」

「我沒心情。」歐拉娜背過身去。「為什麼只因為你母親是個鄉下女人，她的那些行為就可以接受？我知道很多鄉下女人不會這樣。」

「Nkem，我母親一輩子都住在阿巴。妳知道那是個多小的叢林村莊嗎？當然她會覺得跟她兒子住在一起又受過教育的女人讓她倍感威脅。當然妳得是個女巫。那是她唯一有辦法理解的方式。我們這個後殖民世界的真正悲劇，並不在於大部分人對於是否想要這個新世界毫無發言權，而在於大部分人沒有獲得足以和這個新世界交涉的工具。」

「你跟她談過了嗎？」

「我不覺得有任何意義。聽著，我想要趕快去俱樂部找歐克羅醫生。等我回來再討論吧。我今天會住在這裡。」

她一時沒說話。她正在洗手。她想要他邀請她一起回到那間屋子，她想要他說他會為了她責備他的母親。可是他卻決定要住在她的公寓，像是個要躲避自己母親的嚇壞小男孩。

「不行，」她說。

「什麼？」

「我說不行。」她沒有把手擦乾就走向客廳。這間公寓感覺起來實在太小了。

「妳什麼毛病？歐拉娜？」

她搖搖頭。她不會任由他讓她覺得是她有毛病。她有權難受。她有權選擇不屈從於過度受到推崇的知性主義而把受辱的感受丟到一邊，而她打算主張這份權利。「去吧。」她揮手指向大門。「去打你的網球，然後別回來這裡。」

她看著他起身離去並用力甩上門。他們從沒吵過架，他也從來不會像對待其他人一樣對她的不同意見表示不耐。不過他也可能只是在討她開心，而且打從一開始就不覺得她的意見有什麼重要。她感覺暈眩。她獨自坐在什麼都沒有的餐桌旁——就連她的桌布都在他的房子裡——吃著剛剛煮的米飯。那飯沒什麼味道，跟厄格烏煮的完全不同。她打開收音機，然後聽到天花板上方有腳步聲，於是起身打算去拜訪樓上的鄰居愛德納．惠勒，她一直很想認識這位漂亮的美國女人，對方有時還會拿一盤蓋著布的美國比司吉來送她。可是她又改變了主意，沒踏出家門。等她把吃剩一半的米飯留在廚房後，她在公寓內到處走動，拿起舊報紙又放下。終於，她拿起電話等待接線生接聽。

「快給我號碼，我還有事要忙，」一個鼻音很重的懶洋洋聲音說。

歐拉娜已經很習慣了這種不專業又不適任的接線生，可是這是她遭遇過最無禮的一位。

「Haba[2]，如果妳繼續浪費我的時間，我就要掛斷囉，」接線生說。

歐拉娜嘆了口氣，緩慢唸出凱妮內的號碼。

凱妮內接電話時似乎還沒睡醒。「歐拉娜？發生什麼事了嗎？」

歐拉娜感受到一陣憂鬱沖刷而來。她的雙胞胎姊妹認為她一定要是發生了什麼大事才會打電話過去。「沒發生什麼事。我只是想說 kedu，就是想知道妳好不好。」

「多令人震驚啊。」凱妮內打了個呵欠。「恩蘇卡如何？妳的革命情人如何？」

「歐登尼伯很好。恩蘇卡很好。」

「理查似乎被那裡迷住了。他甚至迷上妳那位革命家。」

「妳該來這裡拜訪一下。」

「理查和我比較喜歡在哈科特港見面。他們分配給他住的那個小盒子實在不是很舒適。」

歐拉娜想告訴凱妮內，她的意思是要她來拜訪她和歐登尼伯，可是當然凱妮內很清楚她的意思，只是假裝搞錯而已。

「我下個月要去倫敦，」她轉換話題。「說不定我們可以一起去。」

「我這裡有太多事要忙。還不是度假的時候。」

「我們為什麼都不談心了，凱妮內？」

「多麼棒的問題啊。」凱妮內似乎覺得很好玩，歐拉娜可以想像她拉出一個帶有嘲弄意味的歪斜微笑。

「我只是想知道為什麼我們不再談心了，」歐拉娜說。凱妮內沒回話。有種像是靜電的低鳴從電話線的另一頭傳來。她們沉默了好久，沉默到歐拉娜覺得自己有必要道歉。「我不該再耽擱妳，」她說。

「妳下週會來參加爹地的晚餐派對嗎？」凱妮內問。

「不會。」

2 伊博語：感嘆詞，或許是借用自豪薩語。

「早該猜到的。對那樸素的革命家還有妳來說太奢華了，我想是這樣吧？」

「我不該再耽擱妳，」歐拉娜又說了一次，然後把電話掛斷。她再次拿起話筒，本來打算把母親的號碼報給接線生，但又把話筒放回去。她真希望有個人可以依靠，然後又希望自己不是這種人，她希望她是那種不需要依靠他人的人，像是凱妮內。她拉著電話線把糾纏的部分解開。她父母堅持要在她的公寓中安裝電話，就彷彿沒聽見她說她基本上都跟歐登尼伯住在一起。她確實有表示抗議，但不是很激烈，就像是面對戶頭常出現的新存款，還有那台內裝柔軟的全新雪佛蘭羚羊車時，她也是這樣有氣無力地表示：我不需要。

她知道穆罕默德在國外，但還是把他在卡諾的電話給了接線生，那個鼻音很重的聲音說，「妳今天打太多電話了！」然後才幫她接通。她拿著話筒很久，但一直都沒人接聽。天花板上方又出現有人走動的窸窣聲。她坐在冷冷的地板上，把頭靠著牆，想看看這樣能不能讓頭不再如此暈眩、迷茫。歐登尼伯母親的來訪在她安全緻密的羽翼中扯開一個破口，讓她大受驚嚇，她覺得有些什麼從她身上被扯走了。她覺得自己不再是自己理想中的樣子。她覺得她好像把自己擁有的貴重珍珠散落在各處太久，而現在該是時候把這些珍珠蒐集起來、更小心地保護。她開始慢慢有了一個想法：她想要一個歐登尼伯的孩子。他們從未真正討論過孩子的事，只有一次她跟他說，她沒有那種傳說中女性很想生孩子的渴望，而她母親則為此說她不正常，不過凱妮內後來說她其實也不想生。他當時笑著說，反正把孩子帶到這個不公義的世界是無趣的布爾喬亞階級才會做的事。她永遠不會忘記那個表情：生育是無趣的布爾喬亞階級才會做的事——多可笑、多錯誤的想法啊。她始終沒有認真想過孩子的事，然而此刻於下腹湧現的渴望是如此突然、炙熱，又嶄新。她想要感受到一個孩子明確的重量，他的孩子，她身體裡的孩子。

那天晚上門鈴響起時，她爬出浴缸，包著浴巾走到門口。歐登尼伯拿著用報紙裹住的一包suya[3]，她不用靠近他就能聞到那帶著煙燻感的香料味。

「妳還在生氣嗎？」他問。

「對。」

「去換衣服，我們一起回去。我會跟我母親談談。」

他聞起來有白蘭地的味道。他走進屋內，將suya放在桌上，而在他那雙充血的雙眼中，她瞥見他縝密藏在讓他得以口若懸河的自信之下的脆弱。他畢竟還是會害怕的。他抱住她時，她把臉貼上他的脖子，然後默默地說，「不，你不用那樣做。待在這裡吧。」

在他母親離開後，歐拉娜回到歐登尼伯的房子。厄格烏說，「抱歉，女士啊，」就好像他也該為媽媽的行為負責一樣。然後他在圍裙口袋內翻弄了一陣子後說，「我昨晚看見一隻黑貓，就在媽媽和亞瑪拉離開之後。」

「一隻黑貓？」

「是的，女士啊。在靠近車庫的地方。」他沉默了一下。「黑貓代表邪惡。」

「原來如此。」

3 是西非很流行的一種烤肉，尤其在奈及利亞，另外也稱作蘇亞烤肉。

「媽媽說她會去找村裡的 dibia。」

「你認為是那位 dibia 派黑貓來咬我們嗎？」歐拉娜笑了起來。

「不是，女士啊。」厄格烏姿態淒涼地雙手抱胸。「我們村裡就發生過，女士啊。有個小老婆去找 dibia 拿藥想殺掉大老婆，而就在大老婆死掉的前一天晚上，就有隻黑貓來到她的小屋門前。」

「所以媽媽會用 dibia 的藥來殺我？」歐拉娜問。

「她想要把妳和主人分開，女士啊。」

他莊重的姿態讓她感動。「我很確定那只是鄰居的貓，厄格烏，」她說。「你主人的母親不能用任何藥把我們分開。沒有什麼可以把我們分開。」

她看著他回到廚房，心裡想著自己剛剛說的話。沒有什麼可以把我們分開。當然歐登尼伯母親從 dibia 拿到的藥——包括所有這些對超自然力量的迷信——對她來說都毫無意義，可是她再次擔心起自己和歐登尼伯的未來。她想要確定他們的關係。她渴望有個徵兆，比如一道彩虹，來象徵出這段關係的安穩。不過她還是對於能夠輕鬆重回她原本的生活——或說他們的生活——而鬆一口氣，她重新開始教書及打網球，也回到那間充滿朋友的客廳。由於這些朋友總是在入夜好一陣子後才出現，所以一週後，歐登尼伯還在教課的某個下午，家裡響起的門鈴讓她很驚訝。來的人是理查。

「哈囉，」她讓他進屋。他很高，所以她必須稍微抬頭才能望向他的臉。他的雙眼是一片如同靜海的藍色，有些髮絲垂落在他的額頭上。

「我只是想要留點東西給歐登尼伯，」他把一本書交給歐拉娜。她喜歡他說出歐登尼伯的發音。

他用重音強調的方式是如此真誠。他迴避她的眼神。

「你不坐下嗎？」她問。

「不幸的是，我有點趕時間。我得去趕火車。」

「要去哈科特港找凱妮內嗎？」歐拉娜真不知道自己為什麼這樣問。這情況再明顯不過了。

「是的，我每週末都去。」

「代我向她問好。」

「我會的。」

「我上週有跟她講到話。」

「對，她有提起。」理查還站在那裡。他瞄了她一眼後快速別開眼神，她看見他臉上漫開一片紅暈。她見過這種神情很多次了，但不知道他也覺得她漂亮。

「你的書進行得如何？」她問。

「很不錯。說真的，那些東西實在很了不起，我是說那些飾品的工法如此細緻，而且他們顯然就是打算做成藝術品，完全不是意外之下的結果……我不該講這些，妳一定覺得很無聊。」

「不，沒這回事。」歐拉娜微笑。她喜歡他的害羞。她還不想要他離開。「你要厄格烏給你送一些欽欽[4]來嗎？真的很棒，他今早才做的。」

「不，謝謝你。我該上路了。」可是他並沒有轉身離開。他把髮絲從臉上推開，但那些髮絲又

4 欽欽（chin-chin），一種西非常見的油炸點心，成分通常包括麵粉、牛奶、奶油和糖，吃起來有點像甜甜圈。

垂落回來。

「好。那祝你旅途安全。」

「謝謝妳。」他還站在那裡。

「你要開車嗎？不，你沒有，我想起來了。你是要搭火車。」她尷尬地笑了笑。

「對，我要搭火車。」

「旅途平安。」

「好的。那就這樣了。」

歐拉娜望著他離開，而在他的車已調頭離開住宅區後，她還站在門邊望著草坪上一隻有著血紅色胸脯的鳥。

到了早上，歐登尼伯為了叫她起床把她的手指含進嘴裡。她張開雙眼，她可以透過窗簾看見清晨那煙霧朦朧般的藍色。

「如果妳不打算跟我結婚，nkem，那我們生個孩子吧，」他說。

她的手指讓他的話顯得模糊，所以她把手抽回來，坐起身盯著他、他寬廣的胸膛，還有他因為睡眠而微腫的雙眼，就為了確認她有沒有聽錯。

「我們生個孩子吧，」他又說了一次。「一個像妳一樣的小女孩，我們會叫她歐碧安努朱[5]，因為她完整了我們。」

歐拉娜本來打算等因為他母親來訪帶來的氣味消散之後，再提起她想生個孩子的事，然而現在他卻提起了。他在她還沒能自己說出口時就先說出她的渴望。她不可思議地看著他。這就是愛：一連串巧合所累積的意義終於成為奇蹟。「又或者是個小男孩，」她最後終於開口。

歐登尼伯拉著她躺下，肩並肩躺著的他們並沒有撫摸彼此。她可以聽見在花園裡吃著巴婆果的烏鶇發出嘶啞的考—考—考叫聲。

「我們叫厄格烏幫我們把早餐送到床上吧，」他說。「還是今天也是妳必須『奉行信仰』的那種週日？」他正露出他那向來寵溺的溫柔微笑。她伸手劃過他的下唇線條，感覺指尖底下那片細柔的絨毛。他喜歡逗著她說，宗教可不是一種社會服務，因為她只會為了聖文森特保羅聚會的服務工作上教堂。每次參加那些活動時，她都會帶著厄格烏開車穿越附近村莊的泥巴地，去各地分送地瓜、米和舊衣服。

「今天沒有要去，」她說。

「很好。因為我們有正事得做。」

她閉上雙眼，因為他正在分開她的雙腿，他的動作一開始懶洋洋的，後來逐漸變得強勢，同時還悄聲對她說，「我們會生一個出色的孩子，nkem，一個出色的孩子，」而她說，沒錯、沒錯。結束之後，她很開心地意識到自己身上有些汗水屬於他，而他身上也有她的汗水。每次他從她體內滑出時，她都會緊貼雙腿，兩隻腳踝用力交疊，然後一次次深呼吸，就彷彿她的肺臟可以推進受孕的進程。但他們並沒有懷上孩子，她知道。她的身體可能有毛病的想法突然糾纏住她，澆熄她的熱情。

5 歐碧安努朱（Obianuju）是一個源自伊博語的奈及利亞名字，意思大致是「出生自豐盛環境」。

六

理查正在慢條斯理地享用辣椒湯。在把一片片牛肚撈起後，他把玻璃碗捧到嘴邊喝光肉湯。他在流鼻水，舌頭也有種美妙的灼熱感，他知道自己的臉在發紅。

「理查很輕鬆地吃完了呢，」坐在他身旁的奧奇歐瑪望著他說。

「哈！我沒想到你這種人有辦法喝我們的辣椒湯，理查！」坐在餐桌另一頭的歐登尼伯說。

「就連我也沒辦法把辣椒吃下去，」另一個客人說。對方是來自迦納的經濟學講師，理查總是不記得他的名字。

「這能證明理查上輩子是非洲人，」阿德芭尤小姐說，然後用餐巾擤了一下鼻子。

客人們都笑了。理查也笑了，但不是笑得很大聲，因為他的嘴裡還有太多辣椒。他往後靠上椅背。「這湯太棒了，」他說，「喝了治百病。」

「這些開胃小點也很美味，理查，」歐拉娜說。「實在很謝謝你帶過來。」坐在歐登尼伯旁的她靠過來對他微笑。

「我知道那些是熱狗捲，可是這些又是什麼？」歐登尼伯用叉子戳著理查帶來的那盤食物。哈里森仔細地將所有小點包上銀色鋁箔紙。

「鑲料茄子，是吧？」歐拉娜瞄了理查一眼。

「是的，哈里森總是有各式各樣的點子。他把茄子挖空，然後在裡面填滿起司，我想，還有香料。」

「你知道有群歐洲人把一個非洲女性挖空再填好，然後在整個歐洲巡迴展覽嗎？」歐登尼伯問。

「歐登尼伯，我們在吃飯啊！」阿德芭尤小姐說，但同時也在憋笑。

其他客人也在笑，但歐登尼伯沒笑。「兩者的原理都是在假扮啊，」他說。「往食物裡頭塞東西和往人裡頭塞東西是一樣的。如果你不喜歡某種食物的內裡，那就別去吃，而不是往裡頭塞別的東西。真是浪費了這些茄子啊，在我看來。」

就連厄格烏來餐廳收桌子時似乎也覺得這種食物很好笑。「理查先生，先生啊？我幫你把食物裝起來帶回去？」

「不了，如果不打算留下就丟掉吧，」理查說。他從不把剩菜帶回家。他會帶回家給哈里森的只有客人說這些開胃小點很漂亮的稱讚，但沒有再說明所有客人稱讚完後都會跳過他帶來的開胃小菜，直接去享用厄格烏煮的辣椒湯、摩依摩依，以及用苦膽葉煮的雞肉。

所有人都往客廳移動。很快地，歐哈娜關掉讓整個空間太亮的螢光燈，然後厄格烏拿出更多酒水。他們開始聊天、談笑、聽音樂，而從走廊漫進來的光線讓客廳布滿一片片陰影。這是他每次在夜間聚會中最喜歡的時刻，不過有時他會想：歐拉娜和歐登尼伯是不是會在一片昏暗中偷摸彼此？他不該想他們的事，他知道，那不干他的事，但他還是想了。他注意到歐登尼伯在某場爭論中看她的眼神，那模樣不像是他需要她和他站在同一陣線，因為他似乎從來不需要任何人的幫助，而只是想知道她待在自己身邊。他也看見歐拉娜有時會對歐登尼伯眨眨眼，彼此交流一些他永遠不會知道的事。

理查把一杯啤酒放在邊桌上，然後坐到阿德芭尤和奧奇歐瑪身旁。他被辣椒浸透的舌頭還在刺痛。歐拉娜起身換了一種音樂。「先來一些我最愛的雷克斯・勞森，然後再來一些奧薩德貝[1]的作品，」她說。

「他的作品有些模仿的痕跡，不是嗎？我是說雷克斯・勞森，」艾茲卡教授說。「烏維福和戴羅[2]是更好的音樂家吧。」

「所有音樂都是模仿前輩而來的，教授，」歐拉娜的語氣像是在逗著他玩。

「雷克斯・勞森是真正的奈及利亞人。他沒有死守著自己卡拉巴里部落[3]，他會用奈及利亞的所有主要語言來唱歌。這可是創舉——也絕對是個讓人喜歡他的好理由，」阿德芭尤說。

「那正是讓人不喜歡他的原因，」歐登尼伯說。「他這種國族主義暗示我們該無視各自的傳統文化，實在愚蠢。」

「別浪費你的時間跟歐登尼伯討論快活音樂。他一直都無法理解，」歐拉娜笑著說。「他是個聽古典樂的傢伙，可是又痛恨在公開場合承認，因為那就是西方人的品味。」

「音樂無國界，」艾茲卡教授說。

「但當然還是要根植於文化，而文化總是有其特定性吧？」奧奇歐瑪問。

「那歐登尼伯不就有可能被說是崇拜創造出古典樂的西方文化了嗎？」

大家都笑了，而歐登尼伯望著歐拉娜的方式讓他的眼神顯得柔和。阿德芭尤小姐再次開啟有關法國大使的話題。她不認為法國應該在阿爾及利亞測試核武，這是當然，可是她不明白這哪裡有重要到讓巴勒瓦和法國中斷外交關係。她聽起來很迷惘，這種情況很少見。

「顯然巴勒瓦這樣做是為了不讓大家關注他和英國簽訂的防衛協定[4]，」歐登尼伯說。「而他知道只要怠慢法國，就一定能討他在英國的那些主子開心。他就是他們的走狗。那些英國人把他放在這個位置，要他做什麼他都照做，這百分之百就是西敏國會模式[5]。」

「今天不談西敏模式，」佩特爾醫生說。「奧奇歐瑪答應要為我們讀一首詩。」

「我已經跟你說過了，巴勒瓦這樣做只是想要北非人喜歡他，」艾茲卡教授說。

「要北非人喜歡他？你以為他有那麼在意其他非洲人嗎？巴勒瓦只認白人做主子，」歐登尼伯說。「他難道不是說羅德西亞的非洲人還沒準備好統治自己嗎？就算英國人要他自稱是一隻閹猴，他也會照做。」

「喔，胡說，」艾茲卡教授說。「你已經岔題了。」

「你拒絕去看真實的狀況！」歐登尼伯在座位上變換姿勢。「我們生活在一個白人極度邪惡的時代。他們不把南非和羅德西亞的黑人當成人看，還在剛果挑起事端，他們不讓美國黑人投票，也

1 奧西塔・奧薩德貝（Stephen Osita Osadebe）是奈及利亞著名的伊博族快活音樂人。
2 維克多・烏維福（Victor Uwaifo）是奈及利亞的快活音樂人，I・K・戴羅（I.K. Dairo）是奈及利亞的民謠歌手。
3 卡拉巴里部落（Kalabari）是伊爵人位於奈及利亞東部的一個部落。
4 巴勒瓦和英國在一九六〇年簽訂了《英國—奈及利亞防衛協定》（Anglo-Nigerian Defence Pact），因此即便在奈及利亞獨立後，英國也可根據此協定在奈及利亞駐軍或使用相關軍用設施。
5 西敏國會模式（Westminster parliament model）指的是一種政治制度，但在這裡指的是完全聽命於英國的意思。

不讓澳洲原住民投票，不過最糟的是他們在這裡幹的事。這個防衛協定比法律及生活層面的種族隔離都還要糟糕，可是我們沒有意識到。他們躲在幕後操控這一切。這真的很危險！」

奧奇歐瑪傾身靠近理查。「這兩個傢伙今天是不會讓我讀詩了。」

「他們已經進入完美的戰鬥型態，」理查說。

「一如往常啊。」奧奇歐瑪笑了。「對了，你的書進行得如何？」

「還在努力中。」

「是有關外國移居者的小說嗎？」

「嗯，不是，不太算。」

「但是部小說，對吧？」

理查啜飲著啤酒，心裡想著要是奧奇歐瑪知道真相會怎麼想——就連他自己都不知道那會不會是一本小說，因為目前他寫的內容還無法有邏輯地連結為一個整體。

「我對伊博烏庫藝術非常有興趣，我想把這當成書的主題，」他說。

「怎麼說？」

「自從第一次讀到那些青銅器，我就被深深迷住了。那些細節實在太令人驚艷。在維京人到處掠奪的時代，這些人就已經把複雜的脫蠟鑄造執行得爐火純青。這些青銅器帶有絕妙的繁複細節，實在是絕妙。」

「你聽起來很驚訝，」奧奇歐瑪說。

「什麼？」

「你聽起來很驚訝，像是從沒想像過這些人有能耐做出這種東西。」

理查盯著奧奇歐瑪，而奧奇歐瑪回望的眼神中出現一種全新而靜默的輕蔑情緒，兩道眉毛中間也稍微皺起，然後他說，「夠了，歐登尼伯和教授啊！我有一首詩需要你們所有人安靜下來聽。」

理查吸了吸自己的舌頭。辣椒的灼熱感此刻變得難以忍受，他幾乎是一等奧奇歐瑪讀完那首奇怪的詩——關於非洲人在進口的金屬桶子內排便而導致屁股長疹子的詩——就起身準備離開。

「下週開車帶厄格烏回家鄉的事應該沒問題吧？歐登尼伯？」他問。

歐登尼伯瞄了歐拉娜一眼。

「是的，當然，」歐拉娜說。「希望你能好好觀賞 ori-okpa 慶典。」

「我明天一大早就要出門去哈科特港，所以得回去睡覺，」理查說，可是歐登尼伯已經轉身面對艾茲卡教授。

「那些西部州議會的愚蠢政客又是怎麼回事？警察還得用催淚瓦斯對付他們！他們的醫務員也得把癱軟的他們攙扶到車上！想像一下！」

理查想到就算自己離開，歐登尼伯也不會想他，心裡不禁有些低落。回家之後，哈里森打開門對他鞠躬。「晚安，先生啊。食物受歡迎嗎？先生啊？」

「有啦、有啦，現在讓我去睡覺，」理查突然發起脾氣。他現在沒心情應付之後勢必會出現的橋段：哈里森會認定他所有朋友的男僕都想學雪莉酒浸果醬鬆糕或鑲料茄子的了不起食譜，然後會提議要去教他們。他走去書房，把手稿攤在地上檢視：有幾頁寫的是關於一座小鎮的小說，有一章是考古學小說，另外有幾頁是在癡迷地描述那些青銅器。他開始把紙一張張揉爛，直到身邊的垃圾桶堆出一座鋸齒狀的小山，然後他起身爬上床，感覺兩隻耳朵內脹滿溫暖的血液。

他沒睡好。他覺得才剛躺上枕頭，刺眼的陽光就從窗簾流瀉進來，然後他聽見哈里森在廚房內發出各種忙碌的聲響，喬莫也已經在花園中挖土。他心情有點暴躁，迫不及待想在凱妮內的懷裡好好睡一覺。

哈里森送上炒蛋作為早餐。

「先生啊？我看見這些紙在書房的地上？」他看起來有點擔憂。

「就放著。」

「好的，先生啊。」哈里森把雙臂交叉在胸前，然後又把兩隻手臂垂下。「你要把書稿帶去嗎？我可以再幫你打包一些白紙？」

「不用，我這個週末不工作，」理查說。哈里森臉上的失望不像平常一樣讓他覺得有趣。他在搭上火車時忍不住想，哈里森週末時都在做什麼呢？說不定他會為自己煮一些份量很小的精緻菜餚。他不該對那個可憐的傢伙亂發脾氣才對，畢竟奧奇歐瑪覺得他姿態高傲也不是哈里森的錯。最讓他擔心的是奧奇歐瑪的眼神，那是一種帶有輕蔑的不信任。那種眼神讓他想到他曾看過有人這麼寫：非洲人和歐洲人永遠不可能和解。總之不對的是奧奇歐瑪，他不該假定理查是那種不曾想過非洲人也能擁有同等智力的英格蘭人。現在回想起來，他的口氣或許真的是很驚訝，可是就算有類似的藝術品在英格蘭或世上任何其他地方被發現，他也會同樣感到驚訝。

許多叫賣的小販擠來他身邊。「買落花生！」「買橘子！」「買大蕉！」

理查招手要頂著一盤水煮落花生的年輕婦女過來，但他其實不是真的想要落花生。等她把頭頂的托盤取下後，他拿起一顆落花生，用手指捏開外殼，嚼食裡面的果仁，然後要求買兩杯。她發現他知道要先試吃時表現得很驚訝，而他則有點怨懟地想，如果是奧奇歐瑪得知一定也會驚訝。他在吃每顆果仁之前都會仔細檢視——煮得很軟、顏色偏淺紫、表皮皺縮——然後努力不去想自己書房內那些被揉皺的紙，終於火車抵達了哈科特港。

「馬杜邀我們明天去吃晚餐，」凱妮內開著她車身很長的美國車到火車站接他。「他的妻子剛從海外回來。」

「是嗎？」理查幾乎沒再說什麼話，只是望著路上那些大吼大叫、揮舞著手臂追在每台車後面收錢的叫賣小販。

隔天早上，他被雨拍打窗戶的聲響叫醒。凱妮內躺在他身邊，雙眼因為正處於深沉睡眠而詭異地半張著。他看著她深巧克力色的肌膚，那肌膚因為抹油而發亮，然後低頭湊向她的臉。他沒有吻她，也沒有用他的臉碰觸她的臉，只是湊近感受到她呼吸時的濕氣，並嗅聞其中微微的凝乳氣味。他伸了個懶腰，走到窗邊。哈科特的雨絲都是斜的，所以雨水不會打到屋頂，而是打到窗戶和牆面，或許是因為大海很近、空氣中又瀰漫著濃濃水氣，導致雨水總是太快落下的緣故。雨在某一刻下得很猛，打在窗戶上的雨聲變得很響，就像有人將一堆卵石甩向玻璃。他再次伸懶腰。雨又停了，窗玻璃上一片朦朧。在他身後的凱妮內有些動靜，而且喃喃地說了些什麼。

「凱妮內？」他說。

她的雙眼仍半張半閉，呼吸跟之前一樣規律。

「我要去散步，」他說，不過很確定她沒聽見。

伊凱吉德正在屋外摘橘子，他的制服背部在他把果實從枝條上摘下的那一瞬間緊緊地鼓起來。

「早安，先生啊，」他說。

「Kedu？」理查問候他。他覺得可以毫不扭捏地跟凱妮內的管家練習講伊博語，因為他們總是面無表情，所以他有沒有把語調講對都沒差。

「我很好，先生啊。」

「Jisie ike[6]。」

「好的，先生啊。」

理查走到果園最深處，坐在地上，他可以在那裡隔著一座小樹林看見海浪的白沫。他好希望馬杜少校沒有邀請他們一起去吃晚餐，他對於和那個男人的妻子見面毫無興趣。他起身伸展身體，繞過房子走到前院，看見沿著牆面往上爬的紫紅色九重葛。通往主屋的荒僻道路一片泥濘，他走了一陣子，然後又回頭。凱妮內正在床上讀報紙。他爬上床坐在她身邊。她伸出手摸他的頭髮，手指輕柔撫過他的頭皮。「你還好嗎？你從昨天開始就很緊繃。」理查跟她說了奧奇歐瑪的事，由於她沒有立刻回應，他又說，「我記得自己第一次是在一篇文章中讀到伊博烏庫文化的藝術，根據那名牛津大學的教師所描述，這些藝術品帶有一種奇異的洛可可風格，用的幾乎是創作法貝熱珠寶的精湛技藝。我始終沒有忘記——洛可可風格，用的幾乎是創作法貝熱珠寶的精湛技藝。我立刻愛上了那段描述。」

她折起報紙後放在床邊的櫃子上。「奧奇歐瑪怎麼想重要嗎？」

「我確實熱愛這項藝術。他認為我不尊敬這項藝術的指控太過分了。」

「但你認為『愛』容不下任何其他雜質，這是錯的。人本來就有可能在愛著某項事物的同時看不起它。」

理查翻身遠離她。「我不知道我在做什麼。我甚至不知道我是不是作家。」

「你必須寫了才有可能知道，是吧？」凱妮內爬下床，他注意到她的肩膀上閃耀著一層金屬光澤。「我看你今晚是不會想出門。我打給馬杜取消晚餐。」

她又打了一通電話後回來坐在床上，兩人之間隔著一片沉默，然後他突然非常感激，因為她的乾脆俐落讓他沒有自憐自艾的空間，也讓他什麼都不需要隱藏。

「我有一次往父親的水杯裡吐口水，」她說。「他完全沒有惹我不高興或什麼的。我只是這樣做了。當時我十四歲。要是他把那杯水喝掉，我一定會感到無比滿意，可是當然啦，歐拉娜跑去把那杯水換掉了。」她在他身邊伸了個懶腰。「現在跟我說一件你幹過的糟糕事。」

她絲滑的肌膚摩擦著他的肌膚，他因此興奮起來，而且她竟然如此輕易地就改變了晚上要和馬杜少校吃晚餐的計畫。「我沒做糟糕事的膽子，」他說。

「這樣啊，那就隨便跟我說點事吧。」

他想到可以跟她說自己在溫特諾躲著不讓莫麗找到的事，那是他生平第一次感覺可以創造自己的命運。可是他沒有。他最後選擇談起他的父母，說他們總是在說話時緊盯著彼此、忘記他的生

6 伊博語：祝你好運。

日，然後在好幾週後才叫莫麗幫他做一個寫著「遲來的生日快樂」的蛋糕。他們從不知道他何時吃了什麼，莫麗也只有剛好想起時會給他吃東西。他們本來沒打算生他這個孩子，也因為如此，他們總是用一種後知後覺的態度撫養他。可是即便在他還是個小男孩時，他也能理解他們並不是不愛他，只是他們很常忘記這件事，因為他們真的太愛彼此。

2. 那本書：世界在我們死去時保持沉默

他談到英國士兵兼商人陶布曼·戈爾迪，說他如何進行了許多強迫、誘騙，以及殺人的勾當，並藉此掌控了棕櫚油的貿易市場，而且在一八八四年歐洲人瓜分非洲的柏林會議中，他的作為確保英國得以擊敗法國，拿下尼日河周遭的兩個保護領地：北部和南部[7]。

英國人比較喜歡北部。那裡的熱氣乾燥宜人，豪薩—富拉尼人[8]的五官比較窄細，因此比南部那些類黑人及穆斯林優越，在本地人當中也可說是文明發展性最高的族群，而且因為遵行封建體制所以適合透過中間人進行間接統治。當地有許多個性溫和的埃米爾[9]為英國收稅，而作為回報，英國人不會讓基督教傳教士接近他們的領地。

另一方面，潮濕的南部充滿蚊子、泛靈論者及許多迥然不同的部落。西南部人數最多的是約魯巴人。東南部的伊博人則以小小的共和社群生活著。他們無法被馴服，而且擁有令人憂心的野心。既然他們沒有推舉國王的好觀念，英國人為他們創立了「委任酋長」的職位，畢竟間接統治比較不會花到王室太多錢。傳教士也被允許進入收服異教徒，他們帶進來的基督信仰及教育制度在此蓬勃發展。一九一四年，總督將北部和南部連結起來，他的妻子則挑選了一個名字。奈及利亞就此誕生。

7 陶布曼．戈爾迪（Taubman Goldie）於一八七九年成立的聯合非洲公司（United African Company）鞏固了英國在尼日河中下游的利益。法國人後來也開始在尼日河下游建立商業據點，但獲得的土地後來在一八八四年逐漸被戈爾迪的公司買下，因此在一八八五年的柏林會議（Berlin Conference）上，戈爾迪的專業人士意見確保了英國在這個地區的統治權。

8 豪薩—富拉尼人（Hausa-Fulani）是兩個民族的混血種族，主要位於奈及利亞北部。

9 埃米爾（emir）是奈及利亞北部傳統穆斯林社群的領袖名稱。

第二部

六〇年代晚期

七

厄格烏躺在他母親小屋的一張小地毯上。他盯著牆上一隻壓扁的蜘蛛，那隻蜘蛛的體液把泥牆染成更深的紅色。雅努利卡正在量一杯杯的 ukwa[1]，烤麵包果籽的焦脆氣味濃濃地飄在整個空間內。她正在說話。她已經說話一陣子了。厄格烏的頭在痛。他這次回家的時間突然感覺比一週還要漫長，或許是因為只吃水果和堅果而導致肚子不停脹氣翻攪的結果。他母親做的食物很難吃，不但蔬菜都煮過頭、玉米粉粥結塊、湯太稀，地瓜切片也因為沒有用一團奶油去煮而咬嘴。他實在好想趕快回到恩蘇卡，他渴望吃點真正的食物。

「我想先生個男寶寶，這樣我才能在昂葉卡家站穩腳步，」雅努利卡說。她走去拿出一個塞在屋頂椽條間的袋子，此時厄格烏再次注意到她的身體圓潤的可疑：她的乳房把上衣撐得很緊，屁股也隨著每走一步而不停搖動。昂葉卡一定碰過她了。厄格烏無法忍受想像那個男人用他醜惡的身體刺向他的妹妹。一切實在發生得太快，上次他回來時只聽說她有很多追求者，而且她談起昂葉卡的口氣如此冷漠，所以他本來以為她不會這麼快接受他的求婚。現在就連他們的父母都太快開始談起昂葉卡，他們聊起他在鎮上那份很好的技師工作、他的腳踏車、他的行為端正，就彷彿他已經是這

1 麵包果籽。

個家的一分子。從來沒有人提起他那發育不良的身高，還有像是叢林鼠的暴牙。

「你知道啊，伊澤古烏家的歐努娜生的第一個孩子是女兒，她丈夫家的人立刻跑去找 dibia 想知道為什麼！當然，昂葉卡家的人不會這樣對我，他們不敢，可是反正我就想先生一個男孩，」雅努利卡說。

厄格烏坐起身。「我對那些昂葉卡的故事已經很厭煩了。我注意到他昨天有來。他該更常洗澡。他聞起來像腐爛的油豆。」

「那你呢？你聞起來又像什麼？」雅努利卡把 ukwa 倒進袋子後打好結。「我已經好了。你最好別太晚出發。」

厄格烏走到外面的庭院。他母親正把某樣東西倒進研磨缽，而父親則站在她附近彎著腰在一顆石頭上磨刀。刀片的金屬摩過石頭時擦出小小的火花，但火花總是閃現一下就消失。

「雅努利卡有把 ukwa 打包好嗎？」他母親問。

「有。」厄格烏舉起帶子給她看。

「代我向你的主人和女主人問好，」他母親說。「謝謝他們送來的一切。」

「好的，母親。」他走過去擁抱她。「保重。等奇歐克回來也代我向她問好。」

他父親站直身體，用手掌抹了抹刀片，與他握手。「旅途順利，ije oma，等昂葉卡家的人準備好要帶棕櫚酒來時，我們會派人送消息給你。大概就是這幾個月的事。」

「是的，父親。」厄格烏無所事事地站在那裡，他的表親、堂親和手足中比較年幼的孩子都光著身體，比較年長的則穿著過大的襯衣一邊向他道別、一邊條列出他們希望他下次回來時可以帶的東西。幫我們買麵包！幫我們買肉！幫我們買炸魚！幫我們買落花生！

雅努利卡帶著他擺脫他們，把他送上大路。他在烏比樹的小樹林附近看見一個人影。自從她四年前去卡諾學做生意後，他就沒見過她了，但他還是立刻認出她是內內希納奇。

「雅努利卡！厄格烏！是你們嗎？」內內希納奇的聲音就跟他記憶中一樣低啞，可是她現在長得比較高，皮膚也被北部熾烈的陽光曬得更黑。

他們擁抱時，他能感覺到她的胸口緊貼著自己。

「我差點認不出妳，北部改變了妳，」他一邊說一邊還在想她剛剛是不是真的有緊貼在自己身上。

「我跟我的表親們一起回來。」她對他微笑。她以前沒有這麼溫暖地對他微笑過。她的眉毛剃過後又用眉筆畫過，其中一邊比另一邊更濃。她轉向雅努利卡。「雅努利卡，我正要去找妳。聽說妳要結婚了！」

「我的好姊妹啊，我也是這麼聽說的呢，」雅努利卡說，兩人都笑了。

「你要回恩蘇卡了嗎？」她問厄格烏。

「對。可是我很快就會回來，因為雅努利卡之後要辦奉酒儀式[2]。」

「旅途平安。」內內希納奇的雙眼與他四目相交，她眼神大膽地盯著他看了一陣子後才繼續走，這下他知道剛剛不是他的想像了。她真的有在兩人擁抱時把身體緊貼在他身上。他感覺雙腿一陣癱

2 從伊博語翻過來的說法，指的是婚禮。

軟，然後轉身望向她，畢竟她也有可能剛好轉頭看他，而有那麼一個片刻，他完全忘了自己腸胃的翻攪。

「她一定在北部好好見過世面了。你不能跟她結婚，所以她如果在婚前願意跟你搞些什麼，你最好要把握機會，」雅努利卡說。

「妳注意到了？」

「怎麼能不注意到？我看起來像是頭蠢笨的綿羊嗎？」

厄格烏瞇眼看他。「昂葉卡碰你了？」

「昂葉卡當然碰我了。」

厄格烏慢下腳步。他知道她一定已經跟昂葉卡睡過了，但聽見她確認這件事還是讓他不開心。之前歐克克醫生的女僕琴伊爾第一次越過樹籬跑到男僕宿舍，只為了跟他在黑暗裡快速打一砲，而他一回家就跟雅努利卡說了這件事，兩人還討論了其中的細節。可是他們從沒討論過她的性事。他總是說服自己她沒什麼性事好討論。雅努利卡走在他前面，完全不在意他變得沉鬱而緩慢的步伐，然後他快速趕上她，一路沉默。他把自己的每一步都輕輕踩在草地上，那是他們小時候抓蚱蜢的草地。

「我好餓，」他最後終於說。

「你甚至沒吃媽媽煮的地瓜。」

「我們會用奶油煮地瓜。」

「我們會用 boh-tah[3]煮地瓜。瞧瞧你那張嘴。要是他們把你送回村莊，你要怎麼活？你要從哪裡找 boh-tah 來煮你的地瓜？」

「他們不會把我送回村莊。」

她用眼角上下打量他。「你已經忘記你的出身，而且蠢到以為自己是個大人物了呢。」

主人在客廳，厄格烏走進來跟他打招呼。

「你們家的人還好嗎？」主人問。

「他們很好，先生啊。他們向您問好。」

「很好。」

「我妹妹雅努利卡很快就要結婚了。」

「原來如此。」主人正在專心地調整廣播頻道。

厄格烏可以聽見歐拉娜和寶貝在浴室裡唱歌。

倫敦大橋垮下來、垮下來、垮下來，

倫敦大橋垮下來，我美麗的小姐

寶貝說話的聲調還沒穩定，因此她口中的倫敦聽起來像是嘣嘣。浴室的門開著。

3 這是用當地伊博語口音講 butter 時的發音。

「晚安，女士啊，」厄格烏說。

「喔，厄格烏，我沒聽見你進來！」歐拉娜說。她正在浴缸上方彎著腰幫寶貝洗澡。「歡迎回來，nno。你們家人都還好嗎？」

「很好，女士。他們向您問好。我母親說實在很感謝妳送她那些罩衫。」

「她的腿如何？」

「已經不痛了。她要我帶 ukwa 來給你。」

「哎呀！她還真知道我現在最想要的是什麼。」她轉頭望向他，雙手滿是泡沫。「你看起來很不錯。瞧瞧你那胖胖的臉頰！」

「是的，女士啊，」厄格烏說。但那並不是事實。他每次回家都會變瘦。

「厄格烏！」寶貝大喊。「厄格烏，過來看！」她正捏著一隻會呱呱叫的塑膠鴨子。

「寶貝，妳可以等洗完澡再跟厄格烏打招呼。」

「雅努利卡很快就要結婚了，女士啊。我父親說我該讓妳和主人知道。他們還不確定日期，可是如果你們能去，他們會很開心。」

「雅努利卡？現在結婚會不會有點太年輕？大概十六、十七歲？」

「她的同輩朋友都在結婚了。」

歐拉娜重新轉向浴缸。「我們當然會去。」

「厄格烏！」寶貝又說了一次。

「我應該加熱寶貝的吃的粥嗎？女士啊。」

完。

「好。麻煩幫她把奶也準備好。」

「是的，女士啊。」他打算再待一下，然後問一下他不在的這個週末是否一切都好，而她會告訴他有哪個朋友來訪、誰帶了什麼來，以及他們是否有把他裝入保鮮盒後收在冷凍庫內的燉菜吃完。

「你的主人和我已經決定了，亞萊茲應該九月來這裡生孩子，」歐拉娜說。

「那樣很好，女士啊，」厄格烏說。「我希望那孩子長得像亞萊茲阿姨，而不是納匡薩叔叔。」

歐拉娜笑了。「我也這麼希望。我們會儘快開始打掃房間。我希望能幫她打理得一塵不染。」

「一定沒問題，女士啊，別擔心。」厄格烏喜歡亞萊茲阿姨。他記得她大約三年前在烏姆納奇辦的奉酒儀式，當時的她是如此豐腴又活力四射，而他則因為棕櫚酒醉到不行，還差點把懷中的寶貝摔到地上。

「我週一要去卡諾接她，然後帶她去拉各斯購物，」歐拉娜說。「我會帶寶寶去。我們會帶上亞萊茲幫她做的那件藍色洋裝。」

「粉紅色那件比較好，女士啊。藍色那件太緊了。」

「那倒是。」歐拉娜拿起一隻塑膠鴨後又丟回浴缸，寶貝尖叫著把鴨子壓進水裡。

「Nkem！」主人大喊。「O mego[4]！真的發生了！」

歐拉娜趕到客廳，厄格烏在她身後把門關上。

4 伊博語：真的發生了！

主人站在收音機旁。電視開著，可是音量沒開，所以那些動來動去的人群看起來像是因為喝醉在搖擺。「發生了政變，」主人指向收音機。「恩西亞古少校正在卡杜納發表談話。」

收音機傳出的那個聲音年輕、熱切，而且充滿自信。

憲法已經廢除，地方政府及民選議會就此解散。我親愛的國民，革命議會的目的在於建立一個免於腐敗及內部爭鬥的國家。我們的敵人是奸商、騙子、佔據高位卻要求收賄及分紅的人、希望讓國家永久處於分裂狀態好藉此保有官位的人、部落主義者、追求裙帶關係者、讓這個國家在國際上顯得大而無用的人，還有所有讓我們社會腐敗的人。

歐拉娜跑到電話旁。「拉各斯發生什麼事了？他們有說拉各斯的情況嗎？」

「妳父母都沒事，nkem。平民很安全。」

歐拉娜正在撥號。「接線生？接線生？」她把話筒放下，然後再次拿起。「接不通。」

主人動作輕柔地把話筒從她手上拿走。「我確定他們沒事。電話很快就會通了。現在只是為了安全考量。」

收音機中那個說話的聲音更堅定了。

我向所有外國人保證，你們還是可以獲得敬重。我們承諾所有守法的公民都能擁有自由，這些自由包括免於任何形式的壓迫、不受到普遍存在的無能問題所苦，以及能在人類努力開拓的所有領域中存活並奮進的自由。我們承諾你們不會再以說出自己是奈及利亞人為恥。

「歐拉媽咪！」寶貝在浴室裡喊。「歐拉媽咪！」

厄格烏回到浴室，他用浴巾把寶貝擦乾，抱起她，然後緊貼著她的脖子輕輕呼吸。她聞起來有梨牌嬰兒肥皂的美味香氣。

「雞寶貝！」他一邊說一邊搔她癢。她的辮子溼答答的，每根的尾端都綁緊成一個捲捲的小結。厄格烏幫她把髮絲理順，然後再次讚嘆她長得跟父親有多像。按照他們那邊的說法，這孩子根本是從主人身上分裂出來的。

「還要搔癢！」寶貝笑著說。她胖嘟嘟的臉因為濕氣滑滑的。

「寶貝雞寶貝，」厄格烏用一種像是唱歌的語調喃喃地說，這種說話方式總是讓她覺得很有趣。

寶貝笑了，厄格烏聽見歐拉娜在客廳說，「喔，老天，他說什麼？他說什麼？」

當副總統在收音機上發表簡短談話時，他正在餵寶貝吃粥。那段談話的口氣好輕，就彷彿在說完「政府正移交給軍方」後就已氣力放盡。

之後又有人出來宣布更多事情——總理失蹤，奈及利亞現在是聯邦軍政府，北部和西部的首相失蹤——可是厄格烏不確定是誰在說話，也不知道是哪一台，因為主人坐在收音機盤快速轉動旋鈕、停住、聆聽、轉動旋鈕、停住。他已經拿下眼鏡，那張臉因為雙眼深陷在臉龐中而顯得脆弱。一直到客人抵達，他才又戴上眼鏡。今天來的客人比平常多，厄格烏必須把餐椅拿到客廳好讓大家都有位子坐。他們的聲音聽起來急切、興奮，每個人幾乎都等不及前一個人講完就開始說話。

「這就是貪腐的末日！自從那場全面性罷工後，這就是我們需要的，」其中一個客人說。厄格烏不記得他的名字，但他很愛在欽欽一上桌後全部吃光，所以厄格烏總是盡可能把那盤食物放在離他比較遠的地方。那男人的手很大，每次只要抓上幾把，盤子就空了。

「那些少校才是真正的英雄！」奧奇歐瑪舉起一隻手臂說。

他們談起遭殺害的人時，聲音中充滿興奮之情。

「他們說薩爾道納躲在他的所有妻子背後。」

「他們說財政部長在被射殺前大便在自己褲子裡。」

有些客人咯咯笑出聲，厄格烏也笑了，然後他聽見歐拉娜說，「我認識歐孔吉。他是我父親的朋友。」她的聲音聽起來很暗淡。

「ＢＢＣ說這是一場伊博政變，」那個一直吃欽欽的客人說。「他們說的有道理。被殺的大多是北部人。」

「在政府裡的大多是北部人，」艾茲卡教授悄聲說，他的眉毛彎起，就好像不敢相信自己得說出這種誰都應該知道的事情。

「ＢＢＣ應該要問他們那邊的人啊，到底是誰把這麼多北部人放進政府？還讓他們可以統治所有人？」主人說。

厄格烏驚訝地發現主人和艾茲卡教授似乎意見相同。他更驚訝的是，阿德芭尤小姐竟然說，「那些北非人真是瘋了才會說這是不義與正義之間的對抗，」主人笑了——不是平常那種嘲弄的笑，以前的他總會先嘲弄地笑出來，然後把屁股移到座椅邊緣開始反駁她，然而這次的笑卻是同意的笑。他同意她的看法。

「如果我們國家有更多像是恩佐古少校[5]這樣的人，就不會落入今天這個處境了，」主人說。「他真的有遠見！」

「他不是共產主義者嗎？」說話的是綠眼睛的李曼教授。「他待在桑赫斯特的時候有去捷克斯洛伐克。」

「你們美國人啊，真的一天到晚都要偷看每個人床底下有沒有是共產主義者的證據。你認為我們有空擔心這種事嗎？」主人問。「任何可以讓我們人民往前推進的事才是最重要的。我們就假定資本主義民主在原則上是好的，可是如果是我們這邊的人——比如有人給你一件洋裝好了，他說你跟他們一樣都能穿，可是其實你穿了不合身，扣子也都掉了——那你就該丟掉那件洋裝，然後做出你自己尺寸的洋裝。就是得這樣做！」

「太多花言巧語了，歐登尼伯，」阿德芭尤說。「總之你無法在理論上為軍隊提供充分的行動理由。」

厄格烏覺得好多了。這才是他習慣的吵架場景。

「我當然可以。如果是恩佐古少校，我可以，」主人說。「厄格烏！再拿些冰塊來！」

「那男人是共產主義者，」李曼教授堅持。他的鼻音讓厄格烏感到惱怒，又或者他惱怒的只是

5 楚庫馬・卡杜納・恩佐古（Chukwuma "Kaduna" Nzeogwu）在一九六七年策畫的軍事叛變中血腥謀殺了奈及利亞北部和西部的首相、總理巴勒瓦，以及許多北部與西部政府內的重要高官。

李曼教授擁有和理查先生一樣的漂亮頭髮，卻沒有那種安靜而尊貴的氣質。他好希望理查先生還會來聚會。他清楚記得他的上一次來訪，當時距離寶貝出生還有幾個月，可是有關的那幾週的混亂現在都已變得模糊、破碎。他本來很怕主人和歐拉娜永遠不會復合，而他的世界也可能因此崩毀，所以他甚至不太敢常去偷聽。如果不是哈里森告訴他，他甚至不會知道理查先生曾跟他們的一次爭吵有關。

「謝謝你，我的好傢伙。」主人接過那一盆冰塊，把其中幾顆噹噹噹地丟進他的玻璃杯。

「好的，先生啊，」厄格烏說話時看著歐拉娜。她用緊握的雙手撐住頭。他好希望他可以真心為她那位遭到殺害的政治家朋友感到難過，可是政治家跟一般人畢竟不同，他們可是搞政治的人啊。他在《文藝復興報》和《每日時報》讀過有關他們的事——他們會付錢找惡棍去毆打反對者、用政府的錢購買土地和房子、把美國長型車一船船運進來，還會付錢請女人假裝懷孕並藉此在上衣裡塞假選票。每次他把一鍋煮豆子的水濾乾後，他都會覺得那些所謂搞政治的人就跟此刻的水槽一樣濕黏噁心。

那天晚上，他躺在男僕宿舍的房間內，努力想要專心讀《嘉德橋市長》[6]，可是那本書很難。他希望琴伊爾可以從樹籬底下鑽過來找他。他們從來不會特別計畫這種事，她就是有些日子會出現，有些日子不會，但他好渴望她能在這個政變發生的刺激夜晚出現，畢竟這是個事物的秩序開始改變、而且一切都湧動著可能性與新意的夜晚。所以當他聽見她拍打窗戶時，他立刻對所有的神羞赧地獻上感謝之意。

「琴伊爾，」他說。

「厄格烏，」她說。

她聞起來是臭酸洋蔥的氣味。房內所有的燈都關著，透過外面守夜燈泡的微光，他看見她脫下上衣、解開罩衫在腰部的綁帶，以及在她躺平後那如圓錐般聳起的乳房。夜晚中有一種潮濕的氣息，那是因為兩人身體靠近的緣故，他想像她是內內希納奇，並想像那雙纏住他的興奮雙腿也屬於內內希納奇。她一開始很安靜，然後隨著兩人的屁股不停前後衝刺，她的雙手在他的背後緊緊交握，也開始喊出她每次都會喊出的一些話。那聽起來是一個名字——阿波伊、阿波伊——但他不太確定。或許她也在想像他是別人，某個在她鄉下老家的人。

她安靜地高潮，然後同樣安靜地起身離開。等他隔天隔著樹籬見到她時，她正在晾衣服，她叫了「厄格烏」，然後就什麼都沒再說。她沒有微笑。

6 《嘉德橋市長》（*The Mayor of Casterbridge*）是英國作家湯瑪斯·哈代（Thomas Hardy）於一八八六年出版的小說。

八

歐拉娜因為政變延後卡諾的行程。她等到機場重新開放、郵局和電報站重新開始運作，軍隊也指派好管理每個地區的首長後才出發。雖然她已經確定一切重回秩序，政變的氣氛卻仍盤旋在空氣中。所有人都在討論這件事，就連把她和寶貝載到亞萊茲家那位頭戴白帽、身穿卡夫坦長袍的計程車司機也不例外。

「可是薩多納沒有被殺，女士，」他悄聲說。「他在阿拉的幫助下逃走了，現在人在麥加。」歐拉娜露出溫柔的微笑，但什麼都沒說，因為她知道這個在後照鏡上掛著禱告珠串的男人需要這麼相信。畢竟這位薩多納不只是北部的首相，對這個男人及其他許多和他一樣的穆斯林而言，他也一直是他們的精神領袖。

她跟亞萊茲說了計程車司機的話，亞萊茲聳聳肩說，「他們什麼話都說得出來。」亞萊茲的罩衫拉得低到腰部以下，而她為了配合隆起的肚子穿了非常寬鬆的上衣。他們坐在客廳，亞萊茲和納匡薩的婚禮照片掛在布滿油垢的牆上，而寶貝則在住宅區裡跟其他孩子一起玩。歐拉娜不想要寶貝碰到那些身穿破爛衣服的孩子，因為他們的鼻孔都垂下乳白色的黏液，可是她沒說出口。她對自己有這樣的想法感到羞恥。

「我們明天會趕搭前往拉各斯的第一班飛機，小亞，這樣妳可以在我們開始購物前休息一下。

我不想做任何會讓妳辛苦的事，」歐拉娜說。

「哈，辛苦！我只是懷孕，好姊妹，又不是生病，哎呀。不是有很多像我一樣的女人都在農場上工作到孩子出生前一刻嗎？那件洋裝不也是我縫的嗎？」亞萊茲指向角落，堆滿衣物的桌子中間就是那台勝家牌裁縫機。

「我在意的是我在妳肚子裡的教子，不是妳，」歐拉娜說。她掀起亞萊茲的上衣，把臉貼上亞萊茲堅硬渾圓的肚子。她緊貼著那被延展開來的皮膚，這是她自從亞萊茲懷孕以來就一直進行的柔情儀式。根據亞萊茲的說法，如果她做這個儀式的次數夠頻繁，那孩子就會吸收她的特色，並因此變得更像她。

「我不在意外表怎麼樣，」亞萊茲說。「可是這女孩的內在一定得像妳。她一定得有腦袋，而且要能讀書。」

「又或者是男孩。」

「不，這是個女孩，妳到時候就知道了。納匡薩說會是個像他的男孩，但我告訴他，上帝不會讓我的孩子擁有一張扁臉。」

歐拉娜笑了。亞萊茲起身打開一只琺瑯盒，拿出一些錢。「看看凱妮內姊妹上週給了我什麼。她說我應該用這些錢來幫孩子買點東西。」

「她真好。」歐拉娜知道自己的口氣聽起來很不誠懇，也知道亞萊茲在觀察她的反應。

「妳應該跟凱妮內姊妹談一談。過去的事就讓它過去。」

「妳只能跟願意跟妳談的人談，」歐拉娜說。她想改變話題。她總會在友人提起凱妮內時試圖改變話題。「我最好還是帶寶貝去跟艾菲卡舅媽打個招呼。」她在亞萊茲還來不及說些什麼前匆匆走出房間，一把抓起寶貝。

她把寶貝臉上和手上的一些沙子洗掉，走出住宅區，沿著道路走。姆貝希舅舅還沒從市場回來，她們和艾菲卡舅媽一起坐在她的小雜貨店門口，而寶貝就坐在歐拉娜的大腿上。庭院中都是鄰居吱吱喳喳的說話聲，還有在猴麵包樹下奔跑的孩子時不時尖叫。有人正用留聲機大聲播放音樂，沒過多久，住宅區門口有群男人笑起來，他們彼此推擠笑鬧，並模仿起那首歌裡的某個聲音。艾菲卡舅媽也笑了，她還拍起手來。

「有什麼好笑？」歐拉娜問。

「那是雷克斯・勞森的歌，」艾菲卡舅媽說。

「所以為什麼好笑？」

「我們這邊的人說這首歌的副歌聽起來是咩伊─咩伊─咩伊的聲音，就是山羊叫。」艾菲卡舅媽咯咯笑著說。「他們說薩多納在乞求他們別殺他時發出的聲音就像這樣。那些士兵把一枚迫擊炮射進他的房子裡，他就蹲在他的那些老婆背後這樣怪叫，咩伊─咩伊─咩伊，拜託別殺我，咩伊─咩伊─咩伊。」

艾菲卡舅媽又笑了，寶貝也跟著笑，就好像她能聽懂一樣。

「喔。」歐拉娜想到歐孔吉酋長，不知道是不是也有人說他在死前像山羊一樣怪叫。她把眼神移到對街，那些孩子在玩輪胎，他們一邊滾輪胎一邊賽跑。遠方有場小型沙風暴正在醞釀，許多沙塵聚集成一團團灰白色的雲朵揚起、又落下。

「薩多納是個邪惡的男人，ajo mmadu[1]，」艾菲卡舅媽說。「他恨我們。他恨所有沒有脫鞋向他鞠躬的人。之前不准我們孩子去上學的不就是他嗎？」

「他們不該殺掉他的，」歐拉娜沉靜地說。「他們該把他關進監獄。」

艾菲卡舅媽不屑地用鼻子哼氣。「把他關進哪座監獄？在這個一切都由他掌控的奈及利亞嗎？」她起身開始關店。「來吧，我們進去，這樣我才可以找點東西給寶貝吃。」

歐拉娜回來時，亞萊茲住的那區正大聲放著雷克斯·勞森的歌。納匡薩也覺得那首歌很好笑。他有兩顆超級大的門牙，笑開時讓人感覺像是有太多牙齒一直痛苦地擠在他那張小嘴裡。咩伊—咩伊—咩伊，有隻山羊在乞求對方饒自己一命：咩伊—咩伊—咩伊。

「這不好笑，」歐拉娜說。

「好姊妹，真的很好笑啦，」亞萊茲說。「妳書讀太多，都忘記該怎麼笑了。」

納匡薩坐在亞萊茲腳邊的地板上，他正用雙手一邊劃圓一邊輕巧揉捏她的肚子。在他們結婚的第一、第二和第三年，他沒有像亞萊茲一樣擔心她沒懷孕的事；當他母親太常前來拜訪，不停探聽亞萊茲肚子的消息，還要她承認自己在結婚前墮胎過幾次時，他不再讓母親來訪。他也要求她停止帶那個難聞的綜合苦藥液來要求亞萊茲一口口吞下。現在亞萊茲懷孕了，他在鐵路局更常加班，也要求她減少裁縫工作的時數。

他還在一邊唱那首歌一邊笑。有隻山羊在乞求對方饒自己一命：咩伊—咩伊—咩伊。

1 伊博語：壞人。

歐拉娜起身。夜晚的微風涼爽舒適。「小亞，妳該去睡覺了，這樣才能在明早去拉各斯之前好好休息。」

納匡薩作勢要扶亞萊茲起身，但她把他推到一邊。「我跟你們這些人說過了。我沒生病。我只是懷孕。」

歐拉娜很開心拉各斯的房子即將要清空。她父親打電話來表示他們要前往海外。她知道是因為他們打算等情勢穩定再回來，畢竟他們很擔心他們拿的百分之十回扣、大量的豪奢派對，還有各種浮誇的人脈關係會給他們帶來麻煩，但兩人都沒有直接說出口。他們只說是要去度假。他們家的政策就是什麼都不說破，就像是他們假裝沒注意到她和凱妮內其實已經不太跟彼此講話，而且她只會在確定凱妮內沒去找父母時回家。

在前往機場的計程車上，亞萊茲正在教寶貝唱一首歌，而歐拉娜則望著拉各斯這座城市從窗外橫衝直撞地掠過：一團亂的交通、生鏽的公車及疲憊等公車的人群、賣黃牛票的人、踩著木平板推車往前滑行的乞丐，還有衣衫襤褸的兜售小販把商品托盤伸向那些不願意或沒能力購買的人。

司機在她父母位於伊寇義的住宅牆外停下。他透過高高的大門往內窺探。「阿姨，他們殺掉的那個部長以前就住在這附近吧？abi[2]？」他問。歐拉娜假裝沒聽見，她對寶貝說，「哎呀，看看你怎麼把洋裝搞成這樣！趕快進去！進去才能洗乾淨！」

之後她母親的司機埃貝奇把她們載到金斯威百貨。那裡的超市聞起來有新刷油漆的氣味。亞萊茲在一條條貨架之間走著、低聲說話、撫摸那些塑膠包裝，並從其中挑出一些嬰兒衣服、一台粉紅色嬰兒車，還有一個藍眼睛的塑膠娃娃。

「所有超市裡的東西看起來都閃閃發光啊，好姊妹，」亞萊茲笑著說。「沒有沙塵！」

歐拉娜拿起一件鑲著粉色蕾絲的白洋裝。「O maka[3]。這件太漂亮了。」

「太貴了，」亞萊茲說。

「沒人問妳的意見。」

寶貝從比較矮的貨架上扯下一個娃娃，她把娃娃頭下腳上的抓著，娃娃發出哭聲。

「別這樣，寶貝。」歐拉娜把那個娃娃放回去。

他們又逛了一下，然後去了雅芭市集，亞萊茲可以在那裡買自己需要用的布料。特茹奧修路上擠滿了人，許多家庭聚在一鍋鍋煮到冒泡的食物旁，女人在裝滿焦炭的大缸子裡烤玉米和大蕉，光裸上身的男人把一個個袋子扛上小卡車，這些小卡車上都漆著智慧格言：沒什麼是永恆的。上帝知曉一切。埃貝奇把車停在報紙攤附近。歐拉娜瞄了一眼站著閱讀《每日時報》的人群，腳步因為驕傲而輕盈起來。她很確定他們在讀的是歐登尼伯的文章。他的文章輕易就能成為報上最棒的一篇。她還親自協助編輯的那篇文章，稍微調降他文中的措辭強度，好讓他的論述——唯有透過一個統一的政府，我們才能移除地區主義帶來的隔閡——變得更清晰。

她牽起寶貝的手，帶她走過那些坐在雨傘下的路邊小販，他們的琺瑯托盤上仔細擺放著許多電

2 奈及利亞人會用 abi 來表示「對吧？」「不是嗎？」

3 伊博語：這太漂亮了。

池、掛鎖和香菸等商品。主要的市集路口異常空蕩無人。然後歐拉娜看到前方聚集了一群人。有個穿著泛黃無袖汗衫的男人站在中間，旁邊兩個男人正在輪流搧他巴掌，他們搧巴掌的手法條理分明，發出像皮革一樣的粗糙聲響。「為什麼是現在？為什麼你要否認。」被打的男人瞪著他們，眼神空白，他的頭隨著每次被搧巴掌而稍微往下垂。亞萊茲停下腳步。

群眾中有人大喊，「我們在清點伊博人。Oya[4]，過來說明自己的身分，你們是伊博人嗎？」

亞萊茲喃喃地小聲說，「I kwuna okwu[5]，」就好像歐拉娜有想要說些什麼，然後她搖搖頭，大聲講起流利的約魯巴語，同時狀似隨興地轉身，好讓她們一行人可以沿著來時路走回去。群眾對她們失去興趣。一旁有個穿著狩獵裝的男子被用力拍打後腦杓。「你是伊博人吧！別否認！說明你的身分！」

寶貝開始哭。「歐拉媽咪！歐拉媽咪！」

歐拉娜把寶貝抱起來。她和亞萊茲回到車上才開始講話。埃貝奇已經把車子調轉車頭，而且不停透過後照鏡觀察情況。「我看到有人在逃跑，」他說。

「這是發生了什麼事？」歐拉娜問。

亞萊茲聳聳肩。「我們聽到一些謠言。自從政變之後，在卡杜納和扎里亞[6]都一直有人在做這種事。很多人會開始跑到街上騷擾伊博人，因為他們說這場政變是場伊博政變。」

「Ezi okwu ？[7]真的嗎？」

「是的，阿姨，」埃貝奇很快回答，就彷彿他一直在等待說話的機會。「我有個叔叔住在埃布特瑪塔區[8]，自從政變後就沒在自己家睡過覺。他的鄰居都是約魯巴人，他們說有人打算把他找出來對付，所以每晚都去不同人家睡覺，同時還得照顧自己的生意。他已經把孩子送回老家。」

「Ezi okwu？真的嗎？」歐拉娜把剛剛的話又說了一次。她感到突然像是一腳踩空。她不知道情況已經變成這樣，畢竟在恩蘇卡的生活與世隔絕，新聞也都不像是真的，只不過是大家晚上閒聊時的素材，同時也能讓歐登尼伯用以發出豪言壯語並寫出慷慨激昂的文章。

「情勢會穩定下來，」亞萊茲說，然後摸摸歐拉娜的手臂。「別擔心。」

歐拉娜點點頭，然後望向印在附近小卡車上的文字：天堂沒有電話。她不敢相信她們剛剛如此輕易否認了自己的身分，一下子就甩脫了身為伊博人的印記。

「她會在受洗時穿那件白洋裝，姊妹，」亞萊茲說。

「什麼？小亞？」

亞萊茲指向自己的肚子。「妳的教女會穿白洋裝去受洗。很感謝你，姊妹。」

亞萊茲眼中的光芒讓歐拉娜露出微笑。情勢一定會穩定下來。她搔搔寶貝，可是寶貝沒有笑。寶貝用那對淚水未乾的嚇壞雙眼回望著她。

4 伊博語：快點。
5 伊博語：妳說。
6 扎里亞（Zaria）是奈及利亞北方位於卡杜納州內的一座城市。
7 伊博語：真的嗎？
8 埃布特瑪塔區（Ebutte Metta）是位於拉各斯的一個街區。

九

理查看著凱妮內將一件淡紫色洋裝的拉鍊拉上，然後轉向他。旅館的光線很亮，他看著她，也看著她背後鏡子裡的倒影。

「Nke a ka mma[1]，」他說。床上有件黑色洋裝是她本來為了參加父母派對挑選的洋裝，但他覺得這件紫色的更好看。她姿態嘲弄地鞠躬，然後坐下穿鞋。她塗上蜜粉及紅唇膏，搭配上此刻的放鬆狀態幾乎可說是美麗，不像之前因為努力想跟殼牌英國石油公司簽下合約時一樣緊繃而糾結。在他們出門之前，理查撥開她的一些假髮，親吻她的額頭，但也小心沒沾髒她的唇膏。

她父母的客廳有許多顏色俗艷的氣球。派對已經開始。身穿黑白色服裝的管家們手拿托盤臉帶討好的微笑到處遊走，並蠢頭蠢腦地把頭抬得很高。香檳在高腳杯中閃閃發亮，水晶燈的光線將那些肥胖女性脖子上的珠寶反射出細碎光芒，而演奏快活音樂的樂團則在角落激烈地發出極大聲的音樂，人們必須擠在一起才有辦法聽見彼此在說什麼。

「我看到有許多新政府中的大人物，」理查說。

「爹地可不會放過任何拍馬屁的機會，」凱妮內在他耳邊說。「他本來都逃走了，情勢穩定才回來，現在則打算交一些新朋友。」

理查掃視了一下屋內的其他人。馬杜上校因為寬肩、寬臉、寬大的五官以及比所有其他人都高一顆頭而特別顯眼。他正在跟一個身穿緊身晚宴外套的阿拉伯人講話。凱妮內走過去向他們打招呼，理查則去找酒喝，他目前打算先避開馬杜。

凱妮內的母親走過來親吻他的臉頰，他知道她醉了，不然跟他打招呼時一定會用向來冷若冰霜的態度說「您好嗎？」不過現在她卻說他氣色很好，還把他困在一個對他來說不太走運的角落——他背後有堵牆，身旁則有一座正在狂吼的駭人獅子雕像。

「凱妮內跟我說你很快就要回倫敦了？」她問。她黑檀木一般的膚色因為上太多妝而顯出一種塗過蠟的質地。她的動作中有種緊張的氣息。

「是的，我會離開十天。」

「才十天？」她的臉上似笑非笑，或許是因為本來希望他能離開久一點，這樣才能為女兒找一個合適對象。「回去拜訪家人嗎？」

「我的表弟馬丁要結婚了，」理查說。

「喔，我明白了。」一排排金鍊子圍繞在她的脖子上、沉沉地壓住她，導致她看起來有些垂頭喪氣，她就像是承受了極大壓力，而且因為太過努力想隱藏而讓這件事變得更顯眼。「那麼，說不定我們可以在倫敦一起喝一杯。我正在跟丈夫討論，說我們應該再去小小度個假。倒不是說一定會發生什麼事啦，但畢竟不是每個人都喜歡政府現在的統一法令。在情勢穩定下來之前，我們還是先避避風頭，或許下週就會離開，可是還沒告訴任何人，所以你也別說出去。」她俏皮地摸了一下他

1 伊博語：這個更好。

的袖子，理查在她那嘴唇的弧線中瞥見了一抹凱妮內的影子。「我們甚至沒告訴我們的朋友亞胡阿。你也認識亞胡阿酋長吧，就是有裝瓶工廠的那位？他們那邊也是伊博人，不過是西部的伊博人。我聽說他們會否認自己是伊博人。誰知道他們會不會對我們的作為說三道四？誰能知道？他們可以為了一點髒錢出賣其他伊博人。只需要一點髒錢喔，我跟你說。你想再喝一杯嗎？在這裡等著，我再去拿一杯。就在這裡等。」

一等她搖搖晃晃地離開，理查就跑去找凱妮內。他在陽台上找到她和馬杜，兩人正站在那裡望著底下的游泳池。空氣中飄著濃重的烤肉氣味。他盯著他們看了一陣子。凱妮內在說話時，馬杜的頭稍微往她的方向傾斜，而她的身體在他粗壯的身體旁顯得很纖弱。光是這樣看，兩人幾乎是天造地設的一對，畢竟他們的皮膚顏色都很深，其中一個人又高又瘦，而另一個人更高且體格粗壯。凱妮內轉頭看見他。

「理查，」她說。

他加入他們，和馬杜握手。「你好嗎？馬杜？A na-emekwa？[2]」他搶著先開口。「北部的生活如何？」

「沒什麼好抱怨的，」馬杜用英文說。

「你沒跟愛道比一起來？」他確實希望這個男人可以更常和妻子一起出現。

「沒有，」馬杜說，然後啜了一口酒。他顯然不希望有人來打斷他們的談話。

「我看見我母親在那裡招呼你，多令人興奮啊，」凱妮內說。「馬杜和我剛剛被阿馬德纏住一下。他想買爹地在伊凱賈的倉庫。」

「你父親不可能賣任何東西給他，」馬杜果斷地說，就彷彿這是他必須負責做出的決定。「那些敘利亞人和黎巴嫩人已經擁有拉各斯一半的資產，他們在這個國家都是天殺的機會主義者。」

「如果他不再散發出難聞的大蒜味，我就賣給他，」凱妮內說。

馬杜笑了。

凱妮內把手塞進理查手裡。「我正在跟馬杜說，你認為又會發生一次政變。」

「不會再有政變，」馬杜說。

「你當然知道啊，是吧？馬杜？畢竟你現在是馬杜上校，」凱妮內用戲弄的語氣說。

理查把她的手握緊。「我上週去了扎里亞，那裡幾乎所有人都在談第二次政變、第二次政變。就連卡杜納廣播台和《新奈及利亞人》[3]報紙也這麼說，」他用伊博語說。

「媒體懂什麼啊？說真的。」馬杜用英文回應。他總是這樣。自從理查的伊博語已經到了幾近流利的程度，馬杜堅持用英文回應總是迫使理查必須回頭用英文跟他對話。

「報紙上刊登了有關聖戰的文章，卡杜納廣播台一直在播送已故的薩多納的演說片段，另外還有傳言指出，伊博人打算接管行政機關，而且——」

馬杜打斷他。「不會有第二次政變。軍方內部的情勢確實有點緊張，可是軍方內部總是這樣。你吃過山羊肉嗎？那可不是太好吃了嗎？」

2 伊博語：最近如何？

3 《新奈及利亞人》（*New Nigerian*）報紙是以卡杜納為據點的報刊公司。

「是的，」理查幾乎是反射性地表示同意，然後又希望自己沒這樣說。拉各斯的空氣很潮濕，站在馬杜身旁有種幾乎讓人窒息的感受。那個男人讓他感覺自己是個微不足道的人。

第二次政變在一週後發生。理查剛知道時覺得很得意。當時他坐在果園內常被凱妮內說跟他屁股無論尺寸和形狀都一樣的小土溝中，正在重讀馬丁的來信：

「在地化[4]」這個詞現在還有人在用嗎？我一直知道你做得到！母親跟我說你已經放棄那本有關部落藝術的書，而且對目前這本很滿意，聽說是一種虛構的旅行誌？主題是歐洲人在非洲的邪惡行徑！是吧？等你到倫敦後，我真想多聽你聊聊。可惜你放棄了原本的標題：「裝滿手的籃子」。非洲人也會把手砍掉嗎？我以為這種事只會發生在印度。我真的很感興趣！

他們兩人還在學校讀書時，馬丁臉上常會露出某種微笑，而那個微笑此刻浮現在他腦海中。那些年間，伊莉莎白阿姨總是把他們丟去參加各種活動——板球巡迴賽、拳擊課、網球，還有跟一個口齒不清的法國人學鋼琴——因為她癡狂地堅信人不能無所事事。馬丁在每個活動都表現得很好，臉上也總帶著那種生來合群且表現卓越之人才有的那種微笑。

理查伸手拔起一朵看起來是罌粟的野花。他在想馬丁的婚禮不知道會是什麼模樣，畢竟令人驚訝的是，馬丁的未婚妻竟是一位時尚設計師。要是凱妮內能跟他一起去就好了，要是她不用留下來簽新合約就好了。他想讓伊莉莎白阿姨、馬丁和維吉尼亞見見她，不過最重要的是，他想讓他們見見自己的模樣，畢竟在這裡待了這些年後，這個男人已經不一樣了：他的皮膚變成更深的棕色，人也變得更快樂。

伊凱吉德走過來。「理查先生啊！女主人要你過去一下。又有一場政變了，」伊凱吉德說。他看起來很興奮。

理查匆匆走進室內。他是對的，而馬杜錯了。潮濕的七月熱氣讓他的髮絲軟軟的黏在頭上，他一邊走一邊把頭髮撥鬆。凱妮內坐在客廳的沙發上，雙手抱胸，身體前後搖動。收音機裡有個英國人在說話，聲音很大，因此她必須提高音量說，「北部的軍官已經掌權。ＢＢＣ說他們正在殺掉卡杜納的伊博軍官。奈及利亞廣播台什麼都沒說。」她說話的速度實在太快。他站到她身後開始揉捏她的肩膀，把她僵硬的肌肉用劃圓的手勢推開。收音機裡那個上氣不接下氣的英國人說，只隔六個月就發生第二場政變實在驚人。

「驚人。確實驚人，」凱妮內說。她突然像抽筋一樣伸出手把收音機掃到桌子底下。收音機掉到鋪了地毯的地上，一顆脫落的電池滾出來。「馬杜在卡杜納，」她說，然後把臉埋進雙手中。「馬杜在卡杜納。」

「沒事的，親愛的，」理查說。「沒事的。沒事的。」

他第一次思考馬杜死去的可能性。他決定暫時不回恩蘇卡，但不太確定為什麼。難道真的是因為在她收到馬杜死訊時，他想陪在她身邊嗎？接下來幾天，她因為焦慮而顯得緊繃，搞得他也開始擔心馬杜，然後又憎恨擔心的自己，接著又憎恨自己的憎恨。他不該如此小心眼，畢竟她讓他參與

4 「在地化」（go native）通常指的是殖民者在殖民地入境隨俗的作為。

她的擔憂，就彷彿馬杜是他們兩人的朋友，而不只是她的朋友。她跟他說她進行了哪些聯絡工作，包括她到處去探聽可能發生的情況，但就是沒人知道。馬杜的妻子什麼都沒聽說。拉各斯陷入一片混亂。她的父母已經去了英格蘭。許多伊博軍官都死了。那是組織性的殺戮。她說有名士兵表示聽見營隊訓練表演的警報在營房內響起，等到所有人集合之後，北部人挑出所有伊博族士兵帶去射殺。

凱妮內幾乎不說話，她很安靜，但從未流淚，所以當她某天帶著哭腔對他說「我聽說一個消息」時，他確定跟馬杜有關。他已經想過要怎麼安慰她了，無論他有沒有辦法真的安慰到她，他都會努力。

「烏多迪，」凱妮內說。「他們殺了烏多迪．阿凱奇上校。」

「烏多迪？」他本來很確定她要說馬杜的事，所以腦中有陣子一片空白。

「北部士兵把他丟進軍營牢房，餵他吃自己的屎。他吃了自己的屎。」凱妮內停了一下。「然後他們把他打到不省人事、綁在一個鐵十字架上，再丟回牢房。他死時就是被綁在鐵十字架上。他死在十字架上。」

理查緩慢坐下。他對烏多迪的厭煩——吵鬧、愛喝酒、深入骨髓的牆頭草性格——在過去幾年只是逐漸加深。然而他的死仍讓他嚴肅起來。他再次想到馬杜的死，並意識到他不知道自己會有什麼感受。

「誰告訴你的？」

「瑪麗亞．歐伯爾。烏多迪的妻子是她的表姊。她說大家都說沒有北部的伊博軍官可以逃過一劫。可是有些烏姆納奇的人有聽說馬杜逃走了。愛道比還沒接到任何消息。他怎麼可能逃得掉？怎麼可能？」

「他或許藏在某處。」

「怎麼可能？」凱妮內又問了一次。

兩週後，馬杜上校在出現在凱妮內的房子內，他因為瘦了不少看起來更高，肩膀骨頭的稜角透過白襯衣清晰可見。

凱妮內尖叫出聲。「馬杜！是你嗎？O gi di ife a ？[5]」

理查不確定究竟是誰先走向誰，總之凱妮內和馬杜牽著彼此的手，兩人靠得很近，凱妮內柔情地輕撫馬杜的手臂和臉，理查不禁別開眼神。他走去烈酒櫃為馬杜倒了一杯威士忌，也為自己倒了一杯琴酒。

「謝謝你，理查，」馬杜說，可是他沒接過那杯酒。理查只能拿著兩杯酒站在那裡，最後終於把其中一杯放下。

凱妮內坐在馬杜面前的一張邊桌上。「他們說你在卡杜納遭到射殺，但又有人說他們把你活埋在叢林裡，另外還有些人說你逃走了，然後又有人說你在拉各斯的監獄裡。」

馬杜沒說話。凱妮內緊盯著他。理查喝掉自己那杯酒，然後又倒了一杯。

5 推測是伊博語「是你嗎？」的意思。

「妳記得我的朋友伊布利希姆嗎？在桑赫斯特認識的？」馬杜最後終於開口問。

凱妮內點點頭。

「伊布利希姆救了我一命。他在當天早上跟我說了政變的事。他沒有直接參與，可是他們大部分人——北部軍官——都知情。他開車把我載到他表弟家，我本來不是很明白為什麼要去那裡，但他要求表弟把我帶去後院，也就是他在家裡養動物的地方。我在雞舍裡睡了兩天。」

「不！Ekwuzina[6]！」

「你知道那些士兵有為了找我來搜索他表弟的房子嗎？大家都知道伊布利希姆和我有多要好，他們懷疑是他幫助我逃走。不過他們沒檢查雞舍。」馬杜上校沉默了一下，他一邊點頭一邊遙望向遠方。「在雞舍睡了三天之前，我都不知道雞屎有多臭。到了第三天，伊布利希姆請一個小男孩送了一些卡夫坦長袍和錢給我，要我立刻離開。我打扮成富拉尼族游牧民的樣子，徒步經過幾個比較小的村莊，因為伊布利希姆說砲兵已經在卡杜納的主要道路設立路障。我很幸運地找到一位小卡車司機，他是來自奧哈菲亞[7]的伊博人，他把我載到卡凡昌[8]。我有個遠親住在那裡。你認識歐南科沃吧？」馬杜沒等凱妮內回答就繼續說。「他是鐵路站長，他跟我說北部士兵已經封鎖了馬柯迪橋。那座橋已經成為墳場。他們會搜查每個車廂，甚至讓乘客列車延誤八小時才發車，而且只要一找到伊博士兵就開槍射殺，再把屍體丟出去。許多士兵都有改變裝扮，可是他們會靠靴子來認出他們。」

「什麼？」凱妮內身體往前傾。

「靴子。」馬杜瞄了自己的鞋子一眼。「妳知道我們士兵總是穿著靴子，所以他們檢查每個人的腳，所有伊博人的腳都因為哈馬丹風非常乾淨、不會乾裂，所以他們就把這樣的人拖去槍斃。他們也會檢查他們的額頭，看有沒有因為戴貝雷帽而留下的淺色痕跡。」馬杜搖搖頭。「歐南科沃建議我再等幾天。他不認為我有辦法活過那座橋，因為就算改變裝扮，他們還是可以輕易認出我。所以我在靠近卡凡昌的小村莊待了十天。歐南科沃找了很多不同人的家給我住，因為跟他住在一起並不安全。終於他說他找到一位司機，那是個來自內維[9]的好人，他願意把我藏在他那台載貨火車的水箱裡。那男人給了我一件消防員的衣服穿，我穿好後爬進水箱。缸裡的水面高到我的下巴。每次列車急停或突然開動時，水就會湧進我的鼻孔。等我們抵達那座橋時，士兵仔細搜查了整台車。」我聽見水箱蓋上有腳步聲，心想我的人生到此為止。可是他們沒掀開水箱蓋，我們成功通過。直到那時我才確定我還活著，而且還能活下去。我回到烏姆納奇時發現愛道比已穿上治喪的黑衣。」

馬杜說完之後過了很久，凱妮內卻還是一直看著他。現場又是一片沉默，這讓理查很不自在，因為他不確定自己該如何反應，也不知道該擺出什麼表情。

「從此之後，伊博士兵和北部士兵永遠不可能住在同一座軍營內了。不可能，真的不可能，」

6 伊博語：別說了！
7 奧哈菲亞（Ohafia）是位於奈及利亞東南部的一個伊博族城鎮。
8 卡凡昌（Kafanchan）位於奈及利亞中部卡杜納州的一座城市，那裡有通往南部的火車站。
9 內維（Nnewi）位於奈及利亞東南部，也擁有伊博族定居發展的漫長歷史。

馬杜上校說。他的眼中有一層木然的水光。「高恩[10]不可以再管理這個國家了。他們不能強迫我們接受高恩的帶領。現在不能這樣搞。還有其他比他更有資歷的人。」

「你打算怎麼做？」凱妮內問。

馬杜似乎沒聽見她說的話。「我們失去太多人了，」他說。「太多可靠的好人——烏多迪、埃洛普特伊夫、歐昆維茲、歐卡佛爾——明明這些都是相信奈及利亞這個國家，也不怎麼在乎部落的人。說到底，烏多迪的豪薩語說的還比伊博語好，但看看他們是怎麼宰殺他的。」他站起身，開始在室內踱步。「問題在於族群平衡政策。我之前也有參加委員會，我們的委員會有跟總指揮將軍說該廢除這項政策，因為這會導致軍隊內部的極化，可是總指揮將軍拒絕，就是那位英國的總指揮將軍。」馬杜轉頭瞄了理查一眼。

「我會請伊凱吉德幫你煮一些特製的米飯，」凱妮內說。

馬杜聳聳肩，沒說話，雙眼直盯著窗外。

10 雅各布·高恩（Yakubu Gowon）是奈及利亞民族主義者，一九六六年到一九七五年間擔任奈及利亞政府的元首，之前曾擔任聯合國維和部隊司令。有人指控他必須為奈及利亞內戰期間的大量死亡人數負責，他則堅信自己拯救了這個國家。

十

厄格烏為午餐擺好桌子。「我已經準備好了，先生啊，」他說，不過他知道主人不會碰他煮的okro[1]湯，而是會不停在客廳內一邊聽著收音機一邊來回踱步，畢竟他打從阿德芭尤小姐大約一小時前離開後就一直如此。她來訪時把門敲得好用力，厄格烏都擔心玻璃會裂掉，而他才一打開門，她立刻推開他走進屋內問，「你的主人呢？你的主人呢？」

「我去叫他，女士啊，」厄格烏說，可是阿德芭尤小姐在他前方匆匆跑進主人的書房。他聽見她說，「北部出問題了，」他立刻感覺口乾舌燥，因為阿德芭尤小姐不是個愛緊張的人，所以無論北部是怎麼了，總之一定很嚴重，而歐拉娜現在人在卡諾。

自從幾週前發生了第二次政變，伊博士兵遭到殺害，他就一直努力想搞懂到底發生了什麼事。他更仔細地閱讀報紙，也更仔細地聽主人和他的客人是如何討論這件事。那些對話不再以令人心安的笑聲結束，客廳裡常籠罩著疑慮不安的氣氛，對於各種議題的討論也常沒有結論，就彷彿他們都知道有事即將發生，但又不知道會是什麼。他們從沒人想過會發生這種事。他們沒想到在厄格烏拉

1 在非洲指的是一種秋葵。

平桌布時，東奈及利亞廣播公司[2]埃努古地方台的播音員會說出，「我們已經確認消息，有高達五百位伊博人在邁杜古里[3]遭到殺害。」

「胡說！」主人大吼。「你聽見了嗎？你聽見了嗎？」

「是的，主人啊，」厄格烏說。他希望這些吵鬧的聲響不會吵醒正在午睡的寶貝。

「不可能！」主人說。

「主人啊，你的湯，」厄格烏說。

「五百個人遭殺害。完全胡說！不可能是真的。」

厄格烏把那道菜收進廚房的冰箱。香料的氣味讓他反胃。看到湯和食物也讓他反胃。可是寶貝很快就醒了，他得幫她準備晚餐。他拿出從店裡買來的一袋馬鈴薯，呆呆盯著那袋馬鈴薯看，心裡想著歐拉娜兩天前去卡諾接亞萊茲阿姨那天，她頭上的編辮是如何繃緊她額頭上的皮膚，並讓額頭顯得如此閃亮光滑。

寶貝來到廚房。「厄格烏。」

「I tetago？[4]你醒了嗎？」厄格烏問，然後抱住她。他不知道主人有沒有看見她走過客廳。「妳有在夢裡看見小雞寶寶嗎？」

寶貝笑了，她的酒窩深深陷入她的臉頰。「有！」

「妳有跟小雞寶寶講話嗎？」

「有！」

「小雞寶寶說什麼？」

寶貝沒有給出一如往常的答案。她放開他的脖子，在地上蹲下。「歐拉媽咪在哪裡？」

「歐拉媽咪很快就會回來了。」厄格烏仔細檢視刀刃。「好了，來幫我處理馬鈴薯皮，把馬鈴薯皮都放進垃圾桶。等歐拉媽咪回來，我們會跟她說妳有幫忙煮飯。」

厄格烏把馬鈴薯拿去水煮，然後幫她洗澡、在她身上灑滿梨牌爽身粉，再拿出她那件粉色連身睡裙。那是歐拉娜喜歡的睡裙。她說這件睡裙會讓寶貝看起來像個洋娃娃。不過寶貝說，「我要穿我的睡衣，」好啦，反正厄格烏也不確定歐拉娜喜歡的到底是連身睡裙還是那套睡衣。

他聽見有人在敲前門。主人衝出書房。厄格烏也立刻跑到門邊緊抓住把手不放，以確保自己是那個開門的人。不過他知道來的人不是歐拉娜。她自己有帶鑰匙。

「是歐比歐佐嗎？」門口站著兩個男人，主人看著其中一人。「歐比歐佐？」

厄格烏一看見那個衣服沾滿髒污又眼窩深陷的男人時，就知道該把寶貝帶走。他必須保護她。他把她的食物放到她在臥房玩玩具的桌上，要她假裝自己正在跟漫畫《傑克和吉爾》[5]裡面的吉爾一起吃飯。那是份總會跟《文藝復興報》一起送來家裡的漫畫。他站在通往走廊的門邊往客廳偷看。其中一個男人正在說話，另一個男人則直接拿起水瓶喝水，完全沒管桌上放的玻璃杯。

2 東奈及利亞廣播公司（Eastern Nigeria Broadcasting Corporation）又簡稱ENBC，內戰後改為比亞法拉廣播電台（Radio Biafra）。

3 邁杜古里（Maiduguri）是奈及利亞東北部的大城之一，居民以穆斯林為主。

4 伊博語：通常是和早上起床的人打招呼的招呼語。

5 《傑克和吉爾》（*Jack and Jill*）是英國從一九五四年發行到一九八五年的兒童漫畫書。

「我們看見一個願意載我們的小卡車司機，」那個男人說，厄格烏立刻知道他是主人家族裡的人，因為他的阿巴方言口音很濃重，每個 f 聽起來都像是 v。

「發生了什麼事？」主人問。

那個男人把水瓶放下，然後沉靜地說，「他們把我們像螞蟻一樣殺死。你有聽見我說的話嗎？螞蟻。」

「我們的兩隻眼睛實在見證了太多，anyi afujugo anya[6]，」歐比歐佐說。「我看見一整個家庭躺在通往轉運站的路上，父親、母親和三個小孩。就這樣躺著。」

「卡諾呢？卡諾怎麼了？」主人問。

「就是從卡諾開始的，」那個男人說。

歐比歐佐還在說話，他在說禿鷹以及有些屍體被丟在城牆外的事，可是厄格烏已經沒在聽了。他的腦中不停迴響著就是從卡諾開始的這句話。他不想要打掃客房、找出床單、把湯加熱，並為他們準備新鮮的加里[7]。他想要他們立刻離開；如果他們不願意離開，他希望他們至少可以閉上那張骯髒的嘴。他希望廣播員也能安靜下來，但他們還是講個不停。他們反覆播報在邁杜古里發生的殺戮新聞，厄格烏真的很想把收音機丟到窗外，而到了隔天下午，在那些男人離開後，東奈及利亞廣播公司埃努古地方台有個聲音肅穆的播音員重述了一名目擊者在北部看到的狀況：許多在扎里亞的老師遭人砍死、有一間位於索科托[8]的天主教教堂遭人縱火，還有一名孕婦在卡諾被開腸剖肚。新聞播報員沉默了一下。「我們當中有些人正在回來。那些幸運的人正在回來。車站擠滿了人。如果你有多餘的茶和麵包，請帶到火車站。幫助我們有需要的兄弟吧。」

主人從沙發上跳起來。「去吧，厄格烏，」他說。「把茶和麵包帶去火車站。」

「是的，先生啊，」厄格烏說。他在泡茶前先為寶貝的午餐炸了一些大蕉。「我已經把寶貝的午餐放在烤爐裡，先生啊，」他說。

他不確定主人有沒有聽見他說的話，所以離開時還在擔心寶貝肚子餓時，主人可能會不知道她要吃的炸大蕉就在烤爐裡。他在抵達車站前一直無法克制地擔心這件事。月台上鋪滿地毯和骯髒的罩衫，許多人癱躺在上面，無論男女或大人小孩都在哭泣、吃飯，或者照護傷口。許多兜售小販頭上頂著托盤到處走動。厄格烏不想走進這個雜亂骯髒的市集，可是他讓自己振作起來走向一個頭上傷口纏著染紅破布的男人。到處都是蒼蠅嗡嗡作響。

「想要一些麵包嗎？」厄格烏問。

「要，我的兄弟。Dalu[9]。謝謝你。」

厄格烏沒有認真去看他頭上的刀傷有多深。他倒好茶，遞出麵包。他明天就不會記得這個男人了，因為他不想記住。

「想要一些麵包嗎？」厄格烏問另一個駝背坐在旁邊的男人。「I choro[10]麵包嗎？」

6 伊博語：我們看得夠多了。

7 加里（Garri），基本上指的是木薯粉，或是由木薯粉製成的黏糊狀食物。

8 索科托（Sokoto）是位於奈及利亞西北部的城市，是商路重鎮，也是豪薩—富拉尼文化的重要發展地之一。

9 伊博語：謝謝你。

10 伊博語：你要。整句話意思是「你要麵包嗎？」

那男人轉頭。厄格烏往後退了一步，手上的保溫瓶幾乎掉到地上。那男人的右眼不見了，只剩下一坨汁水淋漓的紅肉。

「是那些士兵救了我們，」第一個男人說，他好像覺得既然吃了厄格烏給的麵包配茶，就必須把自己的故事拿出來交換。「他們要我們跑向軍營。那些瘋掉的男人把我們當成逃跑的山羊追趕，可是我們跑進軍營就安全了。」

一列搖搖晃晃的火車慢慢停靠在月台，由於乘客實在塞得太滿，有些人必須抓住金屬欄杆掛在車廂外。厄格烏望著這些滿身都是塵土和鮮血的疲憊人們爬下車，但沒有跟其他人一起衝向前幫忙。他無法去想像歐拉娜也是那些步履蹣跚又灰心喪志的人之一，然而他又無法接受她不在車上。他無法想像她還落後在遠方，而且是北部的某處。他在火車裡不再有乘客前都一直盯著火車。歐拉娜不在這台車上。他把剩下的麵包交給那個只有一隻眼睛的男人，然後轉身開始跑。他一直跑到歐丁街、跑過那些長滿白花的矮樹叢，然後才停下腳步。

十一

歐拉娜正坐在穆罕默德家的露天陽臺上喝著冰鎮米奶，並因為美味冰涼的液體沿著喉嚨流下的感受、嘴唇上那黏黏的感受而快樂笑出聲，但就在此時，守門警衛出現要求和穆罕默德說話。

穆罕默德離開，過了一陣子後又回來。他手上拿著一本看起來是小冊子的東西。「發生暴動了，」他說。

「是那些學生？對吧？」歐拉娜問。

「我想是宗教暴動。妳得立刻離開。」他迴避她的眼神。

「穆罕默德，冷靜。」

「蘇爾說他們把路擋住，現在正在到處找異教徒。來，過來。」他已經往屋內走，歐拉娜跟著他。他實在是擔心過頭了啊，這個穆罕默德。反正穆斯林學生總是在抗議這個或抗議那個，還會騷擾所有穿西式衣物的人，可是他們總是沒過多久就會鳥獸散。

穆罕默德走進房內拿出一條長頭巾。「戴上這個，這樣妳才能偽裝成我們的一分子，」他說。

歐拉娜把頭巾包到頭上，再把垂下的部分繞在脖子上。「我看起來是個正派的穆斯林女人吧，」她開玩笑地說。

可是穆罕默德幾乎沒有笑。「我們走吧。我知道一條通往火車站的捷徑。」

「火車站？亞萊茲和我明天才要離開，穆罕默德，」歐拉娜說。她現在必須跑起來才能跟上他。

「我要回薩班加里，我要回舅舅家。」

「歐拉娜。」穆罕默德發動車子，車子在啟動時抖了一下。「薩班加里不安全。」

「什麼意思？」她扯著那條頭巾。頭巾邊緣的刺繡很粗糙，磨得她脖子很不舒服。

「蘇爾說他們很有組織。」

歐拉娜盯著他。他看起來很恐慌，她突然之間也恐慌起來。

「穆罕默德？」

他的聲音很低。「他說機場路上躺滿伊博人的屍體。」

歐拉娜終於意識到了，這不只是信仰虔誠的學生發起的另一場示威抗議而已。恐懼讓她的喉嚨變得乾燥。她緊握雙手。「拜託先去接我們家的人，」她說。「拜託。」

穆罕默德驅車前往薩班加里。有台泛黃的髒兮兮公車從他們的車旁駛過，看起來像是搞政治的人用來巡迴鄉下發送米和現金給村民的宣傳公車。車上有個男人把身體探出車門，嘴巴上緊貼著一個大聲公，他說得很慢的豪薩語在空氣中迴盪。「伊博人必須消失。異教徒必須消失。伊博人必須消失。」穆罕默德捏捏她的手，他在開車經過一群路邊的年輕人時也一直握住她的手。那些年輕人不停喊著，「Araba！Araba！[1]」他慢下車速，並為了表示團結按了幾下喇叭，他們向他揮手，然後他再次加速。

他們抵達薩班加里的第一條街是空的。歐拉娜先是看見如同細長灰影的煙，然後才聞到燃燒的氣味。

「待在這裡，」穆罕默德在姆貝希舅舅的住宅區外停好車後這麼說。她看著他跑過去。整條街看起來好陌生、好不熟悉，住宅區的大門壞了，整片金屬門平躺在地上。然後她注意到艾菲卡舅媽的雜貨店，又或者說那間雜貨店僅剩的廢墟：許多碎木條到處散落，一包包落花生躺在沙土中。她打開車門爬出去，然後暫時停止動作，因為外頭實在亮得刺眼又極為炎熱，還有火焰不停從屋頂湧出，空氣中漂浮著沙礫與煙灰。她開始往屋子跑過去。她在看見那些屍體時停下腳步。姆貝希舅舅臉朝下倒在地上，身體難看地扭曲著，雙腿張開，有些奶白色物質正從他後腦杓的巨大裂口緩慢溢出。艾菲卡舅媽躺在露天陽台上。她光裸身體上的傷口較小，散落在她手臂和腿上的傷口就像微張的紅唇。

歐拉娜感覺肚子裡有一種鬆軟的噁心感，然後是僵麻的感受逐漸在體內擴散，最後停在她的雙腳。穆罕默德正在拖她、扯她，他把她的手臂抓得好痛。不過她不能丟下亞萊茲離開。亞萊茲隨時都可能臨盆。亞萊茲需要待在離醫生不遠的地方。

「亞萊茲，」她說。「亞萊茲在街尾。」

她身邊的煙變得更濃，所以她不確定那群飄進庭院的男人是真人又或者是一縷縷煙，直到她看見他們拿著斧頭及大砍刀，那些金屬刀刃閃閃發光，他們腿邊翻飛的卡夫坦長袍上還沾滿血漬。

穆罕默德把她推進車裡，然後繞到另一邊上車。「別把臉抬起來，」他說。

「我們把整個家庭解決掉了。這是阿拉的意志！」其中一個男人用豪薩語大喊。他看起來很眼

1　豪薩語：脫離、分裂的意思。這裡是豪薩人要團結起來對抗伊博人，兩邊成為敵我分明的陣營。

熟。那是阿布杜馬利克。他用腳推了一下地上的某具屍體，然後歐拉娜才注意到地上有好多屍體，那些屍體就像一堆破布娃娃。

「你是誰？」另一個人站在車子前方問。

穆罕默德打開車門，引擎還發動著，然後用像在哄騙對方的豪薩語快速說了一些話。那個男人讓開。歐拉娜轉頭仔細看，她想知道那個人到底是不是阿布杜馬利克。

「別把臉抬起來！」穆罕默德說。他驚險地閃過一棵猴麵包樹，有顆大果莢從樹上掉下來，所以歐拉娜聽見車子輾過去時果莢裂掉的清脆聲響。她低下頭。那個人就是阿布杜馬利克。他又用腳推了推另一具無頭女人的屍體，然後從屍體上踩過去，他先是用一隻腳踩，然後是另一隻腳，但其實旁邊明明有足夠的位置給他走。

「阿拉不會允許這種事，」穆罕默德說。他在顫抖，全身都在顫抖。「阿拉不會原諒他們。阿拉不會原諒讓他們做出這種事的人。阿拉不會原諒這種事。」

他們在一種狂亂的靜默中駕車前進，途中經過身穿濺血制服的警察、棲息在路邊的許多禿鷹、抬著搶來收音機的男孩們，最後他終於把車停在火車站，把她塞進擠滿人的火車。

歐拉娜坐在火車的地板上。她彎曲膝蓋緊靠胸口，周遭眾多溫暖汗濕的身體擠壓著她。火車外有人把自己綁在車廂上，還有一些人抓著欄杆站在階梯上。她之前聽見有個男人掉下去時如同遭到消音的吼叫。這列火車只是由一堆金屬配件鬆散組裝在一起的成果，所以車程很不穩，就好像鐵軌上設置了許多減速路墩。歐拉娜每次都會在火車顛簸時撞到身旁的女士，不，她撞到的其實是在那位女士大腿上的一個東西。那是個有蓋的桶子，一個大葫蘆桶。那位女士的罩衫上有著許多髒污小點，看起來像血，但歐拉娜無法確定，畢竟她的雙眼灼熱刺痛，像是眼裡混進了胡椒和沙子，讓她的眼皮又刺又痛，而且是眨眼就痛、閉眼也痛，張開也痛，痛到她好想把兩顆眼球扯出來。她用手指沾了點唾液後揉起眼睛，有時寶貝有點小擦傷時她也會這麼做。「歐拉媽咪！」寶貝會這樣一邊哭叫一邊抬起讓她不舒服的手臂或腿，此時歐拉娜就會把一根指頭伸進嘴巴沾口水，再抹過她的傷處。可是現在口水只讓她刺痛的眼睛更不舒服。

前面有個年輕人一邊尖叫一邊用雙手抱住頭。火車突然轉向，歐拉娜再次撞到那個大葫蘆桶。她喜歡大葫蘆桶表面堅韌的木質觸感，所以把手慢慢往前移，終於得以輕柔撫摸葫蘆桶上交錯的雕刻圖樣。她閉上雙眼，因為閉上眼比較不會灼熱刺痛，之後好幾小時也都這樣閉著，同時把手擱在那個大葫蘆桶上。終於，有人用伊博語大喊，「Anyi agafeela[2]！我們已經越過尼日河！我們到家了！」

有液體——尿液——在火車的地板上蔓延。歐拉娜感覺那冰涼的液體逐漸浸入她的連身裙。那個帶著大葫蘆桶的女人輕推她，然後用手勢叫附近的人看過來。「Bianu[3]，過來，」她說。「來看一眼。」

她打開那個大葫蘆桶。

2 伊博語：我們已經通過了！
3 伊博語：過來。

「看一眼，」她又說了一次。

歐拉娜往桶子裡看。她看見一個小女孩的頭，那顆頭的皮膚是白灰色，頭髮編成辮子，臉上的雙眼往上吊、嘴巴張開。她盯著那顆頭好一陣子，然後別開眼神。有人尖叫。

女人蓋上大葫蘆桶。「你知道嗎？」她說，「你知道我花了多少的時間才編好這些頭髮嗎？她的頭髮實在很多。」

火車發出一個金屬生鏽的摩擦聲，然後停下。歐拉娜下車站在推擠的人群中。有個女人昏了過去。騎著摩托車的男孩們敲打小卡車的車體喊著不同地名，「奧韋里！埃古努！恩蘇卡！」她想到那些靜靜躺在大葫蘆桶裡的辮子，腦中出現那個母親幫孩子編辮子的畫面。她想像她先在手指抹上髮油，然後用木梳把髮絲分成一束又一束。

十二

飛機在卡諾落地時，理查正在重讀凱妮內的紙條。他是剛剛才在手提包裡的一本雜誌中發現這張紙條。他待在倫敦的十天期間，這張紙條就躺在雜誌中等著他。他真希望自己有早點發現。

難道愛會創造出想要你幾乎無時無刻待在我身邊的不理智需求嗎？難道愛就是我在我們沉默時感受到的安全感嗎？就是這種歸屬感？這種完整的感受？

他一邊讀一邊微笑。凱妮內之前從沒寫過類似的文字給他。除了在給他的生日卡片上常見的署名「愛你的凱妮內」，他常懷疑她很可能永遠不會寫任何有關愛的文字給他。他反反覆覆地閱讀，眼神停留在每一個線條雅致的我上，感覺那些「我」（I）看起來就像英鎊的符號。突然之間他已經不在意班機在倫敦延誤起飛、害他得花更多時間在前往拉各斯之前於卡諾轉機的事。一種毫無道理的輕快感受籠罩住他：萬事萬物都有可能、所有事物都在他的掌控之中。他起身幫助隔壁的女子將她的行李袋拿下來。難道愛就是我在我們沉默時感受到的安全感嗎？

「你人真好，」那個女人有愛爾蘭口音。這班飛機坐滿非奈及利亞人。如果凱妮內在這裡一定會說些嘲諷的話——這些歐洲人要來打劫啦。他和站在離機舷梯底下的空服員握手，快速走過瀝青跑道。陽光炙烈，一種足以刺穿人的熾白熱氣讓他想像自己的體液正在蒸發、乾涸，一直到走進涼爽的建築內才鬆了一口氣。他排在入關隊伍中重讀凱妮內的紙條。難道愛會創造出想要你幾乎無時無刻待在我身邊的不理智需求嗎？他一回到哈科特港就會向她求婚。他會先說一些像是「身為白人又無可說嘴財產。我父母還會大感憤慨。」之類的話，但她還是會答應。他知道她會答應。他知道之所以會出現這張紙條是因為她最近出現了改變，而且是變得更為圓融、柔軟。他不確定她是否已經原諒他和歐拉娜的那件事——他們從沒談過——可是這張紙條、這種敞開心胸的全新姿態，代表她已經準備好進入下個階段。他在掌心攤平那張紙條，此時有個膚色很深的年輕海關人員問了，

「有需要申報什麼嗎？先生？」

「沒有，」理查把護照遞過去。「我要去拉各斯。」

「好，沒問題，先生！歡迎來到奈及利亞，」年輕男子說。他有著胖嘟嘟的碩大身體，那個身體讓他的制服顯得有點邋遢。

「你在這裡工作？」理查問他。

「是的，先生，正在受訓。等到了十二月，我就會成為正式的海關官員。」

「太棒了，」理查說。「你是哪裡人？」

「我來自南部地區。那是個名叫歐伯西[1]的小鎮。」

「奧尼查[2]的小鄰居。」

「你知道那地方？先生？」

「我在恩蘇卡大學工作，之前去過東部地區旅行。我正在寫一本跟那個地區有關的書。我的未

婚妻來自烏姆納奇，離你的老家不遠。」他感覺心中湧起一份成就感，因為自己竟然如此輕易地說出未婚妻這個詞，看來預示了他有成為寵妻魔人的福氣。他微笑，然後意識到他的微笑快要無法克制地變成咯咯傻笑，而且可能有點興奮過頭。都是因為那張紙條的關係。

「你的未婚妻？先生？」那個年輕人露出不認同的表情。

「是的。她的名字是凱妮內。」理查緩慢地說，確保自己有把第二個音節拖到應有的長度。

「你會說伊博語？先生？」男人的眼中出現一抹敬意。

「Nwanne di na mba[3]，」理查像是在唸咒語一樣地說了。他記得這個諺語是在說一個人的好兄弟有可能來自其他土地。他希望自己沒搞錯。

「欸！你會說呢！I na-asu[4]伊博語！」年輕男子用他潮濕的手抓住理查的手。他態度溫暖地與他握手，然後談起他自己。他的名字是伊那梅卡。

「我很懂烏姆納奇那邊的人，他們總是搞出太多麻煩，」他說。「我們家的人警告我堂姊不要跟一個烏姆納奇的男人結婚，但她不聽。他們每天都揍她，最後她只好打包行李回父親的家。可是不是烏姆納奇的所有人都不好。我母親的家族就來自那裡。你沒聽過我母親的母親嗎？努娃伊科·恩

1 歐伯西（Obosi）是奈及利亞東南部的城市。
2 奧尼查（Onitsha）是奈及利亞東南部的商業城市，原住民以伊博人為主。此城也是尼日河的下游的河港城市。
3 伊博語：就算是在陌生的土地，也能找到兄弟。（人可以在意外的陌生人身上獲得幫助。）
4 伊博語：你會說。整句話的意思是「你會說伊博語！」

克爾？你該把她寫進書裡。她是個了不起的草藥師，她調製出治療瘧疾的頂尖藥方。如果她跟那些病人認真收錢，我現在都能在海外讀醫學。可是我的家人無法把我送去海外，而拉各斯那邊的人只把獎學金給會賄賂他們的人。是因為努娃伊科・恩克爾，我才想成為一位醫生。但也不是說我現在的海關工作不好，畢竟我們這份工作還得考試才能獲得，很多人都忌妒我能拿到這份工作。等我成為正式的海關官員，生活就會改善，我也不用再受那麼多苦……」

有個聲音用帶有優雅豪薩口音的英文宣布，來自倫敦班機的乘客應該要搭上前往拉各斯的飛機。理查鬆了一口氣。「跟你說話很愉快，jisie ike，」他說。

「是的，先生。代我向凱妮內問好。」

伊那梅卡轉身回到自己的辦公桌。理查拿起公事包。此時側門突然被人猛力打開，三個男人拿著長步槍跑進來。理查不懂這些士兵為什麼要讓自己這麼顯眼，他們不但身穿綠色軍服還猛力衝刺，直到他看見他們那雙呆滯的雙眼有多紅、多狂亂。

第一個士兵揮舞著手上的槍。「Ina nyamiri！[5]伊博人在哪裡？這裡誰是伊博人？那些異教徒在哪裡？」

有個女人尖叫。

「你是伊博人，」第二個士兵對伊那梅卡說。

「不，我來自卡齊納[6]！卡齊納！」

那個士兵走向他。「說真主至大！」

整個休息區一片沉默。理查可以感覺到冷汗聚集在他的眼睫毛上。

「說真主至大！」那個士兵又說了一次。

伊那梅卡跪下。理查看見他的臉上深深刻著恐懼的線條，臉頰也因此崩陷，導致那張臉變成一張跟他完全不像的面具。他不願意說真主至上，因為他的口音會洩漏他的身分。理查想靠意志力讓他開口，反正就試試看吧。他想靠意志力讓現場發生點什麼事，他希望在這片窒人的沉默中發生點什麼事都好，而就像是回應他的想法一樣，那把長步槍發射了，伊那梅卡的胸口爆裂開花，變成一坨紅色爛肉，理查手中的紙條掉到地上。

所有乘客都蹲在椅子後方。男人們跪下把頭垂到地上。有人正用伊博語大喊，「我的母親，喔！我的母親，喔！神說不行！」那是酒保。其中一個士兵走過去對他開槍，然後瞄準一排排陳列在他後方的烈酒瓶開槍。整個空間內聞起來是威士忌、金巴利香甜酒，還有琴酒的味道。

現在士兵更多了，槍聲也更多，還有更多人喊著「Nyamiri[7]！」和「Araba，araba！」酒保正在地板上扭動身體，口中湧出一陣陣粗啞的喉音。那些士兵往外跑到瀝青跑道上、進入飛機，把已經登機的伊博人拖出來，要求他們排成一列後逐一射殺，然後任由他們躺在地上。他們顏色鮮亮的衣物在灰黑的地上潑灑出各種色塊。身穿制服的警衛雙手抱胸旁觀這一切。理查感覺已經尿濕了自己的長褲。他的耳中響起令人刺痛的耳鳴高音。他幾乎錯過了自己的班機，因為就在其他乘客腳步

5 豪薩語：天殺的伊博人在哪？
6 卡齊納（Katsina）是奈及利亞北部靠近國界的一座城市，居民主要為豪薩—富拉尼族的穆斯林。
7 豪薩語：泛指「伊博人」或「東部人」。

蹣跚地走向飛機時，他站在一旁嘔吐。

蘇珊還穿著浴袍。她看見他沒先說一聲就來訪似乎也不驚訝。「你看起來累壞了，」她說，然後摸摸他的臉頰。她的頭髮毫無光澤，髮絲糾結在一起。她把頭髮鬆鬆地往後抓起、固定，露出兩隻泛紅的耳朵。

「我剛從倫敦過來。我們的班機有先停在卡諾，」他說。

「是嗎？」蘇珊說。「馬丁的婚禮如何？」

理查動也不動地坐在沙發上。他對於在倫敦發生的事一點記憶也沒有。蘇珊似乎沒注意到他沒說話。「小杯威士忌兌很多水？」她一邊問一邊已經在倒酒。「卡諾那邊很有意思，是吧？」

「對，」理查說，不過其實他想告訴她的是，他剛剛一直大惑不解地看著在拉各斯市內擁擠道路上的兜售小販、車輛，還有公車，不懂這裡的生活怎麼還能一如往常地快速運行著，就好像卡諾什麼事都沒發生一樣。

「北部人真傻，他們寧可付外國人超過兩倍多的薪資，卻不願意雇用南部人。可是那裡確實有很多錢可賺。奈吉爾剛剛才打電話跟我說，他有個朋友叫約翰，一個可怕的蘇格蘭佬。總之，約翰是個包機飛行員，他在過去幾天靠著開飛機把伊博人載到安全的地方發了一小筆財。他說光是在扎里亞就有好幾百人遭到殺害。」

理查感覺自己的身體正在醞釀些什麼，可能是要開始顫抖，也可能是崩潰。「所以妳知道發生了什麼事？」

「我當然知道。我只是希望不要蔓延到拉各斯。這種事真的很難預料。」蘇珊一大口喝完杯中的酒。他注意到她的皮膚泛著一抹灰白色調，嘴唇上方也冒出許多細小汗珠。「這裡有很多、很多伊博人——哎呀，真的到處都能看到他們，對吧？他們會發生這種事也不是完全沒有理由的嘛，畢竟要是你仔細想想，他們總是這麼因為講究氏族關係而如此排外、姿態盛氣凌人，又掌握了那麼多市場。很像猶太人，說真的。而且還要考量到他們其實相對不文明，舉例來說，你就不能拿他們跟約魯巴人相比，約魯巴人因為住在海邊已經跟歐洲人接觸多年。我記得剛來這裡的時候，有人告訴我僱用伊博男僕一定要小心，因為他們會在不知不覺間掌管住我的房子及土地。再來一小杯威士忌？」

理查搖搖頭。蘇珊為自己又倒了一杯酒，這次沒加水。「你在卡諾機場沒看到什麼狀況吧？」

「沒有，」理查說。

「他們不會去機場，我想。真的很驚人，是吧，這些人竟然如此無法控制對彼此的恨？當然，我們都會恨某些人，可是重點是要有自制力。文明就是教你擁有自制力。」

蘇珊喝掉手中的酒，然後又倒了一杯。在他走進浴室時，她的聲音還在他腦中迴盪，而且讓那種彷彿一切都在分崩離析的疼痛變得更嚴重。他打開水龍頭，然後覺得震驚，因為鏡中的他看起來一切如常，眉毛中的每根毛仍是如此毫無節制地向外張揚，而雙眼也仍是同一種彩繪玻璃的藍色。他的形貌應該要因為之前見到的畫面而出現改變才對。他的羞恥感應該要在他臉上留下紅色肉疣才對。他在看見伊那梅卡遭殺害時感受到的不是震驚，而是因為凱妮內不在身邊而大大鬆了一口氣，因為如果她在，他們一定會知道她是伊博人並射殺她，而他將毫無保護她的能力。他不可能救得了伊那梅卡，可是他應該要先想到他才對，他應該要深陷在目睹那位年輕人之死的情緒中才對。他盯著鏡中的自己，心裡開始疑惑那一切是否真的有發生？他真的有見到那些男人死去嗎？那些因為碎裂烈酒瓶及染血人類屍體而飄散不去的氣味是否只是他的想像？但他很清楚一切真的有發生，他之所以會質疑其真實性只是因為他在強迫自己這樣想。他把頭低垂到水槽裡，開始哭。從水龍頭噴出的自來水發出嘶嘶的聲響。

3. 那本書：世界在我們死去時保持沉默

他寫到有關獨立的事。第二次世界大戰改變了世界秩序：帝國正在崩毀，同時一批勇於發聲的奈及利亞菁英開始出現，他們大多來自南部。

北部對此感到警戒。他們害怕受到教育程度更高的南部人宰制，所以總想自己擁有一個國家，並藉此獨立於充滿異教徒的南部。不過英國人必須保持奈及利亞原本的樣子，畢竟奈及利亞是他們最珍視的創造物、他們最大的市場，也是他們插在法國眼中的一根刺。為了安撫北部的心情，他們修改了獨立前的選舉規則，好讓北部人更能受惠，並重寫憲法好讓北部人得以掌控中央政府。

南部因為太過想要獨立而接受了這部憲法。畢竟英國勢力退出後，大家都能獲得好處，比如奈及利亞人始終得不到的「白人」薪資、升遷機會，以及那些最高層的工作。沒有人去處理少數族群提出的要求。許多地區已經開始彼此激烈競爭。有些地區甚至想設置自己的外國大使館。

一九六〇年獨立的時候，奈及利亞只不過是許多勉強綁在一起的碎片。

十三

歐拉娜從卡諾回來的那一天開始遭遇到黑暗襲擊，她的腿也是在那天失去功能。剛下火車時，她的腿還好好的，她甚至不需要抓住一旁沾滿血漬的欄杆穩住自己。在通往恩蘇卡的三小時公車車程中，因為公車上擠了太多人，她連想伸手抓後背的癢都沒辦法，但她的腿還是站得好好的。可是抵達歐登尼伯家的前門時，她的腿失去了功能，還有她的膀胱也是。她的雙腿就像是融化一樣，大腿之間也因為流出溫熱的液體而潮濕。發現她的人是寶貝。當時寶貝正走到前門往外查看，一邊對著厄格烏問歐拉媽咪到底何時回來，接著就因為看到倒在階梯上的人尖叫出聲。歐登尼伯把她抱進屋內，為她洗澡，還要阻止寶貝把她抱得太緊。等到寶貝入睡後，歐拉娜跟歐登尼伯說了她見到的場面。她描述了庭院內那些無頭屍體身上穿著她隱約覺得眼熟的衣物、姆貝奇舅舅還在抽動的手指、大葫蘆桶裡那個孩子往上吊的雙眼，以及躺在院子裡所有屍體皮膚呈現出的怪異色調——那是一種扁平、泛黃的灰色，就像沒擦乾淨的黑板。

就在那天晚上，她第一次遭遇到黑暗襲擊：她感覺一條厚重的毯子從半空中降下壓住她的臉，真的是緊緊壓住，而她狂亂地想要呼吸。然後等那條毯子放鬆力量，讓她吸入一大口空氣時，她看見許多燃燒的老鷹在窗外齜牙咧嘴呼喚她，牠們的身上全是焦黑的羽毛。她嘗試對歐登尼伯描述這些黑暗襲擊的過程，也嘗試告訴他那些藥丸的味道：她在早上吃佩特爾醫生開給她的藥丸時，總是覺得舌頭黏黏的。

可是歐登尼伯總是說，「噓，nkem。妳會沒事的。」他對她說話的語氣太過柔和，口氣也聽起來好傻氣、好不像他。在飄滿寶貝的沐浴慕斯香氣的浴缸水中，他甚至還會一邊幫她洗澡一邊唱歌。她想叫他停止這些荒唐的舉動，可是她的嘴唇沉重地動不起來。說話成為一項辛苦的勞動。就連她的父母和凱妮內來訪時，她也不太說話，負責跟大家說她看見什麼的是歐登尼伯。

歐登尼伯剛開始用那傻氣的柔和語調說話時，她母親坐在她父親身邊，但之後她母親崩潰了，整個身體直接往下滑，就好像體內的骨頭化成水，最後整個人地板上半躺、半坐著。那是歐拉娜第一次看見母親沒化妝、耳朵上也沒掛任何金飾，同時也是她在長大後第一次看到凱妮內哭。「妳不用談這件事，真的不用，」凱妮內一邊啜泣一邊說，不過歐拉娜根本沒有嘗試開口。

她父親在屋內來回踱步。他一次又一次地詢問歐登尼伯，佩特爾醫生到底是在哪裡學醫？他怎麼有能力宣稱歐拉娜無法走路是因為心理問題？他談到他們因為必須一路從拉各斯開車過來而感到挫敗，因為聯邦政府進行的封鎖措施代表奈及利亞航空不再有辦法飛往東南部。「我們本來想要立刻趕過來，真的是立刻趕過來，」他實在說了太多次，歐拉娜因此忍不住想，他是不是真以為要是他們能早點趕來就能看到不同的結果。不過他們的出現確實還是有幫助，特別是凱妮內的出現。當然，這不代表凱妮內已經原諒她，但她的出現對她而言還是很有意義。

接下來幾週，每當有親友來訪對她表示 ndo[1]——他們真的很遺憾——並一邊搖頭一邊喃喃說著那些豪薩族穆斯林、那些跟山羊一樣黑的北部人，或是那些腳上長滿沙蚤的骯髒牧牛人有多邪惡時，歐拉娜都只是躺在床上。她會在有訪客出現的日子遭遇到更嚴重的黑暗襲擊，這樣的襲擊有時甚至連續出現三次，讓她難以呼吸又疲困不已，甚至累到哭不出來，只剩下將歐登尼伯塞入她口中的藥片吞下去的力氣。有些訪客總是有他們自己的故事想說——奧卡佛斯在扎里亞失去了一個兒子和四個家人，埃比的女兒沒有從考拉—那莫達[2]回來，翁耶卡其在卡諾失去了八個家人。另外還有其他故事，像是在扎里亞的大學中有英國的學院人士對大屠殺事件搧風點火，甚至派學生出來煽動年輕人，另外還有在拉各斯的轉運站會有群眾一邊發出噓聲一邊出聲奚落，「滾吧，伊博人，滾吧，這樣加里才會變便宜。滾吧，別再試圖霸佔所有房子和店鋪！」歐拉娜不喜歡聽到這些故事，也不喜歡這些客人總是鬼鬼祟祟地偷瞄她的腿，就好像想找到一個能解釋她無法行走原因的腫塊一樣。

不過有時她會在小睡一下後神清氣爽地醒來，就像今天，她的臥房門開著，她可以聽見客廳內人們交談時話語起落的聲響。有一段時間，歐登尼伯要求朋友不要來訪，他也不再打網球，這樣他才能一直待在家，厄格烏也才不需要獨自帶她去上廁所，但她很高興他們又開始來訪了。有時她會認真聆聽他們的對話。她知道大學婦女協會正在組織為難民募捐食物的活動，也聽說北部的市場、鐵路公司和錫礦礦坑都因為伊博人的逃亡而變得空蕩蕩。她得知奧朱古上校[3]現在被視為伊博人的

1 伊博語：遺憾。

2 考拉—那莫達（Kaura-Namoda）是位於奈及利亞西北部的一個小鎮。

3 楚庫埃梅卡．「伊梅卡」．奧杜梅格伍．奧朱古（Chukwuemeka "Emeka" Odumegwu-Ojukwu）的父親是伊博人，曾於一九六六年擔任奈及利亞東部地區的軍事總督，他曾平定了一九六七年恩佐古少校的叛變行動，在反伊博族大屠殺後，他也曾試圖平復人民之間的矛盾，但因為和高恩之間逐漸升高的對立而進一步激化了後來的內戰發生。

領袖，而且大家現在都在討論脫離聯邦以及建立新國家的話題。這個國家將以那個海灣來命名：比亞法拉灣[4]。

阿德芭尤小姐正在用她的大嗓門說話：「我要說的是，我們的學生應該停止鬧事。要求大衛・杭特[5]離開沒有道理。給那個男人一個機會吧，看看和平是否有可能到來。」

「大衛・杭特覺得我們全是有精神病的孩童。」說這話的是奧奇歐瑪。「那個男人該滾回家。憑什麼他可以來告訴我如何平息戰火？明明打從一開始就是他和他的英國同胞堆起了這些點燃戰火的柴薪。」

「他們或許是堆起了這些木柴，可是點火的是我們，」另一個她不熟悉的聲音說，或許是亞卡拉教授吧，那位物理學的新進講師是因為第二次政變而從伊巴丹回到恩蘇卡。

「木柴什麼的先別管，重要的是在一切失控前想辦法尋求和平，」阿德芭尤小姐說。

「我們想要的是什麼樣的和平？高恩自己都說了，統一的基礎並不存在，所以我們想要的是什麼樣的和平？」歐登尼伯問。歐拉娜想像他坐在椅子邊緣，一邊說話一邊把眼鏡往後推。「脫離聯邦是唯一的答案。如果高恩想維持這個國家的統一，那就該早點想出辦法才對。老天爺啊，他們沒有一個人出來譴責這些屠殺事件，看看都幾個月過去了！就好像我們的人被殺了也沒差！」

「你沒聽到之前齊克[6]說的話嗎？在聯邦政府正面處理屠殺事件之前，奈及利亞東部會持續怒火沸騰、沸騰、沸騰不止，」艾茲卡教授說，他粗啞的聲音很快就聽不見了。

歐拉娜的頭在痛。厄格烏拿早餐進來時有拉開窗簾，此刻陽光正微弱射進來。她需要尿尿，她最近實在太常尿尿，但又一直忘記問佩特爾醫生是否跟她的藥物有關係。她盯著床邊櫥櫃上的叫喚紐看，然後伸手摸上那個黑色半圓型的塑膠外殼，再摸到中間那顆紅色按鈕。那個鈕每次都會在她壓下時發出刺耳音響。一開始歐登尼伯堅持親自裝設這個按鈕，但她每次按下這個鈕時，牆上連結的線路就會噴出火花。終於他找來一位電路技工，他一邊重新接線一邊咯咯發笑。後來這個叫喚鈕終於不再噴出火花，但聲音實在太大，於是每次她因為想上廁所而按下時，鈴聲的回音就會響徹整棟屋子。她任由自己的手指在紅色按鈕上徘徊，然後抽開。她不要按鈕。她把兩條腿放到地上。客廳傳來的各種音響逐漸退去，就彷彿有人把所有人說話的音量調低。

然後她聽見奧奇歐瑪說「阿布里」[7]，那聲音聽起來真美妙。阿布里是迦納一座小鎮名字，在她的想像中，那座小鎮就是在一片片散發甜香的草原上座落的一批恬靜家屋。阿布里這個名字在他們的對話中很常出現：有時是奧奇歐瑪說高恩應該遵守他和奧朱古在阿布里簽署的協議，有時則是艾茲卡教授說高恩在阿布里會議後的違約代表他根本不希望伊博人過上好日子，又有些時候是歐登尼伯會宣稱，「我們堅持阿布里協議。」

「可是高恩的態度怎麼能有一百八十度的轉變？」奧奇歐瑪的聲音比較大。「他在阿布里時同

4 比亞法拉灣（Bight of Biafra）位於非洲西部中央、奈及利亞東南部，又稱邦尼灣（Bight of Bonny）。

5 大衛・杭特（David Hunt）是當時的英國外交人員。

6 班傑明・納姆迪・阿齊基韋（Benjamin Nnamdi Azikiwe）暱稱齊克（Zik），曾在一九六三年到一九六六年擔任總統。他在內戰一開始支持比亞法拉政府，但卻在結束前轉而支持聯邦政府，後來又成為反對執政黨的政治人物。

7 一九六七年一月奈及利亞的軍事領導階級曾在阿布里（Aburi）進行和平協議，但協議內容在五月時遭到打破，奧朱古於是宣布奈及利亞東部地區變成名為比亞法拉的主權國家，而高恩則在七月對比亞法拉宣戰。

意組成邦聯，可是現在又希望奈及利亞擁有統一政府，可是統一政府正是他和他的族人殺害伊博官員的原因啊。」

歐拉娜站起身，她把一條腿往前伸，然後是另一條腿。她走得搖搖擺擺，腳踝處感受到緊繃的壓力，但她在走路。腳下的堅實感非常激勵人心。她的雙腿裡面像是有許多血管在震盪。她走過寶貝那個躺在地上的紅髮娃娃[8]，站在那裡看著那個填充玩偶一陣子，然後才走進廁所。

之後歐登尼伯走進來，雙眼一如往常探詢地與她四目相交，就好像正在尋找某種證據。「妳一陣子沒按鈴了，nkem。難道不需要尿尿嗎？」

「他們都離開了嗎？」

「對。妳不想尿尿嗎？」

「我已經尿了。我自己走去了。」

歐登尼伯死盯著她看。

「我自己走去了，」歐拉娜又說了一次。「我自己去上了廁所。」

歐登尼伯臉上出現一種她從未見過的表情，那表情中揉合了極度少見而珍貴的一些什麼，另外還有一種嚇壞的情緒。她坐起身，他立刻伸手要去抱她，但她把他甩開，朝衣櫥踏出幾步，然後又走回床邊。歐登尼伯坐下來看著她。

她用他的一隻手撫摸自己的臉龐，然後再將那隻手緊貼在自己的乳房上。「摸我。」

「我要去告訴佩特爾。我要他來幫妳做個檢查。」

「摸我。」她知道他不想。他之所以還把手放在她的乳房上純粹是因為不管她要求什麼他都會照做，反正只要能讓她的情況改善都行。她愛撫他的脖子，把手指插入他濃密的髮絲中，而當他進入她時，她想到亞萊茲懷孕的肚腹，那肚腹一定輕易就被打破了吧，畢竟那裡的皮膚早已繃得那麼緊。她開始哭。

「Nkem，別哭。」歐登尼伯停止動作，平躺在她身邊輕撫她的額頭。之後他為她拿來水和更多藥片，她乖順吞下，躺好，等待那些藥片帶來的奇異靜謐降臨。

她因為厄格烏的輕柔敲門聲醒來。他開門拿著一盤食物進來，然後把托盤放在她的藥袋、葡萄適能量飲料，還有一罐葡萄糖旁邊。她還記得自己回來後的第一個星期，當時只要她一有動靜，歐登尼伯就會立刻跳起來。有一次她要求喝水，歐登尼伯打開臥房門走向廚房，卻差點被蜷曲身體躺在門口的厄格烏絆倒。「我的好傢伙，你在這裡做什麼？」他問，而厄格烏回答，「你不知道廚房裡的東西放在哪裡，先生啊。」

她現在閉著雙眼假裝還在睡覺。他走近她身邊觀察她。她可以感覺到他的呼吸。

「等妳準備好之後，女士啊，食物就在這裡，」他說。歐拉娜幾乎笑出來，他大概從頭到尾都知道她在他送食物進來時裝睡。她張開雙眼。「你煮了什麼？」

「加羅夫飯。」他打開飯菜的蓋子。「用了菜園裡的新鮮番茄。」

8 紅髮娃娃（Raggedy Ann）是美國作家約翰尼・格魯勒（Johnny Gruelle）在童書中書寫、繪製的一個角色，首次出現於一九一八年。

「寶貝吃過了嗎？」

「吃過了，女士啊。她站在外面跟歐奇克醫生的小孩玩。」

歐拉娜拿起叉子握在手裡。

「我明天會為妳做水果沙拉，女士啊。屋子後頭的泡泡樹有顆果子熟了。我打算再等一天，之後會在鳥來吃之前迅速摘下。我還會用橘子和牛奶。」

「很好。」

厄格烏還站在那裡。她知道他一定要等她開始吃才會離開。她把叉子緩慢舉到嘴邊，閉著雙眼咀嚼。這食物就跟厄格烏煮的所有飯菜一樣好吃，她很確定，可是現在的她除了覺得藥片嘗起來像粉筆一樣之外，已經很久都無法嘗出任何味道了。終於她喝了一點水，然後要求厄格烏把托盤收走。

在她床邊的桌上，歐登尼伯放了一張很長的紙，紙的最上頭用打字機打出我們這些大學教職員要求脫離邦聯，以作為確保安全的手段，然後下頭有許多不同的簽名擠在同一張紙上。

「我在等妳強壯到可以簽名，然後才會送到埃努古的議會，」他說。

厄格烏離開房間後，她拿起一支筆簽署那封信，然後檢查其中的文字有沒有任何錯誤，結果是沒有。可是歐登尼伯並不需要送出那封信，因為脫離邦聯的決定當晚就宣布了。當時的他坐在床上，收訊良好的收音機在床邊櫥櫃上，沒有什麼雜音，就彷彿廣播電波也理解這段演講的重要性。那無疑是奧朱古的聲音——精力充沛的男性聲音、充滿魅力，而且平穩：

所有的男性同胞及女性，所有奈及利亞東部的人民：你們意識到全能的神擁有掌管全人類的至高權威、意識到你們必須背負義務遠勝於追求富裕，也明白你們不可能再因為基於奈及利亞東部以外的任何政府而獲得生命及財產的保障。你們決心斬斷和前奈及利亞共和國之間任何的政治及其他聯繫，並指定由我來代表你們，以你們之名宣布這個決定：奈及利亞東部是一個主權獨立的共和國，所以我在此鄭重宣布，之前為大家所知並稱為奈及利亞東部的領土，包含其延伸出去的陸棚及海域，從今以後都會是一個獨立的主權國家，而其名稱就是比亞法拉共和國。

「這是我們的開始，」歐登尼伯說。那種虛偽的柔和語調消失了。他說話的聲音渾厚又振奮人心，變回以往的正常狀態。他拿下眼鏡，抓住寶貝的兩隻小手，兩人開始圍繞著歐拉娜跳舞。歐拉娜笑了，但又覺得自己像是在依照某種劇本行動，就好像歐登尼伯的興奮之情所能承受的只有更多的興奮，此外再沒有其他。她坐起身，全身開始打顫。她原本就希望能脫離邦聯，但此刻又覺得這個發展重大到難以消化。歐登尼伯和寶貝不停在繞圈。歐登尼伯還唱著一首走調的歌曲，那是他自己編出來的歌曲——「這是我們的開始，喔，沒錯，我們的開始，喔，沒錯——」寶貝在笑，因為無知而幸福。歐拉娜看著他們，她的心思在此刻動彈不得，只能專注於寶貝洋裝前方沾到的腰果汁。

示威遊行舉辦在自由廣場，就在校園的正中央。隊伍中的講師和學生都在不停大吼和歌唱，其中還高舉著許多彷彿永無止境的人頭像及標語。

我們不該、永遠不該退讓，
就像種在水邊的樹，
我們不該退讓。
奧朱古為我們撐腰，我們不該退讓。
神為我們撐腰，我們永遠不該退讓。

他們一邊歌唱一邊搖擺身體，歐拉娜想像芒果和石梓樹也一起在搖擺，並在搖擺時劃出如同流體般的弧線。陽光感覺像是靠太近的火焰，然而還是有微溫的細雨和她的汗水混在一起。她舉起標語牌，她的手臂擦過歐登尼伯的手臂，標語上寫著我們不能像狗一樣死去。寶貝坐在歐登尼伯的肩膀上，她揮舞著手上的填充娃娃。陽光在薄細的雨絲間閃閃發光，歐拉娜感覺體內洋溢著美妙的活力。厄格烏在她身邊。他的標語牌上寫著神保佑比亞法拉。他們是比亞法拉人。她是比亞法拉人。在她身後，有個男人談起市場的情況，說很多商販隨著剛果音樂起舞，並把最好的芒果和落花生分送給大家。有個女人說遊行一結束她就要去看能免費拿到些什麼。歐拉娜轉頭對他們笑。

有個學生領袖開始對著麥克風說話，歌唱聲因此停止。幾個年輕男子扛著一具棺材，棺材上用白粉筆寫著奈及利亞。高舉棺材的他們臉上帶著嘲諷意味的莊嚴神情，他們把棺材放下，扯掉上衣，開始在地上挖一個淺淺的坑。等他們把棺材放進那個洞之後，群眾中爆出一陣歡呼，那聲音像漣漪一樣擴散，直到最後大家都一起歡呼，直到歐拉娜感覺所有群眾融為一體。有人大吼「歐登尼伯！」學生之間也陸續開始有人跟著大吼。「歐登尼伯！發表談話！」

歐登尼伯爬上講台揮舞著的比亞法拉旗，那面旗子由紅色、黑色和綠色組成，中央則是閃閃發亮的半輪黃日。

「比亞法拉誕生了！我們將帶領黑人非洲[9]！我們能過著安全的生活！沒有人會再攻擊我們！永遠不會再有人這麼做！」

歐登尼伯在發表談話時高舉手臂，歐拉娜心裡想的卻是艾菲卡舅媽躺在地上時，那隻手臂看起扭轉得多詭異，以及她流出的血濃稠得像膠水，此外那血還不是紅色，而是接近黑色。或許艾菲卡舅媽可以看見現在這場遊行，還有此刻在這裡的所有人，但如果死亡只會讓一切變得沉默而朦朧，或許她無法看見。歐拉娜搖搖頭，想藉此擺脫腦中思緒，她把抱著厄格烏脖子的寶貝接過來緊緊抱住。

遊行結束後，她和歐登尼伯驅車前往教職員俱樂部。學生們已經聚集在曲棍球場附近，他們正圍著一座光影明滅的火堆焚燒高恩的肖像。煙霧冉冉升入夜色，和他們的笑聲與談話聲混在一起。歐拉娜望著他們，心中突然甜蜜地意識到這些人跟她和歐登尼伯擁有一樣感受，就彷彿流過他們血管內的不是血液，而是液態的鋼，又彷彿就算眼前有熱燙的餘火，他們也有辦法光腳踩上去。

9 黑人非洲（Black Africa）指的是撒哈拉沙漠以南的地區。

十四

理查不認為要找到伊那梅卡的家人有那麼容易，可是當他到歐伯西的一間聖公宗教會詢問時，教義問答師跟他說他們就住在這條路的最尾端。那是一間沒上油漆、兩側都長有棕櫚樹的屋子。伊那梅卡的父親身形矮小，皮膚因為白化症而泛著紅棕色，灰棕色的眼睛在理查開口講伊博語時發出光芒。他跟機場那位身型碩大、皮膚黝深的海關官員如此不同，導致理查一度懷疑他可能找錯房子，畢竟眼前這位不可能是伊那梅卡的父親。可是這個年邁的男子為可樂果賜福的聲音跟伊那梅卡好像，理查因此感覺瞬間回到那個熱天午後的機場休息室，甚至還能聽見伊那梅卡在那些士兵開門闖入前的惱人碎語。

「帶來可樂果的人就是帶來生命。你和你的生命會持續下去，我和我的生命也會持續下去。就讓老鷹有棲息之處，讓鴿子有棲息之處，如果任何一方裁定不讓另一方棲息，對他自己並無好處。願神以耶穌之名賜福給這可樂果。」

「阿門，」理查說。他現在可以看出兩人其他的相似之處。這個男人將可樂果剝成五瓣時的手勢和伊那梅卡詭異地相似，兩人嘴巴的下唇也一樣有往外突出。理查等到他們都已經嚼過可樂果，伊那梅卡穿著黑衣的母親也出現後，才終於說，「我那天在卡諾有見到你們的兒子，就是事發的那天。我們聊了一陣子。他談到你和他的家人。」理查沉默了一下，他不知道他們會比較想聽到自己的兒子在面對死亡時仍表現得堅忍沉著，還是想聽到他有為了活命衝向槍口並努力奮戰。「他跟我說他的祖母來自烏姆納奇，而且是名受人敬重的草藥醫生，她因為治療瘧疾而聞名。他一開始也是因此想當醫生。」

「對，是這樣，」伊那梅卡的母親說。

「他對家人只有好話，」理查說。他仔細選擇他使用的伊博語字彙。

「他對家人當然只有好話。」伊那梅卡的父親認真看了理查好一陣子，彷彿不明白理查為何得說一些他們早已知道的事情。

坐在長凳上的理查改變了一下坐姿。「你們有辦葬禮嗎？」他問，接著又希望自己沒問。

「有，」伊那梅卡的父親說。他把眼神鎖定在裝著最後一瓣可樂果的琺瑯碗上。「我們一直在等他從北部回來，但他沒有，所以我們辦了葬禮。我們埋下一副空棺材。」

「那副棺材不是空的，」伊那梅卡的母親說。「我們不是有把他以前準備公務員考試時讀的舊書放進去嗎？」

他們一起安靜地坐著。在從窗戶射進來的光線中，灰塵微粒懸浮著。

「你一定要把最後一瓣可樂果帶走，」伊那梅卡的父親說。

「謝謝你。」理查把那瓣果肉放進口袋。

「我該叫孩子去你車子旁邊嗎？」伊那梅卡的母親問。由於黑色頭巾蓋住她所有頭髮及大部分額頭，他很難看出她的長相。

「車子那邊？」理查問。

「對。你沒帶東西來給我們嗎？」

理查搖頭。他應該帶地瓜和酒過來才對。畢竟這是一趟目的為致哀的拜訪，而他很清楚這種拜訪該如何進行，但他一直耽溺於自己的情緒，總想著自己來一趟就夠了。他甚至覺得自己是個寬宏大度的天使，來此是要為這對父母帶來兒子死前片刻的消息。他相信藉由這個過程，他們的哀痛得以緩解，而他也有辦法獲得救贖。可是對他們而言，他只不過跟任何一個前來致哀的人沒兩樣。他的來訪絲毫無法改變眼下唯一至關要緊的事實：他們的兒子走了。

他起身準備離開，內心清楚自己跟他們一樣沒有任何改變。他的感受就跟之前從卡諾回來時一樣。他常希望他可以精神失常，或者回憶能有自我抑制的功能，可是一切在他腦中卻仍清晰透亮到可怕的程度。他只需要閉上雙眼就能看到那些剛死去的屍體躺在機場地上，還能回想起那些尖叫的聲調。他的神智仍然清醒，清醒到足以冷靜地回覆伊莉莎白阿姨那封極其慌亂的信，他在回信中表示自己沒事，目前沒有計畫回英格蘭，也請她別再把那些輕薄的海外航空版報紙寄來——她把報紙上有關奈及利亞集體屠殺事件的新聞都用鉛筆圈了起來。這些文章令他惱火。關於屠殺發生的原因，《先驅報》表示是「古老的部落仇恨。」《時代》雜誌則是將他們的文章標題命名為「男人就該出擊」，那是印在奈及利亞一台小卡車上的一句諺語，可是作者完全用字面意思來解釋這句話，並藉此進一步解釋奈及利亞人天生就愛行使暴力，所以甚至把暴力的必要性寫在他們的載客小卡車上。理查寫了一封短信寄給《時代》，他表示，在奈及利亞的英語中，「出擊」這個詞代表「吃」的意思。不過至少《觀察家報》比較機靈，他們在文章中表示奈及利亞要是能挺過這次伊博人遭到屠殺的事件，這個國家就沒有什麼挺不過的困境。不過所有文章的陳述都很空洞，因此迴盪著一種脫離現實氣息。所以理查開始寫一篇有關屠殺的長文。他坐在凱妮內家的餐桌前用一張張沒畫線的長條白紙書寫。他已經把哈里森帶到哈科特港，所以他能在寫作時聽見哈里森正在跟伊凱吉德及賽巴斯徹說話。「你們不清楚怎麼烤出德國巧克力蛋糕？」一陣咯咯的笑聲傳來。「你們不清楚什麼是大黃酥皮派？」又是一陣瞧不起人的咯咯笑聲傳來。

理查從難民問題開始寫起，那是大屠殺帶來的結果。他寫了許多商販從北部的市集逃回來、大學講師離開校園，還有公務員丟下自己在政府部會內的工作。他正在想辦法把結尾的段落寫好。

我們必須記得，伊博人第一次遭到屠殺是在一九四五年，只不過跟最近這次相比規模較小。那場屠殺背後的推手是英國殖民政府，他們把當時的全國性罷工運動怪罪到伊博人身上，並因此查禁伊博人發行的報紙，還全面性地鼓吹反伊博人情緒。因此，任何認定最近的殺戮事件是「長年」仇恨帶來的結果都是誤導人的說法。北部和南部的部落長久以來都有連繫，而且至少可以追溯到九世紀，這可以靠在伊博烏庫考古遺址發現的一些華美珠串獲得證明。當然這些群體之間也會發生戰爭，或彼此掠奪奴隸，但從未發生過這類屠殺事件。就算當中真有仇恨，那也是非常晚近才出現的仇恨，而起因就是英國殖民政府以非正式手法施行的分而治之政策。這些政策操弄不同部落之間的歧見，確保大家無法統一反擊，好讓政府得以輕鬆治理這樣一個龐大的國家。

他把文章拿給凱妮內看時，她因為仔細閱讀把兩隻眼睛都瞇了起來。她看完後告訴他，「非常犀利。」

他不確定非常犀利的意思，也不知道她到底喜不喜歡。他迫切地想獲得她的認可。自從他去恩蘇卡拜訪歐拉娜回來之後，她那種拒人於千里之外的氣息又出現了。她把遭謀殺的親戚照片展示出來——亞萊茲穿著結婚禮服大笑、一身緊身西裝的姆貝希舅舅活力四射地站在身穿印花罩衫的嚴肅艾菲卡舅媽身旁——可是她很少談起他們，對歐拉娜也絕口不提。她常在對話中突然陷入沉默，而當她這樣時他也就任由她去。有時他忌妒她得以受到這些遭遇改變的能力。

「妳怎麼想？」他問，而她還沒能來得及回答之前，他就又問了他真正想問的問題。「妳喜歡嗎？讀完有什麼感受？」

「我認為讀起來過度正式又沉悶，」她說。「但這篇文章帶給我的感受是驕傲。我覺得很驕傲。」

他把文章寄到《先驅報》，兩週後收到回信，但他讀完後就把信撕爛。信中副總編輯表示，國際媒體上已經充斥著有關非洲的暴力新聞，而這篇可說特別乏味又過度賣弄學問。可是他建議理查或許可以從人性的角度寫一篇文章？舉例來說，他們在進行這些殺戮時口中有低聲誦唸一些部落咒語嗎？他們有像是剛果那些人一樣吃人肉嗎？我們可以嘗試什麼方法真正去了解這些人的心靈呢？

理查把文章束之高閣。他因為自己晚上能夠睡得很好而感到驚駭，對於自己仍能因為橘子葉的氣味及大海的藍綠色靜謐氛圍感到心靈平靜，他也一樣大感驚駭。他對自己還能擁有情緒感知的能力感到驚駭。

「我的生活繼續前進。一切如常，」他對凱妮內說。「我應該要有些什麼反應。我的生活應該要有所不同才對。」

「你不能在腦中寫一個劇本，然後逼自己去演。你必須讓自己保持自然的狀態，」她沉靜地說。

但他無法讓自己保持自然的狀態。他不相信對目睹過這麼多殺戮事件的其他人來說，生活還能一如往常。然後他因為一個想法感到驚駭：或許他不過就是個窺淫狂。由於無須擔心自己的生命受威脅，所以這些屠殺成為外在的、與他無關的事件；他透過一種確知自己不會出事的透鏡疏離地觀察這些場面。可是不該是這樣的，畢竟要是凱妮內在現場就不可能安全活下來。

他開始寫伊那梅卡的故事，以及那位酒保在臉被槍打爛後躺在地上時，烈酒的澀味及新鮮的血液在機場休息室混合出的氣味，可是他因為所有句子都太可笑而停筆。這樣寫實在太過戲劇化，跟那些外媒的文章沒兩樣。這種寫法就彷彿這些殺戮並沒有真正發生，或是就算真有發生也會讓讀者覺得一切不太可能是這種樣貌。一種超現實的氣氛沉沉地壓住他的每個文字。他清楚記得在機場發生的事，可是為了書寫卻必須重新想像一次，而他不確定自己做得到。

脫離邦聯的決定正式宣布那天，他和凱妮內一起站在露天陽台上聽著奧朱古在收音機裡的聲音，並在聽完後擁她入懷。一開始他以為他們兩人一起在顫抖，但等他退開後望向她的臉，他才意識到她一動也沒動。顫抖的人只有他。

「獨立快樂，」他對她說。

「獨立啊，」她說，然後又說了，「獨立快樂。」

他想向她求婚。這是一個全新的開始，這是一個新的國家，一個屬於他們的新國家。他想這麼做不只因為脫離邦聯是個正義決定，畢竟伊博人一路以來承受了太多苦難，另外也是因為比亞法拉這個國家為他帶來的可能性。他之前不可能成為奈及利亞人，但現在有可能成為比亞法拉人——因為他這次打從一開始就在這裡；他參與了這個國家的誕生。他可以屬於這裡。他在心裡說了無數次，跟我結婚吧，凱妮內，可是卻始終沒有大聲說出口。隔天他就跟哈里森一起回到了恩蘇卡。

理查喜歡菲利絲・歐卡佛爾。他喜歡她蓬鬆假髮散發出的活力、她那密西西比人說話時總會拖慢的語調，還有她用來掩藏住眼神中溫暖情感的俐落鏡框。自從他不再去歐登尼伯的住處之後，他常和她及她的丈夫納年魯戈一起渡過夜晚時光。她就像是知道他已經失去社交生活，總是堅持邀請他去看藝術劇團的表演、聽公開演講，又或是一起去打壁球。所以當她邀請他來參加大學婦女協會舉辦的「戰爭時期」研討會時，他接受了。當然啦，大家希望做好準備是個好主意，但不可能會有戰爭。奈及利亞人不會找比亞法拉共和國麻煩。他們永遠不會去對抗早已因為大屠殺而受創嚴重的這群人民，畢竟他們能擺脫伊博人一定很開心。理查很確定。不過要是在研討會上撞見歐拉娜，他就不太確定自己會怎麼做。截至目前為止要避開她都還算容易。他這四年來只有開車經過她身邊幾次，而且從未去過教職員俱樂部的網球場，就連購物也不去「東部商店」了。

他跟菲利絲一起站在演講廳入口處，雙眼掃視著會場。歐拉娜坐在前排，寶貝坐在她的大腿上。她那細緻豐美的臉龐很眼熟，身上帶有皺褶領子的藍洋裝也很眼熟，就好像他最近有見過那張臉和那件洋裝一樣。他別開眼神，同時因為歐登尼伯沒來而無法克制地鬆了一口氣。演講廳坐滿了人。正在講台上發言的女性不停重複自己說的話。「把你的證件包在防水袋裡，確保那是在你必須撤離時首先攜帶的物品。把你的證件包在防水袋裡……」

有更多人上台發言。然後研討會結束。人們開始到處交際、談笑，並交換各種「戰爭時期」注意事項的情報。理查知道歐拉娜就在附近，她正在跟一個教音樂的大鬍子老師說話。他狀似隨興地轉身後默默溜開，而就在他靠近門口時，她卻突然出現在他身邊。

「哈囉，理查。Kedu？」

「我很好，」他說。他感覺臉上的皮膚緊繃起來。「妳呢？」

「我們都很好，」歐拉娜說。她的嘴唇微微閃耀著粉色的唇蜜光芒。理查沒有忽略她使用了複數的「我們」。他不確定她指的是她和孩子，還是她和歐登尼伯，又或者這裡的「我們」是在暗示，無論是發生在他們之間的那件事，還是那件事對她和凱妮內造成的影響，總之她都已經放下了。

「寶貝，妳打招呼了嗎？」歐拉娜往下望著孩子問，寶貝的手正緊握住她的手。

「午安，」寶貝用很高亢的聲音說。

理查彎腰摸摸她的臉龐。她的某種平靜氛圍讓她看起來比現在更老，同時也更有智慧。「哈囉，寶貝。」

「凱妮內還好嗎？」歐拉娜問。

理查迴避她的眼神。他不確定自己該擺出什麼表情。「她很好。」

「你的書進行得還好嗎？」

「很好。謝謝妳。」

「書名還是《裝滿手的籃子》嗎？」

他很高興她沒忘記。「不是了。」他沉默了一下，然後努力不去想那份手稿的下場，也努力不去想火焰必是如何將書稿燒成焦炭。「書名是《繩壺年代》。」

「有趣的標題，」歐拉娜喃喃地說。「我希望不會有戰爭，可是這場研討會還是挺有用的，不是嗎？」

「是的。」

菲利絲走過來跟歐拉娜打招呼，然後拉了拉理查的手臂。「他們說奧朱古要來！奧朱古要來啊！」演講廳外有許多人扯開嗓子大喊。

「奧朱古？」理查問。

「對、對！」菲利絲正走向門口。「你知道他前陣子順道去了一趟埃努古的校園，給大家來了場驚喜拜訪嗎？看來是輪到我們了！」

理查跟著她走到外面。他們加入站在一尊獅子雕像旁的講師行列。歐拉娜已經不見人影。

「他現在在圖書館，」有人說。

「不，他在理事大樓。」

「不，他想對學生發表談話。他在行政區。」

有些人已經快速走向行政區，菲利絲和理查也跟了過去。接近列隊在車道兩側的雨傘樹時，理查看見那個留著大鬍子的男人。他身穿極為俐落且配有腰帶的制服，此刻正在走廊上大步前進，幾位記者在他身後跌跌撞撞地追趕，像是奉上祭品一樣伸出手上的錄音機。現場出現許多學生，數量多到理查不禁疑惑他們怎麼能如此快速地集結，他們開始不停大喊。「團結有力！團結有力！」奧朱古下樓站在草坪上的一塊水泥磚上，雙手高高舉起。他的一切都閃閃發光，包括臉上梳理整齊的大鬍子、手錶，還有寬闊的肩膀。

「我是來問你們一個問題，」他說。他那帶有牛津口音的聲音出奇柔和，那音色跟他在收音機裡發表談話時不同，另外還帶有一絲戲劇效果，但又有點過於謹慎。「我們該怎麼做？我們該保持沉默，並任由他們強迫我們回頭加入奈及利亞嗎？我們該無視我們在北部遭到殺害的無數兄弟姊妹嗎？」

「不！不！」大量學生擠滿了寬廣的天井，人多到足以滿到草坪以及車道上。許多講師把他們的車直接停在路上後加入他們。「團結有力！團結有力！」

奧朱古再次高舉雙手，喊叫聲停止。「如果他們宣戰，」他說。「我想在此刻告訴你們，那可能會是場冗長的戰爭。你們準備好了嗎？我們準備好了嗎？」

「是！是！奧朱古，nye anyi egbe！[1]給我們槍！Iwe di anyi n'obi！[2]我們心中有怒火！」

呼喊聲開始變得持續不斷——給我們槍、我們心中有怒火、給我們槍。那節奏令人陶醉。理查瞄了菲利絲一眼，她正一邊大喊一邊朝空中揮拳，他稍微花了一點時間環顧四週的所有人，大家都非常激情地沉浸於當下的氛圍，然後他才開始揮舞手臂跟著大喊。「奧朱古，給我們槍！奧朱古，我們心中有怒火！」

奧朱古點起一根菸，丟到草坪上。那根菸散發出明滅不定的火光，然後他伸出腳用光亮的黑靴

1 伊博語：給我們槍！
2 伊博語：我們心中有怒火！

踩熄。「就連草地都會為比亞法拉而戰。」

理查跟凱妮內說，雖然奧朱古有禿頭的初期徵兆、微妙的矯揉做作氣息，而且還戴著一枚浮誇俗氣的戒指，但他還是折服於他的魅力。他跟她說了研討會的事，並開始思考要不要跟她說自己有遇見歐拉娜。他們坐在露天陽台上，凱妮內正用一把刀削橘子皮，細長的橘皮一片片落入地上的一個盤子。

「我見到歐拉娜了，」他說。

「是嗎？」

「在研討會上。我們打了招呼，她有問起妳。」

「原來如此。」橘子從她手中滑落，又或者是她讓橘子掉下去的，因為她任由橘子留在露天陽台的磨石子地上。

「我很抱歉，」理查說。「既然見到她了，我以為我該說一下。」

他撿起橘子遞給她，但她沒接下。她起身走到欄杆邊。

「戰爭要來了，」她說。「哈科特港要失控了。」

她的眼神望向遙遠的彼方，就彷彿真的看見了那座瘋狂舉辦派對、眾人狂亂交合，而且車子都在急速行駛的城市。那天下午稍早，一名慎重打扮的女子在火車站走向理查，握起他的手。「來我的公寓吧。我從沒跟 oyinbo[3] 的男子做過，可是我現在什麼都想試試，喔！」她笑著這麼說，不過她眼中過度興奮的渴望可說非常認真。他把手甩開後離去，但想到她最後可能會跟另一個陌生人上床時感到異樣的悲傷。這座城市中長滿風吹過就會發出笛音的松木，而在戰爭剝奪走人們在此的一切選擇之前，這裡的人似乎都在想辦法盡可能抓住些什麼。

理查起身站到凱妮內身邊。

「不會有戰爭，」他說。

「她是怎麼問起我的？」

「她說，凱妮內還好嗎？」

「而你說我很好？」

「對。」

她沒再說其他什麼。他也不覺得她會再說什麼。

3 約魯巴語：指稱白人，是早期用語。

十五

厄格烏下車繞到後車箱，把後車箱的一袋魚乾疊在一袋更大的加里上，再把兩袋頂到頭上，跟著主人走上一道滿是裂縫的樓梯，進入一棟曾是鎮工會辦公室的陰暗建築。歐沃可先生前來招呼他們。「把袋子放進儲藏間，」他一邊對厄格烏說一邊伸手去指，就彷彿他之前帶食物來給難民這麼多次卻還是不知道儲藏間在哪裡。儲藏間除了角落的一小袋米之外空無一物。那只米袋上爬滿象鼻蟲。

「情況如何？A na-emekwa？」主人問。

歐沃可先生雙手彼此交揉。他擁有一張明確拒絕所有安慰的悲傷臉龐。「最近已經沒有人在捐贈物資了。這些人不停出現，跟我要食物，然後又跟我要工作。哎呀，這些從北部回來的人一無所有。真的一無所有。」

「我知道他們都是一無所有地回來這裡，我的朋友！別對我說教！」主人突然發火。歐沃可先生後退了一步。「我只是說情況很嚴重。一開始我們的族人都會衝來捐食物，可是現在他們都已經忘記這件事。要是戰爭開打，情況會很慘烈。」

「戰爭不會開打。」

「那為什麼高恩還在持續封鎖我們？」

主人無視這個問題，只是直接轉身離開。厄格烏快步在他身後跟上。

「人們一定還在捐獻食物。那個討人厭的傢伙一定是把食物都帶回自己家裡了，」主人一邊發動汽車一邊說。

「是的，先生啊，」厄格烏說。「就連他的肚子也很大。」

「那個高恩有夠蠢，他向超過兩百萬位難民保證的照顧金少得可憐。難道他以為死掉的都是雞嗎？而逃回家鄉的也不過就是那些雞的親戚嗎？」

「當然不是這樣，先生啊。」厄格烏望向窗外。帶加里和魚來給這些本來可以在北部自給自足的人讓他心中滿溢著悲傷，而且他還得每週聽主人重複這些同樣的話。他伸出手把綁在後照鏡上的繩子拉直，垂掛在繩子尾端的小紀念品上畫著在黑色背景上的半輪黃日。

回家之後，厄格烏坐在後院階梯上讀著《匹克威克外傳》[1]。他常停下來思考，同時看著玉米細長的葉子在微風中刷刷作響。然後他聽見主人在客廳裡提高音量大喊，但並不感到驚訝，畢竟主人在這種日子總是脾氣特別差。

「那我們在伊巴丹、扎里亞還有拉各斯的大學同事怎麼辦？誰有把這些狀況點出來？他們在移居當地的白人鼓勵暴民殺害伊博人時保持沉默。如果你們不是剛好在伊博族的土地上，你們也會這樣！你們能有多少同情心？」主人大吼。

1 《匹克威克外傳》（*The Pickwick Papers*）是英國作家狄更斯（Charles John Huffam Dickens）於一八三七年出版的小說，其中透過小人物的故事展現出人道主義精神。

「你最好別說我沒有同情心！我只是說，脫離邦聯不是唯一能保障安全的方法，但這不代表我沒有同情心！」說話的人是阿德芭尤小姐。

「妳有表親死了嗎？妳有舅舅死了嗎？妳下週回到拉各斯，不會有人因為妳是約魯巴人而找妳麻煩。難道你們約魯巴人不也是在拉各斯屠殺伊博人的共犯嗎？難道你們不是有批酋長跑去北部感謝那些埃米爾放過了約魯巴人嗎？你們的意見哪裡重要了？」

「你這是在侮辱我，歐登尼伯。」

「現在說出事實變成在侮辱人了。」

接著是一陣沉默，然後前門被人嘎吱一聲打開後砰一聲關上。阿德芭尤小姐離開了。厄格烏站起身，他聽見歐拉娜在說話。「這種行為完全無法接受！歐登尼伯！你欠她一個道歉。」

聽見她大吼讓厄格烏嚇壞了，因為她很少這樣做，另外也因為上次他聽見她大吼，是這個家在寶貝出生前極度混亂的那幾週。理查先生就是在那段期間停止來訪，當時他們生活中的一切似乎都在毀滅的邊緣。有那麼一刻，厄格烏什麼都沒聽見——或許歐拉娜也出去了——然後他聽見奧奇歐瑪在朗讀。厄格烏知道那首詩：如果太陽拒絕升起，我們就讓太陽升起。奧奇歐瑪第一次讀這首詩，就是《文藝復興報》重新命名為《比亞法拉太陽報》那天，當時厄格烏一邊聆聽一邊備受鼓舞，而原因就是其中他最愛的那句詩：陶壺燒製於熱火，卻會在我們踩上時為腳帶來清涼。不過現在聽到這句詩卻讓他泫然欲泣。他渴望回到過去，當時的奧奇歐瑪只會朗誦人們因為在進口糞桶中排泄而屁股長疹子的詩、阿德芭尤小姐和主人會彼此大吼但她最後並不會怒氣沖沖地離開，而他也還有辦法為大家送上辣椒湯。現在他只能送上可樂果。

過了一陣子後，奧奇歐瑪也離開了。厄格烏聽到歐拉娜又提高音量大聲說。「這沒得商量，歐登尼伯。你欠她一個道歉。」

「問題不在於我是否欠她一個道歉。問題在於我說的是不是事實，」主人說。歐拉娜說了一些話，厄格烏沒聽見內容，然後主人用比較冷靜的語氣說，「好啦，nkem，我會道歉。」

歐拉娜走進廚房。「我們要出門，」她說。「來幫我們鎖門。」

「是的，女士啊。」

等他們坐著主人的車離開後，厄格烏聽見有人輕敲後門，於是走去看是誰。

「琴伊爾，」他很驚訝。她從來不會這麼早出現，也沒到主屋這邊來過。

「明天我和我的女主人還有她的孩子們要去鄉下了。我來要你多保重。Ka o di[2]。」

厄格烏從未聽過她說這麼多話，也不太確定自己該說什麼。兩人就這樣對看了一陣子。

「旅途順利，」他說。他看著她走向分隔兩個住宅區的矮樹籬、從底下鑽過去。以後晚上不會再有她出現在他的住處門口、在床上躺下，然後安靜地張開雙腿了，至少有好一陣子都不再可能。他感覺自己的頭裡面有種古怪感受，像是出現一種足以壓倒一切的重量。各種改變飛馳而來、不停逼近，而他沒辦法讓一切慢下來。

他坐下盯著《匹克威克外傳》的封面。後院有種安詳的寧靜感，芒果樹正像海浪般溫柔擺動，正在成熟的腰果散發出類似紅酒的氣味。這種寧靜感掩蓋住了他所目睹的現實：越來越少客人來

2 伊博語：再見。

訪，晚上的校園街道氣息鬼魅，覆蓋著由沉默及空蕩所組成的珍珠白光。東部商店關門了。琴伊爾的女主人只是正在離開校園的眾多家庭之一。許多男僕都去市場買紙箱，許多車子的後車廂都沉沉載著大量行李駛離住宅區。可是歐拉娜和主人什麼都沒打包。他們說戰爭不會開打，人們只是在恐慌而已。厄格烏知道所有家庭都有接獲指示可以把婦女和小孩送回家鄉，可是男人不能離開，因為一旦男人離開就代表大家在恐慌，但目前沒有任何值得恐慌的理由。「沒有擔心的理由」是主人常說的話。「沒有擔心的理由。」住在歐奇克醫生對面的烏佐馬卡教授被守在校園大門的軍人擋住三次，直到第三天他向軍人發誓自己會回來才得以出去。他發誓他只是把家人帶回他們的老家，因為他妻子實在是太擔心了。

「厄格烏昂伊！」

厄格烏抬頭看見姑姑從前院走向他。他站起身。

「姑姑！歡迎。」

「我剛剛敲了你們的前門。」

「抱歉，我沒聽見。」

「你一個人在家嗎？你的主人呢？」

「他們出門了，寶貝也一起去了。」厄格烏仔細觀察她的表情。「姑姑，一切都好嗎？」

她微笑。「一切都好，o di mma[3]，我替你父親帶消息來。他們下週六要進行雅努利卡的奉酒儀式。」

「咦！下週六？」

「他們最好還是現在辦，畢竟要是戰爭即將開打，就得在開打前辦。」

「這倒是真的。」厄格烏別開眼神望向檸檬樹。「所以雅努利卡真要結婚了啊。」

「你以為你會跟自己的妹妹結婚嗎？」

「但願不會發生這種事。」

他的姑姑捏了一下他的手臂。「瞧瞧你，現在已經是個男人啦。唉呀！再過幾年就會輪到你了。」

厄格烏微笑。「等時候到了，妳和我母親會替我找一個好對象，姑姑，」他裝出端莊又乖巧的樣子。歐拉娜說他們會在他讀完中學後送他去讀大學，但現在跟她說這個沒意義。他會等到跟主人一樣之後才會結婚，那可還得先讀好幾年書。

「我要走了，」他的姑姑說。

「妳不喝點水嗎？」

「我不能待在這裡。Ngwanu[4]，就這樣吧。替我向你的主人打招呼，也把我帶來的消息告訴他。」

姑姑都還沒離開，厄格烏就已經在腦中想像自己為了儀式回去的畫面。這次他終於可以把乖順脫光衣服的內內希納奇擁入懷中。他的伊茲舅舅有間適合用來佔有她的小屋，又或者他們可以去溪

3 伊博語：很好。

4 伊博語：該走了。

邊那座寧靜的小樹林，只要那些孩子不要去打擾就好。他希望她不會像琴伊爾一樣安靜，他希望她可以發出像是他把耳朵緊貼在臥房門上時聽見歐拉娜發出的叫聲。當天晚上他在煮晚餐時，收音機裡有個沉靜的聲音宣布，奈及利亞將啟動一個警察緝捕行動，目的是要把比亞法拉的反叛者抓回來。

厄格烏和歐拉娜一起在廚房，他一邊剝洋蔥的皮一邊看著歐拉娜攪動爐上那鍋湯時肩膀轉動的樣子。洋蔥讓他覺得自己受到滌淨，就彷彿那些從他體內提取出的淚水能帶走一切不純粹的事物。他可以聽見寶貝在客廳大聲說話。她正在跟主人玩。他不希望他們當中的任何人在此刻走進廚房，因為這樣會摧毀他所感受到的魔力，包括他的眼睛因為洋蔥而感受到的甜美刺痛，以及歐拉娜皮膚閃耀出的光澤。她正在說奧尼查的北部人在報復性屠殺中遭到殺害。他喜歡報復性屠殺這個詞從她口中說出來的發音。

「這樣實在不對，」她說。「實在不對。但我們的奧朱古閣下大人處理得很好，天知道如果沒把北部士兵送回去的話，又會有多少士兵遭到殺害。」

「奧朱古是個偉大的人。」

「對，他是，但其實我們都有能力對彼此作出同樣糟糕的事。」

「不，女士啊。我們跟那些豪薩人不同。那些報復性屠殺之所以發生，都是他們逼我們出手的。」他的報復性屠殺說得跟她發音很像，他確定。

歐拉娜搖搖頭，有陣子沒說話。「等你妹妹的奉酒儀式結束後，我們會去阿巴待一段時間，反正到時候校園裡也不會有人，」她終於開口。「你想要的話可以回去跟家人住，等我們回來再去找你。我們不會離開超過一個月，頂多一個月。我們的士兵會在一、兩週內把奈及利亞士兵趕回去。」

「我會跟妳和主人一起走，女士啊。」

歐拉娜露出微笑，那表情像是她原本就希望他這麼說。「這個湯都沒在變濃啊，」她喃喃低語。然後她跟他說起她年輕時第一次煮湯，結果把鍋子的底部燒成一片發紫的焦炭，但最後那鍋湯還是很美味。他完全沉浸在歐拉娜說話的聲音裡，所以沒聽見那個聲響——砰、砰、砰——那是從窗外遙遠某處傳來的聲音，直到她終於停止攪湯的動作，抬眼往外看。

「那是什麼聲音？」她問。「你有聽見嗎？厄格烏？那是什麼？」

歐拉娜丟下手中的湯勺跑去客廳。厄格烏隨後跟上。主人正站在窗邊，他手上拿著一份對折的《比亞法拉太陽報》。

「那是什麼聲音？」歐拉娜問。她把寶貝拉到自己身邊。「歐登尼伯！」

「他們正在朝這裡挺進，」主人冷靜地說。「我想我們應該今天離開。」然後厄格烏聽見外面有車子大聲按喇叭。他突然害怕得不敢走去門邊，就連要走到窗邊往外窺看都讓他害怕。

主人打開門。有台綠色的莫里斯小旅行家停下來，因為停得太過匆忙，其中一顆輪胎根本不在車道上，因此壓扁了草坪邊緣的百合花。車上的男人開門出來時，厄格烏震驚地發現他只穿著汗衫、長褲和浴室拖鞋！

「立刻撤離！聯邦軍已經進入恩蘇卡！我們都要立刻撤離！立刻！我要去所有還有人在的屋子通知大家。立刻撤離！」

直到他說完話、衝回車上，一邊不停按喇叭一邊駕車離開後，厄格烏才認出他來：他是註冊員文森・伊克納先生。他來拜訪過幾次，每次都喝加芬達汽水的啤酒。

「收拾幾樣東西，nkem，」主人說。「我去檢查車子裡的水。厄格烏，趕快鎖門！別忘記把男僕宿舍也鎖起來。」

「Gini？[5]什麼東西？」歐拉娜問。「我要帶什麼？」

寶貝開始哭。那個聲音又開始傳來，砰—砰—砰，而且感覺越來越近、越來越大聲。「時間不會太久，我們很快就會回來。就帶幾樣東西，衣服之類的。」主人隨便指了一下，然後從書架上抓下車鑰匙。

「我還在煮飯，」歐拉娜說。

「把飯菜收到車上，」主人說。

歐拉娜看起來有點恍惚，她用一條浴巾包裹住湯鍋，拿出去放到車上。厄格烏東奔西跑地把一些東西收進袋子裡：寶貝的衣服和玩具、冰箱裡的餅乾、他的衣服、主人的衣服，還有歐拉娜的罩衫和洋裝。他真希望自己知道到底可以帶些什麼。他真希望那個聲音不要越來越近。他把收好的袋子丟進車子後座，然後衝回去鎖門、關上窗戶的百葉門。主人正在外面按喇叭。他站在客廳中央感覺暈眩。他需要尿尿。他跑進廚房關掉爐火。主人正在大吼他的名字。他從書架上抽出三本相簿，裡面都是歐拉娜仔細收藏起來的相片，然後往外跑向車子。他才關上車門，主人就立刻往前開。校園內的街道散發出毛骨悚然的氣息，到處都顯得既安靜又空蕩。

到了校園大門口，許多比亞法拉士兵正在揮手指示車輛通過。身穿卡其制服及閃亮靴子的他們看起來很顯眼，每件制服的袖口都繡著半輪黃日。厄格烏真希望他能成為其中一員。主人揮手對他們說，「幹得好！」

到處飛揚旋轉的塵土就像一條透明的棕色毯子。主要道路擠滿人車，許多女人頭上頂著箱子、背上綁著嬰兒，還有許多光腳的孩子抱著一綑綑衣物、地瓜或箱子，另外還有一些男人拖著腳踏車。明明天色還沒變暗，厄格烏不知道他們為何手上要拿著點燃的煤油燈。他看見一個小孩子腳步踉蹌後跌倒在地，他母親彎腰一把拉起他，他想到自己的家，想到他那些年紀很小的堂弟妹和表弟妹，還想到他的父母和雅努利卡。他們很安全。他們不需要逃跑，因為他們住的村莊實在太過偏僻。不過這只代表他沒辦法看到雅努利卡結婚，當然也無法依照原定計畫將內內希納奇擁入懷中。可是他很快就會回去了。戰爭不會持續太久。只要比亞法拉軍隊把那些奈及利亞送入地獄就會結束了。他還是有辦法品嘗內內希納奇的甜美。他還是有辦法愛撫她那柔軟的肉體。

主人的車速很慢，因為路上擠滿人和路障，可是到米利肯山時的車速才是最慢的。他們前方的小卡車在車體上印著「沒人知道明天」。就在那台車沿著陡峭斜坡往上爬時，有個年輕人跳出來跟在卡車旁邊跑，身上揹著一個木塊，隨時準備在卡車往後滑時丟到後車胎的後方。

等他們終於抵達阿巴時，時間已是黃昏，車子的擋風玻璃上覆蓋著一層厚厚的塵土。寶貝已經睡著了。

5 伊博語：什麼？

十六

聽見聯邦政府宣布把反叛者緝捕歸案的警察行動正式展開，理查很驚訝。凱妮內卻一點也不驚訝。

「是石油的關係，」她說。「他們不可能輕易讓我們獨佔石油。可是戰爭不會太久。馬杜說奧朱古有很多龐大的計畫。他建議我把一些外匯捐給戰爭內閣，這樣等一切結束之後，不管我試圖搶標什麼案子，最後都一定能拿到合約。」理查直直盯著她瞧。她似乎不明白他完全沒有理解一場戰爭的能力，而且完全不是戰爭持續久不久的問題。

「在我們把奈及利亞人趕回去之前，你最好把家當都搬來哈科特港，」凱妮內說。她正在快速閱讀一份報紙，一邊隨著音響播放的披頭四歌曲點頭。她的表現就彷彿一切都很正常，反正戰爭本來就無從避免，而把他的家當從恩蘇卡搬過來也是理所當然的決定。

「是，當然，」他說。

她的司機負責載他回去。一路上都是檢查哨，路面上擺滿大量輪胎及帶有尖刺的板子。許多身穿卡其衫且面無表情的男男女女站在檢查哨，舉止看來訓練有素。

他們輕易通過了前兩個檢查哨。「你們要去哪裡？」他們會先問，然後揮手讓車子過去。可是在靠近埃努古時，許多民防兵已經用樹幹及生鏽的金屬大圓筒擋住道路。司機停了下來。

「回頭！回頭！」有個男人透過車窗往裡面看，他手上有根仔細雕刻成步槍形狀的木棍。「回頭！」

「午安，」理查說。「我在恩蘇卡的大學工作，我現在就是要去那裡。我的男僕還在那裡。我得去拿我的手稿跟私人物品。」

「回頭，先生啊。我們很快就會把這些惡棍趕回去。」

「可是我的手稿、我的資料，還有我的男僕都還在那裡。事情是這樣的，我什麼都沒帶出來。我不知道會發生這種事。」

「回頭，先生啊。這是命令。這裡不安全。不過不會很久，等我們把那些惡棍趕回去之後，你就能回去。」

「可是你必須理解我的處境。」理查把身體往前傾。

男人瞇起雙眼，而畫在他襯衣上位於「警戒」一詞底下的眼睛似乎正在張大。「你確定你不是奈及利亞政府的特務嗎？當初就是你們這些白人容許高恩屠殺無辜的婦女和孩童。」

「Abu m onye Biafra[1]，」理查說。

那個男人笑了，理查不確定那是不是開心的笑。「哎呀，有個白人說自己是比亞法拉人啊！你是從哪裡學會我們的語言？」

「跟我妻子學的。」

1 伊博語：我是一個比亞法拉人。

「好吧，先生啊，別擔心你在恩蘇卡的東西。這些道路不用再過幾天就能通行了。」

司機調頭往回開。行駛在來時路上時，理查不停回頭望著那座路障，直到再也無法看見為止。他想到剛剛那些伊博語是多麼自然地從他的口中湧出，「我是比亞法拉人。」他不知道為什麼，可是他希望司機不會把他說出這句話的事告訴凱妮內。他也希望司機不會告訴凱妮內，他剛剛還把她稱為自己的妻子。

幾天後接近中午時，蘇珊打了電話來。凱妮內已經出門前往她的其中一間工廠。

「我不知道妳有凱妮內的電話號碼，」理查說。蘇珊笑了。

「我聽說恩蘇卡正在撤離所有人，所以猜想你會待在那裡。所以你好嗎？一切都沒事吧？」

「沒事。」

「撤離時沒遇到什麼麻煩吧？」蘇珊問。「一切都沒事？」

「我沒事。」她的關懷讓他感動。

「好。所以你的計畫是什麼？」

「我暫時會待在這裡。」

「這樣不安全，理查。我頂多再待一星期。這些人打起仗來向來很不文明，是吧？就算是內戰也一樣[2]。」蘇珊沉默了一下。「我打電話到埃努古的英國文化協會，我不敢相信我們在那邊的人還跑去總裁旅館打水球跟喝雞尾酒！現在可是天殺的在打仗啊。」

「危機很快就會解除。」

「解除！哈！奈吉爾再兩天就要離開了。什麼危機都不會解除。這場戰爭會拖上好幾年。看看剛果的情況就知道了。這些人根本不懂什麼叫和平。他們寧可交戰到最後一個人倒下——」

蘇珊還在講話，理查卻已經掛上電話，就連他都對自己的無禮感到驚訝。他心底有個角落還是希望自己可以幫助她。他希望能幫忙丟掉她酒櫃裡的所有烈酒，並幫忙抹去所有刻印在她人生中的偏執恐懼。或許她的離開是好事。他希望她能找到幸福，不管是跟奈吉爾一起又或是其他人都好。等到凱妮內回家時，他心中仍盤據著跟蘇珊有關的思緒。他希望她別再打來，但同時又希望她能再打來。她親吻他的臉頰、嘴唇和下巴。「你整天都在擔心哈里森和《繩壺年代》嗎？」她問。

「當然不是，」他說，但他們都知道他在說謊。

「哈里森會沒事的。他一定已經打包行李回到自己的村莊了。」

「對，一定是這樣，」理查說。

「大概也把手稿一起帶走了。」

「對。」理查還記得她是如何摧毀掉他的第一份手稿《裝滿手的籃子》。當時她把他帶去他在果園最喜愛的那棵樹下，讓他站在堆在樹下的焦黑紙團前，過程中始終毫無表情，而他又是如何在目睹一切後沒有絲毫責怪與憤怒，反而感覺滿懷希望。

「今天鎮上又有另一場示威，至少有上千人出門遊行，還有很多蓋滿綠葉的車子一起上街，」她說。「我希望他們可以乖乖去工作，而不是出來塞住主要道路。我已經捐很多錢了。我可不想為

2 這裡的英文玩了「civil」的雙關意涵，因為這個字同時有內戰（civil war）和文明（civil）的意思。

了幫助推進奧朱古的野心而被困在烈陽下。」

「他們是為了理想上街遊行，凱妮內，不是為了某個人。」

「對，那是一種情緒勒索的理想。你知道計程車司機不再跟士兵收錢了嗎？如果士兵主動說要付錢，他們還會覺得受到冒犯。馬杜說有群女性每隔幾天就會出現在軍營，她們來自各地的落後村莊，為的是帶地瓜、大蕉和水果來給士兵。這些人明明自己都一無所有。」

「那不是勒索。那是為了理想。」

「對啦，為了理想。」凱妮內在搖頭，但表情像是覺得一切都很可笑。「馬杜今天跟我說，軍隊其實什麼都沒有，真的什麼都沒有。他們以為奧朱古在某處藏了大量軍火，畢竟他講起話來總是那麼有自信，『沒有任何黑人非洲的政權可以擊敗我們！』所以馬杜和一些從北部回來的軍官去找他，向他表示我們沒有軍火、沒有可動員的部隊，而且老天爺啊，我們的人都還在用木槍受訓！他們要他把應急用的儲備軍火拿出來，但他卻回頭指控他們想密謀推翻他。顯然他根本完全沒有軍火。他打算赤手空拳擊退奈及利亞。」她舉起一隻拳頭，臉上露出微笑。「但我確實認為他很有魅力，但僅限於他的大鬍子。」

理查沒說話。不過有那麼一瞬間，他在想自己是不是該留大鬍子。

十七

在歐登尼伯位於阿巴的家裡，歐拉娜靠著露天陽台的欄杆望著底下的庭院。靠近庭院大門的地方，寶貝正跪在沙地上玩，厄格烏則在一旁看著她。風窸窸窣窣地吹著芭樂樹的樹葉。芭樂樹的樹皮總是讓歐拉娜感到不可思議，那表面變色的部分像是縫上一塊塊補丁，導致淺黏土色和較深的石板色彼此交錯，很像患有 nlacha[1] 的村落孩童皮膚。很多患上這種皮膚病的孩子都在他們從恩蘇卡回來當天前來致意，「nno nu[2]，歡迎，」他們的父母及家裡其他長輩也都來獻上祝福，同時迫不及待地想打探有關撤離的各種消息。歐拉娜的心裡對他們萌生出一種喜愛之情，他們表現出的歡迎也讓她感覺受到保護。她心中湧現溫情的對象甚至包括歐登尼伯的母親。她有在思考自己為何沒把寶貝從祖母的懷抱中拉出來，畢竟她打從一開始就拒絕接受這個孫女，她也在想自己為什麼沒有拒絕歐登尼伯母親的擁抱。可是那天發生的所有事總是散發著一種尚未完結的氣息——跟厄格烏一起在廚房煮飯、離開得太匆忙導致她擔心爐火沒關、路上的群眾，還有炮擊的聲響——總之她大步向前接受了歐登尼伯母親的擁抱，甚至還回應了她的擁抱。現在她們已經重新開始文明有禮的互動，儘

1 一種伊博方言，意思是脂漏性皮膚炎。
2 伊博語：歡迎。

管有一道泥牆把歐登尼伯和他母親的家分隔開來，她還是常穿越裝設在泥牆上的木門過來探望寶貝。有時寶貝也會過去拜訪她，追著在祖母庭院裡晃蕩的山羊跑。每次寶貝從祖母家回來時，歐拉娜都無法確定她拿在手上嚼食的魚乾和燻肉夠不夠乾淨，可是她努力不去在意，同時想盡辦法壓抑自己內心的嫌惡感。歐登尼伯母親對寶貝的感情始終半生不熟、算不上真心，而現在要歐拉娜對此產生除了嫌惡以外的感受已經太遲了。

寶貝正因為厄格烏說的某些話在笑，她純潔的奔放笑聲讓歐拉娜也露出微笑。寶貝喜歡待在這裡，這裡的生活節奏比較緩慢、簡單。由於他們的火爐、烤吐司機、壓力鍋和進口香料都留在恩蘇卡，現在他們吃的餐點也變得比較簡單，而厄格烏也有更多時間跟她玩。

「歐拉媽咪！」寶貝大喊。「過來這裡看！」

歐拉娜揮揮手。「寶貝，已經到了晚上的洗澡時間囉。」

她看著隔壁庭院的芒果樹輪廓，其中有些樹已經結了如同垂掛耳環的果實。太陽正在落下。雞群正在咯咯叫著飛上可樂果樹，打算等等要在樹上睡覺。她可以聽見有些村落居民正在彼此打招呼，他們大聲喊話的方式就跟她在裁縫團體中認識的婦女一樣。

她在兩週前加入了那個鎮公所的婦女團體，並在那裡跟大家一起為士兵縫製汗衫和浴巾。她本來很不喜歡她們，因為當她談起自己留在恩蘇卡的東西時——她的書、她的鋼琴、她的衣服、她的瓷器、她的假髮、她的勝家牌裁縫機，還有電視——她們總是完全無視她後聊起別的事情。不過現在她明白這裡沒有人會談起自己沒能帶走的東西。相反的，他們談的是為了贏得戰爭所付出的努力。有個老師把自己的腳踏車捐給士兵、鞋匠免費為士兵做鞋子，還有農夫捐獻地瓜。我們要贏得戰爭！歐拉娜很難想像戰爭正在發生的畫面，比如子彈正落在恩蘇卡的紅色砂土地上，又像是比亞法拉部隊正在把惡盜趕回去的樣子。現在的她很難在腦中想像任何具體的畫面，因為亞萊茲、艾菲卡舅媽和姆貝希舅舅的回憶總會讓一切變得模糊，就算努力想像了，感覺也只像是個日子被按下暫停鍵的畫面。

她踢掉拖鞋，光腳走過前院，來到寶貝堆出的小沙屋旁。「真的很棒，寶貝。只要山羊沒在早上跑進來的話，說不定這座小屋明天還會在。好了，洗澡時間到囉。」

「不，歐拉媽咪！」

「厄格烏現在要把妳抱過去囉。」歐拉娜瞄了厄格烏一眼。

「不要！」

厄格烏抱起寶貝跑向屋子，但寶貝的拖鞋掉到地上，他們只好停下來撿，此時寶貝仍一邊喊「不要」一邊在笑。他們會在下週前往三小時車程外的烏穆阿希亞[3]，因為歐登尼伯被派到那邊的人力署工作，歐拉娜不知道寶貝到時候會有什麼反應。他本來希望可以進研究與生產署，可是條件太好的人選實在太多，而現有的職缺卻又太少，就連她也被告知目前沒有任何適合她的政府機關職缺。

她之後會去小學教書，這是她可以為贏得戰爭付出的努力。這句話確實帶有某種音樂旋律般的

3 烏穆阿希亞（Umuahia）是奈及利亞東南部以伊博族居民為主的大城，從南邊哈科特港延伸至北部埃努古的鐵路經過此處，是重要的轉運中心。

質地：贏得戰爭、贏得戰爭、贏得戰爭。她希望阿卡拉教授有幫他們找到靠近其他大學同僚的住處，這樣寶貝才能跟比較合適的孩子玩在一起。

她在其中一張矮木椅坐下，但因為那張椅子很斜，她必須斜倚著才有辦法讓背部休息。她只會在鄉下的村落見到這種椅子。這些椅子的製作者是村裡的木匠，他們常會在沙土路的轉角立起覆滿沙塵的招牌，招牌上的「木匠」兩字往往不會是拼音正確的 carpenter，反而是錯誤的 capinter、capinta，或 carpentar。你沒辦法在這種椅子上坐好，因為這種椅子假定人們必須非常努力才能換得休息時間，所以一定要在一天的農作後斜躺在夜晚的新鮮空氣中。又或者這種椅子假定人們擁有的就是一種困倦而歪倒的人生。

天色已經變暗。等到歐登尼伯回家時，許多蝙蝠正吵鬧地在半空中飛竄。他白天時總會出門參加一個又一個聚會，這些聚會都在討論阿巴要如何為了贏得戰爭做出努力，以及阿巴如何能在建立比亞法拉政體時扮演關鍵角色。有時她會看見這些結束聚會走在返家路上的男人，他們會在手裡拿著用木棍刻成的假槍。她看著歐登尼伯越過露臺走向她，步伐中帶有強悍的自信。她的男人啊。有時她會在看著他時感覺深陷入擁有這個男人的自豪情緒。

「Kedu？」他問，然後彎腰親吻她的嘴唇。他仔細檢視她的臉，就好像他必須這麼做才能確認她好不好。他自從她從卡諾回來之後就一直這麼做。他常跟她說那段經歷大大改變了她，讓她變得更為內向。他在跟朋友談起時用的是屠殺這個詞，但在她面前從不會這樣說。就算發生在卡諾的事件是一場屠殺，但對她來說似乎只是段經歷。

「我很好，」她說。「你回來的有點早？」

「今天比較早結束，因為明天有一場廣場大會。」

「為什麼？」歐拉娜問。

「長者們認為是時候了。最近到處都有阿巴必須很快將所有人撤離的愚蠢謠言。有些蠢貨甚至說聯邦部隊已經進入奧卡[4]！」歐登尼伯笑了，他在歐拉娜身邊坐下。「妳會來嗎？」

「去參加聚會嗎？」她從沒想過這件事。「我不是阿巴人。」

「如果妳跟我結婚，就可以成為阿巴人。妳該成為阿巴人。」

她看著他。「我們現在這樣很好。」

「我們現在正在面對一場戰爭，要是我發生了什麼事，我母親得決定要怎麼處理我的屍體。但做決定的人應該是妳。」

「別說了。你才不會發生什麼事。」

「我當然不會發生什麼事。我只是希望妳跟我結婚。我們真的應該結婚。我們現在的狀態完全沒道理。打從一開始就沒道理。」

牆角座落著一顆海綿質地的蜂巢。歐拉娜看著一隻黃蜂圍繞在蜂巢邊輕快飛行。她覺得他們這個不結婚的決定很合理，就像是用一條名為「差異」的披肩將他們擁有的一切安全地包裹起來。可是這個符合她理想的舊有框架已不復存在，因為亞萊茲、艾菲卡舅媽和姆貝希舅舅現在只能是凍結在她相簿中的一張張臉龐，而且還有許多子彈正落在恩蘇卡。「那你得帶酒去給我父親，」她說。

4 奧卡（Awka）位於烏穆阿希亞的西北邊，也是一個以伊博族為主的城鎮，阿巴位於烏穆阿希亞的西南邊。

「妳這是答應了嗎？」

一隻蝙蝠從上方飛撲過來，歐拉娜低頭閃開。「對，我願意，」她說。到了早上，她聽見鎮上的傳訊者走過屋前，手上敲著一個聲音很響亮的 ogene[5]。「明天下午四點在阿米茲廣場有一場全體阿巴人的聚會！」鏘—鏘—鏘。「明天下午四點在阿米茲廣場有一場全體阿巴人的聚會！」鏘—鏘—鏘。「如果沒有參加，阿巴會對你進行罰款！」

「真不知道罰款會是多麼高的天價，」歐拉娜一邊看著歐登尼伯著裝一邊說。他聳聳肩。他只有厄格烏當時匆忙打包的兩件襯衣和幾條長褲。然後她微笑起來，因為想到她很清楚每天早上他正式著裝前穿的會是什麼。

他們坐下來吃早餐，此時她父母的荒原路華車開進了他們的住宅區。

「太幸運了，」歐登尼伯說。「我立刻就可以跟妳父親說。這樣下週就能辦婚禮。」他的臉上已經拉出微笑。自從她在露臺上表示願意跟他結婚後，他就變得有點孩子氣。她好希望自己也能感受到那種天真的喜悅。

「你知道這樣不合規矩，」她說。「你必須帶你的家人去烏姆納奇，然後把整個儀式好好走過一遍。」

「我當然知道。我只是在開玩笑。」

歐拉娜走到門口。她對父母為何會來感到疑惑。畢竟他們一週前才來過，而她還沒有準備好再次面對打算進行漫長獨白的神經質母親，以及站在一旁不停點頭表示同意的父親：拜託來跟我們一起住在烏姆納奇吧；在我們確定這場戰爭會繼續或結束之前，凱妮內也該離開哈科特港啊；那個我們留在拉各斯顧房子的約魯巴人一定會搶光屋裡的財物吧；我告訴妳，我們早該安排把所有車子都帶回來才對啊。

那台荒原路華車停在可樂果樹下。她母親下車。看來只有她一個人來。歐拉娜因為父親沒來稍微鬆了一口氣。一次對付一個人畢竟比較輕鬆。

「歡迎，媽，nno，」歐拉娜擁抱她。「一切都好？」

她母親用一種代表「還過得去」的方式聳聳肩。她穿著華美的紅色罩衫、粉色上衣及亮黑色平底鞋。「都好。」她母親環顧四周，那模樣就跟她上次把裝滿錢的信封偷塞進歐拉娜手裡之前一模一樣。「他在哪裡？」

「歐登尼伯？他在屋裡，在吃飯。」

她母親走向露臺，站在一根柱子旁，她也跟了過去。她打開手提包要歐拉娜往裡面看。包裡裝滿閃閃發光的珠寶、珊瑚、貴金屬和一些珍貴的寶石。

「啊！啊！媽，這是要做什麼？」

「我現在不管去哪裡都會把這些帶在身上。鑽石在我的胸罩裡。」她母親悄聲說。「Nne，沒人知道到底發生了什麼事。我們聽說烏姆納奇快淪陷了，聯邦軍已近在眼前。」

「那些惡盜沒有近在眼前。我們的部隊已經把他們逼回恩蘇卡附近。」

「可是要把他們真正趕回去還要花多少時間？」

5 伊博人用的一種傳統鑼鼓。

歐拉娜不喜歡她母親任性嘟起嘴巴的模樣，也不喜歡她母親為了把歐登尼伯排除在外而壓低音量。她不會跟母親說他們決定要結婚。還不是時候。

「反正，」她母親說，「妳父親和我都計畫好了。我們已經付錢請某人把我們帶去喀麥隆，他會在那裡幫我們安排一架班機飛到倫敦。我們會用我們的奈及利亞護照，喀麥隆人不會找我們麻煩。雖然不容易，但我們都打點好了。我們為四個人付了錢。」她母親輕拍自己的頭飾，就好像要確定頭飾還在原本的位置。「妳父親已經去哈科特港通知凱妮內。」

歐拉娜因為母親眼神中的懇求感到憐憫。她母親知道她不會跟他們一起逃到英格蘭，也知道凱妮內不會這麼做。可是這就是她的行事風格，她就是會想辦法試試看。她就是會做出這種注定失敗、貪得無厭，但其實又立意良善的努力。

「妳知道我不會離開，」她溫和地說。她想伸手摸摸母親完美的肌膚。「但妳跟爸應該離開，這樣會讓你們比較有安全感。我跟歐登尼伯和寶貝都會留在這裡。我們不會有事。我們這幾週就要去烏穆阿希亞，因為歐登尼伯要開始在政府的人力署內工作。」歐拉娜停頓了一下。她想說他們會在烏穆阿希亞舉辦婚禮，但最後只是說，「一旦恩蘇卡被收復之後，我們就會回去。」

「但要是恩蘇卡沒有被收復呢？要是戰爭一直拖下去呢？」

「不會的。」

「我怎麼能丟下自己的孩子跑去安全的地方？」

可是歐拉娜知道她做得到，她也一定會這麼做。「我們不會有事的，媽。」

她母親用手掌抹了抹眼睛，不過她的眼裡沒有淚水。她從手提袋裡拿出一個航空信封。「這是穆罕默德寫的信。有人把這封信帶來烏姆納奇。顯然他聽說恩蘇卡的所有人已經撤離，所以覺得妳會在烏姆納奇。抱歉，我得打開來看，我得確定裡面沒什麼危險的東西。」

「沒什麼危險的東西？」歐拉娜問。「Gini？妳在說什麼啊，媽？」

「誰知道呢？他現在不是敵人了嗎？」

歐拉娜搖搖頭。她很高興母親即將離開，這樣她在戰爭結束前都不用再應付她。她想等到母親離開後再讀信，她不想讓母親觀察她讀信的表情，但還是無法克制地立刻抽出那只有一張的信紙。穆罕默德的字跡就跟他本人一樣——貴氣又高大，還帶著優雅而花俏的筆觸。他想知道她是否一切平安，並留下電話表示有需要幫助時可以聯絡。他認為戰爭毫無道理，也希望戰爭可以趕快結束。他愛她。「感謝老天，幸好妳沒跟他結婚，」她母親看著她把信紙折好時這麼說。「要是你們結婚，妳能想像現在會陷入什麼處境嗎？O di egwu！」

歐拉娜沒說話。她母親並不想進屋去見歐登尼伯，所以沒過多久就回去了。「妳還可以改變心意，nne，我已經付了四個人的錢，」她上車時說，同時手上還緊緊抓住那個裝滿珠寶的手提袋。歐拉娜揮手目送那台荒原路華車開出住宅區大門。

阿巴有許多男男女女擠在古老的尤達拉[6]樹下，歐拉娜真的很驚訝阿巴有這麼多人前來廣場聚會。歐登尼伯跟她說過，小時候他和其他人會在早上被叫去打掃村裡的廣場，可是他們到最後都把

6 指的是柳樹。

大部分時間花在爭奪掉落的尤達拉果實。尤達拉是屬於神靈的，所以他們不能爬到樹上，也不能直接去摘那些果實，這些都是不能觸犯的禁忌。村裡長者開始對群眾講話時，她抬頭望向那棵樹，想像歐登尼伯還是個小男孩時曾跟自己現在一樣抬頭望向樹，就希望可以看見神靈的隱約身影。他以前也跟寶貝一樣活力四射嗎？有可能，說不定還比寶貝更有活力。

「阿巴，kwenu！[7]」努瓦佛爾．阿格巴達 dibia 說，這男人的藥據說是這一帶最有效的。

「呀！」大家一起同意地喊叫。

「阿巴，kwezuenu！[8]」

「呀！」

「阿巴從沒被任何人擊垮過。我說阿巴從沒被擊垮過。」他的聲音強壯有力。他的頭頂只有幾簇如同棉球般的髮絲，而手杖在他用力敲打地面時不停抖動。「我們不主動挑起爭端，可是如果爭端找上我們，我們會把你打倒在地。我們跟烏克烏魯和烏克波[9]的人對打過，也把他們解決掉了。在我父親跟我提過的戰爭中，我們從未落敗，而他的父親也是這麼說。我們永遠不會逃離我們的家園。我們的祖先不允許這種事發生。我們永遠不會逃離自己的土地。」

群眾歡呼。歐拉娜也是。她還記得之前人們因為支持獨立而在大學舉辦的遊行。群眾運動總是讓她充滿力量。畢竟在那麼一個短暫的片刻，所有人都因為一個可能性團結在一起，這個想法總能讓她充滿力量。

村落廣場的聚會結束後，她在回家的路上跟歐登尼伯提起穆罕默德的信。「他一定對這一切很沮喪。我無法想像他會有什麼感受。」

「妳怎麼能說這種話？」歐登尼伯說。

她慢下腳步，轉向他，被他的反應嚇到了。「怎麼回事？」

「妳說那個該死的豪薩穆斯林很沮喪才是怎麼回事！那男人也是共犯！關於發生在我們族人身上的所有事，他是百分之百的共犯，妳怎麼能說他很沮喪？」

「你在開玩笑嗎？」

「我在開玩笑嗎？妳怎麼能在卡諾目睹過那一切後說出這種話？妳能想像亞萊茲的遭遇嗎？他們會在強暴懷孕婦女後把她們開腸剖肚啊！」

歐拉娜驚恐地往一旁退開，還因為路上的石頭踉蹌了一下。她無法相信他竟然這樣提起亞萊茲。就為了在一場謬誤的爭吵中說明自己的論點，他選擇在回憶中糟蹋亞萊茲。怒氣讓她的心靈凍結成冰。她快速走過歐登尼伯身邊，回家進入客房躺下，然後毫不意外地感受到黑暗襲擊的降臨。她努力想要掙脫，也努力想要呼吸，但最後只能精疲力盡地躺在床上。她隔天沒跟歐登尼伯說話，再隔天也沒有。然後當她母親的堂哥歐西塔舅舅從烏姆納奇前來，表示她被找去參加祖父家舉行的一場聚會時，她也沒告訴歐登尼伯。她只是請厄格烏幫寶貝做好準備，然後等歐登尼伯離家去參加一場聚會後，開著他的車和厄格烏及寶貝一起出發。

7 伊博語：大致是指「團結」的意思。

8 伊博語：大致上是「團結一心」、「準備好」的意思。

9 烏克烏魯（Ukwulu）和烏克波（Ukpo）都是位於阿巴西北部靠近奧尼查的城鎮。

她想起歐登尼伯說「抱歉、抱歉」的態度中有一絲不耐，就彷彿他覺得自己有權獲得她的原諒。他一定是覺得既然她可以對寶貝出生前後發生的那件事寬容以待，那就沒什麼她原諒不了的事。她痛恨這種態度。或許也正是因為如此，她沒跟他說她要去烏姆納奇，但又或許是因為她知道自己被叫去烏姆納奇的原因，而她不想跟歐登尼伯討論這件事。

她開車駛過兩邊長滿草的顛簸泥土路，心裡想著，多有趣啊，鄉下的小村居民竟然可以跟你說出烏姆納奇喚你過去這種句子，就彷彿烏姆納奇是個人而不是一座小鎮。天空正在下雨。道路如同沼澤般濕軟。她開車經過父母那棟高聳的三層樓鄉村別墅時瞄了一眼。他們現在已經在喀麥隆，又或者已經抵達倫敦或巴黎，靠著閱讀報紙在關心家鄉事。她把車子停在祖父的房子前方靠近茅草籬笆的地方，車輪在結塊的土壤上打滑了一下。等厄格烏和寶貝下車後，她在車內一動也不動地坐了一下子，看著雨滴一顆顆從擋風玻璃滑下。她感覺胸口很緊，她需要一點時間緩慢呼吸才能把胸口鬆開、把自己鬆開，也才有辦法回答家中長者即將在聚會中向她提出的問題。她知道他們會聚在充滿霉味的餐廳內，每個人拿出面對正式場合的溫和態度，其中包括她那些年紀比較大的舅舅、伯公、他們的妻子、一些表兄弟姊妹，然後或許還會有人背上綁著一個小寶寶。

她知道她會用清晰的聲音發言，同時低頭望著劃滿地面的白堊線條，其中有些線條因為經歷太多年歲而褪色、有些只是簡單的直線、有些則是精巧的弧線，另外還有一些是直白的姓名縮寫。她在還是個孩子時會看著祖父把一塊nzu[10]交給客人，然後仔細觀察客人的每個舉動，通常男人會在地上塗劃，而女人則是將白堊抹在臉上，有時甚至會小口啃咬。某次祖父出門後，歐拉娜偷啃了那塊白堊一口，她直到現在都還記得那種微麻的草鹼味。

假如她祖父恩威克·烏迪尼還活著，這場聚會將會由他主持，可是負責主持的會是努瓦佛爾·以薩以亞，他是他們烏木那中還活著的最年長成員。她知道他會說，「其他人都已經回來。我們不停盯著道路等待我們的兒子姆貝希、我們的妻子艾菲卡、我們的女兒亞萊茲以及我們的姻親從奧迪吉回來。我們等了又等，但始終沒看見他們。幾個月過去了，我們的眼睛因為不停盯著道路而痠疼。我們今日請妳過來，是要妳把所知的一切告訴我們。烏姆納奇問起她還沒從北部回來的孩子。妳曾在那裡，我們的女兒。我們會把妳告訴我們的事告訴烏姆納奇。」

情況基本上正是如此。歐拉娜唯一沒料到的是，艾菲卡舅媽的姊姊多茲媽媽竟然開始高聲大喊。多茲媽媽性格激烈，據說有一次她在agu[11]採收芋頭，多茲爸爸卻丟下生病的孩子去跟情婦見面，差點害孩子死掉，結果多茲媽媽把他揍了一頓。據說多茲媽媽當時威脅他，要是孩子死了，她會先砍掉多茲爸爸的陰莖再把他吊死。

「別說謊，歐拉娜·歐佐比亞，i sikwana asi！[12]」多茲媽媽大吼。「如果妳說謊的話，就讓水痘襲擊妳。誰跟妳說妳看見的屍體就是我妹妹啊？誰跟妳說的？別在這裡說謊。霍亂會殺死妳。」

她的兒子多茲把她拉開。歐拉娜幾年前見過多茲，現在他長得好高了。

多茲緊緊把母親抓住，她卻努力想把他推開，就好像希望自己可以狠狠把歐拉娜揍一頓，而歐

10 伊博語：白堊。
11 伊博語：農場或田地的意思。
12 伊博語：推測是「別說謊」的意思。

拉娜也希望可以讓她如願。她好想讓多茲媽媽揍她、搧她巴掌，只要這樣做可以讓多茲媽媽感覺好一點，又或是能把她剛剛對客廳內所有親戚說的話變成謊言就好了。她好希望歐丁切佐和埃克涅也可以對她大吼，並質疑她憑什麼活下來，而不是跟他們的妹妹、父母以及妹婿一起死去。她好希望他們不只是坐在那裡沉默不語，像大家常在哀悼時一樣低垂著頭，之後甚至還說他們很高興她沒看見亞萊茲的屍體。畢竟所有人都知道那些魔鬼會對懷孕的婦女做出什麼事。

歐丁切佐從一叢ede[13]中拔下一片大葉子給她當傘遮雨。可是歐拉娜匆匆趕到車子邊時並沒有把葉子蓋在頭上。她慢條斯理地打開車鎖，任由雨水流過她的髮辮、她的雙眼，再沿著她的臉頰流下。她沒想到這場聚會發展得這麼快，而且幾乎沒花什麼時間就確認了四名家族成員的死亡。她讓他們終於能夠理直氣壯地去哀悼、服喪，並接受前來致哀的訪客對他們說「Ndo nu[14]」。她讓他們終於能夠理直氣壯地在哀悼之後將亞萊茲、亞萊茲的丈夫，以及她父母視為永遠離去之人。她感覺有四場無聲葬禮沉沉地壓在她的頭上，那四場葬禮不是基於實際存在的屍體，而是從她口中說出的話。她開始懷疑自己是不是搞錯了，或許那些躺在沙土中的屍體是她想像出來的，畢竟那片庭院裡有太多屍體，光是回想那個場面就讓她口裡湧出一股鹽味。等她終於把車門打開，厄格烏和寶貝都衝進去。她在車內毫無動靜地坐了一陣子，同時意識到厄格烏正憂心忡忡地觀察她，至於寶貝則是昏昏欲睡。

「需要我找些水來給妳喝嗎？」厄格烏問。

歐拉娜搖搖頭。他當然知道她不需要喝水，他這麼說只是希望她脫離恍神的狀態。所以她發動車子的引擎，開車載他們回到阿巴。

13 伊博語：一種叢林芋。

14 伊博語：很遺憾。

十八

厄格烏是首先看見人們在阿巴的大片沙土地上成群結隊行走的人。那些人拖著山羊、頭上頂著地瓜和一個個箱子、手臂底下夾著雞和捲起來的墊子，手裡還提著煤油燈。孩子們則是抱著小臉盆或拉著更小的孩子。厄格烏望著他們走過身邊，他們有些人沉默不語，有些人大聲說話，但他很清楚其中的大部分人都不知道要去哪裡。

那天傍晚過後沒多久，主人結束一場聚會回來。「我們明天出發去烏穆阿希亞，」他說。「反正我們本來就要去烏穆阿希亞，只是提早一、兩週出發而已。」他講話的速度很快，眼神彷彿凝視著遠方的一個小點，厄格烏覺得或許是因為他不想承認自己的家鄉即將淪陷，又或是歐拉娜一直都不肯跟他說話的緣故。厄格烏不知道他們之間怎麼了，但無論是什麼事，總之都是在那次村落廣場的聚會後發生的。那天的歐拉娜回家時異常沉默，說話時變得毫無情緒，而且也不再笑。她任由他針對食物及寶貝做出所有決定，自己則是大多時候都坐在露臺的斜木椅上。有一次他看見她走向芭樂樹、用手輕撫樹皮，於是告訴自己等一下就要去把她拉開，以免有鄰居開始說她瘋了。不過她沒待很久就安靜地轉身走回露臺坐下。

她現在看起來就跟那時一樣安靜。「請幫我們打包明天離開時需要的衣服和食物，厄格烏。」

「好的，女士啊。」

他快速打包好他們的東西——反正有的東西也不多，不像他在恩蘇卡時感覺選項多得令人不知所措，而最後能帶走的又是那麼少。隔天一大早，他把行李放上車，在屋子裡繞一圈，確保自己什麼都沒遺漏。歐拉娜已經把相簿打包好，也替寶貝洗好澡。他們站在車子旁等主人確認汽油和水是否足夠。路上有一波波擁擠的人潮經過他們身邊。

屋後泥牆上的那扇木門吱嘎一聲打開，安尼昆納走進他們的住宅區。他是主人的表弟。厄格烏討厭他那看起來狡猾又扭曲的嘴唇，他總會在吃飯時間來訪，然後用誇張的驚訝姿態說「喔！喔！」然後歐拉娜就會邀請他「一起用雙手碰觸嘴巴。」[1]此刻的他看起來很陰沉。跟在他身後的是主人母親。

「我們準備要走了，歐登尼伯，但你母親拒絕打包行李跟我們一起走，」安尼昆納說。

主人關上引擎蓋。「媽媽，我以為我們已經說好了，你要去烏克[2]啊。」

「Ekwuzikwanu nofu！[3]別說這種話！是你說我們必須逃跑，還說我最好去烏克，但你有聽見我同意嗎？我有對你說『喔』嗎？」

「那你想跟我們一起去烏穆阿希亞嗎？」主人問。

媽媽看著那台塞滿行李的車子。「但你們為什麼要逃跑？你們要逃去哪裡？你們有聽見槍聲

1 應為伊博語中吃飯的字面直譯說法。
2 烏克（Uke）位於阿巴西北邊，靠近奧尼查。
3 伊博語：直接翻譯是「把你的嘴放到一邊」，意思是「閉嘴」。

嗎？」

「大家都在逃往阿巴加納[4]和烏克波，這代表豪薩士兵已經在附近，很快就會進入阿巴。」

「你沒聽 dibia 說阿巴從未被征服嗎？我逃離自己的家是為了要去找誰？Alu melu！你的父親現在一定在咒罵我們了，你知道嗎？」

「媽媽，妳不能待在這裡。之後不會有人留在阿巴。」

她抬頭瞇眼專心地望向某處，彷彿在可樂果樹的葉隙中找一顆正在變熟的果莢遠比主人此刻說的話重要多了。

歐拉娜打開車門要寶貝坐進後座。

「目前聽到的消息都不太妙。豪薩士兵已經在附近了，」安尼昆納說。「我要去烏克。等你們到烏穆阿希亞再想辦法讓我們知道。」他轉身準備離開。

「媽媽！」主人大吼。「去把妳的行李拿出來！」

他母親繼續望著可樂果樹。「我會留在這裡看房子。你們會逃走，你們會回來。我會在這裡等你們。我逃離自己的家是為了要去找誰？gbo？」

「不要對他大吼，跟她溫柔地談或許比較好，」歐拉娜用英文說。她的語氣非常拘謹、生硬，厄格烏已經很久沒聽見她跟主人這樣說話，之前唯一的一次是在寶貝出生的幾個月前。

主人的母親一臉懷疑地盯著他們，像是懷疑歐拉娜剛剛在用英文罵她。

「媽媽，妳不肯跟我們走嗎？」主人問。「Biko。拜託跟我們一起走吧。」

「把你們房子的鑰匙給我。我可能會需要用到裡面的東西。」

「拜託跟我們一起走吧。」

「把鑰匙給我。」

主人沉默地盯著她，然後把鑰匙交給她。「拜託跟我們一起走，」他又說了一次，可是她什麼都沒說，只是把那串鑰匙綁在罩衫的一角。

主人爬進車內。他把車開走時不停回頭望向母親，或許是為了看她有沒有可能改變心意去追安尼昆納，又或是揮手示意他停車。可是她沒有。站在那裡的她沒有揮手。厄格烏也望著她，直到他們轉進一條泥土路後才停止。她怎麼可以獨自待在那裡？她怎麼可以沒有任何親戚陪在她身邊？如果所有人都在逃離阿巴，那裡就不會有市集，她要怎麼吃飯？

歐拉娜摸摸主人的肩膀。「她會沒事的。聯邦部隊就算經過阿巴也不會留在那裡。」

「好，」主人說。他靠過去親吻她的嘴唇。厄格烏鬆了一口氣，心情輕快起來，因為他們終於開始用正常口氣對話。路邊列隊前行的難民人潮逐漸變得稀疏。

「阿卡拉教授幫我們在烏穆阿希亞找了一間房子，」主人說。他的聲音實在太大聲，也太過愉快。「有些老朋友已經在那裡。一切很快就能恢復正常。一切很快就能完全恢復正常！」

因為歐拉娜始終沒回話。厄格烏開口說了，「是的，先生啊。」

這棟屋子沒有任何「正常」之處。茅草屋頂及沒上漆又充滿裂紋的牆壁讓厄格烏深感困擾，但

4 阿巴加納（Abagana）位於烏克東北邊不遠處。

更令他困擾的是茅房中如同巨大洞穴的公廁坑洞，洞口還為了阻止蒼蠅飛出蓋著生鏽錫板。那個茅坑把寶貝嚇壞了。她第一天上廁所時，厄格烏必須抱著她，歐拉娜也得在一旁安撫，但寶貝還是一直哭。之後的幾天她也很常哭，就彷彿意識到這棟屋子完全配不上主人、這個住宅區內的粗短草葉和堆在角落的水泥磚很醜，而且鄰居房子離得太近，近到不但可以聞到他們煮飯時的油煙味，還能聽到他們孩子的哭聲。厄格烏很確定阿卡拉教授是用了一些小手段騙主人租下這棟屋子。那男人突出的眼球中有種狡詐的氣息。更何況，他自己在道路另一頭的房子可是既寬敞又漆著炫目白漆。

「這棟房子不好，女士啊，」厄格烏說。

歐拉娜笑了。「聽聽你說的話。難道你不知道現在有很多人得跟別人擠在同一間屋子裡嗎？資源匱乏的情況很嚴重。而我們這裡還有兩間臥房、一間廚房、客廳和餐廳呢。我們在烏穆阿希亞能認識一個當地人已經算是很幸運。」

厄格烏沒再說什麼。他好希望她對這件事不要那麼逆來順受。

「我們已經決定下個月舉行婚禮，」歐拉娜幾天後告訴他。「很小的婚禮，宴客就在這裡。」

厄格烏大感驚駭。每次想像他們的婚禮，他腦中出現的都是完美畫面：他們在恩蘇卡的房子裝飾得充滿歡樂氣氛，清爽的白色桌布上擺滿菜餚。他希望他們還是等到戰爭結束再說，而不是在這個空間陰暗、廚房還充滿霉味的屋子內舉辦婚禮。

但就連主人似乎也不太在意這棟房子的狀態。他會在每晚下班後坐在屋外，心滿意足地聽著比亞法拉電台和ＢＢＣ，就彷彿露臺鋪的木地板沒有沾滿泥巴，也彷彿那條光禿禿的木板凳跟恩蘇卡那邊放滿枕頭的沙發沒兩樣。隨著時間一週週過去，他的朋友們開始來訪。有時主人會跟他們去道路另一頭的日升酒吧，其他時候就是跟他們一起坐在露臺上聊天。他們的來訪讓厄格烏暫時忘記這棟屋子不像樣的地方。他不再為他們送上辣椒湯或酒水，但可以聽見他們規律起伏的說話聲、談笑聲、歌聲，還有主人的吼叫聲。生活開始變得像是恩蘇卡剛脫離聯邦時的樣子，滿懷希望的情緒又開始在各個角落盤旋。

厄格烏很喜歡「超強朱利亞斯」這個人，他是一位軍火商，身上總是穿著縫滿亮片的及膝短袖束腰上衣，他常會帶一箱箱的金色幾內亞啤酒和一瓶瓶白馬牌威士忌來，有時也會用便攜油桶帶汽油來。建議主人把棕櫚葉堆在車子上作為掩護、並把車子頭燈抹上焦油的也是超強朱利亞斯。

「我們不太可能遇到空襲，可是提高警戒是我們必須奉行的口號！」主人手上拿著刷子說，但此時有些焦油已經流淌到擋泥板上，弄髒了原本的藍色。等主人進屋後，厄格烏仔細將多出的焦油抹掉，確保那些黑黑的團塊只蓋住頭燈。

不過，厄格烏最喜歡的客人是埃昆努戈教授。他是科學研究團隊的成員。他的食指指甲又長又尖，看起來就像一把細長的匕首。他會一邊輕撫那根指甲一邊談起他和同事正在進行的工作：名為ogbunigwe[5]的高衝擊地雷、椰子油製成的煞車油、金屬碎片組成的車引擎、裝甲車，還有手榴彈。大家會在他每宣布一項成品時歡呼，厄格烏也會坐在廚房的凳子上跟著歡呼。就在埃昆努戈教授宣布他們製造出第一枚比亞法拉火箭時，大家給了一輪最激烈的掌聲。

「我們今天下午發射了，就在今天下午，」他一邊說一邊撫摸他的指甲。「我們自製的火箭啊。

5 伊博語：爆破武器。一開始指的是一種火箭，後來泛指手榴彈和地雷等爆破性武器。

我的同胞啊。我們正在大步前進。」

「我們是一個充滿天才的國家！」超強朱利亞斯說，但並不是在對任何特定對象說話。「比亞法拉是個天才之地。」

「天才之地，」歐拉娜重複他的話，她的表情精巧地介於微笑與大笑之間。屋內的掌聲很快變成歌唱聲。

永遠團—結！
永遠團—結！
我們的共和國終將戰勝！

厄格烏也跟著大家一起唱，並再次希望自己可以加入民防聯盟或國民軍。他希望能跟著他們一起去攻打躲在叢林裡的奈及利亞人。戰情特報成為他每日最關注的消息。每次的特報都會搭配高速鼓聲，並有一個莊嚴的人聲說道：

永恆警戒是自由的代價！這是比亞法拉埃古努電台！現在是每日戰情報告！

一開始會是各種光輝燦爛的新聞——比亞法拉部隊已把最後殘留的敵軍趕出去、奈及利亞人的傷亡數字極高、掃蕩活動已進入收尾階段——然後他會想像自己加入軍隊。他會像那些被徵召加入訓練營的人——他們的親戚和其他敬祝好運的人會站在兩旁歡送他——他們眼神明亮、身穿華麗制服，漿挺的袖口上還有著光彩奪目的半輪黃日。

他渴望能在其中扮演一個角色。他渴望能有所行動、他渴望贏得戰爭。所以當比亞法拉已經占據中西部，而且比亞法拉部隊已在前進拉各斯的消息從收音機傳來時，他同時鬆了一口氣卻又感到一陣異樣的失望。勝利本來就屬於他們，而且他也很想趕快回到歐丁街的屋子、想回到靠近家人的地方，也想跟內內希納奇見面。但戰爭似乎結束得太快，他都還沒機會做出貢獻。超強朱利亞斯帶來一瓶威士忌，所有客人一起醉醺醺地歌唱，他們激情討論著比亞法拉的能耐、奈及利亞人的愚蠢，以及BBC廣播電台主播的無知。

「看看他們那些說英文的髒嘴。確實是『比亞法拉驚人的行動』！」

「他們之所以會驚訝，是因為哈羅德．威爾遜[6]給那些養牛的穆斯林一堆武器，但那些武器卻沒有如他們預期地快速將我們殲滅！」

「你該怪的是俄國，不是英國。」

「當然怪英國。我們的士兵從恩蘇卡那區拿了很多奈及利亞彈殼回來分析。每枚彈殼上都有英國戰爭部門的標記。」

「我們也不停在他們的無線電通訊中攔截到帶有英國口音的內容。」

「那就是要怪英國和俄國。但這個邪惡的聯盟不會成功。」

6 哈羅德．威爾遜（Harold Wilson）是當時的英國首相，工黨政治人物。

大家的音量越來越大，但厄格烏沒再聽下去。他起身走出後門，坐在屋子旁的一堆水泥磚上。有些比亞法拉少年軍的小男孩正在街上練習，他們揮舞著槍枝形狀的木棍、跳青蛙跳，另外還高聲稱呼彼此為「上尉！」「副官！」

有個兜售小販頭上頂著托盤緩步經過。「來買加里！來買加里！」對面屋子有個年輕女性叫住她，小販停下腳步，兩人討價還價了一陣子，然後那個年輕女性大喊，「如果你想搶錢，那就儘管去搶吧，但別說你這個加里要賣這個價錢。」

那名小販走開時發出了不滿的噓聲。

厄格烏知道那個年輕女性是誰。他一開始注意到她是因為她擁有完美的圓潤屁股，而且那顆屁股還會在她走路時充滿韻律感地左右擺動。她的名字是艾布瑞奇。他曾聽鄰居談起她，他們說她的父母拿她去招待一名來此地派駐的軍官，就像大家會拿可樂果去招待客人一樣。他們在夜裡去敲他的門，等門打開後把她推進去。到了隔天，容光煥發的軍官感謝了她同樣容光煥發的父母，而艾布瑞奇就只是站在一邊。

厄格烏看著她走進屋內。他想知道她在被獻給一個陌生人時是怎麼想的？她在被推進他的房間後發生了什麼事？這件事的發生到底該怪誰？怪她的父母還是那位軍官？但他不想太認真思考責任歸屬的問題，因為這樣會讓他回想起主人和歐拉娜在寶貝出生前幾週發生的事，而他寧可忘記那段時光的存在。

主人在婚禮當天找來一位專門推遲下雨時間的「延雨人」。那位長者很早抵達。他在屋後的地上挖了一個淺淺的坑，在坑裡升起篝火，然後坐在灰藍色的濃煙中往火堆裡丟乾葉子。

「不會有雨落下。在婚禮結束前什麼都不會發生，」他對為他帶來一盤米飯和肉的厄格烏這麼說。厄格烏在他的氣息中聞到辛辣的琴酒味。他轉身回到屋內，以免濃煙滲入他仔細熨燙過的襯衣。歐拉娜的表弟歐丁切佐和埃克涅身穿國民兵制服坐在屋外的露臺上。攝影師正在擺弄他的相機。有些客人在客廳一邊談笑一邊等歐拉娜出現。每隔一陣子就會有人放東西到禮物堆中──可能是一只鍋子、一張凳子，或一台電扇。

厄格烏敲了敲她的房門，然後打開門。

「阿卡拉教授準備好要帶妳去教堂了，女士啊，」他說。

「好。」歐拉娜把眼神從鏡子移開。「寶貝呢？她還沒出去玩？對嗎？我不想要那件洋裝沾上沙土。」

「她在客廳。」

歐拉娜坐在那面凹凸不平的鏡子前。她的頭髮往上梳起，於是那張光彩奪目又平滑無暇的臉龐完全顯露出來。厄格烏從未見過她如此美麗。不過當她為了確保髮夾有固定好而輕拍斜戴在頭上的象牙色與粉色的帽子時，動作中仍有一絲憂傷的不情願。

「等我們的部隊收復烏姆納奇之後，我們會再進行奉酒儀式，」她說話的模樣就像厄格烏不知道這件事。

「好的，女士啊。」

「我有派人去哈科特港通知凱妮內。她不會來，但我還是希望她知道這個消息。」

厄格烏沉默了一下。「大家都在等妳，女士啊。」

歐拉娜站起來，她上下檢視自己，用一隻手撫摸過那件粉色與象牙色禮服的兩側。那件禮服的線條從腰部往外展開，再從膝蓋處直直往下垂。「這些縫線實在很不平整。亞萊茲一定可以縫得更好。」

厄格烏沒說話。但願他可以伸手輕扯她的嘴唇，藉此抹掉她臉上的哀傷微笑。但願只要這樣就能成功。

阿卡拉教授敲了敲半開的門。「歐拉娜？妳好了嗎？他們說歐登尼伯和超強朱利亞斯已經在教堂準備好了。」

「我好了，請進，」歐拉娜說。「你有帶花來嗎？」

阿卡拉把一束色彩繽紛的塑膠花遞給她。歐拉娜往後退開。「這是什麼？我要鮮花，埃梅卡。」

「可是沒有人在烏穆阿希亞種花了。人們現在只種可以吃的東西，」阿卡拉教授笑著說。

「那我不拿花了，」歐拉娜說。

有那麼充滿不確定性的一刻，兩人都不知道該拿那束塑膠花怎麼辦：歐拉娜伸出去的手半握著那束花，阿卡拉還沒離開花束的手也沒握緊。終於他把花拿回去，說，「讓我看看能不能再找到些什麼，」然後離開房間。

婚禮很簡單。歐拉娜手上沒拿花。聖塞巴斯蒂安天主教堂很小，不過前來的朋友也只坐滿一半座位。厄格烏沒仔細看有誰來，因為當他盯著祭壇上的白布時，腦中想像的是自己結婚的畫面。一開始他想像中的新娘是歐拉娜，然後她化身為內內希納奇，然後又變成有著完美圓潤屁股的艾布瑞奇，不過她們每個人都穿著同樣的粉色及象牙色禮服，頭上也搭配同色系帽子。

回到家之後，是奧奇歐瑪的出現才把厄格烏帶離他的想像世界。奧奇歐瑪的模樣跟厄格烏記憶中完全不同：本來屬於詩人的雜亂頭髮和皺巴巴襯衫都不見了。他身上的俐落軍服讓他看起來更挺拔、修長，袖子上的半輪黃日圖案旁還有一枚頭骨搭配交叉骨頭的圖案。主人和歐拉娜擁抱了他很多次。厄格烏也想擁抱他，因為奧奇歐瑪的歡笑臉龐立刻讓他墜入過往回憶，導致有那麼一瞬間，厄格烏感覺這個因為延雨人而煙霧瀰漫的空間，就像是位於歐丁街的那間客廳。

奧奇歐瑪帶了他瘦高的表弟恩瓦拉醫生來。

「他是信天翁醫院的首席醫療官，」奧奇歐瑪這麼介紹他。恩瓦拉醫生不停用極為惱人且毫不掩飾的愛慕眼神盯著歐拉娜，厄格烏真想叫他把那對青蛙眼移開，不管你是不是首席醫療官都一樣。厄格烏不只覺得自己參與了歐拉娜的幸福，還覺得必須為她的幸福負責。當她和主人在屋外圍繞的人群中央跳舞時，他心想，他們是我的。對他來說，他們的婚禮就像一枚保證穩定的封簽章，因為只要他們是一對已婚夫妻，他和他們一起生活的世界就是安全的。他們緊貼著彼此身體跳了一陣子舞，直到超強朱利亞斯把原本的舞廳音樂改成快活音樂，於是他們拉開距離，牽著手望向彼此，隨著雷克斯·勞森的新歌曲調搖動身體，「比亞法拉萬歲，這是片自由之地。」穿著高跟鞋的歐拉娜比主人還高。她在微笑，容光煥發的她不停大笑出聲。等到奧奇歐瑪開始致敬酒詞時，她還得擦乾眼睛，對站在三角架後方的攝影師說，「等等、等等，先不要拍。」

他們在客廳準備開始切蛋糕時，厄格烏聽見了那個聲響，那是在天空中有什麼快速呼嘯而過的一種哇—哇—哇聲響，一開始震耳欲聾，然後暫時消退了一陣子，接著再次出現，而且這次聲音更大、更急促。附近有一些雞開始狂亂地嘎嘎叫。

有人說，「有敵機！空襲！」

「往外跑！」主人大吼。可是有些客人已經尖叫著跑進臥室，「天哪！天哪！」

那些聲音聽起來更大了，而且就在他們正上方。

主人、抱著寶貝的歐拉娜、厄格烏和一些客人一起跑向屋子旁種木薯的小菜園，然後所有人趴在地上。厄格烏抬頭看見那些飛機，那些飛機在藍色天空底下像是尋找獵物的兩隻鳥一般低低滑過。飛機朝四面八方噴出大量子彈，然後是一顆顆黑色球體從底下滾出，看起來就像飛機在下巨大的蛋。一開始的爆破聲實在太大，厄格烏感覺耳裡發出啪的一聲，接著身體隨著震動的地面一起顫動。有個來自對面屋子的女人抓住歐拉娜的禮服。「脫掉！脫掉禮服！他們看見會瞄準我們。」

奧奇歐瑪把制服扯開、脫下，許多鈕扣因此飛出去，然後他用制服包住歐拉娜。寶貝開始哭。主人用手鬆鬆地掩住她的嘴巴，像是害怕飛機駕駛聽見她的哭聲。第二次的爆炸聲響起，然後是第三次、第四次和第五次。厄格烏感覺自己的短褲因為尿液而變得潮濕、溫熱，他有那麼一刻深信轟炸永遠不會結束。這些炸彈將會不停落下，直到所有事物遭到摧毀，直到所有人全數死去。可是轟炸停止了。天空中的飛機去到了很遠的地方。有很長一段時間沒人移動或說話，直到超強朱利亞斯站起身說，「他們走了。」

「那些飛機飛得很低，」有個男孩亢奮地說。「我有看見駕駛！」

主人和奧奇歐瑪率先走上街道。只穿汗衫及長褲的奧奇歐瑪似乎變得矮小。歐拉娜還坐在地上抱著寶貝，她的結婚禮服外包著那件迷彩印花軍服。厄格烏起身走上街道。他聽見恩瓦拉對歐拉娜說，「讓我扶妳起來。泥土會弄髒妳的禮服。」

一條街外靠近碾玉米站的住宅區冒出黑煙。兩棟崩塌的房子變成瓦礫堆，於是有群人正狂亂地在水泥碎塊中挖掘，他們說，「你們有聽見哭聲嗎？有嗎？」薄薄一層泛著銀光的沙塵覆蓋住他們全身，讓他們像是張著雙眼但沒有四肢的鬼魂。

「那孩子還活著。我有聽見哭聲。我聽見了，」有人說。許多人聚過來幫忙或圍觀；其中有些人上前參與挖掘工作，有些人站著看，還有一些人一邊驚叫一邊彈指頭。有台車正在燃燒，一個女人的屍體躺在車旁。她的衣服被燒光，焦黑的肌膚上有一片片粉紅破口，有人用一只破舊的黃麻袋將她蓋住，但厄格烏還是可以看見她被燒到如同焦炭的僵硬雙腿。天空布滿陰雲，即將下雨的濕氣中混合著燃燒的煙味。奧奇歐瑪和主人已經加入挖掘行列。「我有聽見那個孩子的聲音，」又有人說了。「我有聽見。」

厄格烏轉身離開。有隻時髦的涼鞋躺在地上，他撿起來查看上頭的皮製綁帶、厚重的楔形鞋跟，然後又放回原處。他在腦中想像那個原本穿著涼鞋的時尚女子，她一定是為了逃命丟下這雙鞋。他真想知道另一隻鞋在哪裡。

主人回家時，厄格烏正背靠著牆坐在客廳。歐拉娜則在小口小口吃著盤子上的一片蛋糕。她還穿著結婚禮服。奧奇歐瑪的制服上衣已經整齊疊好放在椅子上。賓客一個個緩慢離開，大家都沒說什麼話，臉上籠罩著罪惡感，就彷彿是他們容許空襲毀掉婚禮而感到尷尬。

主人為自己倒了一杯棕櫚酒。「妳有聽新聞嗎？」

「沒有，」歐拉娜說。

「我們的部隊已經丟掉在中西部打下的所有領土，前進拉各斯的行動也已經完了。奈及利亞說這場戰爭不再是警察緝捕行動。」他搖搖頭。「我們的行動遭到蓄意破壞。」

「要吃點蛋糕嗎？」歐拉娜問。蛋糕放在正中央的桌上，除了她切下的一小片之外依然完整。

「現在不是時候。」他喝完杯中的棕櫚酒，然後又倒了一杯。「我們會建一座地下掩體，以免又有空襲。」他的語調聽起來尋常、冷靜，就彷彿空襲是一件慈美的善事，也彷彿沒多久前逼近他們的並不是死亡。

他轉向厄格烏。「你知道地下掩體是什麼嗎？我的好傢伙？」

「知道，先生啊，」厄格烏說。「就像希特勒蓋的那種。」

「啊，對。我想算是吧。」

「可是，先生啊，人們說地下掩體只會變成大型墓穴，」厄格烏說。

「胡說八道。躲進地下掩體比趴在木薯菜園安全多了。」

屋外的黑暗夜色已然降臨，天空因為很少見的一次閃電而亮起。歐拉娜突然從椅子上跳起來尖叫，「寶貝在哪裡？Ke[7]寶貝？」然後她開始跑向臥房。

「Nkem！」主人追上去。

「你沒聽見嗎？你沒聽見他們又在轟炸我們了嗎？」

「那是打雷。」主人從背後抓住歐拉娜、抱住她。「只是打雷而已。被我們的延雨人拖很久的雨終於還是降下來了。那只是打雷。」

他又抱住她一陣子。終於，歐拉娜坐下，然後又為自己切了一片蛋糕。

4. 那本書：世界在我們死去時保持沉默

他的論點是，奈及利亞在獨立之前沒有自己的經濟體系。殖民政府採取的是威權主義，為了讓英國獲利，他們採行的是表面仁慈實則殘暴的獨裁手段。一九六〇年時，此地擁有的經濟體系只有潛力——原始物料、人力資源、高昂的士氣，還有一些英國用來重建戰後經濟所留下的運銷理事會[8]準備金。另外還有剛發現的石油資源。可是新的奈及利亞領袖階層太過樂觀、對於能夠贏取人民信賴的發展計畫抱持太大野心、接受具有剝削性的外國貸款時又過於天真，而且他們對於化身為英國人的興致也太高，其中包括承襲他們高高在上的姿態、接手較好的醫院，以及想辦法拿到奈及利亞人長期以來無法獲得的較高薪資。他指出這個新國家面對的複雜問題，但聚焦在一九六六年的大屠殺。造成屠殺的表面原因——為了「伊博政變」進行復仇、抗議導致北部人在公職系統中損失權益的統一協議——並不重要。說法不一的死亡人數——三千、一萬、五萬——也不重要。重要的是這些屠殺事件讓伊博人嚇壞了，但也讓他們團結起來。重要的是，這些屠殺讓一些奈及利亞人成為狂熱的比亞法拉人。

7 伊博語：問某人在哪裡。所以這裡的意思就是「寶貝在哪裡？」

8 有可可豆、棉花、落花生和棕櫚油四個運銷理事會。

第三部

六〇年代初期

十九

厄格烏坐在通往後院的階梯上。雨水從葉片上一滴滴滑落。空氣中聞起來是潮濕土壤的味道。他和哈里森在聊他即將和理查先生展開的旅行。

「Tufia！[1]我真不知道為什麼主人要去你的村莊看那場邪惡的慶典，」哈里森說。他坐在厄格烏下方幾階的階梯上，所以厄格烏能看見他頭頂中央禿掉的地方。

「說不定理查先生要在書中寫有關邪靈的事，」厄格烏說。當然 ori-okpa 不是什麼邪惡的慶典，可是他不會去反駁哈里森。他想問他催淚瓦斯的事，所以需要哈里森保持好心情。有一陣子，他們只是沉默地望著在他們頭上盤旋的禿鷹。那些禿鷹的出現是因為有鄰居剛剛殺了一隻雞。

「啊，檸檬快熟了。」哈里森指向檸檬樹。「我要用新鮮檸檬來做蛋白霜派，」他又用英文說。

「『丹百爽』是什麼？」厄格烏問。哈里森會喜歡這個問題。

「你不知道那是什麼？」哈里森笑了。「那是一種美國食物。等你的女主人從倫敦回來，我會做這個讓我的主人帶來這裡給大家吃。我知道她一定會喜歡。」哈里森轉身瞄了厄格烏一眼。他坐下前先有在階梯上鋪一張報紙，而此刻那張報紙在他轉身時微微皺起來。「就連你也會喜歡。」

1 伊博語：天理不容啊！

「好，」厄格烏說。不過之前有一次造訪理查先生家時，他看見哈里森把一匙匙碎橘皮丟進一鍋醬料裡，當時就立誓不再吃哈里森做的食物。如果哈里森煮的是橘子肉，他還不會這麼提防，但煮橘皮就像是吃山羊時只吃毛皮而不吃羊肉一樣荒謬。

「我也會用檸檬來做蛋糕，檸檬對身體很好，」哈里森說。「白人的食物能讓你變得健康，跟我們吃的那些亂七八糟東西不一樣。」

「對，沒錯。」厄格烏清清喉嚨。他應該要開口問哈里森催淚瓦斯的事了，但卻開口說，「讓我帶你去看看我在男僕宿舍的新房間。」

「好。」哈里森起身。

他們走進厄格烏的房間時，他指向有著黑色和白色圖樣的天花板。「我自己弄的，」他說。為了漆天花板，他高舉了好幾小時的蠟燭，讓光線在整片天花板上閃爍明滅，而他在過程中還得常停下來移動自己站的桌子。

「O maka，這樣真的很好。」哈里森看著角落那張窄窄的彈簧床和桌椅。有一件襯衣掛在牆面的釘子上，兩雙鞋整齊擺在地上。「那些是新鞋嗎？」

「我的女主人從巴塔[2]買給我的。」

哈里森摸了摸堆桌上的期刊。「你在讀這些？」他用英文問。

「對。」厄格烏是從主人書房的垃圾桶裡撿回這些期刊。《數學年刊》讓人完全無法理解，至於《社會主義評論》[3]呢，他雖然讀不懂但仍好歹讀過了幾頁。

外面又開始下雨。打在錫屋頂上的啪嗒啪嗒聲很響亮。他們站在屋外的簷廊底下，看著一顆顆水珠沿著屋頂凹槽成為平行流淌而下的線條。此時打在屋頂上的聲響變得更大了。

厄格烏用力拍了一下自己的手臂——他喜歡因為下雨而變涼的空氣，可是不喜歡到處亂飛的蚊子。終於，他開口問了那個問題。「你知道我要怎麼弄到催淚瓦斯嗎？」

「催淚瓦斯？為什麼這麼問？」

「我在主人的報紙上讀到催淚瓦斯，想看看是什麼模樣。」他才不打算把他真正聽說催淚瓦斯的場景告訴哈里森。當時是主人談起西部州議會的成員對彼此又踢又打，直到警察對他們噴催淚瓦斯後才全部昏過去，任由醫務員把癱軟的他們攙扶到車上。催淚瓦斯的威力讓厄格烏大感讚嘆，如果這東西可以讓人昏過去，他一定要弄到手。這樣等到他和理查先生回去參加 ori-okpa 慶典的時候，他就能把催淚瓦斯用在內內希納奇身上。他會把她帶到溪邊的小樹林，跟她說催淚瓦斯是一種可以讓人保持健康的神奇噴霧。她會相信他。畢竟她看見他坐著白人的車子抵達村莊時一定會大感欽佩，之後不管他說什麼都會相信。

「要弄到催淚瓦斯很難，」哈里森說。

「為什麼？」

「你年紀太小，不可能懂。」哈里森神秘兮兮地點點頭。「等你長大後，我再告訴你。」

厄格烏一開始不懂他為什麼這樣說，但後來意識到哈里森根本不知道催淚瓦斯是什麼，只是永

2 Bata 在約魯巴語中有鞋子的意思。這裡指的應該是一間鞋店。

3《社會主義評論》（*Socialist Review*）是英國社會主義工人黨（British Socialist Workers Party）發行的一本月刊。

遠不可能承認。他很失望。看來他得去問喬莫。

喬莫知道催淚瓦斯是什麼，並在聽見厄格烏說他打算拿來做什麼時大笑了好久。喬莫真的是一邊笑一邊拍手。「你真是隻蠢笨的綿羊，aturu[4]，」喬莫笑完後才終於開口這麼說。「你為什麼想在一個年輕女孩身上使用催淚瓦斯？聽著，回去你的村莊，如果時機正確、那個年輕女孩也喜歡你，她本來就會跟著你不放。你不需要催淚瓦斯。」

隔天早上，理查先生開車載厄格烏回老家時，厄格烏心裡想的都是喬莫的話。雅努利卡看見他們時立刻沿著小路跑來，還大膽地和理查先生握手，然後還擁抱了厄格烏。她跟他們談起他們的父母在農場、他們的堂姊昨天剛生小孩，內內希納奇則在上週去了北部——

厄格烏停下腳步盯著她看。

「怎麼了嗎？」理查先生問。「慶典沒取消吧？沒有吧？」

厄格烏倒希望如此。「沒有，先生啊。」

他帶路走向村裡的廣場，那裡已經擠滿許多男人、女人和小孩，然後他和理查先生一起坐在oji[5]樹下。孩子們很快就圍繞在他們身邊不停大喊「Onye ocha[6]，白人，」還伸手想摸理查先生的頭髮。他開口打招呼，「Kedu？哈囉，你們叫什麼名字？」但他們只是一邊用手肘和身體彼此推擠一邊盯著他咯咯笑。厄格烏靠著樹幹，內心哀悼著他曾期待可以見到內內希納奇的那段時光。現在她已經不在這裡了，北部的某個生意人終究會奪走原本屬於他的戰利品。他幾乎沒注意去看那些因為慶典出現的姆姆歐：那些鬼魂是身上披著草的健壯男子，他們的臉上戴著畫有怒吼表情的木頭面具，手中握的長鞭子往下垂落。理查先生拍了一些照片，還在筆記本裡記下一些內容。他提出一個又一個問題——那個叫什麼？他們在說什麼？那些用繩子制服住姆姆歐的男人是誰？那樣做是什麼意思？——終於厄格烏因為天氣太熱、問題太多，以及沒辦法見到內內希納奇的巨大失望情緒而變得無比暴躁。

他在回程途中始終沒說話，只是不停望著車窗外。

「你已經在想家了，是吧？」理查先生問。

「是的，先生啊，」厄格烏說。他希望理查先生閉嘴。他希望大家都別來煩他。他希望主人還在俱樂部，這樣他才能把客廳的《文藝復興報》拿回他在男僕宿舍的床上蜷曲著身體慢慢看。又或者他可以打開那台新電視來看，要是運氣夠好的話，電視會播放印度電影，而他現在需要的正是那些大眼睛的美麗女子、歌唱、花朵、鮮豔的顏色，還有各種大吼和哭泣的情節。

但當他從後門進屋後，卻震驚地發現主人的母親站在爐子旁，亞瑪拉則站在門邊。就連主人都不知道她們要來，不然一定會叫厄格烏先打掃客房。

「啊，」他說。「歡迎，媽媽。歡迎，亞瑪拉阿姨。」上次她們來訪時的畫面還鮮明地留在他腦中：媽媽不停找歐拉娜麻煩，不但說她是女巫、對她發出噓聲，最糟的是還威脅要為了解決歐拉娜這個問題回去問村裡 dibia 的意見。

4 伊博語：綿羊。
5 伊博語：可樂果。
6 伊博語：白人。

「你好嗎？厄格烏？」媽媽調整了一下身上的罩衫，然後拍拍他的背。「我兒子說你帶那個白人去看你們村裡的鬼魂？」

「是的，媽媽。」

他可以聽見主人很大的說話聲從客廳傳來。或許是有客人來訪，所以他決定不去俱樂部了。

「你可以去休息了，nugo，」媽媽說。「我來準備我兒子的晚餐。」

他最不想要的莫過於讓主人母親佔領他的廚房，更別說她可能會用歐拉娜最愛的平底鍋來煮她那臭到不行的湯。他好希望她可以離開。「我會待在這裡。說不定妳會需要幫忙，媽媽，」他說。

她聳聳肩，然後回頭繼續把黑色胡椒子從莢殼中搖出來。「你的 ofe nsala[7] 煮得好嗎？」

「從來沒煮過。」

「為什麼？我兒子很愛喝啊。」

「我的女主人從沒要求我煮過。」

「她不是你的女主人，我的孩子。她只是跟沒支付聘金的男人住在一起的女人。」

「是的，媽媽。」

她微笑，就好像很高興他終於理解了這件重要的事，然後指向放在角落的兩個陶壺。「我帶了新鮮的棕櫚酒來給我兒子。我們最棒的樹酒採集者今天早上才帶過來的。」

她拉出塞在其中一只壺口的一坨綠色葉片，酒的泡沫立刻湧出來，那泡沫又白又新鮮，而且散發出甜香。她把一些酒倒進杯子裡，遞給厄格烏。

「嚐嚐看。」

酒留在舌頭上的味道很烈，是那種在乾季採集的濃縮棕櫚酒的味道。這種酒總會讓他村子裡的男人很快就變得步履蹣跚。「謝謝妳，媽媽。味道非常好。」

「你們那邊的人採酒技術好嗎？」

「很好，媽媽。」

「但不會有我們那邊的人好。在阿巴，我們有整片伊博族的土地上最頂尖的樹酒採集者。我說的難道不對嗎？亞瑪拉？」

「確實是如此，媽媽。」

「幫我把那個碗洗一洗。」

「是的，媽媽。」亞瑪拉開始洗碗。她的肩膀和手臂隨著刷洗的動作擺動。厄格烏從沒有認真看過她，現在才注意到她纖細的深色手臂和臉似乎因為潮濕而發光，就好像剛用落花生油洗過澡。

主人的聲音響亮又堅定地從客廳傳來。「我們的白癡政府也不該再對英國政府唯命是從。我們必須站穩立場！為什麼英國不在羅德西亞採取更多行動？軟趴趴的經濟制裁天殺的能有什麼效果？[8]」

7 伊博語：白湯，基本上是一種魚湯。

厄格烏靠近門邊聆聽。他深受羅德西亞的故事吸引，他很想知道在非洲南部發生的那些事。他不能理解的是，那些長得跟理查先生很像的人為何可以從長得跟厄格烏很像的人身上奪走東西，這樣做根本毫無道理。

「拿個托盤給我，厄格烏，」媽媽說。

厄格烏從櫥櫃拿了一個托盤下來，打算幫她送食物給主人，但她揮手把他趕開。「我來這裡就是要讓你休息一下，你這可憐的男孩。等那個女人從海外回來，一定又會把工作都丟到你身上，根本沒想到你也是人家的孩子。」她打開一個小包裹，把一些東西灑進湯碗裡。厄格烏起了疑心，他還記得在主人母親上次來訪時出現在後院的黑貓。而且這個包裹也是黑色的，就跟那隻貓一樣。

「那是什麼？媽媽？妳放進主人食物裡的那個東西？」他問。

「阿巴人的特色香料。」她轉頭對他快速微笑了一下。「味道非常好。」

「好的，媽媽。」說不定是他錯了。他不該以為她是在把 dibia 的藥放進主人的食物。說不定歐拉娜才是對的，那隻黑貓只不過是鄰居的貓，根本不代表什麼，雖然他不知道有任何鄰居養那種貓，更何況那隻貓的雙眼還閃爍著黃紅色光芒。

但厄格烏沒再想起那個奇怪的香料或那隻貓，因為在主人吃晚餐時，他又偷偷地從陶壺裡喝了一杯棕櫚酒，然後又是一杯，因為那酒實在香甜。喝完酒之後的他感覺腦中的一切都像覆蓋上一層柔軟羊毛。他幾乎無法走路。他聽見主人在客廳裡用巍巍顫顫的聲音說，「敬偉大非洲的未來！敬我們在甘比亞那些已經獨立的兄弟，也敬那些逃離羅德西亞的尚比亞兄弟！」接著是一陣爆笑聲傳來。看來那些棕櫚酒也對主人起了效果。厄格烏跟著笑，不過他只是一個人待在廚房，而且其實也不知道哪裡好笑。終於他坐在凳子上睡著了，頭就靠在聞起來有魚乾味的桌上。

他醒來時感覺全身的關節都既僵硬又痠痛。他的嘴巴內有酸味，頭也很痛。他好希望太陽沒有明亮到如此暴虐，而主人也不要在看報紙配早餐時說話這麼大聲。比起真正被人民選出來的政治人物，怎麼可以有更多政治人物在毫無競爭對手的狀況下回歸呢？真是胡鬧！這是最糟糕的黑箱操作！主人說的每個字都在厄格烏的腦中敲擊著。

主人出門工作後，媽媽問，「你不去學校嗎？gbo？厄格烏？」

「我們在放假，媽媽。」

「喔。」她看起來很失望。

之後他看見主人母親和亞瑪拉站在廁所門口，而且主人母親正在亞瑪拉的背上抹東西。他於是又起了疑心。媽媽畫圈的緩慢手勢中有些不太對勁的地方，就好像是在配合某種儀式所需的節奏，而亞瑪拉沉默的站姿也很怪，她的背挺得很直，罩衫褪到腰部，從側邊可以看見她小小乳房的輪廓。說不定媽媽正在替亞瑪拉抹某種藥水吧。可是這樣想沒道理，畢竟要是媽媽真有去找 dibia 拿藥，那她用藥的對象也應該是歐拉娜而非亞瑪拉，不過也可能是因為她使用的藥會作用在所有女性身上，所以她必須保護自己和亞瑪拉，以確保只有歐拉娜會死掉、不孕或發瘋。說不定媽媽是趁歐

8 羅德西亞（Rhodesia）是從一九六五年到一九七九年自稱獨立的國家，一九七〇年後改名為羅德西亞共和國（Republic of Rhodesia），所在地為現今的辛巴威（Zimbabwe）。在非洲解殖期間，當地的白人居民不想將統治權轉移給黑人少數族群，因此宣稱獨立建國，但並沒有受到國際間的承認。

拉娜還在倫敦時預先執行某種保護措施，等保護措施做好後，她才會把藥埋到庭院裡，以確保藥物一直到歐拉娜回來時都還有效。

厄格烏打了個寒顫。有道陰影籠罩住這棟屋子。主人母親的開心情緒讓他擔心，而且她一直在哼著曲調不明的歌、堅持親自送餐給主人，還常壓低音量跟亞瑪拉說話。他在她每次走出屋外時仔細觀察她，想看看她有沒有埋下什麼東西，好能在她一進屋後就趕快去挖出來。可是她沒有埋下任何東西。他跟喬莫說他懷疑主人母親有為了殺死歐拉娜而去找過 dibia，喬莫說，「那個女人只是很高興可以不用跟另一個女人共享她的兒子，所以才會每天又是煮飯又是唱歌。你知道每次我沒帶妻子去找我媽媽時，她會有多高興嗎？」

「可是她上次來的時候，我有看到一隻黑貓，」厄格烏說。

「街尾那位歐贊巴教授的女僕是女巫。她會在晚上飛上芒果樹跟其他女巫聚會，我之所以知道，是因為我總是得用耙子收拾她們丟下來的葉子。她才是黑貓要找的對象。」

厄格烏想要相信喬莫。他想要相信是自己過度解讀了主人母親的所有行動，但隔天晚上他除完香草菜園的雜草，走進廚房，看見水槽裡有一大團泡沫中滿是蒼蠅。明明廚房的窗戶只開了一點點，那些又肥又綠的蒼蠅卻有超過一百隻。他不明白這麼多蒼蠅怎麼可能一起狂亂飛舞又嗡嗡作響地穿過那一點縫隙進到屋內。這些蒼蠅太不祥了。厄格烏衝去書房叫主人。

「是很奇怪，」主人說，他把眼鏡拿下後又戴回去。「我很確定艾茲卡教授可以對此提出解釋，可能是某種遷徙行為吧。別把窗戶關上，以免蒼蠅被困在屋內。」

「可是，先生啊，」厄格烏正要說些什麼，主人母親卻已經走進廚房。

「蒼蠅有時就會這樣，」她說。「這很正常。這些蒼蠅怎麼進來就會怎麼出去。」她靠在門邊，說話時得意洋洋的語調令人感到不祥。

「沒錯、沒錯。」主人轉身準備走回書房。「幫我準備茶，我的好傢伙。」

「是的，先生啊，」厄格烏不明白主人為何能如此不受困擾？他怎麼會不明白這些蒼蠅的出現一點也不正常？他把茶盤拿進書房時說，「先生啊，那些蒼蠅想要告訴我們一些什麼。」

主人指了指桌子。「不要倒出來。放在那就好。」

「那些廚房裡的蒼蠅啊，先生啊，那代表這裡有來自 dibia 的不好的藥。有人在這裡下了不好的藥。」厄格烏想再說他很清楚是誰幹的，可是他不知道主人會有什麼反應。

「什麼？」主人在鏡片後方的雙眼瞇了起來。

「那些蒼蠅啊，先生啊。那代表有人在這棟屋子裡下了不好的藥。」

「把門關上，讓我好好工作，我的好傢伙。」

「是的，先生啊。」

等厄格烏回到廚房時，蒼蠅已經不見了。窗戶還是跟原本一樣只有開一點小小的縫隙。正在變黯淡的陽光照亮桌面的切肉刀刀刃。他實在不想碰觸任何東西。環繞在他身邊的神祕氣息已沾汙了所有鍋碗瓢盆。就那麼一次，他很慶幸自己是讓媽媽去煮飯。他沒吃她為晚餐做的 ugba 和炸魚，替主人和那些來訪客人送去的那些棕櫚酒，他也只偷偷啜飲了一小口。他那晚沒睡好，驚醒時睜開的雙眼總是又癢又滿是淚水，內心盼望著能跟理解這種情況的人談談：喬莫、他的姑姑，或是雅努利卡。終於他起身走去主屋打掃家具上的灰塵，這份工作不算繁重也無須費心，但能讓他不至於閒著。清晨的紫灰天色讓廚房充滿各種陰影。他害怕地打開燈，就怕自己會在廚房裡看到些什麼。應該會是蠍子吧，他想，之前就有個吃醋的男人派了一堆蠍子到他姑丈的小屋，導致之後連續的好幾週，他姑丈都會在每天醒來時發現一堆憤怒的黑蠍子在他剛出生的雙胞胎兒子身邊爬行。其中一個嬰兒被蠍子螫到後差點死掉。

厄格烏先打掃了書架，然後把客廳中央桌子上的紙張移開。主人的臥房門打開時，他正在彎腰清理桌上的灰塵。他往走廊瞄了一眼，驚訝地發現主人那麼早就醒了，可是走出房間的卻是亞瑪拉。走廊非常陰暗，她驚恐的雙眼對上厄格烏更為驚恐的雙眼。她一度停止動作，然後又匆忙走向客房，由於胸口附近的罩衫有些鬆開，她必須用一隻手抓住罩衫，但又不小心撞上客房的門。她像是忘記要怎麼開門似的猛推那扇門，之後才終於進入客房。亞瑪拉！那個平凡、安靜又普通的亞瑪拉竟然睡在主人的臥房！厄格烏動也不動地站在原地。他得思考一下。他努力想讓自己天旋地轉的腦袋平靜下來。這是主人媽媽的藥造就的結果，他很確定，可是他擔心的不是主人和亞瑪拉之間的事。他擔心的是歐拉娜發現後的反應。

二十

在二樓的客廳裡，歐拉娜坐在母親對面。她母親把這個空間稱為淑女會客廳，因為她都是在這裡招待朋友。她們會在此一邊談笑一邊誇張又歡快地以彼此的小名相稱——藝術！黃金！烏戈迪亞！——並聊起誰的兒子又在倫敦跟一堆女人亂搞，而在此同時，這些男人的妻子正在他們父親的土地上蓋房子。此外，她們還會討論是誰買了當地的蕾絲卻試圖假裝那是從歐洲買回來的最新款式、誰想要搶那個誰的丈夫，又或是誰從米蘭進口了比較高檔的家具。不過，現在這個空間內沒有任何聲音。她母親一手拿著通寧水一隻手拿著手帕，正在跟歐拉娜談起她父親的情婦。

「他幫她在伊凱賈買了棟房子，」她母親說。「我朋友就住在那條街上。」

歐拉娜看著她母親用手帕輕輕沾掉眼淚的精緻動作。手帕似乎是綢緞做的。那種材質的吸水力根本沒辦法擦眼淚。

「妳跟他談過了嗎？」歐拉娜問。

「要跟他說什麼？Gwa ya gini？[1]」她母親放下玻璃杯。自從女僕用銀托盤將這杯通寧水送上來後，她就一小口也沒喝過。「我沒辦法跟他說什麼。我只是想讓妳知道這件事，以免大家說我都沒

1 伊博語：跟他說什麼？

跟其他人提過。」

「我會跟他談談，」歐拉娜說。這就是她母親想要的結果。她才剛從倫敦回來一天，但在肯辛頓看過婦產科醫生而見到的燦亮未來就已變得黯淡無光。她已經無法記得當時透過全身上下感受到的希望——醫生說她沒有任何問題，而現在唯一需要做的——他眨眨眼——就是努力「做人」。她當時好希望自己可以瞬間回到恩蘇卡「做人」。

「最糟的是，那女人還是個平凡的賤民，」她母親絞扭著手上的手帕。「就是頭來自叢林的約魯巴臭山羊，還跟兩個男人生過孩子。我聽說她又老又醜。」

歐拉娜站起身。那女人的長相真的重要嗎？她父親難道不也是「又老又醜」？真正讓她母親困擾的才不是那位情婦，她很清楚，她在意的是她父親竟做出如此意義重大的舉動：在拉各斯社交名流住的地區為情婦買了一棟房子。

「或許我們該等凱妮內回來？讓她去跟妳父親談比較好吧？nne？」她母親再次用手帕做出沾眼淚的動作。

「我說我會跟他談，媽，」歐拉娜說。

可是到了那天晚上，她走進父親房間，意識到她母親說的沒錯。凱妮內才是執行這項任務的最佳人選。凱妮內總是知道該說什麼，而且絕不會像她現在一樣湧現一種尷尬又笨拙的感受。畢竟凱妮內這人個性稜角分明、說話刻薄，而且極有自信。

「爸，」她走進他房間，關上房門。他正坐在書桌前一張用深色木材做的直背椅上。她沒辦法問他那件事是不是真的，因為必須讓他明白她母親已經很清楚發生了什麼事，而她本人也一樣。不過有那麼一刻，她忍不住想起那個女人：她到底長什麼模樣？她和她父親到底都談些什麼？

「爸，」她又叫了一次。她打算主要用英文跟父親談，畢竟英文很容易帶出一種正式及冷淡的姿態。「我希望你可以稍微尊重一下我母親。」這不是她原本打算要說的話。她用「我母親」而非「媽」的措辭選擇像是決心把他排除在這段關係之外，也像是把他變成一個配不上我父親這個同等稱謂的陌生人。

他往後靠向椅背。

「你和這女人的關係本來就已經很不尊重人，結果你還為她在我母親朋友住的那條街上買房子，」歐拉娜說。「你每天從那裡出門工作、司機也直接把車停在那棟屋子外。你似乎不在乎別人看見你。這些舉動就像是直接往我母親臉上搧巴掌。」

她父親把眼神垂往地面。那是一個男人正在腦中努力思考的樣子。

「我不會說你該怎麼做，但你必須想辦法處理。我母親並不開心。」歐拉娜強調了「必須」兩個字。她在講到那兩個字時特別下了重音。她從未這樣跟父親講過話，不過她其實本來就很少跟他講話。她站在那裡盯著他，他也盯著她。兩人之間的沉默一片空無。

「Anugo m[2]，我聽見妳說的話了，」他說。他的伊博語說得很低沉，像是正在與她密謀，並暗示他明白她是在要求他出軌也就算了，只是記得要保持低調。她被激怒了，她的要求或許就實務層面而言正是如此，可是她還是很不高興。她環視他的房間，心想他的大床看來竟是如此陌生。她從

2 伊博語：我聽見妳說的話了。

未見過有被子的表面是那種燦亮的金色，也沒注意過他的抽屜金屬把手是如此精緻旋繞的線條。就連他本人看起來都像個陌生人，一個她根本不認識的肥胖男人。

「你要說的只有這句話？『你聽見我說的話了』？」歐拉娜大聲問他。

「妳希望我說什麼？」

歐拉娜突然對他、她的母親、她自己還有凱妮內感到可憐。她想問為什麼他們成為一群只有姓氏一樣的陌生人。

「我會想辦法處理，」他又說。他站起身走向她。「謝謝妳，ola m[3]，」他說。

她不確定要如何解讀他對她的感謝，也不知道為何他會稱呼自己為「我的黃金珍寶」，畢竟自從她長大之後，他就沒這麼叫過她，而且此刻使用這個稱謂時還刻意使用了一種莊嚴慎重的口氣。她轉身離開房間。

歐拉娜隔天早上聽見母親扯起嗓子大叫——一無是處的東西！蠢男人！——所以立刻匆忙跑到樓下。她以為他們一定是在打架，在她的想像中，她母親會像女人抓到丈夫偷吃那樣緊緊糾住她父親的衣領。那些聲音是從廚房傳來。歐拉娜在廚房門口停下腳步。有個男人正跪在她母親面前，他把雙手舉高、掌心朝上，模樣就像是在懇求些什麼。

「太太，拜託。太太，拜託。」

她母親轉頭望向站在一旁的管家麥克斯威爾。「I fugo？[4]我們雇用他，他還以為是可以來我們這裡大偷特偷嗎？麥克斯威爾？」

「不是這樣，女士啊，」麥克斯威爾說。

她母親又轉向那個跪在地上的男人。「所以你來這裡後就一直在搞這些勾當？沒用的男人。你來這裡偷我的東西？」

「太太，拜託。太太，拜託。我用神來求妳了。」

「媽，怎麼了？」歐拉娜問。

她母親轉過頭來。「喔，nne，我不知道妳起床了。」

「怎麼了？」

「就是這個野東西。我們上個月才雇用他，但他已經打算把我們家偷光了呢。」她回頭望向那個跪在地上的男人。「你就是這樣報答給你工作的人？愚蠢的男人。」

「他做了什麼？」歐拉娜問。

「妳過來看。」母親帶她走到後院。芒果樹旁靠著一台腳踏車，車子的後座掛著一個編織袋，裡頭的米灑落一地。

「他偷了我的米正打算回家。是神的恩典讓袋子掉到地上。誰知道他之前還偷過我們什麼？難怪我一直找不到我的一些項鍊。」她的母親呼吸很急促。

歐拉娜盯著灑在地上的米粒看，心想她母親怎麼可能為了這點事讓自己情緒激動成這樣？她甚至不確定母親是否真心相信自己在生氣。

3 伊博語：我的黃金珍寶。
4 伊博語：直接翻譯是「你能看見嗎？」可以是「怎麼會這樣？」的意思。

「阿姨，請替我求一求太太吧。是魔鬼要我這麼做的。」那名司機現在把雙掌轉向歐拉娜懇求。「請替我求一求太太。」

歐拉娜把眼神從那個男人充滿皺紋的臉龐及發黃的雙眼移開。他比她一開始以為的還要老，絕對超過六十歲。「起來，」她說。

他看起來猶豫不決，還偷瞄了她母親一眼。

「我說起來！」歐拉娜本來沒打算提高音量，但語氣變得非常嚴厲。男人笨手笨腳地站起來，雙眼還望著地面。

「媽，如果妳打算開除他，那就開除他吧，然後立刻叫他滾，」歐拉娜說。

男人倒抽了一口氣，好像沒預料到她會說出這種話。她母親似乎也很驚訝。她瞄了歐拉娜一眼，再看看那個男人和麥克斯威爾，然後放下原本撐在屁股上的兩隻手。「我會再給你一次機會，但除非有獲得允許，你不准再碰屋子裡的任何東西。聽見了嗎？」

「是的，太太。謝謝妳，太太。神保佑妳，太太。」

歐拉娜從桌上拿起一根香蕉離開廚房時，男人還在歌頌著他的感激之情。

她在電話上跟歐登尼伯說了這件事。她因為看見那個老人如此卑躬屈膝的姿態而感到厭惡，她很確定她母親本來就想要解雇他，只是打算先花一小時享受他備受屈辱的姿態及心中自以為高尚的怒氣。「那些米連四杯都不到，」她說。

「但偷就是偷啊，nkem。」

「我父親和他的政治圈朋友透過合約偷錢，但從沒有人逼他們下跪乞求原諒。他們用偷來的錢蓋房子、租給像那傢伙的人，還收他們過高的房租，搞得他們買不起食物。」

「你不能用偷竊合理化偷竊。」歐登尼伯的語調聽起來異常陰沉，她以為他會因為這個事件中的各種不公義開始高談闊論。

「所謂的不平等一定會讓人這樣羞辱別人嗎？」她問。

「通常是這樣的。」

「你還好嗎？」

「我母親在這裡。我完全不知道她要來。」

難怪他的語氣變這樣。「她會在週二前離開嗎？」

「不知道。真希望妳在這裡。」

「我很高興我不在。你們有聊到如何打破那個受過高等教育的女巫施下的魔咒嗎？」

「在她有機會說出什麼之前，我就會跟她說沒什麼好討論的。」

「如果要安撫她，你或許可以跟她說我們正在努力生孩子。還是她會被我打算生孩子的可能性嚇壞？畢竟巫術基因有可能會遺傳給她的孫子或孫女。」

她真希望歐登尼伯笑出來，但他沒有。

「真希望星期二趕快來，」他過了一陣子後說。「我也等不及了，」她說。「跟厄格烏說要把臥房的毯子拿出去晾一晾。」

那天晚上，她在母親走進她的房間時聞到蔻依牌花調香水的氣味，那味道很宜人，可是她不明白為什麼有人上床睡覺時要擦香水。她母親實在有太多香水，她梳妝檯上的香水瓶多到像是店裡的陳列貨架，裡頭包括矮小的瓶子、頂端尖細的瓶子，還有各種圓滾滾的瓶子。就算每晚睡覺時都擦香水，她母親也無法在五十年內把香水用完。

「謝謝妳，nne，」她說。「妳父親已經努力想賠罪了。」

「我懂了。」歐拉娜不想知道她父親為了賠罪做過什麼，但由於自己像凱妮內那樣去跟父親談過、促使他採取行動，並因此讓自己成為一個有用的人，她心中湧現出一種奇異的成就感。

「努威蘇太太很快就不會再打電話來說她在那一帶看見他了，」她母親說。「關於某些人的女兒拒絕結婚這件事，她前陣子說了些刻薄的話，我想她是在針對我，想看看我會不會反擊。她女兒去年結婚了，他們沒錢為了婚禮從海外進口任何東西。就連新娘禮服都是在拉各斯這裡做的！」她母親坐下。「對了，有個人想跟妳見見面。妳知道伊格威．歐諾奇他們家嗎？他們的兒子是工程師。我想他有在某個場合見過妳。他很有興趣。」

歐拉娜嘆了口氣，把背往後靠，開始聽母親說話。

她大概在下午三點時回到恩蘇卡。在那樣停滯的時光中，陽光持續不懈地發揮威力，就連蜜蜂都安靜而沉默地棲息在某處不動。歐登尼伯的車子在車庫裡。她還沒敲門，厄格烏就已經打開門。他的襯衣扣子開著，腋下有一片片汗漬。「歡迎，女士啊，」他說。「厄格烏。」她好想念他那張露出微笑的忠心臉龐。「Unu anokwa ofuma？[5]你這幾天都好嗎？」

「很好，女士啊，」他說完後走向計程車，把她的行李從車上拿進來。

歐拉娜走進屋內。她好想念厄格烏擦完百葉窗後盤旋在客廳的清潔劑氣味。由於以為歐登尼伯的母親已經離開，所以看到她盛裝打扮坐在沙發上擺弄一個袋子時，她確實像是被潑了一桶冷水。站在一旁的亞瑪拉手上拿著一個小金屬盒。

「Nkem！」歐登尼伯一邊說一邊匆匆走上前。「妳回來真好！太好了！」

他們擁抱，但他的身體並沒有放鬆地靠在她身上，快速親吻她時他的嘴唇也顯得如紙般乾燥。

「媽媽和亞瑪拉正要離開。我要帶他們去轉運站，」他說。

「午安，媽媽，」歐拉娜說，可是並沒打算再靠近她。

「歐拉娜，kedu？」一開始作勢要擁抱的是媽媽，後來露出溫暖微笑的也是媽媽。歐拉娜很迷惑，但很開心。說不定歐登尼伯跟她談過他們的關係有多認真了，而且兩人打算生孩子的計畫或許真的軟化了她的心。

「亞瑪拉，妳好嗎？」歐拉娜問。「我不知道妳也有來。」

「歡迎，阿姨，」亞瑪拉喃喃地說，她的眼神盯著地面。

「東西都帶了嗎？」歐登尼伯問他的母親。「走吧。我們走吧。」

「妳吃過了嗎？媽媽？」歐拉娜問。

「早上吃的那餐還沉沉躺在我的肚子裡呢，」媽媽說。她臉上有種正在開心打著某種主意的表情。

「我們得離開了，」歐登尼伯說。「等等有場比賽，我已經跟人家約好時間。」

5 伊博語：推測是「你都好嗎？」

「妳呢？亞瑪拉？」歐拉娜問。媽媽那張微笑的臉突然讓她很想把她們留下來一陣子。「我希望妳們都吃過一點了。」

「有的，阿姨，謝謝妳，」亞瑪拉說，她的雙眼仍緊盯著地面。

「給亞瑪拉鑰匙，讓她把行李放到車上，」媽媽對歐登尼伯說。

歐登尼伯走向亞瑪拉，可是卻在一小段距離外停下腳步，因此必須伸長手臂才能把鑰匙遞給她。她從他的手指上小心接過鑰匙，兩人在過程中完全沒有碰到彼此。那是一個極微小的片刻，短暫又稍縱即逝，但歐拉娜觀察細微地注意到他們在迴避任何可能的接觸、任何肌膚碰觸的發生，就彷彿他們已經因為一個極為重大的共識連結在一起，所以決心不再因為任何其他事物而產生連結。

「旅途順利，」她說。她望著那台車緩慢開出住宅區，然後站在那裡告訴自己一定是搞錯了什麼。那個舉動沒有任何意義。可是她還是深受其擾。她再次出現自己之前在等待婦產科醫生出現時的類似感受：她深信她的身體出了什麼毛病，卻又想盡辦法要對方告訴自己一切都沒問題。

「女士啊，妳要吃飯嗎？我該去加熱米飯嗎？」厄格烏問。

「現在不用。」有那麼一瞬間，她想問厄格烏是否也發現他們兩人剛剛的舉動。「去看看有沒有酪梨熟了。」

「是的，女士啊。」厄格烏在離開前非常短暫地遲疑了一下。

她站在前門等歐登尼伯回來。她的肚子裡有一種往下陷落的感受，心臟也像是在競速，她不知道這一切是什麼意思。她打開門，然後在他的臉上搜尋線索。

「發生什麼事了嗎？」她問。

「什麼意思？」他手上握著報紙。「我有個學生錯過了最近一次的考試，今天早上竟然跑來給我一些錢，希望我讓他通過，真是個蠢貨。」

「我不知道亞瑪拉有跟媽媽一起來，」她說。

「對。」他開始重新整理手上的報紙，同時迴避她的視線。震驚的情緒開始在歐拉娜的全身散播開來。她知道了。從他如同抽搐般的動作、從他臉上的震驚表情、從他想讓自己重新變正常的努力，她知道了，她知道有什麼不該發生的事發生了。

「你碰了亞瑪拉，」歐拉娜說。那不是一個提問，不過她還是希望他把這句話當成提問並做出回應；她想要他說沒有並對她竟然會有這種想法而發怒。可是歐登尼伯沒說話。他在扶手椅上坐下，看著她。

「你碰了亞瑪拉，」歐拉娜又說了一次。後來的她永遠記得他當時的表情。他看著她的樣子就好像從沒想過會出現這個場面，所以就連該怎麼說或怎麼做的可能性都沒思考過。

她轉身走向廚房，因為感覺壓在胸口的重擔實在太巨大，經過餐桌時差點跌倒在地，畢竟那完全不是她的身形所能承受的重擔。

「歐拉娜，」他說。

她無視他。他沒有追過去，因為罪惡感而產生的恐懼把他嚇壞了。她沒有立刻上車開回自己的公寓，只是走出屋子坐在後院的階梯上，看著檸檬樹附近的一隻母雞。那隻母親正在看管六隻小雞，牠用身體把牠們一隻隻推擠向灑落在地面的食物碎屑。厄格烏正在從男僕宿舍附近的樹上摘酪梨。她不確定自己在那裡坐了多久，接著那隻母雞突然開始大聲嘎嘎叫，還張開雙翅想保護自己的小雞，可是牠們躲起來的速度不夠快。一隻鳶飛撲下來帶走其中一隻棕白相間的小雞。那隻鳶先是往下降落，再用彎曲的爪子抓走一隻小雞後滑翔飛走，速度快到歐拉娜懷疑一切都是自己的想像。但這不可能是她的想像，因為那隻母雞正在繞著圈圈跑，一邊嘎嘎大叫一邊還揚起一片片沙塵。其他小雞看起來很迷茫。歐拉娜望著牠們，不知道牠們能否明白母親正在跳的哀悼之舞。然後，終於，她開始哭。

每個日子都朦朧地交疊在一起。歐拉娜努力在腦中撈取思緒、努力想出可以做的事情。歐登尼伯第一次來她的公寓找她時，她不確定要不要讓他進門，可是他把門敲了又敲，他說，「Nkem，拜託開門，biko，請開門，」所以最後她還是讓他進來。她坐著小口小口喝水，聽他跟她說他當時喝醉了，而且是亞瑪拉直接撲到他身上，總之一切都只是一陣魯莽的激情。等他講完後她要他滾出去。他一直以來自信滿滿的心態足以讓他表示自己的作為不過是一陣魯莽的激情，但在她聽來實在刺耳。她痛恨這個說法，也痛恨他下次來時表示「那件事沒有任何意義，nkem，真的沒有」的篤定語氣。對她來說重要的不是那件事有什麼意義，而是已經發生的事：她只不過離開他身邊三星期，他就和他母親帶來的鄉下女孩上床了。這未免也太簡單了。他竟然就這樣打破她對他的信任。她決定去一趟卡諾，因為如果有任何地方可以讓她頭腦清楚地思考，那就是卡諾。

她的班機先停在拉各斯，而在她坐在休息室內等待時，一名高瘦的女子匆匆經過。她站起身，幾乎要開口喊凱妮內！但又意識到那不可能是她。凱妮內的膚色更深，而且絕不會穿綠裙子搭紅上衣。不過她好希望那個人就是凱妮內。因為如果她是，她們會坐在彼此身邊，她會跟凱妮內說歐登尼伯的事，而凱妮內會說一些機巧、諷刺又同時令人感到安慰的話。

在卡諾，亞萊茲氣瘋了。

「那個來自阿巴的野東西！他的爛陰莖很快就會斷掉！難道他不知道他每天早上起床時都該下跪感謝神讓妳注意到他的存在嗎？」她一邊說一邊給歐拉娜看一張張畫著蓬鬆結婚禮服的素描。納匡薩終於求婚了。歐拉娜看著那些素描。她認為那些禮服都太醜，而且有太多無謂的設計，可是她很高興亞萊茲代替她把怒氣發洩出來。她指向其中一張素描，「O maka，這件很漂亮。」

艾菲卡舅媽沒針對歐登尼伯的事說什麼。幾天後，歐拉娜和她一起坐在露臺，那天的陽光很猛烈，錫製簷廊像在抗議一樣不停發出爆裂聲。可是比起有三個鄰居在煮飯的廚房，這裡還是比充滿煙的廚房涼多了。歐拉娜用一個小小的酒椰葉纖維軟墊搧風。住宅區的大門邊站著兩個女人，一個人用伊博語喊——「我說妳今天得把我錢給我！Tata[6]！今天，不是明天！妳聽到我說的話了，我講話時嘴巴裡可沒有水！」——而另一個人則用雙手做出懇求的手勢，同時眼神不停瞄向天空。

「妳好嗎？」艾菲卡舅媽問。她已經在缽裡把豆子磨碎，目前正在攪拌變得像麵團一樣的糊狀物。

「我很好，舅媽。來這裡確實比較好。」

艾菲卡舅媽把手伸進那團糊狀物中挑出幾隻黑色小蟲。歐拉娜為自己搧風的動作更快了。艾菲卡舅媽的沉默讓她想再說些什麼。

6 伊博語：推測是「就是今天」的意思，又拼寫為「taatà」。

「我想我會把我在恩蘇卡教書的計畫延後，然後來卡諾住，」她說。「我可以在這裡的專科學校教一陣子書。」

「不。」艾菲卡舅媽把研磨杵放下。「Mba[7]。妳要回去恩蘇卡。」

「我不能就這樣回去跟他住，舅媽。」

「我沒有要求妳回去跟他住。我是要妳回恩蘇卡。妳難道沒有自己的公寓和自己的工作嗎？歐登尼伯幹了所有男人都會幹的事，他在妳不在的時候把陰莖捅進他能找到的第一個洞裡。但又不是有人死了，對吧？」

歐拉娜停止為自己搧風，她開始感覺頭皮因為出汗變得潮濕。

「妳舅舅一開始跟我結婚時，我很擔心，因為我以為那些外面的女人會來把我從家裡趕走。但我現在明白，不管他做什麼，我的人生都不會有改變。如果有改變，那只能是因為我想改變。」

「舅媽，妳的意思是？」

「他現在很小心。因為他很清楚我已經不再害怕。我跟他說過，如果他做出讓我蒙羞的事，我會剪掉他兩腿中間那條蛇。」

艾菲卡舅媽繼續回頭攪拌那團糊狀物，歐拉娜腦中關於舅舅和舅媽婚姻關係的想像正沿著一條條縫線裂開。

「永遠都不能表現出自己的人生屬於某個男人的樣子。聽見了嗎？」艾菲卡舅媽說。「妳的人生屬於妳，而且只屬於妳，soso gi[8]。妳週六會回去。現在讓我趕一下進度，才能做些 abacha[9] 讓妳帶回去。」

她拿起一點糊狀物嚐味道，然後吐出來。

歐拉娜在週六離開。隔著飛機走道坐在她旁邊的男人擁有她見過最閃亮、顏色最深邃，而且如同烏檀木般的肌膚。她其實更早就注意到他身上穿著三件式羊毛西裝，而且在他們站在瀝青跑道上等待時就盯著她看。他有主動提議要幫她提隨身行李，之後又問空服員是否可以坐到她旁邊的空位。而現在，他把那份《新奈及利亞人》報遞給她，問她，「想讀這個嗎？」他的中指上戴著一枚很大的蛋白石戒指。

「是的。謝謝你。」歐拉娜接下那份報紙。她快速瀏覽過一頁頁內容，並意識到他在觀察她，而那份報紙是他用來開啟話題的道具。突然之間她好希望自己可以受他吸引，這樣就能有某種瘋狂又神奇的事情同時發生在他們兩人身上，之後等飛機降落，她就能跟他牽著手離開，就此展開一段燦亮的新生活。

「他們終於把拉各斯大學那位伊博族的名譽副校長開除了，」他說。

「喔。」

「這則消息刊在報紙最底下那頁。」

7 伊博語：不。

8 伊博語：只有妳。

9 一種木薯再製品做成的涼拌沙拉。

歐拉娜把報紙翻到最底下。「原來如此。」

「為什麼一個伊博男人要在拉各斯擔任名譽副校長？」他問。歐拉娜沒說話，只是稍微露出微笑表示她有在聽。他又說，「伊博人的問題在於他們想掌控這個國家的一切。一切。他們為什麼不能好好待在屬於他們的東部？他們擁有所有店鋪，也掌管了所有公務機關，就連警察單位也一樣。如果你因為犯罪而遭到逮捕，只要你說keda，他們就會放你走。」

「我們說kedu，不是keda，」歐拉娜沉靜地說。「意思是你好嗎？」

那個男人盯著她，她也回應他的眼神，同時心想如果他是個女人會有多美啊，畢竟他擁有一身完美閃亮且接近全黑的肌膚。

「妳是伊博人？」他問。

「對。」

「但你有一張富拉尼人的臉。」他的語氣像一種指控。

歐拉娜搖搖頭。「是伊博人。」

那個男人低聲說了些像是抱歉之類的話，然後轉頭仔細翻看自己的手提包。當她把報紙遞給他時，他似乎不太想接回來，而儘管她時不時還是把眼神投向他，他卻是直到飛機降落拉各斯時都沒再看向她。真希望他能知道他的偏見讓她覺得自己充滿各種可能性。她不必是一個因為男人跟鄉下女孩睡過而受傷的女人。她可以是飛機上和好看陌生人一起奚落伊博人的富拉尼女子。她可以是一個掌控自己人生的女人。她可以是任何她想要的樣子。他們起身準備下機時，她對他露出微笑，但阻止自己說出謝謝你，因為她絲毫不想減緩他剛剛所感受到的驚訝及懊悔。

歐拉娜雇了一位司機開敞篷小貨車跟她一起去歐登尼伯住的地方。當她在屋內打包書本，並向司機指出需要載走的東西時，厄格烏一直跟在她身邊。

「主人看起來就像是每天都在哭，女士啊，」厄格烏用英文對她說。

「找個紙箱把我的攪拌機放進去，」她說。我的攪拌機聽起來有點陌生，之前這台機器一直被稱為那台攪拌機，從沒有人指出她是這台機器的主人。

「好的，女士啊。」厄格烏走去廚房拿了一個紙箱回來，然後姿態躊躇地遞出那個紙箱。「女士啊，請原諒主人吧。」

歐拉娜看著他。他早就知道了。他有看見這個女人跟他的主人睡同一張床。他也背叛了她。

「Osiso！把我的攪拌機放進車子！」

「是的，女士啊。」厄格烏轉向大門。

「客人們還會在晚上時過來嗎？」歐拉娜問。

「跟妳在的時候已經不一樣了，女士啊。」

「可是他們還是會來？」

「對。」

「你的主人仍然在打網球，也還是會去教職員俱樂部？」

「對。」

「很好。」這不是她的真心話。她想聽到的是：歐登尼伯再也無法面對這個曾由他們兩人共同建立的人生。

每次他來拜訪她時，她都要努力不因為他看起來有多正常而感到失望。她站在門邊給出一些含糊的答案，並對他毫不費力的健談姿態感到厭惡，也討厭他總能漫不經心地說出，「妳知道我永遠不會再愛上其他女人了，nkem，」就彷彿他確信隨著時間過去，一切都會回到原本的模樣。她也很厭惡其他男人對她抱持的浪漫關注。那些單身男子會刻意造訪她的公寓，已婚男子則會在她工作的系所外「意外撞見」她。他們的追求讓她討厭，因為這些事——還有這些人——擅自認定她和歐登尼伯的關係永遠結束了。「我沒有興趣，」她告訴他們，但就算在她這麼說的當下，卻還是希望這些話不會傳回歐登尼伯耳中，因為她不想讓他以為她在為他傷神憔悴，而她確實也沒有為他憔悴傷神：她為自己的講課內容加入新材料、花很長的時間煮飯、閱讀新書，還買了新唱片。她成為聖文森·特德保羅協會的秘書，並把所有會議紀錄寫在一本筆記本上。她在前院種植百日菊，還和美國黑人鄰居埃德娜·惠勒發展出一段友情。

埃德娜笑的時候很安靜。她是一位音樂老師，播放爵士樂唱片時總是有點太大聲。她平日常煮軟嫩的豬排，而且很常談起婚前在蒙哥馬利丟下她的男人，以及在她小時候遭私刑處死的那位叔叔。「妳知道什麼總是讓我感到不可思議嗎？」她會這樣問歐拉娜，就好像她前一天沒提起過這個話題一樣。「那些文明的白人穿著好衣服和好帽子，聚在一起看白人把黑人吊死在樹上。」

然後她會安靜地笑，還會拍拍自己散發著熱燙過後油光的髮絲。一開始她們不會談起歐登尼伯。對歐拉娜來說，能有個跟她和歐登尼伯社交圈毫無交集的友伴實在讓她身心舒暢。然後，有一次，當埃德娜跟著比莉·哈樂黛的〈我的男人〉[10]一起哼唱時，她開口問了，「妳為什麼愛他？」歐拉娜抬眼望向她。她的腦中一片空白。「為什麼我愛他？」

埃德娜抬起眉毛，她正隨著比莉．哈樂黛的歌詞做出嘴型，但沒有真的唱出來。

「我不認為愛有理由，」歐拉娜說。

「愛當然有理由。」

「我認為是愛先出現，然後才會有所謂的理由。跟他在一起的時候，我覺得什麼都不再需要。」

歐拉娜的話讓她自己也感到驚訝，而這驚人的事實也開始讓她想哭。

埃德娜在觀察她。「妳不能一直騙自己。妳其實過得不好。」

「我沒有騙自己，」歐拉娜說。比莉．哈樂黛哀怨又刮人的歌聲開始讓她惱怒。她不知道自己這麼容易被看透。她以為自己常發出的笑聲很真實，真實到埃德娜不可能知道她會獨自待在公寓裡面哭。

「我不是討論男人的最佳對象，可是妳必須找個人好好談談，」埃德娜說。「或許跟神父談談？妳參加了聖文森．特德保羅的慈善活動之旅這麼多次，他為妳做這點事也是應該的吧？」

埃德娜說完就笑了。歐拉娜也跟著笑。可是她同時也在想，或許她真的需要找個人談談，而且對方要是個立場中立還能幫助她找回自我的人。她必須想辦法對付自己變成的這個陌生人。接下來幾天，她開始每天開車去聖彼得教堂好幾次，但又總是在半路就阻止自己，改變心意。終於，在某個週一下午，她還是去了。這次她的車速很快，路途中無視所有減速丘，以免讓她又有阻止自己的理由。在戴米恩神父空氣不流通的辦公室內，她在一張木製長凳上坐下，雙眼緊盯著那座有著「無

10 比莉．哈樂黛（Billie Holiday）是二十世紀上半葉一位傑出的非裔美籍爵士樂歌手。

神職信徒」標籤的檔案櫃上，開始對神父談起歐登尼伯。

「我已經不去教職員俱樂部了，因為我不想見到他。我對網球失去興趣。他背叛我、傷害我，但卻好像還是能掌管我的人生。」

戴米恩神父拉拉自己的領子，調整一下眼鏡，又揉揉鼻子。他沒有給她任何答案。她不禁懷疑他到底有沒有在思考可以給她的建議，什麼都好。

「我上週六沒在教堂看到妳，」他終於開口。

歐拉娜很失望，可是他畢竟是神父，而這勢必就是他給出的解方：尋求神的幫助。她原本希望他能讓她覺得她的自憐情緒是合理的。她希望他能幫助自己更理直氣壯，並鼓勵她更心安理得地佔據道德高位。她希望他譴責歐登尼伯。

「你認為我該更常上教堂？」她問。

「對。」

歐拉娜點點頭，她把提袋拉到身邊準備起身離開。她不該來的。她不該以為這個身穿白袍且選擇閹割自己的男人可以理解她的感受。他正看著她，眼鏡後方的兩隻眼睛好大。

「我也認為妳該原諒歐登尼伯，」他說，然後像是感覺難以呼吸一樣扯了扯領子。有那麼一刻，歐拉娜實在看不起這個人。他說的話太輕鬆、太容易猜想。她不需要來這裡聽這些。

「好。」她起身。「謝謝你。」

「不是為了他，妳知道。是為了妳自己。」

「什麼？」神父還坐著，所以她只能低下頭與他四目相交。

「不要當作是原諒他，就當作是容許妳自己快樂。畢竟妳要拿妳自己選擇的悲慘處境怎麼辦呢？咬牙苦撐？」

歐拉娜望向窗戶上方的十字架，再望向在痛苦中顯得靜謐的那張臉龐。她什麼都沒說。

歐登尼伯很早就來了，當時她早餐都還沒吃。但她都還沒打開門鎖看見他陰沉的臉，就已經知道一定是出了什麼事。

「怎麼了？」她問，然後因為閃入她心中的一個盼望而陡然浮現出驚恐的情緒：她希望他母親死了。

「亞瑪拉懷孕了，」他說話時帶有一種旁觀者的堅毅語氣，那是一個人在傳達壞消息時想為對方堅強起來的方式。

歐拉娜緊抓著門把。「什麼？」

「媽媽剛剛來告訴我。她說亞瑪拉懷了我的孩子。」

歐拉娜開始笑。她笑了又笑。此刻的場景和過去幾週突然都詭異地像是假的一樣。

「讓我進去，」歐登尼伯說。「拜託。」

她從門邊退開。「請進。」

他坐在椅子的邊緣，而她的感覺就像是一直在努力把一片片破掉的瓷器碎片黏回去，但一切卻又突然再次碎開；第二次的碎裂已經不讓她痛苦，可是卻讓她明白，打從一開始，想把一切恢復原狀就是不可能的。

「Nkem，拜託，讓我們一起處理這件事，」他說。「我們會完全照妳的意思做。拜託讓我們一起面對。」

歐拉娜走進廚房關掉燒水的爐火，然後回來坐在他對面。「你說只有發生一次。只有一次就讓她懷孕？只有一次？」她真希望自己沒有提高音量。但發生這種事的機率實在太低，一切都太戲劇化了。他只不過在喝醉後跟一個女人睡過一次，然後她就懷孕了？

「就一次，」他說。「只有一次。」

「我明白了。」但她其實什麼都不明白。由於他強調只有一次的那種自以為是的態度，想要搧他巴掌的衝動再次湧現，他的態度就彷彿他都是不得已的，而且彷彿重點在於事情發生了幾次，而不是打從一開始就不該發生。

「我跟媽媽說我要把亞瑪拉送去埃努古的歐孔庫醫生那裡，她說她沒死之前都別想。她說亞瑪拉會生下那個孩子自己養，還說有個在翁多[11]做伐木業的年輕男子會跟亞瑪拉結婚。」歐登尼伯站起身。「媽媽打從一開始就在計畫這件事。我現在終於明白了。她一開始先確保我喝到爛醉，再把亞瑪拉送來我這裡。我覺得我被陷害了。我是不知不覺落入一個我不明白的處境啊。」

歐拉娜看著他。她從他蜷曲的髮絲看到他穿著皮涼鞋的細長腳趾，驚慌地意識到她對自己的愛人產生一股厭惡。「沒有人陷害你，」她說。

他想伸手抱她，但她把他甩開，要求他離開。之後她走進廁所站在鏡子前，用雙手粗暴地揉捏自己的肚子。那樣的疼痛讓她想起自己有多沒用，也讓她想起有個孩子已經選擇安頓在另一個陌生人的身體中，而不是她的體內。

埃德娜敲門敲了很久，歐拉娜只好起身開門。

「怎麼回事？」埃德娜問。

「我祖父以前說，其他人只是放屁，但只有他放屁會噴出屎，」歐拉娜說。她想讓自己聽起來很風趣，可是她的聲音太過沙啞，又像是哭過太久。

「怎麼回事？」

「跟他上床的女孩懷孕了。」

「妳天殺的到底有什麼毛病？」

歐拉娜瞇起雙眼。有毛病的是她自己？

「妳給我振作起來！」埃德娜說。「妳以為他有跟你一樣成天哭哭啼啼嗎？當那個渾蛋在蒙哥馬利丟下我時，我試圖自殺，而妳知道他做了什麼嗎？他遠走高飛，跑到路易斯安那玩樂團。」埃德娜暴躁地拍拍她的髮絲。「瞧瞧妳。妳是我認識過最善良的人。瞧瞧妳有多美。妳為什麼需要這麼多身外之物？為什麼光是擁有妳自己還不夠？妳真是見鬼的軟弱！」

歐拉娜往後退開，各種騷亂的苦楚、思緒及怒氣同時湧上心頭，刺穿她的身體，導致後續這些字詞沉靜又精準地從她口中流瀉而出：「妳的男人拋棄妳並不是我的錯，埃德娜。」

埃德娜一開始看起來很驚訝，然後是厭惡，接著轉身走出歐拉娜的公寓。歐拉娜望著她離開。她對自己剛剛說的話感到抱歉，可是暫時還不會去道歉。她會再給埃德娜一、兩天時間。她突然覺

11 翁多（Ondo）位於奈及利亞西南部的翁多州。

得好餓，那是一種尖銳刺骨的餓。她的體內已經被淚水清空。她沒有好好加熱之前剩下的加羅夫飯，而是直接從鍋子裡舀來吃，然後喝了兩瓶啤酒，但還是沒有飽足感。她吃了櫃子裡的餅乾，再吃了放在冰箱裡的一些橘子，然後決定去東部商店買一點酒。她要喝酒。她要喝到不能喝為止。

商店門口站著兩個女人，其中一個是理工學院的印度人，另一個來自卡拉巴爾[12]的女人是教人類學。她們微笑向她道午安，而她忍不住懷疑她們窺探的眼線中是否暗藏同情？她們是不是覺得她正在崩潰而且非常軟弱？

她正在仔細讀著一個個酒瓶商標時，理查走了過來。

「我就覺得是妳，」他說。

「哈囉，理查。」她瞄了一眼他的籃子。「我不知道你會自己來購物。」

「哈里森回他的老家幾天，」他說。「妳好嗎？都沒事吧？」

她不喜歡他眼裡的同情。「我很好。只是無法決定要買這兩瓶當中的哪一瓶。」她指向那些酒瓶。「不如我兩瓶都買。如果你願意跟我一起喝，我們就能一起決定哪支酒比較好。你能撥出一小時的時間嗎？還是你必須趕回去寫作？」

理查似乎被她的歡快情緒嚇到了。「我可不想打擾，真的。」

「當然不打擾。而且，你一直沒來拜訪我」——她暫停了一下——「我是說沒來過我的公寓拜訪我。」

她打算拿出平日優雅的自己。他們會一起喝酒，然後聊起他的書、她新種的百日菊、伊博烏庫文化，以及在西部選舉中發生的慘劇。而他會回去跟歐登尼伯說她過得很好。她過得很好。

他們抵達她的公寓後，理查直挺挺地坐在沙發上。她希望他可以像是在歐登尼伯家一樣用半坐半躺的姿態放鬆坐著，但此刻他就連拿著酒杯的姿態都很僵硬。她坐在鋪了地毯的地板上。兩人為了肯亞獨立舉杯慶祝。

「你真該寫出英國對肯亞做出的恐怖勾當，」歐拉娜說。「他們不是會把男人的睪丸切掉嗎？」

理查喃喃說了一些話後移開眼神，就好像睪丸這個詞讓他害羞。歐拉娜微笑地望著他。「不是嗎？」

「確實是。」

「那你就該寫出來。」她緩慢地喝著第二杯酒，抬頭享受冷涼的液體流過喉嚨。「決定書名了嗎？」

「『裝滿手的籃子。』」

「『裝滿手的籃子。』」歐拉娜傾斜手上的玻璃杯，喝光杯中的酒。「聽起來讓人毛骨悚然。」

「跟勞工有關。主題是那些勞工貢獻出的美好成果——舉例來說，鐵路——但同時也談到勞工如何受剝削，以及殖民企業軟土深掘到什麼地步。」

「喔。」歐拉娜起身拔起第二瓶酒的瓶塞，彎腰先注滿自己的酒杯。她覺得自己好輕，彷彿承擔自己的體重變得更容易，可是她的腦袋很清楚，她知道自己想做什麼，也知道自己在做什麼。她拿著酒瓶站在理查面前，理查那幾乎可謂潮濕的氣味充滿她的鼻腔。

12 卡拉巴爾（Calabar）位於奈及利亞最東南角的地區。

「我杯子裡的酒挺滿的，」他說。

「對，確實是。」她把酒瓶放在地上，坐在他身旁，撫摸平躺他肌膚上的毛髮，心想這些毛髮是多麼纖細、柔軟啊，跟歐登尼伯身上粗硬挺拔的毛髮不同，真的一點也不同。他看著她，她在想他的眼睛是否真在此時變成灰色，又或者只是她的想像。她輕撫他的臉龐，然後任由自己的手停在他的臉頰上。

「來，跟我一起坐在地上，」她終於說。

他們在地上並肩坐著，背靠著沙發。理查喃喃地說「我該離開了，」總之大概就是那樣一句話。可是她知道他不會離開，她知道只要她在質地粗硬的地毯上攤開她的身體，他就會在她身邊躺下。她親吻他的嘴唇。他用力把她拉過去，但又同樣快速地放開手、別開臉。她可以聽見他快速的呼吸聲。她解開他的長褲，重新靠過去拉下褲子，然後因為褲子卡在他的鞋子上笑出來。她把連身裙脫掉。他趴到她身上。她裸露的背部感覺地毯好刺，她感覺他的嘴巴軟綿無力地包裹住她的乳頭。理查的所有動作都跟歐登尼伯的啃咬及吸吮完全不同，跟他帶來的歡愉衝擊也毫無相似之處。理查沒有用那種會讓她忘卻一切的方式伸出舌頭輕巧舔過她全身，相反地，當他親吻她的肚子時，她會意識到他正在親她的肚子。

然而當他進入她時，一切都變了。她抬高臀部和他一起擺動、配合他的衝刺，她感覺像是甩脫手腕上的鎖銬，取出插在皮膚內的大頭針，並藉由口中爆發出的響亮、響亮喊叫聲釋放自己。結束之後，她感覺全身浸泡在幸福裡，幾乎是滿溢著恩典。

二十一

在得知溫斯頓．邱吉爾爵士的死訊時，理查幾乎是鬆了一口氣。這給了他週末不用去哈科特港的理由。他還沒辦法面對凱妮內。

「你得讓你那糟糕的邱吉爾笑話入土為安了，是吧？」他在電話上告訴凱妮內，他要去拉各斯的英國高級專員公署參加追悼會，而當時凱妮內就是這麼回答。他笑了，然後開始想，要是她在發現他幹的好事後離開他，他就再也無法透過電話聽見那譏諷人的聲音了，這可要怎麼辦？

在歐拉娜公寓發生的一切只是幾天前的事，但他腦中的回憶已經很模糊。他只記得他結束後在她的客廳地板上睡著了，醒來時頭很痛，並對自己的裸體感到很不自在。她坐在沙發上，沉默的她衣著完整。他感覺很尷尬，不確定他們該針對發生過的事說什麼。終於他決定離開，什麼都沒說，因為他不希望她在他想像中的懊悔表情變成厭惡。他不是她挑中的男人，他知道當時進入她的可以是任何人，而且就連抱著她的裸體時都能意識到這件事，但即便如此，他還是因為抱著她凹凸有致的身體、發現她和他一起擺動，而且意識到她不只給予還在他身上掠奪而感到愉悅。他從沒這麼硬過，也從沒像是跟她在一起時那麼持久過。

不過現在他感到無比失落。他對她的愛慕源自她的遙不可及、源自遠觀的崇拜，可是現在他已嘗過她舌頭上的酒味、曾因為用身體緊貼住她的身體而讓自己聞起來也是椰子的香氣，並因此在事後出現一種奇異的失落感。他失去了他的幻想。可是他最擔心的還是失去凱妮內。他決心永遠不要讓凱妮內知道。

他在追悼會上坐在蘇珊旁邊，當台上播放出溫斯頓．邱吉爾爵士曾進行的一場演講內容時，她將戴著手套的雙手緊緊交握，整個人靠上他。理查可以感覺到自己眼中有淚水。這或許是他們唯一的共通點：他們對邱吉爾的敬愛之情。追悼會結束後，她邀請他去馬球俱樂部喝一杯。她之前帶他去過一次，當時他們坐在寬廣的綠色草坪邊，她說，「非洲人才被允許進入這裡幾年，但你不會相信他們現在人有多少，而且都不太懂感恩，真是受不了。」

他們這次坐在塗了白漆的欄杆附近的同樣位置上，一旁有位穿著緊身黑西裝的奈及利亞服務生。俱樂部裡沒什麼人，不過另一邊正在進行馬球比賽。在一顆球飛上半空中後，八個大吼大叫又汗流浹背的男人全速策馬狂奔的聲響傳來。蘇珊沉靜地說著話，她因為一個從不認識的人死去而心中充滿不怎麼激烈的哀悼情緒。她說多有趣啊，上一個接受國家葬禮的平民是威靈頓公爵，講得好像理查不知道這件事一樣，然後她又說起有些人不懂邱吉爾對英國付出了多少實在是很哀傷的事，以及有人在追悼會上暗示邱吉爾母親擁有美洲土著血統簡直太可怕。她看起來比記憶中曬得更黑一點；他自從搬到恩蘇卡後就沒見過她。她在喝了幾杯琴酒後變得很活潑，開始大談起之前在英國文化協會放映的幾部有關皇室家庭的傑出電影。

「你其實沒怎麼認真在聽，對吧？」她過了一陣子後問。她的耳朵在發紅。

「我當然有在聽。」

「聽說你有了個愛人，對方是歐佐比亞酋長的女兒，」蘇珊說，她用一種像是漫畫人物一樣搞笑的口氣說愛人，因為她認為沒受什麼教育的人就會用那種口音說話。

「她的名字是凱妮內。」

「你會確定每次都用保險套吧？拜託一定要小心，就算是這些人當中教育程度最高的人，你也不能不提防。」

理查望向那片看不見盡頭的寧靜綠意。他永遠不可能跟她過著幸福的生活——那種生活會變得像蜘蛛絲一樣輕薄透明，所有日子終究匯聚成一片純然的空無。

「我之前和約翰．布雷克搞地下情，」她說。

「是嗎？」

蘇珊笑了。她玩弄著手上的酒杯。她沿著桌面推動酒杯，把累積在杯子底下的水抹得整個桌面都是。「你似乎很驚訝。」

「我沒有，」他說，但他確實驚訝。不是因為她搞地下情，而是因為對方竟然是約翰，而約翰的結婚對象還是她的好友卡洛琳。不過這就是外國移居者的生活，至少就他看來是如此；大家都在跟彼此的妻子或丈夫上床，這種非法交合與其說是真心表現出對某人的熱情，還不如說是在這個熱帶地區打發燥熱時光的方法。

「沒什麼特別的意思，完全不是認真的，」蘇珊說。「可是我確實希望你能知道：在等你結束這段『黑色之戀』時，我也沒讓自己閒著。」

理查想針對她背叛朋友的事說些什麼，但意識到那樣聽起來會有多虛偽，而且光是在心裡這麼想就已經是如此。

5. 那本書：世界在我們死去時保持沉默

他寫了有關飢荒的事。飢荒是奈及利亞在戰爭中使用的一項武器。飢荒打擊了比亞法拉，但也為比亞法拉帶來名聲，並盡可能維繫了比亞法拉的生命。飢荒讓世界注意到比亞法拉，並因此在倫敦、莫斯科和捷克—斯洛伐克點燃起抗議及示威遊行的火焰。飢荒讓尚比亞、坦尚尼亞、象牙海岸和加彭認可比亞法拉的存在。飢荒讓非洲成為尼克森在美國競選活動中的一部分，也讓全世界的人開始叫孩子要把飯吃乾淨。飢荒促使救援組織偷偷在晚上用飛機把食物運進比亞法拉，因為雙方都無法針對飛航路徑取得共識。飢荒幫助推進了許多攝影師的職涯。飢荒讓國際紅十字會把比亞法拉稱為二次大戰後最迫切需要緊急援助的地方。

二十二

厄格烏這次拉肚子讓他的腸子不停絞扭又非常疼痛，就算嚼食主人櫃子裡的苦藥錠或喬莫給他的酸葉子也沒有緩解，而且跟吃什麼食物也沒關係，因為他不管吃什麼都會突然衝去男僕宿舍上廁所。問題的根源是他的擔憂。主人的恐懼讓他擔憂。

自從媽媽把亞瑪拉懷孕的消息帶來後，主人就像是眼鏡髒掉一樣走路總是跌跌撞撞。他會用悶悶不樂的聲音要求厄格烏泡茶，甚至有時車子明明就停在車庫，他還會要厄格烏去跟客人說他出門了。他經常漫無目的地望著眼前某處。他很常聽快活音樂，也很常談起歐拉娜。他會說「我們先不管那個，等你的女主人搬回來再處理」或是「你的女主人會比較想放在走廊」，然後厄格烏會說，「是的，先生啊，」不過他很清楚，要是歐拉娜真有打算回來，他根本不會費心說出這種話。

厄格烏的拉肚子問題在主人母親帶著亞瑪拉來訪時變得更嚴重。他仔細觀察亞瑪拉，她看起來沒懷孕，因為她的身形仍然纖瘦，肚子也一片平坦，於是他盼望著之前主人母親下的藥畢竟是沒起作用。可是主人母親一邊削芋頭的皮一邊跟他說，「等這個男寶寶出生，就能有人陪我了，我們那邊的其他女人也不會再說我只是個沒用兒子的母親。」

亞瑪拉坐在客廳。她的身孕提高了她的地位，讓她可以無所事事地坐在那裡聽收音電唱機。她不再是主人母親的幫手，而是一個即將為她生下孫子的女人。厄格烏透過廚房的門望向她。幸好她沒選擇坐主人的扶手椅或歐拉娜最愛的懶骨頭，不然他會立刻要求她站起來。她雙膝併攏坐著，雙眼盯著客廳中央桌子上堆的那疊報紙，表情一片空白。這樣一個平凡女人穿著單調無趣的連身裙坐在這一切中央，額頭上還包著棉製頭巾，看起來實在是個錯誤。她不美麗也不醜陋，就像他以前在鄉下村裡每天早上走去溪邊時會看到的年輕女子，總之沒有任何突出之處。就在觀察她的時候，厄格烏突然感到憤怒，不過他的憤怒不是針對亞瑪拉，而是歐拉娜。她不該因為主人母親的藥把主人推進這樣一個瘦巴巴的女孩懷中而逃離自己的房子。她應該留下來讓亞瑪拉及主人母親看看誰才是這裡真正的女主人。

每個日子都令人窒息，每天都像是在重複。主人母親烹調著氣味濃臭的湯，但只有她獨自享用，因為主人總是在外面待到很晚、亞瑪拉總是想吐，而厄格烏則是不停在拉肚子。可是主人母親似乎不太在意，她總是在哼歌、煮菜、打掃，並在自己終於學會如何打開爐火時稱讚自己。「有一天我會有自己的爐子，我的孫子會為我買一台，」她笑著說。

過了超過一週之後，她終於決定回去她的村莊，並表示要把亞瑪拉留下來。「你看到她病得有多重嗎？」她問主人。「我的敵人不希望她成功生下孩子，他們不想要有人繼承我們家族的名字，但我們會打敗他們。」

「你得把她一起帶走，」主人說。因為媽媽熬夜等主人回家，兩人對話時已過午夜。厄格烏在廚房半睡半醒，他在等著鎖門。

「你沒聽到我說她病得有多重嗎？」媽媽說。「她待在這裡比較好。」

「她會去看醫生，但妳得把她一起帶走。」

「你在拒絕承認自己的孩子，亞瑪拉可沒有，」媽媽說。

「妳得把她一起帶走，」主人又說了一次。「歐拉娜可能很快就會回來了，如果亞瑪拉在這裡，一切無法恢復正常。」

「那可是你的孩子啊，」媽媽哀痛地搖著頭說，但沒跟他爭辯。「我明天會離開，因為我一定要參加一個 umuada[1] 聚會。我會在這個週末結束時回來接她。」

媽媽離開的那天下午，厄格烏在菜園裡發現亞瑪拉，她蹲在地上，兩隻手臂環抱雙腿，正在嚼辣椒。

「妳還好嗎？」厄格烏問。說不定這女人其實是可以通靈的人。說不定她來這裡是要跟其他 ogbanje[2] 一起進行某種儀式。

亞瑪拉有一陣子什麼都沒說。她真的很少說話，所以每次厄格烏都會對她很高又很孩子氣的聲音感到驚訝。「辣椒可以讓人流產，」她說。

「什麼？」

「只要吃很多辣椒，孕婦就會流產。」她像隻悲慘的動物一樣蜷縮在泥巴堆中，口中緩慢咀嚼著辣椒，眼淚沿著臉頰流下。

1 伊博語：意指「許多的女兒」，這樣的女性聚會通常會由一個社群中的所有女兒參加，她們可以是「同一個父親的女兒」、「同一片土地的女兒」或「同一個家族的女兒」之意。這種聚會算是一種社群內部的統治組織。

2 伊博語：靈媒。

「辣椒沒有這種功能，」厄格烏說。然而他希望她是對的。他希望辣椒確實可以中止懷孕，這樣他的生活就能回到原本的模樣：歐拉娜和主人安穩地在一起。

「只要吃得夠多就可以，」她堅持，然後伸手又拔起一根辣椒。

厄格烏不想要她把他為了燉菜細心栽種的辣椒吃完，可是如果她沒搞錯辣椒的功效，或許任由她去吃也是值得的。她的臉因為淚水和鼻涕滑溜溜的，每隔一陣子就會張口吐出被辣椒灼燒的舌頭，像狗一樣不停喘氣。他真想問她如果不想要孩子，那一開始為什麼要配合這個計畫？畢竟她是自己走進主人的臥房，而她也一定很清楚媽媽的計畫。可是他沒問出口。他不想跟她建立友誼。他轉身走回去。

就在亞瑪拉離開後過了幾天，歐拉娜來訪。她直挺挺地坐在沙發上，雙腿像是很少來訪的客人一樣交疊著，而且拒絕接受厄格烏用碟子送上的欽欽。

「拿回廚房，」她對厄格烏說，而就在同時，主人說，「放桌上就好。」

厄格烏拿著碟子站在原地，不知道該怎麼辦。

「那就拿回廚房吧！」主人突然生起氣來，就好像厄格烏該為這個空間內的緊繃氣氛負責。厄格烏沒把廚房門關緊，因為這樣才能站在門邊偷聽，可是其實關上也沒差，因為歐拉娜的音量足以讓他聽得很清楚。「做錯事的是你，不是你母親。是你讓這件事發生的！你必須負起責任！」

厄格烏嚇傻了，那個原本柔軟的聲音怎能變得如此兇悍。

「我不是會玩弄女人的男人，妳很清楚。如果不是我母親插手，這種事是不會發生的！」主人應該降低音量才對，他應該很清楚懇求原諒的那方不該大吼大叫。

「所以也是你母親拉出你的陰莖插入亞瑪拉囉？」歐拉娜問。

厄格烏突然感覺肚子快速翻攪了一陣，然後往外跑向男僕宿舍的廁所。等他從廁所出來時，他看見歐拉娜站在檸檬樹旁。他仔細觀察她的臉，想知道剛剛的對話如果有好好結束，那究竟是結束在什麼狀態？她為什麼站在屋外這裡？不過他無法從她臉上看出什麼。她的嘴巴周圍有些緊繃的線條，站立的姿態呈現出俐落的自信，頭上戴的新假髮似乎讓她顯得更高了。

「需要什麼嗎？女士啊？」他問。

她走過去看著anara[3]的植株。「這些長得很好。你有用肥料嗎？」

「有的，女士啊。跟喬莫拿的。」

「辣椒也有施肥？」

「是的，女士啊。」

她轉身走開。看她穿著黑鞋子和及膝裙站在那裡實在是很不協調的畫面。她以前總是穿著罩衫或家居連身裙站在菜園裡。

「女士啊？」

她轉身。

「我有個舅舅在北部做生意。大家都很忌妒他，因為他生意做得很成功。有一天他洗衣服，卻

3 伊博語：一種茄子。

在要去把曬過太陽的衣服收進來時，看見有人正把他的襯衣袖口剪下一片。」
歐拉娜認真看著他，但表情中有抹神色讓他明白，她已經沒有耐心聽他說更多了。
「那個人是要用剪下的那片衣服搭配糟糕的藥去作法，可是沒成功，因為我舅舅立刻就把那件襯衣燒了。那天在他的小屋旁聚集了很多蒼蠅。」
「你在說什麼啊？我的老天爺。」歐拉娜用英文問。由於她平常幾乎不用英文跟他說話，此刻那語調聽起來特別冷淡、疏遠。
「媽媽對主人下了糟糕的藥，女士啊。我在廚房裡看見很多蒼蠅，還看見她把一些東西放進他的食物。然後我看見她把一些東西抹在亞瑪拉的身體上，我知道那就是她用來引誘主人的藥。」
「胡說，」歐拉娜說。她說這句話時像是蛇發出嘶嘶聲，胡說，厄格烏感覺腸子糾結起來。她變得不一樣了。她的肌膚和衣著變得更為清爽乾脆。她彎腰彈掉連身裙上的一隻綠色蚜蟲，然後直接走開。可是她沒有繞過屋子、經過主人的車庫走向自己停在屋前的車，而是走回屋內。厄格烏跟在她身後。他在廚房聽見她的聲音從書房傳來，她吼出一長串他聽不清楚也不想聽清楚的字詞，然後是一片沉默。接著臥房的門打開又關上。他等了一陣子才躡手躡腳走進走廊，將耳朵緊貼在木門上。她的聲音聽起來不一樣了。他以前習慣聽見的是她從喉頭發出的呻吟，可是現在聽見的越是一種極度外放、充滿喘氣聲的啊—啊—啊，就好像她已做好全面爆發的準備，也像是主人同時在取悅她又激怒她，而她也正等著想知道自己在釋放完怒氣之前可以獲得多少歡愉。儘管如此，厄格烏的心中仍湧出希望。他會為兩人和好的那餐煮出完美的加羅夫飯。
兩人結束之後，他聽見她發動車子，看見燦亮的頭燈打在長了白花的樹叢裡，以為她是要回公寓拿一些東西過來。他在桌上擺好兩副餐具，但還沒把食物送上去，因為他想先放在鍋子裡保溫。

主人走進廚房。「你今天打算自己吃飯嗎？我的好傢伙？」

「我在等女主人。」

「把我的食物送上來，osiso！」

「是的，先生啊，」厄格烏說。「女主人很快就會回來嗎？先生啊？」

「把我的食物送上來！」主人又說了一次。

二十三

歐拉娜站在理查住處的客廳。這裡的空曠簡樸讓她緊張。她真希望這裡能有些照片、書還是俄羅斯娃娃之類的東西可以讓她盯著看，但眼前只有一張小小的伊博烏庫文化的繩壺照片掛在牆上，所以理查出來時她正盯著那張照片看。他唇上那抹游移不定的微笑柔和了他的臉部線條。她有時會忘記他長得多英俊，而且是擁有漂亮頭髮和藍眼睛的那種英俊。

她立刻開口。「哈囉，理查。」然後沒等他回應，也沒等對方回應前的短暫沉默出現，她就又說了，「你上週末見過凱妮內了嗎？」

「不、不，我沒有。」他迴避她的眼神，只是盯著她油亮的假髮。「我去了拉各斯。溫斯頓・邱吉爾爵士過世了，妳懂的。」

「我們之間發生的事很蠢，」歐拉娜說，然後注意到他的雙手在顫抖。

理查點點頭。「沒錯、沒錯。」

「凱妮內不是能夠輕易原諒的人。把事情告訴她完全沒道理。」

「這是當然。」理查沉默了一下。「妳遇到情感上的問題，而我不該——」

「我們之間發生的事，一個巴掌拍不響，理查，」歐拉娜說，她突然很受不了他顫抖的雙手、既蒼白又害羞的模樣，還有他像是在喉頭處別領結一樣公開展示的各種脆弱。

哈里森拿著一個托盤走進來。「我送點喝的來，先生啊。」

「喝的？」理查像是抽筋一樣快速轉身，歐拉娜慶幸他身邊剛好沒什麼東西，不然他一轉身就會撞倒。「喔，不，真是的。妳想喝點什麼嗎？」

「我要離開了，」歐拉娜說。「你好嗎？哈里森。」

「我很好，女士。」

理查跟著她走到門邊。

「我認為我們應該繼續跟以前一樣正常來往，」她說，然後她快速往外走向自己的車。

關於兩人之間發生的事，她思考著自己是否不該那麼裝腔作勢，好讓兩人有個平靜對話的機會。可是翻開過往爛帳向來很難有什麼好下場。他們兩人當下都希望那件事發生，事後也都希望沒發生過，而現在重要的是不要再有任何其他人知道。

然而，之後她把這件事告訴了歐登尼伯，而且對自己這麼做感到驚訝。那時他躺在床上，她正要在他身邊躺下——她現在把這個房間視為他的房間，而不再是他們兩人的房間——這是他們兩人自從她離開後第二次睡在一起。他正在懇求她搬回來住。

「我們結婚吧，」他說。「這樣媽媽就不會煩我們了。」

或許正是因為他沾沾自喜的態度，又或是他明明犯了錯卻又怡然自得地持續規避責任，還把錯全怪在母親身上，於是歐拉娜在那一刻說了，「我跟理查睡過了。」

「不可能。」歐登尼伯看起來並不相信，他搖搖頭。

「是真的。」

他起身走向衣櫃，然後又看著她，彷彿暫時無法靠近她，就怕自己要是靠近她可能會做出什麼事來。他把眼鏡摘下，揉揉鼻樑。她坐起身，意識到那種不信任將會永遠存在兩人之間。無法相信對方是一個永遠存在的選項。

「妳對他有感情嗎？」他問。

「沒有，」她說。

他回來坐在她身邊，看起來像是想把她推下床，但又同時想把她拉到身邊，然後他突然起身離開房間。她去敲書房門表示她要離開，他沒有回應。

她在回到公寓後不停來回踱步。她不該跟他說理查的事，又或者她該多說一點：她該說她很後悔背叛凱妮內和他，可是對這個行為本身並不後悔。她該說那是一次粗糙的報復行動，又或者一開始只是有想扳回一成的衝動，最後卻因此獲得至關重要的救贖效果。她該說這樣的自私解放了她。

隔天早上前門傳來的響亮敲門聲，她大大鬆了一口氣。她和歐登尼伯終於可以坐下來好好談了，這次她會確保兩人不只是原地轉圈而毫無交集。可是來的人不是歐登尼伯。埃德娜哭著來找她，雙眼紅腫，跟她說她的家鄉有白人用炸彈攻擊黑人的浸信會教堂。四個小女孩死去。其中一個女孩是她外甥女的同學。「我六個月前回去時還有見過她，」埃德娜說。「六個月前我還有見過她。」

歐拉娜泡好茶，坐在埃德娜身邊，兩人的肩膀彼此碰觸，埃德娜像是快窒息一樣大聲抽泣。她的頭髮不再像平常一樣油光閃亮，反而像一條糾纏的舊拖把。

「喔，我的天，」她在抽泣之間說。「喔，我的天。」

歐拉娜不停伸手輕捏她的手臂。埃德娜毫無掩藏的哀痛情緒讓她無助。她好想伸手回到過去改變歷史。終於埃德娜睡著了。歐拉娜把枕頭輕輕放在她的頭底下，然後坐下想著，一個行為是如何能隨著時間與空間的共振後留下永遠無法抹消的痕跡。她想著，生命是如此稍縱即逝，任何人都不該選擇活在悲慘裡。她會搬回去跟歐登尼伯住。

第一天晚上他們沉默地共進晚餐。歐登尼伯咀嚼的聲音、鼓起的臉頰，以及移動下巴磨碎食物的動作都惹她心煩。她吃得很少，而且常常望向自己放在客廳的那箱書。歐登尼伯正專心地把雞肉和雞骨分開，接著一口氣把盤子裡的米飯吃得一乾二淨。但等他終於開口時，說的卻是西部地區的混亂狀態。

「他們就不該讓首相復位。結果現在那些暴徒開始以選舉之名燒車、殺對手，他們有什麼好驚訝呢？下流的畜生就會表現得像個下流的畜生，」他說。

「他有總理撐腰，」歐拉娜說。

「薩多納才是真正掌控一切的人。那傢伙把國家當成個人的穆斯林封地在管。」

「我們還有打算生孩子嗎？」

他在眼鏡片後方的雙眼似乎嚇了一跳。「當然有，」他說。「還是妳已經沒打算了？」

歐拉娜沒說話。一陣朦朧的憂傷淹沒了她。她想到他們竟容許兩人之間發生這麼多事，然而此刻還是有種新鮮感及不同關係狀態所帶來的刺激感。在保存兩人共享關係的這件事上，她不會再是孤軍奮鬥，他終於也會加入一起奮鬥了。他原本堅定的自信已然遭到動搖。

厄格烏進來清理桌子。

「給我拿一些白蘭地來，我的好傢伙，」歐登尼伯說。

「是的，先生啊。」

歐登尼伯等到厄格烏送上白蘭地又離開後才說，「我要理查別再來這裡了。」

「發生什麼事？」

「我在我那棟教職員大樓附近看見他，他臉上的表情真的很惹惱我，所以我跟著他回到伊莫克街，罵了他一頓。」

「你跟他說什麼？」

「不記得了。」

「你不想告訴我。」

「就不記得了。」

「有其他人在場嗎？」

「他的男僕有出來。」

他們坐在客廳的沙發上。他無權去騷擾理查或對他發脾氣，但她也明白他為何這麼做。

「我從來不怪亞瑪拉，」她說。「我決定信任的人是你，而就算任何人要破壞那份信任，沒有你的允許是辦不到的。我怪的只有你。」

歐登尼伯把一隻手放在她大腿上。

「你應該對我生氣，不是對理查生氣，」她說。

他沉默了好長一段時間。就在她以為他已經不打算回應時，他說，「我也想對妳生氣。」

他毫無防備的姿態觸動了她。她跪在他面前解開他的襯衫，吸吮他腹部柔軟但堅韌的肌肉。她可以感覺到他在她碰觸他的長褲拉鍊時用力吸氣。他在她的嘴裡逐漸腫脹、變硬。她下巴的微疼感受及他張開雙手按住她頭頂的力量讓她興奮，結束後她說，「老天啊，厄格烏一定看見我們了。」

他把她帶進臥房。他們沉默地脫下衣服一起淋浴，兩人在狹窄的浴室中緊貼彼此。他們在床上依偎時身體都還是濕的，所有動作都非常緩慢。她讚嘆於他結實身體壓在自己身上時帶來的慰藉。他的吐納中有白蘭地的氣味。她想跟他說他們現在這樣幾乎就像是回到過去，可是她沒有，因為她很確定他也有同樣感受，而她不想毀掉將他們連結在一起的沉默。

她一直等到他睡著——他把一隻手臂伸長放在她身上、張開的嘴唇也發出好大的鼾聲——才起身打電話給凱妮內。她必須確定理查什麼都沒跟凱妮內說。她其實不認為歐登尼伯對理查的吼叫會讓他太過動搖，甚至因此跑去向凱妮內坦承，但她畢竟沒有百分之百的把握。

「凱妮內，是我，」她在凱妮內接起電話時這麼說。

「Ejima m[1]，」凱妮內說。歐拉娜無法記得凱妮內上次稱呼她「我的雙胞胎姊妹」是什麼時候了。她心裡感到一陣溫暖，而凱妮內那不變的說話聲，還有暗示自己感覺跟歐拉娜說話很麻煩而拖長的冷冰冰語調，也都在在讓她感到溫暖，畢竟她就連那種嫌歐拉娜煩的姿態也是一如往常。

「我想打個招呼，kedu，」歐拉娜說。

「我很好。妳知道現在是什麼時間了嗎？」

1 伊博語：我的雙胞胎手足。

「我沒意識到這麼晚了。」

「妳跟革命情人復合了嗎？」

「對。」

「妳該聽聽媽是怎麼說他的。他這次親手為她奉上了完美的攻擊彈藥。」

「他犯了個錯，」歐拉娜說，然後又希望自己沒這麼說，因為她不想讓凱妮內覺得自己在幫歐登尼伯找藉口。

「不過這難道沒有違反社會主義的信條嗎？讓階級比較低的女性懷孕？」凱妮內問。

「我讓妳去睡了吧。」

兩人之間短暫沉默了一下，然後凱妮內用興味盎然的語調說，「Ngwanu，晚安。」

歐拉娜放下電話。她早該知道理查不會告訴凱妮內，因為一旦說了，他們兩人的關係很可能無以為繼。或許他晚上不再來訪也是最好的處理方式。

亞瑪拉生了一個小女嬰。那天是週六，歐拉娜和厄格烏一起在廚房做香蕉炸餡餅，門鈴響了，她立刻知道有來自歐登尼伯母親的消息。

歐登尼伯來到廚房門邊，雙手交握在背後。「O mu nwanyi[2]，」他默默地說。「她生了一個女孩。昨天生的。」

歐拉娜的眼神沒從沾滿搗爛香蕉泥的碗中離開，因為她不想讓他看見自己的臉。她不知道自己有什麼表情，但如果她的表情有捕捉到此刻內心交雜的各種慘痛情緒，那勢必同時包括了想哭、想搧他巴掌，以及想讓自己堅毅起來的渴望。

「我們今天下午應該去埃古努看看一切是否順利，」她輕快地說，然後站起身。「厄格烏，麻煩你收尾。」

「是的，女士啊。」厄格烏正在觀察她。她感覺自己就像一位女演員，而且身邊的所有家族成員都期待她拿出最佳表現。

「謝謝妳，nkem，」歐登尼伯說。他環抱住她，但她甩開了。

「讓我快速洗個澡。」

他們在車上時沒說話。他常望向她，好像想說些什麼，但又不知如何開口。她的眼神直直盯著前方，過程中只有一次望著他握住方向盤卻又猶疑不定的姿態。她覺得自己仍站在道德高地上。或許她不配把自己想得比他好，她事實上也沒有比他好，可是只有這樣才能確保自己的各種情緒不致失控，畢竟他跟陌生人生了孩子。

把車子停在醫院前面時，他終於開口說話。

「妳在想什麼？」他問。

歐拉娜打開車門。「想我的表妹亞萊茲。她結婚還沒一年，但已經想懷孕想瘋了。」

歐登尼伯沒說話。歐登尼伯的母親和他們在產科病房的入口見面。歐拉娜本以為她會高興地手舞足蹈，還會用嘲弄的眼神看著她，可是她爬滿皺紋的臉上的表情陰鬱，擁抱歐登尼伯時露出的微

2 伊博語：是個女生。

笑也很節制。空氣中滿是醫院的化學藥品味。

「媽媽，kedu？」歐拉娜問。她希望自己看起來足以掌控大局及情勢走向。

「我很好，」媽媽說。

「寶寶呢？」

歐登尼伯的母親對她的明快態度感到驚訝。「在新生兒病房。」

「我們先去看看亞瑪拉吧，」歐拉娜說。

歐登尼伯的母親把他們帶去一個小隔間。床上鋪著黃色床單，亞瑪拉面對牆壁躺在床上。歐拉娜把眼神從她稍微隆起的肚子上移開。這是一種她沒體驗過的難受：光是想到歐登尼伯的孩子曾在這個身體裡就讓她難受。她把注意力放在邊桌上的餅乾、葡萄糖罐，以及水杯上。

「亞瑪拉，他們來了，」媽媽說。

「午安，nno，」亞瑪拉回答時沒把臉轉過來。

「妳好嗎？」歐登尼伯和歐拉娜幾乎同時開口問。

亞瑪拉喃喃地說了些什麼，但還是面對著牆壁。在接下來的沉默中，歐拉娜聽見外面走廊傳來快速腳步聲。這幾個月以來，她一直都知道這一刻終將到來，但此刻看著亞瑪拉仍讓她出現一種槁木死灰的空洞感受。她心中有個角落一直希望今天不會到來。

「我們去看看那個寶寶吧，」她說。她和歐登尼伯轉身準備離開，但注意到亞瑪拉沒有轉身、沒有移動，也沒表示自己聽見了。

到了新生兒病房，有名護士請他們坐在牆邊的其中一張長凳上等待。歐拉娜可以透過百葉窗看見許多小床和在哭的嬰兒，並想像護士可能會被太多寶寶搞昏頭而抱錯寶寶。可是她抱出來的寶寶沒錯，畢竟那一整頭柔軟蜷曲的黑髮、深色肌膚，以及相隔較遠的雙眼都是錯不了的特徵。雖然才出生兩天，她已經長得很像歐登尼伯。

護士作勢要把包在白色羊毛毯裡的寶寶交給歐拉娜，可是她指向歐登尼伯。「讓她父親抱她。」

「我該讓你知道，她母親拒絕碰她，」護士把寶寶交給歐登尼伯時這麼說。

「什麼？」歐拉娜問。

「她完全不碰她。我們現在是請奶媽餵她。」

歐拉娜瞄了歐登尼伯一眼，他抱著寶寶的兩隻手臂往前伸得很長，就好像需要跟寶寶保持距離。護士正打算再說些什麼，可是剛好有對年輕夫妻走進來，她於是匆匆迎了上去。

「媽媽剛剛才有告訴我，」歐登尼伯說。「她說亞瑪拉拒絕抱這個寶寶。」

歐拉娜沒說話。

「我該去處理一下帳單的事，」他說。他的口氣聽起來很抱歉。

他把寶寶交給她，她伸出雙臂接下，寶寶在此時發出尖銳的哭聲。休息室對面的護士和那對夫妻看著她，歐拉娜很確定他們知道她不知該拿這個在懷裡號哭的嬰兒怎麼辦，而且看得出來她無法懷上孩子。

「噓，噓，o zugo[3]，」她說，但感覺自己像是在演戲般的不太自然。可是那張小小的嘴還是張

3 伊博語：別哭了。

得好大、扭曲得好厲害，而且哭聲淒厲到她開始懷疑自己是不是有弄傷這具小小的身體。歐拉娜把她的小指塞進寶寶的拳頭裡，哭聲慢慢停止，可是那張小嘴還沒閉上，因此露出了粉紅色牙齦。寶寶皺起兩隻圓圓的眼睛死死盯著她。歐拉娜笑了。護士走過來。

「該把她帶回去了，」她說。「你們有幾個孩子？」

「我沒有孩子，」歐拉娜說，她很高興護士認定她有孩子。

歐登尼伯回來後，他們一起走到亞瑪拉的小隔間。歐登尼伯的母親坐在床邊，手上拿著一個蓋上布的琺瑯碗。「亞瑪拉拒絕吃飯，」她說。「Gwakwa ya[4]。叫她吃飯。」

歐拉娜意識到歐登尼伯很不自在，開口時聲音也過大。「妳該吃飯，亞瑪拉。」

亞瑪拉喃喃說了些什麼，然後終於把臉轉向他們。歐拉娜看著她：那個純樸的鄉下女孩蜷曲在床上，似乎正在努力閃躲人生中又一次的強力打擊，而且過程中始終沒有望向歐登尼伯。她對他想必心懷畏懼。無論歐登尼伯的母親有沒有派她去他的房間，總之她都沒有拒絕歐登尼伯，因為她從頭到尾都沒想過自己可以不要。

歐登尼伯藉著酒意出手，她也就立刻自願地順從：他是主人、他說英文、他有車。世間的道理就是如此。

「妳有聽見我兒子說的話嗎？」媽媽問。「他說妳該吃飯。」

「我聽見了，媽媽。」亞瑪拉坐起身接過琺瑯碗，雙眼盯著地板。歐拉娜觀察著她。或許她對歐登尼伯懷抱的是恨意。面對這些無法為自己發聲的人時，我們對他們的真實感受到底理解多少？歐拉娜又往亞瑪拉靠近了一些，可是不確定自己想說什麼，所以她拿起葡萄糖罐，仔細檢視，然後放回去。媽媽和歐登尼伯已經出去了。

「我們要走了，」歐拉娜說。

「旅途平安，」亞瑪拉說。

歐拉娜想對她說些什麼，但找不到合適的話，只是拍拍亞瑪拉的肩膀後離開小隔間。歐登尼伯和媽媽正在一個飲水機旁說話，因為他們講了很久，蚊子開始叮咬站在一旁等待的歐拉娜，她於是爬進車裡按響喇叭。

「抱歉，」歐登尼伯上車時說。他沒說他跟母親談了什麼，直到一小時後，他們開車穿過恩蘇卡的校園大門時，他才說，「媽媽不想留下那個寶寶。」

「她不想留下寶寶？」

「對。」

歐拉娜知道為什麼。「她想要男孩。」

「對。」歐登尼伯抬起原本放在方向盤上的一隻手，把窗戶又搖下來一點。自從亞瑪拉生完孩子後，觀賞深陷於羞愧情緒的他能為她帶來一種罪惡的快感。「我們已經同意把寶寶送去給亞瑪拉家族的人養。我下週會去阿巴見他們，然後討論——」

「我們養她，」歐拉娜說，但她自己也嚇了一跳。她竟然如此清晰地說出自己想留下寶寶的渴望，而且說出來的感覺很對。就彷彿這是她一直想做的事。

4 伊博語：去跟她說。

歐登尼伯轉向她，他眼鏡背後的那雙眼睛張得很大。他在經過減速墩時開得很慢，慢到她都害怕車子會停下來。「對我來說，我們的關係才是最重要的，nkem，」他沉靜地說。「我們必須為我們做出正確的決定。」

「你在讓她懷孕時可沒想到我們兩人的事，」歐拉娜還來不及阻止自己就說出口了。她痛恨自己語氣中的惡意，以及自己重新感受到的憎恨情緒。

歐登尼伯把車子停進車庫。他看起來很累。「我們再考慮一下吧。」

「我們會養她，」歐拉娜堅定地說。

她可以養育一個孩子，他的孩子。她可以買有關母職的書、找一個奶媽，並打點、裝飾好一個合適的房間。她那天晚上輾轉難眠。她不覺得那個孩子可憐。相反地，在抱著那個小小暖暖的身體時，她有意識地感受到這是個美好的機緣。當然不是一開始就計畫好的，可是在事情發生的那一刻起，這個結果就已是命中注定。但她母親可不這麼想，她隔天從電話另一頭傳來的口氣很嚴峻，那種語氣通常都是用來討論某人最近死了。

「Nne，妳很快會有自己的孩子。妳看妳一去旅行，他就搞大一個鄉下女孩的肚子。妳去養這個孩子是不對的。養育孩子是很嚴肅的事，我的女兒，在這種情況下這樣做不對。」

歐拉娜一邊拿著電話一邊盯著客廳中央桌子上的花。其中一朵花已經掉下來，令人驚訝的是厄格烏竟然忘記要處理。她母親的話不是毫無道理，她知道，但她也很清楚，那個寶寶跟她想像自己和歐登尼伯能有的孩子很像。那個孩子頭髮豐盈、雙眼分得很開，而且有著粉紅色牙齦。

「她家族的人會找妳麻煩，」她母親說。「那女人也會找妳麻煩。」

「她不想要那個孩子。」

「那就把孩子給她的家人照顧。他們需要什麼就送過去，但把孩子留給他們。」

歐拉娜嘆了一口氣。「Anugo m，我會再想想。」

她把電話放下，然後又拿起來，向接線生報上凱妮內在哈科特港的電話號碼。接線生的聲音聽起來很懶散，不但要她把號碼重複了好幾次，還在為她接通前發出了咯咯的笑聲。

「妳還真高尚啊，」凱妮內在歐拉娜告訴她後這麼說。

「我不是想表現高尚。」

「妳會正式收養她嗎？」

「會。我想會。」

「妳會怎麼告訴她？」

「我會怎麼告訴她？」

「對，等她年紀大一點之後。」

「就說實話：亞瑪拉是她的生母。我會讓她叫我歐拉娜媽咪之類的稱呼，這樣要是亞瑪拉想參與，她可以是媽咪。」

「妳是為了取悅妳的革命情人。」

「我不是。」

「妳總是在取悅別人。」

「我不是為了他這麼做。這不是他的主意。」

「那妳為什麼要這麼做？」

「她好無助。我覺得我好像認識她很久了。」

凱妮內有一陣子沒說話。歐拉娜扯了扯電話線。

「我覺得這是一個非常勇敢的決定，」凱妮內最後說。

歐拉娜聽得很清楚，但還是問，「妳剛剛說什麼？」

「妳這樣做很勇敢。」

歐拉娜往後靠向椅背。這是她從沒有過的感受，凱妮內的認可就像一顆躺在她舌頭上的甜美糖果，這顆糖果是個突然讓她變得無所不能的象徵，也像一個好預兆。她在這個瞬間確認了自己的決定：她會把寶寶帶回家。

「妳會來她的受洗儀式嗎？」歐拉娜問。

「我還沒去過那個髒兮兮的鬼地方，所以會吧，或許我會去。」

歐拉娜掛掉電話，臉上帶著微笑。

歐登尼伯的母親把寶寶包在一條棕色披肩裡帶過來，那條披肩散發著難聞的 ogiri's 氣味。她坐在客廳安撫寶寶，等歐拉娜走出來後再起身交給她。

「Ngwanu。我很快會再來拜訪，」她說。她似乎因為很不自在而想趕快離開，一副想把整件事趕快搞定的模樣。

在她離開後，厄格烏仔細觀察那個寶寶。他的表情顯得有點憂慮。「主人母親說寶寶長得很像她母親。這根本是她母親回來了。」

「人有時只是剛好長得像，厄格烏，這不代表他們轉世了。」

「可是人真的會轉世，女士啊，每個人都會，我們都會再回到這世上。」

歐拉娜揮手要他離開。「去把這條披肩丟進垃圾桶。味道實在太可怕。」

寶寶正在哭。歐拉娜小聲安撫她。她在一個小小的浴盆中幫她洗澡，一邊不時瞄向時鐘，擔心著那位厄格烏姑姑找來的大個子奶媽會遲到。等奶媽抵達後，寶寶靠著她的乳房吃飽入睡。歐拉娜和歐登尼伯站在一旁俯瞰她，她仰躺在他們床邊的一張小床上，身上的皮膚是燦亮的棕色。

「她頭髮好多，跟你一樣，」歐拉娜說。

「妳有時一定會看著她恨我。」

歐拉娜聳聳肩。她不想讓他覺得自己是為了他才這麼做。她不是想要幫他的忙。與其說是為了他做出這個決定，她更是為了自己。

「厄格烏說你母親有去找 dibia，」她說。「什麼？」「厄格烏認為這一切之所以會發生，都是因為你母親去找了 dibia。他認為是他的藥迷惑了你，你才會跟亞瑪拉上床。」

歐登尼伯沉默了一陣子。「我想這是他唯一能理解的方式。」

「既然如此，那個藥應該要讓亞瑪拉生出媽媽想要的男孩，不是嗎？」她說。「真不理性。」

「讓妳上教會的那個神也看不見啊，那種信仰比較理性嗎？」

5 一種發酵種子做成的油籽醬。

她已經很習慣這種針對她社會服務信仰的小小攻擊。本來對此她會如此回應：她看不見基督教的神，也不確定自己是否真的相信這個神。可是現在這個必須仰賴他人才能存活的無助人類躺在小床上，其存在必須要能證明一個更高尚的善良意念存在。她的回答因此有了改變。

「我確實相信，」她說。「我相信有個善良的神。」

「我不相信任何神。」

「我知道。你什麼都不信。」

「愛，」他看著她說。「我相信愛。」

她不是故意想笑，但還是笑出來了。她想說愛也不是一件理性的事。「我們得想個名字，」她說。

「媽媽把她取名為歐比亞潔利。」

「我們不能這樣叫她。」他母親無權為這個她不要的孩子命名。「在找到完美名字之前，我們暫時叫她寶貝。凱妮內建議可以叫奇亞瑪卡。我一直很喜歡這個名字，因為意思是『神是美的』。凱妮內會是她的教母。我得去跟戴米恩神父談談她受洗的事。」她要去金斯威百貨公司購物。她要從倫敦訂一頂新假髮來。她感覺整個人飄飄然。

寶貝動了一下，一波全新的恐懼瞬間淹沒歐拉娜。她看著她那頭因為梨牌髮油而閃亮的髮絲，不知道自己是否真的能做到。她真的能養一個孩子嗎？她知道眼前這個寶寶雖然在睡夢中有種喘不過氣來的模樣，但這個看似呼吸過快的狀況其實是正常的，可是就連這個畫面都讓她憂心。

那天傍晚她打了幾次電話給凱妮內，前幾次沒人接聽。或許凱妮內在拉各斯吧。她晚上又打了一次，凱妮內接起電話時的「哈囉」聽起來很沙啞。
「Ejima m，」歐拉娜說。「妳感冒了嗎？」
「妳幹了理查。」
歐拉娜站起來。
「妳是家裡的好孩子。」凱妮內的聲音非常壓抑。「好孩子不該幹她姊妹的愛人。」
歐拉娜再次陷入懶骨頭內，並意識到自己其實鬆了一口氣。凱妮內知道了。她再也不需要擔心凱妮內會發現。她可以自在地感受到真實的懊悔情緒。
「我早該跟妳說的，凱妮內，」她說。「那沒有任何情感上的意義。」
「當然沒有情感上的意義。畢竟只是幹一幹我的愛人而已。」
「那不是我的意思。」歐拉娜感覺眼裡有淚水。「凱妮內，我很抱歉。」
「妳為什麼這樣做？」凱妮內聽起來平靜得嚇人。「妳是家裡的好孩子、受寵愛的孩子、漂亮的孩子，還是個不喜歡白人又信奉非洲主義的革命家。妳完全不需要幹他。所以妳到底為什麼這樣做？」
歐拉娜緩慢地呼吸。「我不知道，凱妮內，那不是事先計畫好的。我很抱歉。這麼做不可原諒。」
「確實不可原諒，」凱妮內說完後掛掉電話。
歐拉娜放下電話，感覺內心有什麼急遽地裂開了。她很了解她的雙胞胎姊妹。她知道她一定把話筒握得很緊，緊到手都在發痛。

二十四

理查想拿棍子打哈里森。每次想到有那種來自殖民母國的英格蘭人拿棍子歐打年邁黑僕的場景，他都打從心底厭惡。不過現在他只想跟那些人做出一樣的事。他好想讓哈里森趴在地上後用棍子毆打、毆打、毆打他，直到這男人懂得閉上他那張嘴為止。要是他沒把他帶來哈科特港就好了。可是他要在這裡待上一整個星期，所以不想把他獨自留在恩蘇卡。他們抵達的第一天，哈里森就像是為了要合理化自己的出現煮出浮誇的一餐：豆子蘑菇湯、泡泡果什錦菜、奶油醬雞佐蔬菜，還有做成布丁形狀的檸檬塔。

「這實在太棒了，哈里森，」凱妮內眼神裡閃爍著想要欺負人的光芒。她心情很好。今天理查抵達時，她還把他拉入懷中在客廳打磨過的地板上假裝跳了一下舞。

「謝謝您，女士，」哈里森說。

「你在家也會這樣煮嗎？」

哈里森看起來像是受傷了。「我在家不會煮飯，女士。我妻子會煮當地的食物。」

「這是當然。」

「我可以煮任何種類的歐洲食物。只要是主人國家的食物，我都能煮。」

「那你回家吃當地食物時一定很辛苦吧。」凱妮內特別強調「當地」兩個字，理查努力忍住不笑。

「是的，女士。」哈里森再次鞠躬。「但也得努力想辦法吃。」

「這個塔比我上次在倫敦吃的還棒。」

「謝謝妳，女士。」哈里森露出燦爛的微笑。「我的主人總是這樣稱讚我，歐登尼伯家的每個人也這樣說。我以前會幫主人做這個檸檬塔，讓他帶去歐登尼伯家，可是自從上次他對主人大吼大叫後，我就再也沒有幫他準備帶去他家的食物了。他就像瘋子一樣大吼啊，整條街都能聽見。那男人的腦子不對勁。」

凱妮內抬高眉毛轉頭望向理查。理查把水杯打翻了。

「我去拿抹布，先生啊，」哈里森說。理查努力克制想跳過去掐死他的衝動。

「哈里森到底在說什麼？」等水擦乾之後，凱妮內問。「那個革命家吼你？」

他其實大可說謊。就連哈里森也不知道歐登尼伯那天傍晚為何把車開進他們的住宅區對他大吼。可是他沒說謊，因為他擔心自己沒辦法把謊說好，搞得最後終究必須吐實，並因此造成雙重傷害。所以他什麼都說了。他說起那瓶很棒的勃根地白酒、歐拉娜喝醉了，以及事後他是如何遭到悔恨的情緒淹沒。

凱妮內把她的盤子推開，兩隻手肘撐在桌面，下巴輕靠在緊握的雙手上。她坐在那裡，好幾分鐘都沒說話。那段時間感覺好漫長。他讀不懂她臉上的表情。

「我希望你不會說『原諒我』這種話，」她終於開口。「沒有比這更老套的事了。」

「請別趕我離開。」

她看起來很驚訝。「離開？怎麼可能這麼輕鬆放過你，不是嗎？」

「我很抱歉，凱妮內。」

理查覺得自己是透明的。雖然她只是看著他，他卻覺得她能看見掛在他背後牆上的木雕圖案。

「所以你一直在覬覦我的姊妹。真是了無新意啊，」她說。

「凱妮內，」他說。

她站起來。「伊凱吉德！」她喊。「把這裡清理乾淨。」

他們正要離開餐廳時，電話響起，她沒理會。電話響了又響，終於她走過去接，然後走回臥房說，「剛剛是歐拉娜。」

理查看著她，他的眼神中充滿乞求。

「如果對象是別人還能原諒，但如果是我的姊妹，那就不行，」她說。

「我真的很抱歉。」

「你該去客房睡。」

「是的、是的、當然。」

他不知道她在想什麼。這是他最害怕的事：他完全搞不懂她在想什麼。他拍拍枕頭，重新整理好毯子，在床上坐著試著讀一點書，可是心思不停竄動，身體也跟著靜不下來。他擔心凱妮內會打電話給馬杜，把發生的事都告訴他，而馬杜會笑著說，「這個人打從一開始就是個錯誤，離開他、離開他、離開他。」最後在他入睡前，莫里哀[1]的話浮現在他腦中，並奇異地為他帶來安慰：不變的幸福是無趣的；幸福就該要有高低起伏。

隔天早上，凱妮內用一張毫無表情的臉迎接他。

雨滴重重打在屋頂上，陰沉的天空讓餐廳籠罩在一片灰白光線下。凱妮內坐在餐廳喝茶，一邊就著燈光讀報。

「哈里森在做煎餅，」她說，然後繼續讀報。理查在她對面坐下後不確定自己要做什麼，甚至因為罪惡感而不敢替自己倒茶。無論是她的沉默還是從廚房傳出的聲響和氣味，都讓他出現一種幽閉恐懼症的感覺。

「凱妮內，」他說。「我們可以談談嗎？拜託？」

她抬眼望向他。一開始，他注意到她的雙眼腫起而且有點擦傷，然後他看見那對眼睛中滿是受傷的憤怒。「等我想談的時候，我們會談，理查。」

他像是遭到責罵的孩子般低垂下眼神。他再次開始害怕她會要他永遠滾出她的人生。

門鈴在接近中午前響起，伊凱吉德進來說女主人的姊妹在門口。理查以為凱妮內會要求他去把歐拉娜關在門外，可是她沒有。她要求伊凱吉德送上飲料，然後走到客廳，從他所站在的階梯頂端，理查努力想聽清楚她說了什麼。他聽見歐拉娜聲淚俱下，可是聽不清楚凱妮內說了什麼。歐登尼伯開口說了一下話，語調異常冷靜。然後理查聽見凱妮內的聲音清楚又乾脆地傳來。「希望我原諒這件事很愚蠢。」

1 莫里哀（Molière）是十七世紀的法國作家。

接著是一陣短暫的沉默，然後是門被打開的聲音。理查趕到窗邊看見歐登尼伯倒車離開。之前歐登尼伯旋風式離開他家前，就是把那台藍色歐寶車停在理查位於伊莫克街的住宅區內，他還記得那位身穿熨燙平整衣物的健壯男人對他大吼，「我要你遠離我的房子！有聽懂嗎？離得遠遠的！別再來我家！」而他站在露天陽台前想著歐登尼伯會不會走過來揍他。後來他意識到，歐登尼伯沒打算揍他，可能是認為他這個人沒有被揍的價值吧。這個想法讓他沮喪。

「你剛剛是在偷聽嗎？」凱妮內走進房間問。面向著窗戶的理查轉過頭來，可是她沒等他回答就輕柔地又說了，「我都忘記那個革命家看起來有多像摔角選手了，說真的——不過是技巧細緻的那種。」

「如果失去了妳，我永遠不會原諒我自己，凱妮內。」

她的臉上沒有表情。「我今早把你的手稿從書房裡拿出來，燒掉了，」她說。

理查感覺胸口湧起一陣無以名之的情緒。「裝滿手的籃子」啊，他好不容易開始相信那一張張手稿足以成書，但一切已然消失。他永遠無法複製因為那些文字而產生的奔放能量。可是都不重要了。重要的是透過燒掉這份手稿，她讓他知道這段關係不會結束，畢竟如果她沒打算留在這段關係裡，也就不會費事去折磨他。或許他畢竟不算是個真正的作家。他曾在某處讀過，對真正的作家而言，沒什麼比他創作出的藝術更重要，就連愛也不行。

6. 那本書：世界在我們死去時保持沉默

他寫下：比亞法拉人死去時，這個世界保持沉默。根據他的論點指出，是英國使得大家保持沉默。英國給予奈及利亞的建議和武器影響了其他國家的看法。對於美國而言，比亞法拉「在英國的勢力範圍內」。加拿大總理則嘲弄地說，「比亞法拉在哪裡？」蘇聯送技師和飛機給奈及利亞，並對於有機會在不冒犯美國或英國的前提下參與非洲事務感到興奮。而根據白人至上主義的立場，南非和羅德西亞都抱持幸災樂禍的心態，將此視為黑人帶領的政府注定要失敗的進一步證據。

共產中國譴責英—美—蘇聯的帝國主義，但也沒真正出手支持比亞法拉。法國賣了一些武器給比亞法拉，可是沒有認可對比亞法拉而言最需要的國家地位。許多黑人非洲國家害怕獨立的比亞法拉會觸發其他地方的分裂運動，所以決定支持奈及利亞。

第四部

六〇年代晚期

二十五

歐拉娜每次聽見雷聲都會嚇得跳起來。她總想像那又是一場空襲：炸彈會從飛機底下一顆顆滾出來，然後在她、歐登尼伯、寶貝和厄格烏還來不及跑到街道另一頭的地下掩體之前，那些炸彈就會在他們的住宅區內爆炸。有時她想像掩體本身崩塌後將他們壓成泥巴。歐登尼伯和鄰近地區的一些男人花了不到一週的時間建好那座掩體。在他們挖好跟大廳一樣大的坑洞，又用一層層包裹泥巴的棕櫚樹蓋成屋頂之後，他告訴她。「我們現在安全了，nkem。我們安全了。」可是在他第一次向她展示如何走下那道崎嶇不平的階梯時，歐拉娜看見一條蛇蜷曲在角落，黑色蛇皮上的銀色花紋閃爍著光芒。到處都有小小的蟋蟀在跳。這個潮濕地下空間的靜默讓她聯想到墳墓。她尖叫。

歐登尼伯用一根棍子猛打那條蛇，然後跟她說會把地下掩體入口的錫板固定地更結實。他的冷靜讓她迷惑。在迎接這個新世界以及種種變動劇烈處境時，他鎮靜的語調讓她迷惘。奈及利亞改變他們的貨幣時，比亞法拉廣播電台也匆忙宣布推出新貨幣，於是歐拉娜在銀行的隊伍中站了四小時，過程中還得躲開到處打人的男人和推擠的女人，才終於把他們手上的奈及利亞貨幣換成比較漂亮的比亞法拉磅。之後在吃早餐時，她拿起那只裝滿紙鈔的中型尺寸信封，「這就是我們的全部現金。」歐登尼伯似乎覺得她這樣很有趣。「我們都有在賺錢啊，nkem。」

「這已經是他們第二個月拖欠你的薪水了，」她說，然後把放在他碟子上的茶包泡進自己的杯子裡。「他們在阿垮庫馬[1]付給我的錢也不能算是我賺來的錢。」

「我們很快就能過上原本的生活，在一個自由的比亞法拉，」他說，他用一貫的台詞搭配上一貫的強勢篤定態度，一邊啜飲著茶。

歐拉娜把杯子緊貼在臉頰上。她想讓茶水暖一點，同時也是想等一下再喝那杯重複利用茶包泡出的稀薄茶水。他起身向她吻別時，她一直在想他為什麼對他們幾乎一無所有的狀態絲毫不感到驚慌。或許是因為他沒有親自上市場，所以沒注意到每杯鹽的價格每週都會上漲一先令、就算雞肉已經被切得很小塊卻還是太貴，而且也不再有人賣大包的米——反正沒人買得起。那天晚上她在他的衝刺變得更快時保持沉默。那是她第一次感覺距離他好遙遠，當他在她耳邊呢喃時，她正在哀悼自己存在拉各斯銀行裡的錢。

「Nkem？妳還好嗎？」他問，他抬起頭看向她。

「很好。」

他吸吮了一下她的下唇，然後轉過身去睡著了。她從不知道他的鼾聲如此刺耳。

他累了。畢竟走去人力署上班要花很長的時間，而且每天總得不花腦筋地將許多人名和地址彙整起來。這一切都讓他筋疲力盡，她知道，但他每天回家時仍是雙眼發亮。他加入了策動軍團組織，他們會在工作之餘去內陸教育人民。她常想像他站在一群全神貫注的村民之中，用宏亮的聲音談起比亞法拉之後將成為一個多偉大的國家。他的雙眼能見到未來。所以她沒讓他知道自己多麼為了失去的過往感到哀傷，而且是每天都為不同的東西感到哀傷，比如她那條有著銀色刺繡花紋的桌布、她的汽車，還有寶貝的草莓奶油餅乾。她沒讓他知道，有時她看著寶貝和鄰居的小孩們一起到處跑，覺得他們看起來如此弱小卻又如此快樂。她真的好想把寶貝攬入懷抱後跟她道歉，但寶貝也不可能理解就是了。

自從阿垮庫馬教小學一年級的木歐克魯太太跟她說，有小孩被士兵強迫載上卡車，等到晚上回來時手掌都因為研磨木薯而滿是裂傷後，她就叫厄格烏絕不能讓寶貝離開他的視線。可是她並不真心相信士兵會用上像寶貝年紀這麼小的孩子。她擔心的是空襲。她總是不停做同樣的夢：她忘記帶寶貝就獨自跑向地下掩體，而等到炸彈都落下之後，她走路時絆到一具燒黑的孩童屍體，卻因為五官實在被燒得太黑無法確定那到底是不是寶貝。這個夢總是糾纏著她。她要求寶貝練習跑去地下掩體，也要求厄格烏練習抱著寶貝逃跑。她教寶貝如何在沒時間跑向地下掩體時找掩護——平趴在地上、雙手抱頭。

但她還是擔心自己做得不夠，而那個夢預示的是她可能因為準備不足而傷害到寶貝。在雨季即將結束之際，寶貝開始咳嗽，而且還伴隨著拖長的氣音。歐拉娜鬆了一口氣。寶貝遭遇到某種麻煩了，而老天若是真正公平，戰時遭遇的不幸一次只會有一種，因此生病的寶貝不可能在空襲中受傷。咳嗽是歐拉娜可以想辦法處理的問題，空襲則不是。

她要帶寶貝去信天翁醫院。厄格烏移開堆在歐登尼伯車頂上的棕櫚葉片，可是每次她轉動鑰匙，引擎都只是嘶嘶作響，沒有反應。終於在厄格烏把車子往前推之後，車子發動了。她把車子緩慢往前開，但只要寶貝一咳嗽就踩下煞車。到了檢查哨，有根巨大的樹幹橫躺在路上，她跟民防兵

1 阿垮庫馬（Akwakuma）是位於烏穆阿希亞這個地區西邊的一個地區。

表示她的孩子病得很重，他們表示遺憾，也沒有搜索她的車子或手提袋。光線陰暗的醫院走廊聞起來是尿液和盤尼西林的氣味。坐在一旁的女人不是在大腿上抱著自己的孩子，就是把孩子揹著站在一旁，彼此交談的碎語間交雜著哭聲。歐拉娜記得在婚禮上見過的恩瓦拉醫生。她本來沒怎麼注意到這個人，是一直到炸彈落下之後，他說，「泥土會弄髒妳的禮服，」然後扶她站起來，她才意識到他的存在。那時奧奇歐瑪的襯衣還包在她身上。

她跟護士說她是他以前的同事。

「情況真的很緊急，」她說，同時明確拿出俐落的英文口音，頭也抬得很高。

有個護士立刻把她帶進辦公室。坐在走廊上的一名女性開始咒罵。「Tufiakwa[2]！我們破曉就來等了！難道是因為我們不像白人一樣用鼻孔說話嗎？」

恩瓦拉醫生把瘦弱的身體從椅子上撐著站起來，走過來與她握手。「歐拉娜，」他說話時凝視著她的雙眼。

「你好嗎？醫生？」

「還過得去，」他說，然後拍拍寶貝的肩膀。「妳好嗎？」

「很好。奧奇歐瑪上週有來拜訪我們。」

「對，他在我那裡待了一天。」他盯著她，可是她覺得他沒在認真聽人說話，反而像是身處他方。他看起來很迷失。

「寶貝已經咳了好幾天，」歐拉娜大聲說。

「喔。」他轉向寶貝，把聽診器放在她的胸口，並在她咳嗽時喃喃說著 ndo[3]。然後他走向櫥櫃，在一些瓶子和藥包之間翻找，歐拉娜為他感到難過，但不太知道為什麼。他真的花太多時間在找一些小東西了。

「我會給妳一瓶咳嗽糖漿。她需要的其實是抗生素，但我們這邊恐怕是用完了，」他一邊說一邊再次用那種鎖定她雙眼的奇怪方式盯著她，臉上的表情充滿憂鬱與疲憊。歐拉娜懷疑他最近可能失去了摯愛的人。

「我會寫處方簽給妳，妳可以去找那些做買賣的人問問看，可是當然，必須找可靠的人。」

「當然，」歐拉娜重複他的話。「我有個朋友，木歐克魯太太，她可以幫忙。」

「非常好。」

「你有空時應該來我們家坐坐，」歐拉娜站起身。

「好。」他握住她的手，但握得有點太久了。

「謝謝你，醫生。」

「謝什麼？我能做的也不多。」他指向門口，歐拉娜知道他指的是那些在外面等的婦女。她離開時又望了一眼幾乎全空的藥櫃。

歐拉娜一早就跑過鎮上的廣場，她要去阿垮庫馬小學。為了怕遇到空襲，她在開放空間時總會

2 伊博語：上帝不容許、天理不容的意思。
3 伊博語：「為妳感到難過」的意思。

這樣跑，直到可以帶來良好掩護的樹下才會慢下腳步。有些學生正站在校區內的芒果樹下，他們在往樹上的果實丟石頭。她大吼，「回去上課，osiso！」他們稍微散開了一下，但又跑回來對著那些芒果丟石頭。她聽見他們在一顆芒果落下時大聲歡呼，接著又高聲爭論到底丟中的人是誰。

木歐克魯太太正在她的教室前方漫無目的地擺弄一個上下課鈴。無論是她手臂及腿上的粗黑毛髮、人中的絨毛、下巴的一簇簇蜷曲細毛，還是肌肉堅硬又稜角分明的四肢，都常讓歐拉娜懷疑她或許生為男人會比較好。

「妳知道可以在哪裡買到抗生素嗎？」歐拉娜在兩人擁抱過後問。「寶貝在咳嗽，醫院都沒有抗生素了。」

木歐克魯太太哼了一下歌，這代表她在思考。她每天穿的布布寬鬆長袍上有張奧朱古閣下大人的臉瞪視著前方。她常宣稱在比亞法拉正式建國前不會穿任何其他衣物。

「任何人都可以賣藥，可是妳無法確定，他們是不是在後院把一堆白堊粉混在一起，然後就聲稱是奈瓦奎寧[4]，」她說。「把錢給我，我會去找歐尼莎媽媽，她賣的才是真貨。如果妳付的價錢夠好，她還能把高恩的髒褲子賣給妳。」

「褲子就給她留著吧，給我藥就好。」歐拉娜在笑。木歐克魯太太微笑著拿起上下課鈴。「我昨天看到一個異象，」她說。她的布布裝穿在她矮小的身體上顯得太長，走路時都會拖到地上，歐拉娜很怕她踩到會跌倒。

「什麼異象？」歐拉娜問。木歐克魯太太總會看到異象。上次她看見奧朱古親自在奧戈賈地區[5]帶領軍隊打仗。這代表那邊的敵人已全數遭到殲滅。

「來自阿比里巴[6]的傳統戰士用他們的弓箭解決了卡拉巴爾地區的惡盜。I makwa，孩子走去溪邊時都會踩過他們的屍骨。」

「真的啊，」歐拉娜努力保持嚴肅的表情。

「這代表卡拉巴爾地區永遠不會淪陷，」木歐克魯太太說完後開始搖鈴。

歐拉娜望著那隻肌肉分明的手臂快速擺動。她和這個來自埃齊奧威爾[7]、幾乎沒受過教育，而且相信異象的小學老師兩人真的毫無共通點。不過木歐克魯太太總是給她一種熟悉感，但不是因為木歐克魯太太幫她編髮、和她一起去參加婦女志願服務團隊的聚會，而且還教她如何保存蔬菜的關係，而是因為木歐克魯太太散發出一種無所畏懼的氣息，那種氣息總會讓歐拉娜聯想到凱妮內。

那天晚上，木歐克魯太太把包在報紙內的抗生素膠囊帶來時，歐拉娜邀請她進屋看凱妮內的照片，照片中的她正叼著菸坐在泳池邊。

「這是我的雙胞胎姊妹。她住在哈科特港。」

「妳的雙胞胎姊妹！」木歐克魯太太驚訝大叫。她的脖子上掛著一條繩子，此刻的她正用手指撥弄掛在繩子上那片塑膠製的半輪黃日。「真是驚奇不斷啊。我不知道妳是雙胞胎，而且，

4 奈瓦奎寧（Nivaquine），成分為羥氯奎寧（Hydroxychloroquine），可用來預防或治療瘧疾。
5 奧戈賈（Ogoja）是奈及利亞東南部的一個城鎮。
6 阿比里巴（Abiriba）位於奈及利亞東南部，有一個古老的伊博王國曾座落於此地。
7 埃齊奧威爾（Eziowelle）是奈及利亞東南部靠近奧尼查的一個城鎮。

nekene[8]，她跟妳長得一點也不像。」

「我們的嘴巴一樣，」歐拉娜說。

木歐克魯太太再次瞄了照片一眼，搖搖頭。「她跟妳長得一點也不像，」她又說了一次。

抗生素讓寶貝的雙眼開始泛黃。她的咳嗽緩解了，咳嗽聲比較沒有胸腔發炎的感覺，也不再有像是喘氣的嘶嘶聲。可是她的食慾消失了。她會把盤子裡的加里推來推去，但不吃，許多流質的寶寶食物也被她放到變成一整塊黏膠。歐拉娜把信封裡的大部分錢都拿去跟敵方地區的女人購買餅乾和包裝紙閃亮的太妃糖，可是寶貝也只願意吃一點點。她把寶貝放在自己的大腿上，硬是把地瓜泥塞進她嘴裡，而當寶貝因為嗆到而開始哭泣時，歐拉娜得努力忍住自己的淚水。她最害怕的就是寶貝會死。這份不停化膿又惡化的恐懼潛藏在她的每個思緒及行動背後。歐登尼伯跳過一些策動軍團組織的活動提早趕回家的那天，歐拉娜知道他跟自己一樣害怕，可是他們沒討論這件事，就彷彿一旦說出口了，寶貝的死會立刻迫近到眼前。一直到隔天早上，她坐在那裡看著寶貝睡覺，而歐登尼伯換衣服準備上班時，他們都還是沒談起。比亞法拉廣播電台傳來的音響迴盪在整個空間內。

這些非洲國家深受英美帝國主義陰謀所害，他們以委員會[9]的建議為藉口，提供大量的武器支援他們在奈及利亞搖搖欲墜的新殖民主義傀儡政權……

「沒錯！」歐登尼伯說，同時快速將扣子扣上。

床上的寶貝動了一下。她的臉因為失去原本肥厚的肉而凹陷下去，加上皮膚又薄，讓她看起來詭異地像個成年人。歐拉娜仔細看著她。

「寶貝撐不下去了，」她默默地說。

歐登尼伯停止動作看著她。他關掉收音機，走過來，將她的頭貼在自己的肚子上。由於他一開始沒說話，他的沉默等於是確認了寶貝會死。歐拉娜把身體移開。

「她沒有食慾才正常，」他終於開口，可是語氣不像她平常習慣聽見的那樣篤定。

「看看她體重掉了多少！」歐拉娜說。

「Nkem，她的咳嗽好多了，食慾之後也會回來的。」他開始梳頭髮。他沒有說她希望他說的話。她很生氣。他沒有尋求命運力量的協助並表示寶貝終將會復原，而且還能如此正常地進行上班前的準備。他離開前的吻只是輕啄，不像平常緊貼住她嘴唇留戀不去，這也讓她心懷怨恨。她的雙眼盈滿淚水。她想到亞瑪拉。亞瑪拉自從那天在醫院見過他們之後再也沒有跟他們聯絡，可是如果寶貝快死了，她不知道是不是該告訴亞瑪拉。

寶貝打了個呵欠後醒來。「早安，歐拉媽咪。」她就連說話也是有氣無力。

8 伊博語：看這裡。

9 這裡指的是奈及利亞和平委員會（The Committee for Peace in Nigeria），這是一個主要據點為英國的政治遊說組織，希望能和平結束奈及利亞的內戰。

「寶貝，ezigbo nwa[10]，妳好嗎？」歐拉娜把她抱起來擁入懷中。她的氣息吐在寶貝的後頸上，一邊努力不讓自己流下眼淚。寶貝感覺好小、好輕。「要吃一點寶寶食物嗎？我的小寶寶？或者一點麵包？妳想要什麼？」

寶貝搖搖頭。歐拉娜努力想哄騙寶貝喝一點阿華田，此時木歐克魯太太帶著一個打結的酒椰葉纖維袋來訪，臉上還帶著志得意滿的微笑。

「他們在主教路開了一個救濟中心，我今天一大早就去了，」她說。「叫厄格烏拿個碗來。」她把一些黃色粉末倒進厄格烏拿來的碗裡。

「那是什麼？」歐拉娜問。

「乾燥蛋黃。」木歐克魯太太轉向厄格烏。「為寶貝炒一炒。」

「炒這個？」

「你的耳朵有毛病嗎？倒一點水進去攪一攪，然後拿來炒，osiso！他們說孩子很愛這東西的味道。」

厄格烏認真看了她一眼，然後才走進廚房。棕櫚油炒過的乾燥蛋黃在盤子上看起來濕濕軟軟，顏色也鮮亮得令人不安，但寶貝全吃光了。

救濟中心的所在地以前是一所女中。歐拉娜想像在戰爭開打前，許多年輕女生會在一大早匆匆走進這個牆上長滿草的校區內上課，到了晚上，她們會偷溜進學校大門，為的是跟在道路另一頭政府書院就讀的年輕男子幽會。現在是清晨剛破曉，大門仍鎖著，不過門外已聚集大批群眾。歐拉娜尷尬地站在這些男男女女以及小孩之間，他們看起來已經很習慣站在這裡等待生鏽的鐵柵門打開，好進去獲得由外國陌生人捐贈的食物。她坐立難安。她覺得自己正在做某種不成體統的、不道德的事：期待能不勞而獲地取得食物。她可以看到校區內有人走來走去，擺放出來的桌子上放著一袋袋食物，另外有些板子上寫著普世教會協會[11]。有些女人手上抓著籃子，她們一邊往柵門裡頭看，一邊喃喃自語地說這些救濟中心的工作人員根本在浪費時間。男人們聚在一起說話，其中年紀最大的男人頭上戴著一頂象徵酋長地位的紅帽子，上面還插著一根羽毛。相對於其他男人，有個年輕男子的高亢聲音特別突出，他一直大吼大叫地說著一些口齒不清的話，就像一個正在學講話的孩童。

「他經歷了嚴重的砲彈休克症，」木歐克魯太太悄聲對她說，好像歐拉娜不知道這件事一樣。這是木歐克魯太太唯一一次開口。她一直在一點一點緩慢朝大門推進，而且每次都會用手肘輕推歐拉娜提醒她跟上。後面有人開始講一個有關比亞法拉陣營獲勝的故事。「我跟你說，所有豪薩士兵都轉身逃跑，他們已經見到超越他們所有人的威力……」大門對面有個男人走過來，那個說故事的聲音逐漸消失。那個削瘦男人的寬鬆T恤上用黑字寫著日升之地，手上拿著一綑紙，他肩膀聳得很高，走路時散發出大人物的氣派。他是這裡的主管。

「排好！排好！」他在打開大門時這麼說。

群眾跌跌撞撞但又快速衝進去的猛勁讓歐拉娜驚訝。她覺得有很多人在擠她，身體於是隨之左

10 伊博語：好孩子。

11 普世教會協會（World Council of Churches）成立於一九四八年，是一個由基督教跨教派所組成的運動組織。

右搖擺，畢竟她不是他們的一分子，所以是他們像是在算計過後一鼓作氣把她撞到一旁。有個站她身邊的老男人在起跑衝進大門時用硬邦邦的手肘撞擊她的身側。木歐克魯太太跑在前面，她正衝向其中一張桌子。頭上戴著羽毛帽的老男人跌倒了，但立刻又站起來，然後繼續歪歪倒倒地跑去排隊。歐拉娜對民兵團成員一邊揮舞長鞭子一邊大吼「排好！排好！」的場面感到驚訝，那些表情嚴峻的女人站在桌邊的場面也讓她驚訝。她們一邊彎腰把食物舀進朝她們伸出的一只只袋子一邊說著，「好的！下一位！」

「去那一排！」木歐克魯太太發現歐拉娜正往她的隊伍走時這麼說。「那邊是在排蛋黃！去那裡！這邊是在排魚乾！」

歐拉娜加入那個隊伍，同時努力阻止自己回撞那個正想把她擠出去的女人，最後卻還是讓那個女人排在自己前面。這種為了乞討食物而排隊的不尋常狀態讓她感到既不自在又難堪。她先是把雙臂交抱在身體前方，然後又把兩隻手臂垂在身體兩側，接著又抱回胸口。就快要輪到她時，她注意到被舀進袋子及盆子裡的粉末不是黃色而是白色。原來那些不是蛋黃而是玉米粉。排蛋黃的隊伍在隔壁才對。歐拉娜匆匆忙忙跑過去排隊，可是正在分發蛋黃的婦女站起身說，「蛋黃發完了！Ọgwula[12]！」

歐拉娜的心頭湧起一陣恐慌。她追上那名婦女。「拜託，」她說。

「怎麼了？」那個婦女問。站在一旁的主管轉身盯著歐拉娜看，「我家裡年紀很小的孩子病了——」歐拉娜說。

那個女人打斷她。「去那排拿牛奶。」

「不、不，她什麼都不吃，只吃蛋黃。」歐拉娜抓住那名婦女的手臂。「Biko，拜託！我需要蛋黃。」

那名婦女把手臂抽走後匆匆走進建築物內、甩上門。歐拉娜呆站在原地。那名主管還盯著她看，同時還用手上那捆紙為自己搧風，然後他說，「Ehe[13]！我認識妳。」

他的光頭和留了鬍子的臉一點也不眼熟。歐拉娜轉身走開，她深信他只是那種宣稱跟她見過面，但其實只是想找機會調戲她的男人。

「我之前見過妳，」他一邊說一邊走近，現在還露出了微笑，可是沒有她預期看見的那種色瞇瞇神情，反而顯得極為坦率且愉快。「幾年前在埃努古機場，我去接從海外回來的兄弟。妳跟我母親聊天。I kasiri ya obi[14]。當飛機落地但沒有立刻停止時，妳幫助她冷靜下來。」

那天在機場的畫面矇朧地出現在歐拉娜腦中。那一定是大約七年前的事了。她記得他的叢林口音、他緊張的興奮神情，還記得他當時看起來比現在還老。

「那是你嗎？」她問。「可是你怎麼認得出我？」

「怎麼可能有人忘記這張臉呢？我母親一天到晚在說那個故事：那天有個漂亮女人握住她的手。我家的每個人都知道這個故事。每次只要有人提起我兄弟回國的事，她就要講一次。」

12 伊博語：沒有了。
13 伊博語：對。
14 伊博語：妳安慰了她。

「你兄弟還好嗎？」

他的臉因為驕傲而亮起來。「他是在政府部署內工作的資深官員。就是他給我這份發送救濟物資的工作。」

歐拉娜立刻想知道他能不能幫她弄到一點蛋黃，可是說出口的話卻是，「那你母親還好嗎？」

「非常好。她住在我兄弟在奧爾呂[15]的家。我姊妹一開始沒從扎里亞回來時，她病得很重，我們都以為那些畜牲對她做了那些對其他人幹的好事，可是我姊妹後來有回來——她有豪薩族的朋友幫忙——所以我母親好多了。要是跟她說我有見到妳，她一定會很開心。」

他停下來瞄了那些發送食物的桌子一眼，那邊有兩個年輕女孩在吵架，其中一個人說，「我跟妳說，這個魚乾是我的，」另一個人說，「Ngwanu，看來我們今天都得死在這裡。」

他又望向她。「讓我去看看那裡是怎麼回事。不過妳在大門等著。我會派人拿一些蛋黃給妳。」

「謝謝你。」歐拉娜因為他主動表示要給她蛋黃而鬆了一口氣，但又因為這樣的互動感到尷尬。她在大門邊沉著一張臉。她感覺自己像個小偷。

「歐克羅馬度派我來找妳，」有個年輕女子走到她身邊說，歐拉娜嚇得差點跳起來。那個女人把一個包裹塞進她手裡後立刻走回去。「替我謝謝他，」歐拉娜大喊，但就算那女人有聽到也沒回頭。她站在那裡等木歐克魯太太，包裹的重量讓她安心，之後在看著寶貝把所有蛋黃吃到只剩棕櫚油漬時，她不禁想：寶貝怎麼受得了乾燥蛋黃糟糕的塑膠味呢？

下一次歐拉娜去救濟中心時，歐克羅馬度正站在大門口對群眾說話。有些女人的手臂底下夾著捲起來的墊子，看來她們是前一晚就來門口過夜。

「今天沒有東西可以發給你們。從阿沃馬馬[16]載物資來的貨車在路上被打劫了，」他用搞政治的人對支持者說話的那種煞有其事的口氣說。歐拉娜觀察著他，她知道他很享受。他很享受可以知道一群人有沒辦法吃到食物的這份權力。「我們有派軍隊護送，可是打劫我們的是一群士兵。他們設置好路障後就把貨車上的東西都搬走了，就連司機也被他們揍了一頓。週一再來吧，說不定那天我們會開。」

有個女人腳步輕快地走向他，然後把她的男寶寶直接塞進他懷裡。「那就給你吧！你們就在下次開門前負責餵他！」然後她開始往回走。那個寶寶很瘦，身上有黃疸，此刻正在大聲哭叫。

「Bia nwanyi[17]！回來啊，女人！」歐克羅馬度伸長僵硬的手臂抓住那個嬰兒。他努力讓嬰兒離自己遠遠的。

人群中的女人們開始斥責那位母親——妳是要把妳的孩子丟掉嗎？Ujo anaghi atu gi？[18]妳要當著神的面走掉嗎？——不過最後是木歐克魯太太走上前，把嬰兒從歐克羅馬度手上接過來，放回女人懷中。

「把妳的孩子帶回去，」她說。「今天沒食物不是他的錯。」

15 奧爾呂（Orlu）是奈及利亞東南部的城鎮，位於奧尼查的東南邊。
16 阿沃馬馬（Awomama）是一個南部地區，位於奧爾呂的西南邊。
17 伊博語：回來，女人。
18 伊博語：妳不害怕嗎？

人群散去。歐拉娜和木歐克魯太太緩慢地走著。

「誰知道是不是真的有士兵搶了他們的貨車？」木歐克魯太太說。「誰知道他們偷留多少物資下來賣？我們從來沒有拿過鹽，因為他們都把鹽留下來賣掉。」

歐拉娜正在想木歐克魯太太把那個嬰兒還給母親的畫面。「妳讓我想起我的姊妹，」她說。

「怎麼說？」

「她非常堅強。她什麼都不怕。」

「她在妳給我看的那張照片裡抽菸，像個妓女。」

歐拉娜停下腳步瞪著木歐克魯太太。

「我不是說她是妓女，」木歐克魯太太趕快接著說。「我只是說她抽菸不好，因為抽菸的女人都是妓女。」

歐拉娜看著她。她在她唇邊的鬍子及多毛的手臂中看到一種惡意。她加快步伐往前走，沉默，而且一路都走在木歐克魯太太前方，在轉身走向自家那條街時也沒跟她道別。寶貝正和厄格烏一起坐在屋外。

「歐拉媽咪！」

歐拉娜擁抱她，順了順她的頭髮。寶貝握住她的手，抬頭看她。「妳有帶蛋黃回來嗎？歐拉媽咪？」

「沒有，我的小寶貝。可是很快就會再帶回來了，」她說。

「午安，女士啊。妳沒帶任何東西回來嗎？」厄格烏問。

「沒看到籃子是空的嗎？」歐拉娜突然發起火來。「你是瞎了嗎？」

到了週一，她自己去了救濟中心。木歐克魯太太沒在破曉前先來叫她，也沒有出現在現場的人群中。救濟中心的大門深鎖，所有建築空蕩無人，她等了大概一小時，群眾才開始逐漸散去。到了週二，大門還是鎖著。週三，大門上出現一個新的掛鎖。一直到週六，大門才再度開啟，而歐拉娜驚訝地發現自己已經能輕易跟著人群一起衝進去，還能在每條隊伍間靈巧移動、躲開民兵揮舞的棍棒，甚至能把推擠她的人擠回去。她離開時拿著小袋的玉米粉、蛋黃，和兩片魚乾。歐克羅馬度在此時出現。

他揮揮手。「漂亮女人。Nwanyi oma[19]！」他說。他還是不知道她的名字。他走過來把一個細長的醃牛肉罐頭塞進她的籃子裡，然後像什麼都沒發生一樣匆匆走開。歐拉娜低頭看著那個紅色長錫罐，幾乎要因為這份驚喜爆笑出聲。她拿出罐頭，仔細檢視，用手撫摸過罐頭冰冷的金屬表面，然後抬頭發現一名因為作戰而精神耗弱的士兵正在觀察她。他的眼神非常魯莽，甚至懶得費心遮掩。她把醃牛肉罐頭放回籃子，用一個袋子蓋住。她很高興木歐克魯太太沒跟她一起來，不然她就得跟她分享了。她打算要求厄格烏用這個罐頭做一道燉菜，然後她會留一些醃牛肉下來做三明治，這樣她、歐登尼伯和寶貝就能用英國茶來搭配醃牛肉三明治了。

那個精神耗弱的士兵跟著她走出大門。她在通往主要道路上的沙土地上加快腳步，可是很快就

19 伊博語：漂亮女人。

有五個身穿破爛軍服的士兵包圍住她。他們說著模糊不清的話語，同時用手指向她的籃子，他們的動作感覺很不流暢，說話的音量也很大。歐拉娜只能勉強聽懂一些字詞。「阿姨！」「妹妹！」「現在帶，來！」「餓啊殺死我們全部！」

歐拉娜抓緊手上的籃子。她心中狂亂湧現一股想要尖叫的孩子氣衝動。「走開！快點，走開！」

他們因為她的大叫感到驚訝，所以有一陣子站住不動。然後他們開始靠近，而且是五人一起，就彷彿腦中有個聲音正在指導他們所有人。他們不停逼近。他們什麼事都做得出來。他們散發出一種極度窮途末路的不法之徒氣息，任何聲響似乎也無法進入他們的腦子。歐拉娜的恐懼中夾雜著憤怒，那是一種激烈而讓人變得大膽的憤怒，所以她想像跟他們對打，還想像她勒住他們、殺死他們。那罐醃牛肉是她的！是她的！她後退了幾步，但還沒有回神過來，就有個戴著藍色貝雷帽的男人一瞬間抓住她的籃子、抽走那罐醃牛肉後跑掉。其他人也跟了上去，但最後有個人仍站在原地看她，嘴巴鬆鬆地張著，過一陣子才轉身開始跑，但跑的卻是跟其他人不同方向。籃子躺在地上。歐拉娜站在原地一動也不動，內心為了那罐從不屬於她的醃牛肉默默哭泣。然後她撿起籃子，拍掉玉米粉袋子上的沙土，走路回家。

歐拉娜和木歐克魯太太已經在學校迴避彼此將近兩週了，所以那天下午歐拉娜回家，看見木歐克魯太太拿著裝滿灰色木灰的金屬桶坐在屋外等她時，她很驚訝。

木歐克魯太太站起身。「我來教妳做肥皂。妳知道他們現在一塊普通的肥皂賣多少錢嗎？」

歐拉娜看著她那件有著奧朱古閣下大人洋洋得意臉龐的破舊布布裝，意識到這堂不請自來的肥皂課是為了道歉。

她接過那桶木灰，帶路走向後院，等木歐克魯太太解釋並示範如何做肥皂之後，再把木灰收在一堆水泥磚附近。

後來在露天陽台茅草簷廊底下，她和歐登尼伯一起坐在靠牆的長木凳上說起這件事，他聽了搖搖頭。

「她不需要教妳如何做肥皂。反正我也不覺得妳會做肥皂。」

「你覺得我做不到嗎？」

「她應該直接道歉就好了。」

「因為是凱妮內的事，我覺得我確實反應過度，」歐拉娜改變坐姿。「不知道凱妮內有沒有收到我的信。」

歐登尼伯沒說話，只是牽起她的一隻手。她很慶幸自己有些事並不需要開口向他解釋。

「木歐克魯太太胸口長了多少毛？」他問。「妳知道嗎？」

歐拉娜不確定是他還是她先開始笑，可是突然之間他們都在笑，而且笑得很狂放，還笑到幾乎滾下長凳。就連其他事也跟著變得好笑起來。歐登尼伯說天空萬里無雲，歐拉娜就說那可真是個適合轟炸機的好天氣，然後他們就笑了。有個小男孩穿著破了很多大洞的短褲經過，皮膚乾燥的屁股直接露出來和他們打招呼，結果他們還沒好好回應對方的午安就又爆笑出聲。超強朱利亞斯走進他們的住宅區時，他們的臉上的笑意還在，雙手也因為一直笑而緊握住長凳。他的束腰外衣上有許多閃耀的亮片。

「我把烏穆阿希亞最好的棕櫚酒帶來了！叫厄格烏拿幾個玻璃杯來，」他把一個小型油桶放下。他本人和身上的浮誇衣物都散發出樂觀富裕的氣息，就彷彿世間沒有他解決不了的問題。厄格烏把玻璃杯拿來後，超強朱利亞斯說，「你們有聽說哈羅德・威爾遜到拉各斯了嗎？他是帶英國軍隊來解決我們的。據說他帶了兩營的士兵來。」

「坐下吧，我的朋友，然後別胡說八道了，」歐登尼伯說。

超強朱利亞斯笑開，咕嚕咕嚕地把酒喝下。「我胡說八道？okwa ya？[20]收音機在哪？拉各斯那邊或許不會把英國首相來幫忙殺光我們的消息告訴全世界，但說不定在卡杜納的瘋子會。」

寶貝走出來。「朱利亞斯叔叔，午安。」

「寶貝寶貝，妳的咳嗽怎麼樣？有好點嗎？」他把一隻手指伸進棕櫚酒桶內，再把手指放進她嘴裡。「這應該對妳的咳嗽有幫助。」

寶貝舔了舔嘴唇，她看起來很高興。

「朱利亞斯！」歐拉娜說。

超強朱利亞斯姿態輕鬆地揮揮手。「永遠不要低估酒精的威力。」

「來跟我一起坐，寶貝，」歐拉娜說。寶貝的連身裙因為太常穿而磨得很舊。歐拉娜讓她坐在自己的大腿上，緊緊抱住她。至少寶貝現在沒那麼常咳嗽了。至少寶貝有在吃飯了。

歐登尼伯從長凳底下拿起收音機，此時一陣尖銳的音響刺穿空氣。歐拉娜一開始以為是收音機發出的聲音，然後才意識到是空襲警報。她坐著沒動。附近屋內有人尖叫「敵機來了！」同時朱利亞斯大吼「找掩護」，然後在跳過露天陽台時翻倒了棕櫚酒桶。鄰居們都在跑，他們大吼大叫的內容歐拉娜都聽不懂，因為那個激昂的尖銳音響正頑固地鑽入她的腦內。她踩到酒滑倒，膝蓋著地，歐登尼伯先把她拉起來，然後抓起寶貝開始跑。低空轟炸已經開始——許多圓球開始從上方落下——歐登尼伯拉開錫板，他們全部爬進地下掩體，歐登尼伯殿後。厄格烏手上還緊抓著一支沾滿湯汁的湯匙。歐拉娜拍走身上的一隻隻蟋蟀，碰到牠們稍微潮濕的身體時感覺手指黏黏的。但即便牠們不再停在她身上，她都還是在不停拍打自己的手臂及雙腿。第一聲爆炸聽起來很遠，接著越來越近、越來越響，整個地面都在搖動。她身邊有許多人在大吼。「耶穌基督啊！耶穌基督啊！」她的膀胱很痛、脹得很硬，彷彿爆開後會釋出的不是尿液，而是她正在喃喃說出的亂改禱詞。有個女人跌坐在她身邊，懷裡抱著一個孩子，那是個年紀比寶貝還小的男孩。地下掩體很暗，但歐拉娜可以看見那孩子全身上下布滿又硬又白的輪癬。又一次爆炸搖撼大地。然後所有聲響停止。空氣凝滯。他們爬出地下碉堡，聽見遠方有許多鳥呱—呱—呱地叫著。空氣中滿是燃燒的氣味。

「我們的防空火力太棒了！O di egwu！」有人說。

「比亞法拉贏得戰爭！」超強朱利亞斯開始唱歌，很快地，街上的大部分人也開始加入。

比亞法拉贏得戰爭！
武裝車，砲擊車、
戰鬥機和轟炸機，

20 伊博語：是嗎？

Ha enweghi ike imeri 比亞法拉！[21]

歐拉娜看到歐登尼伯精力充沛地唱著，所以也努力跟著唱，可是感覺歌詞只是無力地躺在她的舌頭上慢慢腐敗。她的膝蓋刺痛。她牽起寶貝的手走進屋內。

到了晚上幫寶貝洗澡時，空襲警報再次響起，她抓起沒穿衣服的寶貝跑出屋外簡陋的浴廁小屋，寶貝還差點從她手中滑到地上。飛機快速飛過時發出轟隆聲響，防空槍火的聲響也從上方、下方以及四面八方傳來，她的上下排牙齒敲打出搭搭搭的聲響。這次她整個人癱倒在掩體內，完全沒管那些蟋蟀。

「歐登尼伯呢？」過了一陣子後，她抓住厄格烏的手臂問。「你的主人在哪裡？」

「他在這裡，女士啊，」厄格烏一邊說一邊四處張望。

「歐登尼伯！」歐拉娜大喊。可是他沒回應。她不記得有看見他進入掩體。他還在地面上的某處。接下來的爆炸感覺把她耳內的某個東西震鬆了，她很確定要是現在把頭往旁邊歪過去，某個像軟骨一樣又硬又軟的東西就會掉出來。

她移動到掩體門口，厄格烏在她身後說，「女士啊？女士啊？」有個住在街尾的一個女人開口，「回來！妳要去哪裡？Ebe ka I na-eje？[22]」可是她沒管他們，仍然跌跌撞撞地爬出了掩體。

陽光燦亮得驚人，她差點昏倒。她往前跑，感覺心臟讓胸口好痛，她大吼，「歐登尼伯！歐登尼伯！」終於她看見他彎腰蹲在一個人旁邊。她望著他多毛的光裸胸膛、新留的鬍鬚，以及他破爛的拖鞋，然後突然之間，他終將一死的事實——他們終將一死的事實——像是掐住她的喉頭般襲來，那股擠壓的力量讓她驚惶不安。她用力抱緊他。路的前方有棟屋子正在燃燒。

「Nkem，沒事的，」歐登尼伯說。「有顆子彈打中他，可是看起來只是皮肉傷。」他把她推開後重新回到那個男人身邊，繼續用他的襯衫包紮他的手臂。

隔天早上的天空像是一片靜海。歐拉娜要歐登尼伯不要去署裡上班，她也不會去教書。她覺得他們該整天待在掩體裡。

他笑出來。「別傻了。」

「沒有人會把孩子送去學校上課，」她說。「那妳打算做什麼？」他的語調就跟前晚持續不斷的打呼聲一樣正常，而她卻是整晚醒著、滿身大汗，不停想像著轟炸的聲響。

「我不知道。」

他親吻她。「聽見警報就跑進掩體。不會有事的。如果我們今天去姆貝斯[23]進行教育工作，我可能會晚一點回來。」

一開始她對他的自在態度感到惱怒，後來卻又覺得安慰。她相信他說的話，可是只有他在身邊

21 伊博語：他們無法征服比亞法拉！
22 伊博語：妳要去哪裡？
23 姆貝斯（Mbaise）是奈及利亞東南部的一個地區，位於自古屬於伊博族的土地（Igboland）的中心地帶。

時才有辦法。一等他離開，她就感覺脆弱、感覺隨時可能遭受攻擊。她不洗澡。她怕走到外面的茅坑廁所。她怕坐下會打瞌睡，而這樣會無法為可能響起的警報做好準備。她一杯接著一杯喝水，喝到肚子都脹起來，但還是覺得口中的唾液都被吸乾，而且隨時可能被一塊塊乾燥的空氣嗆到。

「我們今天都待在掩體裡，」她跟厄格烏說。

「掩體？女士啊？」

「對，掩體。你聽見我說的話了。」

「可是待在那裡有很多事都沒辦法做，女士啊。」

「我是含著水說話嗎？我說我們要待在掩體裡。」

厄格烏聳聳肩。「好的，女士啊。我該帶寶貝的食物嗎？」

她沒有回話。如果他膽敢露出笑容，她會搧他巴掌，因為她看得出來，他在想到要拿著寶貝的寶寶食物爬進地底潮濕洞穴待上一整天時，臉上默默露出的玩味表情。

「把寶貝準備好，」她說，然後打開收音機。

「是的，女士啊，」厄格烏說。「O nwere igwu[24]。我今天早上在她的頭髮裡找到蝨子卵。」

「什麼？」

「蝨子卵。但只有兩顆，我沒找到更多了。」

「蝨子？你在說什麼？寶貝怎麼可能會有蝨子？我一直把她顧得很乾淨。寶貝！寶貝！」

歐拉娜把寶貝拉過來，鬆開她的辮子，在她濃密的髮絲中翻找。「一定是因為妳跟那些髒兮兮的鄰居玩。那些鄰居有夠髒。」她的雙手在發抖，為了確保抓好還扯到她的一絡頭髮。寶貝開始哭。

「不要動！」歐拉娜說。

寶貝扭動身體擺脫歐拉娜的掌控，跑向厄格烏，然後用迷惑不解地眼神看著歐拉娜，彷彿認不出她是誰。收音機裡爆出的比亞法拉國歌瞬間填滿了原本的沉默。

日升之地，我們愛且珍惜，
我們英雄摯愛的家土，
我們要打的是非生即死的保衛戰。
我們要保衛我們的心不受仇敵傷害，
但如果為了珍視的一切必須付出性命的代價，
那就讓我們不帶一絲恐懼地死去……

他們一直聽到國歌結束。

「把她帶出去，待在露天陽台上，保持警覺，」歐拉娜終於疲倦地對厄格烏說。

「不用去待在掩體裡了？」

「把她帶到露天陽台上就是了。」

24 伊博語：她有蝨子。

「是的，女士啊。」

歐拉娜打開收音機，戰爭快報還要好一陣子才會播送，其中會充滿她迫切需要聽見的獨白，因為會有人以充滿火熱激情的語調描述比亞法拉的偉大。在ＢＢＣ的頻道上有則關於戰爭的最新消息——教宗、非洲統一組織[25]，還有大英國協派來的密使正為了提倡和平來到奈及利亞。她無精打采地聽著，然後在聽見厄格烏跟某人說話時關掉收音機。她走到屋外看到對方。木歐克魯太太正站在寶貝身後重新把歐拉娜鬆開的辮子綁好。她手臂上的毛髮光滑閃亮，就彷彿抹了太多棕櫚籽油。

「妳也沒去學校？」歐拉娜問。

「我知道父母會把孩子留在家裡。」

「誰不會呢？這種無休無止的轟炸到底是怎麼回事？」

「都是因為哈羅德．威爾遜來了。」木歐克魯太太悶哼了一聲。「他們想為他留下好印象，好讓他帶更多英國軍隊來。」

「超強朱利亞斯也這樣說，但那是不可能的。」

「不可能嗎？」木歐克魯太太露出微笑，那模樣就像是在說歐拉娜根本一無所知。「那個超強朱利亞斯啊，對了——妳知道他有在賣偽造證件嗎？」

「他是軍火商。」

「我不是說他沒有跟軍隊做些小生意，可是他確實有在賣偽造證件。他的兄弟是某個署長，他們是一起幹的。就是因為他們兩個傢伙，各種騙子拿著特殊證件到處橫行。」木歐克魯太太把辮子綁好，拍拍寶貝的頭髮。「他兄弟根本是個罪犯。大家都說他會發免役證明給他們的男性親戚，就是他烏木那中的所有男性。現在到處都是乞求多金老爺關注的超年輕的女孩，妳也得聽聽他是怎麼對待她們的。大家說他曾一次把五個這種女孩帶進臥房。Tufia！等比亞法拉建國完成後，就該處死他這種人。」

歐拉娜跳起來。「是飛機的聲音嗎？是飛機的聲音嗎？」

「飛機？kwa？[26]」木歐克魯太太笑了。「隔壁有人關門而已，妳說那是飛機？」

歐拉娜兩腿伸長坐倒在地上。她因為恐懼而累壞了。

「妳有聽說我們在伊科特埃佩內[27]打下他們的轟炸機嗎？」木歐克魯太太問。

「我沒聽說。」

「而且是平民用獵槍打下來的！哎呀，奈及利亞人有夠笨，就連為他們工作的人也很笨。他們笨到沒辦法駕駛俄國和英國給他們的飛機，只好讓白人來飛，但就連那些白人也打不中目標。哈！他們有一半的炸彈根本沒爆開。」

「有爆開的那一半已經足以幹掉我們了，」歐拉娜說。

木歐克魯太太像是沒聽見歐拉娜在說什麼一樣地繼續說下去。「我聽說我們的 ogbunigwe 已讓他

25 非洲統一組織（Organization of African Unity）成立於一九六三年，由衣索比亞邀請當時非洲的三十二個獨立國家簽署成立。

26 伊博語：妳確定？

27 伊科特埃佩內（Ikot-Ekpene）是奈及利亞東南部的城鎮，位於阿巴東邊。

們對神心生畏懼。我們在阿非可波[28]只幹掉幾百人，可是奈及利亞有一整個營都因為恐懼而撤退。他們從沒見過這種武器。他們不知道我們還會拿出什麼對付他們。」她咯咯笑出聲，搖搖頭，扯著脖子上掛著的那半輪黃日。「高恩派他們在大白天的下午去轟炸奧古市集，那時還有許多女人在市集買賣商品。他拒絕讓紅十字會帶食物給我們，kpam-kpam[29]拒絕，就為了讓我們餓死。可是他不會成功。如果有人像是對奈及利亞那樣把槍和飛機大量提供給我們，這場戰爭早就結束了，所有人現在都能好好待在自己家裡。可是我們會打敗他們。神睡著了嗎？不！」木歐克魯太太笑了。警報響起。歐拉娜老早在等待這刺耳的警報響起，因此在真正聽見前就已因為預感而全身震顫。她轉向寶貝，可是厄格烏已經抱起她往掩體跑。歐拉娜可以聽見遠方有飛機在飛，聲音就像正在醞釀的響雷，很快地，四面八方傳出防空火力的尖銳爆裂聲。就在爬進掩體前，她抬頭看到滑翔而過的轟炸機，那些飛機長得像老鷹，而且飛得驚人的低，機身旁還圍繞著一團團灰色煙霧。

之後從掩體爬出來時，有人說，「他們是瞄準小學攻擊！」

「那些不信神的傢伙竟然轟炸我們的學校！」木歐克魯太太說。

「看！又是一架轟炸機！」有個年輕人笑著說，他指著在他們頭上飛的一隻禿鷹。

他們加入趕往阿垮庫馬小學的人群。兩個男人反方向經過他們身邊，手上抬著一具焦黑的屍體。學校入口被一個足以吞沒一輛貨車的炸彈坑劈成兩半。

教室區的屋頂已崩毀成一堆木材、金屬和灰塵。歐拉娜認不出她的教室。所有窗戶都被炸裂，可是牆壁還聳立著。有塊砲彈碎片在建築外學生玩沙的地方鑽出一個圓滑的小孔洞。就在她跟別人一起抬出還能修復的椅子時，腦中想的都是那個洞：這要是多麼熱燙、嗜血的金屬才能在泥土中留下如此漂亮的小圈圈。

警報沒有在一大早響起，所以當歐拉娜正為了寶貝的寶寶食物溶解玉米麵粉，但轟炸機飛翔時激烈的哇—哇—哇聲響卻沒來由地出現時，她知道就是這次了。這次有人會死。說不定他們所有人都會死。她蜷曲著身體躲在地下，從地面挖起一些土壤在指間搓揉，她感覺死亡是唯一有道理的結局，於是等待著掩體被炸爛的那一刻到來。轟炸聲越來越響、越來越近。整片大地如同心臟在跳動。她沒有任何感覺。她正在漂離她自己。又一次爆炸聲響起，大地震動，有個裸體的孩子追在蟋蟀後方一邊爬一邊咯咯笑。然後轟炸聲停止，她身邊的人開始動起來。她知道就算是她剛剛死了，又或是歐登尼伯和寶貝和厄格烏剛剛死了，這座掩體聞起來也還會是剛開始耕種的農場氣味，太陽仍會升起，蟋蟀也仍會到處跳。就算他們不在了，戰爭仍會繼續。歐拉娜吐出一口大氣，內心充滿輕飄飄的怒氣。正是這種發現自己微不足道的感受將她從極度的恐懼推向極度的憤怒。她得成為至關重要的存在。她再也不要無力地存在於這世間。她不想只是等死。在比亞法拉獲勝之前，這些惡盜不能再決定她的人生。

她是第一個爬出掩體的人。有個女人撲倒在一個孩童屍體的旁邊，並在泥土地上打滾、哭喊。

28 阿非可波（Afikpo）是奈及利亞東南部的城市，位於烏穆阿希亞東北邊。

29 伊博語：完全。

「高恩，我有對不起你嗎？高恩，olee ihe m mere gi？[30]」有幾個女人聚在一旁幫忙扶她起來。「別哭了，夠了，」他們說。「妳別這樣，妳還有其他孩子要顧吧？」

歐拉娜走到後院，開始篩金屬桶子裡的草木灰。她因為生火而咳嗽，木頭燒出的煙讓人喉嚨灼痛。

厄格烏仔細觀察著她。「女士啊？要不要我來做？」

「不用。」她把草木灰溶解在一盆冷水中，但攪拌時太用力，水都潑濺到腿上。她把過濾液放到火上煮，無視厄格烏的存在。他沉默地走回屋內，他一定是感覺到逐漸高漲的怒氣已把她整個人弄得頭昏腦脹。女人的響亮哭泣聲一次次從街上傳來，但每次都比上一次更沙啞、更微弱。高恩，我有對不起你嗎？高恩，olee ihe m mere gi？歐拉娜把棕櫚油倒進冷卻的混合液中，不停攪拌，直到手臂因為疲倦而僵硬才停止。無論是從她手臂滴落的汗水、讓她心臟不停大力跳動的蓬勃精力，還是在冷卻後出現古怪氣味的糊狀物，都讓她獲得一種美妙的感受。那些糊狀物是皂沫。她做出了肥皂。

歐拉娜沒有在隔天前往學校時用跑的穿越廣場。對她來說，謹慎已經成為一種笨拙又不可靠的態度。她的腳步穩健，還常抬眼望向天空尋找轟炸機的蹤跡，因為她打算停下腳步對那些飛機丟石頭並大聲咒罵。她的班上有大概四分之一的學生出席。她教他們認識比亞法拉的國旗。他們坐在木板箱上，微弱的早晨陽光流瀉入沒有屋頂的教室，她就在這裡展開歐登尼伯的那條國旗布，向他們解釋所有象徵符號的意義。紅色代表在北部遭到屠殺的手足鮮血，黑色代表對他們的哀思，綠色代表比亞法拉即將擁有的繁榮昌盛，而最後，半輪黃日代表的是光明燦爛的未來。她教他們舉起一隻手模仿奧朱古閣下大人在飛行時的舉手禮，也要求他們模仿她為兩位領袖畫出的人像：魁梧的奧朱古閣下大人是用雙重線條畫成，而高恩羸弱的身體則只有用一條線勾出輪廓。

恩克魯卡是她最聰慧的學生。這個學生替人的臉部曲線打上陰影，再透過鉛筆幾筆就讓高恩做出咆哮的表情。他們筆下的奧朱古閣下大人則是露齒而笑。

「我要把所有惡盜殺掉，老師，」她把畫交上來時這麼說。她臉上露出的是一個早熟孩子知道她說對話的微笑。

歐拉娜盯著她，不知道該說什麼。「恩克魯卡，回去坐下，」她最後只有這麼說。

她回家後跟歐登尼伯說的第一件事，就是當一個孩子表示自己要殺人時，那個詞聽起來是多麼的庸俗無趣，而她又是多麼有罪惡感。他們當時正在臥房裡，收音機小聲地開著，她可以聽見寶貝尖細的笑聲從隔壁傳來。

「她不是真的想殺掉誰，nkem。妳只是教她愛自己的國家，」歐登尼伯一邊脫下鞋子一邊說。

「我不知道。」可是他的話確實讓她有了勇氣，他臉上的驕傲神情也具有同樣效果。他喜歡她提到他們為何而戰時難得出現的有力口氣，就彷彿她終於跟他們一起在為了這場戰爭而努力。

「紅十字會的人今天有記得我們這些署裡的人，」他指向他帶回來的一個小紙盒。

歐拉娜打開紙盒，把許多裝在矮胖罐子裡的煉乳、一個細長錫罐裝的阿華田，以及一包鹽放在床上。這些東西看起來很奢侈。收音機裡有個活力充沛的聲音正在說話，英勇的比亞法拉士兵正把阿巴卡利基[31]一帶的惡盜掃蕩出去。

「我們辦場派對吧，」她說。

「派對？」

「一場小型的晚餐派對。你知道的，就是我們在恩蘇卡常辦的那種。」

「這一切很快就會結束了，nkem，我們會在一個自由的比亞法拉辦各種派對。」

她喜歡他說那段話的姿態，在一個自由的比亞法拉。她起身把唇貼上他的唇。「對，但我們還是可以舉辦一場戰時派對。」

「我們連自己吃飽都有點難。」

「我們能享用的可太多了。」她的唇仍緊貼著他的唇，這句話因此突然出現不同意涵，她後退，姿態流暢地把連身裙拉過頭頂脫掉，然後解開他的長褲褲頭，但沒有把那條褲子徹底脫掉。她轉身背對他，身體靠著牆壁，引導他進入自己，並因為他的驚訝而興奮，也因為他放在自己屁股上的堅定雙手而興奮。她知道她該降低呻吟的音量，因為厄格烏和寶貝就在隔壁房間，但她控制不了自己，那些呻吟仍是伴隨著一波波原始的生猛快感爆發而出，結束後，兩人都倚靠著牆，又是喘氣又是咯咯發笑。

31 阿巴卡利基（Abakaliki）是奈及利亞東南部的城市，居民以伊博人為主，位於埃努古東邊。

二十六

厄格烏痛恨救濟中心的食物。米飯咬起來鬆鬆的，跟在恩蘇卡吃的那種細長米粒完全不同，玉米粉加入熱水攪拌後從來不會變滑順，奶粉最後也會在茶杯底部結成無法溶解的頑固硬塊。此刻他正一邊舀起蛋黃粉一邊感到不安，他實在很難想像這種均質粉末是真正的雞蛋，但還是把蛋黃粉倒進生麵團塊內攪拌。屋外有個裝著半滿白沙的鐵壺擱在柴火上，他會等壺再熱一點後把生麵團放進去。一開始木歐克魯太太教歐拉娜這樣烘焙麵團時，他心存懷疑，畢竟他對木歐克魯太太的各種想法也算是認識得夠多了——就說歐拉娜的自製肥皂吧，那團黑棕色的糊狀物讓他聯想到小孩子拉肚子的產物，而那正是木歐克魯太太的「好點子」。可是歐拉娜第一次烤出來的成品很不錯。她笑著表示，要說這個用麵粉、棕櫚油和乾燥蛋黃做出的東西是「蛋糕」也未免太過勉強，不過至少他們好好利用了麵粉。

紅十字會也讓厄格烏很不高興。他覺得他們至少可以問一下比亞法拉人比較想要什麼食物，而不是送這麼多淡而無味的麵粉來。當新的救濟中心開張時，歐拉娜在脖子上掛著玫瑰念珠去，因為木歐克魯太太說國際明愛組織[1]的人對天主教徒比較好，而厄格烏也希望他們能拿到更好的食物。

1 國際明愛組織（Caritas）是由許多天主教團體組成的慈善組織，一八九七年於德國創立。

可是她帶回來的物資跟之前差不多，魚乾甚至更鹹，而且從救濟中心回來後，她會一臉興味盎然地唱著那裡婦女唱的歌。

明愛人，謝謝你們，

明愛人 si anyi taba okporoko

na 營養不良症 ga-ana[2]。

要是什麼都沒帶回來，她那天就不會唱歌，只會坐在露天陽台上望著茅草屋頂說，「你記得嗎？厄格烏，我們以前食物都只放一天，還會把有肉的湯丟掉。」

「是的，女士啊，」厄格烏會這麼說。他真希望可以親自去救濟中心。他懷疑歐拉娜這種說英文的人總會循規蹈矩地等，結果就是所有食物都被人拿光。可是他不能去，因為她再也不讓他白天出門。強制徵兵的故事到處流竄。比如街尾有個男孩在某天下午被人拖走，頭髮被剃掉、也沒受訓練，就直接在當晚上了前線，而他毫不懷疑這個故事的真實性，可是他還是覺得歐拉娜反應過度。上個市場一定還是沒問題吧，當然也不用為了出門取水而在破曉前起床。

他聽見客廳有人說話。超強朱利亞斯的音量聽起來幾乎跟主人一樣大。他打算把蛋糕拿出去、到長滿粗硬植株的菜園除草，然後或許還能坐在那堆水泥磚上望向對街的屋子，看看艾布瑞奇會不會出來大喊，「鄰居啊！你好嗎？」那他就會揮手向她打招呼，並想像自己抓住她的屁股。他覺得很驚訝，每次看到她打招呼都讓他很快樂。蛋糕的外皮烤得酥脆，內裡潮濕柔軟，他切出一片片細薄的蛋糕放在淺盤上端出去。超強朱利亞斯和歐拉娜坐著，站在一旁的主人談起上一個造訪的村莊時做出各種手勢。他談到為了確保惡盜不會接近，村民在 oyi[3] 聖地獻祭了一頭山羊。

「一整頭山羊！這麼多蛋白質都浪費掉了！」超強朱利亞斯笑著說。

主人沒笑。「不、不，你永遠不該低估這種事，能夠穩定人心很重要。我們從來不會要求他們不要獻祭。」

「啊！蛋糕！」超強朱利亞斯說。他完全沒管叉子，直接拿起蛋糕塞進嘴裡。「非常棒、非常棒。厄格烏，你得教教我屋子裡的人，他們只會拿麵粉做欽欽，每天都是欽欽、欽欽，而且很硬！還沒味道！我的牙齒要完蛋啦。」

「厄格烏做什麼都很棒，」歐拉娜說。「如果他出手，不需要太費功夫就能讓日升酒吧的女人倒閉。」

埃昆努戈教授敲了敲開著的門，走進來。他的雙手包裹著奶油色寬繃帶。

「Dianyi，你怎麼了？」主人問。

「有點燙傷。」埃昆努戈教授盯著自己綁著繃帶的手，好像此刻才意識到他不再擁有可以敲打桌面的長指甲。「我們正在計畫一件大事。」

「是比亞法拉自己打造的第一台轟炸機嗎？」歐拉娜用逗弄的語氣說。

2 歌詞的最後兩句意思：明愛人說我們應該繼續吃魚乾／營養不良症就會消失。

3 根據當地的傳統說法，oyi 是保護女性不被賣為奴隸的一個女神。

「真的是件大事喔。以後你們就知道了，」埃昆努戈教授說這句話時臉上帶著神秘的微笑。他笨拙地吃著蛋糕，有些蛋糕碎塊還來不及進入他的嘴巴就已崩落。

「應該是內賊偵測機，」主人說。「讚啦！搞死那些內賊！」超強朱利亞斯發出吐口水的聲音。「就是他們出賣了埃努古。你怎麼能留平民在那裡用大砍刀捍衛我們的首都？他們也是這樣才會丟掉恩蘇卡，明明就沒有理由撤退。不是有個指揮官的妻子是豪薩人嗎？她在他的食物裡下藥。」

「我們會收復埃努古，」埃昆努戈教授說。

「如果惡盜佔領了埃努古，我們要怎麼收復？」超強朱利亞斯說。「他們就連馬桶坐墊都搶走啊！馬桶坐墊！這是一個從烏迪[4]逃出來的男人跟我說的。他們會挑最棒的房子來住，還強迫大家的妻女張開雙腿伺候他們，為他們煮飯。」

他的腦中出現了無比清晰的畫面，在被太陽曬黑的骯髒豪薩士兵身體底下，他看見母親和雅努利卡正張開雙腿，因此打了一陣寒顫。他走出屋外坐在水泥磚上，內心無比盼望可以回家，就算只回去一下子也好，至少可以確定她們沒遇到什麼糟糕事。說不定惡盜已經抵達他家鄉，還佔領了他姑姑那間有波浪鐵板屋頂的小屋。又或許他的家人就跟所有其他湧入烏穆阿希亞的人一樣，已經帶著他們的山羊和雞逃難去了。難民啊，厄格烏每天都會看見更多難民。街上出現許多新面孔，他可能在公共防空洞見到他們，也可能在市場遇到他們。許多女人常會來敲門問有沒有工作可以讓她們換取食物，而且是帶著沒穿衣服的瘦巴巴孩子一起來。有時候，歐拉娜會先給他們泡在冷水裡的加里，然後跟她們說這邊沒有工作。木歐克魯太太收留了一個有八個人的親戚家庭。她帶那個家庭的孩子來跟寶貝玩，但每次他們離開後，歐拉娜都會要求厄格烏仔細在寶貝的頭髮裡尋找蝨子。鄰居們紛紛都收留了許多親戚。主人的幾個表兄弟來他們家客廳住了幾週，然後出發從軍。實在有太多無家可歸又疲倦的人們了，所以到了那天下午，當歐拉娜回家表示阿垮庫馬國小要變成難民營時，厄格烏一點也不驚訝。

「他們已經帶了竹床和煮飯器具來。新任的動員署長下週要來。」她聽起來很累。她打開爐上的鍋子，盯著裡頭的水煮地瓜片。

「那孩子們怎麼辦？女士啊？」

「我問校長可不可以換地方上課，她只是看著我笑。我們已經是最後一間有在上課的學校。烏穆阿希亞的所有學校都已經成為難民營或軍隊訓練營。」她蓋上鍋蓋。「我打算找人來院子裡幫大家上課。」

「跟木歐克魯太太一起嗎？」

「對，還有你，厄格烏。你也會教一堂課。」

「是的，女士啊。」這個想法讓他既興奮又榮幸。「女士啊？」

「怎麼了？」

「你認為惡盜有去我的家鄉嗎？」

「當然沒有，」歐拉娜反應激烈地說。「你的家鄉太小了。如果他們有打算找地方待下，那一定也是待在大學裡。」

4 烏迪（Udi）位於奈及利亞東南部，是緊鄰埃努古城旁西邊的一個行政區。

「可是如果他們從穿越奧皮的路進入恩蘇卡——」

「我就說你的家鄉太小了！他們不會想要待在那裡。那裡根本不值得待下來，懂吧。就是個叢林裡的小地方。」

厄格烏看著她，她也看著他。他們之間的沉默好沉重，像是有人正在控訴什麼。

「我要去把我的棕色鞋子賣給歐尼莎媽媽，然後為寶貝做一件漂亮的連身裙，」歐拉娜最後終於說，厄格烏心想，她這個口氣就是要強制結束話題。

他開始洗盤子。

厄格烏看見那台黑色的梅賽德斯—賓士車沿著道路流暢地開來，寫在金屬車牌上的署長兩字在陽光中閃耀。這台車在靠近艾布瑞奇家時放慢車速，整台車既閃亮又無比巨大。厄格烏希望他們會停下來問他小學在哪裡，這樣他就能好好看一眼車內的儀表板。不過這台車不只是停下來，還在經過他身旁後直接開進他們家的住宅區。有個身穿僵挺制服的勤務兵跳下車，在車子還沒徹底停下前就打開了車子後座的門。他在署長下車時行了舉手禮。

那是艾茲卡教授。他看起來沒有厄格烏記憶中那麼高。他的體重有點增加，原本細細的脖子上堆滿肉。厄格烏一直盯著他。他身上多了一種時髦的氣息，應該是因為西裝的剪裁很精緻，不過目中無人的表情仍跟之前一樣，粗啞的嗓音也沒變。「年輕人，你的主人在家嗎？」

「不在，先生啊，」厄格烏說。還在恩蘇卡時，艾茲卡教授都是叫他厄格烏，現在卻像是不認得他。「他去工作了，先生啊。」

「你家女主人呢？」

「去救濟中心了，先生啊。」

艾茲卡教授用手指示勤務兵拿來一張紙，在上面寫下一些訊息後交給厄格烏。他的銀筆閃閃發光。「跟他們說動員署長來過。」

「是的，先生啊，」以前在恩蘇卡時，厄格烏記得他總會一絲不苟地檢查玻璃杯，如果不同意主人的意見，他會把兩條瘦腿交疊在一起。那台車沿著來時路開走的速度很慢，就彷彿司機知道有多少人在看，而就在車子開走後，艾布瑞奇立刻從道路對面走過來。她穿的迷你裙把那個屁股打造得完美圓潤。

「鄰居啊，你好嗎？」她問。

「我很好，妳呢？」

她用聳肩代表一切不好也不壞。「剛剛離開的是動員署長嗎？」

「艾茲卡教授嗎？」他開心地問。「對啊，我們在恩蘇卡時就跟他很熟。他以前每天都會來我們家享用我的辣椒湯。」

「哎呀！」她張大眼睛笑了。「他可是大人物呢。Ihukwara moto？[5]有看見那台車嗎？」

「那可是原裝的進口底盤。」

他們沉默了一陣子。他從沒跟她講過這麼久的話，也從沒有這麼近距離地看過她，而要讓他的

5 伊博語：有看見那台車嗎？

眼神不往下望向那個雄偉的屁股實在很難。他努力讓自己看著她的大眼睛、她額頭上因為青春痘而起的紅疹，還有她頭上一根根編織入彩線的突起小髮辮。她也看著他，他好希望他沒穿這件膝蓋附近有洞的長褲。

「你們家的小女孩怎麼樣？」她問。

「寶貝沒事。她在睡覺。」

「你會來處理小學的屋頂嗎？」

厄格烏知道有個軍火商捐贈了一些波浪鐵板，為的是重新鋪好小學被炸掉的屋頂，之後還會有志願者用棕櫚葉片蓋住屋頂作為掩護。不過他本來並沒有打算加入志願者行列。

「會，我會去，」他說。

「到時候見囉。」

「再見。」厄格烏等著她轉身離開，這樣才能直盯著她逐漸遠去的背影。

歐拉娜提著空空的籃子回家。她在讀艾茲卡教授留下的紙條時露出似笑非笑的表情。「沒錯，我們昨天聽說他會是新任署長。寫出這種紙條還真是他的風格。」

厄格烏已經讀過那張紙條了——歐登尼伯和歐拉娜，我就是順路來打個招呼。下週會再來。只要這無趣的新工作沒把我搞死就會來。艾茲卡——可是他還是開口問了，「怎麼說？女士啊？」

「喔，他總是自以為比所有人都優秀一點。」歐拉娜把紙條放在桌上。「阿卡拉教授會幫我們找一些書本、長凳跟黑板來。許多女人已經說下週會把孩子送過來。」她看起來很興奮。

「這樣很好，女士啊。」厄格烏動了動自己的雙腳。「我要去幫忙處理學校的屋頂，做完就會回來準備寶貝的食物。」

「喔，」歐拉娜說。

厄格烏知道她在想強制徵兵的事，「我認為這件事很重要，我應該要能幫上忙，女士啊，」他說。

「當然。沒錯，你該去幫忙。但請小心。」

厄格烏一到現場就見到了艾布瑞奇。她身邊有許多男人和女人正在處理一大堆棕櫚葉，他們裁切、編織，然後把處理好的葉片遞給一個站在木梯上的男人。

「鄰居啊！」她說。「我已經跟所有人說你們家的人跟署長有私交。」

厄格烏微笑著對大家說午安。那些男人和女人也低聲回應午安、ehe、kedu，或者 nno。由於知道他認識誰，他們的態度中帶有一種仰慕他的敬重之情，讓他突然覺得自己是個重要人物。有人給了他一把短彎刀。樓梯上有個女人坐著磨甜瓜籽，一群小女孩在芒果樹底下玩牌，還有個男人正在雕刻一把枴杖。那把枴杖的把手精心重現了奧朱古閣下大人那張長滿鬍鬚的臉。空氣中有種腐爛的氣味。

「想像一下住在這種地方。」艾布瑞奇靠近他悄聲說。「現在阿巴卡利基也淪陷了，所以會有更多人跑來這邊。你知道自從埃努古淪陷之後，那裡的人要住在哪裡就一直是個大問題。有些在政府官署工作的人甚至得睡在車上。」

「這倒是真的，」厄格烏表示同意，但其實也不是很確定。他只知道她跟他講話讓他很高興，他也很享受她彷彿跟他很熟的友善態度。他開始用堅定的刀法修整棕櫚葉。教室裡有人打開收音機：英勇的比亞法拉士兵正在一個厄格烏沒聽清楚的地區進行最後的掃蕩行動。

「我們的孩子正在給他們好看！」那個正在磨甜瓜籽的女人說。

「比亞法拉會贏得這場戰爭，神已經把旨意寫在天上，」有個把鬍子編成細辮子的男人說。

艾布瑞奇咯咯笑著對厄格烏低聲說，「真是個叢林來的傢伙。他不知道正確發音比較接近比－伊亞法拉，所以念得更像是比－阿亞法拉。」

厄格烏笑了。棕櫚葉片上爬滿肥大黑螞蟻。當其中一隻螞蟻爬上她手臂時，她大聲驚叫並無助地看著他。厄格烏把螞蟻拍掉，同時感覺到她溫暖潮濕的肌膚。是她要他幫忙拍掉的，但她不像是真的會怕螞蟻的人。

有個女人背上綁著一個男寶寶。她調整包住寶寶的披肩，說，「我們要從市集回家時，發現惡盜佔領了路口，而且正在村莊內大肆砲擊。我們不能回家，只好轉身逃跑。我只有這條披肩、這件上衣，還有賣辣椒得來的一點點錢。我不知道我的另外兩個孩子在哪，因為我上市集時把他們留在家裡。」她開始哭。她的淚水來的又快又猛，厄格烏嚇壞了。

「女人，別哭了，」把鬍鬚編成辮子的男人突兀地開口。

那女人繼續哭。她的寶寶也開始哭。

厄格烏把一批葉片抱到另一邊的梯子旁，途中停下腳步望向其中一間教室。由於裡面幾乎塞滿了煮飯鍋、睡墊、金屬盒子，以及竹床，像是一群明明差異甚大卻同樣無處可去的人已經在此定居很久，導致完全看不出這裡之前是教室。牆上有一張顏色鮮亮的海報：遇到空襲時，不要恐慌。若看到敵人，鐮刀攻擊。另外有個女人把寶寶綁在背上，此刻正在一個裝滿髒水的平底鍋中清洗去皮的木薯塊莖。那個寶寶的臉很皺。厄格烏在靠近他們身邊時差點窒息，並意識到那股腐臭味就來自她手上那鍋水：那鍋水已經泡了木薯好幾天，而且還不是第一次使用。那股難聞的氣味足以塞爆任何人的鼻孔。那是混合著骯髒廁所、腐臭蒸豆，還有水煮蛋被放到壞掉的氣味。

他摒住呼吸回頭走向大家堆起的那堆棕櫚葉片。那個哭個不停的女人正在用下垂的乳房餵孩子喝奶。

「如果不是有內賊，我們的小鎮才不會淪陷！」那個把鬍鬚編成辮子的男人說。「我是民防兵。我們找到很多滲透進來的敵人，他們都是河流州的人[6]。我要跟你們說，我們不能再相信那些不說伊博語的少數民族。」他沉默了一下，聽見在學校建築間玩「戰爭遊戲」的男孩大吼大叫，於是轉過頭去。他們看起來大概十、十一歲，頭上戴著香蕉葉，手上拿著竹竿做的假槍，其中最長的那把槍屬於比亞法拉指揮官。那個看起來很嚴厲的高個子男孩有著稜角銳利的顴骨。「推進！」他大吼。

男孩們躡手躡腳地前進。

「開火！」

他們手裡緊握著槍，同時猛力揮動手臂丟出石頭。他們衝向另一邊的男孩。另一邊是代表奈及利亞陣營的男孩，同時也是輸家。

留著鬍鬚的男人開始拍手。「這些男孩太棒了！只要給他們手臂，他們就能把惡盜逼退。」其他人也對著那些男孩又是拍手又是歡呼。有一陣子沒人理會那些棕櫚葉片。

6 河流州（Rivers）位於奈及利亞南部靠海處，州內的族群組成多元，首府就是哈科特港。

「你們知道嗎，戰爭開始時，我一直努力想加入軍隊，」留鬍鬚的男人說。「我到處去問，可是大家都因為我的腿拒絕我，所以我只好加入民防隊。」

「你的腿怎麼了？」磨甜瓜籽的女人問。

他抬起一條腿。那條腿不見了半邊腳掌，剩下的部分像是一塊乾枯的老地瓜。「我在北部時變這樣的，」他說。

在接下來的沉默中，修剪棕櫚葉片發出的細碎爆裂聲簡直響亮過頭。有個女人跟在一個小孩身後從教室走出來，同時不停猛力拍打孩子的後腦勺。「所以妳只打破一個盤子？不是啊，乾脆去把所有盤子打破吧。去啊！Kuwa ha[7]！反正我們有很多盤子，對吧？我們把所有盤子都帶來了嘛，對吧？全打破啊！」她說。小女孩朝著芒果樹跑過去，母親走回教室前還站在那裡咒罵了一陣子，口中咕噥著，那些派孩子來打破她幾個碗盤的鬼魂是不會得逞的。

「為什麼孩子不能打破盤子？難道我們有食物可吃嗎？」那個正在哺乳的婦女一邊吸鼻子一邊口氣酸苦地說。他們笑了。艾布瑞奇靠近厄格烏，低聲說那個留鬍鬚的男人有口臭，軍隊或許就是因為這樣才不收他。厄格烏好想把身體緊貼在她身上。

他們一起離開，厄格烏還回頭確認所有人都有注意到他們一起離開。一個身穿比亞法拉軍隊制服、頭戴頭盔的士兵走過他們身邊，他說著混和著當地語言的破碎英文，很難聽懂而且聲音太大。他一邊走一邊搖擺身體，就好像隨時會往一旁跌倒在地。他有一隻完整的手臂，但另一邊的手臂只剩手肘以上的殘肢。艾布瑞奇觀察著他。

「他的家人不知道，」她默默地說。

「什麼?」

「他的家人還以為他好好地在為了我們的偉大理想作戰。」

那個士兵正在大吼大叫,「別浪費你的子彈!我說一個惡盜一顆子彈!我的命令此刻生效!」

在此同時,那些小男孩聚在他身邊逗弄他、嘲笑他,還故意把一些偉人名號唱成歌來稱頌他。

艾布瑞奇腳步走得快了一些。「我兄弟打從戰爭開始就從軍了。」

「我不知道。」

「對。他只有回家一次。當時街上所有人都出來跟他打招呼,每個孩子也搶著摸他的制服。」

她什麼都沒再說。他們一起走到她住的房子前,然後她轉身離開。「就讓這日終止[8],」她說。

「明天見,」厄格烏說。他好希望剛剛有跟她說更多話。

厄格烏為了歐拉娜的課堂在露天陽台上擺了三張長凳,然後為木歐克魯太太的課堂在住宅區入口擺了兩張長凳。至於自己針對最小那群的孩子開的課,他則是水泥磚堆旁放了兩張長凳。

「我們每天都會教數學、英文和公民,」開始上課的前一天,歐拉娜對著厄格烏和木歐克魯太太說。「我們必須要確定戰爭結束後,這些孩子能輕鬆融入一般學校。我們會教他們說完美的英語和伊博語,就像奧朱古閣下大人一樣。我們會教他們為我們偉大的國家感到驕傲。」

7 推測應該是伊博語的「摔啊!」

8 伊博語當中的晚安是「Ka chi fo」,直譯成英文就是這裡用的原文「Let the day break」。

厄格烏看著她，不知道在她眼中的究竟是淚水還是太陽的反光。他想盡可能從她和木歐克魯太太身上學習，他想變得擅長教書，也想讓她知道他做得到。上課的第一天，他把他的黑板靠在一根樹墩上。有個應該是超強朱利亞斯的女性親戚帶了女兒來。她瞪著厄格烏。

「這位是老師嗎？」她問歐拉娜。

「對。」

「他不是你家的男僕嗎？」她用尖銳的聲音說。「什麼時候僕人開始教書啦？bikokwa[9]？」

「如果不想讓妳的孩子學習，就帶她回家，」歐拉娜說。

女人抓著她女兒的手離開。厄格烏很確定歐拉娜會用比那個女人更惹惱他的同情眼神望向他，但她只是聳聳肩，說，「擺脫她也好。她的女兒有頭蝨。我有在她的頭髮裡看到蝨子卵。」

其他家長不一樣。他們總是敬畏地仰望歐拉娜，他們敬畏她那張美麗的臉、她在學費方面不為難人的姿態，以及她完美的英文。他們帶來棕櫚油、地瓜和加里。一個會越過前線到敵營交易的女人帶來一隻雞。有位軍火商帶了兩個孩子和一箱書來——幾本初階讀本、六本《奇克與河流》，還有八本《傲慢與偏見》[10]的簡寫本。歐拉娜一打開箱子後就立刻抱住他。厄格烏很討厭那男人嚇了一跳但色瞇瞇的愉悅神情。

第一週結束後，厄格烏暗自認定木歐克魯太太這人學識不精。她就連簡單的除法都沒把握能算對，而且讀課本時總是低聲咕噥，就好像怕那些句子會咬她一樣。要是學生犯錯，她會責罵他們，但也不跟他們說正確答案。所以後來他只觀察歐拉娜。「發音清楚！發音清楚！」歐拉娜會提高音量對學生這麼說。「Set-tle、Set-tle。這個英文字裡沒有R！」由於她每天都會要求學生大聲朗讀，厄格烏也開始要求自己課堂上的學生把簡單的字讀出來。寶貝通常會第一個開口。她在這個主要是七歲孩童的班級裡年紀最小，還不滿六歲，但已經可以用歐拉娜的口音毫無瑕疵地讀出貓、平底鍋和床。不過她不記得要像所有其他學生一樣叫他老師，所以每次她大叫「厄格烏！」時，他都得藏起自己覺得她很好笑的表情。

等到了第二週尾聲，所有孩子也都下課離開後，木歐克魯太太要歐拉娜和她一起在客廳坐下。她把自己那件太長的布布寬鬆長袍收攏在雙腿間。

「我有十二個人要養，」她說。「這當中還不包括我丈夫剛從阿巴卡利基來的那些親戚。我那只剩一條腿的丈夫從戰場上回來了，但他能做什麼？我打算參加市場戰[11]，看能不能買到鹽。我不能再教書了。」

「我了解，」歐拉娜說。「可是妳一定要跟她們一起去敵方領土買東西嗎？」

「比亞法拉有什麼東西能買？他們已經封鎖我們，kpam-kpam 封鎖。」

「但妳要怎麼去？」

「我認識一個女人。她為軍方提供加里，他們會讓軍人護送她的貨車。那台貨車會帶我們去烏

9 伊博語：不好意思啊？

10《奇克與河流》（*Chike and the River*）是奈及利亞作家奇努阿．阿切貝於一九六六年在南非由劍橋大學出版社發行的童書。《傲慢與偏見》（*Pride and Prejudice*）則是英國作家珍．奧斯汀（Jane Austen）於一八一四年出版的愛情小說代表作。

11 市場戰（afia attack）是當時比亞法拉婦女為了生存而深入敵營交易時的行動名稱。

富馬[12]，然後我們會走去位於恩奎里—英伊比較沒人看守的那段邊界。」

「要走多遠？」

「大概十五、二十英里吧，但有決心的人什麼都做得到。我們會帶我們的奈及利亞硬幣去買鹽和加里，然後再走回貨車。」

「請一定要小心，我的姊妹。」

「很多人都這樣做，他們也沒怎麼樣。」她起身。「厄格烏得想辦法教我的課。但我知道他能應付。」

厄格烏正在餐桌旁餵寶貝吃加里和湯。他假裝沒聽見他們在說什麼。

隔天他就接手了她的班級。當他在解釋字詞的意思時，他喜歡看見那些年紀較大的孩子眼中閃耀出認可的光芒，他也喜歡主人會大聲對超強朱利亞斯說，「我妻子和厄格烏正在用他們的蘇格拉底教學法改變比亞法拉的下個世代！」不過他最喜歡的還是艾布瑞奇用調戲的口氣叫他老師。她對他深感欽佩。只要看見她站在她的房子旁看他教課，他就會提高音量，並把每個字的發音讀得更仔細。她開始會在課堂結束後過來找他一起坐在後院，或者跟寶貝玩，又或者看他為菜園除草。有時歐拉娜會請她把一些玉米帶去道路另一頭的研磨站。

厄格烏把主人從署裡帶回來的一些牛奶和糖放在舊錫罐裡給她。她向他道謝，但看起來並不感動，所以在某個烈陽高照的下午，他偷溜進歐拉娜房裡，把一些有香味的爽身粉倒進一張紙上摺起來。他必須讓她既驚訝又感動。艾布瑞奇聞了一下，把其中一點粉輕拍到脖子上，然後說，「我可沒要你拿這些給我。」

厄格烏笑了。這是他第一次在她身邊感受到徹底的輕鬆自在。她說起她父母把她推進軍官房間的事，而他則像是從沒聽過一樣聽她說。

「他有個大肚子，」她用一種抽離的語調說。「他做得很快，然後要我趴在他身上。他睡著後，我想把自己的身體移開，他卻醒來叫我不要動。我沒辦法睡，只好整晚都看著從他嘴巴流出的口水。」她沉默了一下。「他幫助了我們。他把我兄弟派去做軍隊中的基礎服務工作。」

厄格烏別開眼神。他對她所經歷的一切感到憤怒，也對自己憤怒，因為這個故事不但讓他開始想像她裸體的樣子，也讓他變得很興奮。接下來幾天，他想像自己和艾布瑞奇躺在床上，他們擁有的體驗會跟她和那位上校多麼不同啊。她應該獲得尊重，他會給她那樣的尊重，而且只做她喜歡的事、只做她想要他做的事。他在恩蘇卡時曾在主人的《簡明夫妻手冊》中看過許多體位，他會示範給她看。那本薄薄的書就塞在書房書架上某個積滿灰塵的角落，厄格烏第一次是在打掃時看到那本書，但只有匆匆翻過，眼神快速掃過那些用鉛筆素描出的圖像，而且正因為那些圖像不是真實存在的人，所以莫名讓他更感興奮。後來他意識到，主人大概不記得這本書的存在，所以他拿去男僕宿舍研究了幾晚。他曾想過要和琴伊爾嘗試幾個體位，但始終沒機會實現：她在夜裡來訪時總是沉默又有條有理地進行一切動作，不給人任何嘗鮮的空間。他好希望他有把那本書從恩蘇卡帶來。他努力回憶一些更細緻的細節，比如在男生側躺著從後面來的體位中，女生要把手放在哪個位置？他在主人的臥房裡找過，但覺得自己很傻，他很清楚那本《簡明夫妻手冊》不可能在那裡。然後他感到

12 烏富馬（Ufuma）是奈及利亞東南部的一個地區，位於奧尼查東邊。

一陣深深的哀傷，畢竟無論是桌上還是整棟屋子裡，書都是如此的少。

厄格烏正在做寶貝的早餐，主人在洗澡，此時在客廳的歐拉娜開始對著屋外大吼。收音機開得很大聲。她跑出主屋後門往浴廁小屋跑，手上拿著收音機。「歐登尼伯！歐登尼伯！坦尚尼亞承認我們了！」

主人走出來，他身上潮濕的罩衫只在腰際隨興地綁住，胸口滿是豐盈而潮濕的毛髮。他微笑的臉龐因為沒戴眼鏡顯得有點好笑。「Gini？什麼？」

「坦尚尼亞承認我們了！」歐拉娜說。

「哎呀？」主人說，然後他們擁抱，嘴唇和臉都緊貼在一起。兩人的距離近到像是正在吸入彼此的氣息。

然後主人接過收音機，調整頻道。「我們確定一下。聽聽其他台怎麼說。」

美國之音電台正在報導這件事，法國電台也有報導。歐拉娜負責把法文翻譯過來：坦尚尼亞是世上第一個承認比亞法拉獨立的國家。終於！比亞法拉是存在的！厄格烏搔搔寶貝，她笑了。

「尼雷爾[13]會在歷史上留下好名聲。他是個願意說真話的男人，」主人說。「當然，還有很多國家想承認我們，但受迫於美國。美國就是我們的絆腳石！」

厄格烏不確定其他國家不承認比亞法拉的錯為何要怪在美國身上——他以為真正要怪的是英國——可是在那天下午，他還是把主人的話復述給艾布瑞奇聽，而且帶著一種什麼都懂的權威者姿態，還假裝那是他的個人看法。天氣很熱。他發現她在他們露天陽台的簷廊陰影中睡著了。

「艾布瑞奇、艾布瑞奇，」他說。

她紅著眼睛坐起來，臉上是被突然叫醒時有點受傷的表情，但仍在看見他時露出微笑。「老師，今天的課上完了嗎？」

「妳有聽到坦尚尼亞承認我們了嗎？」

「有、有。」她揉揉眼睛笑了，那個快樂的笑聲讓厄格烏更快樂了。

「美國是許多其他國家不承認我們的原因，美國是我們的絆腳石，」他說。

「有聽到，」她說。他們並肩坐在階梯上。「我們今天收到兩個好消息。我的嬸嬸現在是國際明愛組織的省代表。她說她會在聖約翰教堂的救濟中心幫我找一份工作。那代表我能拿到額外的魚乾！」

她伸出手調皮地捏了一下他的脖子，兩根手指輕柔地夾了一下他的皮膚。他看著她。他不只想捏她光溜溜的屁股，也想要早上在她身邊醒來，還希望每晚都能在她身旁入睡；他想常常跟她聊天、聽她笑。她跟琴伊爾完全不同，她不是那種方便上床的可愛對象而已，反而更像一個真實的內內希納奇。他是基於她實際的話語及行動而關心她，而不是在他想像中的話語及行動。他心中湧現一種明確的感受，而且想一次又一次說出來，他想說他愛她、他愛她，可是終究沒有這麼做。他們

13 朱利葉斯・尼雷爾（Julius Nyerere）於一九六四年到一九八五年間擔任坦尚尼亞總統。坦尚尼亞首先承認比亞法拉獨立之後，另外有三個非洲國家也同樣這麼做：象牙海岸（Ivory Coast）、尚比亞（Zambia），和加澎（Gabon）。

坐在那裡讚美坦尚尼亞、幻想著更多魚乾，並且隨性地漫談。此時有一台標誌403的車子快速沿街開過去，迴轉，並在迴轉時發出很大的輪胎刮擦聲，似乎是因為司機是想盡可能吸引大家的注意力，最後才終於在房子前停下。那台車上用紅色油漆寫著比亞法拉軍方之類的字樣。有個士兵爬下車，手裡拿著槍，身上穿著整潔俐落的制服，衣服前方的熨燙折線清晰可見。艾布瑞奇在他走向他們時站起身。

「午安，」她說。

「妳是艾布瑞奇嗎？」

她點點頭。「跟我兄弟有關嗎？我兄弟發生了什麼事嗎？」

「不、不。」他臉上有種知道某種內幕的下流表情，厄格烏一看就不喜歡。「諾古少校要你過去。他在往前走的那間酒吧。」

「喔！」艾布瑞奇的嘴巴還張著，一隻手則摀在胸口。「我現在過去，我現在過去。」她轉身跑進屋內。她的興奮感讓厄格烏覺得受到背叛。士兵開始直直盯著他。

「午安，」厄格烏說。

「你是什麼人？」士兵問。「一個無所事事的平民？」

「我是老師。」

「老師？Onye nkuz？[14]」他前後甩動著他的槍。

「對，」厄格烏用英文回覆。「我們在這個街區開課，教小孩子認識比亞法拉的偉大理想。」他希望他的英文聽起來跟歐拉娜一樣完美，也希望他刻意擺出的高姿態可以唬到這個士兵，並因此讓他問自己更多問題。

「什麼課？」士兵幾乎是喃喃自語地問。他看起來很敬佩，但不確定厄格烏的話可不可信。

「我們主要在上公民、數學和英文。動員署有幫忙提供資源。」

士兵盯著他。

艾布瑞奇匆匆跑出來，她的臉上撲了一層薄薄的白粉，眉毛顏色變深，嘴巴成為一個鮮紅的裂口。

「我們走吧，」她對士兵說，然後彎腰對厄格烏悄聲說，「我很快就回來。如果他們找我，請說我去恩格茲家拿東西。」

「好的，老師先生！之後見！」士兵說，厄格烏覺得對方眼中似乎閃現一絲得意的光芒。真是個不識字的蠢貨。厄格烏沒辦法看著他們離開，只好開始仔細研究自己的指甲。有一種混合著受傷、迷惑及尷尬的情緒讓他覺得軟弱。他無法相信她要跑去見一個從沒向他提過的男人，而且還要他幫忙說謊。他過馬路時幾乎拖不動自己的雙腿，那天後來做的事也全染上愁苦色調。他不只一次想走去酒吧看看到底是怎麼回事。

她跑來敲後門時，天已經黑了。

「你知道他們已經把日升酒吧改名了嗎？」她笑著問。「現在那裡叫做坦尚尼亞酒吧！」

他看著她，沒說話。

14 伊博語：一個老師？

「大家一邊放坦尚尼亞音樂一邊跳舞，有個生意人為所有人點了雞肉和啤酒，」她說。他的全身都有忌妒在流竄。忌妒鎖住他的喉嚨，嘗試要勒死他。

「歐拉娜阿姨呢？」她問。

「她在跟寶貝一起讀書，」厄格烏勉強開口。他想用力搖晃她，把整個下午真正發生的事從她口中搖出來：她到底跟那個男人做了什麼？為什麼她嘴唇上的口紅沒了？

艾布瑞奇嘆了一口氣。「有水嗎？我好渴。我今天喝了啤酒。」

厄格烏不敢相信她竟能如此隨興又自在。他把水倒進杯子，她慢慢地喝。

「我是幾週前認識了那位少校，他在我去奧爾呂時載了我一程，我以為他根本不會記得我。真是個好人。」艾布瑞奇沉默了一下。「我跟他說你是我的哥哥。他說他一定不會讓你被徵召入伍。」她看起來對自己的成就很自豪，厄格烏感覺她像是在拔他的牙一樣故意折磨他，而且是一顆又一顆地拔。

他轉身背對她。他不需要她愛人的幫忙。「我得打掃了，」他口氣僵硬地說。

她又喝了一杯水，然後說，「Ngwanu，就讓這日終止。」然後離開。

厄格烏不再去艾布瑞奇家，也不理她的招呼。看到她張大眼睛問「怎麼了？厄格烏？我做了什麼冒犯你？」時，他總是很惱火。後來她不再問他，也不跟他說話，但反正他也不在乎。不過如果聽見有車開過，他還是會衝去看是不是屬於比亞法拉軍方的那台標誌４０３。他看見她總是一早離開，心想她或許是每天都和少校幽會，直到有天晚上她拿了魚乾來給歐拉娜才意識到不是。但他開門時也只是一言不發地接下那個小包裹。

「真是個好女孩，ezigbo nwa，」歐拉娜說。「她在那個救濟中心一定表現得很好。」

厄格烏沒說話。歐拉娜對艾布瑞奇表露出的情感讓他覺得冒犯，寶貝問艾布瑞奇阿姨何時會來跟她玩時也一樣。他希望她們跟他一樣經歷那種受背叛的憤怒。他打算跟歐拉娜說發生了什麼事。他之前確實沒跟她說過這麼私人的事，可是他覺得他可以。他在週五那天做好跟她分享的準備。主人會在這天下班後跟超強朱利亞斯去坦尚尼亞酒吧，此刻歐拉娜帶寶貝去拜訪木歐克魯太太。在等她們回來時，厄格烏一邊在花園除草一邊擔心自己的故事不夠扎實，他怕歐拉娜會用一種很容忍的態度嘲笑他，每當主人說了荒唐話時她都會表現出那種態度。說到底，艾布瑞奇從沒表示出對他的任何情愫，但也絕不能假裝對他的感情一無所知。毫不避諱地在他面前提起她的軍官愛人未免太過冷血，就算她無法回應他也不用這樣。

聽見歐拉娜回來時，他下定決心走了進去。他們正在客廳，寶貝坐在地上打開一個用舊報紙包起來的東西。

「歡迎回來，女士啊，」厄格烏說。

歐拉娜轉頭看他，她的無神雙眼讓他嚇了一跳。有什麼不太對勁。或許他發現他把一些煉乳偷偷給了艾布瑞奇。可是如果只是因為他幾週前偷了煉乳，那她的眼神也未免太過空洞、太過無神了。有什麼真的很不對勁。寶貝又生病了嗎？厄格烏瞄了寶貝一眼，她的精神全放在那些用來當包裝紙的報紙上。他的肚子因為這個壞消息可能的嚴重程度絞痛起來。

「女士啊？發生什麼事了嗎？」

「你主人的母親死了。」

厄格烏又往她的方向走了幾步。她的話硬化，成為盤旋在他伸手可及之處的懸浮物體。他花了一段時間才聽懂。

「他的表弟派人送消息來，」歐拉娜說。「她在阿巴遭到槍殺。」

「Hei！[15]」厄格烏把手放在頭上，努力想記起自己腦中主人母親的長相，當時她站在可樂果樹下拒絕離開家。可是他無法在腦中清楚看見她，反而看見她在恩蘇卡那間廚房裡的模糊身影，他看見她正在打開一個胡椒粒的長莢。他的雙眼滿是淚水。他不知道自己還需要得知多少災難。說不定那些豪薩族的惡盜已經進駐他的家鄉，說不定他們也已經殺掉他的母親。

主人回家後走進臥房，厄格烏不確定該進去臥房還是等他出來，最後還是決定在外面等。他點燃煤油爐，開始在鍋子內混和寶貝的流質食物。他好希望當初沒有那麼憎恨主人母親那些味道濃重的湯。

歐拉娜走進廚房。

「你為什麼在用煤油爐？」她大吼。「I na-ezuzu ezuzu？[16]你是笨蛋嗎？我不是說煤油要省著用？」

厄格烏嚇了一跳。「可是女士啊，妳之前說我該用爐子煮寶貝的食物。」

「我可沒說過！去外面生火！」

「抱歉，女士啊。」可是她確實說過，只是寶貝現在每天要吃三頓飯——他們其他人吃兩頓——而歐拉娜之所以要求他用煤油爐煮飯，是因為柴煙會讓寶貝咳嗽。

「你知道煤油現在多貴嗎？只因為你不需要為你用的東西付錢，所以想怎麼用就怎麼用嗎？在你長大的地方，光柴薪不就是奢侈品嗎？」

「抱歉，女士啊。」

歐拉娜在後院的一塊水泥磚上坐下。厄格烏生火煮好了寶貝的晚餐。他可以感覺她的眼神一直落在他身上。

「你的主人不肯跟我說話，」她說。

接下來的漫長沉默讓厄格烏心中充滿不自在的親近感。她從沒這樣跟他聊起主人。

「抱歉，女士啊，」他說，然後坐在她身旁。他想把一隻手放在她的背上安慰她，可是不行，所以只是讓那隻手懸在距離她幾英寸的地方。最後她嘆了一口氣，起身走進去。

主人走出來往廁所走。

「女主人跟我說了發生什麼事，先生啊，」厄格烏說。「Ndo。我很遺憾。」

「好、好，」主人說，然後繼續輕快地往前走。

對厄格烏來說，他們的這段對話並不適當。他覺得媽媽的死需要更多的語言、更多的表示，他們也應該為此共享更多時光。可是主人剛剛甚至沒有瞄他一眼。而當超強朱利亞斯稍晚來表達ndo之情時，主人的反應也非常輕快而簡短。

15 伊博語：欸！

16 伊博語：你是笨蛋嗎？

「戰爭本來就會有傷亡。死亡就是我們追求自由的代價，」他說，然後突然起身走回臥室，留下歐拉娜對著超強朱利亞斯搖頭。她的眼中滿是淚水。

厄格烏以為主人隔天會待在家不工作，可是他比平常還早起床沖澡。他沒有喝茶，也沒有碰厄格烏前晚就保溫好的地瓜切片。他沒把襯衫塞好。

「你不可能跨越敵營抵達比亞法拉二號領土，歐登尼伯，」歐拉娜跟著他走向屋外的車子時說。主人拉下蓋在車上的棕櫚葉片。歐拉娜不停說著一些厄格烏聽不清楚的話，但主人只是彎腰埋頭在引擎蓋下沉默地忙著。然後他上車，車子啟動往前時稍微往側邊拉出一道弧線。歐拉娜也沿著道路跑出去，有那麼荒謬的一刻，厄格烏以為她會繼續追著主人的車跑，可是她回來表示已經要求超強朱利亞斯去把他帶回來。

「他說他必須去埋葬她。可是道路都被佔領了。道路都被佔領了啊，」她說。她的雙眼不停盯著住宅區入口。不管聽到什麼聲音——貨車隆隆地開過、鳥啾啾叫、孩子哭嚎——她都會從露天陽台的長凳上衝過來往路上瞧。有群帶著大砍刀的人唱歌經過。他們的領導人只有一隻手臂。

「老師！這真是太好了！」他們其中一人在看到歐拉娜時大喊。「我們要去進行徹底搜查！我們要根除滲透在我們當中的敵人！」

他們幾乎全部走過去時，歐拉娜突然彈起來大吼，「請幫忙照顧我的丈夫！他開著一台藍色歐寶車！」

他們當中有個人轉頭過來揮手，但表情有點疑惑。

就連坐在茅草簷廊底下，厄格烏也可以感覺到明亮午後太陽散發的熱氣。寶貝正光腳在前院玩。超強朱利亞斯那台長長的美國車開進住宅區，歐拉娜立刻跳起來。

「他沒回來？」坐在車子裡的超強朱利亞斯問。

「你沒見到他，」歐拉娜說。

超強朱利亞斯看起來很擔心。「但到底是誰跟歐登尼伯說他有辦法穿越敵軍佔領的道路？到底是誰？」

厄格烏希望這個男人閉嘴。他無權批評主人，而且與其穿著那一身醜陋的短袖束腰長衣坐在那裡，他還倒不如趕快去找主人。超強朱利亞斯離開後，歐拉娜坐下，身體往前傾，把頭埋入雙手。

「想喝點水嗎？女士啊？」厄格烏問。

她搖搖頭。厄格烏看著太陽落下。黑暗快速襲來的姿態突然而野蠻。那並不是一個從光明轉為黑暗的漸進過程。

「我該怎麼辦？」歐拉娜問。「該怎麼辦？」

「主人會回來的，女士啊。」

可是主人沒有回來。歐拉娜在露天陽台上一直坐到午夜之後，一直把頭靠在牆上。

二十七

門鈴響起時，理查正在餐桌旁。他調低收音機的音量，把用來寫作的幾張紙擺好，然後打開門。哈里森站在門口，他的額頭、脖子、手臂和卡其短褲下的雙腿都包著染血的繃帶。

那一片片潮濕的鮮紅讓理查差點昏倒。「哈里森！老天。你怎麼了？」

「午安，主人。」

「你受到攻擊了嗎？」理查問。

哈里森走進屋內，放下破破爛爛的袋子，開始笑。理查直直盯著他看。哈里森抬手解開頭上的染血繃帶時，理查說，「不、不，沒必要這麼做。完全沒必要。我立刻叫司機來。我們把你帶去醫院。」

哈里森把繃帶用力扯掉。他的頭看起來很光滑，沒有任何裂開的傷口，也看不出血到底是從什麼地方流出來。

「那些只是甜菜，先生啊，」哈里森說，然後又笑了。

「甜菜？」

「是的，先生啊。」

「你的意思是，那些不是血？」

「不是的，先生啊，」哈里森又往客廳裡面走了一點，一副要去站在角落的樣子，可是理查要求他坐下。他在椅子邊緣坐下，臉上的微笑消失，開始訴說。

「我是從家鄉來的，先生啊，我沒跟任何人說我們的小鎮快淪陷了，這樣他們才不會說我是內賊。可是大家都知道惡盜已經離我們很近。甚至在兩天前，我們還聽到砲擊聲，可是鎮議會說只是我們的部隊在練習。所以我帶家人和山羊跑到一座很秘密、很秘密的農場裡。然後我出發前往哈科特港。我不知道主人到底情況如何。好幾週前我甚至請布萊登教授的司機送消息給你。」

「我沒收到任何消息。」

「蠢貨，」哈里森咕噥著說，然後繼續說，「我把乾淨的衣服泡在甜菜水裡，當成繃帶綁，跟大家說我是空襲倖存者。只有這樣民兵部隊才會讓我上貨車。有帶傷的男人才能跟著女人和小孩離開。」

「所以恩蘇卡怎麼了？你怎麼離開的？」

「那是好幾個月前的事了，先生啊。我一聽見砲擊就打包好你的東西，把手稿放進一個盒子，埋進花園的土裡，就在喬莫最新種的那朵小花附近。」

「你把我的手稿埋起來了？」

「是的，先生啊，因為如果不這樣做，走在路上會被搶走。」

「是的，當然，」理查說。希望哈里森把《繩壺年代》帶在身邊完全不合理。「所以你們都還好嗎？」哈里森搖搖頭。「飢餓問題，很嚴重，先生啊。我們家的人都在觀察山羊。」

「觀察山羊？」

「看山羊吃什麼，等看到之後，他們會把山羊吃的葉子拿去煮，再拿給孩子喝。這樣能消滅營養不良症。」

「我明白了，」理查說。「去男僕宿舍梳洗一下吧。」

「是的，先生啊，」哈里森站起身。

「那你現在有什麼計畫？」

「先生啊？」

「打算回家鄉嗎？」

哈里森擺弄著手臂上染滿假血的繃帶。「不，先生啊，我要等到戰爭結束。現在打算幫主人煮飯。」

「當然沒問題，」理查說。這樣很好，因為凱妮內的兩個管家已經去從軍，現在只剩伊凱吉德。

「可是，先生啊，他們說哈科特港很快也要淪陷。惡盜搭著很多英國來的船，現在正在哈科特港外進行砲擊。」

「先去洗澡吧，哈里森。」

「是的，先生啊。」

哈里森離開後，理查把收音機的音量轉大。他喜歡卡杜納電台帶有阿拉伯口音的說話節奏，可是不喜歡那聲音愉悅又篤定地表示「我們解放了哈科特港！我們解放了哈科特港！」他們這兩天一直在討論哈特港的淪陷。拉各斯電台也一樣，只是口氣沒那麼歡快。ＢＢＣ也做出了類似宣言，並表示哈科特港即將陷落的事實象徵了比亞法拉的失敗。比亞法拉將因此失去最重要的海港、機場，以及對石油的掌控。

理查把桌上一個酒瓶的竹塞拔開，為自己倒了杯酒。酒的粉紅色液體將令人愉快的暖意擴散到身體每個角落。他的腦中旋轉著各種情緒——哈里森還活著讓他鬆一口氣、手稿被埋在恩蘇卡令他失望，哈科特港的命運則讓他焦慮。在倒第二杯酒之前，他讀了一下瓶子上的標籤：比亞法拉共和國，研究與生產處，娜娜雪莉酒，45%。他緩慢啜飲。馬杜上次拜訪時帶了兩箱來，並開玩笑地表示當地人釀製這些用舊啤酒瓶裝的烈酒，其實也算是為了贏得戰爭而努力貢獻。

「研產處的人宣稱奧朱古也喝這個，但我很懷疑啦，」他說。「我只喝透明那種，因為我不信任有染色的酒。」

馬杜把「奧朱古閣下大人」直接稱為奧朱古的不敬態度總是讓理查很介意，但他什麼都沒說，因為不想看見馬杜臉上出現耐人尋味的假笑。每次馬杜對凱妮內說「我們用煤油和棕櫚油的混合油來運轉車輛」或「我們已經把飛行 ogbunigwe 改良到盡善盡美」或「我們已經從零開始製作出一輛裝甲車」時，他都會露出那種假笑。他口中的我們總是帶著排除意味。那種刻意強調的口吻以及深沉嗓音都在強調理查並不屬於我們。他只是個可以隨意玩弄非洲土地主人的訪客。

因此，當凱妮內第一次告訴他，「馬杜想要你去幫宣傳署寫東西。他會給你一張特別通行證，還會提供你汽油，好讓你可以到處行動。他們會把你的文章送到我們在海外的公關人員。」他非常困惑。

「為什麼是我？」

凱妮內聳聳肩。「為什麼不行？」

「那傢伙恨我。」

「別那麼誇張。我認為他們想找有經驗的自己人來做報導，他們需要一些不只是提到比亞法拉死亡人數的文章。」

一開始，自己人這個詞讓理查興奮，可是他的內心很快就充滿了懷疑，畢竟自己人是凱妮內的說法，而不是馬杜的說法。馬杜一直把他當成外國人，但或許正是因為如此才覺得他善於此道。之後馬杜打電話來問他願不願意幫忙時，理查拒絕。

「你好好考慮過了嗎？」馬杜問。

「如果我不是白人，你不會問我。」

「當然是因為你是白人才問你。正因為你是白人，他們更會把你當一回事。聽著，事實是，這場戰爭不是你的戰爭。這場戰爭要捍衛的也不是你的理想。一旦你提出要求，你們的政府就會協助你撤離。所以拿著軟趴趴的樹枝大喊團結有力！團結有力！並不足以表示你對比亞法拉的支持。如果真的想有所貢獻，這就是你能做的事。世界必須知道真正發生的事，他們實在不能在我們不停死去時保持沉默。他們會相信一個住在比亞法拉的白人，更何況你還不是專業記者。你可以告訴他們，就算是俄國人和埃及人駕駛的奈及利亞米格十七戰機、伊留申二十八戰機，還有Ｌ２９海豚戰機每天都在轟炸我們，我們還是屹立不搖，而且敵方還有人利用運輸機丟炸彈殘忍地殺死婦女和小孩，此外，英國和蘇聯又是如何可惡地聯手為奈及利亞提供越來越多的武器，美國又是如何拒絕幫助我們。我們的救難物資班機只能晚上關燈飛進來，因為奈及利亞會在白天時發動攻擊……」

馬杜停下來喘口氣，此時理查說，「好，我做。」他腦中不停迴盪著那句話：他們實在不能在我們不停死去時保持沉默。

他的第一篇文章寫的是奧尼查的淪陷。他在文中寫到奈及利亞人已經好幾次試圖拿下這座古老小鎮，但比亞法拉人英勇反擊，還提到這裡在戰前曾出版過好幾百部備受歡迎的小說，另外提到尼日橋遭焚燒的憂傷濃煙像一首強悍不屈的悼歌冉冉升起。他描寫了聖三一天主教堂的事件，奈及利亞第二師的士兵先是在聖壇上排泄，然後又殺掉兩百位平民。他引用一位冷靜目擊者的話：「那些惡盜會在神身上大便。我們會戰勝他們。」

在寫這篇文章時，他覺得自己又像是那個在導師督導下寫信給伊莉莎白阿姨的學生。理查很清楚記得那個導師的模樣，他的皮膚上滿是斑點，說科學只不過是在搞「堆肥」，而且會在餐廳一邊走路一邊吃麥片粥——他說紳士都會這樣做。理查仍不確定自己那時比較痛恨哪件事，是痛恨被強迫寫信回家？還是痛恨寫信時必須由老師督導？而他現在也不確定自己到底比較討厭什麼，是討厭馬杜成為督導他的人？還是意識到他很在意馬杜的想法？幾天後，馬杜送了一張派任短箋來，上面寫著：寫得很好（或許下次可以不要用那麼多華麗詞藻？），他們已經把文章送去歐洲。馬杜的筆跡潦草難懂，紙上印著奈及利亞軍隊的地方被用墨水劃掉奈及利亞四字，換上用大寫字母匆促寫下的比亞法拉。可是馬杜的回應讓理查相信自己做了正確決定。他想像自己像是年輕的溫斯頓・邱吉爾報導基奇納在恩圖曼[1]進行的戰役，那是一場優勢與弱勢軍武陣營的對抗，只不過這次跟邱吉爾

1 這裡指的是英國為了擴展在非洲的殖民勢力在一八九八年於蘇丹的恩圖曼北邊進行的戰爭，對戰的兩方是英國及埃及聯軍與蘇丹軍隊，帶領英國軍隊的指揮官是赫伯特・基奇納（Herbert Kitchener）。英國軍隊因為大量使用馬克沁機槍（Maxim Gun）而造成蘇丹軍隊的大量死傷。

的情況不同，因為他是站在道德勝利者這邊。

幾週後的現在，他已經寫出更多文章，也對這一切更有參與感。他獲得很多快樂，比如在司機眼中發現全新的敬意；就算理查跟司機說不用這麼麻煩，他們還是會從車上跳下來幫他開門。此外，民防部隊常會在看到他的特別任務通行證時露出懷疑眼神，可是只要他一用伊博語跟他們打招呼，一切懷疑就會煙消雲散，他們不但會露出大大的笑容，也很願意回答他的問題。就連在面對外國記者時也很有優越感，他會語帶模糊地提起一些跟戰爭相關的背景知識——其中涉及全國性罷工、審查問題，還有西部地區的混亂處境——同時很清楚他們從頭到尾都搞不懂他在說什麼。

可是最讓他快樂的還是跟奧朱古閣下大人見面。那是在奧韋里的一個戲劇演出現場。由於之前有場空襲把劇院的百葉窗破壞殆盡，夜間微風把一些演員的台詞吹得不知去向。理查坐在奧朱古閣下大人後面幾排的座位上，演出結束後，有個動員署的高層人士介紹他們認識。他的握手姿態穩健，說出「謝謝你做的傑出工作」時用的是帶有牛津口音的柔和語調，在在都讓理查感受到他在困境中的沉著。就算意識到那顯然是種政治表演姿態，他也沒說出口，只是對閣下大人的話表示同意：這樣很好，真是太好了。

理查可以聽見哈里森在廚房。他把收音機轉到比亞法拉電台，有關敵軍被困在歐巴[2]的戰情報告已到尾聲。他關掉收音機，倒了比較小的一杯酒，重讀之前寫的最後一個句子。他在寫有關特種突擊隊的報導。他提到這支突擊隊很受到平民的歡迎與敬重，可是他不喜歡他們那位出身德國傭兵的指揮官。這種反感導致他的文句僵硬，書寫風格也變得矯揉造作。雪莉酒沒有麻痺他的焦慮，反而讓那些感受變得更銳利。他起身拿起電話打給馬杜。

「理查，」馬杜說。「我才剛進門，還真幸運。」

「有哈科特港的消息嗎？」

「消息？」

「哈科特港有受到威脅嗎？烏姆歐庫魯西[3]那邊有受到砲擊，對吧？」

「喔，我們有收到消息，有些內賊搞到了一些砲彈。要是那些惡盜真的這麼靠近，你覺得他們會幹出這種三心二意的砲彈攻擊嗎？」

馬杜的調笑口氣立刻讓他覺得自己很蠢。「抱歉打擾你。我只是以為……」他沒說完。

「完全沒關係。凱妮內回來後替我打個招呼，」馬杜說，然後掛掉電話。

理查把酒喝完，本來打算再倒一杯，可是又決定先不要。他用力把瓶塞推進瓶口，走到屋外的露天陽台上。海面一片平靜。他伸了個懶腰，快速撥了一下頭髮，就像是試圖甩開那種不祥預感。如果哈科特港淪陷，他會失去這個自己已然愛上的城鎮，他已經在此建立起他的愛情生活，失去這裡等於失去一部分自我。可是馬杜說的話不可能有錯。馬杜不會拒絕面對一座城鎮即將淪陷的事實，尤其這還是凱妮內定居的城鎮。如果他說哈科特港尚未受到威脅，那就是沒有。

2 歐巴（Oba）是奈及利亞東南部的一座城鎮，位於奧尼查的東南邊。

3 烏姆歐庫魯西（Umuokwurusi）是哈科特港這座城市內的一個地區，目前的名字為魯姆歐庫魯西（Rumuokwurusi）。不過奈及利亞境內現在仍有支持比亞法拉理念的團體，他們認為哈科特港的真正名稱應該是 Igweocha，而 Umuokwurusi 也才是他們真正認可的地名。

理查看著自己在玻璃門上的朦朧倒影。他曬黑了，頭髮也變得豐盈，然後他想起詩人韓波說的話：我是另一個我。

凱妮內在聽到理查說起哈里森的甜菜故事時笑了。然後她摸摸他的手臂說，「別擔心，如果他把手稿收在盒子裡，白蟻就咬不到。」她把工作時穿的衣物從身上滑順脫下，懶洋洋地伸展身體，而他則帶著愛意欣賞著她那精瘦又優雅的凹陷背部。慾望在他體內旋轉，但他會等到晚餐結束、等他們已經招待完任何可能出現的客人，還有伊凱吉德退下之後再說。到時候他們會走到屋外的露天陽台，他會把桌子推到一邊、攤開軟軟的毯子，把自己裸露的背躺上去。等她爬上來跨坐在他身上後，他會緊抓住她的臀部，盯著夜空，然後在屆時的每個片刻中確認幸福的意義。這是他們自從戰爭開始後展開的新儀式，也是唯一讓他對戰爭心存感激的事。

「科林．威廉森今天來了我辦公室一趟，」凱妮內說。

「我不知道他回來了，」理查說，科林那張總是被太陽曬紅的臉浮現在他腦中。當他談起他因為他的編輯都支持奈及利亞而離開BBC時，那兩排髒汙的牙齒不停閃現，讓人想不注意到都不行。「他帶來一封我母親的信，」凱妮內說。「妳母親的信！」「我母親在《觀察家報》上看見他寫的報導，就聯絡他，她問他會不會回比亞法拉，還問他願不願意送一封信給她在哈科特港的女兒。她聽見他認識我們時很驚訝。」理查喜歡她這樣說我們。「他們還好嗎？」

「他們當然很好。又沒有人在轟炸倫敦。她說她晚上會做惡夢，夢到歐拉娜和我快死了，而她在念禱詞。他們有在倫敦參加拯救比亞法拉的運動——這代表他們一定有小額捐款。」凱妮內沉默了一下，然後把信封遞給我。「她算是滿機靈的。她把一些英鎊貼在卡片的內襯紙後面，真的滿厲害的。她也寄了一封給歐拉娜。」

他快速讀過那封信。跟他有關的部分只有向理查問好，而且是寫在那張藍紙的最下方。他想問凱妮內計畫如何把信送給歐拉娜，但沒打算真的開口。隨著他們月月年年都不提起歐拉娜這個話題，沉默更讓這個話題變成某種神聖禁忌。凱妮內在戰爭開始後收到三封歐拉娜的來信，但除了表示自己有收到信之外什麼都沒說。她也沒回信。

「我會派人下週去烏穆阿希亞送信給歐拉娜，」凱妮內說。

他把信還給她。兩人之間的沉默似乎正在凝結。

「奈及利亞不會停止談論哈科特港，」他說。

「他們不會拿下哈科特港。我們最好的部隊在這裡。」凱妮內的語氣漫不經心，可是眼中有一種沒出現過的警惕神情，幾個月前，她跟他說要在奧爾呂買一棟還沒蓋完的房子時，眼中也是出現同樣神情。她說擁有房地產還是比現金好，可是他懷疑對她來說，那棟房子是為了哈科特港可能淪陷而預先準備的後路。對他來說，思考哈科特港可能淪陷是一種褻瀆。他們每週末都會去視察那棟房子，為的是確保她雇來的建築工沒有偷走建材，而他從未在那時候提起兩人可能住在這裡的事，就彷彿避開這個話題能讓自己免去褻瀆的罪孽。

他也不再想要旅行。他想用他的存在來守衛哈科特港。他總覺得只要他人在這裡，就什麼壞事都不會發生。可是歐洲那邊負責公關的團隊要求他寫一篇有關烏利[4]臨時機場的文章，他只好不情願地在一大早啟程出發，才能在奈及利亞於大中午開始低空轟炸主要道路上的行駛車輛之前趕回來。他們開在歐奇主路上時，前面突然出現一個炸彈坑，司機猛力往旁邊扯動方向盤避開，此時理查心中湧現一種熟悉的不祥感受，可是在他們接近烏利時，他的心情又輕快起來。這是他第一次造訪比亞法拉與外界的唯一連結，透過這樣一個如同奇蹟般的臨時機場，食物和武器的運送可以避開奈及利亞的轟炸機。他下車看著那條瀝青機場跑道，兩邊都是濃密叢林，心裡想的是那些手頭資源如此不足卻做出如此龐大貢獻的人們。一台小小的噴射機停在跑道另一端。早晨的陽光炙熱，三個男人正把棕櫚葉片在瀝青地上一片片攤開，動作迅速的他們滿身大汗，時不時還要推來一台台堆滿葉片的大推車。理查走過去說，「幹得好，jisienu ike[5]。」

有名軍官從附近尚未完工的航站建築走出來和理查握手。「別寫太多啊！也別洩漏我們的機密喔，」他開玩笑地說。

「這是當然，」理查說。「可以訪問你嗎？」

男人臉上露出燦爛的笑容，他活動了一下兩邊肩膀，然後說，「哎呀，我負責的是海關和移民業務。」理查忍住微笑，人們總會在他提出採訪要求時感覺自己像是個大人物。他們站在瀝青跑道旁談話，而就在男人回到建築內沒多久，一個身高很高、頭髮很漂亮的男人走了出來。理查認出他是誰：馮．羅森伯爵[6]。

他的年紀看起來比理查之前在照片裡看到的還大，大概幾乎快七十而不只是快六十，但老得很優雅。他的步幅很大，下巴肌肉結實。

「他們說你在這裡，我想我該來打個招呼，」他說。他握手的力道就跟他的綠眼睛一樣堅定。
「我才剛讀過你寫比亞法拉少年軍的精采文章。」
「很榮幸可以跟你見面，馮·羅森伯爵，」理查說。他是真心感到榮幸。自從讀到這位瑞典貴族開著自己的小飛機去轟炸奈及利亞後，他就一直很想見見他。
「真是一群了不起的人，」伯爵一邊說一邊瞄向那些正在努力工作的人，他們正在確保從天空往下看時，這片黑色瀝青地就像是叢林。「了不起的國家。」
「沒錯，」理查說。
「你喜歡起司嗎？」伯爵問。
「起司？喜歡、喜歡，當然喜歡。」
伯爵從口袋裡掏出一小包東西。「很棒的切達起司。」
理查接下，同時努力掩飾住驚訝情緒。「謝謝你。」
伯爵再次往口袋裡掏，理查擔心他可能拿出更多起司，但他只是取出一副太陽眼鏡戴上。「據說你的妻子是個有錢的伊博人，也是少數為了國家理想留下來奮鬥的有錢人。」

4 烏利（Uli）是奈及利亞東南部的城鎮，位於奧尼查南方。
5 伊博語：祝你們好運。
6 馮·羅森伯爵（Carl Gustaf Ericsson von Rosen）是一位瑞典飛行員，自詡為人道主義者，受許多軍隊雇用駕駛軍用相關飛機。

理查沒想過凱妮內算是為了國家理想奮鬥而留下來，可是他很高興伯爵這樣說，也很高興他說他和凱妮內是夫妻。他的內心因為凱妮內而突然升起一股強烈的驕傲感。「沒錯，她是個傑出的女人。」

兩人之間沉默了一下。伯爵因為送他起司而創造出的親暱氛圍代表理查必須有所回應，所以理查打開日記給伯爵看照片。第一張照片是凱妮內在泳池旁叼著一根菸，接著是一張繩壺的照片。

「我愛上伊博─烏庫文明的藝術，然後又愛上她，」他說。

「很美，藝術和人都是，」伯爵說，然後他把太陽眼鏡取下，仔細看那些照片。

「你今天有要出任務嗎？」理查問。

「有。」

「你為什麼要這麼做，先生。」

他把眼鏡戴回去。「我在衣索比亞跟自由鬥士合作，之前也有開飛機去華沙的貧民窟進行救濟工作，」他臉上露出淡淡的微笑，就好像這些話能回答理查的問題。「現在我得去準備了。繼續拿出你的好表現啊。」

理查望著他離開，心裡想著，這人擁有皇家背景，而且個性剛直，跟那位傭兵頭子真的完全不同。「我愛比亞法拉人，」那個臉頰泛紅的德國人之前這樣對他說，「比亞法拉人跟剛果的卡菲爾人完全不同。」他在位於叢林中央的屋子內一邊跟理查說話一邊拿著大瓶威士忌喝，並看著他領養的孩子——一個漂亮的比亞法拉幼兒——在地上玩一些老舊的炸彈碎片。他對待那孩子的態度可說是矯情中透露著輕視，把比亞法拉當成一種美好特例的說法也非常惹惱理查。那個傭兵頭子就是覺得終於找到他「有辦法喜歡的」黑人了。伯爵就不同。理查又瞄了那台小小的噴射機一眼，然後上車。

就在快接近哈科特港時的回程路上，他聽見遠方傳來一陣槍響，可是過了一下又停了。他覺得擔心。而當凱妮內提議他們隔天去奧爾呂為新家找木匠時，理查真的很希望他們不用去。連續兩天離開哈科特港真的讓他很擔心。

新房子周遭圍繞著腰果樹。理查還記得凱妮內剛買下時，這間房子的外觀有多令人沮喪——不但只蓋到一半，未上漆的牆面還爬滿綠色霉斑——地面上掉滿腰果，聚集在腰果上的一群群蒼蠅也讓他反胃。屋主是道路另一頭的當地社區中學校長，但現在那間學校經成為難民營，他妻子也死了，所以他打算帶著山羊和孩子去內陸。他反覆地說，「這棟房子在砲擊範圍外，真的完全在砲擊範圍外，」講到理查都開始想：他怎麼可能知道奈及利亞會從哪裡進行砲擊？

不過當他們走過那些剛漆好的空蕩蕩房間時，理查也得在心裡承認，這間小屋確實有一種不引人注目的魅力。凱妮內從難民營雇用了兩個木匠，她在一張紙上素描出木工圖樣給他們看，但之後又回到車內告訴理查，「我不相信他們做得出像樣的桌子。」

他們開車離開奧爾呂時，有個刺耳的聲音響起，司機立刻把車子停在路中央。他們跳下車，跑進濃密的綠色叢林。有些原本走在路上的婦女也開始跑，邊跑還邊扭頭望向天空。這是理查第一次和凱妮內一起找掩護，她在他身邊全身僵硬地趴在地面，兩人的肩膀彼此碰觸，司機則趴在他們身後有點距離的地方。周遭是絕對的靜默，但某處傳出很大的窸窣聲，理查因此全身緊繃，直到一隻紅頭蜥蜴爬出來才終於放鬆。他們等了又等，等到聽見一台車發動引擎，還有附近有人大喊「我的錢不見了！我的錢不見了！」之後才起身。原來僅僅幾碼外就有一座市集，有人在其中一個攤商去找掩護時偷走她的錢。理查可以看見她和其他女人在開放式的攤位棚頂下大吼大叫、比手畫腳。實在很難相信沒多久以前周遭有多安靜，同樣令人難以置信的是，自從奈及利亞砲擊了露天的奧古市集之後，比亞法拉人總是很輕易就能在叢林中辦起市集。

「假警報比真警報還糟糕，」司機說。

凱妮內仔細拍掉身上的沙土，可是地上是濕的，所以有大量泥土黏在她的衣服上，搞得她那件藍色洋裝像是刻意設計了一些巧克力色汙點。他們上車繼續原本的旅程。理查可以感覺到凱妮內在生氣。

「看看那棵樹，」他指著樹對她說。那棵變成兩半的樹是從最頂部的枝條一路乾淨俐落地裂到最底部。其中一半雖然稍微有點傾斜，但仍聳立著，另一半卻已倒在地上。

「看起來是最近的事，」凱妮內說。

「我叔叔在戰爭中開飛機。他轟炸過德國。想到他做過這種事，感覺就很奇怪。」

「你沒提過他。」

「他死了。他的飛機被擊落。」理查沉默了一下。「我打算在之後的文章裡寫這些新出現的叢林市集。」

司機在檢查哨停下。有台貨車載著一些沙發、層架和桌子停在路旁，一個男人站在車旁跟穿著卡其牛仔褲及帆布鞋的年輕女民兵說話。她從他身旁走過來望向車內的理查和凱妮內，要求司機打開後車箱，看了副駕駛座前方的雜物箱，又伸手要去拿凱妮內的手提袋。

「如果我有炸彈，我是不會藏在袋子裡的，」凱妮內喃喃地說。

「妳說什麼？女士？」那個年輕女子問。

凱妮內沒說話。女人把手提袋仔細翻過一遍，拿出一台小收音機。「這是什麼？廣播發射機嗎？」

「那不是什麼發射機，那是收—音—機，」凱妮內用一種嘲弄人的緩慢語調說。年輕女子仔細看過他們的特殊任務通行證，露出微笑，然後調整好她的貝雷帽。「抱歉，女士。可是妳也知道，我們有很多內賊會利用奇怪的設備來發送訊息給奈及利亞。保持警惕是我們的標語！」

「你們為什麼要攔下那個開貨車的男人？」凱妮內問。

「我們會要求戴著家具撤退的人回頭。」

「為什麼？」

「這種撤退方式會在平民之間造成恐慌。」她聽起來像是在朗誦某種排練過的台詞。「目前沒有任何需要緊張的理由。」

「可是如果他住的城鎮已經快淪陷了怎麼辦？妳知道他是從哪來的嗎？」

她的身體僵硬起來。「祝妳有美好的一天，女士。」

司機才發動車子，凱妮內就說，「剛剛那個笑話講得真糟，是吧？」

「什麼？」理查問，不過他知道她是什麼意思。

「我們在這個國家的國民心中煽起太多恐懼了。女人的胸罩裡也會藏炸彈！嬰兒的配方奶粉罐裡也會藏炸彈！到處都有內賊！一定要看好你的孩子不然他們可能會去幫奈及利亞做事！」

「這在戰時很正常。」他有時希望她不要對每件事都那麼戲謔。「人們應該要意識到我們當中會有內賊，這很重要。」

「我們之中的內賊都是奧朱古搞出來的，這樣他才有理由把對手關起來，或是在他有覬覦的女人時得以對付她們的老公。我有跟你說過那個奧尼查的男人嗎？就是在難民開始回來後沒多久就把我們工廠水泥買光的那個人？奧朱古跟他的妻子有一腿，他最近才毫無理由地逮捕了他。」

她正用腳拍打車內地板。每當提起奧朱古閣下大人時，她的語氣總是和馬杜很像。理查無法被她的輕蔑態度說服，畢竟她之所以會出現這種情緒，是因為馬杜抱怨閣下大人冷落他，反而拔擢了他的後輩當指揮官。如果閣下大人沒冷落馬杜，她看待他的方式或許不會那麼苛刻。

「你知道他把多少軍官丟進監獄嗎？他對自己手下的軍官疑心重重，所以都利用平民去買武器。馬杜說他們才剛在歐洲買了一批狀況慘兮兮的栓動式步槍。我說真的，等比亞法拉建國後，我們得把奧朱古拉下來。」

「然後換誰上去？馬杜？」

凱妮內笑了。他很高興也很驚訝，沒想到她竟然能享受他的諷刺。但不祥的預感又出現了，當他們接近哈科特港時，他感覺肚子正在快速翻攪。

「停車讓我們買阿卡拉[7]和炸魚，」凱妮內對司機說，但就連司機踩下剎車的動作都能讓理查緊張。

等他們到家時，伊凱吉德說馬杜上校已經打了四次電話來。

「希望沒出什麼事，」凱妮內說，然後打開包著炸魚和豆餅的油膩膩報紙。理查拿了一塊還很燙的阿卡拉，吹涼，在內心告訴自己哈科特港很安全，一定沒出什麼事。電話響起，他立刻抓起話筒，然後在聽見馬杜的聲音時感覺心臟開始大力搏動。

「你們還好嗎？有遇到問題嗎？」馬杜問。

「沒有。為什麼這樣問？」

「有謠言說英國提供了五艘戰艦給奈及利亞，所以今天哈科特港到處都有年輕人在放火燒英國人的店鋪和房子。我想確認你們有沒有因此遇到什麼問題。我可以派我這邊的一、兩個小夥子過去。」

他想到自己還是一個可能遭到攻擊的外國人，於是惱怒起來，但接著又對馬杜的擔憂心存感激。

「我們沒事，」他說。「我們去看奧爾呂的那棟房子，剛回來。」

「喔，很好。如果有什麼狀況再讓我知道。」馬杜沉默了一下，然後用模糊不清的聲音和某人交談，之後又繼續對理查說。「你應該針對法國大使昨天的發言寫一篇文章。」

「好，這是當然。」

「我聽說比亞法拉人像是英雄一樣在戰鬥，可是現在我知道，比亞法拉人才是所有英雄的榜樣，」馬杜非常驕傲地說出這句話，就好像這句話是專門用來讚美他的，而且他想確保理查明白這

7 阿卡拉（akara），一種油炸豆餅，奈及利亞常見小吃，源頭是約魯巴語。

件事。

「好，這是當然，」理查又說了一次。「哈科特港很安全，對吧？」

馬杜沉默了一下。「我們逮捕了一些內賊，他們都屬於非伊博人的少數民族。我不知道這些人為什麼堅持幫助敵人。可是我們會克服這些問題。凱妮內在嗎？」

理查把話筒交給凱妮內。竟然有人可以背叛比亞法拉，實在是傷天害理。他想起在奧韋里河畔跟他交談過的伊爵人和埃菲克人，他們說伊博人會在比亞法拉建國後把他們踩在腳下。理查當時跟他們說，一個從不正義的灰燼中重生的國家會克制任何不正義的作為，而他們懷疑地看著他。他還提到某個將軍是埃菲克人，而某位署長也是伊爵人。很多少數族群士兵為了國家理想戰鬥的表現也很出色。然而他們似乎沒有被說服。

接下來幾天，理查一直待在家裡寫一篇有關叢林市集的文章。他也常站在露天陽台上往下看著向遠方綿延的道路，內心有點期待那些年輕暴徒會帶著燃燒的火炬衝過來。凱妮內在去工作的路上看見一棟被燒過的房子。看起來只是小試身手，她是這麼描述的，因為那些人只有把牆壁燒黑。理查也想親眼看看，他能以此為題寫篇文章，或許還能延伸提起最近在某個政府相關場合看見有人在燒威爾遜和柯西金[8]的畫像，可是他等了一週，確定一個英國男人走在路上是安全的，才終於一大早出門，為的是去城市裡繞繞。

他很驚訝地在艾格理路上看見新的檢查哨點，有士兵駐守更是讓他驚訝。說不定是因為那些被人放火的房子吧。路上空蕩蕩的，那些大吼著叫賣落花生、報紙和炸魚的小販都不見了。有個士兵站在路中央，並在他們靠近時揮槍指示他們回頭。司機停下車子，理查遞出通行證，但士兵無視他的通行證，只是繼續揮舞著槍。「回頭！回頭！回頭！」

「早安，」理查開口。「我是理查・邱吉爾，我在——」

「回頭，不然我就開槍！沒人可以離開哈科特港！大家沒有需要緊張的理由！」

那個男人抓著槍的手指顯得躁動不安。司機把車子迴轉。不祥的預感已在此刻變成理查鼻孔中的堅硬小石頭，可是他在回家告訴凱妮內發生什麼事時，還是努力讓自己的語氣聽起來很輕鬆。

「我想一定沒什麼，」他說。「到處都有謠言流竄，軍隊大概只是不想要大家恐慌。」

「那還真是個好方法，」凱妮內說，然後臉上又出現那種警惕的神情。她正把一些紙收進檔案夾。「我們應該打電話給馬杜，確認一下狀況。」

「好，」理查說。「嗯，我要去刮鬍子。我今早出門前沒時間刮。」

他在浴室裡聽見第一聲「轟」的巨響，但繼續就著下巴來回擺動刮鬍刀。聲音接著又來了：轟、轟、轟。百葉窗門碎裂，玻璃破片掉在地上時叮噹作響。有些碎片就落在他腳邊。

凱妮內打開廁所的門。「我已經請哈里森和伊凱吉德把幾樣東西收到車上，」她說。「我們留下福特車，開寶獅車走。」

理查轉頭盯著她，內心有股想哭的衝動。他好希望自己跟她一樣冷靜，也希望自己的雙手不會在洗手時顫抖。他拿了他的刮鬍膏、她的一些肥皂，還有幾塊海綿，然後全部丟進一只袋子裡。

8 亞歷克塞・柯西金（Alexei Kosygin）在一九六四年到一九八〇年擔任蘇聯總理。

「理查，動作快一點，砲擊聲聽起來很近，」凱妮內說，接著又是一連串的轟、轟、轟。她正在把她和他的東西收進一個行李箱。原本收著他的襯衫和內衣褲的抽屜被拉了出來。她的打包手法非常快速又有條理。他用手摸了自己排在架上的書，然後開始找他為了寫比亞法拉自製地雷ogbunigwe而做好的筆記。他明明就把那幾張筆記放在桌上啊，他很確定。他又拉開抽屜找。

「妳有看見我那幾張筆記嗎？」他問。

「我們必須在他們推進前偷偷開上主要道路，理查，」凱妮內說。她把兩只很厚的信封塞進她的提袋。

「那些信封是什麼？」他問。

「急用現金。」

哈里森和伊凱吉德走進來，他們開始把兩個塞滿的行李箱拖出去。理查聽見頭頂上有飛機的轟隆隆飛行聲。不可能啊。哈科特港從未遇過空襲，此刻遭遇空襲實在毫無道理。哈科特港怎麼可能淪陷？惡盜怎麼可能已經從近處砲擊？可是那些聲音不會錯，而當哈里森大吼時，「敵機！先生啊！」那提醒完全是多餘的。

理查跑向凱妮內，可是她已經跑出房間。他跟在她身後。她跑過蹲在廚房桌子底下的哈里森和伊凱吉德身邊，大喊「到外面的果園！」

屋外的空氣潮濕。理查抬頭看見那兩架飛得很低的飛機。飛機象徵效益的流線機身讓人感覺很不吉利。機尾在天上拖出兩條銀白色線條。恐懼讓他的全身逐漸被無助攻佔。他們趴在橘子樹下，他和凱妮內肩並肩，兩人都沒說話。哈里森和伊凱吉德已經跑出房子，哈里森很快就平趴在地上，但伊凱吉德還在跑，他的身體微微往前彎曲，手臂瘋狂揮舞，頭上下晃動。然後是迫擊砲在劃過空氣時傳來冰冷哨音，落地爆炸時又撞出轟然巨響。理查把身旁的凱妮內抱緊。有片拳頭大小的碎彈片呼嘯飛過。伊凱吉德還在跑，但就在理查把眼神移開又移回來的那一瞬間，伊凱吉德的頭不見了。那具身體還在跑，而且仍然微微往前彎曲，雙臂也還在瘋狂揮舞，可是已經沒有頭，只剩下血跡斑斑的脖子。凱妮內尖叫。那具身體在她那台長型美國車旁頹然倒地。兩架飛機逐漸消失在遠方，之後他們又趴在地上好一陣子。最後哈里森終於起身說，「我去拿袋子。」

他拿著一個酒椰葉纖維袋回來。在哈里森走去把伊凱吉德的頭撿進袋子時，理查沒有看。之後，哈里森握著那具身體的兩隻手腕，而他抓住那兩隻仍然溫熱的腳踝和哈里斯一起走向果園中淺淺的墓穴時，理查也一次都沒有直視那具身體。

凱妮內坐在地上看著他們。

「妳還好嗎？」理查問她。她沒回話。她的雙眼中有種令人毛骨悚然的空白。理查不確定該怎麼辦。他輕輕搖晃她，但那抹空白仍然在，所以他走去水龍頭邊，提了一桶冷水來潑她。

「別這樣，老天啊，」她站起身。「你把我的衣服弄濕了。」

她從行李箱中扯出另一條連身裙，到廚房換上，準備啟程前往奧爾呂。她不再行色匆匆，而是緩慢地拉直衣領，用雙手把上半身馬甲部分的皺褶理平。各種混亂的聲響讓理查在開車時心煩意亂——迫擊砲的轟—轟—轟聲、愈來愈快的答答答槍響——他覺得隨時可能撞見一個奈及利亞士兵要求他們停車、攻擊他們、又或是對他們丟手榴彈。但什麼都沒發生。路上擠滿了人。檢查哨不見了。後座的哈里森用驚懼的語氣低聲說，「他們正動用一切手段想拿下哈科特港。」

他們抵達奧爾呂時，凱妮內幾乎沒說話。他們在新屋現場沒看見木匠，也沒看見家具。那些男人帶著預付款消失了。她直接走到難民營找了另一位木匠，那位皮膚泛著灰黃色調的男人希望薪水可以是食物。接下來幾天，當他們坐在屋外望著木匠切割、敲打及磨平木料時，她幾乎完全保持沉默，只是散發出一種孤絕的氣息。

「你為什麼不要錢？」凱妮內問他。

「我要拿錢買什麼？」他問。

「你一定是個傻子，」凱妮內說。「用錢能買的東西可多了。」

「在這個比亞法拉是沒辦法的，」男人聳聳肩。「給我加里和飯就行了。」

凱妮內沒回話。有隻鳥的大便掉到露天陽台的地板上，理查撿起一片腰果葉擦掉。

「你知道吧，歐拉娜看過一個母親把孩子的頭帶在身上，」凱妮內說。

「我知道，」理查說，但他其實不知道。凱妮內在大屠殺期間從沒跟他說歐拉娜經歷了什麼。

「我想見她。」

「你該去。」為了讓自己穩定下來，理查深吸了一口氣，然後盯著其中一張完成的椅子。那張椅子的所有稜角都很銳利，而且很醜。

「碎彈片怎麼能把伊凱吉德的頭切得那麼徹底？」凱妮內似乎希望他能跟她說一切都是她的錯覺。他也很希望他可以這樣告訴她。她開始在夜間哭泣。她跟他說她想夢到伊凱吉德，可是每天早上起來時都清晰記得他那具沒有頭的身體在奔跑的畫面，而在夢中一個看不清楚但較為安全的地方，她看見自己正在用一根優雅的金色菸嘴抽菸。

有台廂型車把許多袋子送到他們住的屋子，凱妮內要哈里森別碰那些袋子，因為都是要送去難民營的。她是這裡新的食物供應商。

「我要親自去難民營分發這些食物，還要去農業研究中心要一些大便，」她告訴理查。

「大便？」

「糞肥。我們可以在難民營開設一座農場。我們要來種自己吃的蛋白質作物，黃豆和 akidi[9]。」

「喔。」

「有個來自埃努古的人擁有製作籃子和燈的卓越才華，我打算請他教別人。我們可以在這裡創造收入。我們可以做出改變！我會要紅十字會每週派一個醫生過來。」

無論是她這個人、她每天出發前往難民營的姿態，還是傍晚從難民營回來時浮現在眼中的疲憊，總之都散發著一種狂亂的活力。她不再提起伊凱吉德。相反的，她開始談起有二十個人住在只規劃給一個人住的空間中、一起玩戰爭遊戲的小男孩、餵養寶寶的女性，以及那兩位無私的聖靈神父：馬叟神父跟朱德神父。可是她最常談的還是伊納塔米。他在比亞法拉自由鬥士組織工作，之前在大屠殺期間失去所有家人，後來常進行滲透敵營的工作。他來是為了教育難民。

「他認為重要的是讓人民知道我們是為了正義在戰鬥，而且還要理解我們是為了真實的理想而戰。我已經跟他說過了，別費心跟他們談聯邦主義或阿布里協議之類的事。他們不可能懂。他們當中有些人連小學都沒上過。可是他不管我，還是繼續花大把時間對每個小團體談話。」凱妮內聽起

9 豇豆。

來很崇拜他，就彷彿他對她的無視只是進一步證明了他是個英雄。理查很痛恨伊納塔米。在他心中，伊納塔米成為完美、勇敢又振奮人心的一個角色，還因為失去家人而蛻變得更為堅忍不拔又情感纖細。但等他終於見到伊納塔米時，他卻差點當著人家的面笑出來，因為那個矮小的男人臉上長滿青春痘，還有一顆圓圓的蒜頭鼻。可是他當下就能看出來，伊納塔米信仰的神就是比亞法拉。他對這個國家的建國理念抱持著狂熱信仰。

「我失去所有家人，每一個家人。我感覺自己像是重新出生了一次，」伊納塔米用一貫的沉靜姿態告訴理查。「我是個全新的人了，只有我的家人真正看過以前的我，但他們都不在了。」

那些神父也跟理查想像的完全不同。他很驚訝他們散發出一種沉著但仍激勵人心的氛圍。他們告訴他，「我們對神在這裡的良善作為感到讚嘆，」但理查只想問為什麼神一開始會允許戰爭發生。不過他們的信仰觸動了他。如果神可以讓他們如此真誠地關愛別人，那神的存在就有價值。

在醫生開著那台漆著紅十字會的髒兮兮莫里斯小旅行車抵達的那天早上，理查正在跟馬叟神父討論神的話題時。在她開口說「我是英揚醫生」並跟他輕鬆握手之前，理查就已經知道她來自少數族群部落。他對自己足以辨認誰是伊博人的能力感到驕傲——辨認的重點不在於長相，而是一種同類的感覺。

凱妮內直接帶英揚醫生走進傷病室，那是建築末端的一間教室。理查跟在她們身後。他看著凱妮內談起那些躺在小竹床上的難民。有個年輕孕婦起身抱住胸口，那些從胸腔深處爆出的無止境咳嗽聲聽了實在讓人痛苦。

英揚醫生拿著一個聽診器彎腰靠近她，她用混合著自己口音的英文說，「妳好嗎？都還好嗎？」

一開始那位年輕孕婦有點害怕地往後退，但接著就對醫生吐口水，整個眉頭還因為太過用力而皺在一起。那抹唾液就落在英揚醫生的下巴。

「內賊！」那個孕婦說。「就是你們這些非伊博人幫敵人帶路！Hapu m！[10]就是你們把敵人帶到我的家鄉！」

英揚醫生的手放在下巴上，但震驚得忘記把唾液擦掉。大家都不知道接下來會怎麼樣，現場因此變得更為死寂。凱妮內腳步俐落地走過去摑了孕婦一巴掌，然後又重重在她臉頰上連續、快速地打了兩下。

「我們都是比亞法拉人！Anyincha bu Biafra！[11]」凱妮內說。「聽懂了嗎？我們都是比亞法拉人！」

孕婦又倒回床上。

理查被凱妮內的暴力行徑嚇壞了。她似乎隨時都可能崩潰，只要有人輕碰她一下，他怕她就會像細枝一樣折斷。為了抹除之前那段記憶，她太過激情地投入這一切，但這種激情可能會毀掉她。

10 伊博語：離我遠一點！
11 伊博語：我們都是比亞法拉人！

二十八

歐拉娜做了一個快樂的夢。她不記得內容是什麼，只是記得自己很快樂，所以起床時心想，原來她還是可以做快樂的夢，甚至藉此獲得一點溫暖。她好希望歐登尼伯還沒出門工作，這樣她就可以跟他分享這件事，然後仔細觀察他聆聽時在臉上浮現的寵溺微笑，那個微笑代表他不用開口認同就已經表示相信她。可是自從他母親過世，他嘗試趕去阿巴卻拖著一身陰影回來，之後每天都太早去上班，下班回家的路上又都會去坦尚尼亞酒吧後，她就再也沒見過那抹微笑了。要是他沒有嘗試去走被敵人佔領的道路，現在就不會變得如此憔悴、孤僻，原本的哀悼情緒也不會因為趕回老家的失敗而變得更加沉重。她根本不該讓他去的。可是他的決心中暗藏著一股敵意，就好像認定她無權阻止他。他說出的那些話——「我得把禿鷹吃剩的部分埋起來」——在他們之間挖出一道鴻溝，她不知該如何跨越。在他駕車離開前，她只有跟他說，「一定有人埋葬她了。」

之後坐在露天陽台上等他時，她痛恨自己沒找到更好的說法。一定有人埋葬她了，這句話聽起來毫無重量，但她的意思是，他的表弟安尼昆納一定已經埋葬她了。安尼昆納拜託一個放假的士兵帶來的訊息很簡短：阿巴被敵軍佔領，他溜回去試圖帶走一些財產，卻發現死去的媽媽躺在住宅區外牆附近的地上，身上有槍傷。他沒再說更多了，可是歐拉娜認為他一定有為她挖墳。他不可能把她留在那裡，也不可能任由她躺在那裡腐爛。

歐拉娜已經不記得她是如何度過等歐登尼伯回來的那幾小時，可是她確實記得那種什麼都看不見的感覺，就像被蓋上了冰冷的布套。她常擔心寶貝、凱妮內和厄格烏會死，也總是隱約意識到未來可能必須為此哀悼，但她從未真正認知到歐登尼伯可能會死的事實。從來沒有。他是她生命中恆常不變的存在。不過他在午夜過了很久後穿著滿是泥濘的鞋子回家時，她就知道他永遠不會是之前那個人了。他跟厄格烏要了一杯水，用平靜的聲音對她說，「他們一直要求我回去，所以我把車子在隱密的地方停好，開始步行。最後有個比亞法拉軍官舉起槍，說要是我不回頭就開槍，用不著麻煩惡盜動手。」

她抱緊他，啜泣。她鬆了一口氣，但心底仍有沉沉的憂傷。

「我沒事，nkem，」他說。可是他不再跟策動軍團組織一起去內陸，也不再雙眼發亮地回家。他開始每天去坦尚尼亞酒吧，回家時帶著一張寡言的嘴。就算真的開口說話，說的也都是他留在恩蘇卡尚未發表的研究論文，以及他本來差點因此升上正教授，天曉得惡盜會怎麼對待那些論文。她希望他能好好跟她談心，她想幫助他度過這段哀悼期，可是每次她跟他談起這件事，他都說，「太遲了，nkem，」她不確定那是什麼意思。她可以感應到他內心層層疊疊的悲傷——他永遠不會知道母親是怎麼死的，而且永遠必須跟那些曾經厭憎母親的情緒搏鬥——可是她無法跟他的哀悼產生連結。有時她懷疑問題是在她身上，或許是她少了什麼，他才無法讓她參與這份痛苦。

奧奇歐瑪前來致哀。

「我都聽說了，」他在歐拉娜打開門時這麼說。她擁抱他，眼睛盯著從他下巴延伸到脖子那條歪扭又腫脹的傷疤。然後心想，死亡的消息傳得可真快。

「他一直沒有好好跟我談過，」她說。「他都跟我聊一些莫名其妙的事。」

「歐登尼伯從來不知如何示弱。給他一點時間。」由於歐登尼伯已經從房間走出來，奧奇歐瑪用幾乎像是悄悄話的音量說。他們擁抱，用力拍打彼此的背。奧奇歐瑪看著他。

「Ndo，」他說。「我很遺憾。」

「我想他們對她開槍時，她一定很驚訝，」歐登尼伯說。「媽媽一直不明白我們是真的在打仗，也不明白她的生命真的會有危險。」

歐拉娜直直盯著他。

「逝者已矣，」奧奇歐瑪說。「你必須堅強起來。」

現場陷入一片短暫而淒涼的靜默。

「朱利亞斯帶了一些新釀的棕櫚酒來，」歐登尼伯終於開口。「你也知道，他們最近真的加太多水了。可是這次的棕櫚酒很棒。」

「我晚點喝。你那瓶打算留到特殊場合再喝的白馬威士忌呢？」

「快喝完了。」

「那讓我喝完吧，」奧奇歐瑪說。

歐登尼伯把那瓶酒拿出來，他們一起坐在客廳。收音機的聲音開得很小，厄格烏煮湯散發的香氣瀰漫在空氣中。

「我的指揮官把這個當水在喝，」奧奇歐瑪說，然後搖搖瓶子確認裡面還剩多少。

「你那位指揮官還好嗎？那個白人傭兵頭子？」歐登尼伯問。

奧奇歐瑪充滿歉意地看了歐拉娜一眼，說，「他會在公開場合把女孩推到地上，在大家都能看見的地方上她們，而且還單手握著一袋錢。」奧奇歐瑪直接就著瓶口喝酒，然後整張臉皺了一陣子。「要是這男人願意聽別人的意見，我們可以輕易把埃努古拿回來，可是他自以為更了解我們的土地。他開始強行徵用載運救難資源的車子了。他上週還威脅閣下大人，表示如果再拿不到剩下的酬勞，他就要走了。」

奧奇歐瑪又從瓶子裡喝了一口酒。

「兩天前我穿便服出門，有個巡防隊員在路上攔住我，指控我擅離職守。我警告他絕對別再這樣做，不然我會讓他知道我們這些突擊隊員和一般士兵有什麼不同。我離開時聽見他在笑。想像一下！以前的人絕不敢嘲笑突擊隊員！如果不重新整頓組織，我們很快就會失去威信。」

「話說回來，到底為什麼要付錢請白人來打我們的戰爭？」歐登尼伯往後靠向椅背。「我們有很多人願意上場打仗，我們願意為了比亞法拉犧牲自己。」

歐拉娜站起來。「吃飯吧，」她說。「很抱歉我們的湯沒有肉，奧奇歐瑪。」

「很抱歉我們的湯沒有肉，」奧奇歐瑪模仿她說話。「難道這地方看起來是肉舖嗎？我可不是來找肉吃的。」

厄格烏把一盤盤加里放到桌上。

「吃飯時請把手榴彈解下來，奧奇歐瑪，」歐拉娜說。

他把手榴彈從腰帶解下後放在角落。大家在沉默中進食了一陣子。他們把加里捏成球、沾湯，然後吞下肚。

「那條疤是怎麼回事？」歐拉娜問。

「喔，那沒什麼，」奧奇歐瑪順著那條疤摸了一下。「看起來很嚴重，但其實還好。」

「你應該加入比亞法拉作家聯盟，」她說。「你應該成為去海外宣傳我們建國理念的一員。」

歐拉娜還沒說完，奧奇歐瑪就開始搖頭。「我是一個士兵，」他說。

「你還寫作嗎？」歐拉娜問。

他又搖搖頭。

「但你有詩可以唸給我們聽嗎？在腦中寫好的詩？」她問。就連她都覺得自己太過窮追不捨。

奧奇歐瑪吞下一團加里，他的喉結在吞嚥時上下移動。「沒有，」他說。他轉向歐登尼伯。「你有聽說嗎？我們在奧尼查地區的海岸炮兵陣地對惡盜造成多大的打擊？」

午餐過後，歐登尼伯回到臥室。奧奇歐瑪把威士忌喝完，然後在喝了好幾杯棕櫚酒後睡倒在客廳的椅子上。他的呼吸聽起來很吃力，偶爾喃喃自語，還有兩次甩動手臂像是要抵禦隱形的外界攻擊。歐拉娜拍拍他，把他叫醒。

「Kunie，來房裡躺著睡吧，」她說。

他睜開的雙眼泛紅又迷惘。「不、不，我其實沒在睡。」

「瞧瞧你。根本睡死了。」

「完全沒有。」奧奇歐瑪忍住一個呵欠。「我的腦子裡確實有一首寫好的詩。」他坐起身，挺直背脊，然後開始朗誦。他聽起來不一樣了。在恩蘇卡的他總是用戲劇化的口吻讀詩，就好像深信他的藝術比世上的什麼都重要，但現在他的語氣帶著一絲不得不然的戲謔，但還是戲謔。

「是棕色
帶著美人魚一般魚的光澤，
她出現，
同時乘載著銀色的黎明；
太陽伴隨著她，
這隻永遠不屬於我的
美人魚。」

「歐登尼伯會說，『這是一整個時代的心聲！』」歐拉娜說。

「妳會怎麼說？」

「這是一個男人的心聲。」

奧奇歐瑪害羞地笑了。她記得歐登尼伯之前總會口氣戲弄地說奧奇歐瑪根本偷偷迷戀她，而這首詩講的就是她，他也想讓她知道。他們沉默地坐著，然後他閉上雙眼，開始發出規律的鼾聲。她看著他，想知道他在做什麼夢。阿卡拉教授於剛入夜抵達時，他還在睡，而且時不時喃喃低語，頭也轉來轉去。

「喔，妳那位突擊隊朋友在這裡，」他說。「請幫我叫一下歐登尼伯。我們去露天陽台說話。」

他們坐在露天陽台的長凳上。阿卡拉教授不停瞄向地面，兩隻手不停彼此交握又放開、交握又放開。

「我之所以來，是有件難以啟齒的事，」他說。

恐懼立刻緊壓住歐拉娜的胸口：凱妮內出事了。他們一定是派阿卡拉教授來告訴她。但她希望阿卡拉教授不要告訴她，直接離開，因為只要不知道發生了什麼事，她就不會受到傷害。

「怎麼了？」歐登尼伯語氣鋒利地問。

「我努力想讓你們的房東改變心意。真的是用盡各種方法。但他還是拒絕我。他想要你們在兩週內打包走人。」

「我不確定我明白你的意思，」歐登尼伯說。

可是歐拉娜很確定他明白。他們被要求搬出這棟房子。房東一定已經找到其他可以付他兩倍、或甚至三倍房租的人。

「我真的很抱歉，歐登尼伯。他通常是個很講理的人，但我想這樣的時代讓我們變得不是那麼講理。」

歐登尼伯嘆氣。

「我會幫忙找新住處，」阿卡拉教授說。

他們很幸運地找到一個可以住的地方，但那只是一個房間，畢竟現在的烏穆阿希亞早已擠滿難民。這棟長型建築內有九個房間並排，每間開門都通往同一條狹窄的露天陽台。廚房在這排房間的最後面，廁所則在另一頭的小香蕉樹林旁。他們的房間比較靠近廁所。第一天搬進來時，歐拉娜看著這個房間，無法想像她怎麼可能跟歐登尼伯、寶貝和厄格烏一起在這個房間內吃飯、更衣，還有做愛。歐登尼伯開始著手用一條薄薄的窗簾隔出他們的睡覺區，處理好之後，歐拉娜看著那條綁在牆面釘子上的細繩，繩子的中間稍微往下凹，想起了姆貝希舅舅和艾菲卡舅媽在卡諾的家。她哭了起來。

「我們很快就會找到更好的地方，」歐登尼伯說。她點點頭，沒跟他說她不是為了他們的房間哭。

歐吉媽媽住在隔壁。她有一張冷酷的臉，而且很少眨眼，她們第一次談話時，歐拉娜就被她那瞪大眼睛的表情搞得倉皇失措。

「歡迎，nno，」她說。「妳丈夫不在嗎？」

「他在工作，」歐拉娜說。

「我必須趕在其他人之前見他一面，是我小孩的事。」

「妳的小孩？」

「房東說他是醫生[1]。」

「喔，不，他只是有博士學位。」

歐吉媽媽那聽不懂的冷淡眼神彷彿直接刺入歐拉娜的心臟。

1 醫生和博士的英文都是doctor，因此造成歐吉媽媽的誤會。

「他是書的醫生，」歐拉娜說，「不是看病的醫生。」

「喔。」歐吉媽媽的表情沒有變。「我的孩子有氣喘。戰爭開始後死了三個，現在剩三個。」

「我很遺憾。Ndo，」歐拉娜說。

歐吉媽媽聳聳肩，然後跟她說所有鄰居都是技巧高超的小偷。如果她把煤油罐留在廚房，之後再來看就會空掉；如果她把肥皂留在浴室，肥皂也會自動消失；如果她把衣服晾在外面時沒有看好，那些衣服會像是有自動飛走的能力。

「一定要很小心，」她說。「就算只是出來尿尿，也要記得鎖門。」

歐拉娜感謝她，並表示真心希望歐登尼伯是個能幫上忙的醫生。其他鄰居前來打招呼及講八卦時，她也對他們表示感謝。院子裡的人實在太多了。歐吉媽媽隔壁的房間住了十六人的家庭。廁所地板因為從太多身體沖洗下的太多髒污變得又濕又黏，馬桶也散發著陌生人的濃重氣味。每到空氣潮濕的夜晚，那些氣味在又黏又重的空氣中變得更為濃烈，歐拉娜都渴望能有電扇，也渴望住處能有電。他們之前位於小鎮另一區的房子直到晚上八點之前都有電，可是這裡的房間完全沒電。她買了用牛奶罐做成的油燈，每次厄格烏點燃時，寶貝都會快樂尖叫，並對著上下跳躍的火焰衝刺。歐拉娜看著她，面對又一次的搬家及全新的生活，寶貝竟然沒有絲毫困惑，歐拉娜對此心存感激。寶貝每天都在跟新朋友亞達娜玩，她們會一邊玩一邊大吼「找掩護！」然後為了躲避想像的飛機在香蕉樹之間笑鬧躲藏。不過歐拉娜還是擔心寶貝會受到亞達娜的烏穆阿希亞叢林口音影響，也對亞達娜手臂上一顆顆似乎充滿液體的腫皰心存疑慮。她也怕她那隻骨瘦如柴的狗「賓果」身上的跳蚤會害寶貝生病。

歐拉娜和厄格烏在廚房煮飯的第一天，亞達娜的母親走進廚房，對她遞出一個琺瑯碗，說，「麻煩給我一點肥皂。」

「不，我們自己都不夠用，」歐拉娜說。然後她想到亞達娜只有一件連身裙，那件連身裙還是用救濟物資的麻布袋做的，背上印著大大的麵米字樣，因為「麵粉」第二個字右半邊的「分」沒入了縫線。她一邊想一邊把沒肉的稀薄湯水舀進琺瑯碗。隔天，亞達娜媽媽進來要加里，歐拉娜給了她半杯。到了第三天她進來時，廚房剛好塞滿其他女人，她又開始跟歐拉娜要湯。

「別再給她食物了！」歐吉媽媽尖聲大叫。「她對每個新房客都這樣。她應該去種木薯來餵養她的家人，而不是一直麻煩別人！她可是烏穆阿希亞本地人啊！又不像我們是難民！她怎麼可以跟難民乞討？」歐吉媽媽對她發出很大的噓聲，同時繼續用研缽敲打棕櫚果。她凹陷無肉的臉上展現出的堅毅神情讓歐拉娜驚奇。她從未見過歐吉媽媽笑。

「但不就是妳們這些難民吃光了我們的食物嗎？」亞達娜媽媽說。

「閉上妳那張臭嘴！」歐吉媽媽說。亞達娜媽媽立刻照做了，就好像她也清楚自己吼不過歐吉媽媽。歐吉媽媽說話刻薄、反應快、從不會找不到正確詞彙，而且說話的速度一點也不慢。

歐吉媽媽晚上跟老公吵架時，她的音量足以撕裂整座院子。「你這隻被閹割的綿羊！你從軍隊逃跑還敢自稱男人啊！最好別再讓我聽見你跟任何人說你在打仗時受傷！你再打開那張髒嘴一次，我就會去把士兵叫來，讓他們知道你一直躲在哪裡！」

她的吼罵聲已經是院子裡的主要元素之一。安姆伯斯牧師一邊來回走動一邊響亮祈禱的聲音也是。廚房隔壁房間傳出的鋼琴聲也是。歐拉娜第一次聽見房內傳來的憂鬱旋律時非常吃驚，那樣的樂音如此純粹，彈奏手法又極有自信，不但足以讓空氣中充滿能量，也能讓搖擺的香蕉葉靜定下來。

「那是愛麗絲，」歐吉媽媽說。「她是在埃努古淪陷時來的。她以前根本不和人說話，但現在至少會回應別人的招呼。她一個人住在那個房間，從來不出門也不煮飯。沒有人知道她吃什麼。之前有一次我們去進行搜查工作，但她不屑參加。其他住在這裡的人都去叢林裡一起尋找躲藏的惡盜，就只有她不出來。有些女人甚至說要去民兵隊舉報她。」

樂音仍在往房外流瀉。好像是貝多芬的曲子吧，歐拉娜不太確定，但歐登尼伯一定會知道，接著又是一種更快速的曲調，其中帶有一種憤怒的急切感，情緒不停往上堆疊又堆疊後才終於停止。愛麗絲走出房間。她骨架纖細、身形嬌小，歐拉娜光是看著她都覺得自己是個笨拙的巨人。她的淺色肌膚、幾乎可謂清透的膚質，以及小小的雙手都讓她散發一股孩子氣。

「晚安，」歐拉娜說。「我是歐拉娜。我們剛搬進那個房間。」

「歡迎。我見過妳女兒。」愛麗絲握手的力道很小，就好像她是個必須小心維護的易碎品，也像是絕不願讓肌膚受到任何激烈摩擦。

「妳彈得很好，」歐拉娜說。

「喔，不，我彈得不好。」愛麗絲搖頭。「妳從哪裡來？」

「恩蘇卡大學。妳呢？」

愛麗絲猶豫了一下。「我來自埃努古。」

「我們有朋友在那裡。妳有認識奈及利亞藝術大學的人嗎？」

「喔，廁所可以用了。」她轉身快速離開。她的突兀離開讓歐拉娜吃驚。從廁所出來後，她在經過歐拉娜身邊時微微點了點頭，之後就直接回到自己房間。很快地，歐拉娜聽見鋼琴聲，那是一種悠長而緩慢的曲調。她內心浮現一股渴望，她好想走過去打開愛麗絲的房門看她彈琴。

她常想到愛麗絲。她想到她嬌小又漂亮的纖美特質，以及她驚人的琴技。每次召集寶貝、亞達娜和其他幾個住這裡的孩子一起聽她朗讀書本時，她都希望愛麗絲能一起參加。她很想知道愛麗絲喜不喜歡快活音樂。她想跟愛麗絲聊音樂、藝術和政治，可是愛麗絲每次出門都只是匆匆趕去廁所，就算歐拉娜敲她房門也不會獲得回應。「我一定是睡著了，」她之後總會這麼說，但也不會邀歐拉娜下次再來拜訪。

終於有一次，她們在市場遇到彼此。當時剛破曉，空氣中的濕氣重到可以凝結成露珠。歐拉娜在一片潮濕冷涼的空氣中悠閒走著，她的頭頂是森林的綠色葉片，同時小心讓腳步避開粗壯樹根。她態度沉靜但不退讓地跟一個小販殺價，然後才買下外皮泛著粉紅色的木薯塊莖。之前她以為這個鮮豔的粉紅色代表有毒，直到木歐克魯太太跟她保證沒毒才願意買。有隻鳥在樹的高處呱呱叫，每隔一段時間就會有片葉子翻飛飄下。她站在一個攤子前，攤子的桌上擺著一塊塊已變得灰白的生雞肉，並在腦中想像自己抓了雞肉就跑的畫面。她要是買了雞肉就沒錢買其他東西，所以最後只買了四隻中等尺寸的蝸牛。其實另外那種高高堆在籃子裡的螺旋殼小蝸牛更便宜，可是她真的買不下去。她無法把小蝸牛當成食物。對她來說，這種東西始終都是鄉下小孩的玩具。她正要離開時看見了愛麗絲。

「早安，愛麗絲，」她說。

「早安，」愛麗絲說。

歐拉娜作勢要擁抱她，就是那種常人們打招呼時的快速擁抱，可是愛麗絲正式伸出手要跟她握手，一副她們不是鄰居的樣子。

「我到處都找不到鹽，完全沒有鹽，」愛麗絲說。「但是那些把我們推入這種處境的人啊，想要多少鹽就有多少鹽。」

歐拉娜很驚訝。她當然不可能在這裡找到鹽，基本上你不可能在任何地方找到鹽。愛麗絲的打扮細緻，仔細綁上腰帶的羊毛洋裝讓她看起來很嬌美，歐拉娜可以想像那件洋裝掛在倫敦店鋪裡的樣子。她完全不像會在破曉時出現在森林市集裡的比亞法拉婦女。

「他們說奈及利亞人不停、不停轟炸烏利，所以救難物資的飛機已經有一週無法降落，」愛麗絲說。

「對，我有聽說，」歐拉娜說。「妳要回家了嗎？」

愛麗絲別開眼神望向濃密的樹林。「還要再一下。」

「我等妳，這樣我們可以一起走回去。」

「不，別麻煩了，」愛麗絲說。「再見。」

愛麗絲轉身走回群聚的攤販身邊，她的步伐太過精巧而刻意，就好像之前找了一個不對的老師教她如何「像淑女一樣走路」。歐拉娜好想知道她掩藏在外表之下的秘密，還站在原地看著愛麗絲一陣子後才走路回家。她去了一趟救濟中心看有沒有食物，說不定終於有架飛機找到辦法降落。整個建築區很荒涼，她透過上鎖的大門往裡頭窺看了一陣子。有張被撕掉一半的海報釘在牆上。不知道誰在ＷＣＣ：普世教會協會（world council of churches）的字樣上用炭塊塗寫了「ＷＣＣ：戰爭會繼續（war can continue）。」

走近玉米研磨站時，有個女人從路邊的一棟屋子跑出來，追著前面拖著一個瘦高男孩的兩個士兵。「我就說你們該帶我走！」她尖聲大叫。「帶我走吧！我們不是已經為你們犧牲了阿布奇[2]了嗎？」士兵不理她，而男孩則是保持挺直背脊的姿勢，就好像怕自己一回頭望向母親就會失控。

歐拉娜在他們經過時讓到路邊，回到家後，她看見厄格烏站在院子前和某個年邁鄰居講話，立刻生起氣來。任何執行徵兵工作的士兵都有可能看見他。

「Bia nwoke m[3]，你腦子有問題嗎？我不是跟你說不要跑出來嗎？」她怒氣沖沖地問他。

厄格烏接下她手上的籃子後低聲說，「抱歉，女士啊。」

「寶貝呢？」

「在亞達娜的房間。」

「鑰匙給我。」

「主人在裡面，女士啊。」

雖然沒有必要，但歐拉娜瞄了她的手錶一眼。歐登尼伯現在回家實在太早了。他正坐在他們的床上，駝著背，肩膀在沉默中上下起伏。

2 阿布奇（Abuchi）是位於奈及利亞中部的一個地區。

3 伊博語：回家，你這傢伙。

「Ogini？[4]怎麼了？」她問。

「沒事。」

她走向他。「Ebezi na[5]，別哭，」她喃喃地說。可是她其實不希望他停下來。她希望他不停地哭，哭到把所有卡在喉頭的痛苦卸除殆盡，哭到他滌盡身上所有陰鬱的哀慟。她把他像孩子一樣抱在懷裡，用雙臂包裹住他，終於他慢慢放鬆靠在她身上，並且也伸長雙臂抱住她。她能聽見他在啜泣。他的每一次大口吸氣都讓她聯想到寶貝。他哭的模樣就跟他女兒一樣。

「我為媽媽做的不夠，一直都不夠，」他最後終於說。

「沒事的，」她低聲說。她也好希望之前有更努力和他母親相處，而不是輕易就決心要討厭她。如果可以的話，她有太多事都想重來。

「我們從沒有主動想起死亡，」歐登尼伯說。「我們現在過著這樣的生活，是因為不去想我們都會死。但我們都會死。」

「是，」歐拉娜說。他的肩膀突然垮下來。

「可是活著的重點或許正是如此？活著就是否認死亡的存在？」他問。

歐拉娜把他抱得更緊。

「我一直在考慮從軍，nkem，」他說。「說不定我該加入閣下大人新建的S部隊。」

歐拉娜有一陣子沒說話。她的內心湧起一股衝動。她想猛扯他新長出來的鬍鬚、拉掉他的頭髮，好讓血流出來。「你乾脆去找棵堅固的樹和一條繩子吧，歐登尼伯，這樣自殺比較簡單，」她說。

他往後退開，看向她，可是她一直迴避他的眼神。她起身打開收音機，把音量調大，讓房內充滿披頭四的歌聲。她不想再討論他想從軍的事。

「我們該建一座掩體，」他說，然後走向門邊。「對，我們絕對需要一座掩體。」他那對如同玻璃珠的雙眼毫無生氣，肩膀也垮著。她為此感到憂心。不過如果他非得做些什麼，建造一座掩體總比從軍好。

他到房外找歐吉爸爸和其他男人，他們站在住宅區的入口處討論。

「你沒看到那些香蕉樹嗎？」歐吉爸爸問。「之前遇到空襲時，我們就去那裡，結果什麼都沒發生。我們不需要掩體。香蕉樹可以吸收子彈和炸彈。」

歐登尼伯的眼神跟他的回應一樣冰冷。「逃兵懂什麼掩體？」

他從那些男人身邊走開，過了一陣子後，他和厄格烏開始在建築後方劃定好範圍往下挖。很快地，年輕人開始加入幫忙，然後等到了日落時分，年紀較大的男人也開始加入，包括歐吉爸爸。歐拉娜看著那些忙碌的男人，心裡猜測著他們對歐登尼伯的看法。每當有其他男人說笑時，他都沒有反應，只談自己要做的正事。不，mba，再過去一點。對，就停在那裡。不，稍微移動一下。他汗濕的背心黏在身體上，胸膛因此顯得乾癟，她第一次注意到他瘦了多少。

那天晚上，她用臉頰貼住他的臉頰。他沒說是什麼讓他決定留在家裡為母親哭泣，但她希望無

4 伊博語：怎麼了？
5 伊博語：別哭。

論原因是什麼，這次的哭泣都能稍微解開他糾纏的心結。她親吻他的脖子、他的耳朵，之前只要她這樣親吻他，而厄格烏又睡在露天陽台上時，他總會把她拉近自己。可是他只是聳聳肩，還趁勢把她的手推開，然後說「我累了，」但她以前從沒聽過他這樣說。他身上散發著陳舊的汗臭味。她突然極度渴望聞到他從前在恩蘇卡會噴的歐仕派香水味。

就連阿巴加納的奇蹟都無法解開他的心結。之前的他們一定會把這件事當成他們的個人成功一樣慶祝。之前的他們一定會彼此擁抱、親吻，然後她會用臉頰摩擦他新長出來的鬍子，然後咯咯發笑。可是他們第一次從收音機聽見那個奇蹟時，他只是說，「太好了、太好了，」然後毫無表情地看著鄰居們跳舞。

歐吉媽媽帶頭開始唱歌，「Onye ga-enwe mmeri？[6]」然後其他女人回應「Biafra ga-enwe mmeri，igba！[7]」她們圍成一圈用優雅的姿態搖擺，一邊用力跺腳一邊喊著 igba！一陣陣沙塵揚起又落下。由於受到歌聲的激勵——誰會獲勝？比亞法拉會獲勝，igba！——歐拉娜也加入她們。她希望歐登尼伯別只是毫無表情地坐在那裡。

「歐拉娜跳舞就跟白人一樣！」歐吉媽媽笑著說。「她的屁股根本沒在動！」

這是歐拉娜第一次見到歐吉媽媽笑。所有男人反反覆覆說著那個奇蹟的故事——比亞法拉部隊發動突襲，放火焚燒了有一百部車輛的敵方縱隊，不過也有人說其實是一千輛武裝車和卡車遭到摧毀——不過總之他們有共識：如果這個車隊有抵達原定目的地，比亞法拉就完了。那台收音機放在所有房間前面的露天陽台上，聲音開的很大，不停反覆播放同樣的新聞，而每次到了新聞結尾，許多鄰居會一起用緩慢、嚴肅的語調跟著主播說，對自由世界來說，拯救比亞法拉是必須完成的任務！就連寶貝都背下了這句話。她會在輕拍賓果的頭時重複這句話。愛麗絲是唯一沒有出來參與的鄰居。歐拉娜好想知道她在做什麼。

「愛麗絲覺得我們這些在院子裡的人配不上她啦，」歐吉媽媽說。「看看妳。大家不也說妳是大人物的女兒嗎？可是妳把人當人看。她以為她是誰啊。」

「說不定她睡著了。」

「最好是睡著啦。愛麗絲是內鬼。她看起來就像內賊。她在為惡盜工作。」

「哪個年代的內賊會這麼招搖地讓大家知道啊？」歐拉娜有點好笑地問。

歐吉媽媽聳聳肩，像是懶得說服歐拉娜相信一件自己其實也沒把握的事。

在院子變得比較空、比較安靜的幾小時後，艾茲卡教授的司機開車來到他們住宅區。他遞了一張紙條給歐拉娜，然後繞到後方打開後車廂，拿出兩個紙盒。厄格烏跟著他們一起匆匆走入房內。

「謝謝你，」歐拉娜說。「替我向你的主人問好。」

「好的，女士啊。」他站在原地不動。

「還有什麼事嗎？」

「麻煩妳，女士啊，我要在這裡等妳確認有收到所有東西。」

6 伊博語：誰會獲勝？
7 伊博語：比亞法拉會獲勝，igba！最後的 igba 應為表達振奮語氣的狀聲詞。

「喔。」艾茲卡用很難讀懂的筆跡把所有內容物寫在貼在紙盒前方的一張紙上。紙盒後方則是潦草地寫著請確認司機沒有亂拿任何東西。歐拉娜走進去清點盒內的罐裝乾燥奶粉、茶、餅乾、阿華田、沙丁魚、盒裝砂糖，以及好幾包鹽——她在看到廁用衛生紙時忍不住倒抽了一口氣。至少寶貝有一陣子不需要用舊報紙擦屁股了。她快速寫了一張熱情洋溢的感謝短信交給司機，就算艾茲卡是為了表現自己的地位有多優越才這麼做，她的喜悅也不會有絲毫減損。厄格烏看起來比她還開心。

「就像是在恩蘇卡時一樣，女士啊！」他說。「看看那些沙丁魚！」

「請把一些鹽放進小袋子。大概是四分之一的量。」

「女士啊？要給誰？」厄格烏一臉狐疑。

「給愛麗絲。還有，別跟鄰居說我們拿到什麼。如果他們問起，就說有個老朋友送書來給主人。」

「好的，女士啊。」

歐拉娜把那袋鹽拿去愛麗絲的房間時，可以感覺到厄格烏不贊同的眼神一直跟著她。她敲門，沒人回應，而就在她轉身準備離開時，愛麗絲打開門。

「有個朋友送了一些配給物資來，」歐拉娜一邊說一邊遞出那袋鹽。

「Hei！我不能全收下，」愛麗絲伸手去拿時這麼說。「謝謝妳。喔，真的很謝謝妳。」

「我們很久沒見到他了。我們也很驚訝能拿到這些物資。」

「妳竟然還特地分給我。其實不用這麼麻煩。」愛麗絲把那袋鹽緊抓在胸口。她的眼神似乎籠罩著一抹陰影，蒼白肌膚底下可以看見青綠色的血管蔓延。歐拉娜懷疑她病了。

可是後來愛麗絲變了。到了晚上，她走出房間和歐拉娜一起坐在露天陽台上伸展雙腿，皮膚的氣色也變得比較好，或許是因為上了一點粉底。她的雙腳很小，身上有歐拉娜熟悉的身體乳氣味。亞達娜媽媽走過她身邊時說，「欸！愛麗絲，我們從沒見過妳坐在外面！」愛麗絲的嘴唇彎出一抹淡淡的微笑。安姆伯斯牧師在香蕉林邊禱告。他的長袖紅袍在逐漸消逝的陽光中閃閃發亮。「神聖的耶和華用聖靈之火摧毀惡盜！神聖的耶和華為我們而戰！」

「神在為奈及利亞而戰，」愛麗絲說。「神總是為有更多武器的陣營而戰。」

「神站在我們這邊！」歐拉娜對自己的嚴厲口氣感到驚訝。愛麗絲似乎也嚇了一跳。屋後某處傳來賓果的嚎叫。

「我只是認為，神會為正義的一方而戰，」歐拉娜又用柔和的語氣補充。

愛麗絲揮走一隻蚊子。「安姆伯斯牧師是為了逃避加入軍隊才假裝自己是牧師。」

「對，沒錯。」歐拉娜微笑。「妳知道在埃努古的歐奇路上有間奇怪的教堂嗎？他看起來就像那裡的牧師。」

「我其實不是真的來自埃努古，」愛麗絲把膝蓋靠在胸前。「我來自阿薩巴。我在那邊讀完教師訓練學院，然後去了拉各斯，戰前就是在拉各斯工作。我認識了一位軍隊上校，沒幾個月他就向我求婚，可是卻沒說他已婚，只是妻子在國外。我懷孕了。他一直把到阿薩巴進行結婚傳統儀式的時間延後，他說他很忙，而且因為國家的事壓力很大，我也都相信了。他們開始殺害伊博軍官後，他逃走了，我和他一起跑到埃努古，在那裡生下寶寶，然後跟他一起待在埃努古。但他妻子在戰爭爆發前回國，所以他丟下我。然後我的寶寶死了。然後埃努古淪陷。我來到這裡。」

「我很遺憾。」

「我是個蠢女人。我信了他的所有謊言。」

「別這樣說。」

「妳很幸運。妳擁有丈夫和女兒。真不知道妳是怎麼做到的。妳竟然可以讓生活正常運作，還能教小孩讀書什麼的。真希望我能跟妳一樣。」

愛麗絲的崇敬之情讓她感到既溫暖又驚訝。「我沒什麼特別的，」歐拉娜說。安姆伯斯牧師變得越來越狂熱。「惡魔，我用槍打你！撒旦！我用炸彈炸你！」

「妳是如何成功撤離恩蘇卡？」愛麗絲問。「失去的東西很多嗎？」

「失去了一切。我們是匆忙離開。」

「我在埃努古也一樣。我不知道他們為什麼不告訴我們真相，這樣至少我們能有所準備。資訊部的人開著他們的宣傳廂型車在城內繞來繞去，跟我們說一切都沒事，還說只是我們陣營的人在進行砲擊演練。如果他們告訴我們真相，至少我們能多做點準備，也不會失去這麼多。」

「可是妳帶了妳的鋼琴。」歐拉娜不喜歡她說他們，那感覺就像她沒有跟他們站在同一陣線。

「我只從埃努古帶了這個出來。在埃努古淪陷那天，他送了一些錢和一台廂型車給我。他的罪惡感和良心讓我多獲得了不少幫助。司機後來告訴我，他和他妻子好幾週前就把財物都帶回家鄉了。妳能想像嗎！」

「妳知道他在哪裡嗎？」

「我不想知道。如果再讓我看到那個男人，ezi okwu m[8]，我會親手殺掉他。」愛麗絲舉起那雙小小的手。這是她第一次說伊博語，但因為她的母語是阿薩巴方言，所有的F聽起來就像W。「想想我到底為了他經歷了什麼啊！我放棄了我在拉各斯的工作、一直對家人說謊，還跟那些說他根本沒有認真對待我的朋友斷絕來往。」她彎腰從沙地上撿起一個東西。「而他甚至沒辦法做。」

「什麼？」

「他只會跳到我身上，然後像山羊一樣喔—喔—喔的呻吟，就這樣。」她抬起一根手指。「而且他那東西就這麼小。結束後，他會露出幸福的微笑，但從沒想過我根本搞不清楚他何時開始、何時結束。男人啊！男人真沒用！」

「不，不是所有男人都這樣。我丈夫就知道該怎麼做，而且那東西這麼大。」歐拉娜舉起一隻握緊的拳頭。她們都笑了。她感覺兩人之間建立了某種下流但美好的女性情誼。

歐拉娜在等歐登尼伯回家，她想跟他分享自己和愛麗絲建立的新友誼，還有她跟愛麗絲分享的事。她希望他能在回家後把她猛力抓過去抱，他已經好久沒這麼做了。可是等他終於從坦尚尼亞酒吧回家時卻帶了一把槍。那把躺在床上的雙管槍看起來又長、又黑又笨重。「Gini bu ife a？[9]這是什麼？」歐拉娜問。

8 伊博語：我說真的。
9 伊博語：這是什麼？

「署裡有人給我的。雖然很老舊，可是有把槍以防萬一還是比較好。」

「我不想要這裡有槍。」

「我們在打仗。到處都有槍。」他脫下長褲，把罩衫在腰際綁好，然後脫掉襯衫。

「我今天跟愛麗絲說話了。」

「愛麗絲？」

「彈鋼琴的鄰居。」

「喔，對。」他的雙眼緊盯著那片隔開睡覺區的布簾。

「你看起來很累，」她說。她真正想說的其實是，你看起來很傷心。如果他更忙一點就好了。在這些哀痛情緒悄悄襲向他的時候，她真希望他有更多可以做的事。

「我沒事，」他說。

「我認為你該去找艾茲卡，請他把你調到別的地方。就算不是調到他的署裡，他對其他署長一定也有影響力。」

歐登尼伯把長褲掛在牆面的一根釘子上。

「你有聽見我說的話嗎？」歐拉娜問。

「我不會去要求艾茲卡。」

她認得他的表情：他覺得失望，他覺得她已經忘記他們擁有的高尚理想。他們是有原則的人，他們不會去拜託有地位的朋友給他們好處。

「如果你去更能利用你的智慧與才華的地方工作，就能為比亞法拉做出更多貢獻，」她說。

「我在人力署就已經為比亞法拉做出夠多貢獻了。」

歐拉娜瞄了一眼這個他們當成家的房間。房裡一片凌亂——一張床、兩塊地瓜，還有一張床墊立起來靠在滿是髒汙的牆上，角落裡堆著一些紙盒和袋子，煤油爐則是只有在她需要用時才會從廚房拿過來——她突然感到一陣厭惡。她好想跑啊跑啊跑到遠離這一切的地方。

他們背對背入睡。等她醒來時，他已經不見了。她輕輕撫摸他那一側的床鋪，依戀著殘留在床單皺褶中的最後一點餘溫。她會自己去見艾茲卡。她會請他為歐登尼伯做點什麼。她離開房間，走向廁所，途中跟一些鄰居說著「早安」、「今天早上還好嗎？」寶貝正和其他更小的孩子待在一起，他們聚在香蕉林附近聽歐吉爸爸說他用手槍在卡拉巴爾射下敵機的故事。年紀較大的孩子正在一邊打掃院子一邊唱歌。

Biafra, kunie, buso Nigeria agha,
Anyi emelie ndi awusa,
Ndi na-amaro chukwu,
Tigbue fa, zogbue fa,
Nwelu nwude Gowon.

等他們的歌聲停止後，安姆伯斯牧師比他們更大聲的晨間禱告傳來。「願神保佑閣下大人！願神給予坦尚尼亞和加彭力量！願神摧毀奈及利亞和英國和埃及和阿爾及利亞和俄國！以偉大的耶穌之名！」

有些在房內的人也往外大吼阿門！安姆伯斯牧師高舉聖經，就好像會有什麼確切的奇蹟從天降臨在聖經上，同時口中吼著毫無道理的字詞：she baba she baba she baba。

「別再說這些鬼話了，安姆伯斯牧師，去從軍吧！講這種舌音[10]是要怎麼幫助我們建國？」歐吉媽媽說。她和兒子站在他們的房門前。她兒子頭上蓋著布，臉朝下面對一個冒著蒸氣的盆子。等他抬頭呼吸空氣時，歐拉娜看著那盆尿液、油、草藥和天知道其他什麼組成的混合液，媽媽歐吉認定這可以治療氣喘。

「他前晚狀況很糟嗎？」她問歐吉媽媽。

歐吉媽媽聳聳肩。「糟，但也不算太糟。」她轉向她的兒子。「你是想在吸蒸氣前吃我一巴掌嗎？為什麼要讓這些蒸發掉、浪費掉？」

他再次把臉朝下面對那個盆子。

「願耶和華摧毀高恩和阿德昆諾[11]！」安姆伯斯牧師尖聲大喊。

「別吵了，去從軍吧！」歐吉媽媽說。

有人從其中一個房內往外大吼。「歐吉媽媽，別煩安姆伯斯牧師了！先讓你那逃兵丈夫回去吧！」

「至少他還去過了！」歐吉媽媽回嘴的反應很快。「而你丈夫還瑟瑟發抖地在奧哈菲亞的樹林裡過著懦夫的生活，就怕士兵會看見他。」

寶貝從建築物後方繞過來，那隻狗緊跟在她身後。「歐拉媽咪！賓果可以看見幽靈。只要牠在晚上大叫，就代表有看見幽靈。」

「沒有幽靈這種東西，寶貝，」歐拉娜說。

「有，真的有。」

寶貝在這裡學到的很多事都讓歐拉娜困擾。「是亞達娜跟你說的嗎？」

「不是，是楚庫迪告訴我的。」

「亞達娜呢？」

「她在睡覺。她生病了，」寶貝說，然後開始把繞著賓果的頭飛舞的蒼蠅趕開。

歐吉媽媽喃喃地說，「我一直跟亞達娜媽媽說，那孩子的病不是瘧疾。可是她一直給她根本沒效的印度苦楝樹藥。如果沒人願意說的話，那就由我來說：亞達娜得的是哈羅德．威爾遜病，ho-ha[12]！」

「哈羅德．威爾遜病？」

「營養不良症啦，那孩子有營養不良症。」

10 說舌音（speaking-in-tongues）又稱為「說方言」，是一種讚美、歌頌，或向天主祈禱的方式，內容是由各種語調、節奏及重音所組成，不具有可理解的意思。

11 班傑明．阿德昆諾（Benjamin Adekunle）是奈及利亞聯邦軍的一位重要指揮官。他曾說過，「我不要見到紅十字會、國際明愛組織、普世教會協會、教宗、傳教士，或聯合國代表。在伊博人投降之前，我要確保沒有一個伊博人能有任何一樣食物可以吃。」

12 一種狀聲詞。

歐拉娜爆笑出聲。她不知道他們用英國首相的名字來稱呼營養不良症，可是她的開心情緒在走進亞達娜的房間後煙消雲散。亞達娜躺在一張小床墊上，眼睛半張著。歐拉娜用手背碰觸她的臉，確認她有沒有發燒，但她其實很清楚根本沒有。她應該早點意識到才對，畢竟亞達娜的肚子很鼓，膚色也比幾週前淡很多。那是一種生病才會出現的膚色。

「這次的瘧疾很頑強，」亞達娜媽媽說。

「她得的是營養不良症，」歐拉娜語調沉靜地說。

「營養不良症，」亞達娜媽媽重複她的話，然後用驚恐的雙眼望向歐拉娜。

「妳必須去找小龍蝦或奶水。」

「奶水？kwa？從哪裡找？」亞達娜媽媽問。「可是我們附近有『抗不良』可以採，歐拜克媽媽前幾天有跟我說。讓我去找一些來。」

「什麼？」

「對抗營養不良的葉子，」亞達娜媽媽說，她已經準備要出門了。

歐拉娜很驚訝，因為她很快就把罩衫固定好，走進道路另一側的叢林裡。過了一陣子後，她手上抓著一把細長的綠葉子回來。「我現在來煮粥，」她說。

「亞達娜需要奶水，」歐拉娜說。「那些葉子不能治好營養不良症。」

「別阻止亞達娜媽媽。只要別煮太久，『抗不良』葉子會有用，」歐吉媽媽說。「而且救濟中心什麼都沒有。妳沒聽說嗎？紐伊的小孩在喝了救濟中心發的奶水後都死了。惡盜在裡面下毒。」

歐拉娜把寶貝叫過來，她把她帶進房內脫下衣服。

「厄格烏幫我洗過澡了，」寶貝看起來很迷惑。

「是的、是的，我的寶貝，」歐拉娜仔細檢查她。她的皮膚顏色還是桃花心木的深褐色，髮色也很黑，雖然有變瘦，肚子卻沒有鼓起來。歐拉娜好希望救濟中心開張，她也希望歐克羅馬度還在那裡工作，但在普世教會協會把他的工作交給失去教區的其中一位牧師後，他就搬去奧爾呂了。

亞達娜媽媽正在廚房裡煮那些葉子。歐拉娜從艾茲卡送來的物資中拿了一罐沙丁魚和一點乾燥奶粉給她。「別跟別人說我給了妳這些。一點一點餵給亞達娜吃。」

亞達娜媽媽抓住歐拉娜。「謝謝、謝謝、謝謝。我不會跟任何人說。」

但她還是說了，因為之後歐拉娜正準備出發去艾茲卡的辦公室時，歐吉媽媽對她大喊，「我的兒子有氣喘，來點奶水不會害死他唷！」

歐拉娜沒理她。

她走上主要道路，站在一棵樹下。每次有車開過，她就揮手希望對方停下。有個開著生鏽客貨車的士兵停下來，她還沒爬上駕駛座旁的位子，就已經看到他眼中的下流神情，所以她誇大自己的英文口音，確定他無法聽懂她說的所有話，還在車程中不停談起他們的建國理念，又提起她的車子和司機都在汽修廠。直到把她在署會大樓放下車前，他幾乎沒說話。他不知道她是誰，也不知道她到底認識誰。

艾茲卡教授那位長了一張鷹臉的秘書緩慢把她打量了一遍，從她精心梳理的假髮看到她的鞋子，然後說，「他不在！」

「那現在打電話給他，跟他說我在這裡等。我的名字是歐拉娜·歐佐比亞。」

那名秘書看起來很驚訝。「什麼？」

「需要我再說一次嗎？」歐拉娜問。「我很確定教授會想知道我來了。你打電話時我該坐哪裡？」

秘書死盯著她瞧，歐拉娜也眼神平穩地瞪回去。然後秘書沉默地指向一張椅子，拿起話筒。半小時後，艾茲卡教授的司機過來把她載去他的住處。那棟房子藏在一條隱密的泥土路上。

「我以為像你這樣的大人物會住在政府保留專區，教授，」歐拉娜在跟他打過招呼後這麼說。

「喔，當然不是。那樣太容易成為轟炸目標。」他一點也沒有變。他揮手要她進屋，並要她等他完成在書房裡的工作，說話的語氣仍帶著跟之前一樣做作的優越感。

歐拉娜在恩蘇卡很少見到艾茲卡太太，她個性羞怯，幾乎沒受過什麼教育。歐登尼伯之前只提過她一次，說她就是他家人在鄉下老家幫他找的妻子。因此，當艾茲卡太太走到寬廣的客廳擁抱她兩次時，歐拉娜必須非常努力掩飾自己的驚訝。

「能看到老朋友實在太棒了！我們這些日子的社交生活都跟公事有關。今天可能是禮賓府舉辦的活動，明天可能又是另一場。」艾茲卡太太脖子上的鍊子底下垂著一個金墜子。「潘蜜拉！來跟阿姨打招呼！」

從房內拿著一個娃娃走出來的小女孩年紀比寶貝大，大概八歲左右。她和她母親一樣有著胖胖的臉頰，頭髮上綁的粉紅色緞帶晃動著。

「午安，」她說，她正在幫娃娃脫衣服，她用手努力把裙子從娃娃的塑膠身體上扯下來。

「妳好嗎？」歐拉娜問。

「很好，謝謝妳。」

歐拉娜的身體陷入鬆軟的紅色沙發。一座配有精巧娃娃餐盤和茶杯的娃娃屋正擺在客廳中央的桌子上。

「妳要喝什麼？」艾茲卡太太歡快地問。「我記得歐登尼伯很愛喝白蘭地。我們確實有很不錯的白蘭地。」

歐拉娜看著艾茲卡太太。她不可能記得歐登尼伯以前喝什麼，因為她從沒有跟丈夫一起來參加他們家的晚間聚會。

「我想要一點冰水，麻煩了，」歐拉娜說。

「冰水就好嗎？」艾茲卡太太問。「反正我們午餐後可以再來點什麼。管家！」

管家立刻出現，他似乎剛剛就站在門邊待命。「拿冰水和可樂來，」艾茲卡太太說。

潘蜜拉開始哀叫，她的雙手還在扯娃娃的衣服。

「來、來，讓我幫妳用，」艾茲卡太太說。她轉向歐拉娜。「她現在就是靜不下來。妳知道嗎，我們本來上週就要出國了。兩個比較大的孩子已經先過去。閣下大人好久以前就允許我們出國。我們應該要搭一台救難班機離開，可是沒有一架救難飛機能落地。他們說現在奈及利亞的轟炸機實在太多了。妳能想像嗎？昨天我們去烏利，在一棟他們稱為航廈的未完工建築裡等了超過兩小時，但沒有一架飛機降落。不過希望我們可以在週日離開。我們會先搭機到加彭，然後再前往英格蘭——當然用的是奈及利亞護照！英國拒絕承認比亞法拉！」她的笑聲讓歐拉娜心裡出現細微而難以忍受的刺痛感，就像是被一根嶄新大頭針刺入肉裡。

管家用銀色托盤拿了水過來。

「你確定水真的夠冰嗎？」艾茲卡太太問。「是冰在新的冷凍庫還是舊的冷凍庫？」

「新的冷凍庫，女士啊，依照妳的吩咐。」

「妳要吃蛋糕嗎？歐拉娜。」艾茲卡太太在管家離開後問。「我們今天做了蛋糕。」

「不，謝謝妳。」

艾茲卡教授拿著一些檔案夾走進來。「妳只喝這個？水？」

「妳的房子很超寫實，」歐拉娜說。

「真是選了很不錯的形容詞，超寫實，」艾茲卡教授說。

「歐登尼伯在他工作的署裡過得很不開心。你可以幫他轉調到其他地方嗎？」歐拉娜從口中緩緩吐出這句話，並意識到自己有多痛恨必須提出這個要求，而且又有多想趕快搞定這件事，好離開這個有著紅色地毯、相應紅色沙發、電視音響套組，還有艾茲卡太太身上水果調香水的屋子。

「現在一切都很吃緊，真的，非常吃緊，」艾茲卡教授說。「有各種要求從四面八方湧入。」他坐下，把檔案夾放在大腿上，雙腿交叉。「但我會想辦法處理看看。」

「謝謝你，」歐拉娜說。「也謝謝你之前給的配給糧食。」

「吃點蛋糕吧，」艾茲卡太太說。

「不，我不想吃蛋糕。」

「那或許午餐後再吃。」

歐拉娜站起身。「我不能留下來吃午餐。我得走了。我在院子裡教一些孩子讀書，他們再不到一小時就要來了。」

「喔，多棒啊，」艾茲卡太太陪她走向門邊時說。「真希望我不是那麼快就要去海外，為了贏得戰爭，我們應該也能一起做些什麼。」

歐拉娜強迫自己拉出微笑。

「司機會送妳回去，」艾茲卡教授說。

「謝謝你，」歐拉娜說。

在她上車前，艾茲卡太太請她到屋後看她丈夫建造的掩體，那是一座水泥蓋的掩體，結構堅固。

「妳想想，這些惡盜害我們淪落到什麼地步？有時他們轟炸我們，潘蜜拉和我還得睡在這裡。」艾茲卡太太說。「但我們會撐過去的。」

「對，」歐拉娜說，她盯著掩體內光滑的地面和兩張床。那根本是一個裝潢過的地下房間。

等她回到院子裡時，寶貝正在哭。細細的鼻涕從她的鼻孔流下。

「他們吃了賓果，」寶貝說。

「什麼？」

「亞達娜的媽咪吃了賓果。」

「厄格烏，發生了什麼事？」歐拉娜一邊問一邊把寶貝擁入懷裡。

厄格烏聳聳肩。「院子裡的大家正在講這件事。亞達娜媽媽把狗帶出去一段時間，後來我們問她狗去哪裡了，她也不回答。然後她剛剛在煮一鍋有肉的湯。」

歐拉娜哄著要寶貝安靜下來，還把她的眼睛和鼻子擦乾淨，然後想了一下那隻狗長滿爛瘡的頭。

凱妮內在一個熱天午後出現。歐拉娜當時正在廚房把一些乾燥木薯泡進水裡，歐吉媽媽對她大喊，「有個坐車來的女人說要找妳！」

歐拉娜匆忙趕出去，在看見她的姐妹站在香蕉林旁時停下腳步。她穿著棕褐色及膝連身裙的模樣很優雅。

「凱妮內！」歐拉娜微微伸出手臂，但有點猶豫。凱妮內也往前走。她們快速擁抱了彼此一下，但身體幾乎還沒碰到，凱妮內就往後退開。

「我去了妳以前的家，有人叫我來這裡。」

「我們的房東把我們踢出來了，因為我們的生意不好。」歐拉娜因為這個爛笑話自嘲地笑出來，不過凱妮內沒有笑。凱妮內正往他們的房裡看。歐拉娜好希望凱妮內是在他們住在之前那棟屋子時來訪。她好希望現在可以不用感到如此尷尬不自在。

歐拉娜把露天陽台的長凳拖過來，凱妮內一臉疲憊地盯著長凳看，然後坐下。她把雙手擺在手提袋上，那個皮製手提袋跟她整理過的假髮是同樣的大地棕色。歐拉娜掀起隔開睡覺空間的布簾，坐在床上，把身上的罩衫理平。她們沒有望向彼此。兩人的沉默中充滿著各自沒說出口的話。

「妳都還好嗎？」歐拉娜最後終於開口問。

「哈科特港淪陷前，一切都很正常。我是軍隊承包商，還有可以進口魚乾的證照。我現在住在奧爾呂。我在那裡負責經營一座難民營。」

「喔。」

「妳是在暗自譴責我靠戰爭賺錢嗎？但總有人得從海外進口魚乾吧，拜託。」凱妮內抬起眉毛。那兩根眉毛畫得很好，是兩條流暢的纖細弧線。「很多承包商收了錢卻沒交貨，至少我還有交貨。」

「不、不，我完全沒在想這件事。」

「妳有在想。」

歐拉娜別開眼神。她的腦中同時旋轉著太多事。「哈科特港淪陷時，我真的很擔心。我有派人送信去。」

「我有收到妳送給馬杜的信。」凱妮內重新整理了她的手提袋握把。「妳說妳在教書。那可是妳為了打贏戰爭做出的高貴貢獻。還在教嗎？」

「學校現在已經是難民營。我有時會在院子裡教孩子讀書。」

「妳那革命家丈夫呢？」

「還在人力署工作。」

「我沒看到結婚照。」

「我們辦婚宴時遇到空襲。攝影師把相機扔掉了。」

凱妮內點點頭，好像覺得沒必要在得知此事後表示同情。她打開手提袋。「我來是要給妳這個。媽透過一個英國記者送來的。」

歐拉娜把信封拿在手裡，不確定要不要在凱妮內面前打開。

「我也帶了兩件洋裝來給寶貝，」凱妮內一邊說一邊指向放在地上的袋子。「有個來自聖多美[13]的女人在賣一些不錯的童裝。」

「妳買了衣服給寶貝？」

「有必要這麼驚訝嗎？話說這女孩也差不多該叫奇亞瑪卡了吧。叫她寶貝這件事實在有夠累人。」

歐拉娜笑了。

沒想到她的姊妹就坐在她對面。她竟然跑來這裡拜訪她，還帶了衣服來給自己的孩子。「妳要喝水嗎？我們這裡只有水。」

「不用，我很好。」凱妮內起身走向斜斜靠著一張床墊的牆邊，然後又走回來坐下。「妳不認識我的管家伊凱吉德，對嗎？」

「不就是麥克斯威爾從家鄉帶來的那個人嗎？」

「對。」凱妮內又站起來。「他在哈科特港死了。當時他們正在轟炸我們、炮擊我們，然後一片碎彈片切掉他的頭，是真的把整顆頭砍掉，但身體還一直跑。他的身體一直跑，但沒有頭。」

「喔，老天。」

「我都看見了。」

歐拉娜起身坐到凱妮內身邊，用一隻手臂環抱住她。凱妮內聞起來有家的味道。她們有好幾分鐘都沒說話。

「我有想過幫妳換成國內貨幣，」凱妮內說。「但妳可以在銀行換好後直接存進去，是吧？」

「妳沒看見銀行附近有多少炸彈坑嗎？我的錢全得乖乖待在床底下。」

「小心別讓蟑螂靠近。牠們這些日子也不好過。」凱妮內靠在歐拉娜身上，然後像是突然想起了什麼，於是起身把洋裝拉平。歐拉娜感覺那種思念一個人的憂傷仍在心底沒有消失。

「老天爺啊，都不知道過這麼久了，」凱妮內說。

「妳會再來嗎？」

凱妮內沉默了一下，然後說，「我現在大多時候都待在難民營。或許妳可以來我們這邊看看。」

她從手提袋裡翻出一張紙，寫下抵達她家的路線指示。

「好，我會去。下週四就去。」

「妳會開車來嗎？」

「不會。士兵太多了。而且我們的汽油始終不夠。」

「替我向革命家問好。」凱妮內上車，發動引擎。

「妳的車牌不一樣了，」歐拉娜看著印刷在車牌號碼前面的ＶＩＧ這麼說。

「我多付了點錢把愛國主義印在我的車上。提高警戒！ＶＩＧ！[14]」凱妮內抬起眉毛和一隻手

13 聖多美（São Tomé）是聖多美普林西比（São Tomé e Príncipe）這個島國的首都，此島國位於幾內亞灣。

14 ＶＩＧ是「提高警戒」（Vigilance !）的縮寫。

說道，然後才把車開走。歐拉娜望著那台寶獅404消失在路的盡頭，在原地站了一陣子，感覺在喉頭嚥下了一縷充滿希望的光明。

週四那天，歐拉娜提早到了。哈里森打開門呆望著她，似乎因為太過驚訝而忘記跟之前一樣鞠躬敬禮。「女士啊，早安！好久不見！」

「你好嗎？哈里森？」

「很好，女士，」他說，然後終於鞠躬敬禮。

客廳明亮、空蕩，所有窗戶大開著，歐拉娜在兩張沙發中的一張坐下。屋內某處有台收音機聲音開的很大。歐拉娜聽見有腳步聲接近，於是強迫自己放鬆嘴巴肌肉。她實在不確定要跟理查說些什麼，可是來的是凱妮內。她身上穿著一件皺巴巴的黑色連身裙，手上拿著假髮。

「Ejima m，」她一邊說一邊擁抱歐拉娜。這是個親密的擁抱，她們溫暖的身體緊貼住彼此。「我正希望妳能及時趕到，這樣我們就能先一起去研究中心，然後再去難民營。要吃點米飯嗎？上週救濟中心的人給我一袋米，我才意識到我已經多久沒吃米飯了。」

「不，現在還不要。」歐拉娜想再抱著自己的姊妹一陣子。那種家的氣味好熟悉，她想再聞聞。

「我正在聽奈及利亞的電台。拉各斯電台說中國士兵正在為我們打仗，卡杜納電台說每個伊博女人都活該被強暴，」凱妮內說。「他們的想像力還真讓我印象深刻。」

「我從不聽這些。」

「喔，比起比亞法拉電台，我更常聽拉各斯和卡杜納電台。總得知己知彼嘛。」

哈里森進來鞠了一個躬。「太太？要我把酒拿來嗎？」

「他對妳說話的方式呢，會讓妳以為這棟在荒涼地帶蓋了一半的房子內有豪華酒窖一樣，」凱妮內一邊咕噥一邊用手指梳理假髮。

「太太？」

「不用，哈里森，不用拿酒來。我們要出門了。記得，午餐準備兩人份。」

「是的，太太。」

歐拉娜很想知道理查在哪裡。

「哈里森是我見過最做作的俗人了，」凱妮內一邊發動汽車一邊說。「我知道妳不喜歡俗人這個詞。」

「是不喜歡。」

「但他就是，妳知道吧。」

「我們都是俗人。」

「是嗎？理查也會說這種話。」

歐拉娜突然感覺喉嚨很乾。

凱妮內瞄了她一眼。「理查一大早就離開了。他下週要去加彭拜訪一個營養不良症中心，所以跟我說他得去確認相關的行程安排。但我想他之所以這麼早離開，就是怕見到妳會尷尬。」

「喔。」歐拉娜緊抿雙唇。

凱妮內輕鬆自信地掌握著方向盤。她開過路上的坑洞、開過葉片被拔光的棕櫚樹，還開過一個瘦巴巴的士兵身邊。那個士兵拉著一隻比他還瘦的山羊。

「裝在大葫蘆桶裡的孩子頭顱，妳有夢見過嗎？」她問。

歐拉娜望向窗外，腦中想起在大葫蘆桶身外斜斜交錯的線條，還有那孩子眼中的慘白空無。

「我不記得我的夢。」

「爺爺以前會談起他經歷過的許多困難，『那些困難沒有殺死我，反而讓我變得更有見識。』O gburo m egbu, o mee ka m malu ife[15]。」

「我記得。」

「有些事真的無法饒恕，相比之下沒有其他不能原諒的事，」凱妮內說。

兩人之間一陣沉默。歐拉娜感覺內心有些壞死硬化的部分正重獲新生。

「妳懂我的意思嗎？」凱妮內問。

「懂。」

到了研究中心，凱妮內把車子停在一棵樹下。歐拉娜在車裡等。沒過多久她又匆匆趕回來。

「我想找的人不在，」她說，然後發動車子的引擎。直到抵達難民營之前，歐拉娜都沒再說話。難民營在戰爭開始前是一間小學，建築物外牆似乎褪了色，大部分白漆已剝落。有些站在建築物外的難民停下腳步盯著歐拉娜看，同時用 nno 跟凱妮內打招呼。有個瘦瘦的年輕神父走向她們的車，他身上的神父法袍已有些變色。

「馬叟神父，這是我的雙胞胎姊妹歐拉娜，」凱妮內說。

神父看起來很驚訝。「歡迎，」他說，然後又毫無必要地說了，「妳們不是同卵雙胞胎。」

他們站在鳳凰木下時，他告訴凱妮內小龍蝦已送到、紅十字會確實暫時停飛了運送救濟物資的班機，還有伊納塔米早些時候帶了一個比亞法拉自由鬥士組織的人過來，並表示他晚點會再過來。歐拉娜看著凱妮內跟他談話。她沒怎麼聽見凱妮內說話的內容，只是在想凱妮內真是擁有堅定不移的自信。

「讓我帶妳繞一圈，」馬叟神父離開後，凱妮內對歐拉娜說。「我總是從掩體開始介紹。」凱妮內帶她去看掩體，那是個勉強挖出的坑洞，坑洞上方蓋滿圓木，然後她走向難民營另一側的建築。「現在要去的是『不歸路』。」

歐拉娜跟在她身後。她在第一扇門前就感覺到那股氣味撲面而來，而且直接從鼻孔鑽進她的體內，胃部隨之抽搐，她早餐時吃的水煮地瓜不停在翻攪。

凱妮內看著她。「妳不需要進去。」

「我想進去，」歐拉娜說，她不想去，但覺得她應該進去。她不知道那是什麼味道，只知道那股氣味不停擴大，因而幾乎可以看見那片髒兮兮的棕色雲霧。她覺得快要昏倒。他們走進第一間教室，看見大約十二個人躺在竹床、草蓆、和地板上，但沒有一個人伸手把肥嘟嘟的蒼蠅揮開。歐拉娜唯一看見的動靜來自一個坐在門邊的孩子：他反覆把兩隻手臂抱在胸前又放下。他的骨架清晰可見，垂掛在兩隻手臂上的罩衫幾乎前後貼合，但其實只要他的皮膚底下有一點肉就不可能是這樣。凱妮內快速檢視了一下房內狀況，然後轉向門邊。此時已走到房外的歐拉娜正大口吸氣。到了第二

15 伊博語：那些困難沒有殺死我，反而讓我變得更有見識。

間教室，她覺得就連體內的空氣都汙濁起來，她想壓住自己的鼻孔以阻止身體內外的空氣混在一起。有個母親坐在地上，身旁躺著兩個孩子。歐拉娜看不出他們的年紀。他們全身赤裸，反正肚子上皮膚繃得很緊的隆起也讓他們塞不進任何衣服。他們屁股跟胸口的皮膚充滿皺褶，底下的肉往內塌陷，頭上的一簇簇髮絲泛紅。她揮開臉上的蒼蠅，心想這些蒼蠅看起來多健康、多生氣蓬勃，而且多有活力啊。

「那女人死了。我們得把她抬走，」凱妮內說。

「不！」歐拉娜脫口而出，因為那女人還定定直視著前方，絕不可能是死了。可是凱妮內指的是另一個趴在地上的女人，她的背上有個瘦瘦的嬰兒緊抓住她的身體。凱妮內走過去把嬰兒拔起來，走到外面大喊，「神父！神父！有一位需要下葬！」然後坐在房外的階梯上抱著嬰兒。那個嬰兒應該要哭才對。凱妮內嘗試把一顆酵母色的軟藥錠塞進嬰兒嘴裡。

「那是什麼？」歐拉娜問。

「蛋白質錠。我會讓妳帶一些給奇亞瑪卡。這些蛋白質錠的味道很可怕。我上週終於讓紅十字會給了我一些。不過當然，我們拿到的量還是不夠，所以我都留給孩子吃。反正這裡的大部分人就算吃了也沒用，可是對嬰兒或許有幫助。或許吧。」

「每天死幾個人？」歐拉娜問。

凱妮內低頭望著嬰兒。「他母親來自一個很早淪陷的城鎮，他們在來到這裡前住過五座難民營。」

「每天死幾個人？」歐拉娜又問了一次。可是凱妮內沒回答。那個嬰兒終於發出細微的哭叫聲，凱妮內把粉粉的藥錠塞進他張開的小嘴中。歐拉娜看著馬叟神父和另一個男人把死去的母親抬出去，他們分別抓著那個女人的腳踝和手腕，把她從教室內抬到建築後方。

「有時我恨他們，」凱妮內說。

「妳說那些惡盜。」

「不是，我說他們。」凱妮內指向身後的教室。「我恨他們一直死。」

凱妮內把嬰兒帶進去交給另一個女人，她是剛剛死去的那位女性的親戚。她骨瘦如柴的身體正不停顫抖。由於她的眼睛是乾的，歐拉娜花了一段時間才意識到她其實在哭。那個嬰兒緊貼著她乾癟的乳房。

之後她們一起走向車子時，凱妮內牽住了歐拉娜的手。

二十九

厄格烏知道安姆伯斯牧師的故事不可能是真的。他說有個海外基金會的人在聖約翰路的尾端擺了一張桌子，所有經過的人都可以拿到他們分發的水煮蛋和結冰水。他也知道他不該離開住宅區，歐拉娜的警告仍不停在他腦中迴盪，可是他好無聊。天氣又熱又黏，儲存在屋後陶罐內的水有種他討厭的煙灰味。他好想喝透過電力變得冰涼的水。他願意為此付出一切。而且安姆伯斯說的話也有可能是真的啊。沒什麼是不可能的吧。寶貝正在跟亞達娜玩，他可以抄捷徑去，甚至可以在她注意到他出門前趕回來。

但才剛繞過聖約翰教堂的街角，他就看見前方有群男人站成一排，他們雙手抱頭，旁邊站個兩個很高的士兵，其中一個士兵拿槍指向前方。厄格烏停下腳步，拿槍的士兵開始一邊大吼一邊跑向他。厄格烏感覺心臟在胸口劇烈跳動，他望向路邊的叢林，但這邊的叢林太稀疏，沒辦法讓他躲進去。他往回看，無休無止的道路一片空蕩，沒有任何事物能擋住士兵射向他的子彈。他轉身往教堂跑。有名年邁神父穿著白衣站在教堂大門前的階梯頂端。厄格烏跳上階梯，鬆了一口氣，因為士兵不能進教堂抓他。厄格烏開始拉門，但門鎖住了。

「Biko，神父，讓我進去，」他說。

神父搖搖頭。「外面被徵召的人也是神的孩子。」

「拜託、拜託。」厄格烏猛力拉門。

「神的祝福會陪伴著你，」神父說。

「把門打開！」厄格烏大吼。

神父搖搖頭，然後往一旁退開。

士兵已經跑進教堂的圍牆內。「站住，不然我開槍了！」

厄格烏站在那裡瞪著他，他的腦中一片空白。

「你知道大家都怎麼稱呼我嗎？」那個士兵大吼。「殺無赦！」他實在長得太高，破爛長褲的褲腳和黑靴靴口的上緣中間露出一小段腿。他往地上吐口水，用力抓住厄格烏的手臂。「天殺的平民！跟我來！」

厄格烏跌跌撞撞地跟著走。神父在他們身後說，「願神保佑比亞法拉。」

厄格烏加入那排男人，他跟大家一樣舉起雙手，但沒看其他人的臉。他是在作夢吧，這一定是作夢。有隻狗正在附近某處吠叫。殺無赦正在對其中一個男人吼叫，還舉槍對空射擊。幾個女人聚集在離他們有點距離的地方，其中一個女人在跟殺無赦的夥伴說話，一開始是低聲懇求，但後來開始提高音量，手勢也變得狂亂。「你難道看不出來他連話都說不好嗎？他是個低能兒！他這樣要怎麼拿槍？」

殺無赦把這些男人倆倆綁在一起。他們雙手放在背後，綁住他們的繩子繃得很緊。跟厄格烏綁在一起的男人一直在扯繩子，好像在測試繩子綁得多牢固，卻害厄格烏差點因為失去平衡而跌倒。

「厄格烏！」

那群女人中有人大叫。他轉頭看到木歐克魯太太正震驚地望著他。他對她點點頭，用的是一種他希望還算是不失尊嚴的姿態，畢竟他也不能冒險開口講話。她開始半走半跑地離開，他望著她消失的背影，內心很失望，但也不確定他原本指望她能做什麼。

「準備出發！」殺無赦大吼，然後抬眼看見路的盡頭有個男孩，於是追上去。他的夥伴把槍指向他們。「誰敢跑我就開槍。」

殺無赦帶著男孩回來。男孩走在他的前方。

「閉嘴！」他一邊說一邊把那男孩的雙手綁在背後。「所有人出發！我們的廂型車就在下一條路上。」

他們才剛邁開笨拙的腳步，殺無赦立刻大吼，「Lep！Ai！[1]」此時厄格烏看見了歐拉娜。忙亂又恐慌的她戴著最近其實已經很少戴的假髮出現，而且能看出她戴得很匆忙，因為整頂假髮根本是歪的。她露出微笑，對殺無赦做出一個手勢，他大吼「停止！」後走向她。他們講話時，他背對著這排男人，過了一陣子後，他轉身割斷綁住厄格烏雙手的繩子。

「他對國家已經有貢獻了。我們只對無所事事的平民有興趣，」他對著另一位士兵大喊，對方點點頭。

厄格烏因為鬆了一口氣而暈眩。他揉了揉手腕。歐拉娜在他們走回家時一個字也沒說。後來她打開門鎖，猛力把門推開時，他可以感覺到她的怒氣。

「我很抱歉，女士啊，」他說。

「你有夠蠢，你根本不配獲得今天的好運，」她說。「我把僅剩的錢都拿去賄賂那個士兵了。現在你得負責生出養我孩子的食物，懂嗎？」

「我很抱歉，女士啊，」他又說了一次。

她在之後幾天幾乎沒跟他說話，甚至還親自做寶貝吃的流質食物，就彷彿再也無法信任他。他對她打招呼時，她也只是冷若冰霜地點點頭。他提早起床取水、更用力地刷洗房間地板，默默等待重新證明自己有資格跟她當朋友的那天到來。

終於，他靠著幫忙處理烤蜥蜴的難題重新贏回她的友情。那天早上，她和寶貝正準備前往奧爾呂拜訪凱妮內，有名小販走進他們的住宅區，手上拿著一個用報紙蓋住的珐瑯托盤，另一隻手舉著一隻叉在棍子上的蜥蜴，口中不停頌唸著，「Mme mme suya！Mme mme suya！[2]」

「我想吃，歐拉媽咪，拜託，」寶貝說。

歐拉娜沒理她，只是繼續幫她梳頭髮。不過安姆伯斯牧師已經走出房間跟蜥蜴小販討價還價。

「我想吃，歐拉媽咪，」寶貝說。

「那東西對妳不好，」歐拉娜說。

安姆伯斯牧師拿著一個報紙小包走回房間。

「牧師就有買，」寶貝說。

「但我們不買。」

1 伊博語：「等等！喔！」

2 大致的意思應該是「烤肉萬歲！烤肉萬歲！」

寶貝開始哭。歐拉娜轉頭一臉惱怒地看著厄格烏，突然之間，他們都因為這件事微笑起來：寶貝竟然為了想吃蜥蜴在哭。

「蜥蜴吃什麼？寶貝？」厄格烏問。

寶貝喃喃地說，「螞蟻。」

「如果妳吃蜥蜴，所有蜥蜴吃的螞蟻都會在妳胃裡爬來爬去，而且還會咬妳，」厄格烏冷靜地說。

寶貝眨眨眼睛。她看著他一陣子，好像無法決定要不要相信他。接著她抬手擦掉眼淚。

歐拉娜和寶貝打算去奧爾呂和凱妮內住一週，就在她們出發那天，沒去坦尚尼亞酒吧的主人比平常更早回家。厄格烏希望她們的暫時離開可以幫助他爬出在母親死去後深陷的情緒泥沼。但當他坐在露天陽台上聽收音機時，厄格烏驚訝地看見愛麗絲在去廁所途中停下來跟他閒聊。他以為主人會一如往常冷淡又簡短地回應他，而她也會立刻回房彈琴。可是他們低聲說了一陣子話，厄格烏幾乎沒聽見他們說什麼，不過時不時能聽見她在咯咯笑。隔天她和主人一起坐在長凳上，還待到整個院子的人都去睡了。幾天後，厄格烏從後院回來時發現露天陽台上沒人，但房門緊閉，他的腸胃立刻緊繃起來。亞瑪拉留給他的可怕回憶讓他喉頭堵塞，感覺什麼都無法吞下去。愛麗絲跟亞瑪拉不同，她散發出的刻意孩子氣讓厄格烏無法信任。他能看出她為何不需要任何來自 dibia 的藥就能引誘主人，因為只要靠著她的淺色肌膚和柔弱姿態就能做到。厄格烏走到香蕉林邊又回來，接著直接走去房門口大聲敲門。他決心要阻止他們。他要阻止這一切。他聽見裡面有些動靜，然後又敲了一次，接著又一次。

「怎樣？」主人的聲音很朦朧。

「是我，先生啊。我想問可不可以進去拿煤油爐，先生啊。」等把爐子拿走後，他會假裝自己又忘記拿裝加里的杯子、最後一點地瓜，以及勺子。他甚至已經準備好要假裝發病，不然就假裝癲癇發作吧，只要能阻止主人跟那個女人繼續兩人不管在做的什麼好事都行。又過了好幾分鐘，主人才把門打開。他沒戴眼鏡，雙眼紅腫。

「先生啊？」厄格烏一邊問一邊看向他身後。房內沒有其他人。「一切還好嗎？先生啊？」

「當然不好，你這無知的蠢貨，」主人盯著地上的拖鞋。他似乎迷失在自己的思緒中。厄格烏等了一下，主人嘆氣。「埃昆努戈教授跟科學研究團隊一起去埋設地雷，但在經過路上的坑洞時，地雷爆炸了。」

「地雷爆炸了？」

「埃昆努戈教授被炸爛。他死了。」

炸爛兩個字不停在厄格烏的耳中迴盪。

主人往後退開。「就是這樣。去拿爐子吧。」

厄格烏進去拿起他其實並不需要的煤油爐，然後想起埃昆努戈教授那根尖細的長指甲。炸爛。埃昆努戈教授一直是比亞法拉終將獲勝的活生生證據，因為他總在談論那些從零開始製造出的火箭、裝甲車以及燃油。埃昆努戈教授的身體會變得像是燒成焦炭的木塊嗎？或是仍有可能辨認出身體的各個部位？他的身體會化成許多乾燥碎片嗎？就像是被哈馬丹風吹乾後裂開的葉子？炸爛。

沒過多久，主人就出發前往坦尚尼亞酒吧。厄格烏換上他的好長褲後趕去艾布瑞奇住的地方。這似乎是再自然不過的選擇，也是他唯一能做的事。他拒絕去想歐拉娜在聽見歐吉媽媽說他有跑出門時會有多不開心，也不想去思考艾布瑞奇的反應。不管她是會無視他還是對他大吼都沒差。他得見她。

她獨自坐在露天陽台上，身上穿著那條他記得很能突顯屁股形狀的緊身裙，可是髮型不一樣了。她把頭髮剪短，變成一個圓圓的形狀，沒有像之前一樣用許多線編辮子。

「厄格烏！」她驚訝地站起身。

「妳剪頭髮了。」

「哪裡能找到線呢？更別說是買線的錢了吧？」

「很適合妳。」

她聳聳肩。

「我之前應該要來看妳才對，」他說。他不該為了一個根本不認識的軍官拒絕跟她說話。「原諒我。Gbaghalu[3]。」

他們看著彼此，她伸手捏了一下他的脖子。他把她的手拍掉，態度調皮，然後又握住她的手。他們一起坐在階梯上，他一直沒放開她的手。她跟他說租下他主人之前房子的那家人有多惡劣、街上的男孩會在徵兵士兵前來時躲到天花板裡，還有上次的空襲在他們的牆留下一個洞，所以現在老鼠會跑進來。

終於，厄格烏提起埃昆努戈教授的死。「妳記得我跟妳提過他嗎？就是那個在科學研究團隊裡面的人？總是能做出厲害東西的人？」他說。

「我記得，」她說。「有長指甲的人。」

「他把指甲剪掉了，」厄格烏說，然後開始哭，但淚水流不太出來，還讓眼睛很癢。她把一隻手搭上他的肩膀，而他努力讓坐著的自己一動也不動，這樣才能確保她的手一直放在自己身上。她感覺不太一樣了，又或是他觀看事物的方式有了改變。他成為珍惜當下的人。

「你說他把長指甲剪掉了？」她問。

「剪掉了，」厄格烏說。突然之間，他剪掉指甲算是件好事。厄格烏無法想像那根指甲被炸爛的畫面。

「我該走了，」他說。「得在我主人回家前回去。」

「我明天會去找你，」她說。「我知道有條通往你們家的捷徑。」

厄格烏到家時，主人還沒回來。歐吉媽媽正在對丈夫尖聲大叫，「不要臉！不要臉！」安姆伯斯牧師在祈禱神能在英國各地投下聖靈炸藥，另外還有一個孩子在哭。慢慢地，這些聲響逐漸平息。夜色漸深，油燈熄滅。厄格烏坐在房間外等待，終於，主人臉上帶著一小抹微笑回來，他的雙眼通紅。

「我的好傢伙啊，」他說。

「歡迎回家，先生啊。Nno，」厄格烏站起來。主人因為腳步不穩微微往左側搖擺，厄格烏趕上

3 伊博語：原諒我。

前用一隻手臂抱住他的身體、撐住他。他們才剛走進房間，主人就地彎下身體狂吐，充滿泡沫的嘔吐物噴灑在地板上，酸臭的氣味充滿整個房間。主人在床鋪坐下。厄格烏去拿了一條毯子和一些水過來，一邊清理一邊聽著主人不均勻的呼吸聲。

「別把這些事告訴你的女主人，」主人說。

「是的，先生啊。」

艾布瑞奇很常來訪，而她的微笑、她的輕撫，又或是她捏他脖子的動作都為他帶來無比的喜悅。他第一次親吻她的那個下午，寶貝正在睡覺，當時兩人正坐在房內長凳上玩比亞法拉卡牌，她剛說出「清牌！」並打出最後一張牌時，他靠過去舔了她耳朵後方的酸餿汙垢，然後親吻她的脖子、她的下巴、她的嘴唇。她在他的舌頭推擠之下張開嘴巴，其中湧出的暖意將他淹沒。他的手移動到她胸前，包覆住她小小的乳房，但她把他推開。他又把手往下移到她的腹部，再次親吻她的嘴巴，然後快速把手鑽進她的裙子底下。

「讓我看一下，」他在她還沒能阻止他之前說。「看一下就好。」

她站起來，沒有阻止他，任由他掀起她的裙子、拉下那條在腰帶處有道小裂口的棉質內褲，然後望著她那兩顆又大又圓的屁股。他重新把她的內褲往上拉好，放下她的裙子。他愛她。他想跟她說他愛她。

「我要走了，」她把上衣整理好。

「妳那個軍官朋友怎麼樣了？」

「他現在在別的地區。」

「妳跟他是怎樣？」

她用手背抹了一下自己的嘴唇，就好像想把什麼抹掉。

「妳跟他做過什麼了嗎？」厄格烏問。

她走向門口，但仍保持沉默。

「妳喜歡他，」厄格烏感覺既著急又絕望。

「我更喜歡你。」

她還有沒有跟那個軍官見面已經不重要了。重要的是她比較喜歡誰。他把她拉進自己懷裡，但她往後退開。

「你會殺掉我的，」她笑著說。「讓我走。」

「我陪妳走到半路，」他說。

「沒有必要。這樣寶貝得一個人待在家。」

「我會在她醒來前回家。」

他想牽她的手，但沒這麼做，只是走得離她很近，兩人的身體時不時會摩擦到彼此。他沒走很遠就回頭了，但就在快到家時，他看見兩個士兵拿著槍站在一台廂型車旁。

「你！站住！」其中一個人大喊。

厄格烏開始跑，直到聽見震耳欲聾又近到令人擔心的槍聲才趴倒在地，並等著疼痛鑽入他的身體。他確信自己被擊中，可是沒感覺到痛。士兵跑向他，厄格烏首先看到一雙帆布鞋，抬眼後看見一具瘦而結實的身體，接著是一張怒氣沖沖的臉。他的脖子上掛著玫瑰念珠，手上的槍管冒出燃燒火藥的氣味。

「好了，站起來，你這天殺的平民！去跟他們站在一起！」

厄格烏站起來，士兵用力拍打他的後腦勺。他感覺眼裡有一片光往外蔓延、碎裂。他把腳踩入鬆軟的沙土中穩住自己，然後才走去跟一旁兩個高舉雙臂的男人站在一起。其中一個人年紀很大，至少六十五歲，另一個則是大概十五歲左右的少年。厄格烏低聲對老人說「午安」，然後在他身邊站好，同樣舉起雙臂。

「進廂型車，」第二個士兵說。他濃密的鬍子覆蓋住大部分臉頰。

「如果已經到了這個地步，你們連我這種年紀的人都得徵召的話，那比亞法拉也算是死了，」老人默默地說。

第二個士兵看著他。

第一個士兵大吼，「閉上你那張臭嘴，agadi[4]！」然後搧了老人一巴掌。

「別這樣！」第二個士兵說。他轉向老人。「老爹，走吧。」

「啊？」老人不確定現在是什麼狀況。

「走吧，gawa[5]。」

老人慢慢走開，他一開始顯得有點遲疑，一隻手還揉著剛剛被搧巴掌的地方，接著突然腳步不穩地跑起來。厄格烏看著他消失在路的盡頭，好希望自己能跳過去抓住他。他想跟他一起奔向自由。

「進廂型車！」第一個士兵說。老人的離開似乎激怒了他，但他不認為這是第二個士兵的責任，卻似乎把錯算在這些新召募的士兵頭上。他用力把少年和厄格烏往前推。少年跌倒在地，但很快就跌跌撞撞地站起身爬進廂型車後方。廂型車後方沒有座位，只有一些老舊的酒椰葉纖維袋、生皮包裹的棍棒，以及散落在生鏽地板上的一些空瓶。厄格烏看見有個男孩坐在裡面一邊哼歌一邊用舊啤酒瓶喝東西，嚇了一跳，他放低身體坐到男孩身邊，聞到本地琴酒的刺鼻氣味，心想他大概是個發育不良的成年男子。他這樣不可能是男孩。

「我是高科技仔，」他說，本地琴酒的氣味顯得更為濃烈。

「我是厄格烏，」厄格烏快速看了他身上的過大襯衣、破爛短褲、靴子和貝雷帽一眼。他確實是個男孩，年紀不超過十三歲，可是眼中毫無感情的憤世嫉俗讓他看起來比癱坐在他們對面的少年還年長。

「Gi kwanu？[6]你又叫什麼名字？」高科技仔問那個少年。

少年在啜泣。他看起來很眼熟，或許是個會在破曉前一起去鑿孔那邊取水的其中一位鄰居。厄格烏為他感到遺憾，但也很生氣，因為他的哭聲讓他們的無望處境顯得更為慘淡又無從翻轉。他們是真的被徵召了。他們是真的會在沒受訓的情況下被推上前線。

4 伊博語：老人。
5 伊博語：走吧。
6 伊博語：你好嗎？

「你難道不是個男人嗎？」高科技仔問那個青少年。「I bu nwanyi？[7]為什麼要表現得像個女人啊？」

那個少年用一隻手壓住哭泣的雙眼。高科技仔的譏諷言語因此化為嘲弄的笑聲。「這傢伙不想為我們的建國理想而戰啊！」

厄格烏沒說話，高科技仔的笑聲和琴酒的氣味讓他想吐。

「我負責『鎮岔忍武』，」高科技仔對大家宣布，這是他第一次用英文說話。厄格烏想糾正他說「偵察任務」的發音。這男孩要是能上歐拉娜的課一定會進步。

「我們的部隊是由田野工程師組成，我們只使用偉大的 ogbunigwe。」高科技仔停下來，大大吐了一口氣，好像在等聽眾做出開心的反應。少年繼續哭。厄格烏有在聽但毫無表情。他覺得贏得高科技仔的尊敬可能很重要，而唯一有可能成功的方式，就是不要表現出此刻早已爬滿他全身的恐懼。

「我的工作是要負責偵測出敵人位置。我會移動到距離敵人很近的地方，爬上樹，找出確切位置，然後指揮官會利用我給出的資訊來組織行動。」高科技仔看著厄格烏，厄格烏繼續擺出漠然表情。「參與上一個部隊的行動時，我假裝自己是孤兒滲透入敵營。他們之所以叫我高科技仔，是因為我的第一個指揮官說，我比他們的所有的高科技間諜裝備都還要厲害。」他似乎很想讓厄格烏對他留下好印象。厄格烏伸長他的雙腿。

「你剛剛說的『鎮岔』，其實應該是『偵查』才對，」他說。

高科技仔盯著他看了一陣子，笑開，然後把酒瓶遞給他，可是厄格烏搖搖頭。高科技仔聳聳肩，喝了一口酒後哼起〈比亞法拉打贏戰爭〉這首歌，同時用腳拍打廂型車地板。少年還在哭。負責開車的是第一個士兵，他抽著用乾葉子捲成的紙菸，氣味辛辣。由於車程太久，厄格烏再也忍不住尿意。

「拜託，我要尿尿！」他大喊。

士兵停下廂型車，然後拿起槍對他比劃。「下車尿尿。你要是跑，我就開槍。」

他們抵達屋頂蓋滿棕櫚葉片的訓練營，這裡以前是小學。剛剛開車的士兵用一片碎玻璃剃光厄格烏的頭髮，粗魯的手法在他的柔軟頭皮上刮出許多小傷口。放在教室裡的草蓆和床墊上爬滿可怕的床蝨，瘦巴巴的士兵——沒穿靴子，袖子也沒繡上半輪黃日——在體能訓練時對厄格烏又是踢又是搧巴掌，還時不時出言嘲笑他。閱兵行動讓厄格烏的雙臂僵硬，障礙訓練讓他的骨盆一陣陣抽痛，攀爬繩索讓他的手掌流血。那些他一天排一次隊才能領到的加里以及從金屬盆中舀出的稀薄湯水讓他一直很餓。在這個他毫無發言權的新世界中，所有漫不經心的殘酷在他內心累積出一枚恐懼的硬塊。

有個小鳥家庭在教室的屋頂築巢。牠們的啾啾叫聲會在每天早上被指揮官的尖銳哨音打斷，在「列隊！列隊！」的吼叫聲響起後，所有男人和男孩都會跌跌撞撞地奔跑起來。到了下午，太陽已經吸乾所有人的能量與善意，士兵們一邊鬥嘴一邊玩比亞法拉卡牌，並談起他們在上次行動中炸爛的惡盜。每當有人說，「我們很快就要出下一場任務了！」厄格烏就會想到自己是個為比亞法拉而戰的士兵，內心感受到一股混合著興奮的恐懼。要是自己加入的是一個真正的部隊就好了，他想用槍戰鬥。他記得埃昆努戈教授描述過的 ogbunigwe：「高衝擊地雷。」這個比亞法拉自製的地雷聽起來好高級，又名「奧朱古大桶」，而且還是個把惡盜搞得昏頭轉向的美好事物，據說他們為了得知這個 ogbunigwe 怎麼能殺掉這麼多人，甚至還會派牛群出來試探。可是第一次參與訓練時，他瞪著眼前這個東西，發現就只是個裝滿金屬碎片的無趣金屬容器。

他好希望可以把內心的失望告訴艾布瑞奇。他也好想跟她聊指揮官的事。那個指揮官是部隊裡唯一穿著全套制服的人，而且那套制服總是熨燙得既漂亮又硬挺。他一天到晚對著雙向無線電大吼大叫。當跟他們一起來的少年嘗試在訓練課程中逃跑時，他赤手空拳把他揍到鼻子流血，並高聲大喊，「把他鎖進警衛室！」每次那些鄉村婦女帶著加里、稀薄湯水，又或者久久一次帶來用棕櫚油和一點配料煮的「贏得戰爭米飯」時，他最常想起的就是艾布瑞奇。有時會有比較年輕的女性來，她們會去指揮官住的地方，之後出來時帶著羞怯微笑。

入口處的哨兵總會拉起柵欄讓那些女子進去，但其實他們根本不需要這麼做，因為她們大可輕鬆從柵欄兩側繞過去。有一次厄格烏看見一個有著圓潤搖擺屁股的身影離開，他好想大喊「艾布瑞奇！」但他很清楚那不是她。他想記下每次他看見艾布瑞奇時正在做的事，所以打算找一些紙來寫，結果找到了《一個美國奴隸，弗雷德里克·道格拉斯的生平記述：本人親撰》[8]。這本書被塞在黑板底下一個很多雜物的角落，書封上用深藍色字體印著政府大學財產。他坐在地板上開始讀，兩天內就讀完了，然後又開始重讀。他細細品味著其中每個字，還背下了某些句子：

對奴隸而言，焦油變得跟鞭子一樣令人恐懼[9]。他們覺得對床鋪的渴望還沒那麼難應付，難的是想要有時間睡覺的渴望。

高科技仔喜歡在他讀書時坐在他旁邊。有時他會用惱人的單音哼著稱頌比亞法拉的歌曲，其他時候則是跟他閒聊。厄格烏沒理他。可是有天下午，那些女人沒帶任何食物來，所有男人一整天都在抱怨。到了晚上，高科技仔用手肘偷偷推了一下他，對他遞出一罐沙丁魚。厄格烏伸手抓住，高科技仔笑了。「我們得一起分，」他說，厄格烏真不知道他怎麼能弄到手。這孩子明明這麼小，個性卻冷靜自制又充滿彈性。他們跑去建築後方分食那塊油油的魚肉。

「那些惡盜吃的可好了，喔！」高科技仔說。「我之前跟著恩提傑當地的部隊。在我滲透的上一個軍營中，那些女人煮的湯裡有大塊大塊的肉。在停戰慶祝復活節時，他們甚至把一些肉送給我們這邊的人。」

「他們停戰慶祝復活節？」厄格烏問。

高科技仔對終於引起他的興趣而感到滿意。「對，他們甚至會一起打牌、喝威士忌。有時為了

8《一個美國奴隸，弗雷德里克・道格拉斯的生平記述：本人親撰》（*Narrative of the Life of Frederick Douglass, An American Slave: Written by Himself*）於一八四五年出版，對於美國的廢奴運動產生了舉足輕重的影響。

9 因為奴隸都會去果園偷水果，所以主人在籬笆上塗焦油，之後只要發現奴隸身上有沾到焦油，就代表他有偷到水果或試圖偷水果，而奴隸也會因此遭到鞭打。

讓所有人休息，他們會同意停戰。」高科技仔瞄了厄格烏一眼，笑了。「你的頭髮剪得好醜。」

厄格烏摸摸自己的頭，上頭還有少少幾簇沒被碎玻璃割乾淨的髮絲。「沒錯。」

「都是因為他們乾剃，」高科技仔說。「我可以用刮刀和肥皂處理好。」

高科技仔拿出一塊綠色肥皂，在厄格烏頭上塗抹肥皂泡沫，再用刮刀剃到整顆頭變得平滑柔軟。剃完後高科技仔悄聲對他說，「我們兩天內就要出任務了，」厄格烏想起有人會將剃頭髮作為一種哀悼儀式，也就是當作一種迎向死亡的準備。他仰躺在薄薄的床墊上，聽著身邊難聽的打呼聲。此時的他已向身邊的所有人證明自己能在訓練中表現得很好。他可以爬上障礙物、輕鬆攀上粗糙的繩索，可是卻沒交到任何朋友。他很少說話。他不想知道他們的故事。他覺得最好還是讓每個人的包袱靜靜留在自己心裡，別去打開比較好。他想到即將到來的任務，想到用他的 ogbunigwe 將惡盜炸爛，又想到埃昆努戈教授被炸爛的身體。他想像自己在月光照亮的一片靜默中起身、跳出訓練營，一路跑回烏穆阿希亞，並在和主人及歐拉娜打招呼後擁抱寶貝。可是他知道他甚至連試都不會試，因為有一部分的他還是想留在這裡。

壕溝中的泥土地像是浸濕的麵包。厄格烏趴著一動也不動。有隻蜘蛛爬上他的手臂，他沒拍掉。身邊的黑暗是純粹的黑，是徹底的黑，厄格烏在腦中想像蜘蛛多毛的腳，還想像牠在發現腳下不是冰冷的地下土壤，而是溫暖的人類肉體時會有多驚訝。月亮時不時從雲後漂出，前方的濃密樹林在微光中顯出輪廓。惡盜就躲在其中某處。厄格烏希望能有多一點光，他剛剛把 ogbunigwe 埋在前方三十碼處的時候，月亮大方灑下了更多光線，但此刻黑暗卻徘徊不去。他手中握的電纜冰涼。

他的身邊有個士兵正在喃喃誦唸禱詞，聲音輕柔得像是正在厄格烏耳邊低語。「天主聖母瑪利亞，為我等罪人，今祈天主，及我等死候。」惡盜開始射擊之際，他把蜘蛛抖掉，站起來。那些答答的射擊聲散落在各處，聲音先是很大，然後又變得微弱。步兵團正從各個方向開槍回擊，好讓那些惡盜搞不清楚方向。那些下流骯髒的養牛人不知道有ogbunigwe在等著他們。

厄格烏回想起艾布瑞奇會用手指捏起他脖子上的皮膚，還回想起她在他嘴裡溼答答的舌頭。惡盜開始砲擊。第一枚迫擊砲劃過空氣的尖細音響傳來，然後迫擊砲落下，熱燙的破彈片到處飛射。有片草地燃燒起來，周遭區域被照亮，厄格烏因此看見前方的小樹林旁有隻鼬，牠如同巨大烏龜一樣拱著背。然後他看見了他們：有群男人蹲伏的剪影正往前移動。他們已經進入他的攻擊範圍，但一切感覺實在太快了。他本來以為會先發生更多事，他們才會送上門來，然後他才會引爆他的ogbunigwe，讓ogbunigwe暴烈地推送、噴灑出大量金屬片。他深呼吸，然後仔細地、確實地將電纜跟手上的點火栓連接起來，儘管早有心理準備，隨後立即發生的強力爆炸仍讓他嚇了一跳。有那麼一瞬間，恐懼絞扭他的腸胃。或許他計算得不夠正確？或許他沒攻擊到他們？不過他聽見靠他很近的地方有人大吼，「正中目標！」在隨後等待的漫長幾分鐘內，那個詞在他腦中不停迴盪，然後他們才把自己拖出壕溝，往那些到處散落的惡盜屍體移動。

「把他們的衣服剝光！拿走長褲和襯衣！」有人大吼。

「只拿靴子和槍就好！」另一個聲音大吼。「沒時間了。沒時間了。Ngwa-ngwa！[10]增援部隊已

10 伊博語：動作快！

經在路上！」

厄格烏在一具瘦瘦的屍體旁彎下腰。他扯掉那人的靴子，在他的口袋中摸到一顆硬硬的可樂果和溫暖濃稠的血。旁邊的第二具屍體在厄格烏碰到時動了一下，他立刻後退。在徹底失去動靜之前，那個人似乎很勉強地喘了一口大氣。厄格烏打起寒顫。在他身邊有個士兵舉起幾把槍大吼大叫。

「我們走吧！」厄格烏大喊，他把沾滿血的雙手在長褲上抹了抹。

在前往總部還電纜的路上，其他人用力捶他的背，還叫他「目標摧毀者！」「這是從你書裡學會的嗎？」他們逗著他說。任務的成功讓他感覺輕飄飄的。接下來幾天，無論他們是在玩比亞法拉卡牌還是喝琴酒，總之等著下一場任務的他都像是飄在空中。他仰躺在地面，高科技仔在一旁捲大麻菸。他們會用舊紙把又乾又脆的葉子捲起來一起抽。他比較喜歡抽瑪爾斯香菸，那種大麻菸讓他有一種脫臼的感覺——腿和屁股中間像是出現了一個小縫隙。他們甚至懶得躲起來抽，反正他們的指揮官心情很好。比亞法拉從惡盜手中重新奪回奧韋里的消息更是讓大家滿懷希望。

所有的規矩都放鬆了。他們甚至可以離營去靠近高速公路的酒吧。

「要走很久，」有人說。於是高科技仔笑著說，「所以說啦，我們會強行徵收一台車。」

每當高科技仔笑的時候，厄格烏就會想起他還是個孩子，才十三歲的孩子。他們沿著道路往前走時，厄格烏心想，在九個成年男人當中，他確實因為年紀小而看起來跟大家差距很大。橡膠拖鞋的聲響迴盪在安靜的道路上。他們當中有兩個人光著腳。等了一段時間後，他們看見一台髒兮兮的福斯金龜車開向他們，於是所有人散開把路擋住。車子停下，他們當中有幾個人開始敲引擎蓋。

「下車！該死的平民！」

正在開車的男人表情嚴肅，彷彿決心讓他們知道他不會退縮。他身邊的妻子開始哭著懇求他們。「拜託，我們是要去找我們的兒子。」

有個士兵非常暴力地敲打引擎蓋。「我們需要這台車執行任務！」

「拜託、拜託，我們要去找兒子。有人說在難民營看見他。」女人盯著高科技仔看了一陣子，眉頭緊皺。說不定她以為他是她的兒子。

「我們正在為你們賣命，你們卻在這裡開著一台漂亮好車？」其中一個士兵一邊說一邊把她拉下車。她的丈夫自己下車，可是仍站在車子旁。他把車鑰匙緊握在拳頭裡面。

「這樣不對，各位軍官。你們無權拿走這台車。我有通行證。我為我們的政府工作。」

其中一個士兵搧了他一巴掌。男人無法站穩腳步，接著那個士兵不停搧他巴掌，一次又一次，直到他癱倒在地，鑰匙也從手中滑落。

「夠了！」厄格烏說。

另一個士兵摸了摸那個男人的脖子和手腕，確定他還有在呼吸。他的妻子在丈夫身邊跪下，所有士兵則擠上車開往酒吧。

吧檯的女孩跟他們打招呼，並表示目前沒有啤酒。

「妳確定沒啤酒嗎？妳是不是覺得我們不會付錢，所以把酒藏起來啦？」其中一個士兵對她說。

「不是，就是沒有啤酒。」她很瘦，五官立體，臉上沒有微笑。

「我們摧毀了敵人！」他說。「給我們啤酒。」

「她已經說沒啤酒了，」厄格烏突然發起脾氣。那個士兵的大嗓門讓他很不高興。這個傢伙在惡盜距離還很遠時就丟下他的 ogbunigwe 逃走了。「讓她拿 kai-kai[11]來吧。」

女孩拿來本地釀造的琴酒和金屬小杯時，那些士兵正好聊起奈及利亞的軍官。他們說打算在比亞法拉獲勝後把丹朱馬[12]、阿德昆和高恩倒吊起來。高科技仔開始捲大麻菸。厄格烏覺得他在那張紙尚未捲起的部分看到一些熟悉的字句，其中包括記述兩個字，但不可能吧。他又看了一次。「那是哪來的紙？」他問。

「這只是你那本書的第一頁。」高科技仔微笑地把那根捲菸遞給厄格烏。厄格烏沒接下。「你撕我的書？」

「只是第一頁而已。我的紙用完了。」

怒氣在厄格烏的全身激烈湧動。他揮出的巴掌迅速、有力、帶著強烈怒火，可是高科技仔在最後一秒往後閃開，躲過了所有衝擊，最後厄格烏的手只有掃過他的臉頰。厄格烏再次舉起他的手，可是另一個士兵拉住他，把他拖開，嘴裡說著畢竟只是一本書嘛，然後要他再喝一點琴酒。

「抱歉，」高科技仔喃喃地說。

厄格烏的頭在痛。他感覺一切都動得好快。他根本掌控不了自己的人生，而是他的人生在掌控他。他一點一點喝著酒，同時觀察其他人，他們的嘴巴開開合合，從中漫出散發油臭味的嘲諷話語、誇大的自吹自擂，還有過度美化的回憶。

很快地，這間由許多長凳環繞一張桌子的酒吧慢慢變成一片充滿酸臭味的朦朧畫面。吧檯的女孩不停幫他們換酒瓶，厄格烏心想這裡的琴酒八成是在這條路底的後院釀造的。他起身到外面尿尿，結束後靠著一棵樹呼吸新鮮空氣。那種感覺就像是坐在恩蘇卡那個家的後院，那時的他總會看著院子裡的檸檬樹、他的香草菜園，還有喬莫仔細修剪過的植物。他在那裡待了一陣子，然後聽見酒吧裡傳來很大的吼叫聲。或許是有人打賭贏了之類的。他們讓他疲倦。戰爭也讓他疲倦。等終於往酒吧裡面走時，他在門口停住腳步。那個吧檯女孩正仰躺在地上，罩衫被捲到腰部，肩膀被其中一個士兵壓住，雙腿張開，而且是張得很開。她正在啜泣，「拜託、拜託，biko。」她的上衣還穿在身上。高科技仔正在她的雙腿間前後搖動。他的動作既急促又無力，小小的屁股比雙腿的顏色還深。其他士兵都在歡呼。

「高科技仔，夠了！弄完之後下來！」

高科技仔呻吟了一聲後癱倒在女孩身上。其中一個士兵把他拉開，然後開始解自己的褲頭，此時有人說，「不！下一個是目標摧毀者！」

厄格烏從門邊退開。

「Ujo abiala o！[13]目標摧毀者害怕了！」

11 一種琴酒。

12 特奧菲留斯・丹朱馬（Theophilus Danjuma）當時在奈及利亞聯邦軍中戰功顯赫，還曾擔任奈及利亞的第一任聯合國大使及第一任外交部長。

13 伊博語：他害怕了！

厄格烏聳聳肩，往前移動。「誰害怕了？」他厭惡地說。「我只是喜歡在別人吃過之前先吃，沒別的。」

「食物還很新鮮啊！」

「目標摧毀者，你難道不是個男人嗎？Ibukwa nwoke？[14]」

地板上的女孩一動也不動。厄格烏扯下自己的長褲，對於自己竟能如此迅速勃起感到意外。他進入時可以感覺到她的乾燥及緊繃。他沒看她的臉，也沒看那個壓住她的男人。他什麼都沒看，只是一直快速搖動直到自己高潮，並感受那些液體湧上他的尖端：那是自我厭憎的釋放。他拉起長褲拉鍊，旁邊有些士兵在拍手。終於他望向那個女孩。她回望的眼神中帶著平靜的恨意。

後來又有更多任務。厄格烏有時會被恐懼淹沒而動彈不得。他會趴在壕溝裡，用身體緊壓住泥土，享受著和泥土之間的親密連結，並在此時將心靈從身體上解開，把兩者徹底分開。因此無論是槍隻射擊的答答答聲響、男人的哭喊、死亡的氣味，還是上方或周遭的爆炸都顯得很遙遠。可是回到營地後，回憶會在腦中變得清晰，他記得那個把雙手放在肚子上的男人，那姿勢就彷彿想把自己早已炸爛的腸子塞回去，還有那個在身體僵冷前喃喃訴說兒子故事的男人。此外只要任務結束，生活中一切會變得像是新的一樣。厄格烏會讚嘆地看著自己每天吃的加里、把書反反覆覆地看，並撫摸自己的肌膚，思考著膚質的惡化怎麼毫無預兆。

某天下午，指揮官的吉普車開進營區，車側綁著一隻病弱山羊。那隻四條腿被綁在一起的山羊是從一個無所事事的平民手上徵收來的。山羊溫順地咩咩叫，所有士兵都聚攏過來，並因為可能吃到肉而興奮不已。有兩位士兵殺掉山羊，生起火，等到大塊的肉都煮熟後，指揮官要求把所有肉帶進他的住處。他花了好幾分鐘在盆子裡確認整頭山羊的肉都在：四條腿、頭，還有睪丸。之後有兩個鄉下女人來到營區，她們被帶進指揮官住所，過了好一陣子後，士兵對著離開的她們丟石頭。厄格烏那天夢到指揮官把一半的山羊肉分給士兵吃。他們把最後一點肉都啃乾淨，連骨頭也吞進肚子裡。

等他醒來後，收音機的聲音開的很大。高科技仔在啜泣。烏穆阿希亞淪陷了。比亞法拉失去了首都。有個士兵猛地抬起頭說，「那隻山羊！那隻山羊就是惡兆！我們什麼都沒了。我們得投降！」其他士兵悶悶地沒說話。就連指揮官表示知道有個收復烏穆阿希亞的秘密反擊計畫，他們的精神還是無法提振。可是閣下大人即將來訪的消息卻讓他們振作起來。所有士兵開始打掃營區、刷洗衣物，然後排排坐在長凳上歡迎他。當吉普車隊及幾台龐帝克車開進營區時，他們全部起身敬禮。

厄格烏的舉手禮擺得很隨便，因為他很擔心在烏穆阿希亞的歐拉娜、主人和寶貝，此外他對閣下大人和指揮官也沒什麼興趣。他幾乎不在乎任何軍官，因為他們總是自以為是地看不起別人，而且把其他士兵當成綿羊踐踏。可是他確實崇拜一個上尉，他名叫歐希多，是個獨來獨往又紀律嚴明的男人。所以那天厄格烏在壕溝裡發現身邊是歐希多上尉時，就決心要給他留下好印象。壕溝內的泥土並不潮濕，螞蟻比蜘蛛還多。根據槍枝射擊的答答答聲響及迫擊砲的轟隆隆聲響，厄格烏確定惡盜靠得更近了，可是沒有足夠的光線能讓他親眼確認。他想讓歐希多上尉留下好印象。真希望現場沒那麼暗。正當他要把電纜和點火栓連結起來時，有什麼東西呼嘯過他的耳邊，然後他立刻感覺背部出現一陣灼熱的刺痛。在他身邊的歐希多上尉已變成一團血肉模糊，厄格烏也飛到壕溝上的半空中，內心感到倒楣又無助。等到落地後，比起刺穿全身的痛楚，反而是自身的重量讓他驚駭地說不出話。

三十

理查盡可能讓自己的身體遠離車內的兩位美國記者，為此他的身體都已經緊貼在寶獅車的車門上。他真該坐在前座，並要求勤務兵跟他們一起坐在後座才對，但當初沒想到他們這麼臭。那個胖胖的查爾斯戴著一頂扁塌的帽子，紅髮查爾斯的下巴長滿淡黃色鬍子。

「有個美國中西部的記者來到比亞法拉，遇到來自紐約的另一個記者，結果兩人都叫查爾斯！這機率能有多大？」胖胖的記者在他們彼此自我介紹後笑著說。「而且我們的媽媽都叫我們小查克！」

理查不確定他們在里斯本登機前等了多久，但後來從聖多美前往比亞法拉的那班救難物資飛機，最後的等待時間拖到了十七小時。他們需要洗個澡。坐在理查身邊的胖胖查爾斯聊起戰爭剛開打時，他也來過比亞法拉一次，此時理查覺得他不只需要洗澡，還需要用點漱口水。

「那次我是搭真正的飛機來，我們在哈科特港機場降落，」他說。「但這次是坐在沒開燈的飛機地板上，身旁還有二十噸奶粉。我們飛得天殺的低，我可以直接往外看見奈及利亞的橘紅色防空砲火。真是嚇到差點尿出來。」他笑了，那張胖嘟嘟的寬臉看起來很愉快。

紅髮查爾斯沒有笑。「我們無法確定那是來自奈及利亞的攻擊。說不定是比亞法拉陣營這邊假裝的。」

「喔，拜託！」胖胖查爾斯瞄了理查一眼，但理查仍板著一張毫無表情的臉。「當然是來自奈及利亞的攻擊。」

「反正比亞法拉人用飛機運送食物時，也都把槍枝混在裡面啊，」紅髮查爾斯說。他轉向理查。「對吧？」

理查不喜歡他。他不喜歡他水洗綠色的眼珠子，也不喜歡他長滿紅色雀斑的臉。在機場跟他們見面時，他遞上他們的通行證，介紹自己是負責的導遊，並表示比亞法拉政府歡迎他們，當時他就很不喜歡紅髮查爾斯臉上興味盎然的嘲諷表情。他的模樣就像是在說，你竟然幫比亞法拉人說話？

「我們的救難物資班機只運送食物，」理查說。

「那是當然，」紅髮查爾斯說。「當然只送食物啦。」

胖胖查爾斯為了望向窗外擠到理查身上。「我不敢相信人們還能開車，而且還能四處走動。就好像沒在打仗一樣。」

「那是因為現在沒有空襲，」理查說。他把背往後靠，屏住呼吸。

「有可能去看比亞法拉士兵射殺義大利石油工人的地方嗎？」紅髮查爾斯問。「我們在《論壇報》上做了相關報導，可是我想寫一篇更長的專題。」

「沒辦法。不可能，」理查嚴厲地說。

紅髮查爾斯觀察他的反應。「好，但能透露一些新消息嗎？」

理查吐出一口大氣。這感覺就像有人在他的傷口上灑辣椒粉：無數比亞法拉人死了，但這個男人只想知道一個死去白人的消息。理查會把這件事寫下來。這就是西方新聞報導的原則：一百個死去的黑人才比得上一個死去的白人。「沒什麼可說的新消息，」他說。「那個地區現在遭到敵方佔領。」

抵達檢查哨時，理查對站哨的民兵說伊博語。她仔細檢查他的通行證，露出曖昧的微笑，理查也報以微笑。她高瘦又看不出乳房的身形讓他聯想到凱妮內。

「她看起來像是對你很有興趣，」胖胖查爾斯說。「我聽說這裡可以享受到很多免費的性。可是女孩們都有某種性病？邦妮性病嗎？你們得小心啊，可別帶病回家。」

他的粗率無禮很讓理查惱怒。「我們要去的難民營是我妻子在負責經營。」

「真的？她在這裡很久了？」

「她是比亞法拉人。」

紅髮查爾斯本來一直盯著窗外，現在卻轉向理查。「我大學時有個英國朋友，他特別愛有色人種的女孩。」

胖胖查爾斯看起來有點難為情。他很快又說，「你的伊博語說得很不錯？」

「對，」理查說。他想讓他們看凱妮內還有繩壺的照片，但後來覺得不是個好主意。

「我很想跟她見面，」胖胖查爾斯說。

「她今天不在。她在努力幫難民找更多物資來。」

他先下車，然後看見兩個口譯員已經在待命。他們的出現惹他心煩。他確實無法掌握伊博語中的一些諺語、意思上的細微差異，或部分方言說法，可是署裡總是太過積極地派口譯員過來。大部分坐在屋外的難民都有點好奇地在觀察他們。有個骨瘦如柴的男人到處走動、自言自語。他的腰際綁著一把匕首。空氣中滿是腐臭味。有群孩子正圍在火邊烤兩隻老鼠。

「喔，我的天。」胖胖查爾斯脫掉帽子後盯著那群孩子看。

「果然黑鬼吃東西都不挑啊，」紅髮查爾斯喃喃地說。

「你說什麼？」理查問。

可是紅髮查爾斯假裝沒聽見，只是匆匆和一名口譯離開，跑去跟一群在玩西洋棋的男人說話。

胖胖查爾斯說，「你知道在聖多美堆了很多爬滿蟑螂的食物，因為實在沒管道帶進來。」

「對。」理查沉默了一下。「不知道能不能給你幾封信？是要寄給我妻子在倫敦的父母。」

「當然，我一離開就會去寄。」胖胖查爾斯從背包裡拿出一大根巧克力棒，剝開包裝紙，咬了兩口。「聽著，真希望我能幫上更多忙。」

他走向那些孩子，給了他們一些甜食，然後拍他們的照片。孩子們在他身邊吵鬧，央求他拿出更多吃的。他在拍照過程中一度說出「真是漂亮的微笑！」等他離開後，那些孩子又繼續烤老鼠。

紅髮查爾斯快步走過來，掛在脖子上的相機隨著他的走動而搖擺。「我想見見真正的比亞法拉人，」他說。

「真正的比亞法拉人？」理查問。

「我是說，看看這些人。他們可能兩天也吃不到一頓飯。我看不出來他們怎麼可能談論比亞法拉和奧朱古追求的理想。」

「你通常在訪談前就已經決定要相信什麼答案了嗎？」理查溫和地問。

「我要去另一座難民營。」

「沒問題，我帶你去另一座。」

第二座難民營位於小鎮更裡面的地方。這座難民營以前是鎮公所，跟第一座相比規模較小，氣味比較好聞。有個只有一隻手臂的婦女坐在階梯上對一群人說故事。理查剛好聽見故事的結尾——「可是那個男人的鬼魂出現，他對說豪薩語的惡盜說過話之後，他們就沒摧毀他的房子」——他好忌妒她相信鬼的存在。

紅髮查爾斯在她身旁的階梯上蹲低身體，開始透過口譯跟她說話。

妳餓嗎？當然，我們都餓。

妳明白這場戰爭的起因嗎？是，豪薩惡盜想殺光我們所有人，可是神不會沉睡不理。

妳希望戰爭結束嗎？想，比亞法拉很快會獲勝。

要是比亞法拉沒有贏呢？

那個女人往地上吐口水。她先是望向那名口譯，然後看著紅髮查爾斯很久，眼神中充滿憐憫。她起身走入屋內。

「不可思議，」紅髮查爾斯說。「比亞法拉的宣傳機器真厲害。」

理查知道這種人。他就像尼克森總統從華盛頓派來尋找真相的那種人，又或是威爾遜首相從倫敦派來的那種委員會成員，他們前來時帶著蛋白質錠，並帶著比蛋白質錠更硬邦邦的定見：奈及利亞沒有在轟炸平民、飢荒的情況遭到過度誇大，總之不管發生什麼都是戰爭中的正常現象。

「沒有什麼宣傳機器，」理查說。「你越是轟炸平民，他們的抵抗心就越強。」

「這是比亞法拉電台的台詞嗎？」紅髮查爾斯問。「聽起來像是電台台詞。」

理查沒有回應。

「他們什麼都吃，」胖胖查爾斯搖著頭說。「每一片天殺的綠葉都是蔬菜。」

「如果奧朱古想阻止飢荒，他大可直接答應食物廊道的提議。那些孩子也就不用吃什麼老鼠了，」紅髮查爾斯說。

胖胖查爾斯一直在拍照。「可是情況沒那麼簡單，」他說。「他也得考慮安全問題。他正在打一場天殺的戰爭啊。」

「奧朱古得投降。這是奈及利亞的最後進逼，而比亞法拉不可能收復所有失土，」紅髮查爾斯說。

胖胖查爾斯從口袋掏出一根吃了一半的巧克力棒。

「所以比亞法拉失去港口後都怎麼處理石油？」紅髮查爾斯問。

「我們還是有在埃格比馬[1]掌控的一些地區抽採石油，」理查說，他也沒打算費心去解釋埃格比馬在哪裡。「我們會在晚上把原油運送到精煉廠，為了避免遭到轟炸，我們的運油車不會開大燈。」

「你一直說我們，」紅髮查爾斯說。

「對，我確實一直說我們。」理查瞄了他一眼。「之前來過非洲嗎？」

「沒有，這是第一次。為什麼問？」

「好奇而已。」

「我該有種初探叢林的手足無措感嗎？我已經報導亞洲新聞三年了，」紅髮查爾斯露出微笑。

胖胖查爾斯在背包裡翻找出一瓶白蘭地。他把白蘭地拿給理查。「我在聖多美買的。實在找不到機會來一杯。是好酒。」

理查接下了那瓶酒。

開車載他們前往烏利搭機離開的路上，他們前往一間小旅館吃了米飯和燉雞肉當晚餐。理查光是想到比亞法拉政府有為這個紅髮查爾斯付餐錢就覺得討厭。抵達航站時，他們看見有幾台車正在抵達或離開，在更遠的前方，臨時機場的軌道一片漆黑。穿著緊身卡其西裝的機場經理出來跟他們握手，「飛機隨時可能降落。」

「在這個破地方還遵守一切規章流程還真荒唐，」紅髮查爾斯說。「他們在我抵達時替我的護照蓋章，還問我有沒有需要申報什麼。」

一陣爆炸的巨響震碎空氣。機場經理大吼，「往這邊！」他們於是跟在他身後跑向一棟尚未完工的建築，然後趴在地上。窗戶上的百葉窗門不停晃動、喀喀作響，地面也不停顫動。等爆炸聲停止後，零星槍響陸續傳來，機場經理起身拍平衣服。「不會有問題了，我們走吧。」

「你瘋了嗎？」紅髮查爾斯尖叫。

「他們只有在炸彈用完後才會開始用槍，沒什麼好擔心了，」機場經理語調輕快地說，而且已經在往外走。

瀝青跑道上有台卡車正把碎石倒進炸彈坑內進行修補工作。跑道上的所有燈閃了一下又熄滅，

1 埃格比馬（Egbema）位於奈及利亞東南部的河流州，在哈科特港的西邊。

黑暗再次變得徹底而絕對。在周遭的一片藍黑色中，理查感覺有點暈眩。跑道上的燈再次亮起，這次亮的比較久，接著又熄滅。然後跑道燈第三次亮起又熄滅。有台飛機正在降落，瀝青跑道上發出一連串顛簸碰撞的聲響。

「降落了？」胖胖查爾斯問。

「對，」理查說。

跑道燈閃了一下又熄滅。三架飛機已經降落。理查讚嘆地發現許多沒開頭燈的貨車已經迅速開向飛機。幾個男人正從飛機上把一個個袋子拖下來。跑道燈亮起又熄滅。三名飛機駕駛大叫。「動作快，你們這些發懶的小鬼！快搬！我們才不要在這裡被炸死！動作快一點，小鬼！動作快，該死！」大叫的聲音中包括美國口音、南非荷蘭口音，還有愛爾蘭口音。

「那些渾蛋可以態度好一點，」胖胖查爾斯說。「他們為救難物資飛這一趟可拿到好幾千美金呢。」

「他們是拿命在賭，」紅髮查爾斯說。

「那些從飛機下貨的人也是天殺的拿命在賭。」有人點亮一盞防風燈，理查心想：不知道奈及利亞轟炸機會不會看見？上空現在到底盤旋著幾架轟炸機？

「因為一片黑暗，我們有人會直直朝螺旋槳走過去，」理查平靜地說。他不確定自己為什麼要說這件事，或許是希望能讓紅髮查爾斯震驚，並藉此終結他自以為高人一等的態度。

「他們後來怎麼了？」胖胖查爾斯問。

「你覺得呢？」

有台車往他們的方向開，但速度很慢，也沒開頭燈。那台車停在他們附近，車門打開後又關起，很快地，五名骨瘦如柴的孩童和一名身穿藍白長袍的修女加入他們的等待行列。理查向她打招呼。「晚安。Kee ka I me？[2]」

她露出微笑。「喔，你是那個會說伊博語的onye ocha。就是那個為了我們建國理念寫出美好文章的人。你做得很好。」

「你們要去加彭嗎？」

「對。」她請那些孩子坐在木板上。理查靠過去，在微弱的光線中，他看見他們眼中溢出了大量的奶白色膿沫。修女抱著最小的孩子，那個乾枯的小孩子有兩根像棍子一樣的腿及一顆彷彿懷孕的肚子。理查無法確認那孩子是男是女，因此突然生氣起來，氣到就連紅髮查爾斯問他，「我們要怎麼知道何時可以上飛機？」他也沒理會。

有個孩子想辦法站了起來，但又搖搖晃晃地倒下，趴在地上後沒有了動靜。修女把最小的孩子放下，扶起跌倒的孩子。「坐在這裡。你們要是亂跑，我就打你們，」她對其他人這麼說後匆匆離開。

胖胖查爾斯問。「那孩子是睡著了還是怎樣？」

理查也沒理他。

2 伊博語：你好嗎？

終於，胖胖查爾斯喃喃地說，「該死的美國政策。」

「我們的政策沒有問題，」紅髮查爾斯說。

「力量越大，責任越大。你們的政府很清楚有很多人在死去！」理查提高音量。

「我們的政府當然清楚有很多人在死去，」紅髮查爾斯說。「蘇丹、巴勒斯坦和越南都有很多人在死去。到處都有很多人在死去。」他在地板坐下。「他們上週才把我小弟的屍體從越南帶回來，老天啊。」

理查和胖胖查爾斯都沒再說話。在隨後的漫長沉默中，就連飛機駕駛和下貨的聲音都顯得好微弱。之後他們被車子匆忙載到瀝青跑道上，並在下車後衝往飛機。飛機在又是亮起、又是熄滅的燈光中起飛，而就在這段過程中，那個書名出現在理查腦中：「世界在我們死去時保持沉默。」他會在戰爭結束後寫完這本書，其中會描述比亞法拉艱困得來的勝利。那會是一本對全世界的控訴。回到奧爾呂後，他跟凱妮內談起那兩個記者，他提到他是如何同時對紅髮查爾斯感到憤怒與遺憾、如何在他們身邊感到無比孤獨，以及那個書名又是如何出現在他腦中。

她挑起眉毛。「我們？世界在我們死去時保持沉默？」

「我一定會特別註明：奈及利亞炸彈會小心避開持有英國護照的人，」他說。

凱妮內笑了。她最近很常笑。她笑著談起那個沒母親的嬰兒還努力活著、伊納塔米最近愛上的年輕女孩，以及那些會在晚上唱歌的女人。在理查跟歐拉娜終於見到彼此的那天早上，她也笑了。先開口的人是歐拉娜。「哈囉，理查，」她說，然後他說，「歐拉娜，哈囉，」凱妮內笑了，她說，「理查實在找不到出門的藉口了。」

他仔細觀察凱妮內的臉，想看看有沒有一絲退縮、怒火重燃，或其他些什麼的跡象，可是什麼都沒有。她的笑聲和下巴角度都很柔和。至於他所預期可能會有的緊繃氣氛，以及在凱妮內的陪伴下與歐拉娜見面時，各種回憶及遺憾可能帶來的壓力，最後也都沒出現。

7. 那本書：世界在我們死去時保持沉默

在序言中，他寫了一首詩，那首詩的原型是奧奇歐瑪的一首詩。他將這首詩命名為：

我們死去時你會保持沉默嗎？

你有沒有看見那些六八年的照片
孩童的頭髮變成鏽色：
小小的頭上滿是病變結塊，
然後脫落，就像腐葉落入塵土？

想像那些孩子有著牙籤一樣的手臂，
肚子像一顆顆足球，皮膚撐得很薄。
那是營養不良症——很難的一個詞，

但還不足以描述其醜惡，那是罪惡。

你不需要去想像。有很多照片
在《生活》雜誌的亮滑頁面上。
你有看見嗎？你有感到一陣難過，
然後轉身擁抱你的愛人或妻子嗎？

他們的肌膚已變成稀茶的黃褐色
顯露出如同蜘蛛網脈的血管及脆骨；
赤裸的孩子在笑，就彷彿那個男人
不會拍完照片就走，一個人走。

三十一

歐拉娜看見四個衣服破爛的士兵在肩上扛著一具屍體。狂亂襲來的恐慌讓她有點暈眩，於是停下腳步。她確定那個人就是厄格烏，直到士兵沉默又快速地走過她身邊時，她才意識到那個死掉的人身材太高，不可能是厄格烏。她看見屍體的腳上充滿裂痕，而且沾著大量乾掉的泥土，看來打仗時沒穿鞋。歐拉娜盯著士兵遠去的背影，努力克制想吐的衝動，也想甩掉盤據腦中好些天的不祥預感。

之後她跟凱妮內提起她有多為厄格烏感到害怕。她覺得有可能一轉過某個街角就會因為發現他的悲劇結局而癱倒在地。凱妮內用一隻手臂攬住她，要她別擔心。馬杜已經要所有部隊指揮官去找厄格烏，無論他在哪裡他們都會找到。可是當寶貝問，「今天厄格烏會回來嗎？歐拉媽咪？」歐拉娜覺得一定是因為寶貝也有了不祥預感。回到烏穆阿希亞後，歐吉媽媽給了她一個別人送來的包裹，她立刻在想包裹裡會不會有厄格烏的消息。她接下那個用棕紙包裝的紙盒時雙手顫抖，紙盒因為經手太多人而布滿皺褶。然後他注意到穆罕默德的筆跡，他修長瀟灑的優雅筆跡寫著「請比亞法拉大學代轉包裹」。她從盒中拿出幾條手帕、一件乾淨潔白的內衣、好幾塊麗仕肥皂及巧克力。她對這些東西竟能毫髮無傷地送達感到讚嘆，就算是透過紅十字會還是很不可思議。他的信已經是三個月前寫的，可是仍散發出一絲屬於他的麝香甜味。信中那些感覺很陌生、遙遠的句子在她腦中揮之不去。

我寄了很多信，但不確定哪封信有送到妳手上。我妹妹哈迪薩六月結婚了。我一直在想妳。我的馬球比賽技巧進步了。我很好。我知道妳和歐登尼伯一定也很好。拜託想辦法送點消息來。

她翻看著其中一根巧克力棒，看到上面寫著瑞士製造的字樣，還撥弄了一下銀色包裝紙，然後把巧克力棒甩到房間另一頭。穆罕默德的信激怒了她，這封信根本是在汙辱她所面對的現實。可是他不可能知道他們沒有鹽、歐登尼伯每天都在喝 kai-kai 酒、厄格烏被強迫徵召入伍，而她也已經賣掉她的假髮。他不可能知道這一切。然而她對他的生活得以維持過往面貌感到憤怒，真的跟過去一模一樣，他甚至還能在信中談起他的馬球比賽技巧。

歐吉媽媽來敲門。歐拉娜深吸一口氣，讓自己冷靜下來，然後才開門給了她一塊肥皂。

「謝謝妳。」歐吉媽媽用雙手把肥皂捧到鼻子前嗅聞。「可是那個包裹很大。妳只給我這個嗎？裡面沒有罐頭食物？還是妳要留給妳那位內賊朋友愛麗絲？」

「Ngwa，肥皂還我，」歐拉娜說。「亞達娜媽媽會懂得感恩。」

歐吉媽媽立刻掀起上衣，把肥皂塞進她那件破破爛爛的胸罩裡。「妳知道我很感謝啦。」

路上有人在大聲說話，她們一起走出去看。有群民兵握著大砍刀推著兩個婦女往前走。她們腳步不穩地走著，同時大聲尖叫。她們身上的罩衫被扯破，雙眼泛紅。「我們做了什麼？我們不是內賊！我們是來自恩多尼[1]的難民。我們什麼都沒做！」

安姆伯斯牧師跑去路上禱告。「天上的父，摧毀那些給敵人帶路的內賊！聖靈之火！」

幾個鄰居匆匆趕出來對著那兩個女人的背影吐口水、丟石頭，或者出言嘲諷。「賊！願神懲罰妳！賊！」

「他們應該在她們脖子上掛輪胎，然後把她們燒死，」歐吉媽媽說。「他們應該把每個內賊都燒死。」

歐拉娜把穆罕默德的信折好。她想到剛剛看見那些女人半裸露出來的鬆垂肚皮，沒有說話。

「妳應該要小心愛麗絲，」歐吉媽媽說。

「別找愛麗絲麻煩了。她不是內賊。」

「她是那種會偷別人丈夫的女人。」

「什麼？」

「每次妳去奧爾呂，她都會走出房間跟妳丈夫坐在一起。」

歐拉娜盯著歐吉媽媽。她很驚訝。她沒想過會聽見這種事，而且歐登尼伯從未提起他會在歐拉娜不在時和愛麗絲來往。她也沒見過兩人交談。

歐吉媽媽觀察著她的反應。「我只是說妳應該小心這個人。就算她不是內賊，總之也不是個好女人。」

1 恩多尼（Ndoni）是奈及利亞東南部的城鎮，位於奧韋里和阿巴的西邊。

歐拉娜不知道可以說什麼。她知道歐登尼伯永遠不會再碰其他女人。她已經默默這樣說服了自己。她也知道歐吉媽媽內心一直醞釀著對愛麗絲的恨意，不過她的這番意外發言還是讓她在意起來。

「我會小心的，」她終於微笑著說。

歐吉媽媽看起來還想說些什麼，但後來改變了心意。她轉頭對兒子大吼。「離開那個地方！你是蠢貨嗎？Ewu awusa！[2]難道你不知道這樣會咳嗽嗎？」

歐拉娜又拿起一塊肥皂去敲愛麗絲的門，她快速、用力地連續敲了短短三下，好讓愛麗絲知道是她。愛麗絲的眼睛看起來很睏，而且比平常更憂愁。「妳回來了，」她說。「妳的姊妹還好嗎？」

「很好。」

「妳有看見他們騷擾那兩個可憐的女人嗎？還說她們是內賊？」她問。歐拉娜還來不及回應，她就繼續說，「昨天被騷擾的是一個來自奧戈賈的男人。這根本沒道理。不能因為奈及利亞不停打壓我們，我們就打壓自己的人民。我跟他們是一樣的。我已經兩年沒吃到像樣食物，也好久沒嚐到糖的滋味、好久沒喝到冰水。我這樣是要怎麼有力氣幫助敵人？」愛麗絲用小小的雙手做出各種手勢，突然之間，歐拉娜以前覺得她擁有的優雅脆弱都成為一種自我耽溺、一種過度氾濫的自私。愛麗絲說的就好像只有她一個人在為了戰爭在受苦。

歐拉娜把肥皂給她。「有人送了幾塊給我。」

「喔！在比亞法拉這個國家中，我也成為有麗仕肥皂可用的人了。謝謝妳。」愛麗絲的微笑徹底改變了她的表情，她的雙眼明亮起來，歐拉娜忍不住想知道歐登尼伯是否覺得她漂亮。她看著愛麗絲膚色偏黃的臉龐和纖細腰身，意識到這些她以前喜愛的一切開始對她產生威脅。

「Ngwanu，我要去幫寶貝做午餐了，」她說完後轉身離開。

那天晚上，她拿著一塊肥皂去找木歐克魯太太。

「是妳嗎？！好久不見！」木歐克魯太太說。她的布布長袍袖子上破了一個洞，所以閣下大人的臉上也破了一個洞。

「妳看起來很好，」歐拉娜說謊。木歐克魯太太變得很消瘦。她的體格本來非常厚實，但現在因為瘦太多而看起來很沒精神，就好像無法站直。就連她手臂上的毛髮都變得垂頭喪氣。

「妳啊，比以前更美了，」木歐克魯太太說，然後又抱了歐拉娜一下。

歐拉娜把肥皂給她，她知道木歐克魯太太不可能碰奈及利亞人從奈及利亞送來的物資，所以她說，「我母親從英格蘭寄來的。」

「願神保佑妳，」木歐克魯太太說。「妳的丈夫和寶貝呢？kwanu？[3]」

「他們很好。」

「厄格烏呢？」

「被強迫徵召入伍了。」

「第二次？」

2 伊博語：直譯為「豪薩山羊！」帶有罵人的貶意。
3 伊博語：他們好嗎？

「對。」

木歐克魯太太沉默了一下。她用手指撫摸著掛在脖子上那枚塑膠製的半輪黃日。「會沒事的。他一定會回來。總是得有人為我們的理想上戰場。」

自從木歐克魯太太開始做生意之後，她們倆最近很少見面。歐拉娜坐下聽她說故事——她說她看見一個異象，因此得知哈科特港的淪陷是因為比亞法拉軍方有個將軍是內賊。她還談到另一個異象：有個來自奧基賈的 dibia 給了閣下大人非常有效的藥，那些藥可以幫助他們奪回所有淪陷的城鎮。

「現在有一些謠言，大家都說現在烏穆阿希亞的情勢很危急，okwa ya？」木歐克魯太太問的時候直盯著歐拉娜的眼睛。

「有聽說。」

「可是烏穆阿希亞不會淪陷。人們沒有必要為此恐慌，也不需要開始打包。」

歐拉娜聳聳肩，她不知道木歐克魯太太為何如此熱切地盯著她。

「他們說有車的人現在都在找汽油。」木歐克魯太太的眼神沒有絲毫動搖。「他們得小心、非常小心，不然有人會質問他們：如果他們不是內賊，怎麼可能知道烏穆阿希亞快淪陷了。」

歐拉娜此時才意識到，木歐克魯太太是在警告她。她希望她做好準備。

「沒錯，他們得小心，」她說。

木歐克魯太太搓搓手。她不太一樣了。現在的她開始容許自己不再緊抓著原本的信仰。比亞法拉會獲勝，歐拉娜很清楚，因為比亞法拉必須獲勝，可是跟其他人相比，木歐克魯太太相信首都即將淪陷的現實特別讓她沮喪。她在道別時擁抱了木歐克魯太太，心中有種空蕩蕩的感覺：她知道自己再也不會見到她了。走回家的路上，她第一次認真思考了烏穆阿希亞淪陷的可能性。這代表勝利會更晚到來，也代表比亞法拉的領土會更加緊縮，但也代表他們會去凱妮內位於奧爾呂的家住到戰爭結束。

她順路去了醫院附近的加油站一趟，毫不驚訝地看見招牌上用粉筆潦草寫著：沒有汽油。自從烏穆阿希亞可能淪陷的耳語開始流竄，他們就不再販賣比亞法拉的自製汽油，並相信這樣能讓人們不致陷入恐慌。那天晚上，歐拉娜告訴歐登尼伯，「我們得在黑市買點汽油。要是發生什麼事，我們的汽油不夠。」他姿態曖昧地點了點頭，低聲說了些超強朱利亞斯說過的話。他剛從坦尚尼亞酒吧回來，此刻躺在床上，一旁的收音機音量開得很小。布簾另一側的寶貝已經在床墊上睡著了。

「你說什麼？」她問。

「我們現在買不起汽油。現在一加侖要一英鎊。」

「他們上週才剛付你薪水啊。我們得確定我們的車有辦法開。」

「我已經請超強朱利亞斯去幫我兌現支票。他還沒把錢拿來。」

歐拉娜立刻知道他在說謊。他們常找超強朱利亞斯幫忙兌現支票，而之前超強朱利亞斯從沒花上超過一天的時間。

「那我們要怎麼買汽油？」她問。

他沒說話。

她經過他的身邊走到屋外。月亮在雲層的後方。她坐在院子裡的一片黑暗中，就算隔著一段距離仍能聞到本地琴酒充滿揮發味的廉價香氣。那股氣味跟隨著他、籠罩住他經過的所有路徑。他在恩蘇卡喝的酒——那些精緻提煉過的赤褐色白蘭地——可以讓他的腦子變得敏銳，也能把他的想法及自信變得更加精純，所以他能在大家聆聽時坐在客廳說個不停。但在這裡喝的酒讓他變得沉默，也讓他退縮入自我的內心世界，最後只透過朦朧又疲憊的雙眼望向外面的世界。這件事讓她憤怒。

歐拉娜兌換了手上剩下的英鎊，跟著一個男人走進一間地板上爬滿奶油色肥蛆的潮濕陰冷茅廁，跟他買了汽油。他把汽油小心地從一個金屬容器中倒進她的容器中。她把容器帶回家，包在一個裝滿玉米粉的布袋裡。就在她剛把布袋放進歐寶車的行李廂時，一台比亞法拉的敞篷吉普車開進他們的住宅區。凱妮內下車，身後跟著一個戴頭盔的士兵。歐拉娜立刻知道是怎麼回事，她的心急速往下沉。她知道她帶來了厄格烏的消息。一定是厄格烏的消息。太陽熾熱地灼燒她的肌膚，她感覺腦中有許多液體在翻騰。她四處尋找寶貝的身影，但找不到。凱妮內走過來用力抓住她的肩膀，她說，「Ejima m，穩住妳的心，要堅強。厄格烏死了，」歐拉娜沒聽懂，可是透過凱妮內骨感手指緊握住自己的觸感懂了。

「不，」她冷靜地說。空氣中充滿不真實的感受，她似乎隨時可能從夢中醒來。「不，」她又說了一次，搖搖頭。

「馬杜派他的勤務兵送消息來。厄格烏跟一些戰地工程師一起出任務，他們在上週的一次任務中傷亡慘重，只有幾個人活著回來，其中沒有厄格烏。他們沒找到他的屍體，不過很多人的屍體都沒找到。」凱妮內沉默了一下。「因為沒什麼完整的部分可以找。」

歐拉娜不停搖頭，她在等自己醒來。

「跟我一起走吧。帶奇亞瑪卡一起來奧爾呂待一陣子。」凱妮內抱住她。寶貝說了些話。有陣薄霧籠罩住一切。終於她抬頭望向天空。真是蔚藍又晴朗啊。這片天空讓此刻變得真實，這片天空啊，畢竟她從未在夢中看過這種天空。她轉身大步走向坦尚尼亞酒吧。她穿過骯髒的門簾，把歐登尼伯的杯子推下桌，淺色的酒液潑灑在水泥地上。

「喝夠了嗎？啊？」她沉靜地問他。「Ugwu anwugo[4]。你有聽見嗎？厄格烏死了。」

歐登尼伯站起來看著她。他的雙眼邊緣浮腫。

「繼續喝吧，」歐拉娜說。「喝啊喝啊最好都不要停啊。厄格烏死了。」

開酒吧的女人走過來說，「喔！我很遺憾，ndo，」然後作勢要抱她，可是歐拉娜把她甩開。「別碰我，」她說。「別碰我！」她直到那一刻才意識到凱妮內跟了過來。凱妮內抱住她，而她還在對著酒吧老闆大吼，「別碰我！別碰我！」那個女人於是退開。

接下來幾天的時間充滿了黑暗空隙。歐登尼伯沒去坦尚尼亞酒吧。他提早下班幫寶貝洗澡，為他們煮加里。有一次他嘗試擁抱歐拉娜、想要親吻她，可是她的皮膚浮起雞皮疙瘩，所以轉身走開，跑去露天陽台上的床墊上睡覺。之前厄格烏偶爾也會睡在那裡。她沒有哭。她唯一一次哭是跑去艾布瑞奇家告訴她厄格烏死掉的時候，艾布瑞奇聽了尖叫著罵她是騙子，那個尖叫聲會在夜晚迴盪在歐拉娜腦中。歐登尼伯拜託三個跨越前線去敵方領土做生意的女人把消息送給厄格烏的家人。

4 伊博語：厄格烏死了。

他在院子裡組織了歌唱儀式。有些鄰居幫忙把愛麗絲的鋼琴搬出來放在香蕉林附近。「我會在你們唱歌時彈琴伴奏，」愛麗絲對著聚過來的女人說。可是每次只要有人開始唱歌，歐吉媽媽就會拍手。她用來伴奏的拍手聲非常頑強、響亮，所以其他鄰居很快也會開始一起拍手，導致愛麗絲沒辦法彈琴。她只好無助地坐在鋼琴旁，大腿上坐著寶貝。

一開始的幾首歌非常激昂，接著亞達娜媽媽開始歌唱，她的歌聲嘶啞，如同輓歌般憂傷。

Naba na ndokwa,
Ugwu, naba na ndokwa.
O ga-adili gi mma,
Naba na ndokwa.[5]

他們還沒把歌唱完，歐登尼伯就腳步蹣跚地離開院子，眼中有種憤怒的不可置信，就好像無法相信這首歌的歌詞竟然這樣說：安息吧，你將會平安。歐拉娜看著他離開。她其實不明白自己心中出現的嫌惡感。歐登尼伯做什麼都無法阻止厄格烏死去，可是他不停喝酒、而且還是酗酒，不知為何讓她覺得他也是害死厄格烏的共犯。她不想跟他說話，也不想睡在他身邊。她睡在房外的床墊上，就連尋常的蚊子咬都成為一種慰藉。她很少對他說話。他們只溝通必要的內容，比如寶貝要吃什麼，又或是烏穆阿希亞淪陷後他們該怎麼辦。

「我們在找到住處前會先住在凱妮內那裡，」他的說法就好像他們有很多選擇一樣，也彷彿他已經忘記自己之前曾說烏穆阿希亞不可能淪陷。她沒有回話。

她跟寶貝說厄格烏上天堂了。

「可是他很快就會回來吧？歐拉媽咪？」寶貝問。

歐拉娜說沒錯。她倒不是為了安撫寶貝才這麼說，而是隨著一天天過去，她發現自己始終拒絕接受厄格烏是真的死了。她告訴自己，他沒有死，他或許只是差點死了，但沒死。她一直用意志力召喚著，希望能獲得他此刻身在何處的消息。她現在在戶外洗澡——廁所因為黴菌和尿液而顯得黏滑，所以她會在每天一大早起床後拿著水桶到屋子後方洗澡——但有一天早上，她發現角落有動靜，結果看見安姆伯斯牧師在偷窺。「安姆伯斯牧師！」她大喊，他立刻跑開。「你不覺得可恥嗎？真希望你可以花時間禱告，好讓某人來告訴我厄格烏發生了什麼事，而不是偷看一個已婚婦女洗澡。」

她去木歐克魯太太家拜訪，希望可以獲得有關厄格烏平安活著的異象故事，可是鄰居說木歐克魯太太全家人都不在了。他們離開時沒告訴任何人。她更為仔細地聆聽比亞法拉電台的戰爭快報，就好像在那些報導比亞法拉擊退惡盜、比亞法拉的英勇士兵獲得各種成功的歡快聲音中，其實藏著有關厄格烏的線索。

週六下午時，有個穿著骯髒卡夫坦白長袍的男人走進院子，歐拉娜立刻走向他，內心確信他帶來了厄格烏的消息。「快告訴我，」她說。「告訴我厄格烏在哪裡。」

5 伊博語：安息吧／厄格烏，安息吧，／你將會平安，／安息吧。

男人看起來很疑惑。「Dalu[6]。我要找來自阿薩巴的愛麗絲・恩卓卡瑪。」

「愛麗絲？」歐拉娜瞪著那個男人，她的模樣像是在給他機會收回剛剛的話，然後重新表示要找的其實是歐拉娜。「愛麗絲？」

「對，來自阿薩巴的愛麗絲。我是她的親戚。我們家就在他們家隔壁。」

歐拉娜指向愛麗絲的房門。他走過去敲了好幾下門。

「她在裡面？」他問。

歐拉娜點點頭。他沒帶來厄格烏的消息讓她很不開心。

男人又敲了門，他大喊，「我是來自阿薩巴的伊西歐瑪家族。」

愛麗絲打開門，他走進去。一陣子後，愛麗絲匆匆走出來，倒在地上不停翻滾。在傍晚的陽光下，她沾上沙子的皮膚閃耀著一片片金光。

「O gini mere？[7]怎麼了？」鄰居們聚在愛麗絲身旁問。

「我來自阿薩巴，今早收到家鄉的消息，」那個男人說。他的口音比愛麗絲還重，歐拉娜必須在他說完話後想一陣子才能理解他的伊博語。「惡盜好幾週前拿下我們的小鎮。他們表示只要居民出門說『奈及利亞統一』，就能拿到米。所以大家都從躲藏處跑出來說『奈及利亞統一』，但惡盜射殺他們，無論男人、女人或小孩都一樣。無一倖免。」男人停頓了一下。「恩卓卡瑪家族沒剩下任何人。一個也沒有。」

愛麗絲仰躺在地上。她一邊用頭狂亂地摩擦地面一邊呻吟。一坨坨沙子卡在她的髮絲中。她跳起來跑到路上，但安姆伯斯牧師追過去把她拖回來。她用力把他甩開後再次撲倒在地，張開的雙唇往後方拉扯，露出大片牙齒。「我還活著做什麼？他們就該現在來殺掉我！我說他們該來殺掉我！」

悲傷帶來的狂亂讓她變得兇悍、大膽，所有嘗試抱住她的人都會被她用力毆打著掙脫掉。她憑著這股勁在地上翻滾，地上的小石頭在她的皮膚上割出許多小小的紅色傷口。鄰居們都搖頭說著哎呀。此時歐登尼伯從房間出來，他扶起愛麗絲，抱住她，她才終於一動也不動地開始啜泣，頭靠在他的肩膀上。歐拉娜看著他們兩人。歐登尼伯抱住愛麗絲的臂彎弧度有種熟悉的貼合感。他抱住她的自在姿態顯示之前有抱過她。

愛麗絲終於在一張長凳上坐下，她看起來內心空洞又備受打擊，時不時地會大喊「Hei！」後起身雙手抱頭。坐在她身邊的歐登尼伯一直希望她能喝點水。他和那個來自阿薩巴的男人低聲交談，好像現場只有他們兩個男人能為她的人生負責，之後他走向坐在露天陽台上的歐拉娜。

「你可以幫她打包一點東西嗎？nkem？」他問。「那個男人說他的住宅區裡有一些來自阿薩巴的人，他會帶她去那裡住一陣子。」

歐拉娜抬頭望向他，表情一片空白。

「不要，」她說。

6 伊博語：本來是謝謝的意思，這裡應該只是當作一個禮貌的回應。
7 伊博語：怎麼了？

「不要？」

「不要，」她又說了一次，這次的聲音很大。「不要。」然後她起身走進房內。

她不打算打包任何人的衣物。她不知道是誰幫忙打包了愛麗絲的行李，或許是歐登尼伯吧，可是當晚愛麗絲跟著那個男人在離開時，她確實有聽見許多鄰居說「Ije oma，旅途平安。」歐拉娜睡在房外，她夢到愛麗絲和歐登尼伯一起躺在恩蘇卡的床上，兩人的汗水還滴在她剛洗好的床單上。醒來時，她心中滿是狂亂的疑心，耳裡則是砲擊的轟轟聲響。

「惡盜逼近了！」安姆伯斯牧師尖叫，他是第一個跑出住宅區的人，手上還提著一個塞滿東西的圓筒包。

院子裡立刻出現各種動靜，大家都在吼叫、打包，並且準備離開。砲擊聲就像一波波停不下來的咳嗽聲，響亮到嚇人又令人不快。他們的車子發不動，歐登尼伯只能試了又試。路上已經擠滿難民，迫擊砲墜落的爆炸聲聽起來已經很近，大概是在聖約翰路上。歐吉媽媽正在對丈夫尖聲大吼。亞達娜媽媽正在懇求歐拉娜讓她和她的其中幾個孩子上車，但歐拉娜說，「不行，快帶孩子離開。」

歐登尼伯發動引擎，引擎嗚咽了一下後又熄滅。住宅區幾乎已經沒人，路上有個女人正拖著一隻不肯走的山羊，最後終於決定獨自匆匆往前跑走。歐登尼伯轉動鑰匙，車子卻再次熄火。歐拉娜可以感覺地面隨著每次的轟隆隆聲響顫動。

歐登尼伯一次又一次轉動鑰匙。車子就是不發動。

「帶著寶貝開始用走的，」他說。他的眉毛上沾著汗水。

「什麼？」

「等車子發動後，我會去載你們。」

「如果要用走的，就三個人一起走。」歐登尼伯再次嘗試發動車子。歐拉娜轉頭，驚訝地發現寶貝非常安靜地坐在汽車後座，身旁是捲起來的床墊。寶貝仔細觀察著歐登尼伯，就好像在用她的雙眼催促他和這台車。

歐登尼伯下車打開引擎蓋，歐拉娜也爬下車。她叫寶貝下車，然後思考著要從後車廂拿走什麼或留下什麼。住宅區已經空了，現在只有一、兩個人從屋旁的路上經過。附近已經開始有槍火的答答聲。她嚇壞了。她的雙手在顫抖。

「我們開始用走的吧，」歐拉娜說。「烏穆阿希亞已經沒有人了！」

歐登尼伯上車，深呼吸，轉動鑰匙，車子終於發動起來。他開得很快，到了烏穆阿希亞的外圍郊區時，歐拉娜問，「你跟愛麗絲做了什麼？」

歐登尼伯沒回答，他的雙眼直視前方。

「我在問你問題，歐登尼伯。」

「Mba，我沒跟愛麗絲做過任何事。」他瞄了她一眼，然後繼續望向前方的道路。

之後兩人沒再說話。抵達奧爾呂後，凱妮內和哈里森從屋內走出來迎接。哈里森把車內的行李搬下來整理。凱妮內擁抱了歐拉娜，抱起寶貝，然後轉向歐登尼伯。「多麼有意思的鬍子啊，」她說。「我們現在是都要模仿閣下大人嗎？」

「我沒有想要模仿任何人。」

「當然啦。差點忘了你這人有多獨特。」

凱妮內的聲音中隱含著縈繞住他們所有人的緊繃張力。理查回來後姿態僵硬地跟歐登尼伯握手，接著所有人圍坐在桌邊吃哈里森放在琺瑯盤上的切片地瓜，這段期間，歐拉娜能感覺那種充滿淫氣的張力充斥在屋內。

「我們一找到可以租的地方就會搬出去，」歐登尼伯看著凱妮內說。

凱妮內迎上他的眼神，抬起眉毛說，「哈里森！替奇亞瑪卡拿更多棕櫚油來。」

哈里森把一碗油放在寶貝面前。在他離開後，凱妮內說，「他上週為我們烤了一隻美味的叢林鼠，但處理手法會讓你們以為是羊頸肉。」

歐拉娜笑了。理查的笑聲有點遲疑。就連寶貝也像是有聽懂一樣的笑了。歐登尼伯則專注在自己那盤食物上，沒露出微笑。收音機上反覆播送著阿希亞拉[8]宣言，奧朱古閣下大人的聲音節制又堅毅。

比亞法拉不會背叛黑人。無論遭遇什麼困難，我們都會盡力奮戰，直到所有地方的黑人都能驕傲地指著這個共和國，姿態有尊嚴又大膽地站直背脊，並表示這個國家是非洲民族主義的典範。

理查暫時離開後拿了一瓶白蘭地回來。他對歐登尼伯指了一下。「有個美國記者給我的。」

歐登尼伯盯著那個酒瓶。

「是白蘭地，」理查遞出酒瓶，一副歐登尼伯沒聽過白蘭地的模樣。自從歐登尼伯幾年前把車開到他的屋子前大吼大叫後，他們就沒說過話。就連今天握手後也沒交談。

歐登尼伯沒有伸手接下酒瓶。

「你可以喝比亞法拉雪莉酒就好，」凱妮內說。「或許更適合你那革命家的肝臟。」

歐登尼伯望著她，臉上帶著一抹輕蔑的淺笑，就好像覺得她很有趣又很惱人。他站起身。「我不喝白蘭地，謝謝你。我該上床睡覺了。自從人力署移到叢林裡，我上班可得走上好一段路。」

歐拉娜望著他走進房間。她沒看向理查。

「該睡覺囉，寶貝，」她說。

「不要，」寶貝說，然後假裝專心地看著她的空盤子。

「現在過來，」歐拉娜說。寶貝站起身。

房內的歐登尼伯正努力把罩衫的腰帶綁好。「我只是進來哄寶貝睡覺，」他說。歐拉娜沒理他。

「好好睡啊，寶貝，ka chi fo，」他說。

「晚安，爹地，」

歐拉娜把寶貝放在床墊上，用一條罩衫蓋住她的身體，親吻她的額頭，卻因為想到厄格烏而突

8 阿希亞拉（Ahiara）是奈及利亞東南部的小鎮，位於奧韋里東邊。阿希亞拉宣言由比亞法拉國家指導委員會（National Guidance Committee of Biafra）所撰寫（其中包括著名作家阿切貝），並由奧朱古於一九六九年六月一日於阿希亞拉發表。這份宣言批判奈及利亞及比亞法拉的貪腐問題及帝國主義，並希望激起比亞法拉人的愛國主義。

然有股想哭的衝動。他現在應該要睡在客廳的蓆子上才對。

歐登尼伯走過來，站在離她很近的地方。她想退開。她不確定他想做什麼。他撫摸她的鎖骨。「瞧瞧妳有多瘦。」

她往下瞄了一眼，因為他的撫摸而生氣，也很驚訝自己鎖骨竟然這麼突出。她不知道自己瘦了那麼多。她沒說話，直接走回客廳。理查已經不在客廳了。

凱妮內還坐在桌邊。「所以妳跟歐登尼伯決定自己去找地方住？」她問。「我樸素的家配不上你們？」

「聽聽他說的那是什麼話？我們根本什麼都還沒決定。如果他打算找別的地方，他大可自己去住，」歐拉娜說。

凱妮內看著她。「怎麼回事？」

歐拉娜搖搖頭。

凱妮內把一根手指浸入棕櫚油，然後放到她的嘴裡。「Ejima m，怎麼回事？」她又問了一次。

「沒什麼，真的。沒什麼能明確說出來的事，」歐拉娜看著那瓶桌上的白蘭地說。「我想要戰爭結束，這樣他才能變回來。現在的他已經變成別人了。」

「我們都在經歷這場戰爭，至於會不會變成別人，全看每個人自己怎麼做，」凱妮內說。

「他就是不停、不停在喝便宜的 kai-kai 酒。就算他們難得付他薪水，那些錢也很快就沒了。我認為他有跟愛麗絲上床，就是那個住在我們附近的阿薩巴女人。我真是受不了他。我受不了他靠近我。」

「很好，」凱妮內說。

「很好嗎？」

「對，很好。妳已經盲目地愛著他很久，他做什麼都不批評，實在讓人看了很疲倦。妳就是不接受那個男人長得很醜，」凱妮內說。她的臉上露出一抹淺笑，然後大笑出聲，歐拉娜也忍不住笑出來，因為那不是她原本想聽的話，但聽見這些話卻讓她感覺好多了。

到了隔天早上，凱妮內拿出一個裝面霜的梨形小瓶子給歐拉娜看。「看看這個。有人從海外帶來的。我的面霜好幾個月前就用完，之前只能一直用比亞法拉自製的劣質油。」

歐拉娜仔細檢視了那個粉紅色瓶子。她們輪流把面霜沾在臉上，揉開的動作緩慢，在盡情享受過感官的愉悅後才前往難民營。她們每天早上都去難民營。新吹起的哈馬丹風把沙塵吹得到處都是。寶貝跟那些裸露出灰咖色肚皮的孩童一起跑來跑去。許多孩子不只蒐集破彈片來玩，還會拿來交易。當寶貝帶著兩塊形狀凹凸不平的金屬片回家時，歐拉娜對她大吼、扯住她的耳朵，把她手上的破彈片拿走。她光是想到寶貝會拿那些殺人物件的殘餘部分來玩就覺得很痛恨，可是凱妮內要她把破彈片還給寶貝。凱妮內給了寶貝一個罐子收藏破彈片。凱妮內還要求寶貝跟年紀比較大的孩子一起設置蜥蜴陷阱，首先他們要學習如何編織棕櫚葉片，然後再把裝滿 iddo[9] 螞蟻的椰子放進去。有個瘦弱的男人在難民營內不停繞行和喃喃自語，「Ngwa，讓惡盜來吧，讓他們現在就來。」而凱

9 可能是指一種紅螞蟻。

妮內讓寶貝拿他手上的匕首。凱妮內還讓寶貝吃了一條蜥蜴腿。

「奇亞瑪卡應該要看到生活真實的樣子，ejima m，」凱妮內在她們用面霜滋潤臉龐時說。「妳太保護她了。妳不讓她接觸真實的生活。」

「我只是想確保孩子的安全，」歐拉娜說。她快速沾了一點點面霜，開始用指尖在臉上搓揉。

「他們太保護我們了，」凱妮內說。

「妳說爹地和媽咪嗎？」歐拉娜問。但她其實知道她在說誰。

「對。」凱妮內用手掌把面霜在臉上抹開。「媽離開是好事。妳可以想像她在這種什麼都沒有的狀況下過活嗎？叫她用棕櫚籽油？」

歐拉娜笑了。不過她好希望凱妮內不要一下子用這麼多面霜，這樣她們才能盡量用久一點。

「妳為什麼總是那麼想取悅媽和爸？」凱妮內問。歐拉娜的雙手停在臉上，沉默了一陣子。

「我不知道。我想我為他們感到難過吧。」

「很多人根本不需要妳為他們感到難過。」

歐拉娜沒說話，因為她不知道該說什麼。她之前都是跟歐登尼伯討論這種話題，而這也是凱妮內第一次對她們的父母及她本人表達出厭惡，可是她跟歐登尼伯現在幾乎不說話了。他已經在附近找到一間酒吧，酒吧老闆上週才來家裡找他，因為他之前的帳都沒結清。酒吧老闆離開後，歐拉娜什麼也沒對歐登尼伯說。她已經不再確定他何時去人力署，何時又是直接去酒吧。她拒絕為他擔心。

她現在擔心的是其他事：她的經血變得很少，而且不再是紅色，反而變成像泥巴一樣的棕色；

寶貝的頭髮一直掉；飢餓也讓孩子什麼都記不住。她決心要讓他們的腦子保持清醒，畢竟他們可是比亞法拉的未來，所以她每天在鳳凰木下教導他們。那棵鳳凰木在難民營所有建築的後方，可以遠離所有可怕的氣味。她每次教他們背下一行詩句，但他們隔天就忘了，只是不停追著蜥蜴跑。比起之前一天可以吃兩次加里配水，現在一天只有一次，因為凱妮內的食品供應商無法再跨越到敵方領地的姆波西[10]買加里。所有道路都被佔領。凱妮內發起了「我們自己種食物」的運動，她跟所有男人、女人和小孩一起堆出一道道田壟，歐拉娜真不知道她是怎麼學會用鋤頭。可是土地真是乾透了。哈馬丹風讓人們的嘴唇和腳掌龜裂。有一天死了三個孩子。馬叟神父在做彌撒時沒有進行聖餐禮。名叫尤瑞娜的女孩肚子開始隆起，凱妮內不確定她是患上營養不良症還是懷孕，直到有一天她母親打了她一巴掌，問，「誰？誰把妳搞成這樣？妳在哪裡跟這個搞妳的男人見面？」醫生不再來訪，因為沒有汽油，而且實在有太多垂死的士兵需要治療。井水已經乾涸。凱妮內常去位於阿希亞拉的政府官署，希望可以找水罐車載水來，但每次都只是帶著署長曖昧不明的保證回來。難民營中的大家都沒有洗澡，再加上建築物後方的淺墓穴傳出肉體腐爛的氣味，可怕的氣味因此越來越重。蒼蠅在孩童身上的大小瘡口周圍飛繞。臭蟲和 kwalikwata[11]到處蔓延；女人會解開她們的罩衫，露出腰際被床蝨咬出的紅點以及隨之發作的難看疹子，形狀像是浸過血的蜂巢。目前的當季水果的是橘子，所以凱妮內要求他們從樹上摘橘子吃，但橘子卻讓他們拉肚子。他們會把橘皮壓在皮膚上摩

10 姆波西（Mbosi）就位於奧爾呂西邊車程一小時左右處。

11 取自豪薩語的伊博字，指的是床蝨。

擦，因為柑橘香氣可以蓋過身上的泥巴味。

到了傍晚，歐拉娜和凱妮內一起走路回家。她們聊在難民營的人們、聊她們以前讀西斯格羅夫中學的日子、聊父母，也聊歐登尼伯。

「妳還有問他那個阿薩巴女人的事嗎？」凱妮內說。

「還沒。」

「妳可以在問他之前直接走過去搧他一巴掌。如果他敢回手，我會拿哈里森的刀撲向他。巴掌可以逼出真相。」

歐拉娜笑了，然後注意到兩人都用悠閒的步調走著，而且節奏一致。她們的涼拖鞋也都沾滿了棕色泥土。

「爺爺以前都說，事情在改善之前會先變得更糟。O dikata njo, o dikwa mma[12]，」凱妮內說。

「我記得。」

「世界很快就會變得完全不同，奈及利亞會停止他們的攻擊，」凱妮內沉靜地說。「我們會贏。」

「沒錯。」因為凱妮內這麼說，歐拉娜更相信他們會贏。

有些日子的傍晚，凱妮內會變得很抽離，彷彿沉浸在自己的世界中。有一次她說，「我從沒真正關心過伊凱吉德這個人，」歐拉娜伸出一隻手臂攬住她，沒說話。不過大多時候，凱妮內總是興致高昂，她們會一起坐在屋外聊天、聽收音機，也聽蝙蝠在腰果樹附近飛翔的聲音。有時理查也會加入她們。歐登尼伯則一次也沒有。

然後在某個夜晚，大雨的執著而狂暴在乾季顯得怪異，或許也因為如此，歐登尼伯那天沒去酒吧，還在那天傍晚終於接受了理查給他的白蘭地。他先把酒放到鼻頭、深吸一口氣，然後才喝下去，不過他和理查仍然很少交談。恩瓦拉醫生也是那天晚上來通知他們奧奇歐瑪的死訊。有道閃電劃過天空，雷電也轟隆作響之際，凱妮內笑著說，「聽起來像砲擊。」

「我很擔心，他們已經有一陣子沒轟炸我們了，」歐拉娜說。「不知道他們在計畫什麼。」

「說不定要丟原子彈，」凱妮內說。

他們聽見有車開進來，凱妮內站起身。「誰會在天氣這麼差的晚上來？」

她打開門，恩瓦拉醫生走進來，雨水不停從他臉上滴下。歐拉娜回想起她婚禮那天的空襲結束後，就是他伸出手扶她站起來，還怕她的禮服會弄髒——好像那件禮服還沒因為她剛剛躺在地上而弄髒一樣。他看起來比她記憶中還瘦，整個人變得好細，彷彿突然坐下就會立刻斷成兩截。但他沒有坐下，也完全沒浪費時間打招呼，而是直接把鬆垮的襯衣從上半身掀起，快速揮動把水甩掉，同時說，「奧奇歐瑪走了，o jebego[13]。事情發生時，他們正在進行奪回烏穆阿希亞的任務。我上個月有見到他，他說他在寫一些詩，而歐拉娜是他的謬思女神。如果他發生什麼事，他說一定要把詩帶給她，可是我找不到。送消息來給我的人說他們從來沒見過他寫作。所以我說我會來告訴妳：他走了，但我沒找到那些詩。」

12 伊博語：情況在改善之前會先變得更糟，意思類似於「風雨過後必有彩虹」。

13 伊博語：他走了。

歐拉娜不停點頭，但其實沒有真的聽懂，因為恩瓦拉醫生說話的速度實在太快，而且又一口氣說出太多字。然後她停止點頭。他的意思是奧奇歐瑪死了。今天明明是哈馬丹風的季節卻下著雨。奧奇歐瑪死了。

「奧奇歐瑪？」歐登尼伯嘶啞地悄聲說。「Onye？[14]你說的是奧奇歐瑪？」

歐拉娜伸手抓住歐登尼伯的手臂，尖叫聲從她口中湧出，那是極為銳利、刺耳的尖叫，因為她的腦中有些什麼已經緊繃到極限。她覺得受到攻擊。她覺得不停受到沉痛打擊。這些一次又一次的失去啊。恩瓦拉醫生退回雨中，之後他們沉默地爬到放在地板的床墊上，而她始終沒放開歐登尼伯的手臂。當他滑入她的體內時，她心想，在她上面的他變得好不一樣，現在可說又輕又瘦。他一開始沒有動，而且是一動也不動，她只好自己不停扭動，還抓住他的屁股試圖開始做。可是他還是不動。之後他開始衝刺，她的快感於是確實往上翻了好幾倍，一切變得極為激烈。他們像是不停擦出一簇簇快感的小火花。她聽見自己在哭，啜泣聲越來越大，搞得寶貝開始躁動，他於是用手掌壓住她的嘴巴。他也在哭，但她先是感覺有水滴在身上，才看見他臉上的淚水。

結束之後，他用手肘撐起上半身，仔細看著她。「妳真堅強，nkem。」

她從沒聽過他說這種話。他看起來老了。他的雙眼有水光，皺巴巴的臉有挫敗的神情，而這一切都讓他看起來很老。她想問他為什麼這麼說。她想問他這樣說是什麼意思。可是她沒開口。她不確定是誰先睡著。隔天早上她太早醒來，聞到自己的難聞口氣，內心有一種令人不安的憂傷平靜。

14 伊博語：誰？

三十二

一開始，厄格烏想死，但不是因為頭裡面灼熱的針刺感、不是因為背上黏答答的血、不是因為屁股痛，也不是因為必須很努力才能吸到空氣，而是因為他真的好渴。他的喉嚨像被烤焦一樣乾燥。扛著他的幾個步兵正在說他們是因為救他才有機會逃跑。他們的子彈剛剛用完了，雖然已經派人去求援，但什麼都沒出現，惡盜又在節節推進。可是厄格烏口太渴，導致耳朵像是被塞住一樣，所有話語都變得模糊。他躺在他們的肩膀上，身上綁的繃帶是他們的襯衣，身體各處在他們行走時一陣陣抽痛。他張大嘴巴渴求空氣、不停喘息，真的是努力又努力地吸，但不知為何就是吸不夠空氣。渴的感覺讓他反胃。

「給我水，拜託，」他用低啞的聲音說，但他們一點也不給他。如果他的心靈還有絲毫精力，一定會盡其所能地詛咒他們；如果有槍也會把他們射殺後自殺。

然而此刻躺在他們把他送來的醫院裡，他不再想死，卻害怕自己會死。他身邊的草蓆上、床墊上，以及光禿禿的地板上躺著太多身體。每個地方都有好多血。他聽見有男人在接受醫生診察時發出淒厲叫聲，所以就算可以感覺到自己的血不停緩慢滲出，而且這些剛開始溫熱的血後來都冷冷地黏在身側，他也很清楚自己不是最慘的。血帶走他的意志力，讓他累到什麼都無法做。就算護士匆匆走過他身邊，沒幫他換繃帶，他也沒出聲叫他們；當他們來把他翻成側躺，粗魯而快速地替他打針時，他也不會說什麼。在精神錯亂的時候，他看見身穿緊身裙的艾布瑞奇對他比出一些手勢，可是不明白是什麼意思；而在清醒的時候，死亡佔據他所有心思。他嘗試將天堂具象化，努力想像有個神坐在寶座上，卻沒有辦法。然而另一個想像似乎不太可能成立，畢竟他不相信死亡只是漫無止境的沉默。他的心靈擁有作夢的能力，而他不確定那部分有可能完全遁入永無休止的沉默。死亡會讓人徹底認識一切，可是讓他害怕的是：沒有人能事前得知將會認識到什麼。

在夜晚昏暗的燈光下，有些明愛會的人來探望他們。有個神父和兩個幫手抬了煤油燈來。他們分發牛奶和糖給士兵，還詢問他們的名字及來處。

「恩蘇卡，」厄格烏在被問到時說。他覺得神父的聲音有點熟悉，可是這裡什麼都有點熟悉，比如隔壁男人的血聞起來就跟他的血一樣，而那位把稀薄 akamu[1] 放在他身旁的護士笑起來也跟艾布瑞奇一樣。

「恩蘇卡？你叫什麼名字？」神父問。

厄格烏努力讓自己的眼神聚焦在那張圓臉、圓臉上的眼鏡，還有棕色的衣領上。那是戴米恩神父。「我是厄格烏。我以前會和我的女主人歐拉娜一起參加聖文森・特德保羅協會的活動。」

「啊！」戴米恩神父捏住他的手，厄格烏因為痛而抽開。「你為了我們的理想參戰了？你傷到哪裡？他們為你做了什麼治療？」

厄格烏搖搖頭。他的屁股有一部分全籠罩在如同烈火灼燒的疼痛中，他覺得自己已經被火吞

1 一種發酵的穀物糊。

噬。戴米恩神父把奶粉用湯匙舀進他的嘴裡，又放了一袋糖和奶粉在他身邊。

「我知道歐登尼伯在人力署工作。我會派人送消息給他，」戴米恩神父說。他離開前把一串木製玫瑰念珠套到厄格烏的手腕上。

幾天後，理查先生出現時，那條玫瑰念珠還在他的手腕上。念珠的每顆珠子都涼涼的貼在他的肌膚上。

「厄格烏、厄格烏。」他的漂亮頭髮和顏色詭異的雙眼漂移到他上方。厄格烏一時不確定他是誰。

「能聽見我說話嗎？厄格烏？我來帶你走了。」多年前因為村莊慶典問了他好多問題的也是這個聲音啊。厄格烏知道他是誰了。理查先生試圖扶他起身，但疼痛從他的身側、屁股一路尖刺地蔓延到他的頭和雙眼。厄格烏慘叫出聲，他想咬緊牙根，但又咬到嘴唇，然後吸到自己的血。

「慢慢來、慢慢來，」理查先生說。

躺在寶獅４０４後座的車程很顛簸，烈陽也透過擋風玻璃不停閃入，因此厄格烏不禁想，說不定他已經死了，而這就是人死後的遭遇：一趟沒有盡頭的車程。終於他們在一間醫院停下，這間醫院沒有血的味道，空氣中感覺都是消毒劑的氣味。厄格烏總算躺上一張真正的床，而直到此刻他才感覺：或許自己不會死了。

「這裡在這週很常遭到轟炸，所以等醫生看過你，我們就得離開。他其實也不算真的醫生——戰爭開始時，他還在讀大學四年級——可是他看得很好，」理查先生說。「自從烏穆阿希亞淪陷後，歐拉娜、歐登尼伯和寶貝就跟我們一起待在奧爾呂，當然哈里森也是。凱妮內需要有人去難民營幫忙，所以你最好趕快好起來。」

厄格烏隱約感覺理查先生有點太多話了，而且完全是為了他，或許是打算在醫生來之前讓他保持清醒。可是理查先生的笑聲仍讓他心懷感激，那笑聲彷彿世事一切如常，帶著喚醒過往回憶的力量，把他帶回理查先生將他的回答寫在皮面本子內的時光。

「聽說你還活著，而且住在埃米庫庫醫院，我們都有點震驚——好的那種震驚啦，當然。感謝老天我們沒有舉辦象徵性葬禮，不過在烏穆阿希亞淪陷之前，我們確實有舉辦某種紀念儀式。」

厄格烏的眼皮不停跳動。「他們說我死了？先生啊？」

「喔，對，他們是這麼說的。你的部隊似乎以為你在執行任務時死了。」

厄格烏感覺雙眼逐漸闔上，就算想勉強睜開也做不到。等他想辦法張開眼睛時，理查先生正往下看著他。「誰是艾布瑞奇？」

「先生啊？」

「你一直說艾布瑞奇這個名字。」

「她是我認識的一個人，先生啊。」

「在烏穆阿希亞認識的？」

「是的，先生啊。」

理查先生的眼神變得很柔和。「你不知道她現在在哪？」

「不知道，先生啊。」

「你自從受傷後就一直穿著這身衣服嗎？」

「是的，先生啊。那些步兵給了我這條長褲和襯衣。」

「你需要洗洗身體。」

厄格烏露出微笑。「是的，先生啊。」

「你會害怕嗎？」過了一陣子後，理查先生問。

他改變了一下姿勢。他的身體到處都在痛，怎麼躺都不舒服。

「害怕？先生啊？」

「對。」

「有時會怕，先生啊。」他沉默了一下。「我在營地找到一本書。我為那個作者感到好悲傷、好生氣。」

「什麼書？」

「一個名叫弗雷德里克·道格拉斯的美國黑人自傳。」

理查先生在本子裡寫下一些字。「我應該把這件事寫進書裡，當作一段軼事。」

「你在寫書？」

「對。」

「什麼主題？」

「這場戰爭，還有戰爭之前發生的事，以及有多少事根本不該發生。那本書的標題會是『世界在我們死去時保持沉默』。」

厄格烏對自己低聲說出這個書名：《世界在我們死去時保持沉默》。這個書名在他腦中揮之不去，也讓他內心充滿羞愧。這個書名讓他想起那個酒吧的女孩。他想起她躺在骯髒地板上時皺起來的臉，以及眼中的恨意。

主人和歐拉娜張開雙臂抱住厄格烏，可是動作很輕，沒有太用力，就怕害他痛。他感到極度不自在。他們之前從沒抱過他。

「厄格烏，」主人搖著頭說。「厄格烏啊。」

寶貝抓著他的手不肯放開。厄格烏突然感覺自己的一生全堵在喉頭。他開始啜泣，眼淚讓他的眼睛好痛。他對自己竟然哭出來感到生氣，所以之後在回憶自己的遭遇時刻意用了疏離的口吻。他沒老實交代自己被徵召的過程。他說安姆伯斯牧師拜託他幫忙把生病的妹妹抬去找草藥師，而他是在回程的路上被士兵抓到。他用一種隨性的冷淡態度使用「敵方火力」和「攻擊總部」這類字詞，就好像是要彌補剛剛哭出來的錯誤。

「他們竟然跟我們說你死了，」歐拉娜仔細看著他說。「說不定奧奇歐瑪也還活著。」

厄格烏直直盯著她。

「他們說他在行動中身亡，」歐拉娜說。「我還聽說營養不良症終究還是帶走了亞達娜。不過寶貝不知道，這是當然。」

厄格烏別開眼神。她帶來的消息讓他惱怒。這些他不想聽的話讓他生氣。

「太多人死掉了，」他說。

「戰爭就是這樣，太多人死掉了，」歐拉娜說。「可是我們會獲勝。你的枕頭放的位置還行嗎？」

「還行，女士啊。」

他有一部分的屁股無法坐下，所以在奧爾呂的頭幾週始終側躺著。歐拉娜總是在他身邊強迫他吃飯，堅定地希望他活下來。他的心思常常漂走。他不需要透過自己身側、屁股裡頭，以及背部迴盪的疼痛來讓自己想起 ogbunigwe 爆炸的瞬間、高科技仔的笑聲，又或是那個女孩眼中麻木的恨意。他想不起她的五官樣貌，可是她的眼神始終在他腦中揮之不去。同樣難以忘記的還有她腿間緊繃的乾燥感，以及他終究是幹了他不想幹的事。在夜晚的夢境及白日夢之間的灰色地帶，他幾乎完全可以控制自己腦中畫面，於是他讓自己看見那間酒吧、聞到酒精的氣味，也聽見那些士兵在說「目標摧毀者」，可是仰躺在地上的不是酒吧女孩，而是艾布瑞奇。他清醒後全心恨著那個畫面，也恨他自己。他會給自己時間去彌補過錯，然後再去找艾布瑞奇。說不定她和她的家人已經回到位於姆貝斯的村莊，又或者就在奧爾呂這邊的某處。她會等他。她知道他會去找她。他相信艾布瑞奇會等他回來，而她會等他的事實證明了他可以獲得救贖，也為他的復原過程帶來安慰。他很驚訝地發現自己的身體竟然有辦法回到過去，大腦也還有辦法一直保持清醒。

他會在白天去難民營幫忙，晚上寫字。他坐在鳳凰木底下用小小的字母在舊報紙邊緣小心翼翼地寫字，或是在凱妮內用來計算物資補給品的紙上寫字，又或是在舊日曆紙的背面寫字。他寫了一首人們因為在進口桶子裡排泄而屁股長疹子的詩，可是聽起來沒有奧奇歐瑪的那首感情豐富，所以決定撕掉；他也寫了一個有著完美臀部的年輕女子輕捏一個年輕男子脖子的故事，但也撕掉了。終於，他開始寫亞萊茲阿姨在卡諾無人知曉地死去的故事、寫歐拉娜雙腿失去功能的故事，還寫奧奇歐瑪身上俐落好看的軍服，以及埃昆努戈教授纏上繃帶的雙手。他寫那些難民營的孩子，寫他們勤奮地追著蜥蜴跑，比如之前有四個男孩追著一隻跑很快的蜥蜴。那隻蜥蜴後來跑上芒果樹，其中一個男孩跟著爬上去，然後蜥蜴從三個男孩圍住的樹上一躍而下，跳入其中一個人的手裡。

「蜥蜴變得更聰明了。牠們現在跑得更快，還會躲在水泥磚底下，」爬上樹的男孩告訴厄格烏。他們把蜥蜴烤了一起吃，但得不停把其他孩子趕跑。後來男孩把他那份多筋的肉分了一點給厄格烏。厄格烏感謝他，但搖搖頭，然後意識到他永遠不可能用紙筆捕捉到這孩子的樣貌。他永遠無法好好描述當轟炸機衝過天際時，難民營中的母親是如何因為恐懼而變得眼神黯淡，也永遠無法描繪這些飢餓人民遭到轟炸時展現出的無望蒼涼。可是他努力了。而且只要他寫得越多，做的夢就越少。

那天早上，歐拉娜正在教一些孩子背誦九九乘法表時，凱妮內往鳳凰木這邊跑來。「妳知道是誰讓那個小女孩尤瑞娜懷孕的嗎？」凱妮內問。厄格烏在那一瞬間幾乎認不出凱妮內。她的雙眼從稜角分明的臉上突出，其中滿溢著怒氣與淚水。

「妳知道竟然是馬叟神父嗎？」

歐拉娜站起身。「Gini？妳在說什麼？」

「我顯然從頭到尾都瞎了。她還不是唯一的一個，」凱妮內說。「他幾乎每個都幹過了，還把我千辛萬苦弄來這裡的小龍蝦送給她們。」

之後厄格烏看見凱妮內用雙手猛推馬叟神父的胸口，還對著他的臉大吼大叫。她推他的力氣很大，厄格烏好擔心那個男人會跌倒。「Amosu！[2]你這個惡魔！」然後她轉向朱德神父。「你也住在這裡，你怎麼能任由他到處掰開這些飢餓女孩的大腿？你要怎麼跟你們的神交代？你們現在就給我離開，立刻離開。如果有必要的話我會親自向奧朱古報告！」

淚水沿著她的臉龐流下。她的怒氣中有種動人情懷。兩位神父離開後，厄格烏接手他們的工作——分發物資、把打架的人拉開，管理因為烈陽曝曬而每況愈下的農場——但同時感覺自己骯髒又卑劣。他不禁想，要是凱妮內知道了那個酒吧女孩的事會怎麼說？她會對他做什麼？她會有什麼感受？她應該會憎恨他吧。歐拉娜也會。艾布瑞奇也會。

他聆聽著人們在夜晚的對話，把之後打算謄寫到紙上的內容默記下來。其中大部分是凱妮內和歐拉娜的對話內容。她們像是在創造一個主人和理查先生永遠不得其門而入的世界。有時哈里森會過來坐在厄格烏身旁，但不怎麼說話，就好像確實尊敬他但卻又搞不懂他。厄格烏不再只是厄格烏，我們口中的「我們的士兵」現在也包括他；這個人已經為我們的建國理想戰鬥過。月亮總是一片燦亮的白，晚風時不時會帶來貓頭鷹的嗚嗚叫，以及來自難民營忽大忽小的人聲。寶貝睡在草蓆上，身上蓋著歐拉娜的罩衫阻擋蚊子。每次他們聽見遠方傳來救難物資班機的嗡嗡聲——那種聲音跟迅速飛過的轟炸機完全不同——凱妮內就會說，「我希望這班飛機能成功降落。」而歐拉娜會用一聲輕笑回應。「這下我們可得用魚乾煮下一鍋湯了呢。」

只要他們在聽比亞法拉電台，厄格烏就會起身走開。畢竟無論是那些戰報營造出的寒酸戲劇化效果，還是主播把捏造出來的希望強迫人們小口小口吞下的聲調，他都絲毫不感興趣。有天下午，哈里森帶著收音機走到鳳凰木下，他把比亞法拉電台開得很大聲。

「麻煩把那東西關掉，」厄格烏說。他正在看幾個小男孩在附近的草地上玩耍。「我想聽鳥叫。」

「沒有鳥在叫啊，」哈里森說。

「關掉。」

「閣下大人要發表演說了。」

「關掉，不然就拿走。」

「你不想聽閣下大人說什麼嗎？」

「Mba，不想。」

哈里森仔細觀察他。「會是一場很偉大的演講喔。」

「沒有偉大這種事，」厄格烏說。

哈里森走開時一臉受傷，厄格烏也懶得叫他回來，只是繼續看那些正在玩耍的孩子。他們在乾枯的草地上腳步極為緩慢地移動，手上拿著樹枝當作槍、嘴巴模仿槍枝射擊聲，並在追逐彼此時揚起一陣陣沙塵，但就連那些沙土都顯得無精打采。他們正在玩戰爭遊戲，總共四個男孩，但其實昨天有五個。厄格烏不記得第五個男孩的名字了——奇迪耶貝勒還是奇迪耶布比？——但他記得那孩子的肚子最近像是吞下一顆大球、頭髮一簇簇脫落、皮膚顏色也已經從紅木色褪成病懨懨的淺黃色。其他孩子常拿他開玩笑。他們會叫他 afo mmili ukwa，意思是「麵包果肚腩」。厄格烏曾考慮要

2 伊博語：惡魔！

阻止他們，他想藉此跟他們解釋營養不良症是什麼——或許他可以把自己在寫字紙上描述營養不良症的段落讀給他們聽，可是最後決定放棄。反正他們終究都要得到營養不良症，實在沒必要讓他們這麼快搞懂。厄格烏不記得那孩子有扮演過比亞法拉的軍官，比如奧朱古閣下大人或阿楚齊[3]。他總是在扮演奈及利亞人，反正不是高恩就是阿德昆，這代表他最後一定會被擊敗，並需要在遊戲的最後倒地裝死。有時厄格烏會想，或許那孩子喜歡扮演這種角色，因為這樣才有機會休息，而且還是躺在草地上休息。

那孩子和他的家人來自奧古塔[4]，他們跟其他幾個家族始終不相信小鎮會淪陷，所以他母親剛抵達這裡時態度挑釁，就好像在警告大家別想提醒她現在的一切不是夢——還是不會很快醒來的夢。他們抵達的那天傍晚，防空高射炮的聲響在黃昏前響徹整座難民營。那個母親跑出來抱住他的獨子，那是一個迷惘的擁抱。其他女人猛力搖晃她，頭頂飛機的嘩—嘩—嘩轟鳴越來越接近。快進來地下掩體！妳瘋了嗎？進來地下掩體！

那個母親拒絕移動，只是站在原地抱著兒子，全身不停發抖。厄格烏還是不知道自己當時為何那麼做，或許是因為歐拉娜已經抓起寶貝跑在前面，所以他的兩隻手是空的，總之他伸手把孩子從女人的懷抱中扯出來後開始跑。那孩子當時可不輕，身體還有重量，他母親只好別無選擇地跟上來。飛機正在進行低空轟炸，而就在厄格烏把孩子塞進掩體之前，有顆子彈從附近飛過。他沒有實際看見，但有聞到氣味。那是金屬燃燒時的嗆鼻氣味。

就是在掩體裡，那個孩子一邊玩著爬滿蟋蟀和螞蟻的潮濕泥土一邊跟厄格烏說了他的名字。到底是奇迪耶貝勒還是奇迪耶布比？他不確定。但總之是奇迪耶之類的。或許是奇迪耶貝勒吧，這個名字比較常見，但此刻聽來幾乎像個笑話，因為這個名字的意思是：神是慈悲的。

四個男孩後來沒再玩戰爭遊戲。他們已經回到室內，而厄格烏聽見建築物末端有間教室傳來像是有人喉頭鯁住的微弱嚎哭聲。他知道那孩子的阿姨很快就會出來勇敢宣布消息，而那個母親會倒在地上打滾並吼叫到沒有聲音為止。然後她會拿一把刀片剃光髮絲，只留下到處都在流血的光裸頭皮。

他穿上背心走過去，主動表示要幫忙挖那座小小的墓穴。

3 約瑟夫・阿楚齊（Joseph Achuzie）在一九六八年被指派到哈科特港並負責指揮當地的所有比亞法拉士兵，之後在一九七〇年初從奧朱古手上接下所有軍隊指揮權，並在幾天後與其他比亞法拉高層一起投降。

4 奧古塔（Oguta）是奈及利亞東南部的城市，位於奧尼查和奧韋里之間。

三十三

理查坐在凱妮內身邊揉她的肩膀，她正因為歐拉娜說的話笑開。他喜歡看她仰頭大笑時脖子顯得修長的樣子，也喜歡和她、歐拉娜以及歐登尼伯共度的所有夜晚。他們聚在一起的時光會讓他想起歐登尼伯在恩蘇卡那間燈光幽暗的客廳，或是他被辣味料理浸透舌頭後嚐到的啤酒滋味。凱妮內伸手去拿裝著烤蟋蟀的琺瑯盤，那是哈里森的全新拿手菜。他似乎總是知道該在乾燥土地的哪些確切位置挖出牠們，也知道如何把蟋蟀烤好後掰成適當大小，好讓整盤蟋蟀可以久一點再吃完。凱妮內把一小塊蟋蟀放入口中，理查則拿了兩小塊緩慢咀嚼。天色越來越暗，腰果樹林變成一片沉默的灰色剪影。有片霧靄籠罩住他們所有人。

「你覺得要如何解釋白人在非洲發展得如此成功呢？理查？」歐登尼伯問。

「成功？」歐登尼伯老是這樣，他會在思考良久後突然丟出一些讓他手足無措的問題。這件事總是讓他很煩躁。

「對，成功。我是用英文思考這件事的，」歐登尼伯說。

「或許你該解釋為什麼黑人在阻止白人時失敗了，」凱妮內說。

「是誰把種族歧視帶進這個世界的？」歐登尼伯問。

「我不懂你的重點是什麼，」凱妮內說。

「是白人把種族歧視帶進這個世界，並藉此當作征服的基礎。征服一個更有人性的族群總是比較容易。」

「所以等我們征服了奈及利亞人，我們就會是比較沒人性的一方囉？」凱妮內問。

歐登尼伯沒說話。腰果樹附近有些動靜。哈里森立刻跳起來跑過去，他想看看有沒有叢林鼠可抓。

「伊納塔米給了我一些奈及利亞幣，」凱妮內最後終於說。「你知道那些比亞法拉自由鬥士組織有不少奈及利亞幣吧。我想去九哩路那邊看看可以買到什麼，如果順利的話，我還會拿我們難民營做的東西去賣。」

「這樣是跟敵方交易，」歐登尼伯說。

「是在跟『有我們所需物資的奈及利亞文盲婦女』交易。」

「這樣很危險，凱妮內，」歐登尼伯說，他的柔和口氣讓理查驚訝。

「那個地區沒有被佔領，」歐拉娜說。「我們的人能在那裡自由交易。」

「妳也要去嗎？」歐登尼伯的聲調因為驚訝而提高，他盯著歐拉娜看。

「沒有。至少明天不會。說不定下次吧。」

「明天？」這次換理查驚訝了。凱妮內之前確實提過想深入敵營交易，但就提過一次，他也不知道她已經決定明天要去。

「對，凱妮內明天要去，」歐拉娜說。

「沒錯，」凱妮內說。「可是別管歐拉娜了，她永遠不可能跟我去。她怕死正直的自由貿易活動了。」凱妮內笑了，歐拉娜也笑著拍了她的手臂一下。理查在她們的嘴唇弧線中看到相似之處，她們有點大的門牙形狀也很像。

「九哩路不是每隔一陣子就會遭到敵方佔領嗎？」歐登尼伯問。「我覺得妳不該去。」

「都決定好了。我明天一大早會跟伊納塔米一起出發，傍晚回來，」凱妮內說，理查很熟悉她此刻的口氣，她的口氣代表一切已成定局。不過他並不反對她去這一趟。他知道很多人都在做這件事。

那天晚上，他夢見她帶著一整籃香料煮雞肉、辣味加羅夫飯，以及料很多的魚湯回來，因此窗外的大聲喧鬧突然將他吵醒時，他是真的很不高興。他實在不想離開這個夢境。凱妮內也醒來了。他們匆匆趕到屋外，凱妮內身上只有一件在腰際綁好的罩衫，他也只穿著短褲。天色剛破曉，屋外的光線微弱。難民營中有一小群人正對一個蹲在地上的年輕男子又打又踢，他因為嘗試降低自己受到的攻擊雙手抱頭。他的長褲上到處都是破洞，領子幾乎被扯爛，但遭人撕破的袖子上仍垂著半輪黃日。

「怎麼了？」凱妮內問。「怎麼了？」

就算沒有人開口，理查也知道是怎麼回事。那個人是來農場偷東西的士兵。現在這種情況很常見。各地農場都會在深夜遭到打劫。無論是玉米粒都還沒成形的柔軟玉米梗，還是比芋頭還小的地瓜，總之都會被偷走。

「你知道為什麼我們種的作物都無法收成嗎？」有個幾週前死了孩子的婦女說。她的罩衫綁得很低，因此露出垂墜乳房的上緣。「就是有這樣的人跑來把作物採走。我們會餓死。」

「住手！」凱妮內說。「現在就住手！放過他！」

「妳是要我們放過一個小偷嗎？如果今天放過他，明天會有十個小偷跑來。」

「他不是小偷，」凱妮內說。「聽見了嗎？他不是小偷，只是肚子餓的士兵。」

群眾因為她充滿威嚴的沉靜口吻靜止下來，然後慢慢散開，回到他們住的教室。士兵站起來拍掉身上沙塵。

「你是從前線回來嗎？」凱妮內問。

他點點頭。他看起來大概十八歲，額頭兩側各有一個紅腫的大包。血從他的兩邊鼻孔緩慢流下。

「你在逃跑嗎？I na-agba oso ？[1]你逃兵了？」凱妮內問。

他沒有回答。

「來吧。離開前來拿一些加里，」凱妮內說。

淚水從他腫起的左眼緩慢流下，他用手掌蓋住那隻眼睛，跟在她身後。他始終沒說話，只是在離開前喃喃說了「Dalu——謝謝妳」，手上緊抓著那一小袋加里。後來凱妮內去換衣服，再到難民營找伊納塔米，一路上始終保持沉默。

「你一大早就要出發，對嗎？理查？」她問。「畢竟那些大人物今天可能只會進辦公室三十分鐘。」

1 伊博語：你在逃跑嗎？

「我一小時內出發。」他打算去阿希亞拉碰碰運氣，看能不能從救濟物資總部拿到一些配給品。

「跟他們說我快死了，沒有奶粉和醃牛肉罐頭就活不下去了，」她說。她的口氣中潛藏著一絲之前沒有的挖苦。

「我會的，」他說。「旅途順利。Ije oma。帶很多加里和鹽回來啊。」

他們親吻，兩人的嘴唇短暫碰觸了那麼一下，然後她離開。他知道早上那個年輕士兵的事讓她心情很差，他也知道她在想什麼：那個士兵並不是他們農作物無法收成的原因。他們之所以沒有農作物可收成，是因為土地太貧瘠、哈馬丹風的威力過於猛烈、缺乏可用的糞肥，而且沒有任何東西可種。就算她想辦法弄到一些可種植的小地瓜，人們也會在種下去之前吃掉大半。他真希望他大手一揮就能立刻為比亞法拉帶來勝利。他想為她帶來勝利。

他傍晚從阿希亞拉回來時她還沒回來。客廳裡有廚房傳來的脫色棕櫚油氣味，寶貝正趴在草蓆上翻看《伊茲上學去》[2]。

「把我抱到你的肩膀上，理查叔叔，」寶貝跑向他。理查假裝努力要把她抱起來，但又假裝無力地癱倒在一張椅子上。

「妳現在是個大女孩了，寶貝。妳太重了，我抱不動。」

「哪有！」

歐拉娜站在廚房旁觀察他們。「你知道，自從戰爭開打後，寶貝變得越來越聰明，可是完全沒長高。」

理查微笑。「長腦子總比長個子好，」他說。她聽了露出微笑。他突然意識到他們平常真的很少說話，而且總是小心翼翼避開對方。

「今天去阿希亞拉沒走運？」歐拉娜問。

「沒走運。我到處都努力問過了。救濟中心根本沒東西。我看見一個大男人坐在建築物前的地上吸大拇指，」他說。

「你在政府官署裡認識的人呢？」

「他們說他們什麼都沒有，還說我們現在的重點是要自給自足、想辦法耕種作物。」

「用什麼來耕種作物？而且要怎麼用我們現在的那麼一點土地餵飽好幾百萬人？」

理查看著她。就算只是對比亞法拉的一丁點暗示性批評都會讓他不舒服。自從烏穆阿希亞淪陷後，憂慮就滲入他內心的所有角落，可是他沒有說出來。

「凱妮內在難民營嗎？」他問。

歐拉娜擦擦額頭。「我想是吧。她和伊納塔米現在應該已經回來了。」

理查走出屋外跟寶貝玩。他把她抱到自己的肩膀上坐好，讓她抓住一片很高的腰果樹葉後再把她放下，心想就一個六歲孩子來說，她真的是很嬌小，而且體重好輕。他在地上劃出許多線條，要她撿一些石頭來，開始教她玩 nchokolo[3]。他看著她把金屬碎片從錫罐中取出、攤開，再排好：那

2 《伊茲上學去》（*Eze Goes to School*）是一九六三年於倫敦出版的兒童小說，是由奈及利亞作家奧諾拉·恩澤武（Onuora Nzekwu）和英國作家邁克爾·克勞德（Michael Crowder）合寫。

3 Nchokolo 是非洲孩子會玩的一種拋接遊戲，可能會使用球或其他物件。

些是她蒐集的碎彈片。一小時後，凱妮內還是沒回來。理查帶著寶貝往難民營走。凱妮內沒有像平常偶爾會做的一樣坐在「不歸路」前的階梯上。她也沒在病房。她沒在任何一間教室裡。理查在鳳凰木下看到厄格烏正在紙上寫字。

「凱妮內阿姨沒回來，」理查還沒開口問，厄格烏就說了。

「你確定她不是回來後又去了其他地方嗎？」

「我確定，先生啊。可是我『預計』她很快就會回來了。」

理查對於厄格烏用「預計」這麼正式的詞彙感到有趣，他很敬佩厄格烏的野心，以及他最近在所有能找到的紙上塗寫的努力。他曾試圖去找厄格烏沒收好的紙，希望看看上面寫了什麼，卻一張也沒找到。那些紙大概都塞在他的短褲口袋裡吧。

「你在寫什麼？」他問。

「一件小事，先生啊，」厄格烏說。

「我要跟厄格烏待在一起，」寶貝說。

「好的，寶貝。」理查知道她等等會跑去教室裡找一些孩子出來，然後他們會一起抓蜥蜴或蟋蟀。又或者她會去找那些自稱民兵的人，那種人會把匕首綁在腰上，而她會問可不可以借她拿一下。他走回屋子。歐登尼伯剛下班回來，在傍晚明亮的陽光中，透過他那件已經穿得很薄的襯衣，理查可以看見他胸膛上的捲毛。

「凱妮內回來了嗎？」歐登尼伯問。

「還沒。」

歐登尼伯用控訴的眼神看著他好一陣子，然後走進去換衣服，再次出來時，他已經把身上的罩衫在脖子後方打了一個結，任由罩衫往下垂落，然後和理查一起在客廳坐下。收音機傳來閣下大人宣布要去海外尋求和平的計畫。

我時時懷抱一個信念，就是為了確保人民擁有和平與安全，我會親自去到任何地方，因此為了這個信念，現在我要離開比亞法拉，去探索……

厄格烏和寶貝回家時，太陽正要落下地平線。

「那個小女孩恩涅卡，她剛剛死了，但她母親不讓別人把屍體帶去埋，」厄格烏在跟他們打過招呼後說。

「凱妮內在那邊嗎？」理查問。

「不在，」厄格烏說。

歐登尼伯起身，理查也起身，他們一起走向難民營。兩人完全沒對話。有個女人正從其中一間教室中發出哭嚎聲。他們去問每個人，而大家的答案都一樣：凱妮內一大早就跟伊納塔米離開了。她跟他們說她要去進行市場戰，就是要深入敵營進行交易，而且會在傍晚以前回來。

一天過去了，然後兩天過去了。日子一切如常。空氣一樣乾燥，風一樣充滿沙塵，難民們仍耕種著乾燥的土地，但是凱妮內沒回來。理查像是在一條隧道中蹣跚前行，覺得自己的體重每小時都被吸走一些。歐登尼伯跟他說凱妮內可能只是在另一邊有事耽擱了，比如要等惡盜離開某處後才能回家。歐拉娜說其他女人去進行這種交易時也常比預定時間還要晚回來，但她的眼中仍隱隱閃爍著恐懼。就連他們說要去找凱妮內，但歐登尼伯說他不打算一起去，因為他相信凱妮內會回來時，他看起來也很害怕，就彷彿害怕可能親眼見證到的真相。理查開車前往九哩路時，歐拉娜坐在他身旁，他們一路沉默，可是當他問路邊的人有沒有見過長得像凱妮內的人時，她會說，「O tolu ogo, di ezigbo oji[4]」，就好像重複理查說過的話——「凱妮內很高、膚色又很深」——能幫助喚醒人們的回憶。理查把凱妮內的照片給這些人看，但有時會因為太過著急不小心抽出繩壺的照片。沒人見過她。沒人見過伊納塔米那輛車。他們遇見比亞法拉的士兵，士兵跟他們說前方道路被敵軍佔領所以無法過去，被問起凱妮內時也只是搖頭表示沒見過。在開車回家的路上，理查開始哭。

「你哭什麼？」歐拉娜怒氣沖沖地質問他。「凱妮內只是困在那邊幾天而已。」

理查的眼淚讓他看不清楚，結果把車開出道路外。車子在衝進樹林間的濃密矮樹叢時發出尖銳聲響。

「停下來！停下來！」歐拉娜說。

他停車，她把鑰匙從他手上拿走，下車繞到另一邊打開駕駛座車門。在開車回家的路上，她一直小聲哼著歌。

4 伊博語：她很高，膚色很深。

三十四

歐拉娜用木梳子盡可能輕柔地梳過寶貝的頭髮，但還是有一大簇頭髮卡在梳齒上。厄格烏坐在一張板凳上寫字。已經一週過去了，凱妮內還是沒回來。哈馬丹風今天相對平靜，腰果樹不再扭動搖擺，可是沙土仍被吹得到處都是，空氣中也仍充滿小碎石與謠言。大家都在說奧朱古閣下大人不是去尋求和平，而是逃跑了。歐拉娜知道不可能是這樣。她相信閣下大人的旅程會很成功，就像她沉默而堅定地相信凱妮內很快就會回家。閣下大人會帶著一張簽署好的文件回來，那份文件將會宣布戰爭落幕，並明確指出一個自由的比亞法拉已然誕生。他會帶著公義及鹽回來。

她梳著寶貝的頭髮，又有一些髮絲落下。歐拉娜把一小束髮絲握在手裡，那抹被太陽曬成的黃棕色跟寶貝原本的曜石黑髮色完全不同。她嚇壞了。凱妮內幾週前跟她說過，寶貝才六歲就掉髮代表她極度有智慧，但說完又去為寶貝找更多蛋白質錠。

正在寫字的厄格烏抬起頭來。「或許妳不該再幫她綁頭髮，女士啊。」

「對。說不定就是這樣才會掉頭髮，太常綁頭髮了。」

「我沒有掉頭髮！」寶貝說，然後拍拍自己的頭。

歐拉娜把梳子放下。「我一直在想，我在火車上看到的那個孩子頭髮很濃密。一定是因為這樣，她母親才有辦法幫她編髮。」

「是怎麼編的？」厄格烏問。

一開始歐拉娜對這個提問感到驚訝，然後才意識到自己還清楚記得那孩子的編髮樣式，於是她開始描述那個髮型，比如有幾條小辮子垂在那孩子的額頭前方。然後她開始描述那顆頭本身：張開的眼睛、泛灰的肌膚。厄格烏在她講話時不停寫著，突然之間，他的書寫及真心想聆聽的誠意讓她的故事顯得極為重要，並足以為一個她不確定究竟為何的更遠大目標服務。於是關於在那輛火車上哭泣、吼叫，或尿在自己身上的所有人，她把記得的一切都告訴了他。

她還沒說完，歐登尼伯和理查就回來了。他們今天一大早是開著寶獅車去阿希亞拉的醫院找凱妮內，現在卻是走路回來。

歐拉娜立刻跳起來。「有找到嗎？」

「沒有，」理查說完後走進屋內。

「車子呢？被士兵開走了？」

「汽油在路上用完了。等我找到汽油再去開回來，」歐登尼伯擁抱她。「我們有見到馬杜。他說他很確定她還在敵方領地。她一定是進去後發現道路被惡盜封鎖，只好等待新的道路開放。這種事一天到晚發生。」

「是的，當然。」歐拉娜拿起梳子嘗試把打結的頭髮梳開。歐登尼伯又提醒她，她應該慶幸他們沒在醫院找到凱妮內，因為這代表凱妮內目前沒事，只是還在奈及利亞的領土內，可是她不喜歡他的提醒。幾天後，她堅持要去停屍處找人，他又說了一樣的話：凱妮內一定還安全待在敵方領地。

「我要去，」她說。馬杜為他們送來了一些加里、糖和汽油。她要自己開車去。

「這樣做沒有意義，」歐登尼伯說。

「沒有意義？找我姊妹的屍體沒有意義？」

「妳的姊妹還活著。根本沒有屍體可找。」

「最好是，老天。」

她轉身離開。

「就算有人射殺了她，歐拉娜，他們也不會把她送到比亞法拉境內的停屍處，」歐登尼伯說，

她知道他說的沒錯，可是她恨他說出來，也恨他叫自己歐拉娜而不是nkem。總之她還是出發了。

她去了氣味難聞的停屍處，最近因為空襲轟炸而出現的屍體全堆在停屍處的建築外，一具具因為陽光而腫脹。有一群人在大門外乞求著要進去找家人。

「拜託，我父親自從空襲之後就不見了。」

「拜託，我找不到我的小女兒。」

歐拉娜有一張馬杜寫的紙條，管理員看完紙條露出微笑，開門讓她進去。她堅持要看每具女性屍體的臉，就算是管理員表示年紀太大的屍體也不放過，然後她在全部看完後站在路邊嘔吐。如果太陽拒絕升起，我們會讓太陽升起。奧奇歐瑪那首詩的名字在她腦中浮現。她不記得詩的其他部分，反正大意是說要把陶壺一個個疊起來形成通往天空的階梯。回到家後，歐登尼伯正在跟寶貝說話，坐在一旁的理查呆望著前方。沒人問她有沒有找到凱妮內的屍體。厄格烏說她的連身裙上有一大塊棕櫚油色的污漬，他說話的聲音很小，就好像內心清楚那是她沾到了自己的嘔吐物。哈里森跟

她說家裡沒食物可吃，她眼神空洞地盯著他，因為以前都是凱妮內在處理一切。現在哪有人知道該怎麼辦。

「妳應該躺下，nkem，」歐登尼伯說。

「你記得奧奇歐瑪那首提到『如果太陽拒絕升起，我們就要讓太陽升起』的詩嗎？」她問。

「『陶壺燒製於熱火，卻會在我們踩上時為腳帶來清涼』，」他說。

「沒錯、沒錯。」

「那是我最喜歡的詩句。我不記得其他句子。」

有個難民營的女人衝進院子，她一邊大吼一邊揮動一根綠油油的枝條。那抹綠看起來潮濕美妙。歐拉娜真不知道她是從哪弄來這種枝條，畢竟附近的植物和樹木都已被充滿沙塵的風吹到乾枯。大地一片灰黃。

「結束了！」那個女人大吼。「結束了！」

歐登尼伯很快打開收音機，那模樣像是一直在等這個女人送來消息。收音機傳出的男性聲音很陌生。

綜觀歷史，當和平協商失敗時，受傷的人們都會透過武器自我保衛。我們也不例外。我們拿起武器是因為人民在大屠殺中產生的不安情緒。我們就是為了那個原因起身作戰。

歐拉娜坐下，她喜歡收音機裡的這個聲音，這個聲音很真誠、母音發得很確實，語氣中還有一種沉穩篤定。寶貝在問歐登尼伯為什麼那個難民營的女人要這樣大吼大叫。理查起身靠近收音機。歐登尼伯把音量轉大。那個難民營的女人說，「他們說惡盜要拿著藤條來把所有平民揍一頓。我們要躲進叢林裡啦，」然後她就轉身跑回營地去了。

我藉由這個機會恭喜武裝部隊中的所有軍官及同袍，他們的豪氣及膽量過人，並因此贏得全世界的敬重。我感謝人民在面對極度的困境及飢餓時展現出的堅毅與勇氣。我深信我們人民所受到的苦難必須立即結束。因此，我已經指示陸續解散部隊。我以人性之名呼籲高恩將軍，在我們進行休戰協商時命令他的部隊暫時停止攻擊。

來自廣播的發言結束，歐拉娜感覺暈眩又不可置信。她坐下。

「現在是什麼情況？女士啊？」厄格烏問，他的臉上毫無表情。

她別開眼神，望向覆滿塵土的腰果樹，也望向如同一道弧形牆蓋在大地上的天空。

「現在我可以去找我的姊妹了，」她輕聲說。

一週過去了。有台紅十字會的廂型車抵達難民營，兩個女人下車把一杯杯牛奶發給大家。很多家庭都離開難民營去找親戚了，又或是跑進叢林躲避據說會帶著鞭子來的奈及利亞士兵。可是歐拉娜第一次在主要道路上看見奈及利亞士兵時，他們手上沒拿鞭子，只是不停來回走動，大聲對彼此說約魯巴語，還笑著對一旁的鄉下女孩揮手。「來跟我結婚啊，我會給你米和豆子。」

歐拉娜加入觀察他們的人群。他們身上剪裁俐落又熨燙平整的制服、擦得光亮的黑靴子，還有充滿自信的眼神，都讓她有一種自己東西被搶走的淒涼感。他們把路封住，要車子回頭。目前還不能通行喔。不能通行。歐登尼伯想去阿巴，他想去看母親下葬的地方，所以每天走到主要道路上看奈及利亞士兵是否有開放車輛通行。

「我們應該打包，」他跟歐拉娜說。「道路再過一、兩天就會開放。我們可以一大早出發，這樣就能在途中去一趟阿巴，天黑前回到恩蘇卡。」

歐拉娜不想打包——反正也沒什麼能打包——她也不想去任何地方。「要是凱妮內回來了呢？」她問。

「Nkem，凱妮內可以輕易找到我們。」

她看著他離開。「凱妮內會找到我們」這種話說來輕鬆，但他怎麼知道會不會？他怎麼知道她有沒有可能受傷了？或許還傷到無法長途移動？她有可能腳步蹣跚地回來，以為能在這裡找到人照顧她，最後卻只發現一間空蕩蕩的房子。

有個男人走進他們的住宅區。歐拉娜花了一段時間才認出對方是她的表弟歐丁切佐。她大吼著跑過去抱住他，再往後退開盯著他看。她上次見到他是在她的婚禮上，當時他和他的兄弟都穿著國民兵制服。

「埃克涅呢？」她害怕地問。「埃克涅 kwanu？[1]」

「他在烏穆阿希亞。我一聽說妳在這裡就趕來了。我正要去奧基賈[2]。據說我們有一些母親的家人在那裡。」

歐拉娜帶他走進屋內，拿了一杯水給他。「你們都還好嗎？我的兄弟。」

「至少沒死，」他說。

歐拉娜在他身邊坐下，握住他的手。他的手掌上有許多浮起來的白繭。「你怎麼能通過奈及利亞士兵駐守的道路？」

「他們沒找我麻煩。我跟他們說豪薩語，他們有人拿出奧朱古的照片，要我在上面尿尿，我照做了。」歐丁切佐露出微笑，那是一個溫和但疲倦的微笑，跟艾菲卡舅媽好像，歐拉娜的眼中瞬間盈滿淚水。

「別哭、別哭，歐拉娜，」他抱住她。「凱妮內會回來的。有個烏穆笛奧卡[3]的婦女去進行市場戰，但那個地區遭到惡盜佔領，害她被困住四個月，但她昨天回到家人身邊了。」

歐拉娜搖搖頭，但沒說她哭的原因不是凱妮內。總之不只是為了凱妮內。她抹乾雙眼。他又抱了她一陣子，然後在起身前把一張五鎊的鈔票塞進她手裡。「我得走了，」他說。「路還很長。」

歐拉娜盯著那張鈔票。那張鮮紅平整鈔票感覺很超寫實，她嚇了一大跳。「歐丁切佐！這太多了！」

「我們在比亞法拉二號領土的不少人都有奈及利亞幣，就算是在國民兵部隊，我們也會跟他們

1 這個伊博語字彙和前面的人名加在一起意思是：埃克涅還好嗎？
2 奧基賈（Okija）在奈及利亞東南部，位於奧爾呂西北邊。
3 烏穆笛奧卡（Umudioka）在奈及利亞東南部，位於奧爾呂北邊。

交易，」歐丁切佐聳聳肩說。「你們沒有奈及利亞幣，對吧？」

她搖搖頭。她從未見過新的奈及利亞幣。

「我希望他們說話算話，他們說政府會承接所有的比亞法拉帳戶。」

歐拉娜聳聳肩。她不知道這件事。所有消息都令人困惑，其中許多還彼此矛盾。他們一開始聽說為了政府的「去武裝行動」，比亞法拉大學的所有職員都必須去埃努古報到，然後又聽說是要去拉各斯報到。接著又有人說只有比亞法拉軍方的相關人士才要去報到。

後來她帶著寶貝和厄格烏去市集，目瞪口呆地看見一盆盆堆得像山一樣高的米和豆子，另外還有好多聞起來又腥又好吃的魚，以及吸引蒼蠅圍繞的帶血肉塊。這些東西像是一夕之間從天而降，美好得幾乎不合常理。她看著那些比亞法拉的女人在討價還價，然後掏出奈及利亞磅付款，就好像她們這輩子一直都在用奈及利亞的貨幣。她買了一點米和魚乾，但不打算一下子花掉太多錢。她還不知道眼前需要面對些什麼。

歐登尼伯回來表示道路開放了。「我們明天離開。」

歐拉娜走進臥房開始哭。寶貝爬上床墊躺在她身邊，抱住她。

「歐拉媽咪，別哭，ebezi na[4]，」寶貝用溫暖的小手臂環抱住她，她哭得更大聲了。寶貝始終抱著她，直到她終於停止哭泣，擦乾雙眼。

理查那天晚上離開了。

「我要去九哩路另一邊的所有小鎮找凱妮內，」他說。

「早上再出發吧，」歐拉娜說。

理查搖搖頭。

「你有汽油嗎？」歐登尼伯問。

「如果下坡時用滑的，開到九哩路沒問題。」

在他和哈里森一起離開之前，歐拉娜分給他一些奈及利亞幣。到了隔天早上，他們把東西收上車，然後她匆忙寫下一張紙條留在客廳。

Ejima m，我們要去阿巴和恩蘇卡。我們會在一週內回來確認房子的狀況。歐留。

她本來想加上我想妳或希望妳一切都好，但最後還是決定算了。凱妮內一定會笑她，然後說出我又不是去度假，老天，我可是被困在敵方領地啊之類的話。

她爬上車，雙眼盯著那些腰果樹。

「凱妮內阿姨會來恩蘇卡嗎？」寶貝問。

歐拉娜轉頭仔細觀察寶貝的臉，想看看她是否預知到什麼。說不定寶貝已經知道凱妮內會回來。一開始她以為她在寶貝臉上看見了一些老天給的訊息，但後來又不太確定。

「是的，寶貝，」她說。「凱妮內阿姨會來恩蘇卡。」

「她還在進行市場戰嗎？」

4 伊博語：別哭。

人。

「沒錯。」

歐登尼伯發動車子，拿下眼鏡用一塊布包好。據說奈及利亞士兵不喜歡看起來像知識分子的人。

「你這樣看得清楚嗎？有辦法開車？」歐拉娜問。

「可以。」他往厄格烏及寶貝身後瞄了一眼，然後把車子慢慢退出住宅區。他們經過了好幾個由奈及利亞士兵駐守的哨點，每次抵達時，歐登尼伯都會悄聲說一些話，他們也會立刻揮手讓他們過去。到了阿巴加納時，他們開車經過那個被奇蹟摧毀的奈及利亞武裝車隊，那些燒黑的車子排成好長、好長的一列。歐拉娜盯著那些車子。這是我們幹的。她伸出手抓住歐登尼伯的手。

「他們贏了，可是這是我們幹的，」她說。然後意識到說出他們贏了的感覺有多奇怪，因為她完全不相信自己口中的「戰敗」。她不覺得他們打了敗仗，而是遭人欺騙。歐登尼伯捏捏她的手。快接近阿巴時，她可以透過他緊繃的下巴察覺他在緊張。

「真不知道我的房子還在不在，」他說。

矮樹叢到處蔓延，許多小屋被徹底被淹沒在棕色長草中。他們的住宅區前方長出一叢灌木，歐登尼伯把車子停在灌木旁。他的胸口劇烈起伏，呼吸也很大聲。屋子仍然聳立著，他們穿過乾燥的長草叢走進去，歐拉娜環顧四周，還是有點害怕看見歐登尼伯母親的白骨躺在某處，但後來發現他的表弟有埋葬她。芭樂樹附近有塊土地微微隆起，上頭插著兩根樹枝製作的粗糙十字架。歐登尼伯在墓前跪下，拔起一束草握在手中。

他們開車前往恩蘇卡的道路上滿是子彈痕和炸彈坑，歐登尼伯常得突然猛打方向盤繞過。路上的建築不是變得焦黑、屋頂被炸開，就是倒掉一半牆壁。到處都是汽車燒毀後的黑色殘骸。詭異的靜默籠罩住一切。地平線上方滿是禿鷹飛翔時的弧線剪影。他們來到一個哨點，一旁有幾個男人在路邊割草，他們手上的短彎刀在長草叢裡上下揮動，另外還有些人抬著厚木板走向一棟牆壁看起來像瑞士起司的屋子走去。之所以說那些牆壁像瑞士起司，是因為上面布滿或大或小的彈孔。

歐登尼伯把車子停在一位奈及利亞軍官身旁。他的的皮帶扣閃閃發亮。他彎腰往車裡看了一眼，很黑的臉龐上露出很白的牙齒。

「為什麼你們的車子還掛著比亞法拉車牌？你們是戰敗叛軍的支持者嗎？」他的聲音很響亮、很刻意，就彷彿在演戲，而且非常清楚自己扮演的是一個霸凌者。他身後的一名下屬正在對做苦力的男人大吼。有個死去男人的屍體躺在樹叢中。

「到了恩蘇卡就會換掉，」歐登尼伯說。

「恩蘇卡？」軍官站直身體，笑了。「啊，恩蘇卡大學啊。你們就是和奧朱古一起策畫叛變的傢伙。那些讀書人嘛。」

歐登尼伯沒說話，只是直直望著前方。軍官突然猛力拉開駕駛座的車門。「Oya！出來為我們搬一些木頭啊。讓我們看看你們能如何促進奈及利亞的團結。」

歐登尼伯看著他。「為什麼要這樣？」

「問什麼問？快點給我下車！」

有個站在他身後的士兵舉起槍。

「真是個笑話，」歐登尼伯喃喃地說。「O na-egwu egwu[5]。」

「下車！」那位軍官說。

歐拉娜打開門。「下車，歐登尼伯和厄格烏都下車。寶貝，妳坐在車子裡。」

歐登尼伯下車，軍官搧了他一巴掌，那動作如此暴力又出人意料，歐登尼伯腳步不穩地靠在車上。寶貝在哭。

「你不感謝我們沒殺光你們嗎？快過來搬木板啊，一次兩片！」

「讓我的妻子和女兒待在一起，」歐登尼伯說。

軍官打的第二個巴掌沒有第一次響亮。歐拉娜沒有望向歐登尼伯，她小心翼翼地把注意力集中在搬著一堆水泥磚的男人身上，那男人細瘦光裸的背部滿是汗水。然後她走向木板堆，拿起兩片。一開始木板的重量讓她腳步蹣跚了一下——她沒料掉有這麼重——然後她穩住自己，開始往房子的方向走，等到走回來時已滿身大汗。她注意到有個士兵死死盯著她，眼神灼熱到足以燒穿她的衣服。等她搬第二趟時，那個士兵已經站得離木板堆更近了。

歐拉娜看著他，然後大喊，「軍官！」

軍官剛剛揮手讓一輛車子通過。他轉頭。「什麼事？」

「你手下的這些小夥子別妄想對我動手，你最好跟他們說清楚。」歐拉娜說。

厄格烏走在她身後，她可以感覺他倒抽了一口氣。她的大膽讓厄格烏恐慌，但軍官笑了，而且看起來既驚訝又有點敬佩。「沒有人會對妳動手，」他說。「我的小夥子都受過良好訓練，跟你們那些明明是下流叛徒的『軍人』不一樣。」

他攔下另一台車，那是一台寶獅403。「立刻下車！」

一個很矮小的男人下車後站在車子旁。軍官伸手把眼鏡從他臉上扯下，扔進樹叢。「啊？看不見了是吧？但之前可是看得清清楚楚，還有辦法幫奧朱古寫宣傳文稿嘛？你們這些公務員之前都在幹這種事吧？」

男人瞇起眼睛，又揉揉眼。

「趴下啊，」軍官說。男人趴在瀝青路面上。軍官拿來一條長鞭子抽他的背和屁股，咻啪、咻啪、咻啪，男人慘叫出一些歐拉娜聽不懂的話。

「說謝謝你，先生啊！」軍官說。

男人說，「謝謝你，先生！」

「再說一次！」

「謝謝你，先生！」

軍官停止動作，然後對歐登尼伯揮揮手。「Oya，讀書人，走吧。之後一定要換車牌啊。」

沉默的他們匆忙走向車子。歐拉娜覺得兩隻手掌好痛。他們開走時，軍官還在抽打那個男人。

5 推測是伊博語的「真是個笑話」。

三十五

厄格烏在一叢狂野生長的白花叢旁彎下腰，盯著一堆燒毀的書看。這些書是先被人堆在一起後才點火，所以他徒手往下挖，想看看是否有還沒被火焰吞噬的書。他抽出兩本完好無缺的書，用襯衣把封面擦乾淨，而在其他已經燒掉一半的書本裡，他還是能認出一些文字和圖表。

「為什麼他們得把書燒掉？」歐拉娜口氣溫和地問。「想想多費工夫啊。」

主人在他身邊蹲下，在焦黑的紙張間翻找，口中喃喃低語，「我的研究論文都在這裡，nekene nke[1]，這篇的主題是我針對訊號檢測做的等級測驗……」過了一陣子後，他在光禿禿的地上坐下，還把雙腿往前伸長，厄格烏真希望他沒這麼做，因為這個姿勢有一種很不莊重、很不「主人」的氣息。歐拉娜握著寶貝的手，她看著被風吹得呼呼作響的松樹、龍船花和百合花，還看著所有枝葉雜亂地糾結在一起。就連歐丁街也因為兩邊長滿濃密矮樹叢而顯得既雜亂又糾結，被遺棄在道路盡頭的奈及利亞武裝車也已從輪胎中長出草來。

首先走進屋子的是厄格烏，歐拉娜和寶貝跟在他後面。客廳上方掛著奶白色蜘蛛網，他抬眼看見一隻巨大黑蜘蛛在網上緩慢移動，一副毫不在意他們的出現的樣子，反正就是要努力把自己的家建得更穩固。沙發、窗簾、地毯和書架都不見了，百葉窗門也已滑落地面。窗戶全成為張大的嘴，乾燥的哈馬丹風因此帶進大量沙塵，所有牆壁隨之變成均勻的棕色，沙塵的懸浮微粒也像鬼魂一樣在空蕩的屋內飄蕩。廚房中只剩下那只厚重的研缽。厄格烏在走廊上撿起一只沾滿灰塵的瓶子，他把瓶子湊近鼻子時聞到了椰子香。那是歐拉娜的香水。

寶貝在他們走到廁所時開始哭。一坨坨堆在浴缸裡的糞便已經乾成像是石頭一樣的噁心團塊。《鼓》雜誌的內頁被撕下來當衛生紙用，許多結塊的污漬抹在散落地板各處的雜誌印刷內頁上。歐拉娜要寶貝別哭，厄格烏則想起她曾在那個浴缸裡玩過塑膠黃色小鴨。他把水龍頭轉開，但水龍頭只發出一陣尖細的聲響，沒有任何水流出來。後院的草已經高到能夠掃過他們的肩膀，他們走不過去，所以他找來一根棍子開路。腰果樹上的蜂窩不見了。通往男僕宿舍的門因為絞鍊壞掉而歪歪的垂著，他把門推回去，想起他離開時還掛在牆面釘子上的襯衣。他知道襯衣不會在了，這是當然，但眼神還是在牆面上搜索著，那可是雅努利卡曾大肆讚美過的襯衣。光是想到再過幾小時就能見到雅努利卡，他就非常興奮，但也很害怕，他竟然要回家了！他不打算讓自己去思考誰還在或誰已經不在的問題。他把掉在骯髒地面的東西撿起來：一把生鏽的槍，還有一本因為泡水膨脹且又被不知什麼啃掉一半的《社會主義評論》。他把這兩樣東西丟回地上，四處迴盪的回音中有什麼衝了過去，或許是隻老鼠吧。

他想打掃。他想奮力地刷洗。可是他害怕這樣做也改變不了什麼。或許這棟屋子已經被玷汙到骨子裡，那種有什麼早已死去且乾掉的氣味將永遠攀附在屋內，而老鼠的窸窣腳步聲也會不停從天花板傳來。主人找到一支掃把後親自開始打掃書房，他把一堆蜥蜴大便和灰塵掃到書房門外堆成一

1 伊博語：看這個。

堆。厄格烏往書房裡看，他坐在唯一剩下的一張椅子上。那張椅子有支椅腳壞了，所以他必須靠在牆面才能保持平衡，而椅子下是一堆被燒毀的紙張和檔案。

厄格烏用一根棍子去戳浴室裡的大便，同時低聲咒罵著惡盜和他們的子子孫孫。等歐拉娜要他先回家探望家人，等回來再打掃時，他其實都已經洗完浴缸了。

厄格烏站著不動，他父親的第二個老婆奇歐克正在對他撒沙子。「你是人還是鬼？厄格烏？」她問。「你是人嗎？」

她彎腰抓起一把把沙子快速朝他丟過去，沙子落在他的肩膀、手臂和肚子上。終於她停止動作，上前擁抱他，因為他沒有消失。他不是鬼。其他人也出來擁抱他。他們不可置信地揉捏他的身體，就好像那些撒在他身上的沙子仍無法證明他不是鬼。有些女人在哭。厄格烏仔細看了身邊所有人的臉，大家都瘦了，皮膚也因為疲倦而留下深深刻痕，就連孩子也不例外。可是外觀改變最大的是雅努利卡。她的臉上布滿黑頭粉刺和青春痘，淚眼汪汪看著他的雙眼也跟以前不同，「你沒死、你沒死。」他震驚地發現自己記憶中美麗的妹妹其實一點也不美麗。現在的她只是個瞇著一隻眼睛的醜陋陌生人而已。

「他們跟我說我的兒子死了，」他父親抓著他的肩膀說。

「媽媽在哪？」他問。

他父親還沒開口，厄格烏就已經知道了。其實他從奇歐克跑出來的那一刻就知道了，畢竟原本該跑出來迎接他的要是他的母親才對；應該要是她感應到他的出現，然後到烏比樹的小樹林迎接他才對。

「你母親已經不在我們身邊了，」他父親說。

熱燙的眼淚盈滿厄格烏的雙眼。「神永遠不會原諒他們。」

「說話小心！」雖然他們身邊沒有其他人，他父親還是害怕地四處張望。「不是因為惡盜。她是因為咳嗽死的。我帶你去看她安眠的地方。」

那個墓地沒有任何標記。一叢茂盛鮮綠的芋頭葉長在上面。

「什麼時候的事？」厄格烏問。「她何時死的？」

問出她何時死的？是一種很超寫實的感覺。而她究竟何時死去其實也不是很重要。就在他父親提出一些毫無道理的說明時，厄格烏跪倒在地，額頭貼地，雙手抱頭，就好像在抵禦從上方落下的某個物體，也彷彿這是他在消化自己母親死訊時唯一有辦法採取的姿勢。他父親回到小屋，把他獨自留在墓前。之後厄格烏和雅努利卡一起坐在麵包果樹下。

「媽媽怎麼死的？」

「因為咳嗽。」

她沒有如他所預期的回答他的其他問題，而且說話時毫無活力，也沒有任何犀利或機靈的反應：對，他們在惡盜佔領村莊前沒多久進行了奉酒儀式。昂葉卡很好，他去農場了。他們還沒生孩子。她常別開眼神，就好像跟他坐在一起讓她很不自在。厄格烏不禁懷疑他們之前總能自在相處的情誼都是他想像出來的。奇歐卡叫她時，她似乎鬆了一口氣，然後快速起身離開。

厄格烏看見孩子都在繞著麵包果樹跑，他們又是彼此辱罵又是大吼大叫。此時內內希納奇在身側抱著一個嬰兒出現，她的眼中閃耀著某種光芒。她看起來沒有變，和他記憶中的她相比，她不像其他人一樣有變瘦，不過稍微變大的乳房把上衣布料堅挺地撐開來。她擁抱他時把身體緊貼在他身上。那個寶寶還因為被壓到叫了一聲。

「我就知道你沒死，」她說。「我知道你內在的 chi 還是很燦亮。」

厄格烏摸了一下嬰兒的臉頰。「你在打仗時結婚了？」

「沒有結婚。」她把嬰兒移到身體另一側。「我和一個豪薩士兵住在一起。」

「跟惡盜住在一起？」他幾乎無法相信。

內內希納奇點點頭。「他們就住在我們的小鎮。他對我很好，是個很和善的人。如果當時我在這裡，雅努利卡就不可能發生那種事。可是我和那個男人去埃努古買東西了。」

「雅努利卡發生了什麼事？」

「你不知道？」

「什麼事？」

「他們上了她。五個人。」內內希納奇坐下。她把嬰兒放在自己的大腿上。

厄格烏遙望著遠方的天空。「在哪裡？」

「超過一年前的事了。」

「我是問在哪裡？」

「喔。」內內希納奇的聲音在顫抖。「靠近小溪的地方。」

「在外面？」

「對。」

厄格烏彎腰撿起一顆石頭。

「他們說，第一個人爬到她身上時，她咬了他的手臂，對方有流血。他們幾乎把她打死。自從那次之後，她的一隻眼睛就張不開了。」

厄格烏後來在村裡走了一圈，走到溪邊時，他想起會在早上到此排隊準備取水的那些女子。他在一顆石頭上坐下，開始啜泣。

回到恩蘇卡後，厄格烏沒跟歐拉娜提起妹妹被強暴的事。歐拉娜不常在家，因為到處都有人回報看見長得像凱妮內的女性出沒，所以她去了埃努古、奧尼查和貝寧[2]，而每次回來時都低聲哼著歌。只要厄格烏問情況如何，她總會說，「我一定會找到我的姊妹。」

「是的，女士啊，妳一定會，」厄格烏說。為了歐拉娜，他必須相信她會。

他打掃房子。他上市集。他去自由廣場看那堆被惡盜從圖書館中清空後堆起來點火燒黑的書籍。他跟寶貝玩。他坐在屋外通往後院的階梯上用碎紙片寫字。隔壁的院子裡有雞不停咕咕叫。他看著用來分隔的樹籬，心裡想著琴伊爾，如果她有活下來的話會想到他嗎？歐奇克醫生和他的家人沒有回來，現在是一個有弓形腿的男人住在那裡，那個化學教授蓋了一座雞圈並用木柴生火煮飯。有一天，就在薄暮的天光即將消逝之際，厄格烏抬眼看見三名士兵闖入他的住宅區，過了一陣子

2 貝寧（Benin）是奈及利亞南部的一個城市，位於埃努古和奧尼查的西邊。

後，他們把那個教授拖上車離開。

厄格烏有聽說奈及利亞士兵立誓要殺掉恩蘇卡百分之五的學者，自從艾茲卡教授在埃努古遭到逮捕後，目前也還沒有人知道他的消息，可是要直到看見隔壁的教授被拖走之後，他才意識到一切都是真的。所以幾天之後，有人大力拍打前門時，他以為就是他們要來抓主人。他先衝去書房悄聲說，「躲在桌子底下，先生啊！」然後跑到前門擺出一副蠢笨又遲鈍的表情。不過他沒看見令人害怕的綠色制服、亮晃晃的靴子和槍，而是一件棕色卡夫坦長袍、平底涼鞋，以及一張他花了點時間才認出的熟悉臉龐：阿德芭尤小姐。

「晚安，」厄格烏說。他內心出現一種幾乎是失望的感受。

她偷偷觀察他身後的屋內，臉上是顯而易見的巨大恐懼。這讓她看起來像是被剝掉所有皮肉，只剩下兩個眼眶處有大洞的一顆頭骨。

「歐登尼伯？」她用氣音說。「歐登尼伯？」

厄格烏立刻明白她只有辦法說出名字。說不定她根本沒認出他，而且也沒辦法鼓起勇氣問出完整的問題：歐登尼伯活著嗎？

「我的主人沒事，」厄格烏說。「他在裡面。」

她盯著他瞧。「喔，厄格烏！瞧你長得多大了。」她走進屋內。「他在哪裡？他還好嗎？」

「我去叫他，女士啊。」

主人站在他的書房門邊。「怎麼回事？我的好傢伙？」他問。

「是阿德芭尤小姐，先生啊。」

「你因為阿德芭尤小姐要我躲在桌子底下？」

「我以為是那些士兵，先生啊。」

阿德芭尤小姐抱住主人，但實在抱得太久了。「他們跟我說有個人沒回來，不是你就是奧奇歐瑪——」

「奧奇歐瑪沒回來。」主人只是重複她的說法，他似乎不太認同這個說法。

阿德芭尤小姐坐下開始啜泣。「你知道嗎，我們其實不是真的很了解比亞法拉發生了什麼事。拉各斯的生活一切如常，女人們還穿著最新款式的蕾絲。直到我去倫敦參加會議，才讀到有關飢荒的報導。」她停頓了一下。「戰爭一結束，我就加入五月花志願服務隊，帶著食物越過尼日河……」

厄格烏不喜歡她。他不喜歡她身上那種奈及利亞人的氣息。然而他心中卻有一個角落已經準備好原諒她。只要她能把好久以前的那些夜晚帶回來，把那些她會在充滿白蘭地及啤酒氣味的客廳中與主人爭論的夜晚帶回來，他就會原諒她。現在都沒人來訪，只有理查先生除外，不過他帶來的是一種不同的熟悉感。現在的他更像是家人，因為他坐在客廳看報紙時，歐拉娜會繼續忙自己的事，主人也只是待在書房。

幾天後的晚上，理查先先剛好來訪，前門傳來的猛力敲門聲讓厄格烏很心煩。在廚房的他放下幾張手上的紙，心想，難道阿德芭尤小姐不能理解她最好還是回去拉各斯，別再來煩他們比較好嗎？但走到門口時，他透過玻璃看見兩個士兵，立刻向後退了一步。他們抓住門把用力拉扯上鎖的門，厄格烏打開門。其中一個士兵戴著綠色貝雷帽，另一個士兵的下巴有顆白痣。那顆痣看起來像水果籽。

「屋子裡的人都出來趴在地上！」

主人、歐拉娜、厄格烏和理查先生都大字形地趴在客廳地上。士兵開始搜索屋子。閉上眼睛的寶貝也一動也不動地趴在地上。

戴著綠色貝雷帽的士兵眼睛是火燒的紅色，他大吼大叫地撕碎桌上的紙，然後把一隻靴子的鞋跟壓在理查先生背上說，「白人！Oyinbo！可別在這裡幹出什麼好事啊！」然後這個士兵還把槍抵在主人頭上說，「你確定沒在這裡偷藏比亞法拉幣嗎？」

另外那個下巴有痣的士兵說，「我們在找任何可能危及奈及利亞統一團結的物證，」然後他走進廚房拿出兩個盤子，盤子上堆滿厄格烏做的加羅夫飯。等吃完飯、喝了一些水，然後打了幾個大嗝之後，他們爬上開來的旅行車揚長而去，連大門也沒關。歐拉娜先站起來。她走進廚房把剩下的加羅夫飯倒進垃圾桶。主人鎖上門。厄格烏把寶貝扶起來帶進房間。「洗澡時間到囉，」他說，但其實還有點早。

「我可以自己洗，」寶貝說。所以他站在一旁看她第一次自己洗澡。她一直笑著把水潑到他身上，他意識到她不會永遠需要他。

回到廚房後，他發現理查先生正在讀他留在流理台上的紙。

「這些實在太棒了，厄格烏。」理查先生很驚訝。「歐拉娜跟你說過那個女人把孩子的頭帶上火車的故事？」

「是的，先生啊。那會是一本大書的一部分。我會花很多年完成這本書，然後把書名叫做『一個國家的生平記述』。」

「野心很大呢，」理查先生說。

「我好想要那本弗雷德里克．道格拉斯的書。」

「一定也被他們燒掉了，」理查先生搖著頭說。「不過，我會在下週去拉各斯的時候找一找。我打算去見凱妮內的父母，但會先去哈科特港和烏穆阿希亞一趟。」

「烏穆阿希亞嗎？先生啊？」

「對。」

理查先生沒再說話，他從不談起他去找凱妮內的事。

「如果你有時間，先生啊，請幫我找一個人。」

「艾布瑞奇？」

厄格烏的臉因為微笑而出現細紋，但很快又恢復嚴肅的表情。「是的，先生啊。」

「當然沒問題。」

厄格烏把那家人的名字和地址給他，理查先生拿筆記下。之後他們兩人沉默了一陣子。厄格烏很尷尬，不停努力想找點話說。「你還在寫書嗎？先生啊？」

「沒有。」

「『世界在我們死去時保持沉默。』那是個好書名。」

「對，很好。那是馬杜上校說過的話。」理查停頓了一下。「其實，這場戰爭的故事不該由我來說。」

厄格烏點點頭。他從沒想過應該是這樣。

「我可以給你一封信嗎？先生啊？說不定你會見到艾布瑞奇？」

「當然。」

厄格烏從理查先生手中拿回那疊紙。他在轉身開始替寶貝做晚餐時低聲唱起歌。

三十六

理查走進果園，朝著之前他總會坐下來看海的地方前進。他最喜歡的橘子樹已經不見了。許多樹都被砍掉，整片果園變成一片整理過的草地。他盯著凱妮內燒掉他手稿的地方，想起幾天前在恩蘇卡，他看著哈里森在花園裡挖個不停時，內心什麼感覺都沒有，真的一點都沒有。「抱歉，先生啊。抱歉，先生啊。我真的把手稿埋在這裡，我知道就埋在這裡。」

凱妮內的屋子被重新漆成柔和的綠色，曾經纏繞著房子的九重葛已遭砍除。理查繞到前門，按響門鈴，想像來開門的人是凱妮內。他想像她會說她沒事，只是想花一點時間獨處。來應門的女子的兩邊臉頰各有兩條線，那是一種細長的部落圖騰。她打開門問，「有什麼事？」

「午安，」理查說。「我的名字是理查．邱吉爾。我是凱妮內．歐佐比亞的未婚夫。」

「嗯？」

「我以前住這裡。這是凱妮內的房子。」

女人的表情緊繃起來。「這是遭遺棄的房產。現在已經是我的。」她開始把門關上。

「拜託，等等，」理查說。「我只是想拿我們的照片，拜託。我可以拿一些凱妮內的照片嗎？在書房的書架上應該有一些相簿？」

那女人吹起口哨。「我有一隻很凶的狗，如果你現在不離開，我會叫那隻狗對付你。」

「拜託，照片就好。」

女人又吹了一聲口哨。理查聽見屋內深處有狗在低吼，所以慢慢轉身離開。駕車離開時，他把車窗開著，任由大海的氣味鑽入鼻子，想到之前凱妮內曾好幾次開車載他走過這條寂寥的道路。回到小鎮後，他在經過一個很高的女子身旁時放慢腳步，可是她的膚色太淺，不可能是凱妮內。他一直不想這麼快來哈科特港，因為想等找到凱妮內後再跟她一起回來看這棟屋子。他想跟她一起看看他們失去了什麼。她一定會想辦法把房子討回來，他很確定，她會寫陳情書、上法院、讓所有人知道聯邦政府偷走她的房子，而且從頭到尾都拿出無所畏懼的姿態。就像她無所畏懼地阻止大家毆打那個年輕士兵一樣。那是他對她留下的最後一段完整記憶，不過他的大腦常自行修改那段記憶——當時她身上穿的罩衫是在腰際綁緊固定，因為剛睡醒而很皺，上面還散布著許多金色色塊，但有時那些色塊又是紅色的。

如果不是因為她母親的要求，他不會回來這裡。

「去看看那棟房子，理查，拜託，就是去看看。」她在電話中的聲音很虛弱。他們在事發後第一次交談時，凱妮內的父母才剛從倫敦回來，那時她的聲音完全不同，口氣也很篤定。

「凱妮內一定是在哪裡受傷了。我們一定要盡可能把消息傳出去，而且要動作快，好讓她可以轉到更好的醫院。等她身體好了，我要問她怎麼處理那個我們本來當成朋友的約魯巴蠢羊。你能想像嗎？那傢伙竟然逼我們買下自己的房子。他偽造了所有權文件跟其他文件，還說我們該高興他沒要我們支付更高的價錢。他甚至拿走所有家具。凱妮內的父親太害怕了，所以完全不敢有意見。他對他們讓他留下一間本來就是他的房子心存感激。凱妮內不可能容許這種事。」

凱妮內的母親現在不一樣了。隨著時間過去越久，她的信心似乎也逐漸流失。就去看看那間房子吧，她說，就是去看看。她不再明確提及和凱妮內有關的具體人事物。馬杜跟他們一起待在拉各斯，他終於結束在亞拉各邦禁閉所的漫長拘留，現在也已被逐出奈及利亞軍隊，至於他在戰爭期間及之前擁有但失去的財產，現在也只拿回二十磅。馬杜之前接到消息，有人說看到一個受過教育的高瘦女人在奧尼查遊蕩，所以理查和歐拉娜一起去了奧尼查，她母親也和他們在那裡會合，可是那個女人不是凱妮內。理查本來很確定對方就是凱妮內——她一定是失憶後忘了自己是誰，這樣一切都說得通了——所以在望入那個陌生人的雙眼時，他第一次對不認識的人產生了無比深沉的恨意。

他在開車前往位於烏穆阿希亞的流離者收容中心時想到這件事。那棟建築空蕩蕩的，附近有個很大的炸彈坑還沒填起來。他到處開了一陣子才找到厄格烏給他的地址。招呼他的老太太表情淡漠，就好像很常有會說伊博語的白人來探詢她親戚的消息。理查很驚訝，他已經很習慣別人注意到他是一個會說伊博語的白人，並且對此表示讚嘆。她為他拉來一張椅子，說明她是艾布瑞奇父親的姊妹，而她才剛說出艾布瑞奇的遭遇，理查就立刻決定不告訴厄格烏，而且是永遠不會告訴他。艾布瑞奇的姑姑頭上綁著一條白色頭巾，胸口用綁帶綁住一件髒污罩衫。她說話的聲音很小，所以理查必須拜託她把說過的話再說一次。她盯著他看了一陣子，才再次表示在烏穆阿希亞淪陷那天，艾布瑞奇死於空襲，而且幾天後，艾布瑞奇在軍中的兄弟完好無傷地回來了。理查不知道為什麼，可是他坐下跟那個老太太說了凱妮內的事。

「戰爭結束前幾天，我妻子去進行市場戰，之後我們沒再見過她。」

老太太聳聳肩。「你們總有一天會知道的，」她說。

理查在隔天返回拉各斯的路上想著這些話。他更確信自己不會把艾布瑞奇的死訊告訴厄格烏。厄格烏總有一天會知道真相，但他不打算現在毀掉厄格烏的美夢。

他抵達拉各斯時正在下雨。車內的收音機又傳來高恩的演說：沒有人得勝，也沒有人被擊敗。報紙小販拿著用塑膠袋包起來的報紙在車流中跑來跑去。他不再讀報紙了，因為每份報紙打開來幾乎都能看見凱妮內父母刊登的廣告，那則標題寫著「失蹤者」的廣告還附上一張凱妮內在游泳池旁拍的照片，讀了實在令人煩悶。伊莉莎白阿姨要他「堅強起來」的說詞也令人煩悶。她說這句話的聲音在電話中有點顫抖，就好像知道一些他不知道的事，但他不需要為了任何事堅強起來。而且凱妮內也沒失蹤，她只是在回家前多花了一點時間。

凱妮內的母親擁抱他。「吃飯了嗎？理查？」她問候的方式既寵愛又親密，那是一個母親覺得沒把兒子照顧好時用的語氣。他們走向家具稀疏的客廳，她把他的手臂握得很緊，身體也貼著他，他有一種既榮幸又不自在的感覺。她似乎覺得只要把他留住身邊，就能把凱妮內留在身邊。

凱妮內的父親正和馬杜一起坐在客廳，一旁還有兩個來自烏穆阿希亞的男人。理查跟他們握手後坐下。他們正在一邊喝著啤酒一邊討論在地化法令[1]，另外也討論公務員的失業問題。他們交談的音量很低，似乎覺得就算待在室內也不夠安全。理查起身爬上樓，走到凱妮內以前的房間，可是裡頭沒留下她的東西。牆上多了很多釘子，或許之前佔住在此的約魯巴人掛了很多照片。

午餐的燉煮料理中放了太多小龍蝦，凱妮內要是吃到一定不會喜歡，還會靠到他耳邊抱怨。午餐結束後，理查和馬杜一起坐在露天陽台上。雨已經停了，陽台下方的植物葉片顯得更為鮮綠。

「外國人說死了一百萬人，」馬杜說。「不可能。」

理查等他說下去。他不確定他想進行這段現在許多比亞法拉人常進行的對話，他們會在這種對話中不停把錯怪到別人身上，並藉此彰顯自己人的英勇。他只想記住他和凱妮內常站在這裡望著下方銀閃閃泳池的模樣。

「不可能只有一百萬。」馬杜啜飲了一口啤酒。「你要回英格蘭嗎？」

這個問題很惹他心煩。「沒有。」

「你要留在恩蘇卡？」

「對。我要加入新成立的非洲研究院。」

「你有在寫什麼嗎？」

「沒有。」

馬杜放下啤酒杯，凝結在杯壁上的水珠就像透明的卵石。「我不明白為什麼我們沒有凱妮內的消息，我真不明白，」馬杜說。

理查不喜歡他說我們的方式，他不知道那個我們包括誰。他起身走到陽台另一邊，往下看向那座放乾的泳池，泳池底部是打磨過的淺白石材，此刻透過淺淺一層雨水可以看得很清楚。他轉身再次面對馬杜。「你愛她，對吧？」他問。

「我當然愛她。」

1　一九七二到一九七七年間通過的「在地化法令」（Indigenization Decrees）是為了讓奈及利亞公民得以取代特定經濟領域中的外國人。

「你有碰過她嗎？」

馬杜發出短促、刺耳的笑聲。

「你有碰過她嗎？」理查又問了一次，突然之間，馬杜成為害凱妮內消失不見的罪人。「你有碰過她嗎？」

馬杜站起來。理查伸手抓住他的手臂。回來啊，他想這麼說，回來跟我說你有沒有用你骯髒的黑手碰過她。馬杜把他的手甩掉。理查出手揍了他的臉。他的手一陣陣抽痛。

「你這白癡，」馬杜說。他很驚訝，腳步還稍微踉蹌了一下。

理查看見馬杜舉起手臂，也看見那拳迅速揮過來時的朦朧影像。馬杜那拳落在他的鼻頭，他的臉在很多地方痛得像是要炸開，而身體在往地面落下時感覺非常輕。他摸摸自己的鼻子，發現手指上有血。

「你這白癡，」馬杜又說了一次。

理查站不起來。他掏出手帕，但雙手在顫抖，襯衣也有沾到血。馬杜盯著他看了一陣子，然後彎腰把他的臉捧在寬大的手掌中，仔細檢查他的鼻子。理查可以聞到他口中的小龍蝦氣味。

「沒打斷，」馬杜說，然後站直身體。

理查用手帕輕輕擦了一下鼻子，一陣黑暗向他襲來。黑暗消失後，他知道自己永遠不會再見到凱妮內。他知道自己的人生將永遠像是一個燭光打亮的房間，他在暗影中永遠看不見完整的真相。

三十七

有些時候，歐拉娜堅信凱妮內會回來，但在這些時刻過去後，她會感受到一陣陣椎心痛楚，然後是狂湧而出的堅定信念讓她開始低聲哼歌，直到她的心又再次跌落谷底，讓她癱倒在地哭個不停。阿德芭尤小姐來訪時談起人的哀悼情緒，大致上就是些好聽的膚淺話：哀悼是是對愛的歌頌，那些能夠真正哀悼的人都是有幸愛過的人。可是歐拉娜感受到的不是哀悼，而是一種更龐大、更陌生的情緒。她不知道她的姊妹在哪裡。她不知道。她對自己憤怒，因為她沒在凱妮內出發進行市場戰那天早起、她不知道凱妮內那天早上穿什麼、她沒跟她一起去，而且她相信伊納塔米把情況掌握得很好。每當她跟著歐登尼伯或理查又或者獨自一人搭上巴士，前往某間擁擠的醫院或建築物尋找凱妮內卻又一無所獲時，她也對這個世界感到憤怒。

事發後第一次見到她的父母時，她父親喚她「Ola m，」意思是「我的黃金」，而她好希望他沒這麼做，因為這只會更讓她感受到自己的黯淡。

「我甚至沒有在凱妮內離開前看見她。我起床時她已經走了，」她對他們說。

「Anyi ga-achota ya[1]，我們會找到她，」她母親說。

1 伊博語：我們會找到她。

「我們會找到她，」她父親又說了一次。

「對，我們會找到她，」歐拉娜也跟著說，她感覺他們像是在一面刮痕累累的牆上留下更多絕望的刮痕。他們跟彼此訴說其他人被找到的故事，也談起有誰在失蹤幾個月後回到家。他們不會跟彼此說其他故事：那些家人仍然失蹤，最後只好拿空棺材下葬的故事。

那兩個來他們家吃加羅夫飯的士兵也讓她非常憤怒。她趴在客廳地板上時不停祈禱他們不會找到她的比亞法拉磅。等他們離開後，她把折好收在鞋底信封內的紙鈔拿出來，走到屋外的檸檬樹下擦了一根火柴燒掉。歐登尼伯看著她燒，但不贊同她的作法，她知道，因為他還把他的比亞法拉國旗摺好收在一件長褲口袋裡。

「你燒的是回憶，」他對她說。

「我沒有。」她不會把回憶寄託在陌生人可以闖進來奪走的東西上。「我的回憶在我心裡。」

幾週過去了，自來水開始正常運作，前院又開始有蝴蝶飛舞，寶貝新長出的頭髮也終於是深邃的曜石黑。歐登尼伯收到好幾箱海外寄來的書。寄給受到戰爭掠奪的同儕，箱裡的短信如此寫道，來自你同樣崇拜大衛・布萊克威爾的數學家兄弟。歐登尼伯花了好幾天仔細讀過每一本。「你看，我有這本書的第一版了，」他常這樣說。

埃德娜寄來許多書、衣服和巧克力。歐拉娜看著她附上的照片，照片中的她看起來很陌生。那是一個住在波士頓的女人，燙過的頭髮保養得很油亮。埃德娜住在她位於伊里亞斯大道的公寓隔壁似乎是很久以前的事了，而歐丁街上的這座院子曾將她生命中的一切包裹在內，似乎又是更久以前的事。她常在校園裡散長長的步，並在經過網球場和自由廣場時想起當初是多麼快就丟下這一切，而回歸卻又是多麼緩慢的過程。

她在拉各斯的銀行帳戶沒有了，所有紀錄直接消失。那種感覺像是有人強迫脫光、奪走她的衣服，只留她在冷風中赤裸著身體打顫。不過她也認為這是上天給她的訊息，因為既然她失去了存款，就不可能再失去她的姊妹。她相信命運的守門人沒那麼邪惡。

「為什麼凱妮內阿姨還在進行市場戰？」寶貝常這麼問，她的表情顯示她默默起了疑心。

「別再問了！這孩子啊！」歐拉娜說。可是她也在寶貝的提問中看到了一些來自老天的訊息，只是仍無法解讀其中含意。歐登尼伯說她必須停止覺得自己在所有事物中看見來自老天的訊息。她很氣他竟然可以不同意她有看見凱妮內即將回來的可能性，可是又感激他這麼做，因為這表示他不認為有發生什麼壞事，所以就算不同意也沒什麼不妥。

烏穆阿希亞的親戚來訪建議他們去問一位 dibia 的意見，所以歐拉娜要求歐西塔舅舅代替她去。為了換來神諭，她給了他一瓶威士忌和一些錢去買羊。之後她依照 dibia 的明確指示開車去把一張凱妮內的照片丟進尼日河，還跑去了繞著凱妮內位於奧爾呂的房子走了三圈，然後乖乖等了三週，可是凱妮內沒有回家。

「說不定我有什麼沒做對，」她在歐登尼伯的書房內對他說。地上散落著許多焦黑書頁，那些書頁都是從他被燒掉一半的書中掉下來的。

「戰爭已經結束，但飢荒沒有，nkem。那個 dibia 只是很餓、很想吃山羊肉而已。你不可能相信他說的話。」

「我是真的相信。我什麼都相信。只要可以把我的姊妹帶回家，我什麼都相信。」她起身走到窗邊。

「我們都會再回來，」她說。

「什麼？」

「我們這邊的人都說，我們會轉世，不是嗎？」她說。「Uwa m, uwa ozo[2]。等我下輩子回來時，凱妮內還會是我的姊妹。」

她輕輕哭了起來，歐登尼伯把她擁入懷中。

8.那本書：世界在我們死去時保持沉默

厄格烏最後提上了獻詞：獻給我的主人，我的好傢伙。

2 伊博語：我的世界，（我的）另一個世界。

後記

本書的背景是一九六七年到一九七〇年的奈及利亞—比亞法拉戰爭。雖然有些角色取材自真實人物，但針對這些角色的描述卻都是虛構的，發生在他們身邊的事件也一樣。我已經在書末列出幫助我進行研究的書籍清單（其中大多是使用英文式的拼音Ibo而非Igbo）。我受到這些書籍的作者幫助甚深。尤其是楚庫埃梅卡・艾克（Chukwuemeka Ike）的《破曉日落》（*Sunset at Dawn*）以及弗洛拉・努瓦帕（Flora Nwapa）的《永不再犯》（*Never Again*），這兩本書在我重建比亞法拉中產階級的心境時扮演了不可或缺的角色；克里斯多福・奧基格博（Christopher Okigbo）的人生和《迷宮》（*Labyrinths*）啟發我寫出奧奇歐瑪這個角色；亞歷山大・馬迪博（Alexander Madiebo）的《奈及利亞革命及比亞法拉戰爭》（*The Nigerian Revolution and the Biafran War*）是建立馬杜上校這個角色的主要參考素材。

然而，如果沒有我的父母，我不可能寫出這本書。我睿智又美好的父親是恩渥伊・詹姆斯・阿迪契教授（Professor Nwoye James Adichie），Odelu Ora Abba[1]，他在書寫許多故事的結尾時都會寫上agha ajoka，字面翻譯就是「戰爭很醜惡」。我的母親伊菲歐瑪・葛雷斯・阿迪契太太（Mrs. Ifeoma

1 伊博語，這個稱號的直譯為「為我們社群（小鎮）書寫的人」。

Grace Adichie）總是努力保護家人，也為家人奉獻。我認為我的父母總是希望我能知道，最重要的不是他們經歷了什麼，而是他們活了下來。我很感激他們留下許多故事，也感激他們奉獻的其他一切。

我在此向我的麥伊叔叔致敬，他的全名是麥克爾・E・N・阿迪契（Michael E. N. Adichie），他在比亞法拉軍隊的第二十一軍團作戰時受傷，並把那段經歷用既優雅又幽默的方式告訴我。我也在此向CY舅舅（Cyprian Odigwe，一九四九—一九九八）和其他比亞法拉突擊隊員一起作戰的閃亮回憶致敬，並向我的表弟寶利（Paulinus Ofili，一九五五—二〇〇五）致敬，謝謝他和我分享了他十三歲時在比亞法拉生活的回憶。我也向我的朋友歐卡拉（Okoloma Maduewesi，一九七二—二〇〇五）致敬，他不用再像直到人生最後一刻那樣緊抓著那段回憶不放了。

感謝我的家人：拓克斯・歐瑞謬爾（Toks Oremule）和亞林茲・馬杜卡（Arinze Maduka）、奇森姆和亞馬卡・桑尼—亞佛伊克魯（Chisom and Amaka Sonny-Afoekelu）、琴涅登姆和卡姆西・阿迪契（Chukwunwike and Tinuke Adichie）、伊吉歐瑪和歐比那・馬杜卡（Ijeoma and Obinna Maduka）、厄切和桑尼・亞佛伊克魯（Uche and Sonny Afoekelu）、楚庫恩威克和提紐克・阿迪契（Chukwunwike and Tinuke Adichie）、恩涅卡・阿迪契・歐克克（Nneka Adichie Okeke）、歐克楚庫・阿迪契（Okechukwu Adichie），另外特別感謝肯聶楚庫・阿迪契（Kenechukwu Adichie）；感謝烏姆納奇的歐迪圭家族以及阿巴的阿迪契家族；感謝我的「姊妹」尤瑞娜・伊格努（Urenna Egonu）和尤朱・伊格努（Uju Egonu），以及我的「寶貝弟弟」歐吉・卡努（Oji Kanu），你們總是比我更相信我自己。

感謝伊瓦拉・埃瑟吉（Ivara Esege）；感謝賓亞瓦哥・瓦納那（Binyavanga Wainaina）；感謝雅梅

契・阿伍朗姆（Amaechi Awurum）教我學會擁有信仰；感謝伊克・安雅（Ike Anya）、慕塔・巴卡爾（Muhtar Bakare）、馬倫・查姆利（Maren Chumley）、蘿拉・布拉蒙・古德（Laura Bramon Good）、馬丁・肯庸（Martin Kenyon），以及伊菲卓・恩沃克洛（Ifeacho Nwokolo），你們都是幫我讀過草稿的人；感謝蘇珊・巴肯（Susan Buchan）在比亞法拉拍攝的照片；感謝佛蒙特工作室中心（Vermont Studio Center）讓我擁有珍貴的時間與空間；另外也感謝麥克・J・C・埃切魯歐教授（Professor Michael J. C. Echeruo），他博學又慷慨的評論讓我找到了另外半輪黃日。

我真的很感謝我無與倫比的經紀人莎拉・查芬特（Sarah Chalfant），她總是讓我很有安全感，另外也感謝米茲・安吉爾（Mitzi Angel）、安加里・辛格（Anjali Singh）和羅賓・戴瑟爾（Robin Desser），他們都是眼光犀利的傑出編輯。

願我們永遠記得。

國家圖書館出版品預行編目(CIP)資料

半輪黃日 / 奇瑪曼達.恩格茲.阿迪契(Chimamanda Ngozi Adichie)作. -- 初版. -- 新北市 : 黑體文化, 遠足文化事業股份有限公司, 2025.03

面； 公分. -- (白盒子 ; 12)

譯自 : Half of a yellow sun

ISBN 978-626-7263-93-8(平裝)

861.4157　　113007325

特別聲明：

有關本書中的言論內容，不代表本公司／出版集團的立場及意見，由作者自行承擔文責。

黑體文化　　讀者回函

白盒子12

半輪黃日

Half of a Yellow Sun

作者・奇瑪曼達・恩格茲・阿迪契（Chimamanda Ngozi Adichie）｜譯者・葉佳怡｜責任編輯・張智琦｜封面設計・朱疋｜出版・黑體文化／遠足文化事業股份有限公司｜總編輯・龍傑娣｜發行・遠足文化事業股份有限公司（讀書共和國出版集團）｜電話：02-2218-1417｜傳真・02-2218-8057｜客服專線・0800-221-029｜讀書共和國客服信箱 service@bookrep.com.tw｜官方網站・http://www.bookrep.com.tw｜法律顧問・華洋法律事務所・蘇文生律師｜印刷・中原造像股份有限公司｜排版・菩薩蠻數位文化有限公司｜初版・2025年3月｜定價・850｜ISBN・9786267263938｜EISBN・9786267263907（PDF）・9786267263891（EPUB）｜書號・2WWB0012